第三册　大乘經　般若部（三）

大般若波羅蜜多經　六百卷（卷八一至卷一三〇）

大般若波羅蜜多經

唐三藏法師玄奘奉詔譯

清刻龍藏佛說法變相圖

大般若波羅蜜多經卷第八十一

唐三藏法師玄奘奉　詔譯

初分天帝品第二十二之五

善現如來之心不住布施波羅蜜多不住淨戒安忍精進靜慮般若波羅蜜多何以故以布施波羅蜜多等不可得故善現如來之心不住四靜慮不住四無量四無色定何以故以四靜慮等不可得故善現如來之心不住八解脫不住八勝處九次第定十遍處何以故以八解脫等不可得故善現如來之心不住四念住不住四正斷四神足五根五力七等覺支八聖道支何以故以四念住等不可得故善現如來之心不住空解脫門不住無相無願解脫門何以故以空解脫門等不可得故善現如來之心不住五眼不住六神通

何以故以五眼等不可得故善現如來之心不住佛十力不住四無所畏四無礙解大慈大悲大喜大捨十八佛不共法何以故以佛十力等不可得故善現如來之心不住無忘失法不住恒住捨性何以故以無忘失法等不可得故善現如來之心不住一切陀羅尼門不住一切三摩地門何以故以一切陀羅尼門等不可得故善現如來之心不住一切智不住道相智一切相智何以故以一切智等不可得故善現如來之心不住聲聞乘不住獨覺乘無上乘何以故以聲聞乘等不可得故善現如來之心不住預流及預流向果不住一來不還阿羅漢及一來不還阿羅漢向果何以故以預流等不可得故善現如來之心不住獨覺及獨覺菩提不住菩薩如來

及菩薩如來法何以故以獨覺等不可得故善現如來之心不住極喜地及法不住離垢地發光地燄慧地極難勝地現前地遠行地不動地善慧地法雲地及法何以故以極喜地等不可得故善現如來之心不住異生地及法不住種性地第八地具見地薄地離欲地已辦地獨覺地菩薩地如來地及法何以故以異生地等不可得故如是善現如來之心於一切法都無所住亦非不住時具壽善現謂舍利子言如是菩薩摩訶薩雖住般若波羅蜜多而同如來於一切法都無所住亦非不住所以者何舍利子菩薩摩訶薩雖住般若波羅蜜多而於色非住非不住於受想行識亦非住非不住何以故以色蘊等無二相故舍利子菩薩摩訶薩雖住般若波羅蜜

多而於眼處非住非不住於耳鼻舌身意處亦非住非不住何以故以眼處等無二相故舍利子菩薩摩訶薩雖住般若波羅蜜多而於色處非住非不住於聲香味觸法處亦非住非不住何以故以色處等無二相故舍利子菩薩摩訶薩雖住般若波羅蜜多而於眼界非住非不住於色界眼識界及眼觸眼觸爲緣所生諸受亦非住非不住何以故以眼界等無二相故舍利子菩薩摩訶薩雖住般若波羅蜜多而於耳界非住非不住於聲界耳識界及耳觸耳觸爲緣所生諸受亦非住非不住何以故以耳界等無二相故舍利子菩薩摩訶薩雖住般若波羅蜜多而於鼻界非住非不住於香界鼻識界及鼻觸鼻觸爲緣所生諸受亦非住非不住何以故以鼻界等無二相故舍利子菩薩摩訶薩雖住般若波羅蜜多而於舌界非住非不住於味界舌識界及舌觸舌觸爲緣所生諸受亦非住非不住何以故以舌界等無二相故舍利子菩薩摩訶薩雖住般若波羅蜜多而於身界非住非不住於觸界身識界及身觸身觸爲緣所生諸受亦非住非不住何以故以身界等無二相故舍利子菩薩摩訶薩雖住般若波羅蜜多而於意界非住非不住於法界意識界及意觸意觸爲緣所生諸受亦非住非不住何以故以意界等無二相故舍利子菩薩摩訶薩雖住般若波羅蜜多而於地界非住非不住於水火風空識界亦非住非不住何以故以地界等無二相故舍利子菩薩摩訶薩雖住般若波羅蜜多而於苦聖諦非住非

不住於集滅道聖諦亦非住非不住何以故以苦聖諦等無二相故舍利子菩薩摩訶薩雖住般若波羅蜜多而於無明非住非不住於行識名色六處觸受愛取有生老死愁歎苦憂惱亦非住非不住何以故以無明等無二相故舍利子菩薩摩訶薩雖住般若波羅蜜多而於內空非住非不住於外空內外空空空大空勝義空有爲空無爲空畢竟空無際空散空無變異空本性空自相空共相空一切法空不可得空無性空自性空無性自性空亦非住非不住何以故以內空等無二相故舍利子菩薩摩訶薩雖住般若波羅蜜多而於眞如非住非不住於法界法性不虛妄性不變異性平等性離生性法定法住實際虛空界不思議界亦非住非不住何以故以眞如等無二相故舍利子菩薩摩訶薩雖住般若波羅蜜多而於布施波羅蜜多非住非不住於淨戒安忍精進靜慮般若波羅蜜多亦非住非不住何以故以布施波羅蜜多等無二相故舍利子菩薩摩訶薩雖住般若波羅蜜多而於四靜慮非住非不住於四無量四無色定亦非住非不住何以故以四靜慮等無二相故舍利子菩薩摩訶薩雖住般若波羅蜜多而於八解脫非住非不住於八勝處九次第定十遍處亦非住非不住何以故以八解脫等無二相故舍利子菩薩摩訶薩雖住般若波羅蜜多而於四念住非住非不住於四正斷四神足五根五力七等覺支八聖道支亦非住非不住何以故以四念住等無二相故舍利子菩薩摩訶薩雖住般若

波羅蜜多而於空解脫門非住非不住於無
相無願解脫門亦非住非不住何以故以空
解脫門等無二相故舍利子菩薩摩訶薩雖
住般若波羅蜜多而於五眼非住非不住於
六神通亦非住非不住何以故以五眼等無
二相故舍利子菩薩摩訶薩雖住般若波羅
蜜多而於佛十力非住非不住於四無所畏
四無礙解大慈大悲大喜大捨十八佛不共
法亦非住非不住何以故以佛十力等無二
相故舍利子菩薩摩訶薩雖住般若波羅蜜
多而於無忘失法非住非不住於恒住捨性
亦非住非不住何以故以無忘失法等無二
相故舍利子菩薩摩訶薩雖住般若波羅蜜
多而於一切陀羅尼門非住非不住於一切
三摩地門亦非住非不住何以故以一切陀
羅尼門等無二相故舍利子菩薩摩訶薩雖
住般若波羅蜜多而於一切智非住非不住
於道相智一切相智亦非住非不住何以故
以一切智等無二相故舍利子菩薩摩訶薩
雖住般若波羅蜜多而於聲聞乘非住非不
住於獨覺乘無上乘亦非住非不住何以故
以聲聞乘等無二相故舍利子菩薩摩訶薩
雖住般若波羅蜜多而於預流及預流向果
非住非不住於一來不還阿羅漢及一來不
還阿羅漢向果亦非住非不住何以故以預
流等無二相故舍利子菩薩摩訶薩雖住般
若波羅蜜多而於獨覺及獨覺菩提非住非
不住於菩薩如來及菩薩如來法亦非住非
不住何以故以獨覺等無二相故舍利子菩
薩摩訶薩雖住般若波羅蜜多而於極喜地

及法非住非不住於離垢地發光地焰慧地極難勝地現前地遠行地不動地善慧地法雲地及法亦非住非不住何以故以極喜地等無二相故舍利子菩薩摩訶薩雖住般若波羅蜜多而於異生地及法非住非不住於種性地第八地具見地薄地離欲地已辦地獨覺地菩薩地如來地及法亦非住非不住何以故以異生地等無二相故舍利子菩薩摩訶薩於般若波羅蜜多隨非住非不住以無所得爲方便應如是學

初分諸天子品第二十三之一

爾時會中有諸天子竊作是念諸藥叉等言辭呪句雖復隱密而尚可知尊者善現於此般若波羅蜜多雖以種種言辭顯示而我等輩竟不能解善現知彼心之所念便告之言汝等天子於我所說不能解耶諸天子言如是如是具壽善現復告彼言我曾於此不說一字汝亦不聞當何所解何以故甚深般若波羅蜜多文字言說皆遠離故由此於中說者聽者及能解者皆不可得一切如來應正等覺所證無上正等菩提其相甚深亦復如是天子當知如佛化身化作無量苾芻苾芻尼鄔波索迦鄔波斯迦俱來集會復化作一能說法人於此衆中宣揚妙法於意云何是中有實能說能聽能解者不諸天子言不也大德善現告言如是天子一切法皆如化故般若中說者聽者及能解者都不可得天子當知如在夢中夢見有佛教誡教授菩薩聲聞於意云何是中有實能說能聽能解者不諸天子言不也大德善現告言如是天子一

切法皆如夢故般若中說者聽者及能解者都不可得天子當知如有二人處一山谷各住一面讚佛法僧俱時發響於意云何此二響聲能互相聞互相解不諸天子言不也大德善現告言如是天子一切法皆如響故般若中說者聽者及能解者都不可得天子當知如巧幻師或彼弟子於四衢道幻作四衆及一佛身處中說法於意云何是中有實能說能聽能解者不諸天子言不也大德善現告言如是天子一切法皆如幻故般若中說者聽者及能解者都不可得時諸天子復作是念尊者善現於此般若波羅蜜多雖復種種方便顯說欲令易解而其意趣甚深轉甚深微細更微細難可測度善現知彼心之所念便告之曰天子當知色非甚深非微細受想行識亦非甚深非微細何以故色深細性不可得故受想行識深細性亦不可得故天子當知眼處非甚深非微細耳鼻舌身意處亦非甚深非微細何以故眼處深細性不可得故耳鼻舌身意處深細性亦不可得故天子當知色處非甚深非微細聲香味觸法處亦非甚深非微細何以故色處深細性不可得故聲香味觸法處深細性亦不可得故天子當知眼界非甚深非微細色界眼識界及眼觸眼觸爲緣所生諸受亦非甚深非微細何以故眼界深細性不可得故色界乃至眼觸爲緣所生諸受深細性亦不可得故天子當知耳界非甚深非微細聲界耳識界及耳觸耳觸爲緣所生諸受亦非甚深非微細何以故耳界深細性不可得故聲界乃至耳觸

爲緣所生諸受深細性亦不可得故天子當知鼻界非甚深非微細香界鼻識界及鼻觸鼻觸爲緣所生諸受亦非甚深非微細何以故鼻界深細性不可得故香界乃至鼻觸爲緣所生諸受深細性亦不可得故天子當知舌界非甚深非微細味界舌識界及舌觸舌觸爲緣所生諸受亦非甚深非微細何以故舌界深細性不可得故味界乃至舌觸爲緣所生諸受深細性亦不可得故天子當知身界非甚深非微細觸界身識界及身觸身觸爲緣所生諸受亦非甚深非微細何以故身界深細性不可得故觸界乃至身觸爲緣所生諸受深細性亦不可得故天子當知意界非甚深非微細法界意識界及意觸意觸爲緣所生諸受亦非甚深非微細何以故意界深細性不可得故法界乃至意觸爲緣所生諸受深細性亦不可得故天子當知地界非甚深非微細水火風空識界亦非甚深非微細何以故地界深細性不可得故水火風空識界深細性亦不可得故天子當知苦聖諦非甚深非微細集滅道聖諦亦非甚深非微細何以故苦聖諦深細性不可得故集滅道聖諦深細性亦不可得故天子當知無明非甚深非微細行識名色六處觸受愛取有生老死愁歎苦憂惱亦非甚深非微細何以故無明深細性不可得故行乃至老死愁歎苦憂惱深細性亦不可得故天子當知內空非甚深非微細外空內外空空空大空勝義空有爲空無爲空畢竟空無際空散空無變異空本性空自相空共相空一切法空不可得

空無性空自性空無性自性空亦非甚深非微細何以故内空深細性不可得故外空乃至無性自性空深細性亦不可得故天子當知眞如非甚深非微細法界法性不虛妄性不變異性平等性離生性法定法住實際虛空界不思議界亦非甚深非微細何以故眞如深細性不可得故法界乃至不思議界深細性亦不可得故天子當知布施波羅蜜多非甚深非微細淨戒安忍精進靜慮般若波羅蜜多亦非甚深非微細何以故布施波羅蜜多深細性不可得故淨戒乃至般若波羅蜜多深細性亦不可得故天子當知四靜慮非甚深非微細四無量四無色定亦非甚深非微細何以故四靜慮深細性不可得故四無量四無色定深細性亦不可得故天子當

知八解脫非甚深非微細八勝處九次第定十遍處亦非甚深非微細何以故八解脫深細性不可得故八勝處九次第定十遍處深細性亦不可得故天子當知四念住非甚深非微細四正斷四神足五根五力七等覺支八聖道支亦非甚深非微細何以故四念住深細性不可得故四正斷乃至八聖道支深細性亦不可得故天子當知五眼非甚深非微細六神通亦非甚深非微細何以故五眼深細性不可得故六神通深細性亦不可得故天子當知佛十力非甚深非微細四無所畏四無礙解大慈大悲大喜大捨十八佛不共法亦非甚深非微細何以故佛十力深細性不可得故四無所畏乃至十八佛不共法深細性亦不可得故天子當知無忘失法非

甚深非微細恒住捨性亦非甚深非微細何以故無忘失法深細性不可得故恒住捨性深細性亦不可得故天子當知一切陀羅尼門非甚深非微細一切三摩地門亦非甚深非微細何以故一切陀羅尼門深細性不可得故一切三摩地門深細性亦不可得故天子當知一切智非甚深非微細道相智一切相智亦非甚深非微細何以故一切智深細性不可得故道相智一切相智深細性亦不可得故天子當知聲聞乘非甚深非微細獨覺乘無上乘亦非甚深非微細何以故聲聞乘深細性不可得故獨覺乘無上乘深細性亦不可得故天子當知預流非甚深非微細一來不還阿羅漢亦非甚深非微細何以故預流深細性不可得故一來不還阿羅漢深細性亦不可得故天子當知預流向預流果非甚深非微細一來向一來果不還向不還果阿羅漢向阿羅漢果亦非甚深非微細何以故預流向預流果深細性不可得故一來向一來果乃至阿羅漢向阿羅漢果深細性亦不可得故天子當知獨覺非甚深非微細獨覺向獨覺果亦非甚深非微細何以故獨覺深細性不可得故獨覺向獨覺果深細性亦不可得故天子當知菩薩摩訶薩非甚深非微細三藐三佛陀亦非甚深非微細何以故菩薩摩訶薩深細性不可得故三藐三佛陀深細性亦不可得故天子當知菩薩摩訶薩法非甚深非微細無上正等菩提亦非甚深非微細何以故菩薩摩訶薩法深細性不可得故無上正等菩提深細性亦不可得故

天子當知極喜地非甚深非微細離垢地發光地焰慧地極難勝地現前地遠行地不動地善慧地法雲地亦非甚深非微細何以故極喜地深細性不可得故離垢地乃至法雲地深細性亦不可得故天子當知極喜地法非甚深非微細離垢地法發光地法焰慧地法極難勝地法現前地法遠行地法不動地法善慧地法法雲地法亦非甚深非微細何以故極喜地法深細性不可得故離垢地法乃至法雲地法深細性亦不可得故天子當知異生地非甚深非微細種性地第八地具見地薄地離欲地已辦地獨覺地菩薩地如來地亦非甚深非微細何以故異生地深細性不可得故種性地乃至如來地深細性亦不可得故天子當知異生地法非甚深非微細種性地法第八地法具見地法薄地法離欲地法已辦地法獨覺地法菩薩地法如來地法亦非甚深非微細何以故異生地法深細性不可得故種性地法乃至如來地法深細性亦不可得故時諸天子復作是念尊者善現所説法中不施設色不施設受想行識何以故色蘊性等不可説故尊者善現所説法中不施設眼處不施設耳鼻舌身意處何以故眼處性等不可説故尊者善現所説法中不施設色處不施設聲香味觸法處何以故色處性等不可説故尊者善現所説法中不施設眼界不施設色界眼識界及眼觸眼觸爲緣所生諸受何以故眼界性等不可説故尊者善現所説法中不施設耳界不施設聲界耳識界及耳觸耳觸爲緣所生諸受何

以故耳界性等不可說故尊者善現所說法中不施設鼻界不施設香界鼻識界及鼻觸鼻觸爲緣所生諸受何以故鼻界性等不可說故尊者善現所說法中不施設舌界不施設味界舌識界及舌觸舌觸爲緣所生諸受何以故舌界性等不可說故尊者善現所說法中不施設身界不施設觸界身識界及身觸身觸爲緣所生諸受何以故身界性等不可說故尊者善現所說法中不施設意界不施設法界意識界及意觸意觸爲緣所生諸受何以故意界性等不可說故尊者善現所說法中不施設地界不施設水火風空識界何以故地界性等不可說故尊者善現所說法中不施設苦聖諦不施設集滅道聖諦何以故苦聖諦性等不可說故尊者善現所說

法中不施設無明不施設行識名色六處觸受愛取有生老死愁歎苦憂惱何以故無明性等不可說故尊者善現所說法中不施設内空不施設外空内外空空空大空勝義空有爲空無爲空畢竟空無際空散空無變異空本性空自相空共相空一切法空不可得空無性空自性空無性自性空何以故内空性等不可說故尊者善現所說法中不施設眞如不施設法界法性不虛妄性不變異性平等性離生性法定法住實際虛空界不思議界何以故眞如性等不可說故尊者善現所說法中不施設布施波羅蜜多不施設淨戒安忍精進靜慮般若波羅蜜多何以故布施波羅蜜多性等不可說故尊者善現所說法中不施設四靜慮不施設四無量四無色

定何以故四靜慮性等不可說故尊者善現所說法中不施設八解脫不施設八勝處九次第定十遍處何以故八解脫性等不可說故尊者善現所說法中不施設四念住不施設四正斷四神足五根五力七等覺支八聖道支何以故四念住性等不可說故尊者善現所說法中不施設空解脫門不施設無相無願解脫門何以故空解脫門性等不可說故尊者善現所說法中不施設五眼不施設六神通何以故五眼性等不可說故尊者善現所說法中不施設佛十力不施設四無所畏四無礙解大慈大悲大喜大捨十八佛不共法何以故佛十力性等不可說故尊者善現所說法中不施設無忘失法不施設恒住捨性何以故無忘失法性等不可說故尊者善現所說法中不施設一切陀羅尼門不施設一切三摩地門何以故一切陀羅尼門性等不可說故尊者善現所說法中不施設一切智不施設道相智一切相智何以故一切智性等不可說故尊者善現所說法中不施設聲聞乘不施設獨覺乘無上乘何以故聲聞乘性等不可說故尊者善現所說法中不施設預流不施設一來不還阿羅漢何以故預流性等不可說故尊者善現所說法中不施設預流向預流果不施設一來向一來果不還向不還果阿羅漢向阿羅漢果何以故預流向預流果性等不可說故尊者善現所說法中不施設獨覺不施設獨覺向獨覺果何以故獨覺性等不可說故尊者善現所說法中不施設菩薩摩訶薩不施設三藐三佛

陀何以故菩薩摩訶薩性等不可說故尊者善現所說法中不施設菩薩摩訶薩法不施設無上正等菩提何以故菩薩摩訶薩法性等不可說故尊者善現所說法中不施設極喜地不施設離垢地發光地焰慧地極難勝地現前地遠行地不動地善慧地法雲地何以故極喜地性等不可說故尊者善現所說法中不施設極喜地法不施設離垢地法發光地法焰慧地法極難勝地法現前地法遠行地法不動地法善慧地法法雲地法何以故極喜地法性等不可說故尊者善現所說法中不施設異生地不施設種性地第八地具見地薄地離欲地已辦地獨覺地菩薩地如來地何以故異生地性等不可說故尊者善現所說法中不施設異生地法不施設種性地法第八地法具見地法薄地法離欲地法已辦地法獨覺地法菩薩地法如來地法何以故異生地法性等不可說故尊者善現所說法中亦不施設文字語言何以故文字語言性等不可說故爾時善現知諸天子心所念法便告之言如是如是如汝所念諸法乃至無上菩提文字語言皆所不及故於般若波羅蜜多無說無聽亦無解者是故汝等於諸法中應隨所說修堅固忍諸有欲住欲證預流一來不還阿羅漢果亦依此忍而得究竟諸有欲住欲證獨覺所得菩提亦依此忍而得究竟諸有欲住欲證無上正等菩提要依此忍而得究竟如是諸天子諸菩薩摩訶薩從初發心乃至究竟應住無說無聽無解甚深般若波羅蜜多常勤修學不應捨離

時諸天子心復念言尊者善現於今欲爲何等有情說何等法善現爾時知諸天子心所念事便告之曰天子當知我今欲爲如幻如化如夢有情說如幻如化如夢之法何以故如是聽者於所說中無聞無解無所證故時諸天子即復問言能說能聽及所說法皆如幻如化如夢事耶善現答言如是如是如汝所說如幻有情爲如幻者說如幻法如化有情爲如化者說如化法如夢有情爲如夢者說如夢法天子當知我如幻如化如夢所見有情命者生者養者士夫補特伽羅意生儒童作者受者知者見者如幻如化如夢所見何以故以我等自性空故天子當知色如幻如化如夢所見受想行識如幻如化如夢所見何以故以色蘊等自性空故天子當知眼處如幻如化如夢所見耳鼻舌身意處如幻如化如夢所見何以故以眼處等自性空故天子當知色處如幻如化如夢所見聲香味觸法處如幻如化如夢所見何以故以色處等自性空故天子當知眼界如幻如化如夢所見色界眼識界及眼觸眼觸爲緣所生諸受如幻如化如夢所見何以故以眼界等自性空故天子當知耳界如幻如化如夢所見聲界耳識界及耳觸耳觸爲緣所生諸受如幻如化如夢所見何以故以耳界等自性空故天子當知鼻界如幻如化如夢所見香界鼻識界及鼻觸鼻觸爲緣所生諸受如幻如化如夢所見何以故以鼻界等自性空故天子當知舌界如幻如化如夢所見味界舌識界及舌觸舌觸爲緣所生諸受如幻如化如

夢所見何以故以舌界等自性空故天子當知身界如幻如化如夢所見觸界身識界及身觸身觸爲緣所生諸受如幻如化如夢所見何以故以身界等自性空故天子當知意界如幻如化如夢所見法界意識界及意觸意觸爲緣所生諸受如幻如化如夢所見何以故以意界等自性空故天子當知地界如幻如化如夢所見水火風空識界如幻如化如夢所見何以故以地界等自性空故天子當知苦聖諦如幻如化如夢所見集滅道聖諦如幻如化如夢所見何以故以苦聖諦等自性空故天子當知無明如幻如化如夢所見行識名色六處觸受愛取有生老死愁歎苦憂惱如幻如化如夢所見何以故以無明等自性空故天子當知内空如幻如化如夢所見外空内外空空空大空勝義空有爲空無爲空畢竟空無際空散空無變異空本性空自相空共相空一切法空不可得空無性空自性空無性自性空如幻如化如夢所見何以故以内空等自性空故天子當知眞如如幻如化如夢所見法界法性不虛妄性不變異性平等性離生性法定法住實際虛空界不思議界如幻如化如夢所見何以故以眞如等自性空故

大般若波羅蜜多經卷第八十一

大般若波羅蜜多經卷第八十二

唐三藏法師玄奘奉詔譯

初分諸天子品第二十三之二

天子當知布施波羅蜜多如幻如化如夢所見淨戒安忍精進靜慮般若波羅蜜多如幻如化如夢所見何以故以布施波羅蜜多等自性空故天子當知四靜慮如幻如化如夢所見四無量四無色定如幻如化如夢所見何以故以四靜慮等自性空故天子當知八解脫如幻如化如夢所見八勝處九次第定十遍處如幻如化如夢所見何以故以八解脫等自性空故天子當知四念住如幻如化如夢所見四正斷四神足五根五力七等覺支八聖道支如幻如化如夢所見何以故以四念住等自性空故天子當知空解脫門如幻如化如夢所見無相無願解脫門如幻如化如夢所見何以故以空解脫門等自性空故天子當知五眼如幻如化如夢所見六神通如幻如化如夢所見何以故以五眼等自性空故天子當知佛十力如幻如化如夢所見四無所畏四無礙解大慈大悲大喜大捨十八佛不共法如幻如化如夢所見何以故以佛十力等自性空故天子當知無忘失法如幻如化如夢所見恒住捨性如幻如化如夢所見何以故以無忘失法等自性空故天子當知一切陀羅尼門如幻如化如夢所見一切三摩地門如幻如化如夢所見何以故以一切陀羅尼門等自性空故天子當知一切智如幻如化如夢所見道相智一切相智如幻如化如夢所見何以故以一切智等自

性空故天子當知聲聞乘如幻如化如夢所見獨覺乘無上乘如幻如化如夢所見何以故以聲聞乘等自性空故天子當知預流如幻如化如夢所見一來不還阿羅漢如幻如化如夢所見何以故以預流等自性空故天子當知預流向預流果如幻如化如夢所見一來向一來果不還向不還果阿羅漢向阿羅漢果如幻如化如夢所見何以故以預流向預流果等自性空故天子當知獨覺如幻如化如夢所見獨覺向獨覺果如幻如化如夢所見何以故以獨覺等自性空故天子當知菩薩摩訶薩如幻如化如夢所見三藐三佛陀如幻如化如夢所見何以故以菩薩摩訶薩等自性空故天子當知菩薩摩訶薩法如幻如化如夢所見無上正等菩提如幻如化如夢所見何以故以菩薩摩訶薩法等自性空故天子當知極喜地如幻如化如夢所見離垢地發光地焰慧地極難勝地現前地遠行地不動地善慧地法雲地如幻如化如夢所見何以故以極喜地等自性空故天子當知極喜地法如幻如化如夢所見離垢地法發光地法焰慧地法極難勝地法現前地法遠行地法不動地法善慧地法法雲地法如幻如化如夢所見何以故以極喜地法等自性空故天子當知異生地如幻如化如夢所見種性地第八地具見地薄地離欲地已辦地獨覺地菩薩地如來地如幻如化如夢所見何以故以異生地等自性空故天子當知異生地法如幻如化如夢所見種性地法第八地法具見地法薄地法離欲地法已辦

地法獨覺地法菩薩地法如來地法如幻如化如夢所見何以故以異生地法等自性空故天子當知有爲界如幻如化如夢所見無爲界如幻如化如夢所見何以故以有爲界等自性空故天子當知由此緣故我作是說如幻有情爲如幻者說如幻法如化有情爲如化者說如化法如夢有情爲如夢者說如夢法時諸天子問善現言今尊者爲但說我等色等乃至阿耨多羅三藐三菩提如幻如化如夢所見爲亦說微妙寂靜究竟涅槃如幻如化如夢見耶善現言諸天子我不但說我等色等乃至阿耨多羅三藐三菩提如幻如化如夢所見亦復宣說微妙寂靜究竟涅槃如幻如化如夢所見天子當知設更有法勝涅槃者我亦說爲如幻如化如夢所見所以者何幻化夢事與一切法乃至涅槃皆悉無二無二分故

初分受教品第二十四之一

爾時具壽舍利子具壽大目連具壽執大藏具壽滿慈子具壽大迦多衍那具壽大迦葉波等諸大聲聞及無量百千菩薩摩訶薩同時舉聲問善現曰所說般若波羅蜜多如是甚深難見難覺非所尋思超尋思境微妙寂靜最勝第一唯極聖者自內所證世聰慧人所不能測於如是法誰能信受善現答言有菩薩摩訶薩住不退轉地於此甚深難見難覺非所尋思超尋思境微妙寂靜最勝第一般若波羅蜜多能深信受復有已見聖諦及漏盡阿羅漢爲滿所願於此般若波羅蜜多亦能信受復有善男子善女人等已於過去

無量無數百千俱胝那庾多佛所親近供養發弘誓願殖衆善本利根聰慧諸善知識所攝受者於此甚深難見難覺非所尋思超尋思境微妙寂靜最勝第一般若波羅蜜多亦能信受何以故如是人等終不以空不空分別色亦不以色分別空不空不以空不空分別受想行識亦不以受想行識分別空不空不以有相無相分別色亦不以色分別有相無相不以有相無相分別受想行識亦不以受想行識分別有相無相不以有願無願分別色亦不以色分別有願無願不以有願無願分別受想行識亦不以受想行識分別有願無願不以生不生分別色亦不以色分別生不生不以生不生分別受想行識亦不以受想行識分別生不生不以滅不滅分別色亦不以色分別滅不滅不以滅不滅分別受想行識亦不以受想行識分別滅不滅不以寂靜不寂靜分別色亦不以色分別寂靜不寂靜不以寂靜不寂靜分別受想行識亦不以受想行識分別寂靜不寂靜不以遠離不遠離分別色亦不以色分別遠離不遠離不以遠離不遠離分別受想行識亦不以受想行識分別遠離不遠離如是人等終不以空不空分別眼處亦不以眼處分別空不空不以空不空分別耳鼻舌身意處亦不以耳鼻舌身意處分別空不空不以有相無相分別眼處亦不以眼處分別有相無相不以有相無相分別耳鼻舌身意處亦不以耳鼻舌身意處分別有相無相不以有願無願分別眼處亦不以眼處分別有願無願不以有願無

願分別耳鼻舌身意處分別有願無願不以生不生分別眼處亦不以眼處分別生不生不以生不生分別耳鼻舌身意處亦不以耳鼻舌身意處分別生不生不以滅不滅分別眼處亦不以眼處分別滅不滅不以滅不滅分別耳鼻舌身意處亦不以耳鼻舌身意處分別滅不滅不以寂靜不寂靜分別眼處亦不以眼處分別寂靜不寂靜不以寂靜不寂靜分別耳鼻舌身意處亦不以耳鼻舌身意處分別寂靜不寂靜不以遠離不遠離分別眼處亦不以眼處分別遠離不遠離不以遠離不遠離分別耳鼻舌身意處亦不以耳鼻舌身意處分別遠離不遠離如是人等終不以空不空分別色處亦不以色處分別空不空不以空不空分別聲香味觸法處亦不以聲香味觸法處分別空不空不以有相無相分別色處亦不以色處分別有相無相不以有相無相分別聲香味觸法處亦不以聲香味觸法處分別有相無相不以有願無願分別色處亦不以色處分別有願無願不以有願無願分別聲香味觸法處亦不以聲香味觸法處分別有願無願不以生不生分別色處亦不以色處分別生不生不以生不生分別聲香味觸法處亦不以聲香味觸法處分別生不生不以滅不滅分別色處亦不以色處分別滅不滅不以滅不滅分別聲香味觸法處亦不以聲香味觸法處分別滅不滅不以寂靜不寂靜分別色處亦不以色處分別寂靜不寂靜不以寂靜不寂靜分別聲香味觸法處亦不以聲香

味觸法處分別寂靜不寂靜不以遠離不遠離分別色處亦不以色處分別遠離不遠離不以遠離不遠離分別聲香味觸法處亦不以聲香味觸法處分別遠離不遠離如是人等終不以空不空分別眼界亦不以眼界分別空不空不以空不空分別色界眼識界及眼觸眼觸爲緣所生諸受亦不以色界乃至眼觸爲緣所生諸受分別空不空不以有相無相分別眼界亦不以眼界分別有相無相不以有相無相分別色界乃至眼觸爲緣所生諸受亦不以色界乃至眼觸爲緣所生諸受分別有相無相不以有願無願分別眼界亦不以眼界分別有願無願不以有願無願分別色界乃至眼觸爲緣所生諸受亦不以色界乃至眼觸爲緣所生諸受分別有願無願不以生不生分別眼界亦不以眼界分別生不生不以生不生分別色界乃至眼觸爲緣所生諸受亦不以色界乃至眼觸爲緣所生諸受分別生不生不以滅不滅分別眼界亦不以眼界分別滅不滅不以滅不滅分別色界乃至眼觸爲緣所生諸受亦不以色界乃至眼觸爲緣所生諸受分別滅不滅不以寂靜不寂靜分別眼界亦不以眼界分別寂靜不寂靜不以寂靜不寂靜分別色界乃至眼觸爲緣所生諸受亦不以色界乃至眼觸爲緣所生諸受分別寂靜不寂靜不以遠離不遠離分別眼界亦不以眼界分別遠離不遠離不以遠離不遠離分別色界乃至眼觸爲緣所生諸受亦不以色界乃至眼觸爲緣所生諸受分別遠離不遠離如是人等終不

以空不空分別耳界亦不以耳界分別空不空不以空不空分別聲界耳識界及耳觸耳觸爲緣所生諸受亦不以聲界乃至耳觸爲緣所生諸受分別空不空不以有相無相分別耳界亦不以耳界分別有相無相不以有相無相分別聲界乃至耳觸爲緣所生諸受亦不以聲界乃至耳觸爲緣所生諸受分別有相無相不以有願無願分別耳界亦不以耳界分別有願無願不以有願無願分別聲界乃至耳觸爲緣所生諸受亦不以聲界乃至耳觸爲緣所生諸受分別有願無願不以生不生分別耳界亦不以耳界分別生不生不以生不生分別聲界乃至耳觸爲緣所生諸受亦不以聲界乃至耳觸爲緣所生諸受分別生不生不以滅不滅分別耳界亦不以耳界分別滅不滅不以滅不滅分別聲界乃至耳觸爲緣所生諸受亦不以聲界乃至耳觸爲緣所生諸受分別滅不滅不以寂靜不寂靜分別耳界亦不以耳界分別寂靜不寂靜不以寂靜不寂靜分別聲界乃至耳觸爲緣所生諸受亦不以聲界乃至耳觸爲緣所生諸受分別寂靜不寂靜不以遠離不遠離分別耳界亦不以耳界分別遠離不遠離不以遠離不遠離分別聲界乃至耳觸爲緣所生諸受亦不以聲界乃至耳觸爲緣所生諸受分別遠離不遠離如是人等終不以空不空分別鼻界亦不以鼻界分別空不空不以空不空分別香界鼻識界及鼻觸鼻觸爲緣所生諸受亦不以香界乃至鼻觸爲緣所生諸受分別空不空不以有相無相分別鼻界

亦不以鼻界分別有相無相不以有相無相分別香界乃至鼻觸爲緣所生諸受亦不以香界乃至鼻觸爲緣所生諸受分別有相無相不以有願無願分別鼻界亦不以鼻界分別有願無願不以有願無願分別香界乃至鼻觸爲緣所生諸受亦不以香界乃至鼻觸爲緣所生諸受分別有願無願不以生不生分別鼻界亦不以鼻界分別生不生不以生不生分別香界乃至鼻觸爲緣所生諸受亦不以香界乃至鼻觸爲緣所生諸受分別生不生不以滅不滅分別鼻界亦不以鼻界分別滅不滅不以滅不滅分別香界乃至鼻觸爲緣所生諸受亦不以香界乃至鼻觸爲緣所生諸受分別滅不滅不以寂靜不寂靜分別鼻界亦不以鼻界分別寂靜不寂靜不以寂靜不寂靜分別香界乃至鼻觸爲緣所生諸受亦不以香界乃至鼻觸爲緣所生諸受分別寂靜不寂靜不以遠離不遠離分別鼻界亦不以鼻界分別遠離不遠離不以遠離不遠離分別香界乃至鼻觸爲緣所生諸受亦不以香界乃至鼻觸爲緣所生諸受分別遠離不遠離如是人等終不以空不空分別舌界亦不以舌界分別空不空不以空不空分別味界舌識界及舌觸舌觸爲緣所生諸受亦不以味界乃至舌觸爲緣所生諸受分別空不空不以有相無相分別舌界亦不以舌界分別有相無相不以有相無相分別味界乃至舌觸爲緣所生諸受亦不以味界乃至舌觸爲緣所生諸受分別有相無相不以有願無願分別舌界亦不以舌界分別有願

無願不以有願無願分別味界乃至舌觸爲緣所生諸受亦不以味界乃至舌觸爲緣所生諸受分別有願無願不以生不生分別舌界亦不以舌界分別生不生不以生不生分別味界乃至舌觸爲緣所生諸受亦不以味界乃至舌觸爲緣所生諸受分別生不生不以滅不滅分別舌界亦不以舌界分別滅不滅不以滅不滅分別味界乃至舌觸爲緣所生諸受亦不以味界乃至舌觸爲緣所生諸受分別滅不滅不以寂靜不寂靜分別舌界亦不以舌界分別寂靜不寂靜不以寂靜不寂靜分別味界乃至舌觸爲緣所生諸受亦不以味界乃至舌觸爲緣所生諸受分別寂靜不寂靜不以遠離不遠離分別舌界亦不以舌界分別遠離不遠離不以遠離不遠離分別味界乃至舌觸爲緣所生諸受亦不以味界乃至舌觸爲緣所生諸受分別遠離不遠離如是人等終不以空不空分別身界亦不以身界分別空不空不以空不空分別觸界身識界及身觸身觸爲緣所生諸受亦不以觸界乃至身觸爲緣所生諸受分別空不空不以有相無相分別身界亦不以身界分別有相無相不以有相無相分別觸界乃至身觸爲緣所生諸受亦不以觸界乃至身觸爲緣所生諸受分別有相無相不以有願無願分別身界亦不以身界分別有願無願不以有願無願分別觸界乃至身觸爲緣所生諸受亦不以觸界乃至身觸爲緣所生諸受分別有願無願不以生不生分別身界亦不以身界分別生不生不以生不生分別觸界

乃至身觸爲緣所生諸受亦不以觸界乃至身觸爲緣所生諸受分別生不生不以滅不滅分別身界亦不以身界分別滅不滅不以滅不滅分別觸界乃至身觸爲緣所生諸受亦不以觸界乃至身觸爲緣所生諸受分別滅不滅不以寂靜不寂靜分別身界亦不以身界分別寂靜不寂靜不以寂靜不寂靜分別觸界乃至身觸爲緣所生諸受亦不以觸界乃至身觸爲緣所生諸受分別寂靜不寂靜不以遠離不遠離分別身界亦不以身界分別遠離不遠離不以遠離不遠離分別觸界乃至身觸爲緣所生諸受亦不以觸界乃至身觸爲緣所生諸受分別遠離不遠離如是人等終不以空不空分別意界亦不以意界分別空不空不以空不空分別法界意識界及意觸意觸爲緣所生諸受亦不以法界乃至意觸爲緣所生諸受分別空不空不以有相無相分別意界亦不以意界分別有相無相不以有相無相分別法界乃至意觸爲緣所生諸受亦不以法界乃至意觸爲緣所生諸受分別有相無相不以有願無願分別意界亦不以意界分別有願無願不以有願無願分別法界乃至意觸爲緣所生諸受亦不以法界乃至意觸爲緣所生諸受分別有願無願不以生不生分別意界亦不以意界分別生不生不以生不生分別法界乃至意觸爲緣所生諸受亦不以法界乃至意觸爲緣所生諸受分別生不生不以滅不滅分別意界亦不以意界分別滅不滅不以滅不滅分別法界乃至意觸爲緣所生諸受分不以

法界乃至意觸爲緣所生諸受分別滅不滅不以寂靜不寂靜分別意界亦不以意界分別寂靜不寂靜不以寂靜不寂靜分別法界乃至意觸爲緣所生諸受亦不以法界乃至意觸爲緣所生諸受分別寂靜不寂靜不以遠離不遠離分別意界亦不以意界分別遠離不遠離不以遠離不遠離分別法界乃至意觸爲緣所生諸受亦不以法界乃至意觸爲緣所生諸受分別遠離不遠離如是人等終不以空不空分別地界亦不以地界分別空不空不以空不空分別水火風空識界亦不以水火風空識界分別空不空不以有相無相分別地界亦不以地界分別有相無相不以有相無相分別水火風空識界亦不以水火風空識界分別有相無相不以有願無願分別地界亦不以地界分別有願無願不以有願無願分別水火風空識界亦不以水火風空識界分別有願無願不以生不生分別地界亦不以地界分別生不生不以生不生分別水火風空識界亦不以水火風空識界分別生不生不以滅不滅分別地界亦不以地界分別滅不滅不以滅不滅分別水火風空識界亦不以水火風空識界分別滅不滅不以寂靜不寂靜分別地界亦不以地界分別寂靜不寂靜不以寂靜不寂靜分別水火風空識界亦不以水火風空識界分別寂靜不寂靜不以遠離不遠離分別地界亦不以地界分別遠離不遠離不以遠離不遠離分別水火風空識界亦不以水火風空識界分別遠離不遠離如是人等終不以空不空

分別苦聖諦亦不以苦聖諦分別空不空不以空不空分別集滅道聖諦亦不以集滅道聖諦分別空不空不以有相無相分別苦聖諦亦不以苦聖諦分別有相無相不以有相無相分別集滅道聖諦亦不以集滅道聖諦分別有相無相不以有願無願分別苦聖諦亦不以苦聖諦分別有願無願不以有願無願分別集滅道聖諦亦不以集滅道聖諦分別有願無願不以生不生分別苦聖諦亦不以苦聖諦分別生不生不以生不生分別集滅道聖諦亦不以集滅道聖諦分別生不生不以滅不滅分別苦聖諦亦不以苦聖諦分別滅不滅不以滅不滅分別集滅道聖諦亦不以集滅道聖諦分別滅不滅不以寂靜不寂靜分別苦聖諦亦不以苦聖諦分別寂靜不寂靜不以寂靜不寂靜分別集滅道聖諦亦不以集滅道聖諦分別寂靜不寂靜不以遠離不遠離分別苦聖諦亦不以苦聖諦分別遠離不遠離不以遠離不遠離分別集滅道聖諦亦不以集滅道聖諦分別遠離不遠離如是人等終不以空不空分別無明亦不以無明分別空不空不以空不空分別行識名色六處觸受愛取有生老死愁歎苦憂惱亦不以行乃至老死愁歎苦憂惱分別空不空不以有相無相分別無明亦不以無明分別有相無相不以有相無相分別行乃至老死愁歎苦憂惱亦不以行乃至老死愁歎苦憂惱分別有相無相不以有願無願分別無明亦不以無明分別有願無願不以有願無願分別行乃至老死愁歎苦憂惱亦不以行

乃至老死愁歎苦憂惱分別有願無願不以生不生分別無明亦不以無明分別生不生不以生不生分別行乃至老死愁歎苦憂惱亦不以行乃至老死愁歎苦憂惱分別生不生不以滅不滅分別無明亦不以無明分別滅不滅不以滅不滅分別行乃至老死愁歎苦憂惱亦不以行乃至老死愁歎苦憂惱分別滅不滅不以寂靜不寂靜分別無明亦不以無明分別寂靜不寂靜不以寂靜不寂靜分別行乃至老死愁歎苦憂惱亦不以行乃至老死愁歎苦憂惱分別寂靜不寂靜不以遠離不遠離分別無明亦不以無明分別遠離不遠離不以遠離不遠離分別行乃至老死愁歎苦憂惱亦不以行乃至老死愁歎苦憂惱分別遠離不遠離如是人等終不以空不空分別內空亦不以內空分別空不空不以空不空分別外空內外空空空大空勝義空有爲空無爲空畢竟空無際空散空無變異空本性空自相空共相空一切法空不可得空無性空自性空無性自性空亦不以外空乃至無性自性空分別空不空不以有相無相分別內空亦不以內空分別有相無相不以有相無相分別外空乃至無性自性空亦不以外空乃至無性自性空分別有相無相不以有願無願分別內空亦不以內空分別有願無願不以有願無願分別外空乃至無性自性空亦不以外空乃至無性自性空分別有願無願不以生不生分別內空亦不以內空分別生不生不以生不生分別外空乃至無性自性空亦不以外空乃至無性自

性空分別生不生不以滅不滅分別內空亦不以內空分別滅不滅不以滅不滅分別外空乃至無性自性空亦不以外空乃至無性自性空分別滅不滅不以寂靜不寂靜分別內空亦不以內空分別寂靜不寂靜不以寂靜不寂靜分別外空乃至無性自性空亦不以外空乃至無性自性空分別寂靜不寂靜不以遠離不遠離分別內空亦不以內空分別遠離不遠離不以遠離不遠離分別外空乃至無性自性空亦不以外空乃至無性自性空分別遠離不遠離如是人等終不以空不空分別眞如亦不以眞如分別空不空不以空不空分別法界法性不虛妄性不變異性平等性離生性法定法住實際虛空界不思議界亦不以法界乃至不思議界分別空

不空不以有相無相分別眞如亦不以眞如分別有相無相不以有相無相分別法界乃至不思議界亦不以法界乃至不思議界分別有相無相不以有願無願分別眞如亦不以眞如分別有願無願不以有願無願分別法界乃至不思議界亦不以法界乃至不思議界分別有願無願不以生不生分別眞如亦不以眞如分別生不生不以生不生分別法界乃至不思議界亦不以法界乃至不思議界分別生不生不以滅不滅分別眞如亦不以眞如分別滅不滅不以滅不滅分別法界乃至不思議界亦不以法界乃至不思議界分別滅不滅不以寂靜不寂靜分別眞如亦不以眞如分別寂靜不寂靜不以寂靜不寂靜分別法界乃至不思議界亦不以法界

乃至不思議界分別寂靜不寂靜不以遠離不遠離分別眞如亦不以眞如分別遠離不遠離不以遠離不遠離分別法界乃至不思議界亦不以法界乃至不思議界分別遠離不遠離

大般若波羅蜜多經卷第八十二

大般若波羅蜜多經卷第八十三

唐三藏法師玄奘奉詔譯

初分受教品第二十四之二

如是人等終不以空不空分別布施波羅蜜多亦不以布施波羅蜜多分別空不空不以空不空分別淨戒安忍精進靜慮般若波羅蜜多亦不以淨戒安忍精進靜慮般若波羅蜜多分別空不空不以有相無相分別布施波羅蜜多亦不以布施波羅蜜多分別有相無相不以有相無相分別淨戒安忍精進靜慮般若波羅蜜多亦不以淨戒安忍精進靜慮般若波羅蜜多分別有相無相不以有願無願分別布施波羅蜜多亦不以布施波羅蜜多分別有願無願不以有願無願分別淨戒安忍精進靜慮般若波羅蜜多亦不以淨戒安忍精進靜慮般若波羅蜜多分別有願無願不以生不生分別布施波羅蜜多亦不以布施波羅蜜多分別生不生不以生不生分別淨戒安忍精進靜慮般若波羅蜜多亦不以淨戒安忍精進靜慮般若波羅蜜多分別生不生不以滅不滅分別布施波羅蜜多亦不以布施波羅蜜多分別滅不滅不以滅不滅分別淨戒安忍精進靜慮般若波羅蜜多亦不以淨戒安忍精進靜慮般若波羅蜜多分別滅不滅不以寂靜不寂靜分別布施波羅蜜多亦不以布施波羅蜜多分別寂靜不寂靜不以寂靜不寂靜分別淨戒安忍精進靜慮般若波羅蜜多亦不以淨戒安忍精進靜慮般若波羅蜜多分別寂靜不寂靜不以遠離不遠離分別布施波羅蜜多亦不以

布施波羅蜜多分別遠離不遠離不以遠離不遠離分別淨戒安忍精進靜慮般若波羅蜜多亦不以淨戒安忍精進靜慮般若波羅蜜多分別遠離不遠離如是人等終不以空不空分別四靜慮亦不以四靜慮分別空不空不以空不空分別四無量四無色定亦不以四無量四無色定分別空不空不以有相無相分別四靜慮亦不以四靜慮分別有相無相不以有相無相分別四無量四無色定亦不以四無量四無色定分別有相無相不以有願無願分別四靜慮亦不以四靜慮分別有願無願不以有願無願分別四無量四無色定亦不以四無量四無色定分別有願無願不以生不生分別四靜慮亦不以四靜慮分別生不生不以生不生分別四無量四

無色定亦不以四無量四無色定分別生不生不以滅不滅分別四靜慮亦不以四靜慮分別滅不滅不以滅不滅分別四無量四無色定亦不以四無量四無色定分別滅不滅不以寂靜不寂靜分別四靜慮亦不以四靜慮分別寂靜不寂靜不以寂靜不寂靜分別四無量四無色定亦不以四無量四無色定分別寂靜不寂靜不以遠離不遠離分別四靜慮亦不以四靜慮分別遠離不遠離不以遠離不遠離分別四無量四無色定亦不以四無量四無色定分別遠離不遠離如是人等終不以空不空分別八解脫亦不以八解脫分別空不空不以空不空分別八勝處九次第定十遍處亦不以八勝處九次第定十遍處分別空不空不以有相無相分別八解

脱亦不以八解脱分别有相無相不以有相無相分别八勝處九次第定十遍處亦不以八勝處九次第定十遍處分别有相無相不以有願無願分别八解脱亦不以八解脱分别有願無願不以有願無願分别八勝處九次第定十遍處亦不以八勝處九次第定十遍處分别有願無願不以生不生分别八解脱亦不以八解脱分别生不生不以生不生分别八勝處九次第定十遍處亦不以八勝處九次第定十遍處分别生不生不以滅不滅分别八解脱亦不以八解脱分别滅不滅不以滅不滅分别八勝處九次第定十遍處亦不以八勝處九次第定十遍處分别滅不滅不以寂靜不寂靜分别八解脱亦不以八解脱分别寂靜不寂靜不以寂靜不寂靜分别八勝處九次第定十遍處亦不以八勝處九次第定十遍處分别寂靜不寂靜不以遠離不遠離分别八解脱亦不以八解脱分别遠離不遠離不以遠離不遠離分别八勝處九次第定十遍處亦不以八勝處九次第定十遍處分别遠離不遠離如是人等終不以空不空分别四念住亦不以四念住分别空不空不以空不空分别四正斷四神足五根五力七等覺支八聖道支亦不以四正斷四神足五根五力七等覺支八聖道支分别空不空不以有相無相分别四念住亦不以四念住分别有相無相不以有相無相分别四正斷四神足五根五力七等覺支八聖道支亦不以四正斷四神足五根五力七等覺支八聖道支分别有相無相不以有願無願分

別四念住亦不以四念住分別有願無願不以有願無願分別四正斷四神足五根五力七等覺支八聖道支亦不以四正斷四神足五根五力七等覺支八聖道支分別有願無願不以生不生分別四念住亦不以四念住分別生不生不以生不生分別四正斷四神足五根五力七等覺支八聖道支亦不以四正斷四神足五根五力七等覺支八聖道支分別生不生不以滅不滅分別四念住亦不以四念住分別滅不滅不以滅不滅分別四正斷四神足五根五力七等覺支八聖道支亦不以四正斷四神足五根五力七等覺支八聖道支分別滅不滅不以寂靜不寂靜分別四念住亦不以四念住分別寂靜不寂靜不以寂靜不寂靜分別四正斷四神足五根五力七等覺支八聖道支亦不以四正斷四神足五根五力七等覺支八聖道支分別寂靜不寂靜不以遠離不遠離分別四念住亦不以四念住分別遠離不遠離不以遠離不遠離分別四正斷四神足五根五力七等覺支八聖道支亦不以四正斷四神足五根五力七等覺支八聖道支分別遠離不遠離如是人等終不以空不空分別空解脱門亦不以空解脱門分別空不空不以空不空分別無相無願解脱門亦不以無相無願解脱門分別空不空不以有相無相分別空解脱門亦不以空解脱門分別有相無相不以有相無相分別無相無願解脱門亦不以無相無願解脱門分別有相無相不以有願無願分別空解脱門亦不以空解脱門分別有願無

願不以有願無願分別無相無願解脫門亦不以無相無願解脫門分別有願無願不以生不生分別空解脫門亦不以空解脫門分別生不生不以生不生分別無相無願解脫門亦不以無相無願解脫門分別生不生不以滅不滅分別空解脫門亦不以空解脫門分別滅不滅不以滅不滅分別無相無願解脫門亦不以無相無願解脫門分別滅不滅不以寂靜不寂靜分別空解脫門亦不以空解脫門分別寂靜不寂靜不以寂靜不寂靜分別無相無願解脫門亦不以無相無願解脫門分別寂靜不寂靜不以遠離不遠離分別空解脫門亦不以空解脫門分別遠離不遠離不以遠離不遠離分別無相無願解脫門亦不以無相無願解脫門分別遠離不遠離如是人等終不以空不空分別五眼亦不以五眼分別空不空不以空不空分別六神通亦不以六神通分別空不空不以有相無相分別五眼亦不以五眼分別有相無相不以有相無相分別六神通亦不以六神通分別有相無相不以有願無願分別五眼亦不以五眼分別有願無願不以有願無願分別六神通亦不以六神通分別有願無願不以生不生分別五眼亦不以五眼分別生不生不以生不生分別六神通亦不以六神通分別生不生不以滅不滅分別五眼亦不以五眼分別滅不滅不以滅不滅分別六神通亦不以六神通分別滅不滅不以寂靜不寂靜分別五眼亦不以五眼分別寂靜不寂靜不以寂靜不寂靜分別六神通亦不以六神通

分別寂靜不寂靜不以遠離不遠離分別五眼亦不以五眼分別遠離不遠離不以遠離不遠離分別六神通亦不以六神通分別遠離不遠離如是人等終不以空不空分別佛十力亦不以佛十力分別空不空不以空不空分別四無所畏四無礙解大慈大悲大喜大捨十八佛不共法亦不以四無所畏四無礙解大慈大悲大喜大捨十八佛不共法分別空不空不以有相無相分別佛十力亦不以佛十力分別有相無相不以有相無相分別四無所畏四無礙解大慈大悲大喜大捨十八佛不共法亦不以四無所畏四無礙解大慈大悲大喜大捨十八佛不共法分別有相無相不以有願無願分別佛十力亦不以佛十力分別有願無願不以有願無願分別四無所畏四無礙解大慈大悲大喜大捨十八佛不共法亦不以四無所畏四無礙解大慈大悲大喜大捨十八佛不共法分別有願無願不以生不生分別佛十力亦不以佛十力分別生不生不以生不生分別四無所畏四無礙解大慈大悲大喜大捨十八佛不共法亦不以四無所畏四無礙解大慈大悲大喜大捨十八佛不共法分別生不生不以滅不滅分別佛十力亦不以佛十力分別滅不滅不以滅不滅分別四無所畏四無礙解大慈大悲大喜大捨十八佛不共法亦不以四無所畏四無礙解大慈大悲大喜大捨十八佛不共法分別滅不滅不以寂靜不寂靜分別佛十力亦不以佛十力分別寂靜不寂靜不以寂靜不寂靜分別四無所畏四無礙解

大慈大悲大喜大捨十八佛不共法亦不以四無所畏四無礙解大慈大悲大喜大捨十八佛不共法分別寂靜不寂靜不以遠離不遠離分別佛十力亦不以佛十力分別遠離不遠離不以遠離不遠離分別四無所畏四無礙解大慈大悲大喜大捨十八佛不共法亦不以四無所畏四無礙解大慈大悲大喜大捨十八佛不共法分別遠離不遠離如是人等終不以空不空分別無忘失法亦不以無忘失法分別空不空不以空不空分別恒住捨性亦不以恒住捨性分別空不空不以有相無相分別無忘失法亦不以無忘失法分別有相無相不以有相無相分別恒住捨性亦不以恒住捨性分別有相無相不以有願無願分別無忘失法亦不以無忘失法分別有願無願不以有願無願分別恒住捨性亦不以恒住捨性分別有願無願不以生不生分別無忘失法亦不以無忘失法分別生不生不以生不生分別恒住捨性亦不以恒住捨性分別生不生不以滅不滅分別無忘失法亦不以無忘失法分別滅不滅不以滅不滅分別恒住捨性亦不以恒住捨性分別滅不滅不以寂靜不寂靜分別無忘失法亦不以無忘失法分別寂靜不寂靜不以寂靜不寂靜分別恒住捨性亦不以恒住捨性分別寂靜不寂靜不以遠離不遠離分別無忘失法亦不以無忘失法分別遠離不遠離不以遠離不遠離分別恒住捨性亦不以恒住捨性分別遠離不遠離如是人等終不以空不空分別一切陀羅尼門亦不以一切陀羅

尼門分別空不空不以空不空分別一切三摩地門亦不以一切三摩地門分別空不空不以有相無相分別一切陀羅尼門亦不以一切陀羅尼門分別有相無相不以有相無相分別一切三摩地門亦不以一切三摩地門分別有相無相不以有願無願分別一切陀羅尼門亦不以一切陀羅尼門分別有願無願不以有願無願分別一切三摩地門亦不以一切三摩地門分別有願無願不以生不生分別一切陀羅尼門亦不以一切陀羅尼門分別生不生不以生不生分別一切三摩地門亦不以一切三摩地門分別生不生不以滅不滅分別一切陀羅尼門亦不以一切陀羅尼門分別滅不滅不以滅不滅分別一切三摩地門亦不以一切三摩地門分別滅不滅不以寂靜不寂靜分別一切陀羅尼門亦不以一切陀羅尼門分別寂靜不寂靜不以寂靜不寂靜分別一切三摩地門亦不以一切三摩地門分別寂靜不寂靜不以遠離不遠離分別一切陀羅尼門亦不以一切陀羅尼門分別遠離不遠離不以遠離不遠離分別一切三摩地門亦不以一切三摩地門分別遠離不遠離如是人等終不以空不空分別一切智亦不以一切智分別空不空不以空不空分別道相智一切相智亦不以道相智一切相智分別空不空不以有相無相分別一切智亦不以一切智分別有相無相不以有相無相分別道相智一切相智亦不以道相智一切相智分別有相無相不以有願無願分別一切智亦不以一切智分別

有願無願不以有願無願分別道相智一切相智亦不以道相智一切相智分別有願無願不以生不生分別一切智亦不以一切智分別生不生不以生不生分別道相智一切相智亦不以道相智一切相智分別生不生不以滅不滅分別一切智亦不以一切智分別滅不滅不以滅不滅分別道相智一切相智亦不以道相智一切相智分別滅不滅不以寂靜不寂靜分別一切智亦不以一切智分別寂靜不寂靜不以寂靜不寂靜分別道相智一切相智亦不以道相智一切相智分別寂靜不寂靜不以遠離不遠離分別一切智亦不以一切智分別遠離不遠離不以遠離不遠離分別道相智一切相智亦不以道相智一切相智分別遠離不遠離如是人等

終不以空不空分別聲聞乘亦不以聲聞乘分別空不空不以空不空分別獨覺乘無上乘亦不以獨覺乘無上乘分別空不空不以有相無相分別聲聞乘亦不以聲聞乘分別有相無相不以有相無相分別獨覺乘無上乘亦不以獨覺乘無上乘分別有相無相不以有願無願分別聲聞乘亦不以聲聞乘分別有願無願不以有願無願分別獨覺乘無上乘亦不以獨覺乘無上乘分別有願無願不以生不生分別聲聞乘亦不以聲聞乘分別生不生不以生不生分別獨覺乘無上乘亦不以獨覺乘無上乘分別生不生不以滅不滅分別聲聞乘亦不以聲聞乘分別滅不滅不以滅不滅分別獨覺乘無上乘亦不以獨覺乘無上乘分別滅不滅不以寂靜不寂

靜分別聲聞乘亦不以聲聞乘分別寂靜不寂靜不以寂靜不寂靜分別獨覺乘無上乘亦不以獨覺乘無上乘分別寂靜不寂靜不以遠離不遠離分別聲聞乘亦不以聲聞乘分別遠離不遠離不以遠離不遠離分別獨覺乘無上乘亦不以獨覺乘無上乘分別遠離不遠離如是人等終不以空不空分別預流亦不以預流分別空不空不以空不空分別一來不還阿羅漢亦不以一來不還阿羅漢分別空不空不以有相無相分別預流亦不以預流分別有相無相不以有相無相分別一來不還阿羅漢亦不以一來不還阿羅漢分別有相無相不以有願無願分別預流亦不以預流分別有願無願不以有願無願分別一來不還阿羅漢亦不以一來不還阿羅漢分別有願無願不以生不生分別預流亦不以預流分別生不生不以生不生分別一來不還阿羅漢亦不以一來不還阿羅漢分別生不生不以滅不滅分別預流亦不以預流分別滅不滅不以滅不滅分別一來不還阿羅漢亦不以一來不還阿羅漢分別滅不滅不以寂靜不寂靜分別預流亦不以預流分別寂靜不寂靜不以寂靜不寂靜分別一來不還阿羅漢亦不以一來不還阿羅漢分別寂靜不寂靜不以遠離不遠離分別預流亦不以預流分別遠離不遠離不以遠離不遠離分別一來不還阿羅漢亦不以一來不還阿羅漢分別遠離不遠離如是人等終不以空不空分別預流向預流果亦不以預流向預流果分別空不空不以空不空分別

一來向一來果不還向不還果阿羅漢向阿羅漢果亦不以一來向一來果不還向不還果阿羅漢向阿羅漢果分別空不空不以有相無相分別預流向預流果亦不以預流向預流果分別有相無相不以有相無相分別一來向一來果不還向不還果阿羅漢向阿羅漢果亦不以一來向一來果不還向不還果阿羅漢向阿羅漢果分別有相無相不以有願無願分別預流向預流果亦不以預流向預流果分別有願無願不以有願無願分別一來向一來果不還向不還果阿羅漢向阿羅漢果亦不以一來向一來果不還向不還果阿羅漢向阿羅漢果分別有願無願不以生不生分別預流向預流果亦不以預流向預流果分別生不生不以生不生分別一來向一來果不還向不還果阿羅漢向阿羅漢果亦不以一來向一來果不還向不還果阿羅漢向阿羅漢果分別生不生不以滅不滅分別預流向預流果亦不以預流向預流果分別滅不滅不以滅不滅分別一來向一來果不還向不還果阿羅漢向阿羅漢果亦不以一來向一來果不還向不還果阿羅漢向阿羅漢果分別滅不滅不以寂靜不寂靜分別預流向預流果亦不以預流向預流果分別寂靜不寂靜不以寂靜不寂靜分別一來向一來果不還向不還果阿羅漢向阿羅漢果亦不以一來向一來果不還向不還果阿羅漢向阿羅漢果分別寂靜不寂靜不以遠離不遠離分別預流向預流果亦不以預流向預流果分別遠離不遠離不以遠離不

遠離分别一來向一來果不還向不還果阿羅漢向阿羅漢果亦不以一來向一來果不還向不還果阿羅漢向阿羅漢果分别遠離不遠離如是人等終不以空不空分别獨覺亦不以獨覺分别空不空不以空不空分别獨覺向獨覺果亦不以獨覺向獨覺果分别空不空不以有相無相分别獨覺亦不以獨覺分别有相無相不以有相無相分别獨覺向獨覺果亦不以獨覺向獨覺果分别有相無相不以有願無願分别獨覺亦不以獨覺分别有願無願不以有願無願分别獨覺向獨覺果亦不以獨覺向獨覺果分别有願無願不以生不生分别獨覺亦不以獨覺分别生不生不以生不生分别獨覺向獨覺果亦不以獨覺向獨覺果分别生不生不以滅不滅分别獨覺亦不以獨覺分别滅不滅不以滅不滅分别獨覺向獨覺果亦不以獨覺向獨覺果分别滅不滅不以寂靜不寂靜分别獨覺亦不以獨覺分别寂靜不寂靜不以寂靜不寂靜分别獨覺向獨覺果亦不以獨覺向獨覺果分别寂靜不寂靜不以遠離不遠離分别獨覺亦不以獨覺分别遠離不遠離不以遠離不遠離分别獨覺向獨覺果亦不以獨覺向獨覺果分别遠離不遠離如是人等終不以空不空分别菩薩摩訶薩亦不以菩薩摩訶薩分别空不空不以空不空分别三藐三佛陀亦不以三藐三佛陀分别空不空不以有相無相分别菩薩摩訶薩亦不以菩薩摩訶薩分别有相無相不以有相無相分别三藐三佛陀亦不以三藐三佛陀分别

有相無相不以有願無願分別菩薩摩訶薩亦不以菩薩摩訶薩分別有願無願不以有願無願分別三藐三佛陀亦不以三藐三佛陀分別有願無願不以生不生分別菩薩摩訶薩亦不以菩薩摩訶薩分別生不生不以生不生分別三藐三佛陀亦不以三藐三佛陀分別生不生不以滅不滅分別菩薩摩訶薩亦不以菩薩摩訶薩分別滅不滅不以滅不滅分別三藐三佛陀亦不以三藐三佛陀分別滅不滅不以寂靜不寂靜分別菩薩摩訶薩亦不以菩薩摩訶薩分別寂靜不寂靜不以寂靜不寂靜分別三藐三佛陀亦不以三藐三佛陀分別寂靜不寂靜不以遠離不遠離分別菩薩摩訶薩亦不以菩薩摩訶薩分別遠離不遠離不以遠離不遠離分別三藐三佛陀亦不以三藐三佛陀分別遠離不遠離如是人等終不以空不空分別菩薩摩訶薩法亦不以菩薩摩訶薩法分別空不空不以空不空分別無上正等菩提亦不以無上正等菩提分別空不空不以有相無相分別菩薩摩訶薩法亦不以菩薩摩訶薩法分別有相無相不以有相無相分別無上正等菩提亦不以無上正等菩提分別有相無相不以有願無願分別菩薩摩訶薩法亦不以菩薩摩訶薩法分別有願無願不以有願無願分別無上正等菩提亦不以無上正等菩提分別有願無願不以生不生分別菩薩摩訶薩法亦不以菩薩摩訶薩法分別生不生不以生不生分別無上正等菩提亦不以無上正等菩提分別生不生不以滅不滅分別

菩薩摩訶薩法亦不以菩薩摩訶薩法分別滅不滅不以滅不滅分別無上正等菩提亦不以無上正等菩提分別滅不滅不以寂靜不寂靜分別菩薩摩訶薩法亦不以菩薩摩訶薩法分別寂靜不寂靜不以寂靜不寂靜分別無上正等菩提亦不以無上正等菩提分別寂靜不寂靜不以遠離不遠離分別菩薩摩訶薩法亦不以菩薩摩訶薩法分別遠離不遠離不以遠離不遠離分別無上正等菩提亦不以無上正等菩提分別遠離不遠離如是人等終不以空不空分別極喜地亦不以極喜地分別空不空不以空不空分別離垢地發光地焰慧地極難勝地現前地遠行地不動地善慧地法雲地亦不以離垢地發光地乃至善慧地法雲地分別空不空不以有相無相分別極喜地亦不以極喜地分別有相無相不以有相無相分別離垢地發光地乃至善慧地法雲地亦不以離垢地發光地乃至善慧地法雲地分別有相無相不以有願無願分別極喜地亦不以極喜地分別有願無願不以有願無願分別離垢地發光地乃至善慧地法雲地亦不以離垢地發光地乃至善慧地法雲地分別有願無願不以生不生分別極喜地亦不以極喜地分別生不生不以生不生分別離垢地發光地乃至善慧地法雲地亦不以離垢地發光地乃至善慧地法雲地分別生不生不以滅不滅分別極喜地亦不以極喜地分別滅不滅不以滅不滅分別離垢地發光地乃至善慧地法雲地亦不以離垢地發光地乃至善慧地

法雲地分别滅不滅不以寂靜不寂靜分别
極喜地亦不以極喜地分别寂靜不寂靜不
以寂靜不寂靜分别離垢地發光地乃至善
慧地法雲地亦不以離垢地發光地乃至善
慧地法雲地分别寂靜不寂靜不以遠離不
遠離分别極喜地亦不以極喜地分别遠離
不遠離不以遠離不遠離分别離垢地發光
地乃至善慧地法雲地亦不以離垢地發光
地乃至善慧地法雲地分别遠離不遠離

大般若波羅蜜多經卷第八十三

大般若波羅蜜多經卷第八十四

唐三藏法師玄奘奉 詔譯

初分受教品第二十四之三

如是人等終不以空不空分別極喜地法亦不以極喜地法分別空不空不以空不空分別離垢地法發光地法乃至善慧地法法雲地法亦不以離垢地法發光地法乃至善慧地法法雲地法分別空不空不以有相無相分別極喜地法亦不以極喜地法分別有相無相不以有相無相分別離垢地法發光地法乃至善慧地法法雲地法亦不以離垢地法發光地法乃至善慧地法法雲地法分別有相無相不以有願無願分別極喜地法亦不以極喜地法分別有願無願不以有願無願分別離垢地法發光地法乃至善慧地法法雲地法亦不以離垢地法發光地法乃至善慧地法法雲地法分別有願無願不以生不生分別極喜地法亦不以極喜地法分別生不生不以生不生分別離垢地法發光地法乃至善慧地法法雲地法亦不以離垢地法發光地法乃至善慧地法法雲地法分別生不生不以滅不滅分別極喜地法亦不以極喜地法分別滅不滅不以滅不滅分別離垢地法發光地法乃至善慧地法法雲地法亦不以離垢地法發光地法乃至善慧地法法雲地法分別滅不滅不以寂靜不寂靜分別極喜地法亦不以極喜地法分別寂靜不寂靜不以寂靜不寂靜分別離垢地法發光地法乃至善慧地法法雲地法亦不以離垢地法發光地法乃至善慧地法法雲地法分

別寂靜不寂靜不以遠離不遠離分別極喜地法亦不以極喜地法分別遠離不遠離不以遠離不遠離分別離垢地法發光地法乃至善慧地法法雲地法亦不以離垢地法發光地法乃至善慧地法法雲地法分別遠離不遠離如是人等終不以空不空分別異生地亦不以異生地分別空不空不以空不空分別種性地第八地具見地薄地離欲地已辦地獨覺地菩薩地如來地亦不以種性地第八地乃至菩薩地如來地分別空不空不以有相無相分別異生地亦不以異生地分別有相無相不以有相無相分別種性地第八地乃至菩薩地如來地亦不以種性地第八地乃至菩薩地如來地分別有相無相不以有願無願分別異生地亦不以異生地分別有願無願不以有願無願分別種性地第八地乃至菩薩地如來地亦不以種性地第八地乃至菩薩地如來地分別有願無願不以生不生分別異生地亦不以異生地分別生不生不以生不生分別種性地第八地乃至菩薩地如來地亦不以種性地第八地乃至菩薩地如來地分別生不生不以滅不滅分別異生地亦不以異生地分別滅不滅不以滅不滅分別種性地第八地乃至菩薩地如來地亦不以種性地第八地乃至菩薩地如來地分別滅不滅不以寂靜不寂靜分別異生地亦不以異生地分別寂靜不寂靜不以寂靜不寂靜分別種性地第八地乃至菩薩地如來地亦不以種性地第八地乃至菩薩地如來地分別寂靜不寂靜不以遠離不

遠離分別異生地亦不以異生地分別遠離不遠離不以遠離不遠離分別種性地第八地乃至菩薩地如來地亦不以種性地第八地乃至菩薩地如來地分別遠離不遠離如是人等終不以空不空分別異生地法亦不以異生地法分別空不空不以空不空分別種性地法第八地法乃至菩薩地法如來地法亦不以種性地法第八地法乃至菩薩地法如來地法分別空不空不以有相無相分別異生地法亦不以異生地法分別有相無相不以有相無相分別種性地法第八地法乃至菩薩地法如來地法亦不以種性地法第八地法乃至菩薩地法如來地法分別有相無相不以有願無願分別異生地法亦不以異生地法分別有願無願不以有願無願分別種性地法第八地法乃至菩薩地法如來地法亦不以種性地法第八地法乃至菩薩地法如來地法分別有願無願不以生不生分別異生地法亦不以異生地法分別生不生不以生不生分別種性地法第八地法乃至菩薩地法如來地法亦不以種性地法第八地法乃至菩薩地法如來地法分別生不生不以滅不滅分別異生地法亦不以異生地法分別滅不滅不以滅不滅分別種性地法第八地法乃至菩薩地法如來地法亦不以種性地法第八地法乃至菩薩地法如來地法分別滅不滅不以寂靜不寂靜分別異生地法亦不以異生地法分別寂靜不寂靜不以寂靜不寂靜分別種性地法第八地法乃至菩薩地法如來地法亦不以種性地

法第八地法乃至菩薩地法如來地法分別寂靜不寂靜不以遠離不遠離分別異生地法亦不以異生地法分別遠離不遠離不以遠離不遠離分別種性地法第八地法乃至菩薩地法如來地法亦不以種性地法第八地法乃至菩薩地法如來地法分別遠離不遠離如是人等終不以空不空分別有爲界亦不以有爲界分別空不空不以空不空分別無爲界亦不以無爲界分別空不空不以有相無相分別有爲界亦不以有爲界分別有相無相不以有相無相分別無爲界亦不以無爲界分別有相無相不以有願無願分別有爲界亦不以有爲界分別有願無願不以有願無願分別無爲界亦不以無爲界分別有願無願不以生不生分別有爲界亦不以有爲界分別生不生不以生不生分別無爲界亦不以無爲界分別生不生不以滅不滅分別有爲界亦不以有爲界分別滅不滅不以滅不滅分別無爲界亦不以無爲界分別滅不滅不以寂靜不寂靜分別有爲界亦不以有爲界分別寂靜不寂靜不以寂靜不寂靜分別無爲界亦不以無爲界分別寂靜不寂靜不以遠離不遠離分別有爲界亦不以有爲界分別遠離不遠離不以遠離不遠離分別無爲界亦不以無爲界分別遠離不遠離時具壽善現告諸天子言如是甚深難見難覺非所尋思超尋思境微妙寂靜最勝第一唯極聖者自內所證世聰慧人所不能測所說般若波羅蜜多其中實無能信受者所以者何此中無法可顯可示由無有法可

顯示故實信受者亦不可得時舍利子問善現言豈不於此般若波羅蜜多甚深教中廣説三乘法所謂聲聞獨覺無上乘法廣説攝受菩薩摩訶薩從初發心乃至十地諸菩薩道所謂布施波羅蜜多淨戒安忍精進靜慮般若波羅蜜多若內空外空內外空空空大空勝義空有爲空無爲空畢竟空無際空散空無變異空本性空自相空共相空一切法空不可得空無性空自性空無性自性空若眞如法界法性不虛妄性不變異性平等性離生性法定法住實際虛空界不思議界若苦聖諦集滅道聖諦若四靜慮四無量四無色定若八解脫八勝處九次第定十遍處若四念住四正斷四神足五根五力七等覺支八聖道支若空解脫門無相無願解脫門若五眼六神通若佛十力四無所畏四無礙解大慈大悲大喜大捨十八佛不共法若無忘失法恒住捨性若一切智道相智一切相智若一切陀羅尼門一切三摩地門廣説攝受菩薩摩訶薩功德勝事所謂菩薩摩訶薩於此般若波羅蜜多勤修行故隨所生處常受化生於不退神通能自在遊戲從一佛土趣一佛土供養恭敬尊重讚歎諸佛世尊隨所願樂種種善根皆能修習速得圓滿於諸佛所聞持正法乃至無上正等菩提能不忘失亦無懈廢恒居勝定離散亂心由此爲緣得無礙辯無斷盡辯無踈謬辯迅辯應辯凡所演説豐義味辯一切世間最妙勝辯善現答言如是如是誠如所説於此般若波羅蜜多甚深教中廣説三乘法所謂聲聞獨覺無上

乘法廣說攝受菩薩摩訶薩從初發心乃至十地諸菩薩道所謂布施波羅蜜多乃至一切三摩地門廣說攝受菩薩摩訶薩功德勝事所謂菩薩摩訶薩於此般若波羅蜜多勤修行故隨所生處常受化生乃至得一切世間最妙勝辯如是深教諸有所說以無所得而為方便舍利子言此於何法以無所得為方便耶善現言舍利子此於我以無所得而為方便此於有情命者生者養者士夫補特伽羅意生儒童作者受者知者見者以無所得而為方便舍利子此於色以無所得而為方便此於受想行識以無所得而為方便舍利子此於眼處以無所得而為方便此於耳鼻舌身意處以無所得而為方便舍利子此於色處以無所得而為方便此於聲香味觸

法處以無所得而為方便舍利子此於眼界以無所得而為方便此於色界眼識界及眼觸眼觸為緣所生諸受以無所得而為方便此於舍利子此於耳界以無所得而為方便此於聲界耳識界及耳觸耳觸為緣所生諸受以無所得而為方便舍利子此於鼻界以無所得而為方便此於香界鼻識界及鼻觸鼻觸為緣所生諸受以無所得而為方便舍利子此於舌界以無所得而為方便此於味界舌識界及舌觸舌觸為緣所生諸受以無所得而為方便舍利子此於身界以無所得而為方便此於觸界身識界及身觸身觸為緣所生諸受以無所得而為方便舍利子此於意界以無所得而為方便此於法界意識界及意觸意觸為緣所生諸受以無所得而為方

便舍利子此於地界以無所得而爲方便此於水火風空識界以無所得而爲方便舍利子此於苦聖諦以無所得而爲方便此於集滅道聖諦以無所得而爲方便舍利子此於無明以無所得而爲方便此於行識名色六處觸受愛取有生老死愁歎苦憂惱以無所得而爲方便舍利子此於内空以無所得而爲方便此於外空内外空空空大空勝義空有爲空無爲空畢竟空無際空散空無變異空本性空自相空共相空一切法空不可得空無性空自性空無性自性空以無所得而爲方便舍利子此於眞如以無所得而爲方便此於法界法性不虚妄性不變異性平等性離生性法定法住實際虚空界不思議界以無所得而爲方便舍利子此於布施波羅

蜜多以無所得而爲方便此於淨戒安忍精進靜慮般若波羅蜜多以無所得而爲方便舍利子此於四靜慮以無所得而爲方便此於四無量四無色定以無所得而爲方便舍利子此於八解脱以無所得而爲方便此於八勝處九次第定十遍處以無所得而爲方便舍利子此於四念住以無所得而爲方便此於四正斷四神足五根五力七等覺支八聖道支以無所得而爲方便舍利子此於空解脱門以無所得而爲方便此於無相無願解脱門以無所得而爲方便舍利子此於五眼以無所得而爲方便此於六神通以無所得而爲方便舍利子此於佛十力以無所得而爲方便此於四無所畏四無礙解大慈大悲大喜大捨十八佛不共法以無所得而爲

方便舍利子此於無忘失法以無所得而爲方便此於恒住捨性以無所得而爲方便舍利子此於一切陀羅尼門以無所得而爲方便此於一切三摩地門以無所得而爲方便舍利子此於一切智以無所得而爲方便此於道相智一切相智以無所得而爲方便舍利子此於聲聞乘以無所得而爲方便此於獨覺乘無上乘以無所得而爲方便舍利子此於預流以無所得而爲方便此於一來不還阿羅漢以無所得而爲方便舍利子此於預流向預流果以無所得而爲方便此於一來向一來果不還向不還果阿羅漢向阿羅漢果以無所得而爲方便舍利子此於獨覺以無所得而爲方便此於獨覺向獨覺果以無所得而爲方便舍利子此於菩薩摩訶薩以無所得而爲方便此於三藐三佛陀以無所得而爲方便舍利子此於菩薩摩訶薩法以無所得而爲方便此於無上正等菩提法以無所得而爲方便舍利子此於極喜地以無所得而爲方便此於離垢地發光地焰慧地極難勝地現前地遠行地不動地善慧地法雲地以無所得而爲方便舍利子此於極喜地法以無所得而爲方便此於離垢地法發光地法焰慧地法極難勝地法現前地法遠行地法不動地法善慧地法法雲地法以無所得而爲方便舍利子此於異生地以無所得而爲方便此於種性地第八地具見地薄地離欲地已辦地獨覺地菩薩地如來地以無所得而爲方便舍利子此於異生地法以無所得而爲方便此於種性地法第八地

法具見地法薄地法離欲地法已辦地法獨覺地法菩薩地法如來地法以無所得而爲方便舍利子此於有爲界以無所得而爲方便此於無爲界以無所得而爲方便時舍利子問善現言何因緣故於此般若波羅蜜多甚深教中以無所得而爲方便廣說三乘法所謂聲聞獨覺無上乘法何因緣故於此般若波羅蜜多甚深教中以無所得而爲方便廣說攝受菩薩摩訶薩從初發心乃至十地諸菩薩道所謂布施波羅蜜多乃至一切三摩地門何因緣故於此般若波羅蜜多甚深教中以無所得而爲方便廣說攝受菩薩摩訶薩功德勝事所謂菩薩摩訶薩於此般若波羅蜜多勤修行故隨所生處常受化生乃至得一切世間最妙勝辯善現答言舍利子由內空故於此般若波羅蜜多甚深教中以無所得而爲方便廣說三乘法所謂聲聞獨覺無上乘法舍利子由外空內外空空空大空勝義空有爲空無爲空畢竟空無際空散空無變異空本性空自相空共相空一切法空不可得空無性空自性空無性自性空故於此般若波羅蜜多甚深教中以無所得而爲方便廣說三乘法所謂聲聞獨覺無上乘法舍利子由內空故於此般若波羅蜜多甚深教中以無所得而爲方便廣說攝受菩薩摩訶薩從初發心乃至十地諸菩薩道所謂布施波羅蜜多淨戒安忍精進靜慮般若波羅蜜多若內空外空內外空空空大空勝義空有爲空無爲空畢竟空無際空散空無變異空本性空自相空共相空一切法空不可

得空無性空自性空無性自性空若眞如法界法性不虛妄性不變異性平等性離生性法定法住實際虛空界不思議界若苦聖諦集滅道聖諦若四靜慮四無量四無色定若八解脫八勝處九次第定十遍處若四念住四正斷四神足五根五力七等覺支八聖道支若空解脫門無相無願解脫門若五眼六神通若佛十力四無所畏四無礙解大慈大悲大喜大捨十八佛不共法若無忘失法恒住捨性若一切智道相智一切相智若一切陀羅尼門一切三摩地門舍利子由外空乃至無性自性空故於此般若波羅蜜多甚深教中以無所得而爲方便廣說攝受菩薩摩訶薩從初發心乃至十地諸菩薩道所謂布施波羅蜜多乃至一切三摩地門舍利子由內空故於此般若波羅蜜多甚深教中以無所得而爲方便廣說攝受菩薩摩訶薩功德勝事所謂菩薩摩訶薩於此般若波羅蜜多勤修行故隨所生處常受化生於不退神通能自在遊戲從一佛土趣一佛土供養恭敬尊重讚歎諸佛世尊隨所願樂種種善根皆能修習速得圓滿於諸佛所聞持正法乃至無上正等菩提能不忘失亦無懈廢恒居勝定離散亂心由此爲緣得無礙辯無斷盡辯無謬亂辯迅辯應辯凡所演說豐義味辯一切世間最妙勝辯舍利子由外空乃至無性自性空故於此般若波羅蜜多甚深教中以無所得而爲方便廣說攝受菩薩摩訶薩功德勝事所謂菩薩摩訶薩於此般若波羅蜜多勤修行故隨所生處常受化生乃至得一

切世間最妙勝辯

初分散華品第二十五

爾時天帝釋及此三千大千世界所有四大王衆天三十三天夜摩天覩史多天樂變化天他化自在天梵衆天梵輔天梵會天大梵天光天少光天無量光天極光淨天淨天少淨天無量淨天遍淨天廣天少廣天無量廣天廣果天無煩天無熱天善現天善見天色究竟天咸作是念今尊者善現承佛神力爲一切有情雨大法雨我等今者爲供養故宜各化作天諸妙華奉散釋迦如來及菩薩摩訶薩并苾芻僧尊者善現亦散所說甚深般若波羅蜜多而爲供養時諸天衆作是念已各化種種微妙香華奉散如來諸菩薩等是時於此三千大千佛之世界華悉充滿以佛神力於虛空中合成華臺莊嚴殊妙遍覆三千大千世界具壽善現覩斯事已作是念言今所散華於諸天處未曾見有是華殊妙實非草木水陸所生應是諸天爲供養故從心化出時天帝釋既知善現心之所念謂善現言此所散華實非草木水陸所生亦不從心實能化出但變現耳具壽善現語帝釋言是華不生則非華也時天帝釋問善現言爲但是華不生爲餘法亦爾善現答言非但是華不生諸餘法亦爾何謂也憍尸迦色亦不生此既不生則非色受想行識亦不生此既不生則非受想行識何以故以不生法離諸戲論不可施設爲色等故憍尸迦眼處亦不生此既不生則非眼處耳鼻舌身意處亦不生此既不生則非耳鼻舌身意處何以故以不

生法離諸戲論不可施設爲眼處等故憍尸迦色處亦不生此旣不生則非色處聲香味觸法處亦不生此旣不生則非聲香味觸法處何以故以不生法離諸戲論不可施設爲色處等故憍尸迦眼界亦不生此旣不生則非眼界色界眼識界及眼觸眼觸爲緣所生諸受亦不生此旣不生則非色界乃至眼觸爲緣所生諸受何以故以不生法離諸戲論不可施設爲眼界等故憍尸迦耳界亦不生此旣不生則非耳界聲界耳識界及耳觸耳觸爲緣所生諸受亦不生此旣不生則非聲界乃至耳觸爲緣所生諸受何以故以不生法離諸戲論不可施設爲耳界等故憍尸迦鼻界亦不生此旣不生則非鼻界香界鼻識界及鼻觸鼻觸爲緣所生諸受亦不生此旣

不生則非香界乃至鼻觸爲緣所生諸受何以故以不生法離諸戲論不可施設爲鼻界等故憍尸迦舌界亦不生此旣不生則非舌界味界舌識界及舌觸舌觸爲緣所生諸受亦不生此旣不生則非味界乃至舌觸爲緣所生諸受何以故以不生法離諸戲論不可施設爲舌界等故憍尸迦身界亦不生此旣不生則非身界觸界身識界及身觸身觸爲緣所生諸受亦不生此旣不生則非觸界乃至身觸爲緣所生諸受何以故以不生法離諸戲論不可施設爲身界等故憍尸迦意界亦不生此旣不生則非意界法界意識界及意觸意觸爲緣所生諸受亦不生此旣不生則非法界乃至意觸爲緣所生諸受何以故以不生法離諸戲論不可施設爲意界等故

憍尸迦地界亦不生此既不生則非地界水火風空識界亦不生此既不生則非水火風空識界何以故以不生法離諸戲論不可施設爲地界等故憍尸迦苦聖諦亦不生此既不生則非苦聖諦集滅道聖諦亦不生此既不生則非集滅道聖諦何以故以不生法離諸戲論不可施設爲苦聖諦等故憍尸迦無明亦不生此既不生則非無明行識名色六處觸受愛取有生老死愁歎苦憂惱亦不生此既不生則非行乃至老死愁歎苦憂惱何以故以不生法離諸戲論不可施設爲無明等故憍尸迦内空亦不生此既不生則非内空外空内外空空空大空勝義空有爲空無爲空畢竟空無際空散空無變異空本性空自相空共相空一切法空不可得空無性空自性空無性自性空亦不生此既不生則非外空乃至無性自性空何以故以不生法離諸戲論不可施設爲内空等故憍尸迦眞如亦不生此既不生則非眞如法界法性不虚妄性不變異性平等性離生性法定法住實際虚空界不思議界亦不生此既不生則非法界乃至不思議界何以故以不生法離諸戲論不可施設爲眞如等故憍尸迦布施波羅蜜多亦不生此既不生則非布施波羅蜜多淨戒安忍精進靜慮般若波羅蜜多亦不生此既不生則非淨戒安忍精進靜慮般若波羅蜜多何以故以不生法離諸戲論不可施設爲布施波羅蜜多等故憍尸迦四靜慮亦不生此既不生則非四靜慮四無量四無色定亦不生此既不生則非四無量四無色

定何以故以不生法離諸戲論不可施設爲四靜慮等故憍尸迦八解脱亦不生此既不生則非八解脱八勝處九次第定十遍處亦不生此既不生則非八勝處九次第定十遍處何以故以不生法離諸戲論不可施設爲八解脱等故憍尸迦四念住亦不生此既不生則非四念住四正斷四神足五根五力七等覺支八聖道支亦不生此既不生則非四正斷乃至八聖道支何以故以不生法離諸戲論不可施設爲四念住等故憍尸迦空解脱門亦不生此既不生則非空解脱門無相無願解脱門亦不生此既不生則非無相無願解脱門何以故以不生法離諸戲論不可施設爲空解脱門等故憍尸迦五眼亦不生此既不生則非五眼六神通亦不生此既不生則非六神通何以故以不生法離諸戲論不可施設爲五眼等故憍尸迦佛十力亦不生此既不生則非佛十力四無所畏四無礙解大慈大悲大喜大捨十八佛不共法亦不生此既不生則非四無所畏乃至十八佛不共法何以故以不生法離諸戲論不可施設爲佛十力等故憍尸迦無忘失法亦不生此既不生則非無忘失法恒住捨性亦不生此既不生則非恒住捨性何以故以不生法離諸戲論不可施設爲無忘失法等故憍尸迦一切智亦不生此既不生則非一切智道相智一切相智亦不生此既不生則非道相智一切相智何以故以不生法離諸戲論不可施設爲一切智等故憍尸迦一切陀羅尼門亦不生此既不生則非一切陀羅尼門一切

三摩地門亦不生此既不生則非一切三摩地門何以故以不生法離諸戲論不可施設爲一切陀羅尼門等故憍尸迦預流亦不生此既不生則非預流一來不還阿羅漢亦不生此既不生則非一來不還阿羅漢何以故以不生法離諸戲論不可施設爲預流等故憍尸迦預流向預流果亦不生此既不生則非預流向預流果一來向一來果不還向不還果阿羅漢向阿羅漢果亦不生此既不生則非一來向一來果不還向不還果阿羅漢向阿羅漢果何以故以不生法離諸戲論不可施設爲預流向預流果等故憍尸迦獨覺亦不生此既不生則非獨覺獨覺向獨覺果亦不生此既不生則非獨覺向獨覺果何以故以不生法離諸戲論不可施設爲獨覺等故憍尸迦菩薩摩訶薩亦不生此既不生則非菩薩摩訶薩三藐三佛陀亦不生此既不生則非三藐三佛陀何以故以不生法離諸戲論不可施設爲菩薩摩訶薩等故憍尸迦菩薩摩訶薩法亦不生此既不生則非菩薩摩訶薩法無上正等菩提亦不生此既不生則非無上正等菩提何以故以不生法離諸戲論不可施設爲菩薩摩訶薩法等故憍尸迦聲聞乘亦不生此既不生則非聲聞乘獨覺乘無上乘亦不生此既不生則非獨覺乘無上乘何以故以不生法離諸戲論不可施設爲聲聞乘等故

大般若波羅蜜多經卷第八十四

大般若波羅蜜多經卷第八十五

唐三藏法師玄奘奉　詔譯

初分學般若品第二十六之一

時天帝釋心生是念尊者善現智慧甚深不壞假名而說法性佛知其意便印彼言如憍尸迦心之所念具壽善現智慧甚深不壞假名而說法性時天帝釋即白佛言尊者善現於何等法不壞假名而說法性佛告憍尸迦色但假名受想行識但假名如是假名不離法性具壽善現不壞如是色等假名而說色等法性所以者何色等法性無壞無不壞是故善現所說亦無壞無不壞憍尸迦眼處但假名耳鼻舌身意處但假名如是假名不離法性具壽善現不壞如是眼處等假名而說眼處等法性所以者何眼處等法性無壞無不壞是故善現所說亦無壞無不壞憍尸迦色處但假名聲香味觸法處但假名如是假名不離法性具壽善現不壞如是色處等假名而說色處等法性所以者何色處等法性無壞無不壞是故善現所說亦無壞無不壞憍尸迦眼界但假名色界眼識界及眼觸眼觸爲緣所生諸受但假名如是假名不離法性具壽善現不壞如是眼界等假名而說眼界等法性所以者何眼界等法性無壞無不壞是故善現所說亦無壞無不壞憍尸迦耳界但假名聲界耳識界及耳觸耳觸爲緣所生諸受但假名如是假名不離法性具壽善現不壞如是耳界等假名而說耳界等法性所以者何耳界等法性無壞無不壞是故善現所說亦無壞無不壞憍尸迦鼻界但假名

香界鼻識界及鼻觸鼻觸爲緣所生諸受但假名如是假名不離法性具壽善現不壞如是鼻界等假名而說鼻界等法性所以者何鼻界等法性無壞無不壞是故善現所說亦無壞無不壞憍尸迦舌界但假名味界舌識界及舌觸舌觸爲緣所生諸受但假名如是假名不離法性具壽善現不壞如是舌界等假名而說舌界等法性所以者何舌界等法性無壞無不壞是故善現所說亦無壞無不壞憍尸迦身界但假名觸界身識界及身觸身觸爲緣所生諸受但假名如是假名不離法性具壽善現不壞如是身界等假名而說法性具壽善現不壞如是身界等假名而說身界等法性所以者何身界等法性無壞無不壞是故善現所說亦無壞無不壞憍尸迦意界但假名法界意識界及意觸意觸爲緣

所生諸受但假名如是假名不離法性具壽善現不壞如是意界等假名而說意界等法性所以者何意界等法性無壞無不壞是故善現所說亦無壞無不壞憍尸迦地界但假名水火風空識界但假名如是假名不離法性具壽善現不壞如是地界等假名而說地界等法性所以者何地界等法性無壞無不壞是故善現所說亦無壞無不壞憍尸迦苦聖諦但假名集滅道聖諦但假名如是假名不離法性具壽善現不壞如是苦聖諦等假名而說苦聖諦等法性所以者何苦聖諦等法性無壞無不壞是故善現所說亦無壞無不壞憍尸迦無明但假名行識名色六處觸受愛取有生老死愁歎苦憂惱但假名如是假名不離法性具壽善現不壞如是無明等

假名而說無明等法性所以者何無明等法性無壞無不壞是故善現所說亦無壞無不壞憍尸迦內空但假名外空內外空空空大空勝義空有為空無為空畢竟空無際空散空無變異空本性空自相空共相空一切法空不可得空無性空自性空無性自性空但假名如是假名不離法性具壽善現不壞如是內空等假名而說內空等法性所以者何內空等法性無壞無不壞是故善現所說亦無壞無不壞憍尸迦眞如但假名法界法性不虛妄性不變異性平等性離生性法定法住實際虛空界不思議界但假名如是假名不離法性具壽善現不壞如是眞如等假名而說眞如等法性所以者何眞如等法性無壞無不壞是故善現所說亦無壞無不壞憍

尸迦布施波羅蜜多但假名淨戒安忍精進靜慮般若波羅蜜多但假名如是假名不離法性具壽善現不壞如是布施波羅蜜多等假名而說布施波羅蜜多等法性所以者何布施波羅蜜多等法性無壞無不壞是故善現所說亦無壞無不壞憍尸迦四靜慮但假名四無量四無色定但假名如是假名不離法性具壽善現不壞如是四靜慮等假名而說四靜慮等法性所以者何四靜慮等法性無壞無不壞是故善現所說亦無壞無不壞憍尸迦八解脫但假名八勝處九次第定十遍處但假名如是假名不離法性具壽善現不壞如是八解脫等假名而說八解脫等法性所以者何八解脫等法性無壞無不壞是故善現所說亦無壞無不壞憍尸迦四念住

但假名四正斷四神足五根五力七等覺支八聖道支但假名如是假名不離法性具壽善現不壞如是四念住等假名而說四念住等法性所以者何四念住等法性無壞無不壞是故善現所說亦無壞無不壞憍尸迦空解脫門但假名無相無願解脫門但假名如是假名不離法性具壽善現不壞如是空解脫門等假名而說空解脫門等法性所以者何空解脫門等法性無壞無不壞是故善現所說亦無壞無不壞憍尸迦五眼但假名六神通但假名如是假名不離法性具壽善現不壞如是五眼等假名而說五眼等法性所以者何五眼等法性無壞無不壞是故善現所說亦無壞無不壞憍尸迦佛十力但假名四無所畏四無礙解大慈大悲大喜大捨十八佛不共法但假名如是假名不離法性具壽善現不壞如是佛十力等假名而說佛十力等法性所以者何佛十力等法性無壞無不壞是故善現所說亦無壞無不壞憍尸迦無忘失法但假名恒住捨性但假名如是假名不離法性具壽善現不壞如是無忘失法等假名而說無忘失法等法法所以者何無忘失法等法性無壞無不壞是故善現所說亦無壞無不壞憍尸迦一切智但假名道相智一切相智但假名如是假名不離法性具壽善現不壞如是一切智等假名而說一切智等法性所以者何一切智等法性無壞無不壞是故善現所說亦無壞無不壞憍尸迦一切陀羅尼門但假名一切三摩地門但假名如是假名不離法性具壽善現不壞如是

一切陀羅尼門等假名而説一切陀羅尼門等法性所以者何一切陀羅尼門等法性無壞無不壞是故善現所説亦無壞無不壞憍尸迦預流但假名一來不還阿羅漢但假名如是假名不離法性具壽善現不壞如是預流等假名而説預流等法性所以者何預流等法性無壞無不壞是故善現所説亦無壞無不壞憍尸迦預流向預流果但假名一來向一來果不還向不還果阿羅漢向阿羅漢果但假名如是假名不離法性具壽善現不壞如是預流向預流果等假名而説預流向預流果等法性所以者何預流向預流果等法性無壞無不壞是故善現所説亦無壞無不壞憍尸迦獨覺但假名獨覺向獨覺果但假名如是假名不離法性具壽善現不壞如是獨覺等假名而説獨覺等法性所以者何獨覺等法性無壞無不壞是故善現所説亦無壞無不壞憍尸迦菩薩摩訶薩但假名三藐三佛陀但假名如是假名不離法性具壽善現不壞如是菩薩摩訶薩等假名而説菩薩摩訶薩等法性所以者何菩薩摩訶薩等法性無壞無不壞是故善現所説亦無壞無不壞憍尸迦菩薩摩訶薩法但假名無上正等菩提但假名如是假名不離法性具壽善現不壞如是菩薩摩訶薩法等假名而説菩薩摩訶薩法等法性所以者何菩薩摩訶薩法等法性無壞無不壞是故善現所説亦無壞無不壞憍尸迦聲聞乘但假名獨覺乘無上乘但假名如是假名不離法性具壽善現不壞如是聲聞乘等假名而説聲聞乘等法

性所以者何聲聞乘等法性無壞無不壞是故善現所說亦無壞無不壞憍尸迦具壽善現於如是法不壞假名而說法性具壽善現語帝釋言憍尸迦如是如是如佛所說諸所有法無非假名憍尸迦菩薩摩訶薩知一切法但假名已應學般若波羅蜜多憍尸迦菩薩摩訶薩如是學時不於色學不於受想行識學何以故憍尸迦是菩薩摩訶薩不見色可於中學不見受想行識可於中學故憍尸迦菩薩摩訶薩如是學時不於眼處學不於耳鼻舌身意處學何以故憍尸迦是菩薩摩訶薩不見眼處可於中學不見耳鼻舌身意處可於中學故憍尸迦菩薩摩訶薩如是學時不於色處學不於聲香味觸法處學何以故憍尸迦是菩薩摩訶薩不見色處可於中學不見聲香味觸法處可於中學故憍尸迦菩薩摩訶薩如是學時不於眼界學不於色界眼識界及眼觸眼觸爲緣所生諸受學何以故憍尸迦是菩薩摩訶薩不見眼界可於中學不見色界乃至眼觸爲緣所生諸受可於中學故憍尸迦菩薩摩訶薩如是學時不於耳界學不於聲界耳識界及耳觸耳觸爲緣所生諸受學何以故憍尸迦是菩薩摩訶薩不見耳界可於中學不見聲界乃至耳觸爲緣所生諸受可於中學故憍尸迦菩薩摩訶薩如是學時不於鼻界學不於香界鼻識界及鼻觸鼻觸爲緣所生諸受學何以故憍尸迦是菩薩摩訶薩不見鼻界可於中學不見香界乃至鼻觸爲緣所生諸受可於中學故憍尸迦菩薩摩訶薩如是學時不於舌界

學不於味界舌識界及舌觸舌觸爲緣所生諸受學何以故憍尸迦是菩薩摩訶薩不見舌界可於中學不見味界乃至舌觸爲緣所生諸受可於中學故憍尸迦菩薩摩訶薩如是學時不於身界學不於觸界身識界及身觸身觸爲緣所生諸受學何以故憍尸迦是菩薩摩訶薩不見身界可於中學不見觸界乃至身觸爲緣所生諸受可於中學故憍尸迦菩薩摩訶薩如是學時不於意界學不於法界意識界及意觸意觸爲緣所生諸受學何以故憍尸迦是菩薩摩訶薩不見意界可於中學不見法界乃至意觸爲緣所生諸受可於中學故憍尸迦菩薩摩訶薩如是學時不於地界學不於水火風空識界學何以故憍尸迦是菩薩摩訶薩不見地界可於中學不見水火風空識界可於中學故憍尸迦菩薩摩訶薩如是學時不於苦聖諦學不於集滅道聖諦學何以故憍尸迦是菩薩摩訶薩不見苦聖諦可於中學不見集滅道聖諦可於中學故憍尸迦菩薩摩訶薩如是學時不於無明學不於行識名色六處觸受愛取有生老死愁歎苦憂惱學何以故憍尸迦是菩薩摩訶薩不見無明可於中學不見行乃至老死愁歎苦憂惱可於中學故憍尸迦菩薩摩訶薩如是學時不於內空學不於外空內外空空空大空勝義空有爲空無爲空畢竟空無際空散空無變異空本性空自相空共相空一切法空不可得空無性空自性空無性自性空學何以故憍尸迦是菩薩摩訶薩不見內空可於中學不見外空乃至無性自

性空可於中學故憍尸迦菩薩摩訶薩如是學時不於眞如學不於法界法性不虛妄性不變異性平等性離生性法定法住實際虛空界不思議界學何以故憍尸迦是菩薩摩訶薩不見眞如可於中學不見法界乃至不思議界可於中學故憍尸迦菩薩摩訶薩如是學時不於布施波羅蜜多學不於淨戒安忍精進靜慮般若波羅蜜多學何以故憍尸迦是菩薩摩訶薩不見布施波羅蜜多可於中學不見淨戒安忍精進靜慮般若波羅蜜多可於中學故憍尸迦菩薩摩訶薩如是學時不於四靜慮學不於四無量四無色定學何以故憍尸迦是菩薩摩訶薩不見四靜慮可於中學不見四無量四無色定可於中學故憍尸迦菩薩摩訶薩如是學時不於八解

脫學不於八勝處九次第定十遍處學何以故憍尸迦是菩薩摩訶薩不見八解脫可於中學不見八勝處九次第定十遍處可於中學故憍尸迦菩薩摩訶薩如是學時不於四念住學不於四正斷四神足五根五力七等覺支八聖道支學何以故憍尸迦是菩薩摩訶薩不見四念住可於中學不見四正斷四神足五根五力七等覺支八聖道支可於中學故憍尸迦菩薩摩訶薩如是學時不於空解脫門學不於無相無願解脫門學何以故憍尸迦是菩薩摩訶薩不見空解脫門可於中學不見無相無願解脫門可於中學故憍尸迦菩薩摩訶薩如是學時不於五眼學不於六神通學何以故憍尸迦是菩薩摩訶薩不見五眼可於中學不見六神通可於中學

故憍尸迦菩薩摩訶薩如是學時不於佛十力學不於四無所畏四無礙解大慈大悲大喜大捨十八佛不共法學何以故憍尸迦是菩薩摩訶薩不見佛十力可於中學不見四無所畏四無礙解大慈大悲大喜大捨十八佛不共法可於中學故憍尸迦菩薩摩訶薩如是學時不於無忘失法學不於恒住捨性學何以故憍尸迦是菩薩摩訶薩不見無忘失法可於中學不見恒住捨性可於中學故憍尸迦菩薩摩訶薩如是學時不於一切智學不於道相智一切相智學何以故憍尸迦是菩薩摩訶薩不見一切智可於中學不見道相智一切相智可於中學故憍尸迦菩薩摩訶薩如是學時不於一切陀羅尼門學不於一切三摩地門學何以故憍尸迦是菩薩摩訶薩不見一切陀羅尼門可於中學不見一切三摩地門可於中學故憍尸迦菩薩摩訶薩如是學時不於預流學不於一來不還阿羅漢學何以故憍尸迦是菩薩摩訶薩不見預流可於中學不見一來不還阿羅漢可於中學故憍尸迦菩薩摩訶薩如是學時不於預流向預流果學不於一來向一來果不還向不還果阿羅漢向阿羅漢果學何以故憍尸迦是菩薩摩訶薩不見預流向預流果可於中學不見一來向一來果不還向不還果阿羅漢向阿羅漢果可於中學故憍尸迦菩薩摩訶薩如是學時不於獨覺學不於獨覺向獨覺果學何以故憍尸迦是菩薩摩訶薩不見獨覺可於中學不見獨覺向獨覺果可於中學故憍尸迦菩薩摩訶薩如是學時

不於菩薩摩訶薩學不於三藐三佛陀學何以故憍尸迦是菩薩摩訶薩不見菩薩摩訶薩可於中學不見三藐三佛陀可於中學故憍尸迦菩薩摩訶薩如是學時不於菩薩摩訶薩法學不於無上正等菩提學何以故憍尸迦是菩薩摩訶薩不見菩薩摩訶薩法可於中學不見無上正等菩提可於中學故憍尸迦菩薩摩訶薩如是學時不於聲聞乘學不於獨覺乘無上乘學何以故憍尸迦是菩薩摩訶薩不見聲聞乘可於中學不見獨覺乘無上乘可於中學故時天帝釋問善現言大德何緣菩薩摩訶薩不見色不見受想行識大德何緣菩薩摩訶薩不見眼處不見耳鼻舌身意處大德何緣菩薩摩訶薩不見色處不見聲香味觸法處大德何緣菩薩摩訶薩不見眼界不見色界眼識界及眼觸眼觸爲緣所生諸受大德何緣菩薩摩訶薩不見耳界不見聲界耳識界及耳觸耳觸爲緣所生諸受大德何緣菩薩摩訶薩不見鼻界不見香界鼻識界及鼻觸鼻觸爲緣所生諸受大德何緣菩薩摩訶薩不見舌界不見味界舌識界及舌觸舌觸爲緣所生諸受大德何緣菩薩摩訶薩不見身界不見觸界身識界及身觸身觸爲緣所生諸受大德何緣菩薩摩訶薩不見意界不見法界意識界及意觸意觸爲緣所生諸受大德何緣菩薩摩訶薩不見地界不見水火風空識界大德何緣菩薩摩訶薩不見苦聖諦不見集滅道聖諦大德何緣菩薩摩訶薩不見無明不見行識名色六處觸受愛取有生老死愁歎苦憂惱大

德何緣菩薩摩訶薩不見內空不見外空內外空空空大空勝義空有爲空無爲空畢竟空無際空散空無變異空本性空自相空共相空一切法空不可得空無性空自性空無性自性空大德何緣菩薩摩訶薩不見真如不見法界法性不虛妄性不變異性平等性離生性法定法住實際虛空界不思議界大德何緣菩薩摩訶薩不見布施波羅蜜多不見淨戒安忍精進靜慮般若波羅蜜多大德何緣菩薩摩訶薩不見四靜慮不見四無量四無色定大德何緣菩薩摩訶薩不見八解脫不見八勝處九次第定十遍處大德何緣菩薩摩訶薩不見四念住不見四正斷四神足五根五力七等覺支八聖道支大德何緣菩薩摩訶薩不見空解脫門不見無相無願解脫門大德何緣菩薩摩訶薩不見五眼不見六神通大德何緣菩薩摩訶薩不見佛十力不見四無所畏四無礙解大慈大悲大喜大捨十八佛不共法大德何緣菩薩摩訶薩不見無忘失法不見恒住捨性大德何緣菩薩摩訶薩不見一切智不見道相智一切相智大德何緣菩薩摩訶薩不見一切陀羅尼門不見一切三摩地門大德何緣菩薩摩訶薩不見預流不見一來不還阿羅漢大德何緣菩薩摩訶薩不見預流向預流果不見一來向一來果不還向不還果阿羅漢向阿羅漢果大德何緣菩薩摩訶薩不見獨覺不見獨覺向獨覺果大德何緣菩薩摩訶薩不見菩薩摩訶薩不見三藐三佛陀大德何緣菩薩摩訶薩不見菩薩摩訶薩法不見無上正

等菩提大德何緣菩薩摩訶薩不見聲聞乘不見獨覺乘無上乘善現答言憍尸迦色色性空故菩薩摩訶薩不見色受想行識受想行識性空故菩薩摩訶薩不見受想行識憍尸迦菩薩摩訶薩不見色故不於色學不見受想行識故不於受想行識學何以故憍尸迦不可色空見色空不可受想行識空見受想行識空故憍尸迦不可色空於色空學不可受想行識空於受想行識空學故憍尸迦眼處眼處性空故菩薩摩訶薩不見眼處耳鼻舌身意處耳鼻舌身意處性空故菩薩摩訶薩不見耳鼻舌身意處憍尸迦菩薩摩訶薩不見眼處故不於眼處學不見耳鼻舌身意處故不於耳鼻舌身意處學何以故憍尸迦不可眼處空見眼處空不可耳鼻舌身意處空見耳鼻舌身意處空故憍尸迦不可眼處空於眼處空學不可耳鼻舌身意處空於耳鼻舌身意處空學故憍尸迦色處色處性空故菩薩摩訶薩不見色處聲香味觸法處聲香味觸法處性空故菩薩摩訶薩不見聲香味觸法處憍尸迦菩薩摩訶薩不見色處故不於色處學不見聲香味觸法處故不於聲香味觸法處學何以故憍尸迦不可色處空見色處空不可聲香味觸法處空見聲香味觸法處空故憍尸迦不可色處空於色處空學不可聲香味觸法處空於聲香味觸法處空學故憍尸迦眼界眼界性空故菩薩摩訶薩不見眼界色界眼識界及眼觸眼觸爲緣所生諸受色界乃至眼觸爲緣所生諸受性空故菩薩摩訶薩不見色界乃至眼觸爲

緣所生諸受憍尸迦菩薩摩訶薩不見眼界故不於眼界學不見色界眼識界及眼觸眼觸爲緣所生諸受故不於色界乃至眼觸爲緣所生諸受學何以故憍尸迦不可眼界空見眼界空不可色界眼識界及眼觸眼觸爲緣所生諸受空見色界乃至眼觸爲緣所生諸受空故憍尸迦不可眼界空於眼界空學不可色界眼識界及眼觸眼觸爲緣所生諸受空於色界乃至眼觸爲緣所生諸受空學故憍尸迦耳界耳界性空故菩薩摩訶薩不見耳界聲界耳識界及耳觸耳觸爲緣所生諸受聲界乃至耳觸爲緣所生諸受性空故菩薩摩訶薩不見聲界乃至耳觸爲緣所生諸受憍尸迦菩薩摩訶薩不見耳界故不於耳界學不見聲界耳識界及耳觸耳觸爲緣所生諸受故不於聲界乃至耳觸爲緣所生諸受學何以故憍尸迦不可耳界空見耳界空不可聲界耳識界及耳觸耳觸爲緣所生諸受空見聲界乃至耳觸爲緣所生諸受空故憍尸迦不可耳界空於耳界空學不可聲界耳識界及耳觸耳觸爲緣所生諸受空於聲界乃至耳觸爲緣所生諸受空學故憍尸迦鼻界鼻界性空故菩薩摩訶薩不見鼻界香界鼻識界及鼻觸鼻觸爲緣所生諸受香界乃至鼻觸爲緣所生諸受性空故菩薩摩訶薩不見香界乃至鼻觸爲緣所生諸受憍尸迦菩薩摩訶薩不見鼻界故不於鼻界學不見香界鼻識界及鼻觸鼻觸爲緣所生諸受故不於香界乃至鼻觸爲緣所生諸受學何以故憍尸迦不可鼻界空見鼻界空不可

香界鼻識界及鼻觸鼻觸爲緣所生諸受空見香界乃至鼻觸爲緣所生諸受空故憍尸迦不可鼻界空於鼻界空學不可香界鼻識界及鼻觸鼻觸爲緣所生諸受空於香界乃至鼻觸爲緣所生諸受空學故憍尸迦舌界舌界性空故菩薩摩訶薩不見舌界味界舌識界及舌觸舌觸爲緣所生諸受味界乃至舌觸爲緣所生諸受性空故菩薩摩訶薩不見味界乃至舌觸爲緣所生諸受憍尸迦菩薩摩訶薩不見舌界故不於舌界學不見味界舌識界及舌觸舌觸爲緣所生諸受故不於味界乃至舌觸爲緣所生諸受學何以故憍尸迦不可舌界空見舌界空不可味界舌識界及舌觸舌觸爲緣所生諸受空見味界乃至舌觸爲緣所生諸受空故憍尸迦不可舌界空於舌界空學不可味界舌識界及舌觸舌觸爲緣所生諸受空於味界乃至舌觸爲緣所生諸受空學故憍尸迦身界身界性空故菩薩摩訶薩不見身界觸界身識界及身觸身觸爲緣所生諸受觸界乃至身觸爲緣所生諸受性空故菩薩摩訶薩不見觸界乃至身觸爲緣所生諸受憍尸迦菩薩摩訶薩不見身界故不於身界學不見觸界身識界及身觸身觸爲緣所生諸受故不於觸界乃至身觸爲緣所生諸受學何以故憍尸迦不可身界空見身界空不可觸界身識界及身觸身觸爲緣所生諸受空見觸界乃至身觸爲緣所生諸受空故憍尸迦不可身界空於身界空學不可觸界身識界及身觸身觸爲緣所生諸受空於觸界乃至身觸爲緣所

生諸受空學故憍尸迦意界意界性空故菩薩摩訶薩不見意界法界意識界及意觸意觸爲緣所生諸受法界乃至意觸爲緣所生諸受性空故菩薩摩訶薩不見法界乃至意觸爲緣所生諸受憍尸迦菩薩摩訶薩不見意界故不於意界學不見法界意識界及意觸意觸爲緣所生諸受故不於法界乃至意觸爲緣所生諸受學何以故憍尸迦不可意界空見意界空不可法界意識界及意觸意觸爲緣所生諸受空見法界乃至意觸爲緣所生諸受空故憍尸迦不可意界空於意界空學不可法界意識界及意觸意觸爲緣所生諸受空於法界乃至意觸爲緣所生諸受空學故憍尸迦地界地界性空故菩薩摩訶薩不見地界水火風空識界水火風空識界性空故菩薩摩訶薩不見水火風空識界憍尸迦菩薩摩訶薩不見地界故不於地界學不見水火風空識界故不於水火風空識界學何以故憍尸迦不可地界空見地界空不可水火風空識界空見水火風空識界空故憍尸迦不可地界空於地界空學不可水火風空識界空於水火風空識界空學故

大般若波羅蜜多經卷第八十五

大般若波羅蜜多經卷第八十六

唐三藏法師玄奘奉　詔譯

初分學般若品第二十六之二

憍尸迦苦聖諦苦聖諦性空故菩薩摩訶薩不見苦聖諦集滅道聖諦集滅道聖諦性空故菩薩摩訶薩不見集滅道聖諦憍尸迦菩薩摩訶薩不見苦聖諦故不於苦聖諦學不見集滅道聖諦故不於集滅道聖諦學何以故憍尸迦不可苦聖諦空見苦聖諦空不可集滅道聖諦空見集滅道聖諦空故憍尸迦不可苦聖諦空於苦聖諦空學不可集滅道聖諦空於集滅道聖諦空學故憍尸迦無明無明性空故菩薩摩訶薩不見無明行識名色六處觸受愛取有生老死愁歎苦憂惱行乃至老死愁歎苦憂惱性空故菩薩摩訶薩不見行乃至老死愁歎苦憂惱憍尸迦菩薩摩訶薩不見無明故不於無明學不見行識名色六處觸受愛取有生老死愁歎苦憂惱故不於行乃至老死愁歎苦憂惱學何以故憍尸迦不可無明空見無明空不可行識名色六處觸受愛取有生老死愁歎苦憂惱空見行乃至老死愁歎苦憂惱空故憍尸迦不可無明空於無明空學不可行識名色六處觸受愛取有生老死愁歎苦憂惱空於行乃至老死愁歎苦憂惱空學故憍尸迦內空內空性空故菩薩摩訶薩不見內空外空內外空空空大空勝義空有爲空無爲空畢竟空無際空散空無變異空本性空自相空共相空一切法空不可得空無性空自性空無性自性空外空乃至無性自性空性空故菩薩

摩訶薩不見外空乃至無性自性空憍尸迦菩薩摩訶薩不見內空故不於內空學不見外空乃至無性自性空故不於外空乃至無性自性空學何以故憍尸迦不可內空空見內空空不可外空乃至無性自性空空見外空乃至無性自性空空故憍尸迦不可內空空於內空空學不可外空乃至無性自性空空於外空乃至無性自性空空學故憍尸迦真如真如性空故菩薩摩訶薩不見真如法界法性不虛妄性不變異性平等性離生性法定法住實際虛空界不思議界法界乃至不思議界性空故菩薩摩訶薩不見法界乃至不思議界憍尸迦菩薩摩訶薩不見真如故不於真如學不見法界乃至不思議界故不於法界乃至不思議界學何以故憍尸迦不可真如空見真如空不可法界乃至不思議界空見法界乃至不思議界空故憍尸迦不可真如空於真如空學不可法界乃至不思議界空於法界乃至不思議界空學故憍尸迦布施波羅蜜多布施波羅蜜多性空故菩薩摩訶薩不見布施波羅蜜多淨戒安忍精進靜慮般若波羅蜜多淨戒安忍精進靜慮般若波羅蜜多性空故菩薩摩訶薩不見淨戒安忍精進靜慮般若波羅蜜多憍尸迦菩薩摩訶薩不見布施波羅蜜多故不於布施波羅蜜多學不見淨戒安忍精進靜慮般若波羅蜜多故不於淨戒安忍精進靜慮般若波羅蜜多學何以故憍尸迦不可布施波羅蜜多空見布施波羅蜜多空不可淨戒安忍精進靜慮般若波羅蜜多空見淨戒安忍

精進靜慮般若波羅蜜多空故憍尸迦不可布施波羅蜜多空於布施波羅蜜多空學不可淨戒安忍精進靜慮般若波羅蜜多空於淨戒安忍精進靜慮般若波羅蜜多空學故憍尸迦四靜慮四靜慮性空故菩薩摩訶薩不見四靜慮四無量四無色定四無量四無色定性空故菩薩摩訶薩不見四無量四無色定憍尸迦菩薩摩訶薩不見四靜慮故不於四靜慮學不見四無量四無色定故不於四無量四無色定學何以故憍尸迦不可四靜慮空見四靜慮空不可四無量四無色定空見四無量四無色定空故憍尸迦不可四靜慮空於四靜慮空學不可四無量四無色定空於四無量四無色定空學故憍尸迦八解脫八解脫性空故菩薩摩訶薩不見八解脫八勝處九次第定十遍處八勝處九次第定十遍處性空故菩薩摩訶薩不見八勝處九次第定十遍處憍尸迦菩薩摩訶薩不見八解脫故不於八解脫學不見八勝處九次第定十遍處故不於八勝處九次第定十遍處學何以故憍尸迦不可八解脫空見八解脫空不可八勝處九次第定十遍處空見八勝處九次第定十遍處空故憍尸迦不可八解脫空於八解脫空學不可八勝處九次第定十遍處空於八勝處九次第定十遍處空學故憍尸迦四念住四念住性空故菩薩摩訶薩不見四念住四正斷四神足五根五力七等覺支八聖道支四正斷乃至八聖道支性空故菩薩摩訶薩不見四正斷乃至八聖道支憍尸迦菩薩摩訶薩不見四念住故不

於四念住學不見四正斷四神足五根五力七等覺支八聖道支故不於四正斷乃至八聖道支學何以故憍尸迦不可四念住空見四念住空不可四正斷四神足五根五力七等覺支八聖道支空見四正斷乃至八聖道支空故憍尸迦不可四念住空於四念住空學不可四正斷四神足五根五力七等覺支八聖道支空於四正斷乃至八聖道支空學故憍尸迦空解脫門空解脫門性空故菩薩摩訶薩不見空解脫門無相無願解脫門無相無願解脫門性空故菩薩摩訶薩不見無相無願解脫門憍尸迦菩薩摩訶薩不見空解脫門故不於空解脫門學不見無相無願解脫門故不於無相無願解脫門學何以故憍尸迦不可空解脫門空見空解脫門空不可無相無願解脫門空見無相無願解脫門空故憍尸迦不可空解脫門空於空解脫門空學不可無相無願解脫門空於無相無願解脫門空學故憍尸迦五眼五眼性空故菩薩摩訶薩不見五眼六神通六神通性空故菩薩摩訶薩不見六神通憍尸迦菩薩摩訶薩不見五眼故不於五眼學不見六神通故不於六神通學何以故憍尸迦不可五眼空見五眼空不可六神通空見六神通空故憍尸迦不可五眼空於五眼空學不可六神通空於六神通空學故憍尸迦佛十力佛十力性空故菩薩摩訶薩不見佛十力四無所畏四無礙解大慈大悲大喜大捨十八佛不共法四無所畏乃至十八佛不共法性空故菩薩摩訶薩不見四無所畏乃至十八佛不共

法憍尸迦菩薩摩訶薩不見佛十力故不於佛十力學不見四無所畏四無礙解大慈大悲大喜大捨十八佛不共法故不於四無所畏乃至十八佛不共法學何以故憍尸迦不可佛十力空見佛十力空不可四無所畏四無礙解大慈大悲大喜大捨十八佛不共法空見四無所畏乃至十八佛不共法空故憍尸迦不可佛十力空於佛十力空學不可四無所畏四無礙解大慈大悲大喜大捨十八佛不共法空於四無所畏乃至十八佛不共法空學故憍尸迦無忘失法無忘失法性空故菩薩摩訶薩不見無忘失法恒住捨性恒住捨性性空故菩薩摩訶薩不見恒住捨性憍尸迦菩薩摩訶薩不見無忘失法故不於無忘失法學不見恒住捨性故不於恒住捨性學何以故憍尸迦不可無忘失法空見無忘失法空不可恒住捨性空見恒住捨性空故憍尸迦不可無忘失法空於無忘失法空學不可恒住捨性空於恒住捨性空學故憍尸迦一切智一切智性空故菩薩摩訶薩不見一切智道相智一切相智道相智一切相智性空故菩薩摩訶薩不見道相智一切相智憍尸迦菩薩摩訶薩不見一切智故不於一切智學不見道相智一切相智故不於道相智一切相智學何以故憍尸迦不可一切智空見一切智空不可道相智一切相智空見道相智一切相智空故憍尸迦不可一切智空於一切智空學不可道相智一切相智空於道相智一切相智空學故憍尸迦一切陀羅尼門一切陀羅尼門性空故菩薩摩訶

薩不見一切陀羅尼門一切三摩地門一切三摩地門性空故菩薩摩訶薩不見一切三摩地門憍尸迦菩薩摩訶薩不見一切陀羅尼門故不於一切陀羅尼門學不見一切三摩地門故不於一切三摩地門學何以故憍尸迦不可一切陀羅尼門空見一切陀羅尼門空不可一切三摩地門空見一切三摩地門空故憍尸迦不可一切陀羅尼門空於一切陀羅尼門空學不可一切三摩地門空於一切三摩地門空學故憍尸迦預流預流性空故菩薩摩訶薩不見預流一來不還阿羅漢一來不還阿羅漢性空故菩薩摩訶薩不見一來不還阿羅漢憍尸迦菩薩摩訶薩不見預流故不於預流學不見一來不還阿羅漢故不於一來不還阿羅漢學何以故憍尸迦不可預流空見預流空不可一來不還阿羅漢空見一來不還阿羅漢空故憍尸迦不可預流空於預流空學不可一來不還阿羅漢空於一來不還阿羅漢空學故憍尸迦預流向預流果預流向預流果性空故菩薩摩訶薩不見預流向預流果一來向一來果不還向不還果阿羅漢向阿羅漢果一來向乃至阿羅漢果性空故菩薩摩訶薩不見一來向乃至阿羅漢果憍尸迦菩薩摩訶薩不見預流向預流果故不於預流向預流果學不見一來向一來果不還向不還果阿羅漢向阿羅漢果故不於一來向乃至阿羅漢果學何以故憍尸迦不可預流向預流果空見預流向預流果空不可一來向一來果不還向不還果阿羅漢向阿羅漢果空見一來向乃

至阿羅漢果空故憍尸迦不可預流向預流果空於預流向預流果空學不可一來向一來果不還向不還果阿羅漢向阿羅漢果空於一來向乃至阿羅漢果空學故憍尸迦獨覺獨覺性空故菩薩摩訶薩不見獨覺獨覺向獨覺果獨覺向獨覺果性空故菩薩摩訶薩不見獨覺向獨覺果憍尸迦菩薩摩訶薩不見獨覺故不於獨覺學不見獨覺向獨覺果故不於獨覺向獨覺果學何以故憍尸迦不可獨覺空見獨覺空不可獨覺向獨覺果空見獨覺向獨覺果空故憍尸迦不可獨覺空於獨覺空學不可獨覺向獨覺果空於獨覺向獨覺果空學故憍尸迦菩薩摩訶薩菩薩摩訶薩性空故菩薩摩訶薩不見菩薩摩訶薩三藐三佛陀三藐三佛陀性空故菩薩摩訶薩不見三藐三佛陀憍尸迦菩薩摩訶薩不見菩薩摩訶薩故不於菩薩摩訶薩學不見三藐三佛陀故不於三藐三佛陀學何以故憍尸迦不可菩薩摩訶薩空見菩薩摩訶薩空不可三藐三佛陀空見三藐三佛陀空故憍尸迦不可菩薩摩訶薩空於菩薩摩訶薩空學不可三藐三佛陀空於三藐三佛陀空學故憍尸迦菩薩摩訶薩法菩薩摩訶薩法性空故菩薩摩訶薩不見菩薩摩訶薩法無上正等菩提無上正等菩提性空故菩薩摩訶薩不見無上正等菩提憍尸迦菩薩摩訶薩不見菩薩摩訶薩法故不於菩薩摩訶薩法學不見無上正等菩提故不於無上正等菩提學何以故憍尸迦不可菩薩摩訶薩法空見菩薩摩訶薩法空不可無上正等

菩提空見無上正等菩提空故憍尸迦不可
菩薩摩訶薩法空於菩薩摩訶薩法空學不
可無上正等菩提空於無上正等菩提空學
故憍尸迦聲聞乘聲聞乘性空故菩薩摩訶
薩不見聲聞乘獨覺乘無上乘獨覺乘無上
乘性空故菩薩摩訶薩不見獨覺乘無上乘
憍尸迦菩薩摩訶薩不見聲聞乘故不於聲
聞乘學不見獨覺乘無上乘故不於獨覺乘
無上乘學何以故憍尸迦不可聲聞乘空見
聲聞乘空不可獨覺乘無上乘空見獨覺乘
無上乘空故憍尸迦不可聲聞乘空於聲聞
乘空學不可獨覺乘無上乘空於獨覺乘無
上乘空學故憍尸迦若菩薩摩訶薩不於空
學是菩薩摩訶薩爲於空學何以故無二分
故憍尸迦若菩薩摩訶薩不於色空學不於

受想行識空學是菩薩摩訶薩爲於色空學
爲於受想行識空學何以故無二分故憍尸
迦若菩薩摩訶薩不於眼處空學不於耳鼻
舌身意處空學是菩薩摩訶薩爲於眼處空
學爲於耳鼻舌身意處空學何以故無二分
故憍尸迦若菩薩摩訶薩不於色處空學不
於聲香味觸法處空學是菩薩摩訶薩爲於
色處空學爲於聲香味觸法處空學何以故
無二分故憍尸迦若菩薩摩訶薩不於眼界
空學不於色界眼識界及眼觸眼觸爲緣所
生諸受空學是菩薩摩訶薩爲於眼界空學
爲於色界乃至眼觸爲緣所生諸受空學何
以故無二分故憍尸迦若菩薩摩訶薩不於
耳界空學不於聲界耳識界及耳觸耳觸爲
緣所生諸受空學是菩薩摩訶薩爲於耳界

空學爲於聲界乃至耳觸爲緣所生諸受空學何以故無二分故憍尸迦若菩薩摩訶薩不於鼻界空學不於香界鼻識界及鼻觸鼻觸爲緣所生諸受空學是菩薩摩訶薩爲於鼻界空學爲於香界乃至鼻觸爲緣所生諸受空學何以故無二分故憍尸迦若菩薩摩訶薩不於舌界空學不於味界舌識界及舌觸舌觸爲緣所生諸受空學是菩薩摩訶薩爲於舌界空學爲於味界乃至舌觸爲緣所生諸受空學何以故無二分故憍尸迦若菩薩摩訶薩不於身界空學不於觸界身識界及身觸身觸爲緣所生諸受空學是菩薩摩訶薩爲於身界空學爲於觸界乃至身觸爲緣所生諸受空學何以故無二分故憍尸迦若菩薩摩訶薩不於意界空學不於法界意識界及意觸意觸爲緣所生諸受空學是菩薩摩訶薩爲於意界空學爲於法界乃至意觸爲緣所生諸受空學何以故無二分故憍尸迦若菩薩摩訶薩不於地界空學不於水火風空識界空學是菩薩摩訶薩爲於地界空學爲於水火風空識界空學何以故無二分故憍尸迦若菩薩摩訶薩不於苦聖諦空學不於集滅道聖諦空學是菩薩摩訶薩爲於苦聖諦空學爲於集滅道聖諦空學何以故無二分故憍尸迦若菩薩摩訶薩不於無明空學不於行識名色六處觸受愛取有生老死愁歎苦憂惱空學是菩薩摩訶薩爲於無明空學爲於行乃至老死愁歎苦憂惱空學何以故無二分故憍尸迦若菩薩摩訶薩不於内空空學不於外空内外空空空大空

勝義空有為空無為空畢竟空無際空散空無變異空本性空自相空共相空一切法空不可得空無性空自性空無性自性空空學是菩薩摩訶薩為於內空空學為於外空乃至無性自性空空學何以故無二分故憍尸迦若菩薩摩訶薩不於真如空學不於法界法性不虛妄性不變異性平等性離生性法定法住實際虛空界不思議界空學是菩薩摩訶薩為於真如空學為於法界乃至不思議界空學何以故無二分故憍尸迦若菩薩摩訶薩不於布施波羅蜜多空學不於淨戒安忍精進靜慮般若波羅蜜多空學是菩薩摩訶薩為於布施波羅蜜多空學為於淨戒安忍精進靜慮般若波羅蜜多空學何以故無二分故憍尸迦若菩薩摩訶薩不於四靜

慮空學不於四無量四無色定空學是菩薩摩訶薩為於四靜慮空學為於四無量四無色定空學何以故無二分故憍尸迦若菩薩摩訶薩不於八解脫空學不於八勝處九次第定十遍處空學是菩薩摩訶薩為於八解脫空學為於八勝處九次第定十遍處空學何以故無二分故憍尸迦若菩薩摩訶薩不於四念住空學不於四正斷四神足五根五力七等覺支八聖道支空學是菩薩摩訶薩為於四念住空學為於四正斷乃至八聖道支空學何以故無二分故憍尸迦若菩薩摩訶薩不於空解脫門空學不於無相無願解脫門空學是菩薩摩訶薩為於空解脫門空學為於無相無願解脫門空學何以故無二分故憍尸迦若菩薩摩訶薩不於五眼空學

不於六神通空學是菩薩摩訶薩爲於五眼空學爲於六神通空學何以故無二分故憍尸迦若菩薩摩訶薩不於佛十力空學不於四無所畏四無礙解大慈大悲大喜大捨十八佛不共法空學是菩薩摩訶薩爲於佛十力空學爲於四無所畏乃至十八佛不共法空學何以故無二分故憍尸迦若菩薩摩訶薩不於無忘失法空學不於恒住捨性空學是菩薩摩訶薩爲於無忘失法空學爲於恒住捨性空學何以故無二分故憍尸迦若菩薩摩訶薩不於一切智空學不於道相智一切相智空學是菩薩摩訶薩爲於一切智空學爲於道相智一切相智空學何以故無二分故憍尸迦若菩薩摩訶薩不於一切陀羅尼門空學不於一切三摩地門空學是菩薩摩訶薩爲於一切陀羅尼門空學爲於一切三摩地門空學何以故無二分故憍尸迦若菩薩摩訶薩不於預流空學不於一來不還阿羅漢空學是菩薩摩訶薩爲於預流空學爲於一來不還阿羅漢空學何以故無二分故憍尸迦若菩薩摩訶薩不於預流向預流果空學不於一來向一來果不還向不還果阿羅漢向阿羅漢果空學是菩薩摩訶薩爲於預流向預流果空學爲於一來向一來果不還向不還果阿羅漢向阿羅漢果空學何以故無二分故憍尸迦若菩薩摩訶薩不於獨覺空學不於獨覺向獨覺果空學是菩薩摩訶薩爲於獨覺空學爲於獨覺向獨覺果空學何以故無二分故憍尸迦若菩薩摩訶薩不於菩薩摩訶薩空學不於三藐三佛陀

空學是菩薩摩訶薩爲於菩薩摩訶薩空學爲於三藐三佛陀空學何以故無二分故憍尸迦若菩薩摩訶薩不於菩薩摩訶薩法空學不於無上正等菩提空學是菩薩摩訶薩爲於菩薩摩訶薩法空學爲於無上正等菩提空學何以故無二分故憍尸迦若菩薩摩訶薩不於聲聞乘空學不於獨覺乘無上乘空學是菩薩摩訶薩爲於聲聞乘空學爲於獨覺乘無上乘空學何以故無二分故憍尸迦若菩薩摩訶薩於色空學無二分故於受想行識空學無二分故憍尸迦若菩薩摩訶薩於眼處空學無二分故於耳鼻舌身意處空學無二分故憍尸迦若菩薩摩訶薩於色處空學無二分故於聲香味觸法處空學無二分故憍尸迦若菩薩摩訶薩於眼界空學無二分故於色界眼識界及眼觸眼觸爲緣所生諸受空學無二分故憍尸迦若菩薩摩訶薩於耳界空學無二分故於聲界耳識界及耳觸耳觸爲緣所生諸受空學無二分故憍尸迦若菩薩摩訶薩於鼻界空學無二分故於香界鼻識界及鼻觸鼻觸爲緣所生諸受空學無二分故憍尸迦若菩薩摩訶薩於舌界空學無二分故於味界舌識界及舌觸舌觸爲緣所生諸受空學無二分故憍尸迦若菩薩摩訶薩於身界空學無二分故於觸界身識界及身觸身觸爲緣所生諸受空學無二分故憍尸迦若菩薩摩訶薩於意界空學無二分故於法界意識界及意觸意觸爲緣所生諸受空學無二分故憍尸迦若菩薩摩訶薩於地界空學無二分故於水火風空

識界空學無二分故憍尸迦若菩薩摩訶薩於苦聖諦空學無二分故於集滅道聖諦空學無二分故憍尸迦若菩薩摩訶薩於無明空學無二分故於行識名色六處觸受愛取有生老死愁歎苦憂惱空學無二分故憍尸迦若菩薩摩訶薩於內空空學無二分故於外空內外空空空大空勝義空有爲空無爲空畢竟空無際空散空無變異空本性空自相空共相空一切法空不可得空無性空自性空無性自性空空學無二分故憍尸迦若菩薩摩訶薩於眞如空學無二分故於法界法性不虛妄性不變異性平等性離生性法定法住實際虛空界不思議界空學無二分故憍尸迦若菩薩摩訶薩於布施波羅蜜多空學無二分故於淨戒安忍精進靜慮般若波羅蜜多空學無二分故憍尸迦若菩薩摩訶薩於四靜慮空學無二分故於四無量四無色定空學無二分故憍尸迦若菩薩摩訶薩於八解脫空學無二分故於八勝處九次第定十遍處空學無二分故憍尸迦若菩薩摩訶薩於四念住空學無二分故於四正斷四神足五根五力七等覺支八聖道支空學無二分故憍尸迦若菩薩摩訶薩於空解脫門空學無二分故於無相無願解脫門空學無二分故憍尸迦若菩薩摩訶薩於五眼空學無二分故於六神通空學無二分故憍尸迦若菩薩摩訶薩於佛十力空學無二分故於四無所畏四無礙解大慈大悲大喜大捨十八佛不共法空學無二分故憍尸迦若菩薩摩訶薩於無忘失法空學無二分故於恒

住捨性空學無二分故憍尸迦若菩薩摩訶
薩於一切智空學無二分故於道相智一切
相智空學無二分故憍尸迦若菩薩摩訶薩
於一切陀羅尼門空學無二分故於一切三
摩地門空學無二分故憍尸迦若菩薩摩訶
薩於預流空學無二分故於一來不還阿羅
漢空學無二分故憍尸迦若菩薩摩訶薩於
預流向預流果空學無二分故於一來向一
來果不還向不還果阿羅漢向阿羅漢果空
學無二分故憍尸迦若菩薩摩訶薩於獨覺
空學無二分故於獨覺向獨覺果空學無二
分故憍尸迦若菩薩摩訶薩於菩薩摩訶薩
空學無二分故於三藐三佛陀空學無二分
故憍尸迦若菩薩摩訶薩於菩薩摩訶薩法
空學無二分故於無上正等菩提空學無二

分故憍尸迦若菩薩摩訶薩於聲聞乘空學
無二分故於獨覺乘無上乘空學無二分故
憍尸迦是菩薩摩訶薩能於布施波羅蜜多
學能於淨戒安忍精進靜慮般若波羅蜜多
學何以故無二分故憍尸迦是菩薩摩訶薩
能於內空學能於外空內外空空空大空勝
義空有為空無為空畢竟空無際空散空無
變異空本性空自相空共相空一切法空不
可得空無性空自性空無性自性空學何以
故無二分故憍尸迦是菩薩摩訶薩能於真
如學能於法界法性不虛妄性不變異性平
等性離生性法定法住實際虛空界不思議
界學何以故無二分故憍尸迦是菩薩摩訶
薩能於苦聖諦學能於集滅道聖諦學何以
故無二分故憍尸迦是菩薩摩訶薩能於四

靜慮學能於四無量四無色定學何以故無二分故憍尸迦是菩薩摩訶薩能於八解脫學能於八勝處九次第定十遍處學何以故無二分故憍尸迦是菩薩摩訶薩能於四念住學能於四正斷四神足五根五力七等覺支八聖道支學何以故無二分故憍尸迦是菩薩摩訶薩能於空解脫門學能於無相無願解脫門學何以故無二分故憍尸迦是菩薩摩訶薩能於五眼學能於六神通學何以故無二分故憍尸迦是菩薩摩訶薩能於佛十力學能於四無所畏四無礙解大慈大悲大喜大捨十八佛不共法學何以故無二分故憍尸迦是菩薩摩訶薩能於無忘失法學能於恒住捨性學何以故無二分故憍尸迦是菩薩摩訶薩能於一切智學能於道相智一切相智學何以故無二分故憍尸迦是菩薩摩訶薩能於一切陀羅尼門學能於一切三摩地門學何以故無二分故憍尸迦是菩薩摩訶薩能於預流學能於一來不還阿羅漢學何以故無二分故憍尸迦是菩薩摩訶薩能於預流向預流果學能於一來向一來果不還向不還果阿羅漢向阿羅漢果學何以故無二分故憍尸迦是菩薩摩訶薩能於獨覺學能於獨覺向獨覺果學何以故無二分故憍尸迦是菩薩摩訶薩能於菩薩摩訶薩學能於三藐三佛陀學何以故無二分故憍尸迦是菩薩摩訶薩能於菩薩摩訶薩法學能於無上正等菩提學何以故無二分故憍尸迦是菩薩摩訶薩能於聲聞乘學能於獨覺乘無上乘學何以故無二分故

大般若波羅蜜多經卷第八十六

大般若波羅蜜多經卷第八十七

唐三藏法師玄奘奉　詔譯

初分學般若品第二十六之三

憍尸迦若菩薩摩訶薩能於布施波羅蜜多學無二分故能於淨戒安忍精進靜慮般若波羅蜜多學無二分故是菩薩摩訶薩能學無量無數無邊不可思議清淨佛法何以故無二分故憍尸迦若菩薩摩訶薩能於內空學無二分故能於外空內外空空空大空勝義空有為空無為空畢竟空無際空散空無變異空本性空自相空共相空一切法空不可得空無性空自性空無性自性空學無二分故是菩薩摩訶薩能學無量無數無邊不可思議清淨佛法何以故無二分故憍尸迦若菩薩摩訶薩能於真如學無二分故能於法界法性不虛妄性不變異性平等性離生性法定法住實際虛空界不思議界學無二分故是菩薩摩訶薩能學無量無數無邊不可思議清淨佛法何以故無二分故憍尸迦若菩薩摩訶薩能於苦聖諦學無二分故能於集滅道聖諦學無二分故是菩薩摩訶薩能學無量無數無邊不可思議清淨佛法何以故無二分故憍尸迦若菩薩摩訶薩能於四靜慮學無二分故能於四無量四無色定學無二分故是菩薩摩訶薩能學無量無數無邊不可思議清淨佛法何以故無二分故憍尸迦若菩薩摩訶薩能於八解脫學無二分故能於八勝處九次第定十遍處學無二分故是菩薩摩訶薩能學無量無數無邊不可思議清淨佛法何以故無二分故憍尸迦

若菩薩摩訶薩能於四念住學無二分故能於四正斷四神足五根五力七等覺支八聖道支學無二分故是菩薩摩訶薩能學無量無數無邊不可思議清淨佛法何以故無二分故憍尸迦若菩薩摩訶薩能於空解脫門學無二分故能於無相無願解脫門學無二分故是菩薩摩訶薩能學無量無數無邊不可思議清淨佛法何以故無二分故憍尸迦若菩薩摩訶薩能於五眼學無二分故能於六神通學無二分故是菩薩摩訶薩能學無量無數無邊不可思議清淨佛法何以故無二分故憍尸迦若菩薩摩訶薩能於佛十力學無二分故能於四無所畏四無礙解大慈大悲大喜大捨十八佛不共法學無二分故是菩薩摩訶薩能學無量無數無邊不可思議清淨佛法何以故無二分故憍尸迦若菩薩摩訶薩能於無忘失法學無二分故能於恒住捨性學無二分故是菩薩摩訶薩能學無量無數無邊不可思議清淨佛法何以故無二分故憍尸迦若菩薩摩訶薩能於一切智學無二分故能於道相智一切相智學無二分故是菩薩摩訶薩能學無量無數無邊不可思議清淨佛法何以故無二分故憍尸迦若菩薩摩訶薩能於一切陀羅尼門學無二分故能於一切三摩地門學無二分故是菩薩摩訶薩能學無量無數無邊不可思議清淨佛法何以故無二分故憍尸迦若菩薩摩訶薩能於預流學無二分故能於一來不還阿羅漢學無二分故是菩薩摩訶薩能學無量無數無邊不可思議清淨佛法何以故

無二分故憍尸迦若菩薩摩訶薩能於預流向預流果學無二分故能於一來向一來果不還向不還果阿羅漢向阿羅漢果學無二分故是菩薩摩訶薩能學無量無數無邊不可思議清淨佛法何以故無二分故憍尸迦若菩薩摩訶薩能於獨覺學無二分故能於獨覺向獨覺果學無二分故是菩薩摩訶薩能學無量無數無邊不可思議清淨佛法何以故無二分故憍尸迦若菩薩摩訶薩能於菩薩摩訶薩學無二分故能於三藐三佛陀學無二分故是菩薩摩訶薩能學無量無數無邊不可思議清淨佛法何以故無二分故憍尸迦若菩薩摩訶薩能於菩薩摩訶薩法學無二分故能於無上正等菩提學無二分故是菩薩摩訶薩能學無量無數無邊不可

思議清淨佛法何以故無二分故憍尸迦若菩薩摩訶薩能於聲聞乘學無二分故能於獨覺乘無上乘學無二分故是菩薩摩訶薩能學無量無數無邊不可思議清淨佛法何以故無二分故憍尸迦若菩薩摩訶薩能學無量無數無邊不可思議清淨佛法是菩薩摩訶薩不為色增減故學不為受想行識增減故學何以故以色蘊等無二分故憍尸迦若菩薩摩訶薩能學無量無數無邊不可思議清淨佛法是菩薩摩訶薩不為眼處增減故學不為耳鼻舌身意處增減故學何以故以眼處等無二分故憍尸迦若菩薩摩訶薩能學無量無數無邊不可思議清淨佛法是菩薩摩訶薩不為色處增減故學不為聲香味觸法處增減故學何以故以色處等無二

分故憍尸迦若菩薩摩訶薩能學無量無數無邊不可思議清淨佛法是菩薩摩訶薩不爲眼界增減故學不爲色界眼識界及眼觸眼觸爲緣所生諸受增減故學何以故以眼界等無二分故憍尸迦若菩薩摩訶薩能學無量無數無邊不可思議清淨佛法是菩薩摩訶薩不爲耳界增減故學不爲聲界耳識界及耳觸耳觸爲緣所生諸受增減故學何以故以耳界等無二分故憍尸迦若菩薩摩訶薩能學無量無數無邊不可思議清淨佛法是菩薩摩訶薩不爲鼻界增減故學不爲香界鼻識界及鼻觸鼻觸爲緣所生諸受增減故學何以故以鼻界等無二分故憍尸迦若菩薩摩訶薩能學無量無數無邊不可思議清淨佛法是菩薩摩訶薩不爲舌界增減故學不爲味界舌識界及舌觸舌觸爲緣所生諸受增減故學何以故以舌界等無二分故憍尸迦若菩薩摩訶薩能學無量無數無邊不可思議清淨佛法是菩薩摩訶薩不爲身界增減故學不爲觸界身識界及身觸身觸爲緣所生諸受增減故學何以故以身界等無二分故憍尸迦若菩薩摩訶薩能學無量無數無邊不可思議清淨佛法是菩薩摩訶薩不爲意界增減故學不爲法界意識界及意觸意觸爲緣所生諸受增減故學何以故以意界等無二分故憍尸迦若菩薩摩訶薩能學無量無數無邊不可思議清淨佛法是菩薩摩訶薩不爲地界增減故學不爲水火風空識界增減故學何以故以地界等無二分故憍尸迦若菩薩摩訶薩能學無量無

數無邊不可思議清淨佛法是菩薩摩訶薩不爲苦聖諦增減故學不爲集滅道聖諦增減故學何以故以苦聖諦等無二分故憍尸迦若菩薩摩訶薩能學無量無數無邊不可思議清淨佛法是菩薩摩訶薩不爲無明增減故學不爲行識名色六處觸受愛取有生老死愁歎苦憂惱增減故學何以故以無明等無二分故憍尸迦若菩薩摩訶薩能學無量無數無邊不可思議清淨佛法是菩薩摩訶薩不爲內空增減故學不爲外空內外空空空大空勝義空有爲空無爲空畢竟空無際空散空無變異空本性空自相空共相空一切法空不可得空無性空自性空無性自性空增減故學何以故以內空等無二分故憍尸迦若菩薩摩訶薩能學無量無數無邊不可思議清淨佛法是菩薩摩訶薩不爲眞如增減故學不爲法界法性不虛妄性不變異性平等性離生性法定法住實際虛空界不思議界增減故學何以故以眞如等無二分故憍尸迦若菩薩摩訶薩能學無量無數無邊不可思議清淨佛法是菩薩摩訶薩不爲布施波羅蜜多增減故學不爲淨戒安忍精進靜慮般若波羅蜜多增減故學何以故以布施波羅蜜多等無二分故憍尸迦若菩薩摩訶薩能學無量無數無邊不可思議清淨佛法是菩薩摩訶薩不爲四靜慮增減故學不爲四無量四無色定增減故學何以故以四靜慮等無二分故憍尸迦若菩薩摩訶薩能學無量無數無邊不可思議清淨佛法是菩薩摩訶薩不爲八解脫增減故學不爲

八勝處九次第定十遍處增減故學何以故以八解脱等無二分故憍尸迦若菩薩摩訶薩能學無量無數無邊不可思議清淨佛法是菩薩摩訶薩不爲四念住增減故學不爲四正斷四神足五根五力七等覺支八聖道支增減故學何以故以四念住等無二分故憍尸迦若菩薩摩訶薩能學無量無數無邊不可思議清淨佛法是菩薩摩訶薩不爲空解脱門增減故學不爲無相無願解脱門增減故學何以故以空解脱門等無二分故憍尸迦若菩薩摩訶薩能學無量無數無邊不可思議清淨佛法是菩薩摩訶薩不爲五眼增減故學不爲六神通增減故學何以故以五眼等無二分故憍尸迦若菩薩摩訶薩能學無量無數無邊不可思議清淨佛法是菩薩摩訶薩不爲佛十力增減故學不爲四無所畏四無礙解大慈大悲大喜大捨十八佛不共法增減故學何以故以佛十力等無二分故憍尸迦若菩薩摩訶薩能學無量無數無邊不可思議清淨佛法是菩薩摩訶薩不爲無忘失法增減故學不爲恒住捨性增減故學何以故以無忘失法等無二分故憍尸迦若菩薩摩訶薩能學無量無數無邊不可思議清淨佛法是菩薩摩訶薩不爲一切智增減故學不爲道相智一切相智增減故學何以故以一切智等無二分故憍尸迦若菩薩摩訶薩能學無量無數無邊不可思議清淨佛法是菩薩摩訶薩不爲一切陀羅尼門增減故學不爲一切三摩地門增減故學何以故以一切陀羅尼門等無二分故憍尸迦

若菩薩摩訶薩能學無量無數無邊不可思議清淨佛法是菩薩摩訶薩不爲預流增減故學不爲一來不還阿羅漢增減故學何以故以預流等無二分故憍尸迦若菩薩摩訶薩能學無量無數無邊不可思議清淨佛法是菩薩摩訶薩不爲預流向預流果增減故學不爲一來向一來果不還向不還果阿羅漢向阿羅漢果增減故學何以故以預流向預流果等無二分故憍尸迦若菩薩摩訶薩能學無量無數無邊不可思議清淨佛法是菩薩摩訶薩不爲獨覺增減故學不爲獨覺向獨覺果增減故學何以故以獨覺等無二分故憍尸迦若菩薩摩訶薩能學無量無數無邊不可思議清淨佛法是菩薩摩訶薩不爲菩薩摩訶薩增減故學不爲三藐三佛陀

增減故學何以故以菩薩摩訶薩等無二分故憍尸迦若菩薩摩訶薩能學無量無數無邊不可思議清淨佛法是菩薩摩訶薩不爲菩薩摩訶薩法增減故學不爲無上正等菩提增減故學何以故以菩薩薩摩訶法等無二分故憍尸迦若菩薩摩訶薩能學無量無數無邊不可思議清淨佛法是菩薩摩訶薩不爲聲聞乘增減故學不爲獨覺乘無上乘增減故學何以故以聲聞乘等無二分故憍尸迦若菩薩摩訶薩不爲色增減故學無二分故不爲受想行識增減故學無二分故是菩薩摩訶薩不爲色攝受壞滅故學不爲受想行識攝受壞滅故學何以故以色蘊等無二分故憍尸迦若菩薩摩訶薩不爲眼處增減故學無二分故不爲耳鼻舌身意處增減

故學無二分故是菩薩摩訶薩不爲眼處攝受壞滅故學不爲耳鼻舌身意處攝受壞滅故學何以故以眼處等無二分故憍尸迦若菩薩摩訶薩不爲色處增減故學無二分故菩薩摩訶薩不爲色處增減故學無二分故是不爲聲香味觸法處增減故學無二分故是菩薩摩訶薩不爲色處攝受壞滅故學不爲聲香味觸法處攝受壞滅故學何以故以色處等無二分故憍尸迦若菩薩摩訶薩不爲眼界增減故學無二分故不爲色界眼識界及眼觸眼觸爲緣所生諸受增減故學無二分故是菩薩摩訶薩不爲眼界攝受壞滅故學不爲色界乃至眼觸爲緣所生諸受攝受壞滅故學何以故以眼界等無二分故憍尸迦若菩薩摩訶薩不爲耳界增減故學無二分故不爲聲界耳識界及耳觸耳觸爲緣所生諸受增減故學無二分故是菩薩摩訶薩不爲耳界攝受壞滅故學不爲聲界乃至耳觸爲緣所生諸受攝受壞滅故學何以故以耳界等無二分故憍尸迦若菩薩摩訶薩不爲香界鼻識界及鼻觸鼻觸爲緣所生諸受增減故學無二分故是菩薩摩訶薩不爲鼻界攝受壞滅故學不爲香界乃至鼻觸爲緣所生諸受攝受壞滅故學何以故以鼻界等無二分故憍尸迦若菩薩摩訶薩不爲舌界增減故學無二分故不爲味界舌識界及舌觸舌觸爲緣所生諸受增減故學無二分故是菩薩摩訶薩不爲舌界攝受壞滅故學不爲味界乃至舌觸爲緣所生諸受攝受壞滅故學何以故以舌界等無二分故憍尸迦若菩薩摩訶薩

不爲身界增減故學無二分故不爲觸界身識界及身觸身觸爲緣所生諸受增減故學無二分故是菩薩摩訶薩不爲身界攝受壞滅故學不爲觸界乃至身觸爲緣所生諸受攝受壞滅故學何以故以身界等無二分故憍尸迦若菩薩摩訶薩不爲意界增減故學無二分故不爲法界意識界及意觸意觸爲緣所生諸受增減故學無二分故是菩薩摩訶薩不爲意界攝受壞滅故學不爲法界乃至意觸爲緣所生諸受攝受壞滅故學何以故以意界等無二分故憍尸迦若菩薩摩訶薩不爲地界增減故學無二分故不爲水火風空識界增減故學無二分故是菩薩摩訶薩不爲地界攝受壞滅故學不爲水火風空識界攝受壞滅故學何以故以地界等無二分故憍尸迦若菩薩摩訶薩不爲苦聖諦增減故學無二分故不爲集滅道聖諦增減故學無二分故是菩薩摩訶薩不爲苦聖諦攝受壞滅故學不爲集滅道聖諦攝受壞滅故學何以故以苦聖諦等無二分故憍尸迦若菩薩摩訶薩不爲無明增減故學無二分故不爲行識名色六處觸受愛取有生老死愁歎苦憂惱增減故學無二分故是菩薩摩訶薩不爲無明攝受壞滅故學不爲行乃至老死愁歎苦憂惱攝受壞滅故學何以故以無明等無二分故憍尸迦若菩薩摩訶薩不爲內空增減故學無二分故不爲外空內外空空空大空勝義空有爲空無爲空畢竟空無際空散空無變異空本性空自相空共相空一切法空不可得空無性空自性空無性自

性空增減故學無二分故是菩薩摩訶薩不爲内空攝受壞滅故學不爲外空乃至無性自性空攝受壞滅故學何以故以内空等無二分故憍尸迦若菩薩摩訶薩不爲真如增減故學無二分故不爲法界法性不虚妄性不變異性平等性離生性法定法住實際虚空界不思議界增減故學無二分故是菩薩摩訶薩不爲真如攝受壞滅故學不爲法界乃至不思議界攝受壞滅故學何以故以真如等無二分故憍尸迦若菩薩摩訶薩不爲布施波羅蜜多增減故學無二分故不爲淨戒安忍精進靜慮般若波羅蜜多增減故學無二分故是菩薩摩訶薩不爲布施波羅蜜多攝受壞滅故學不爲淨戒安忍精進靜慮般若波羅蜜多攝受壞滅故學何以故以布施波羅蜜多等無二分故憍尸迦若菩薩摩訶薩不爲四靜慮增減故學無二分故不爲四無量四無色定增減故學無二分故是菩薩摩訶薩不爲四靜慮攝受壞滅故學不爲四無量四無色定攝受壞滅故學何以故以四靜慮等無二分故憍尸迦若菩薩摩訶薩不爲八解脱增減故學無二分故不爲八勝處九次第定十遍處增減故學無二分故是菩薩摩訶薩不爲八解脱攝受壞滅故學不爲八勝處九次第定十遍處攝受壞滅故學何以故以八解脱等無二分故憍尸迦若菩薩摩訶薩不爲四念住增減故學無二分故不爲四正斷四神足五根五力七等覺支八聖道支增減故學無二分故是菩薩摩訶薩不爲四念住攝受壞滅故學不爲四正斷乃

至八聖道支攝受壞滅故學何以故以四念住等無二分故憍尸迦若菩薩摩訶薩不爲空解脫門增減故學無二分故不爲無相無願解脫門增減故學無二分故是菩薩摩訶薩不爲空解脫門攝受壞滅故學不爲無相無願解脫門攝受壞滅故學何以故以空解脫門等無二分故憍尸迦若菩薩摩訶薩不爲五眼增減故學無二分故不爲六神通增減故學無二分故是菩薩摩訶薩不爲五眼攝受壞滅故學不爲六神通攝受壞滅故學何以故以五眼等無二分故憍尸迦若菩薩摩訶薩不爲佛十力增減故學無二分故不爲四無所畏四無礙解大慈大悲大喜大捨十八佛不共法增減故學無二分故是菩薩摩訶薩不爲佛十力攝受壞滅故學不爲四無所畏乃至十八佛不共法攝受壞滅故學何以故以佛十力等無二分故憍尸迦若菩薩摩訶薩不爲無忘失法增減故學無二分故不爲恒住捨性增減故學無二分故是菩薩摩訶薩不爲無忘失法攝受壞滅故學不爲恒住捨性攝受壞滅故學何以故以無忘失法等無二分故憍尸迦若菩薩摩訶薩不爲一切智增減故學無二分故不爲道相智一切相智增減故學無二分故是菩薩摩訶薩不爲一切智攝受壞滅故學不爲道相智一切相智攝受壞滅故學何以故以一切智等無二分故憍尸迦若菩薩摩訶薩不爲一切陀羅尼門增減故學無二分故不爲一切三摩地門增減故學無二分故是菩薩摩訶薩不爲一切陀羅尼門攝受壞滅故學不爲

一切三摩地門攝受壞滅故學何以故以一切陀羅尼門等無二分故憍尸迦若菩薩摩訶薩不爲預流增減故學無二分故不爲一來不還阿羅漢增減故學無二分故是菩薩摩訶薩不爲預流攝受壞滅故學不爲一來不還阿羅漢攝受壞滅故學何以故以預流等無二分故憍尸迦若菩薩摩訶薩不爲預流向預流果增減故學無二分故不爲一來向一來果不還向不還果阿羅漢向阿羅漢果增減故學無二分故是菩薩摩訶薩不爲預流向預流果攝受壞滅故學不爲一來向一來果不還向不還果阿羅漢向阿羅漢果攝受壞滅故學何以故以預流向預流果等無二分故憍尸迦若菩薩摩訶薩不爲獨覺增減故學無二分故不爲獨覺向獨覺果增減故學無二分故是菩薩摩訶薩不爲獨覺攝受壞滅故學不爲獨覺向獨覺果攝受壞滅故學何以故以獨覺等無二分故憍尸迦若菩薩摩訶薩不爲菩薩摩訶薩增減故學無二分故不爲三藐三佛陀增減故學無一分故是菩薩摩訶薩不爲菩薩摩訶薩攝受壞滅故學不爲三藐三佛陀攝受壞滅故學何以故菩薩摩訶薩等無二分故憍尸迦若菩薩摩訶薩不爲菩薩摩訶薩法增減故學無二分故不爲無上正等菩提增減故學無二分故是菩薩摩訶薩不爲菩薩摩訶薩法攝受壞滅故學不爲無上正等菩提攝受壞滅故學何以故以菩薩摩訶薩法等無二分故憍尸迦若菩薩摩訶薩不爲聲聞乘增減故學無二分故不爲獨覺乘無上乘增減故

學無二分故是菩薩摩訶薩不爲聲聞乘攝受壞滅故學不爲獨覺乘無上乘攝受壞滅故學何以故以聲聞乘等無二分故時舍利子問善現言善現菩薩摩訶薩如是學時不爲色攝受壞滅故學不爲受想行識攝受壞滅故學耶善現菩薩摩訶薩如是學時不爲眼處攝受壞滅故學不爲耳鼻舌身意處攝受壞滅故學耶善現菩薩摩訶薩如是學時不爲色處攝受壞滅故學不爲聲香味觸法處攝受壞滅故學耶善現菩薩摩訶薩如是學時不爲眼界攝受壞滅故學不爲色界眼識界及眼觸眼觸爲緣所生諸受攝受壞滅故學耶善現菩薩摩訶薩如是學時不爲耳界攝受壞滅故學不爲聲界耳識界及耳觸耳觸爲緣所生諸受攝受壞滅故學耶善現菩薩摩訶薩如是學時不爲鼻界攝受壞滅故學不爲香界鼻識界及鼻觸鼻觸爲緣所生諸受攝受壞滅故學耶善現菩薩摩訶薩如是學時不爲舌界攝受壞滅故學不爲味界舌識界及舌觸舌觸爲緣所生諸受攝受壞滅故學耶善現菩薩摩訶薩如是學時不爲身界攝受壞滅故學不爲觸界身識界及身觸身觸爲緣所生諸受攝受壞滅故學耶善現菩薩摩訶薩如是學時不爲意界攝受壞滅故學不爲法界意識界及意觸意觸爲緣所生諸受攝受壞滅故學耶善現菩薩摩訶薩如是學時不爲地界攝受壞滅故學不爲水火風空識界攝受壞滅故學耶善現菩薩摩訶薩如是學時不爲苦聖諦攝受壞滅故學不爲集滅道聖諦攝受壞滅故學耶善

現菩薩摩訶薩如是學時不爲無明攝受壞滅故學不爲行識名色六處觸受愛取有生老死愁歎苦憂惱攝受壞滅故學耶善現菩薩摩訶薩如是學時不爲內空攝受壞滅故學不爲外空內外空空空大空勝義空有爲空無爲空畢竟空無際空散空無變異空本性空自相空共相空一切法空不可得空無性空自性空無性自性空攝受壞滅故學耶善現菩薩摩訶薩如是學時不爲眞如攝受壞滅故學不爲法界法性不虛妄性不變異性平等性離生性法定法住實際虛空界不思議界攝受壞滅故學耶善現菩薩摩訶薩如是學時不爲布施波羅蜜多攝受壞滅故學不爲淨戒安忍精進靜慮般若波羅蜜多攝受壞滅故學耶善現菩薩摩訶薩如是學時不爲四靜慮攝受壞滅故學不爲四無量四無色定攝受壞滅故學耶善現菩薩摩訶薩如是學時不爲八解脫攝受壞滅故學不爲八勝處九次第定十遍處攝受壞滅故學耶善現菩薩摩訶薩如是學時不爲四念住攝受壞滅故學不爲四正斷四神足五根五力七等覺支八聖道支攝受壞滅故學耶善現菩薩摩訶薩如是學時不爲空解脫門攝受壞滅故學不爲無相無願解脫門攝受壞滅故學耶善現菩薩摩訶薩如是學時不爲五眼攝受壞滅故學不爲六神通攝受壞滅故學耶善現菩薩摩訶薩如是學時不爲佛十力攝受壞滅故學不爲四無所畏四無礙解大慈大悲大喜大捨十八佛不共法攝受壞滅故學耶善現菩薩摩訶薩如是學時不

爲無忘失法攝受壞滅故學不爲恒住捨性攝受壞滅故學耶善現菩薩摩訶薩如是學時不爲一切智攝受壞滅故學不爲道相智一切相智攝受壞滅故學耶善現菩薩摩訶薩如是學時不爲一切陀羅尼門攝受壞滅故學不爲一切三摩地門攝受壞滅故學耶善現菩薩摩訶薩如是學時不爲預流攝受壞滅故學不爲一來不還阿羅漢攝受壞滅故學耶善現菩薩摩訶薩如是學時不爲預流向預流果攝受壞滅故學不爲一來向一來果不還向不還果阿羅漢向阿羅漢果攝受壞滅故學耶善現菩薩摩訶薩如是學時不爲獨覺攝受壞滅故學不爲獨覺向獨覺果攝受壞滅故學耶善現菩薩摩訶薩如是學時不爲菩薩摩訶薩攝受壞滅故學不爲三藐三佛陀攝受壞滅故學耶善現菩薩摩訶薩如是學時不爲菩薩摩訶薩法攝受壞滅故學不爲無上正等菩提攝受壞滅故學耶善現菩薩摩訶薩如是學時不爲聲聞乘攝受壞滅故學不爲獨覺乘無上乘攝受壞滅故學耶

大般若波羅蜜多經卷第八十七

大般若波羅蜜多經卷第八十八

唐三藏法師玄奘奉　詔譯

初分學般若品第二十六之四

善現答言如是如是舍利子菩薩摩訶薩如是學時不為色攝受壞滅故學不為受想行識攝受壞滅故學如是如是舍利子菩薩摩訶薩如是學時不為眼處攝受壞滅故學不為耳鼻舌身意處攝受壞滅故學如是如是舍利子菩薩摩訶薩如是學時不為色處攝受壞滅故學不為聲香味觸法處攝受壞滅故學如是如是舍利子菩薩摩訶薩如是學時不為眼界攝受壞滅故學不為色界眼識界及眼觸眼觸為緣所生諸受攝受壞滅故學如是如是舍利子菩薩摩訶薩如是學時不為耳界攝受壞滅故學不為聲界耳識界及耳觸耳觸為緣所生諸受攝受壞滅故學如是如是舍利子菩薩摩訶薩如是學時不為鼻界攝受壞滅故學不為香界鼻識界及鼻觸鼻觸為緣所生諸受攝受壞滅故學如是如是舍利子菩薩摩訶薩如是學時不為舌界攝受壞滅故學不為味界舌識界及舌觸舌觸為緣所生諸受攝受壞滅故學如是如是舍利子菩薩摩訶薩如是學時不為身界攝受壞滅故學不為觸界身識界及身觸身觸為緣所生諸受攝受壞滅故學如是如是舍利子菩薩摩訶薩如是學時不為意界攝受壞滅故學不為法界意識界及意觸意觸為緣所生諸受攝受壞滅故學如是如是舍利子菩薩摩訶薩如是學時不為地界攝受壞滅故學不為水火風空識界攝受壞滅

故學如是如是舍利子菩薩摩訶薩如是學時不爲苦聖諦攝受壞滅故學不爲集滅道聖諦攝受壞滅故學如是如是舍利子菩薩摩訶薩如是學時不爲無明攝受壞滅故學不爲行識名色六處觸受愛取有生老死愁歎苦憂惱攝受壞滅故學如是如是舍利子菩薩摩訶薩如是學時不爲内空攝受壞滅故學不爲外空内外空空空大空勝義空有爲空無爲空畢竟空無際空散空無變異空本性空自相空共相空一切法空不可得空無性空自性空無性自性空攝受壞滅故學如是如是舍利子菩薩摩訶薩如是學時不爲眞如攝受壞滅故學不爲法界法性不虛妄性不變異性平等性離生性法定法住實際虛空界不思議界攝受壞滅故學如是如是舍利子菩薩摩訶薩如是學時不爲布施波羅蜜多攝受壞滅故學不爲淨戒安忍精進靜慮般若波羅蜜多攝受壞滅故學如是如是舍利子菩薩摩訶薩如是學時不爲四靜慮攝受壞滅故學不爲四無量四無色定攝受壞滅故學如是如是舍利子菩薩摩訶薩如是學時不爲八解脫攝受壞滅故學不爲八勝處九次第定十遍處攝受壞滅故學如是如是舍利子菩薩摩訶薩如是學時不爲四念住攝受壞滅故學不爲四正斷四神足五根五力七等覺支八聖道支攝受壞滅故學如是如是舍利子菩薩摩訶薩如是學時不爲空解脫門攝受壞滅故學不爲無相無願解脫門攝受壞滅故學如是如是舍利子菩薩摩訶薩如是學時不爲五眼攝受壞

滅故學不爲六神通攝受壞滅故學如是如
是舍利子菩薩摩訶薩如是學時不爲佛十
力攝受壞滅故學不爲四無所畏四無礙解
大慈大悲大喜大捨十八佛不共法攝受壞
滅故學如是如是舍利子菩薩摩訶薩如是
學時不爲無忘失法攝受壞滅故學不爲恒
住捨性攝受壞滅故學如是如是舍利子菩
薩摩訶薩如是學時不爲一切智攝受壞滅
故學不爲道相智一切相智攝受壞滅故學
如是如是舍利子菩薩摩訶薩如是學時不
爲一切陀羅尼門攝受壞滅故學不爲一切
三摩地門攝受壞滅故學如是如是舍利子
菩薩摩訶薩如是學時不爲預流攝受壞滅
故學不爲一來不還阿羅漢攝受壞滅故學
如是如是舍利子菩薩摩訶薩如是學時不
爲預流向預流果攝受壞滅故學不爲一來
向一來果不還向不還果阿羅漢向阿羅漢
果攝受壞滅故學如是如是舍利子菩薩摩
訶薩如是學時不爲獨覺攝受壞滅故學不
爲獨覺向獨覺果攝受壞滅故學如是如是
舍利子菩薩摩訶薩如是學時不爲菩薩摩
訶薩攝受壞滅故學不爲三藐三佛陀攝受
壞滅故學如是如是舍利子菩薩摩訶薩如
是學時不爲菩薩摩訶薩法攝受壞滅故學
不爲無上正等菩提攝受壞滅故學如是如
是舍利子菩薩摩訶薩如是學時不爲聲聞
乘攝受壞滅故學不爲獨覺乘無上乘攝受
壞滅故學時舍利子問善現言何緣菩薩摩
訶薩如是學時不爲色攝受壞滅故學不爲
受想行識攝受壞滅故學善現何緣菩薩摩

訶薩如是學時不爲眼處攝受壞滅故學不爲耳鼻舌身意處攝受壞滅故學善現何緣菩薩摩訶薩如是學時不爲色處攝受壞滅故學不爲聲香味觸法處攝受壞滅故學善現何緣菩薩摩訶薩如是學時不爲眼界攝受壞滅故學不爲色界眼識界及眼觸眼觸爲緣所生諸受攝受壞滅故學善現何緣菩薩摩訶薩如是學時不爲耳界攝受壞滅故學不爲聲界耳識界及耳觸耳觸爲緣所生諸受攝受壞滅故學善現何緣菩薩摩訶薩如是學時不爲鼻界攝受壞滅故學不爲香界鼻識界及鼻觸鼻觸爲緣所生諸受攝受壞滅故學善現何緣菩薩摩訶薩如是學時不爲舌界攝受壞滅故學不爲味界舌識界及舌觸舌觸爲緣所生諸受攝受壞滅故學善現何緣菩薩摩訶薩如是學時不爲身界攝受壞滅故學不爲觸界身識界及身觸身觸爲緣所生諸受攝受壞滅故學善現何緣菩薩摩訶薩如是學時不爲意界攝受壞滅故學不爲法界意識界及意觸意觸爲緣所生諸受攝受壞滅故學善現何緣菩薩摩訶薩如是學時不爲地界攝受壞滅故學不爲水火風空識界攝受壞滅故學善現何緣菩薩摩訶薩如是學時不爲苦聖諦攝受壞滅故學不爲集滅道聖諦攝受壞滅故學善現何緣菩薩摩訶薩如是學時不爲無明攝受壞滅故學不爲行識名色六處觸受愛取有生老死愁歎苦憂惱攝受壞滅故學善現何緣菩薩摩訶薩如是學時不爲內空攝受壞滅故學不爲外空內外空空空大空勝義空

有爲空無爲空畢竟空無際空散空無變異空本性空自相空共相空一切法空不可得空無性空自性空無性自性空攝受壞滅故學善現何緣菩薩摩訶薩如是學時不爲眞如攝受壞滅故學不爲法界法性不虚妄性不變異性平等性離生性法定法住實際虚空界不思議界攝受壞滅故學善現何緣菩薩摩訶薩如是學時不爲布施波羅蜜多攝受壞滅故學不爲淨戒安忍精進靜慮般若波羅蜜多攝受壞滅故學善現何緣菩薩摩訶薩如是學時不爲四靜慮攝受壞滅故學不爲四無量四無色定攝受壞滅故學善現何緣菩薩摩訶薩如是學時不爲八解脱攝受壞滅故學不爲八勝處九次第定十遍處攝受壞滅故學善現何緣菩薩摩訶薩如是學時不爲四念住攝受壞滅故學不爲四正斷四神足五根五力七等覺支八聖道支攝受壞滅故學善現何緣菩薩摩訶薩如是學時不爲空解脱門攝受壞滅故學不爲無相無願解脱門攝受壞滅故學善現何緣菩薩摩訶薩如是學時不爲五眼攝受壞滅故學不爲六神通攝受壞滅故學善現何緣菩薩摩訶薩如是學時不爲佛十力攝受壞滅故學不爲四無所畏四無礙解大慈大悲大喜大捨十八佛不共法攝受壞滅故學善現何緣菩薩摩訶薩如是學時不爲無忘失法攝受壞滅故學不爲恒住捨性攝受壞滅故學善現何緣菩薩摩訶薩如是學時不爲一切智攝受壞滅故學不爲道相智一切相智攝受壞滅故學善現何緣菩薩摩訶薩如是學

時不爲一切陀羅尼門攝受壞滅故學不爲一切三摩地門攝受壞滅故學善現何緣菩薩摩訶薩如是學時不爲預流攝受壞滅故學不爲一來不還阿羅漢攝受壞滅故學善現何緣菩薩摩訶薩如是學時不爲預流向預流果攝受壞滅故學不爲一來向一來果不還向不還果阿羅漢向阿羅漢果攝受壞滅故學善現何緣菩薩摩訶薩如是學時不爲獨覺攝受壞滅故學不爲獨覺向獨覺果攝受壞滅故學善現何緣菩薩摩訶薩如是學時不爲菩薩摩訶薩攝受壞滅故學不爲三藐三佛陀攝受壞滅故學善現何緣菩薩摩訶薩如是學時不爲菩薩摩訶薩法攝受壞滅故學不爲無上正等菩提攝受壞滅故學善現何緣菩薩摩訶薩如是學時不爲聲聞乘攝受壞滅故學不爲獨覺乘無上乘攝受壞滅故學時具壽善現答舍利子言菩薩摩訶薩如是學時不見有色是可攝受及所壞滅亦不見有能攝受色及壞滅者不見有受想行識是可攝受及所壞滅亦不見有能攝受受想行識及壞滅者何以故以色蘊等若能若所內外俱空不可得故舍利子菩薩摩訶薩如是學時不見有眼處是可攝受及所壞滅亦不見有能攝受眼處及壞滅者不見有耳鼻舌身意處是可攝受及所壞滅亦不見有能攝受耳鼻舌身意處及壞滅者何以故以眼處等若能若所內外俱空不可得故舍利子菩薩摩訶薩如是學時不見有色處是可攝受及所壞滅亦不見有能攝受色處及壞滅者不見有聲香味觸法處是可攝

受及所壞滅亦不見有能攝受聲香味觸法處及壞滅者何以故以色處等若能若所內外俱空不可得故舍利子菩薩摩訶薩如是學時不見有眼界是可攝受及所壞滅亦不見有能攝受眼界及壞滅者不見有色界眼識界及眼觸眼觸爲緣所生諸受是可攝受及所壞滅亦不見有能攝受色界乃至眼觸爲緣所生諸受及壞滅者何以故以眼界等若能若所內外俱空不可得故舍利子菩薩摩訶薩如是學時不見有耳界是可攝受及所壞滅亦不見有能攝受耳界及壞滅者不見有聲界耳識界及耳觸耳觸爲緣所生諸受是可攝受及所壞滅亦不見有能攝受聲界乃至耳觸爲緣所生諸受及壞滅者何以故以耳界等若能若所內外俱空不可得故

舍利子菩薩摩訶薩如是學時不見有鼻界是可攝受及所壞滅亦不見有能攝受鼻界及壞滅者不見有香界鼻識界及鼻觸鼻觸爲緣所生諸受是可攝受及所壞滅亦不見有能攝受香界乃至鼻觸爲緣所生諸受及壞滅者何以故以鼻界等若能若所內外俱空不可得故舍利子菩薩摩訶薩如是學時不見有舌界是可攝受及所壞滅亦不見有能攝受舌界及壞滅者不見有味界舌識界及舌觸舌觸爲緣所生諸受是可攝受及所壞滅亦不見有能攝受味界乃至舌觸爲緣所生諸受及壞滅者何以故以舌界等若能若所內外俱空不可得故舍利子菩薩摩訶薩如是學時不見有身界是可攝受及所壞滅亦不見有能攝受身界及壞滅者不見有

觸界身識界及身觸身觸爲緣所生諸受是可攝受及所壞滅亦不見有能攝受觸界乃至身觸爲緣所生諸受及壞滅者何以故以身界等若能若所内外俱空不可得故舍利子菩薩摩訶薩如是學時不見有意界是可攝受及所壞滅亦不見有能攝受意界及壞滅者不見有法界意識界及意觸意觸爲緣所生諸受是可攝受及所壞滅亦不見有能攝受法界乃至意觸爲緣所生諸受及壞滅者何以故以意界等若能若所内外俱空不可得故舍利子菩薩摩訶薩如是學時不見有地界是可攝受及所壞滅亦不見有能攝受地界及壞滅者不見有水火風空識界是可攝受及所壞滅亦不見有能攝受水火風空識界及壞滅者何以故以地界等若能若所内外俱空不可得故舍利子菩薩摩訶薩如是學時不見有苦聖諦是可攝受及所壞滅亦不見有能攝受苦聖諦及壞滅者不見有集滅道聖諦是可攝受及所壞滅亦不見有能攝受集滅道聖諦及壞滅者何以故以苦聖諦等若能若所内外俱空不可得故舍利子菩薩摩訶薩如是學時不見有無明是可攝受及所壞滅亦不見有能攝受無明及壞滅者不見有行識名色六處觸受愛取有生老死愁歎苦憂惱是可攝受及所壞滅亦不見有能攝受行乃至老死愁歎苦憂惱及壞滅者何以故以無明等若能若所内外俱空不可得故舍利子菩薩摩訶薩如是學時不見有内空是可攝受及所壞滅亦不見有能攝受内空及壞滅者不見有外空内外空

空空大空勝義空有爲空無爲空畢竟空無際空散空無變異空本性空自相空共相空一切法空不可得空無性空自性空無性自性空是可攝受及所壞滅亦不見有能攝受外空乃至無性自性空及壞滅者何以故以內空等若能若所內外俱空不可得故舍利子菩薩摩訶薩如是學時不見有眞如是可攝受及所壞滅亦不見有能攝受眞如及壞滅者不見有法界法性不虛妄性不變異性平等性離生性法定法住實際虛空界不思議界是可攝受及所壞滅亦不見有能攝受法界乃至不思議界及壞滅者何以故以眞如等若能若所內外俱空不可得故舍利子菩薩摩訶薩如是學時不見有布施波羅蜜多是可攝受及所壞滅亦不見有能攝受布

施波羅蜜多及壞滅者不見有淨戒安忍精進靜慮般若波羅蜜多是可攝受及所壞滅亦不見有能攝受淨戒安忍精進靜慮般若波羅蜜多及壞滅者何以故以布施波羅蜜多等若能若所內外俱空不可得故舍利子菩薩摩訶薩如是學時不見有四靜慮是可攝受及所壞滅亦不見有能攝受四靜慮及壞滅者不見有四無量四無色定是可攝受及所壞滅亦不見有能攝受四無量四無色定及壞滅者何以故以四靜慮等若能若所內外俱空不可得故舍利子菩薩摩訶薩如是學時不見有八解脫是可攝受及所壞滅亦不見有能攝受八解脫及壞滅者不見有八勝處九次第定十遍處是可攝受及所壞滅亦不見有能攝受八勝處九次第定十遍

處及壞滅者何以故以八解脱等若能若所內外俱空不可得故舍利子菩薩摩訶薩如是學時不見有四念住是可攝受及所壞滅亦不見有能攝受四念住及壞滅者不見有四正斷四神足五根五力七等覺支八聖道支是可攝受及所壞滅亦不見有能攝受四正斷乃至八聖道支及壞滅者何以故以四念住等若能若所內外俱空不可得故舍利子菩薩摩訶薩如是學時不見有空解脱門是可攝受及所壞滅亦不見有能攝受空解脱門及壞滅者不見有無相無願解脱門是可攝受及所壞滅亦不見有能攝受無相無願解脱門及壞滅者何以故以空解脱門等若能若所內外俱空不可得故舍利子菩薩摩訶薩如是學時不見有五眼是可攝受及所壞滅亦不見有能攝受五眼及壞滅者不見有六神通是可攝受及所壞滅亦不見有能攝受六神通及壞滅者何以故以五眼等若能若所內外俱空不可得故舍利子菩薩摩訶薩如是學時不見有佛十力是可攝受及所壞滅亦不見有能攝受佛十力及壞滅者不見有四無所畏四無礙解大慈大悲大喜大捨十八佛不共法是可攝受及所壞滅亦不見有能攝受四無所畏乃至十八佛不共法及壞滅者何以故以佛十力等若能若所內外俱空不可得故舍利子菩薩摩訶薩如是學時不見有無忘失法是可攝受及所壞滅亦不見有能攝受無忘失法及壞滅者不見有恒住捨性是可攝受及所壞滅亦不見有能攝受恒住捨性及壞滅者何以故以

無忘失法等若能若所内外俱空不可得故舍利子菩薩摩訶薩如是學時不見有一切智是可攝受及所壞滅亦不見有能攝受一切智及壞滅者不見有道相智一切相智是可攝受及所壞滅亦不見有能攝受道相智一切相智及壞滅者何以故以一切智等若能若所内外俱空不可得故舍利子菩薩摩訶薩如是學時不見有一切陀羅尼門是可攝受及所壞滅亦不見有能攝受一切陀羅尼門及壞滅者不見有一切三摩地門是可攝受及所壞滅亦不見有能攝受一切三摩地門及壞滅者何以故以一切陀羅尼門等若能若所内外俱空不可得故舍利子菩薩摩訶薩如是學時不見有預流是可攝受及所壞滅亦不見有能攝受預流及壞滅者不見有一來不還阿羅漢是可攝受及所壞滅亦不見有能攝受一來不還阿羅漢及壞滅者何以故以預流等若能若所内外俱空不可得故舍利子菩薩摩訶薩如是學時不見有預流向預流果是可攝受及所壞滅亦不見有能攝受預流向預流果及壞滅者不見有一來向一來果不還向不還果阿羅漢向阿羅漢果是可攝受及所壞滅亦不見有能攝受一來向一來果不還向不還果阿羅漢向阿羅漢果及壞滅者何以故以預流向預流果等若能若所内外俱空不可得故舍利子菩薩摩訶薩如是學時不見有獨覺是可攝受及所壞滅亦不見有能攝受獨覺及壞滅者不見有獨覺向獨覺果是可攝受及所壞滅亦不見有能攝受獨覺向獨覺果及壞

滅者何以故以獨覺等若能若所內外俱空不可得故舍利子菩薩摩訶薩如是學時不見有菩薩摩訶薩是可攝受及所壞滅亦不見有能攝受菩薩摩訶薩及壞滅者不見有三藐三佛陀是可攝受及所壞滅亦不見有能攝受三藐三佛陀及壞滅者何以故以菩薩摩訶薩等若能若所內外俱空不可得故舍利子菩薩摩訶薩如是學時不見有菩薩摩訶薩法是可攝受及所壞滅亦不見有能攝受菩薩摩訶薩法及壞滅者不見有無上正等菩提是可攝受及所壞滅亦不見有能攝受無上正等菩提及壞滅者何以故以菩薩摩訶薩法等若能若所內外俱空不可得故舍利子菩薩摩訶薩如是學時不見有聲聞乘是可攝受及所壞滅亦不見有能攝受聲聞乘及壞滅者不見有獨覺乘無上乘是可攝受及所壞滅亦不見有能攝受獨覺乘無上乘及壞滅者何以故以聲聞乘等若能若所內外俱空不可得故舍利子若菩薩摩訶薩於色於受想行識於眼處於耳鼻舌身意處於色處於聲香味觸法處於眼界於色界眼識界及眼觸眼觸爲緣所生諸受於耳界於聲界耳識界及耳觸耳觸爲緣所生諸受於鼻界於香界鼻識界及鼻觸鼻觸爲緣所生諸受於舌界於味界舌識界及舌觸舌觸爲緣所生諸受於身界於觸界身識界及身觸身觸爲緣所生諸受於意界於法界意識界及意觸意觸爲緣所生諸受於地界於水火風空識界於苦聖諦於集滅道聖諦於無明於行識名色六處觸受愛取有生老死

愁歎苦憂惱於內空於外空內外空空空大空勝義空有為空無為空畢竟空無際空散空無變異空本性空自相空共相空一切法空不可得空無性空自性空無性自性空於真如於法界法性不虛妄性不變異性平等性離生性法定法住實際虛空界不思議界於布施波羅蜜多於淨戒安忍精進靜慮般若波羅蜜多於四靜慮於四無量四無色定於八解脫於八勝處九次第定十遍處於四念住於四正斷四神足五根五力七等覺支八聖道支於空解脫門於無相無願解脫門於五眼於六神通於佛十力於四無所畏四無礙解大慈大悲大喜大捨十八佛不共法於無忘失法於恒住捨性於一切智於道相智一切相智於一切陀羅尼門於一切三摩地門於預流於一來不還阿羅漢於預流向預流果於一來向一來果不還向不還果阿羅漢向阿羅漢果於獨覺向獨覺果於菩薩摩訶薩於三藐三佛陀於菩薩摩訶薩法於無上正等菩提於聲聞乘於獨覺乘於無上乘不見是可攝受及可壞滅亦不見有能攝受及壞滅者而學般若波羅蜜多是菩薩摩訶薩能成辦一切智智時舍利子問善現言菩薩摩訶薩如是學般若波羅蜜多能成辦一切智智耶善現答言菩薩摩訶薩如是學般若波羅蜜多能成辦一切智智於一切法不為攝受壞滅而方便學故舍利子言若菩薩摩訶薩於一切法不為攝受壞滅而方便學者云何能成辦一切智智善現言舍利子是菩薩摩訶薩行般若波羅蜜多時不見色

若生若滅不見受想行識若生若滅不見色若取若捨不見受想行識若取若捨不見色若染若淨不見受想行識若染若淨不見色若集若散不見受想行識若集若散不見色若增若減不見受想行識若增若減何以故以色蘊性等空無所有不可得故舍利子是菩薩摩訶薩如是學般若波羅蜜多能成辦一切智智以無所學無所成辦爲方便故舍利子是菩薩摩訶薩行般若波羅蜜多時不見眼處若生若滅不見耳鼻舌身意處若生若滅不見眼處若取若捨不見耳鼻舌身意處若取若捨不見眼處若染若淨不見耳鼻舌身意處若染若淨不見眼處若集若散不見耳鼻舌身意處若集若散不見眼處若增若減不見耳鼻舌身意處若增若減何以故以眼處性等空無所有不可得故舍利子是菩薩摩訶薩如是學般若波羅蜜多能成辦一切智智以無所學無所成辦爲方便故舍利子是菩薩摩訶薩行般若波羅蜜多時不見色處若生若滅不見聲香味觸法處若生若滅不見色處若取若捨不見聲香味觸法處若取若捨不見色處若染若淨不見聲香味觸法處若染若淨不見色處若集若散不見聲香味觸法處若集若散不見色處若增若減不見聲香味觸法處若增若減何以故以色處性等空無所有不可得故舍利子是菩薩摩訶薩如是學般若波羅蜜多能成辦一切智智以無所學無所成辦爲方便故舍利子是菩薩摩訶薩行般若波羅蜜多時不見眼界若生若滅不見色界眼識界及眼觸

眼觸爲緣所生諸受若生若滅不見眼界若
取若捨不見色界乃至眼觸爲緣所生諸受
若取若捨不見眼界若染若淨不見色界乃
至眼觸爲緣所生諸受若染若淨不見眼界
若集若散不見色界乃至眼觸爲緣所生諸
受若集若散不見眼界若增若減不見色界
乃至眼觸爲緣所生諸受若增若減何以故
以眼界性等空無所有不可得故舍利子是
菩薩摩訶薩如是學般若波羅蜜多能成辦
一切智智以無所學無所成辦爲方便故舍
利子是菩薩摩訶薩行般若波羅蜜多時不
見耳界若生若滅不見聲界耳識界及耳觸
耳觸爲緣所生諸受若生若滅不見耳界若
取若捨不見聲界乃至耳觸爲緣所生諸受
若取若捨不見耳界若染若淨不見聲界乃
至耳觸爲緣所生諸受若染若淨不見耳界
若集若散不見聲界乃至耳觸爲緣所生諸
受若集若散不見耳界若增若減不見聲界
乃至耳觸爲緣所生諸受若增若減何以故
以耳界性等空無所有不可得故舍利子是
菩薩摩訶薩如是學般若波羅蜜多能成辦
一切智智以無所學無所成辦爲方便故

大般若波羅蜜多經卷第八十八

大般若波羅蜜多經卷第八十九

唐三藏法師玄奘奉　詔譯

初分學般若品第二十六之五

舍利子是菩薩摩訶薩行般若波羅蜜多時不見鼻界若生若滅不見香界鼻識界及鼻觸鼻觸爲緣所生諸受若生若滅不見鼻界若取若捨不見香界乃至鼻觸爲緣所生諸受若取若捨不見鼻界若染若淨不見香界乃至鼻觸爲緣所生諸受若染若淨不見鼻界若集若散不見香界乃至鼻觸爲緣所生諸受若集若散不見鼻界若增若減不見香界乃至鼻觸爲緣所生諸受若增若減何以故以鼻界性等空無所有不可得故舍利子是菩薩摩訶薩如是學般若波羅蜜多能成辦一切智智以無所學無所成辦爲方便故

舍利子是菩薩摩訶薩行般若波羅蜜多時不見舌界若生若滅不見味界舌識界及舌觸舌觸爲緣所生諸受若生若滅不見舌界若取若捨不見味界乃至舌觸爲緣所生諸受若取若捨不見舌界若染若淨不見味界乃至舌觸爲緣所生諸受若染若淨不見舌界若集若散不見味界乃至舌觸爲緣所生諸受若集若散不見舌界若增若減不見味界乃至舌觸爲緣所生諸受若增若減何以故以舌界性等空無所有不可得故舍利子是菩薩摩訶薩如是學般若波羅蜜多能成辦一切智智以無所學無所成辦爲方便故

舍利子是菩薩摩訶薩行般若波羅蜜多時不見身界若生若滅不見觸界身識界及身觸身觸爲緣所生諸受若生若滅不見身界

若取若捨不見觸界乃至身觸爲緣所生諸受若取若捨不見身界若染若淨不見觸界乃至身觸爲緣所生諸受若染若淨不見身界若集若散不見觸界乃至身觸爲緣所生諸受若集若散不見身界若增若減不見觸界乃至身觸爲緣所生諸受若增若減何以故以身界性等空無所有不可得故舍利子是菩薩摩訶薩如是學般若波羅蜜多能成辦一切智智以無所學無所成辦爲方便故舍利子是菩薩摩訶薩行般若波羅蜜多時不見意界若生若滅不見法界意識界及意觸意觸爲緣所生諸受若生若滅不見意界若取若捨不見法界乃至意觸爲緣所生諸受若取若捨不見意界若染若淨不見法界乃至意觸爲緣所生諸受若染若淨不見意界若集若散不見法界乃至意觸爲緣所生諸受若集若散不見意界若增若減不見法界乃至意觸爲緣所生諸受若增若減何以故以意界性等空無所有不可得故舍利子是菩薩摩訶薩如是學般若波羅蜜多能成辦一切智智以無所學無所成辦爲方便故舍利子是菩薩摩訶薩行般若波羅蜜多時不見地界若生若滅不見水火風空識界若生若滅不見地界若取若捨不見水火風空識界若取若捨不見地界若染若淨不見水火風空識界若染若淨不見地界若集若散不見水火風空識界若集若散不見地界若增若減不見水火風空識界若增若減何以故以地界性等空無所有不可得故舍利子是菩薩摩訶薩如是學般若波羅蜜多能成

辦一切智智以無所學無所成辦爲方便故舍利子是菩薩摩訶薩行般若波羅蜜多時不見苦聖諦若生若滅不見集滅道聖諦若生若滅不見苦聖諦若取若捨不見集滅道聖諦若取若捨不見苦聖諦若染若淨不見集滅道聖諦若染若淨不見苦聖諦若集若散不見集滅道聖諦若集若散不見苦聖諦若增若減不見集滅道聖諦若增若減何以故以苦聖諦性等空無所有不可得故舍利子是菩薩摩訶薩如是學般若波羅蜜多能成辦一切智智以無所學無所成辦爲方便故舍利子是菩薩摩訶薩行般若波羅蜜多時不見無明若生若滅不見行識名色六處觸受愛取有生老死愁歎苦憂惱若生若滅不見無明若取若捨不見行乃至老死愁歎苦憂惱若取若捨不見無明若染若淨不見行乃至老死愁歎苦憂惱若染若淨不見無明若集若散不見行乃至老死愁歎苦憂惱若集若散不見無明若增若減不見行乃至老死愁歎苦憂惱若增若減何以故以無明性等空無所有不可得故舍利子是菩薩摩訶薩如是學般若波羅蜜多能成辦一切智智以無所學無所成辦爲方便故舍利子是菩薩摩訶薩行般若波羅蜜多時不見內空若生若滅不見外空內外空空空大空勝義空有爲空無爲空畢竟空無際空散空無變異空本性空自相空共相空一切法空不可得空無性空自性空無性自性空若生若滅不見內空若取若捨不見外空乃至無性自性空若取若捨不見內空若染若淨不見外

空乃至無性自性空若染若淨不見内空若集若散不見外空乃至無性自性空若集若散不見内空若增若減不見外空乃至無性自性空若增若減何以故以内空性等空無所有不可得故舍利子是菩薩摩訶薩如是學般若波羅蜜多能成辦一切智智以無所學無所成辦爲方便故舍利子是菩薩摩訶薩行般若波羅蜜多時不見眞如若生若滅不見法界法性不虛妄性不變異性平等性離生性法定法住實際虛空界不思議界若生若滅不見眞如若取若捨不見法界乃至不思議界若取若捨不見眞如若染若淨不見法界乃至不思議界若染若淨不見眞如若集若散不見法界乃至不思議界若集若散不見眞如若增若減不見法界乃至不思議界若增若減何以故以眞如性等空無所有不可得故舍利子是菩薩摩訶薩如是學般若波羅蜜多能成辦一切智智以無所學無所成辦爲方便故舍利子是菩薩摩訶薩行般若波羅蜜多時不見布施波羅蜜多若生若滅不見淨戒安忍精進靜慮般若波羅蜜多若生若滅不見布施波羅蜜多若取若捨不見淨戒安忍精進靜慮般若波羅蜜多若取若捨不見布施波羅蜜多若染若淨不見淨戒安忍精進靜慮般若波羅蜜多若染若淨不見布施波羅蜜多若集若散不見淨戒安忍精進靜慮般若波羅蜜多若集若散不見布施波羅蜜多若增若減不見淨戒安忍精進靜慮般若波羅蜜多若增若減何以故以布施波羅蜜多性等空無所有不可得

故舍利子是菩薩摩訶薩如是學般若波羅蜜多能成辦一切智智以無所學無所成辦爲方便故舍利子是菩薩摩訶薩行般若波羅蜜多時不見四靜慮若生若滅不見四無量四無色定若生若滅不見四靜慮若取若捨不見四無量四無色定若取若捨不見四靜慮若染若淨不見四無量四無色定若染若淨不見四靜慮若集若散不見四無量四無色定若集若散不見四靜慮若增若減不見四無量四無色定若增若減何以故以四靜慮性等空無所有不可得故舍利子是菩薩摩訶薩如是學般若波羅蜜多能成辦一切智智以無所學無所成辦爲方便故舍利子是菩薩摩訶薩行般若波羅蜜多時不見八解脱若生若滅不見八勝處九次第定十遍處若生若滅不見八解脱若取若捨不見八勝處九次第定十遍處若取若捨不見八解脱若染若淨不見八勝處九次第定十遍處若染若淨不見八解脱若集若散不見八勝處九次第定十遍處若集若散不見八解脱若增若減不見八勝處九次第定十遍處若增若減何以故以八解脱性等空無所有不可得故舍利子是菩薩摩訶薩如是學般若波羅蜜多能成辦一切智智以無所學無所成辦爲方便故舍利子是菩薩摩訶薩行般若波羅蜜多時不見四念住若生若滅不見四正斷四神足五根五力七等覺支八聖道支若生若滅不見四念住若取若捨不見四正斷四神足五根五力七等覺支八聖道支若取若捨不見四念住若染若淨不見四

正斷四神足五根五力七等覺支八聖道支若染若淨不見四念住若集若散不見四正斷四神足五根五力七等覺支八聖道支若集若散不見四念住若增若減不見四正斷四神足五根五力七等覺支八聖道支若增若減何以故以四念住性等空無所有不可得故舍利子是菩薩摩訶薩如是學般若波羅蜜多能成辦一切智智以無所學無所成辦爲方便故舍利子是菩薩摩訶薩行般若波羅蜜多時不見空解脱門若生若滅不見無相無願解脱門若生若滅不見空解脱門若取若捨不見無相無願解脱門若取若捨不見空解脱門若染若淨不見無相無願解脱門若染若淨不見空解脱門若集若散不見無相無願解脱門若集若散不見空解脱門若增若減不見無相無願解脱門若增若減何以故以空解脱門性等空無所有不可得故舍利子是菩薩摩訶薩如是學般若波羅蜜多能成辦一切智智以無所學無所成辦爲方便故舍利子是菩薩摩訶薩行般若波羅蜜多時不見五眼若生若滅不見六神通若生若滅不見五眼若取若捨不見六神通若取若捨不見五眼若染若淨不見六神通若染若淨不見五眼若集若散不見六神通若集若散不見五眼若增若減不見六神通若增若減何以故以五眼性等空無所有不可得故舍利子是菩薩摩訶薩如是學般若波羅蜜多能成辦一切智智以無所學無所成辦爲方便故舍利子是菩薩摩訶薩行般若波羅蜜多時不見佛十力若生若滅不

見四無所畏四無礙解大慈大悲大喜大捨十八佛不共法若生若滅不見佛十力若取若捨不見四無所畏四無礙解大慈大悲大喜大捨十八佛不共法若取若捨不見佛十力若染若淨不見四無所畏四無礙解大慈大悲大喜大捨十八佛不共法若染若淨不見佛十力若集若散不見四無所畏四無礙解大慈大悲大喜大捨十八佛不共法若集若散不見佛十力若增若減不見四無所畏四無礙解大慈大悲大喜大捨十八佛不共法若增若減何以故以佛十力性等空無所有不可得故舍利子是菩薩摩訶薩如是學般若波羅蜜多能成辦一切智智以無所學無所成辦爲方便故舍利子是菩薩摩訶薩行般若波羅蜜多時不見無忘失法若生若滅不見恒住捨性若生若滅不見無忘失法若取若捨不見恒住捨性若取若捨不見無忘失法若染若淨不見恒住捨性若染若淨不見無忘失法若集若散不見恒住捨性若集若散不見無忘失法若增若減不見恒住捨性若增若減何以故以無忘失法性等空無所有不可得故舍利子是菩薩摩訶薩如是學般若波羅蜜多能成辦一切智智以無所學無所成辦爲方便故舍利子是菩薩摩訶薩行般若波羅蜜多時不見一切智若生若滅不見道相智一切相智若生若滅不見一切智若取若捨不見道相智一切相智若取若捨不見一切智若染若淨不見道相智一切相智若染若淨不見一切智若集若散不見道相智一切相智若集若散不見一切

智若增若減不見道相智一切相智若增若減何以故以一切智性等空無所有不可得故舍利子是菩薩摩訶薩如是學般若波羅蜜多能成辦一切智智以無所學無所成辦爲方便故舍利子是菩薩摩訶薩行般若波羅蜜多時不見一切陀羅尼門若生若滅不見一切三摩地門若生若滅不見一切陀羅尼門若取若捨不見一切三摩地門若取若捨不見一切陀羅尼門若染若淨不見一切三摩地門若染若淨不見一切陀羅尼門若集若散不見一切三摩地門若集若散不見一切陀羅尼門若增若減不見一切三摩地門若增若減何以故以一切陀羅尼門性等空無所有不可得故舍利子是菩薩摩訶薩如是學般若波羅蜜多能成辦一切智智以

無所學無所成辦爲方便故舍利子是菩薩摩訶薩行般若波羅蜜多時不見預流若生若滅不見一來不還阿羅漢若生若滅不見預流若取若捨不見一來不還阿羅漢若取若捨不見預流若染若淨不見一來不還阿羅漢若染若淨不見預流若集若散不見一來不還阿羅漢若集若散不見預流若增若減不見一來不還阿羅漢若增若減何以故以預流性等空無所有不可得故舍利子是菩薩摩訶薩如是學般若波羅蜜多能成辦一切智智以無所學無所成辦爲方便故舍利子是菩薩摩訶薩行般若波羅蜜多時不見預流向預流果若生若滅不見一來向一來果不還向不還果阿羅漢向阿羅漢果若生若滅不見預流向預流果若取若捨不見

一來向一來果不還向不還果阿羅漢向阿羅漢果若取若捨不見預流向預流果若染若淨不見一來向一來果不還向不還果阿羅漢向阿羅漢果若染若淨不見預流向預流果若集若散不見一來向一來果不還向不還果阿羅漢向阿羅漢果若集若散不見預流向預流果若增若減不見一來向一來果不還向不還果阿羅漢向阿羅漢果若增若減何以故以預流向預流果性等空無所有不可得故舍利子是菩薩摩訶薩如是學般若波羅蜜多能成辦一切智智以無所學無所成辦爲方便故舍利子是菩薩摩訶薩行般若波羅蜜多時不見獨覺若生若滅不見獨覺向獨覺果若生若滅不見獨覺若取若捨不見獨覺向獨覺果若取若捨不見獨覺若染若淨不見獨覺向獨覺果若染若淨不見獨覺若集若散不見獨覺向獨覺果若集若散不見獨覺若增若減不見獨覺向獨覺果若增若減何以故以獨覺性等空無所有不可得故舍利子是菩薩摩訶薩如是學般若波羅蜜多能成辦一切智智以無所學無所成辦爲方便故舍利子是菩薩摩訶薩行般若波羅蜜多時不見菩薩摩訶薩若生若滅不見三藐三佛陀若生若滅不見菩薩摩訶薩若取若捨不見三藐三佛陀若取若捨不見菩薩摩訶薩若染若淨不見三藐三佛陀若染若淨不見菩薩摩訶薩若集若散不見三藐三佛陀若集若散不見菩薩摩訶薩若增若減不見三藐三佛陀若增若減何以故以菩薩摩訶薩性等空無所有不可得

故舍利子是菩薩摩訶薩如是學般若波羅蜜多能成辦一切智智以無所學無所成辦爲方便故舍利子是菩薩摩訶薩行般若波羅蜜多時不見菩薩摩訶薩法若生若滅不見無上正等菩提若生若滅不見菩薩摩訶薩法若取若捨不見無上正等菩提若取若捨不見菩薩摩訶薩法若染若淨不見無上正等菩提若染若淨不見菩薩摩訶薩法若集若散不見無上正等菩提若集若散不見菩薩摩訶薩法若增若減不見無上正等菩提若增若減何以故以菩薩摩訶薩法性等空無所有不可得故舍利子是菩薩摩訶薩如是學般若波羅蜜多能成辦一切智智以無所學無所成辦爲方便故舍利子是菩薩摩訶薩行般若波羅蜜多時不見聲聞乘若生若滅不見獨覺乘無上乘若生若滅不見聲聞乘若取若捨不見獨覺乘無上乘若取若捨不見聲聞乘若染若淨不見獨覺乘無上乘若染若淨不見聲聞乘若集若散不見獨覺乘無上乘若集若散不見聲聞乘若增若減不見獨覺乘無上乘若增若減何以故以聲聞乘性等空無所有不可得故舍利子是菩薩摩訶薩如是學般若波羅蜜多能成辦一切智智以無所學無所成辦爲方便故如是舍利子是菩薩摩訶薩行般若波羅蜜多時於一切法不見若生若滅若取若捨若染若淨若集若散若增若減而學般若波羅蜜多則能成辦一切智智以無所學無所成辦爲方便故

初分求般若品第二十七之一

爾時天帝釋問舍利子言大德菩薩摩訶薩所行般若波羅蜜多當於何求舍利子言憍尸迦菩薩摩訶薩所行般若波羅蜜多當於善現所說中求時天帝釋謂善現言今尊者舍利子所說將非大德神力大德爲依處耶善現告言憍尸迦此非我神力非我爲依處天帝釋言是誰神力誰爲依處善現報言是如來神力如來爲依處天帝釋言大德一切法無依處如何可言舍利子所說是如來神力如來爲依處善現告言憍尸迦如是如是如汝所說一切法無依處是故如來非所依處亦無所依但爲隨順世俗施設說爲依處憍尸迦非離無依處如來可得非離無依處眞如如來可得非離無依處法性如來可得非離無依處如來眞如可得非離無依處如來法性可得非離無依處眞如如來眞如可得非離無依處法性如來法性可得憍尸迦非無依處中如來可得非如來中無依處可得非無依處眞如中如來可得非如來中無依處眞如可得非無依處法性中如來可得非如來中無依處法性可得非無依處中如來眞如可得非如來眞如中無依處可得非無依處中如來法性可得非如來法性中無依處可得非無依處眞如中如來眞如可得非如來眞如中無依處眞如可得非無依處法性中如來法性可得非如來法性中無依處法性可得憍尸迦非離色如來可得非離受想行識如來可得非離色眞如如來可得非離受想行識眞如如來可得非離色法性如來可得非離受想行識法性如來可得非

離色如來眞如可得非離受想行識如來眞如可得非離色如來法性可得非離受想行識如來法性可得非離色眞如如來眞如可得非離受想行識眞如如來眞如可得非離色法性如來法性可得非離受想行識法性如來法性可得憍尸迦非色中如來可得非如來中色可得非受想行識中如來可得非如來中受想行識可得非色眞如中如來可得非如來中色眞如可得非受想行識眞如中如來可得非如來中受想行識眞如可得非色法性中如來可得非如來中色法性可得非受想行識法性中如來可得非如來中受想行識法性可得非色中如來眞如可得非如來眞如中色可得非受想行識中如來眞如可得非如來眞如中受想行識可得非

色中如來法性可得非如來法性中色可得非受想行識中如來法性可得非如來法性中受想行識可得非色眞如中如來眞如可得非如來眞如中色眞如可得非受想行識眞如中如來眞如可得非如來眞如中受想行識眞如可得非色法性中如來法性可得非如來法性中色法性可得非受想行識法性中如來法性可得非如來法性中受想行識法性可得憍尸迦非離眼處如來可得非離耳鼻舌身意處如來可得非離眼處眞如如來可得非離耳鼻舌身意處眞如如來可得非離眼處法性如來可得非離耳鼻舌身意處法性如來可得非離眼處如來眞如可得非離耳鼻舌身意處如來眞如可得非離眼處如來法性可得非離耳鼻舌身意處如

來法性可得非離眼處眞如如來眞如可得非離耳鼻舌身意處眞如如來眞如可得非離眼處法性如來法性可得非離耳鼻舌身意處法性如來法性可得憍尸迦非眼處中如來可得非如來中眼處可得非耳鼻舌身意處中如來可得非如來中耳鼻舌身意處可得非眼處眞如中如來可得非如來中眼處眞如可得非耳鼻舌身意處眞如中如來可得非如來中耳鼻舌身意處眞如可得非眼處法性中如來可得非如來中眼處法性可得非耳鼻舌身意處法性中如來可得非如來中耳鼻舌身意處法性可得非眼處中如來眞如可得非如來眞如中眼處可得非耳鼻舌身意處中如來眞如可得非如來眞如中耳鼻舌身意處可得非眼處中如來法性可得非如來法性中眼處可得非耳鼻舌身意處中如來法性可得非如來法性中耳鼻舌身意處可得非眼處眞如中如來眞如可得非如來眞如中眼處眞如可得非耳鼻舌身意處眞如中如來眞如可得非如來眞如中耳鼻舌身意處眞如可得非眼處法性中如來法性可得非如來法性中眼處法性可得非耳鼻舌身意處法性中如來法性可得非如來法性中耳鼻舌身意處法性可得

憍尸迦非離色處如來可得非離聲香味觸法處如來可得非離色處眞如如來可得非離聲香味觸法處眞如如來可得非離色處法性如來可得非離聲香味觸法處法性如來可得非離色處如來眞如可得非離聲香味觸法處如來眞如可得非離色處如來法

性可得非離聲香味觸法處如來法性可得非離色處眞如如來眞如可得非離聲香味觸法處眞如如來眞如可得非離色處法性如來法性可得非離聲香味觸法處法性如來法性可得憍尸迦非色處中如來可得非如來中色處可得非聲香味觸法處中如來可得非如來中聲香味觸法處可得非色處眞如中如來可得非如來中色處眞如可得非聲香味觸法處眞如中如來可得非如來中聲香味觸法處眞如可得非色處法性中如來可得非如來中色處法性可得非聲香味觸法處法性中如來可得非如來中聲香味觸法處法性可得非色處中如來眞如可得非如來眞如中色處可得非聲香味觸法處中如來眞如可得非如來眞如中聲香味觸法處可得非色處中如來法性可得非如來法性中色處可得非聲香味觸法處中如來法性可得非如來法性中聲香味觸法處可得非色處眞如中如來眞如可得非如來眞如中色處眞如可得非聲香味觸法處眞如中如來眞如可得非如來眞如中聲香味觸法處眞如可得非色處法性中如來法性可得非如來法性中色處法性可得非聲香味觸法處法性中如來法性可得非如來法性中聲香味觸法處法性可得憍尸迦非離眼界如來可得非離色界眼識界及眼觸眼觸爲緣所生諸受如來可得非離眼界眞如如來可得非離色界乃至眼觸爲緣所生諸受眞如如來可得非離眼界法性如來可得非離色界乃至眼觸爲緣所生諸受法性如

來可得非離眼界如來眞如可得非離色界乃至眼觸爲緣所生諸受如來眞如可得非離眼界如來法性可得非離色界乃至眼觸爲緣所生諸受如來法性可得非離眼界眞如如來眞如可得非離色界乃至眼觸爲緣所生諸受眞如如來眞如可得非離眼界法性如來法性可得非離色界乃至眼觸爲緣所生諸受法性如來法性可得憍尸迦非眼界中如來可得非如來中眼界可得非色界眼識界及眼觸眼觸爲緣所生諸受中如來可得非如來中色界乃至眼觸爲緣所生諸受可得非眼界眞如中如來可得非如來中眼界眞如可得非色界乃至眼觸爲緣所生諸受眞如中如來可得非如來中色界乃至眼觸爲緣所生諸受眞如可得非眼界法性

中如來可得非如來中眼界法性可得非色界乃至眼觸爲緣所生諸受法性中如來可得非如來中色界乃至眼觸爲緣所生諸受法性可得非眼界中如來眞如可得非如來眞如中眼界可得非色界乃至眼觸爲緣所生諸受中如來眞如可得非如來眞如中色界乃至眼觸爲緣所生諸受可得非眼界中如來法性可得非如來法性中眼界可得非色界乃至眼觸爲緣所生諸受中如來法性可得非如來法性中色界乃至眼觸爲緣所生諸受可得非眼界眞如中如來眞如可得非如來眞如中眼界眞如可得非色界乃至眼觸爲緣所生諸受眞如中如來眞如可得非如來眞如中色界乃至眼觸爲緣所生諸受眞如可得非眼界法性中如來法性可得

非如來法性中眼界法性可得非色界乃至眼觸爲緣所生諸受法性中如來法性可得非如來法性中色界乃至眼觸爲緣所生諸受法性可得

大般若波羅蜜多經卷第八十九

大般若波羅蜜多經卷第九十

唐三藏法師玄奘奉　詔譯

初分求般若品第二十七之二

憍尸迦非離耳界如來可得非離聲界耳識界及耳觸耳觸爲緣所生諸受如來可得非離耳界眞如如來可得非離聲界乃至耳觸爲緣所生諸受眞如如來可得非離耳界法性如來可得非離聲界乃至耳觸爲緣所生諸受法性如來可得非離耳界如來眞如可得非離聲界乃至耳觸爲緣所生諸受如來眞如可得非離耳界如來法性可得非離聲界乃至耳觸爲緣所生諸受如來法性可得非離耳界眞如如來眞如可得非離聲界乃至耳觸爲緣所生諸受眞如如來眞如可得非離耳界法性如來法性可得非離聲界乃至耳觸爲緣所生諸受法性如來法性可得憍尸迦非耳界中如來可得非如來中耳界可得非聲界耳識界及耳觸耳觸爲緣所生諸受中如來可得非如來中聲界乃至耳觸爲緣所生諸受可得非耳界眞如中如來可得非如來中耳界眞如可得非聲界乃至耳觸爲緣所生諸受眞如中如來可得非如來中聲界乃至耳觸爲緣所生諸受眞如可得非耳界法性中如來可得非如來中耳界法性可得非聲界乃至耳觸爲緣所生諸受法性中如來可得非如來中聲界乃至耳觸爲緣所生諸受法性可得非耳界中如來眞如可得非如來眞如中耳界可得非聲界乃至耳觸爲緣所生諸受中如來眞如可得非如來眞如中聲界乃至耳觸爲緣所生諸受可

得非耳界中如來法性可得非如來法性中耳界可得非聲界乃至耳觸爲緣所生諸受中如來法性可得非如來法性中聲界乃至耳觸爲緣所生諸受可得非耳界眞如中如來眞如可得非如來眞如中耳界眞如可得非聲界乃至耳觸爲緣所生諸受眞如中如來眞如可得非如來眞如中聲界乃至耳觸爲緣所生諸受眞如可得非耳界法性中如來法性可得非如來法性中耳界法性可得非聲界乃至耳觸爲緣所生諸受法性中如來法性可得非如來法性中聲界乃至耳觸爲緣所生諸受法性可得憍尸迦非離鼻界如來可得非離香界鼻識界及鼻觸鼻觸爲緣所生諸受如來可得非離鼻界眞如如來可得非離香界乃至鼻觸爲緣所生諸受眞如如來可得非離鼻界法性如來可得非離香界乃至鼻觸爲緣所生諸受法性如來可得非離鼻界如來眞如可得非離香界乃至鼻觸爲緣所生諸受如來眞如可得非離鼻界如來法性可得非離香界乃至鼻觸爲緣所生諸受如來法性可得非離鼻界眞如如來眞如可得非離香界乃至鼻觸爲緣所生諸受眞如如來眞如可得非離鼻界法性如來法性可得非離香界乃至鼻觸爲緣所生諸受法性如來法性可得憍尸迦非鼻界中如來可得非如來中鼻界可得非香界鼻識界及鼻觸鼻觸爲緣所生諸受中如來可得非如來中香界乃至鼻觸爲緣所生諸受可得非鼻界眞如中如來可得非如來中鼻界眞如可得非香界乃至鼻觸爲緣所生諸受

眞如中如來可得非如來中香界乃至鼻觸為緣所生諸受眞如可得非鼻界法性中如來可得非如來中鼻界法性可得非香界乃至鼻觸為緣所生諸受法性中如來可得非如來中香界乃至鼻觸為緣所生諸受法性可得非鼻界中如來眞如可得非如來眞如中鼻界可得非香界乃至鼻觸為緣所生諸受中如來眞如可得非如來眞如中香界乃至鼻觸為緣所生諸受可得非鼻界中如來法性可得非如來法性中鼻界可得非香界乃至鼻觸為緣所生諸受中如來法性可得非如來法性中香界乃至鼻觸為緣所生諸受可得非鼻界眞如中如來眞如可得非如來眞如中鼻界眞如可得非香界乃至鼻觸為緣所生諸受眞如中如來眞如可得非如

來眞如中香界乃至鼻觸為緣所生諸受眞如可得非鼻界法性中如來法性可得非如來法性中鼻界法性可得非香界乃至鼻觸為緣所生諸受法性中如來法性可得非如來法性中香界乃至鼻觸為緣所生諸受法性可得憍尸迦非離舌界如來可得非離味界乃至舌識界及舌觸舌觸為緣所生諸受如來可得非離舌界眞如如來可得非離味界乃至舌觸為緣所生諸受眞如如來可得非離舌界法性如來可得非離味界乃至舌觸為緣所生諸受法性如來可得非離舌界如來眞如可得非離味界乃至舌觸為緣所生諸受如來眞如可得非離舌界如來法性可得非離味界乃至舌觸為緣所生諸受如來法性可得非離舌界眞如如來眞如可得非離

味界乃至舌觸爲緣所生諸受眞如如來眞如可得非離舌界法性如來法性可得非離味界乃至舌觸爲緣所生諸受法性如來法性可得憍尸迦非舌界中如來可得非如來中舌界可得非味界舌識界及舌觸舌觸爲緣所生諸受中如來可得非如來中味界乃至舌觸爲緣所生諸受可得非舌界眞如中如來可得非如來中舌界眞如可得非味界乃至舌觸爲緣所生諸受眞如中如來可得非如來中味界乃至舌觸爲緣所生諸受眞如可得非舌界法性中如來可得非如來中舌界法性可得非味界乃至舌觸爲緣所生諸受法性中如來可得非如來中味界乃至舌觸爲緣所生諸受法性可得非舌界中如來眞如可得非如來眞如中舌界可得非味界乃至舌觸爲緣所生諸受中如來眞如可得非如來眞如中味界乃至舌觸爲緣所生諸受可得非舌界中如來法性可得非如來法性中舌界可得非味界乃至舌觸爲緣所生諸受中如來法性可得非如來法性中味界乃至舌觸爲緣所生諸受可得非舌界眞如中如來眞如可得非如來眞如中舌界眞如可得非味界乃至舌觸爲緣所生諸受眞如中如來眞如可得非如來眞如中味界乃至舌觸爲緣所生諸受眞如可得非舌界法性中如來法性可得非如來法性中舌界法性可得非味界乃至舌觸爲緣所生諸受法性中如來法性可得非如來法性中味界乃至舌觸爲緣所生諸受法性可得憍尸迦非離身界如來可得非離觸界身識界及身觸

身觸爲緣所生諸受如來可得非離身界眞如如來可得非離觸界乃至身觸爲緣所生諸受眞如如來可得非離身界法性如來可得非離觸界乃至身觸爲緣所生諸受法性如來可得非離身界如來眞如可得非離觸界乃至身觸爲緣所生諸受如來眞如可得非離身界如來法性可得非離觸界乃至身觸爲緣所生諸受如來法性可得非離身界眞如如來眞如可得非離觸界乃至身觸爲緣所生諸受眞如如來眞如可得非離身界法性如來法性可得非離觸界乃至身觸爲緣所生諸受法性如來法性可得憍尸迦非身界中如來可得非如來中身界可得非觸界身識界及身觸身觸爲緣所生諸受中如來可得非如來中觸界乃至身觸爲緣所生諸受可得非身界眞如中如來可得非如來中身界眞如可得非觸界乃至身觸爲緣所生諸受眞如中如來可得非如來中觸界乃至身觸爲緣所生諸受眞如可得非身界法性中如來可得非如來中身界法性可得非觸界乃至身觸爲緣所生諸受法性中如來可得非如來中觸界乃至身觸爲緣所生諸受法性可得非身界中如來眞如可得非如來眞如中身界可得非觸界乃至身觸爲緣所生諸受中如來眞如可得非如來眞如中觸界乃至身觸爲緣所生諸受可得非身界中如來法性可得非如來法性中身界可得非觸界乃至身觸爲緣所生諸受中如來法性可得非如來法性中觸界乃至身觸爲緣所生諸受可得非身界眞如中如來眞如可

得非如來眞如中身界眞如可得非觸界乃至身觸爲緣所生諸受眞如中如來眞如可得非如來眞如中觸界乃至身觸爲緣所生諸受眞如可得非身界法性中如來法性可得非如來法性中身界法性可得非觸界乃至身觸爲緣所生諸受法性中如來法性可得非如來法性中觸界乃至身觸爲緣所生諸受法性可得憍尸迦非離意界如來可得非離法界意識界及意觸意觸爲緣所生諸受如來可得非離意界眞如如來可得非離法界乃至意觸爲緣所生諸受眞如如來可得非離意界法性如來可得非離法界乃至意觸爲緣所生諸受法性如來可得非離意界如來眞如可得非離法界乃至意觸爲緣所生諸受如來眞如可得非離意界如來法

性可得非離法界乃至意觸爲緣所生諸受如來法性可得非離意界眞如如來眞如可得非離法界乃至意觸爲緣所生諸受眞如如來眞如可得非離意界法性如來法性可得非離法界乃至意觸爲緣所生諸受法性如來法性可得憍尸迦非意界中如來可得非如來中意界可得非法界意識界及意觸意觸爲緣所生諸受中如來可得非如來中法界乃至意觸爲緣所生諸受可得非意界眞如中如來可得非如來中意界眞如可得非法界乃至意觸爲緣所生諸受眞如中如來可得非如來中法界乃至意觸爲緣所生諸受眞如可得非意界法性中如來可得非如來中意界法性可得非法界乃至意觸爲緣所生諸受法性中如來可得非如來中法

界乃至意觸爲緣所生諸受法性可得非意界中如來眞如可得非如來眞如中意界可得非法界乃至意觸爲緣所生諸受中如來眞如可得非如來眞如中法界乃至意觸爲緣所生諸受可得非意界中如來法性可得非如來法性中意界可得非法界乃至意觸爲緣所生諸受中如來法性可得非如來法性中法界乃至意觸爲緣所生諸受可得非意界眞如中如來眞如可得非如來眞如中意界眞如可得非法界乃至意觸爲緣所生諸受眞如中如來眞如可得非如來眞如中法界乃至意觸爲緣所生諸受眞如可得非意界法性中如來法性可得非如來法性中意界法性可得非法界乃至意觸爲緣所生諸受法性中如來法性可得非如來法性中

法界乃至意觸爲緣所生諸受法性可得憍尸迦非離地界如來可得非離水火風空識界如來可得非離地界眞如如來可得非離水火風空識界眞如如來可得非離地界法性如來可得非離水火風空識界法性如來可得非離地界如來眞如可得非離水火風空識界如來眞如可得非離地界如來法性可得非離水火風空識界如來法性可得非離地界眞如如來眞如可得非離水火風空識界眞如如來眞如可得非離地界法性如來法性可得非離水火風空識界法性如來法性可得憍尸迦非地界中如來可得非如來中地界可得非水火風空識界中如來可得非如來中水火風空識界可得非地界眞如中如來可得非如來中地界眞如可得非

水火風空識界眞如中如來可得非如來中水火風空識界眞如可得非地界法性中如來可得非如來中地界法性可得非水火風空識界法性中如來可得非如來中水火風空識界法性可得非地界中如來眞如可得非如來眞如中地界可得非水火風空識界中如來眞如可得非如來眞如中水火風空識界可得非地界中如來法性可得非如來法性中地界可得非水火風空識界中如來法性可得非如來法性中水火風空識界可得非地界眞如中如來眞如可得非如來眞如中地界眞如可得非水火風空識界眞如中如來眞如可得非如來眞如中水火風空識界眞如可得非地界法性中如來法性可得非如來法性中地界法性可得非水火風空識界法性中如來法性可得非如來法性中水火風空識界法性可得憍尸迦非離苦聖諦如來可得非離集滅道聖諦如來可得非離苦聖諦眞如如來可得非離集滅道聖諦眞如如來可得非離苦聖諦法性如來可得非離集滅道聖諦法性如來可得非離苦聖諦如來眞如可得非離集滅道聖諦如來眞如可得非離苦聖諦如來法性可得非離集滅道聖諦如來法性可得非離苦聖諦眞如如來眞如可得非離集滅道聖諦眞如如來眞如可得非離苦聖諦法性如來法性可得非離集滅道聖諦法性如來法性可得憍尸迦非苦聖諦中如來可得非如來中苦聖諦可得非集滅道聖諦中如來可得非如來中集滅道聖諦可得非苦聖諦眞如中如來

可得非如來中苦聖諦眞如可得非集滅道聖諦眞如中如來可得非如來中集滅道聖諦眞如可得非苦聖諦法性中如來可得非如來中苦聖諦法性可得非集滅道聖諦法性中如來可得非如來中集滅道聖諦法性可得非苦聖諦中如來眞如可得非如來眞如中苦聖諦可得非集滅道聖諦中如來眞如可得非如來眞如中集滅道聖諦可得非苦聖諦中如來法性可得非如來法性中苦聖諦可得非集滅道聖諦中如來法性可得非如來法性中集滅道聖諦可得非苦聖諦眞如中如來眞如可得非如來眞如中苦聖諦眞如可得非集滅道聖諦眞如中如來眞如可得非如來眞如中集滅道聖諦眞如可得非苦聖諦法性中如來法性可得非如來法性中苦聖諦法性可得非集滅道聖諦法性中如來法性可得非如來法性中集滅道聖諦法性可得憍尸迦非離無明如來可得非離行識名色六處觸受愛取有生老死愁歎苦憂惱如來可得非離無明眞如如來可得非離行乃至老死愁歎苦憂惱眞如如來可得非離無明法性如來可得非離行乃至老死愁歎苦憂惱法性如來可得非離無明如來眞如可得非離行乃至老死愁歎苦憂惱如來眞如可得非離無明如來法性可得非離行乃至老死愁歎苦憂惱如來法性可得非離無明眞如如來眞如可得非離行乃至老死愁歎苦憂惱眞如如來眞如可得非離無明法性如來法性可得非離行乃至老死愁歎苦憂惱法性如來法性可得憍尸迦

非無明中如來可得非如來中無明可得非行識名色六處觸受愛取有生老死愁歎苦憂惱中如來可得非如來中行乃至老死愁歎苦憂惱可得非無明眞如中如來可得非如來中無明眞如可得非行乃至老死愁歎苦憂惱眞如中如來可得非如來中行乃至老死愁歎苦憂惱眞如可得非無明法性中如來可得非如來中無明法性可得非行乃至老死愁歎苦憂惱法性中如來可得非如來中行乃至老死愁歎苦憂惱法性可得非無明中如來眞如可得非如來眞如中無明可得非行乃至老死愁歎苦憂惱中如來眞如可得非如來眞如中行乃至老死愁歎苦憂惱可得非無明中如來法性可得非如來法性中無明可得非行乃至老死愁歎苦憂惱中如來法性可得非如來法性中行乃至老死愁歎苦憂惱可得非無明眞如中如來眞如可得非如來眞如中無明眞如可得非行乃至老死愁歎苦憂惱眞如中如來眞如可得非如來眞如中行乃至老死愁歎苦憂惱眞如可得非無明法性中如來法性可得非如來法性中無明法性可得非行乃至老死愁歎苦憂惱法性中如來法性可得非如來法性中行乃至老死愁歎苦憂惱法性可得憍尸迦非離內空如來可得非離外空內外空空空大空勝義空有爲空無爲空畢竟空無際空散空無變異空本性空自相空共相空一切法空不可得空無性空自性空無性自性空如來可得非離內空眞如如來可得非離外空乃至無性自性空眞如如來可

得非離内空法性如來可得非離外空乃至
無性自性空法性如來可得非離内空如來
眞如可得非離外空乃至無性自性空如來
眞如可得非離内空如來法性可得非離外
空乃至無性自性空如來法性可得非離内
空眞如如來眞如可得非離外空乃至無性
自性空眞如如來眞如可得非離内空法性
如來法性可得非離外空乃至無性自性空
法性如來法性可得憍尸迦非内空中如來
可得非如來中内空可得非外空内外空空
空大空勝義空有爲空無爲空畢竟空無際
空散空無變異空本性空自相空共相空一
切法空不可得空無性空自性空無性自性
空中如來可得非如來中外空乃至無性自
性空可得非内空眞如中如來可得非如來
中内空眞如可得非外空乃至無性自性空
眞如中如來可得非如來中外空乃至無性
自性空眞如可得非内空法性中如來可得
非如來中内空法性可得非外空乃至無性
自性空法性中如來可得非如來中外空乃
至無性自性空法性可得非内空中如來眞
如可得非如來眞如中内空可得非外空乃
至無性自性空中如來眞如可得非如來眞
如中外空乃至無性自性空可得非内空中
如來法性可得非如來法性中内空可得非
外空乃至無性自性空中如來法性可得非
如來法性中外空乃至無性自性空可得非
内空眞如中如來眞如可得非如來眞如中
内空眞如可得非外空乃至無性自性空眞
如中如來眞如可得非如來眞如中外空乃

至無性自性空眞如可得非內空法性中如來法性可得非如來法性中內空法性可得非外空乃至無性自性空法性中如來法性可得非如來法性中外空乃至無性自性空法性可得憍尸迦非離眞如如來可得非離法界法性不虛妄性不變異性平等性離生性法定法住實際虛空界不思議界如來可得非離眞如眞如如來可得非離法界乃至不思議界眞如如來可得非離眞如法性如來可得非離法界乃至不思議界法性如來可得非離眞如如來眞如可得非離法界乃至不思議界如來眞如可得非離眞如如來法性可得非離法界乃至不思議界如來法性可得非離眞如眞如如來眞如可得非離法界乃至不思議界眞如如來眞如可得非離眞如法性如來法性可得非離法界乃至不思議界法性如來法性可得憍尸迦非眞如中如來可得非如來中眞如可得非法界法性不虛妄性不變異性平等性離生性法定法住實際虛空界不思議界中如來可得非如來中法界乃至不思議界可得非眞如眞如中如來可得非如來中眞如眞如可得非法界乃至不思議界眞如中如來可得非如來中法界乃至不思議界眞如可得非眞如法性中如來可得非如來中眞如法性可得非法界乃至不思議界法性中如來可得非如來中法界乃至不思議界法性可得非眞如中如來眞如可得非如來眞如中眞如可得非法界乃至不思議界中如來眞如可得非如來眞如中法界乃至不思議界可得

非眞如中如來法性可得非如來法性中眞如可得非法界乃至不思議界中如來法性可得非如來法性中法界乃至不思議界可得非眞如眞如中如來眞如可得非如來眞如中眞如眞如可得非法界乃至不思議界眞如中如來眞如可得非如來眞如中法界乃至不思議界眞如可得非眞如法性中如來法性可得非如來法性中眞如法性可得非法界乃至不思議界法性中如來法性可得非如來法性中法界乃至不思議界法性可得憍尸迦非離布施波羅蜜多如來可得非離淨戒安忍精進靜慮般若波羅蜜多如來可得非離布施波羅蜜多眞如如來可得非離淨戒安忍精進靜慮般若波羅蜜多眞如如來可得非離布施波羅蜜多法性如來可得非離淨戒安忍精進靜慮般若波羅蜜多法性如來可得非離布施波羅蜜多如來眞如可得非離淨戒安忍精進靜慮般若波羅蜜多如來眞如可得非離布施波羅蜜多如來法性可得非離淨戒安忍精進靜慮般若波羅蜜多如來法性可得非離布施波羅蜜多眞如如來眞如可得非離淨戒安忍精進靜慮般若波羅蜜多眞如如來眞如可得非離布施波羅蜜多法性如來法性可得非離淨戒安忍精進靜慮般若波羅蜜多法性如來法性可得憍尸迦非布施波羅蜜多中如來可得非如來中布施波羅蜜多可得非淨戒安忍精進靜慮般若波羅蜜多中如來可得非如來中淨戒安忍精進靜慮般若波羅蜜多可得非布施波羅蜜多眞如中如來

可得非如來中布施波羅蜜多眞如可得非淨戒安忍精進靜慮般若波羅蜜多眞如中如來可得非如來中淨戒安忍精進靜慮般若波羅蜜多眞如可得非布施波羅蜜多法性中如來可得非如來中布施波羅蜜多法性可得非淨戒安忍精進靜慮般若波羅蜜多法性中如來可得非如來中淨戒安忍精進靜慮般若波羅蜜多法性可得非布施波羅蜜多中如來眞如可得非如來眞如中布施波羅蜜多可得非淨戒安忍精進靜慮般若波羅蜜多中如來眞如可得非如來眞如中淨戒安忍精進靜慮般若波羅蜜多可得非布施波羅蜜多中如來法性可得非如來法性中布施波羅蜜多可得非淨戒安忍精進靜慮般若波羅蜜多中如來法性可得非如來法性中淨戒安忍精進靜慮般若波羅蜜多可得非布施波羅蜜多眞如中如來眞如可得非如來眞如中布施波羅蜜多眞如可得非淨戒安忍精進靜慮般若波羅蜜多眞如中如來眞如可得非如來眞如中淨戒安忍精進靜慮般若波羅蜜多眞如可得非布施波羅蜜多法性中如來法性可得非如來法性中布施波羅蜜多法性可得非淨戒安忍精進靜慮般若波羅蜜多法性中如來法性可得非如來法性中淨戒安忍精進靜慮般若波羅蜜多法性可得憍尸迦非離四靜慮如來可得非離四無量四無色定如來可得非離四靜慮眞如如來可得非離四無量四無色定眞如如來可得非離四靜慮法性如來可得非離四無量四無色定法性如

來可得非離四靜慮如來真如可得非離四
無量四無色定如來真如可得非離四靜慮
如來法性可得非離四無量四無色定如來
法性可得非離四靜慮真如如來真如可得
非離四無量四無色定真如如來真如可得
非離四靜慮法性如來法性可得非離四無
量四無色定法性如來法性可得憍尸迦非
四靜慮中如來可得非如來中四靜慮可得
非四無量四無色定中如來可得非如來中
四無量四無色定可得非四靜慮真如中如
來可得非如來中四靜慮真如可得非四無
量四無色定真如中如來可得非如來中四
無量四無色定真如可得非四靜慮法性中
如來可得非如來中四靜慮法性可得非四
無量四無色定法性中如來可得非如來中
四無量四無色定法性可得非四靜慮中如
來真如可得非如來真如中四靜慮可得非
四無量四無色定中如來真如可得非如來
真如中四無量四無色定可得非四靜慮中
如來法性可得非如來法性中四靜慮可得
非四無量四無色定中如來法性可得非如
來法性中四無量四無色定可得非四靜慮
真如中如來真如可得非如來真如中四靜
慮真如可得非四無量四無色定真如中如
來真如可得非如來真如中四無量四無色
定真如可得非四靜慮法性中如來法性可
得非如來法性中四靜慮法性可得非四無
量四無色定法性中如來法性可得非如來
法性中四無量四無色定法性可得

大般若波羅蜜多經卷第九十

大般若波羅蜜多經卷第九十一

唐三藏法師玄奘奉詔譯

初分求般若品第二十七之三

憍尸迦非離八解脫如來可得非離八勝處九次第定十遍處如來可得非離八解脫眞如如來可得非離八勝處九次第定十遍處眞如如來可得非離八解脫法性如來可得非離八勝處九次第定十遍處法性如來可得非離八解脫如來眞如可得非離八勝處九次第定十遍處如來眞如可得非離八解脫如來法性可得非離八勝處九次第定十遍處如來法性可得非離八解脫眞如如來眞如可得非離八勝處九次第定十遍處眞如如來眞如可得非離八解脫法性如來法性可得非離八勝處九次第定十遍處法性如來法性可得憍尸迦非八解脫中如來可得非如來中八解脫可得非八勝處九次第定十遍處中如來可得非如來中八勝處九次第定十遍處可得非八解脫眞如中如來可得非如來中八解脫眞如可得非八勝處九次第定十遍處眞如中如來可得非如來中八勝處九次第定十遍處眞如可得非八解脫法性中如來可得非如來中八解脫法性可得非八勝處九次第定十遍處法性中如來可得非如來中八勝處九次第定十遍處法性可得非八解脫中如來眞如可得非如來眞如中八解脫可得非八勝處九次第定十遍處中如來眞如可得非如來眞如中八勝處九次第定十遍處可得非八解脫中如來法性可得非如來法性中八解脫可得

非八勝處九次第定十遍處中如來法性可得非如來法性中八勝處九次第定十遍處可得非八解脫眞如中如來眞如可得非如來眞如中八解脫眞如可得非八勝處九次第定十遍處眞如中如來眞如可得非如來眞如中八勝處九次第定十遍處眞如可得非八解脫法性中如來法性可得非如來法性中八解脫法性可得非八勝處九次第定十遍處法性中如來法性可得非如來法性中八勝處九次第定十遍處法性可得憍尸迦非離四念住如來可得非離四正斷四神足五根五力七等覺支八聖道支如來可得非離四念住眞如如來可得非離四正斷乃至八聖道支眞如如來可得非離四念住法性如來可得非離四正斷乃至八聖道支法性如來可得非離四念住如來眞如可得非離四正斷乃至八聖道支如來眞如可得非離四念住如來法性可得非離四正斷乃至八聖道支如來法性可得非離四念住眞如如來眞如可得非離四正斷乃至八聖道支眞如如來眞如可得非離四念住法性中如來法性可得非離四正斷乃至八聖道支法性如來法性可得憍尸迦非四念住中如來可得非如來中四念住可得非四正斷四神足五根五力七等覺支八聖道支中如來可得非如來中四正斷乃至八聖道支可得非四念住眞如中如來可得非如來中四念住眞如可得非四正斷乃至八聖道支眞如中如來可得非如來中四正斷乃至八聖道支眞如可得非四念住法性中如來可得非如來

中四念住法性可得非四正斷乃至八聖道支法性中如來可得非如來中四正斷乃至八聖道支法性可得非四念住中如來眞如可得非如來眞如中四念住可得非四正斷乃至八聖道支中如來眞如可得非如來眞如中四正斷乃至八聖道支可得非四念住中如來法性可得非如來法性中四念住可得非四正斷乃至八聖道支中如來法性可得非如來法性中四正斷乃至八聖道支可得非四念住眞如中如來眞如可得非如來眞如中四念住眞如可得非四正斷乃至八聖道支眞如中如來眞如可得非如來眞如中四正斷乃至八聖道支眞如可得非四念住法性中如來法性可得非如來法性中四念住法性可得非四正斷乃至八聖道支法性中如來法性可得非如來法性中四正斷乃至八聖道支法性可得憍尸迦非離空解脫門如來可得非離無相無願解脫門如來可得非離空解脫門眞如如來可得非離無相無願解脫門眞如如來可得非離空解脫門法性如來可得非離無相無願解脫門法性如來可得非離空解脫門如來眞如可得非離無相無願解脫門如來眞如可得非離空解脫門如來法性可得非離無相無願解脫門如來法性可得非離空解脫門眞如如來眞如可得非離無相無願解脫門眞如如來眞如可得非離空解脫門法性如來法性可得非離無相無願解脫門法性如來法性可得憍尸迦非空解脫門中如來可得非如來中空解脫門可得非無相無願解脫門中

如來可得非如來中無相無願解脫門可得非空解脫門眞如中如來可得非如來中空解脫門眞如可得非無相無願解脫門眞如中如來可得非如來中無相無願解脫門眞如可得非空解脫門法性中如來可得非如來中空解脫門法性可得非無相無願解脫門法性中如來可得非如來中無相無願解脫門法性可得非空解脫門中如來眞如可得非如來眞如中空解脫門可得非無相無願解脫門中如來眞如可得非如來眞如中無相無願解脫門可得非空解脫門中如來法性可得非如來法性中空解脫門可得非無相無願解脫門中如來法性可得非如來法性中無相無願解脫門可得非空解脫門眞如中如來眞如可得非如來眞如中空解脫門眞如可得非無相無願解脫門眞如中如來眞如可得非如來眞如中無相無願解脫門眞如可得非空解脫門法性中如來法性可得非如來法性中空解脫門法性可得非無相無願解脫門法性中如來法性可得非如來法性中無相無願解脫門法性可得非如來法性中無相無願解脫門法性可得

憍尸迦非離五眼如來可得非離六神通如來可得非離五眼眞如如來可得非離六神通眞如如來可得非離五眼法性如來可得非離五眼如來眞如可得非離六神通法性如來可得非離六神通如來眞如可得非離五眼如來法性可得非離六神通如來法性可得非離五眼眞如如來眞如可得非離六神通眞如如來眞如可得非離五眼法性如來法性可得非離六神通法性如來法性可

得憍尸迦非五眼中如來可得非如來中五眼可得非六神通中如來可得非如來中六神通可得非五眼眞如中如來可得非如來中五眼眞如可得非六神通眞如中如來可得非如來中六神通眞如可得非五眼法性中如來可得非如來中五眼法性可得非六神通法性中如來可得非如來中六神通法性可得非五眼中如來眞如可得非如來眞如中五眼可得非六神通中如來眞如可得非如來眞如中六神通可得非五眼中如來法性可得非如來法性中五眼可得非六神通中如來法性可得非如來法性中六神通可得非五眼眞如中如來眞如可得非如來眞如中五眼眞如可得非六神通眞如中如來眞如可得非如來眞如中六神通眞如可

得非五眼法性中如來法性可得非如來法性中五眼法性可得非六神通法性中如來法性中六神通法性可得憍尸迦非離佛十力如來可得非離四無所畏四無礙解大慈大悲大喜大捨十八佛不共法如來可得非離佛十力眞如如來可得非離四無所畏乃至十八佛不共法眞如如來可得非離佛十力法性如來可得非離四無所畏乃至十八佛不共法法性如來可得非離佛十力如來眞如可得非離四無所畏乃至十八佛不共法如來眞如可得非離佛十力如來法性可得非離四無所畏乃至十八佛不共法如來法性可得非離佛十力眞如如來眞如可得非離四無所畏乃至十八佛不共法眞如如來眞如可得非離佛十力

法性如來法性可得非離四無所畏乃至十八佛不共法法性如來法性可得憍尸迦非佛十力中如來可得非如來中佛十力可得非四無所畏四無礙解大慈大悲大喜大捨十八佛不共法中如來可得非如來中四無所畏乃至十八佛不共法可得非佛十力眞如中如來可得非如來中佛十力眞如可得非四無所畏乃至十八佛不共法眞如中如來可得非如來中四無所畏乃至十八佛不共法眞如可得非佛十力法性中如來可得非如來中佛十力法性可得非四無所畏乃至十八佛不共法法性中如來可得非如來中四無所畏乃至十八佛不共法法性可得非佛十力中如來眞如可得非如來眞如中佛十力可得非四無所畏乃至十八佛不共法中如來眞如可得非如來眞如中四無所畏乃至十八佛不共法可得非佛十力中如來法性可得非如來法性中佛十力可得非四無所畏乃至十八佛不共法中如來法性可得非如來法性中四無所畏乃至十八佛不共法可得非佛十力眞如中如來眞如可得非如來眞如中佛十力眞如可得非四無所畏乃至十八佛不共法眞如中如來眞如可得非如來眞如中四無所畏乃至十八佛不共法眞如可得非佛十力法性中如來法性可得非如來法性中佛十力法性可得非四無所畏乃至十八佛不共法法性中如來法性可得非如來法性中四無所畏乃至十八佛不共法法性可得憍尸迦非離無忘失法如來可得非離恒住捨性如來可得非離

無忘失法眞如如來可得非離恒住捨性眞如如來可得非離無忘失法法性如來可得非離恒住捨性法性如來可得非離無忘失法如來眞如可得非離恒住捨性如來眞如可得非離無忘失法如來法性可得非離恒住捨性如來法性可得非離無忘失法眞如如來眞如可得非離恒住捨性眞如如來眞如可得非離無忘失法法性如來法性可得非離恒住捨性法性如來法性可得憍尸迦非無忘失法中如來可得非如來中無忘失法可得非恒住捨性中如來可得非如來中恒住捨性可得非無忘失法眞如中如來可得非如來中無忘失法眞如可得非恒住捨性眞如中如來可得非如來中恒住捨性眞如可得非無忘失法法性中如來可得非如來中無忘失法法性可得非恒住捨性法性中如來可得非如來中恒住捨性法性可得非無忘失法中如來眞如可得非如來眞如中無忘失法可得非恒住捨性中如來眞如可得非如來眞如中恒住捨性可得非無忘失法中如來法性可得非如來法性中無忘失法可得非恒住捨性中如來法性可得非如來法性中恒住捨性可得非無忘失法眞如中如來眞如可得非如來眞如中無忘失法眞如可得非恒住捨性眞如中如來眞如可得非如來眞如中恒住捨性眞如可得非無忘失法法性中如來法性可得非如來法性中無忘失法法性可得非恒住捨性法性中如來法性可得非如來法性中恒住捨性法性可得憍尸迦非離一切智如來可得非

離道相智一切相智如來可得非離一切智眞如如來可得非離道相智一切相智眞如如來可得非離一切智法性如來可得非離道相智一切相智法性如來可得非離一切智如來眞如可得非離道相智一切相智如來眞如可得非離一切智如來法性可得非離道相智一切相智如來法性可得非離一切智眞如如來眞如可得非離道相智一切相智眞如如來眞如可得非離一切智法性如來法性可得非離道相智一切相智法性如來法性可得憍尸迦非一切智中如來可得非如來中一切智可得非道相智一切相智中如來可得非如來中道相智一切相智可得非一切智眞如中如來可得非如來中一切智眞如可得非道相智一切相智眞如中如來可得非如來中道相智一切相智眞如可得非一切智法性中如來可得非如來中一切智法性可得非道相智一切相智法性中如來可得非如來中道相智一切相智法性可得非一切智中如來眞如可得非如來眞如中一切智可得非道相智一切相智中如來眞如可得非如來眞如中道相智一切相智可得非一切智中如來法性可得非如來法性中一切智可得非道相智一切相智中如來法性可得非如來法性中道相智一切相智可得非一切智眞如中如來眞如可得非如來眞如中一切智眞如可得非道相智一切相智眞如中如來眞如可得非如來眞如中道相智一切相智眞如可得非一切智法性中如來法性可得非如來法性中

一切智法性可得非道相智一切相智法性中如來法性可得非如來法性中道相智一切相智法性可得憍尸迦非離一切陀羅尼門如來可得非離一切三摩地門如來可得非離一切陀羅尼門眞如如來可得非離一切三摩地門眞如如來可得非離一切陀羅尼門法性如來可得非離一切三摩地門法性如來可得非離一切陀羅尼門如來眞如可得非離一切三摩地門如來眞如可得非離一切陀羅尼門如來法性可得非離一切三摩地門如來法性可得非離一切陀羅尼門眞如如來眞如可得非離一切三摩地門眞如如來眞如可得非離一切陀羅尼門法性如來法性可得非離一切三摩地門法性如來法性可得憍尸迦非一切陀羅尼門中如來可得非如來中一切陀羅尼門可得非一切三摩地門中如來可得非如來中一切三摩地門可得非一切陀羅尼門眞如中如來可得非如來中一切陀羅尼門眞如可得非一切三摩地門眞如中如來可得非如來中一切三摩地門眞如可得非一切陀羅尼門法性中如來可得非如來中一切陀羅尼門法性可得非一切三摩地門法性中如來可得非如來中一切三摩地門法性可得非一切陀羅尼門中如來眞如可得非如來眞如中一切陀羅尼門可得非一切三摩地門中如來眞如可得非如來眞如中一切三摩地門可得非一切陀羅尼門眞如中如來眞如可得非如來眞如中一切陀羅尼門眞如可得非一切三摩地門眞如中如來眞如可

得非如來眞如中一切三摩地門眞如可得非一切陀羅尼門法性中如來法性可得非如來法性中一切陀羅尼門法性可得非一切三摩地門法性中如來法性可得非如來法性中一切三摩地門法性可得憍尸迦非離預流如來可得非離一來不還阿羅漢如來可得非離預流眞如如來可得非離一來不還阿羅漢眞如如來可得非離預流法性如來可得非離一來不還阿羅漢法性如來可得非離預流如來眞如可得非離一來不還阿羅漢如來眞如可得非離預流如來法性可得非離一來不還阿羅漢如來法性可得非離預流眞如如來眞如可得非離一來不還阿羅漢眞如如來眞如可得非離預流法性如來法性可得非離一來不還阿羅漢法性如來法性可得憍尸迦非預流中如來可得非一來不還阿羅漢中如來可得非如來中預流可得非如來中一來不還阿羅漢可得非預流眞如中如來眞如可得非一來不還阿羅漢眞如中如來眞如可得非如來眞如中預流眞如可得非如來眞如中一來不還阿羅漢眞如可得非預流法性中如來法性可得非一來不還阿羅漢法性中如來法性可得非如來法性中預流法性可得非如來法性中一來不還阿羅漢法性可得非如來眞如中預流可得非如來眞如中一來不還阿羅漢可得非預流中如來眞如可得非一來不還阿羅漢中如來眞如可得非如來法性中預流可得非一來不還阿羅漢中如來法性可得非如來法性中一來不還阿羅漢可得非預

流眞如中如來眞如可得非如來眞如中預流眞如可得非一來不還阿羅漢眞如中如來眞如可得非如來眞如中一來不還阿羅漢眞如可得非預流法性中如來法性可得非如來法性中預流法性可得非一來不還阿羅漢法性中如來法性可得非如來法性中一來不還阿羅漢法性可得憍尸迦非離預流向預流果如來可得非離一來向一來果不還向不還果阿羅漢向阿羅漢果如來可得非離預流向預流果眞如如來可得非離一來向一來果不還向不還果阿羅漢向阿羅漢果眞如如來可得非離預流向預流果法性如來可得非離一來向一來果不還向不還果阿羅漢向阿羅漢果法性如來可得非離預流向預流果如來眞如可得非離

一來向一來果不還向不還果阿羅漢向阿羅漢果如來眞如可得非離預流向預流果如來法性可得非離一來向一來果不還向不還果阿羅漢向阿羅漢果如來法性可得非離預流向預流果眞如如來眞如可得非離一來向一來果不還向不還果阿羅漢向阿羅漢果眞如如來眞如可得非離預流向預流果法性如來法性可得非離一來向一來果不還向不還果阿羅漢向阿羅漢果法性如來法性可得憍尸迦非預流向預流果中如來可得非如來中預流向預流果可得非一來向一來果不還向不還果阿羅漢向阿羅漢果中如來可得非如來中一來向一來果不還向不還果阿羅漢向阿羅漢果可得非預流向預流果眞如中如來可得非如

來中預流向預流果眞如可得非一來向一來果不還向不還果阿羅漢向阿羅漢果眞如中如來可得非如來中一來向一來果不還向不還果阿羅漢向阿羅漢果眞如可得非預流向預流果法性中如來可得非如來中預流向預流果法性可得非一來向一來果不還向不還果阿羅漢向阿羅漢果法性中如來可得非如來中一來向一來果不還向不還果阿羅漢向阿羅漢果法性可得非預流向預流果中如來眞如可得非如來眞如中預流向預流果可得非一來向一來果不還向不還果阿羅漢向阿羅漢果中如來眞如可得非如來眞如中一來向一來果不還向不還果阿羅漢向阿羅漢果可得非預流向預流果中如來法性可得非如來法性中預流向預流果可得非一來向一來果不還向不還果阿羅漢向阿羅漢果中如來法性可得非如來法性中一來向一來果不還向不還果阿羅漢向阿羅漢果可得非預流向預流果眞如中如來眞如可得非如來眞如中預流向預流果眞如可得非一來向一來果不還向不還果阿羅漢向阿羅漢果眞如中如來眞如可得非如來眞如中一來向一來果不還向不還果阿羅漢向阿羅漢果眞如可得非預流向預流果法性中如來法性可得非如來法性中預流向預流果法性可得非一來向一來果不還向不還果阿羅漢向阿羅漢果法性中如來法性可得非如來法性中一來向一來果不還向不還果阿羅漢向阿羅漢果法性可得憍尸迦非離獨

覺如來可得非離獨覺向獨覺果如來可得
非離獨覺眞如如來可得非離獨覺向獨覺
果眞如如來可得非離獨覺法性如來可得
非離獨覺向獨覺果法性如來可得非離獨
覺如來眞如可得非離獨覺向獨覺果如來
眞如可得非離獨覺如來法性可得非離獨
覺向獨覺果如來法性可得非離獨覺眞如
如來眞如可得非離獨覺向獨覺果眞如如
來眞如可得非離獨覺法性如來法性可得
非離獨覺向獨覺果法性如來法性可得憍
尸迦非獨覺中如來可得非如來中獨覺可
得非獨覺向獨覺果中如來可得非如來中
獨覺向獨覺果可得非獨覺眞如中如來可
得非如來中獨覺眞如可得非獨覺向獨覺
果眞如中如來可得非如來中獨覺向獨覺
果眞如可得非獨覺法性中如來可得非如
來中獨覺法性可得非獨覺向獨覺果法性
中如來可得非如來中獨覺向獨覺果法性
可得非獨覺中如來眞如可得非如來眞如
中獨覺可得非獨覺向獨覺果中如來眞如
可得非如來眞如中獨覺向獨覺果可得非
獨覺中如來法性可得非如來法性中獨覺
可得非獨覺向獨覺果中如來法性可得非
如來法性中獨覺向獨覺果可得非獨覺眞
如中如來眞如可得非如來眞如中獨覺眞
如可得非獨覺向獨覺果眞如中如來眞如
可得非如來眞如中獨覺向獨覺果眞如可
得非獨覺法性中如來法性可得非如來法
性中獨覺法性可得非獨覺向獨覺果法性
中如來法性可得非如來法性中獨覺向獨

覺果法性可得憍尸迦非離菩薩摩訶薩如來可得非離三藐三佛陀如來可得非離菩薩摩訶薩眞如如來可得非離三藐三佛陀眞如如來可得非離菩薩摩訶薩法性如來可得非離三藐三佛陀法性如來可得非離菩薩摩訶薩如來眞如可得非離三藐三佛陀如來眞如可得非離菩薩摩訶薩如來法性可得非離三藐三佛陀如來法性可得非離菩薩摩訶薩眞如如來眞如可得非離三藐三佛陀眞如如來眞如可得非離菩薩摩訶薩法性如來法性可得非離三藐三佛陀法性如來法性可得憍尸迦非菩薩摩訶薩中如來可得非如來中菩薩摩訶薩可得非三藐三佛陀中如來可得非如來中三藐三佛陀可得非菩薩摩訶薩眞如中如來可得

非三藐三佛陀眞如中如來可得非菩薩摩訶薩法性中如來可得非如來中菩薩摩訶薩法性可得非三藐三佛陀法性中如來可得非菩薩摩訶薩中如來眞如可得非如來眞如中菩薩摩訶薩可得非三藐三佛陀中如來眞如可得非如來眞如中三藐三佛陀可得非菩薩摩訶薩中如來法性可得非如來法性中菩薩摩訶薩可得非三藐三佛陀中如來法性可得非如來法性中三藐三佛陀可得非菩薩摩訶薩眞如中如來眞如可得非如來眞如中菩薩摩訶薩眞如可得非三藐三佛陀眞如中如來眞如可得非如來眞如中三藐三佛陀眞如可得非菩薩摩訶薩法性中如來法性可得非如來法性中菩薩摩訶薩

法性可得非三藐三佛陀法性中如來法性可得非如來法性中三藐三佛陀法性可得憍尸迦非離菩薩摩訶薩法如來可得非離無上正等菩提如來可得非離菩薩摩訶薩法眞如如來可得非離無上正等菩提眞如如來可得非離菩薩摩訶薩法法性如來可得非離無上正等菩提法性如來可得非離菩薩摩訶薩法如來眞如可得非離無上正等菩提如來眞如可得非離菩薩摩訶薩法如來法性可得非離無上正等菩提如來法性可得非離菩薩摩訶薩法眞如如來眞如可得非離無上正等菩提眞如如來眞如可得非離菩薩摩訶薩法法性如來法性可得非離無上正等菩提法性如來法性可得憍尸迦非菩薩摩訶薩法中如來可得非如來

中菩薩摩訶薩法可得非無上正等菩提中如來可得非如來中無上正等菩提可得非菩薩摩訶薩法眞如中如來可得非如來中菩薩摩訶薩法眞如可得非無上正等菩提眞如中如來可得非如來中無上正等菩提眞如可得非菩薩摩訶薩法法性中如來可得非如來中菩薩摩訶薩法法性可得非無上正等菩提法性中如來可得非如來中無上正等菩提法性可得非菩薩摩訶薩法中如來眞如可得非如來眞如中菩薩摩訶薩法可得非無上正等菩提中如來眞如可得非如來眞如中無上正等菩提可得非菩薩摩訶薩法中如來法性可得非如來法性中菩薩摩訶薩法可得非無上正等菩提中如來法性可得非如來法性中無上正等菩提

可得非菩薩摩訶薩法眞如中如來眞如可得非如來眞如中菩薩摩訶薩法眞如可得非無上正等菩提眞如中如來眞如可得非如來眞如中無上正等菩提眞如可得非菩薩摩訶薩法法性中如來法性可得非如來法性中菩薩摩訶薩法法性可得非無上正等菩提法性中如來法性可得非如來法性中無上正等菩提法性可得憍尸迦非離聲聞乘如來可得非離獨覺乘無上乘如來可得非離聲聞乘眞如如來可得非離獨覺乘無上乘眞如如來可得非離聲聞乘法性如來可得非離獨覺乘無上乘法性如來可得非離聲聞乘如來眞如可得非離獨覺乘無上乘如來眞如可得非離聲聞乘如來法性可得非離獨覺乘無上乘如來法性可得非離聲聞乘眞如如來眞如可得非離獨覺乘無上乘眞如如來眞如可得非離聲聞乘法性如來法性可得非離獨覺乘無上乘法性如來法性可得憍尸迦非聲聞乘中如來可得非如來中聲聞乘可得非獨覺乘無上乘中如來可得非如來中獨覺乘無上乘可得非聲聞乘眞如中如來可得非如來中聲聞乘眞如可得非獨覺乘無上乘眞如中如來可得非如來中獨覺乘無上乘眞如可得非聲聞乘法性中如來可得非如來中聲聞乘法性可得非獨覺乘無上乘法性中如來可得非如來中獨覺乘無上乘法性可得非聲聞乘中如來眞如可得非如來眞如中聲聞乘可得非獨覺乘無上乘中如來眞如可得非如來眞如中獨覺乘無上乘可得非聲聞

乘中如來法性可得非如來法性中聲聞乘
可得非獨覺乘無上乘中如來法性可得非
如來法性中獨覺乘無上乘可得非聲聞乘
眞如中如來眞如可得非如來眞如中聲聞
乘眞如可得非獨覺乘無上乘眞如中如來
眞如可得非如來眞如中獨覺乘無上乘眞
如可得非聲聞乘法性中如來法性可得非
如來法性中聲聞乘法性可得非獨覺乘無
上乘法性中如來法性可得非如來法性中
獨覺乘無上乘法性可得

大般若波羅蜜多經卷第九十一

大般若波羅蜜多經卷第九十二

唐三藏法師玄奘奉　詔譯

初分求般若品第二十七之四

憍尸迦如來於色非相應非不相應於受想行識亦非相應非不相應如來於色眞如非相應非不相應於受想行識眞如亦非相應非不相應如來於色法性非相應非不相應於受想行識法性亦非相應非不相應如來眞如於色非相應非不相應於受想行識亦非相應非不相應如來眞如於色眞如非相應非不相應於受想行識眞如亦非相應非不相應如來法性於色非相應非不相應於受想行識亦非相應非不相應於受想行識法性亦非相應非不相應憍尸迦如來於離色非相應非不相應於離受想行識亦非相應非不相應如來於離色眞如非相應非不相應於離受想行識眞如亦非相應非不相應如來於離色法性非相應非不相應於離受想行識法性亦非相應非不相應如來眞如於離色非相應非不相應於離受想行識亦非相應非不相應如來眞如於離色眞如非相應非不相應於離受想行識眞如亦非相應非不相應如來法性於離色非相應非不相應於離受想行識亦非相應非不相應如來法性於離色法性非相應非不相應於離受想行識法性亦非相應非不相應憍尸迦如來於眼處非相應非不相應於耳鼻舌身意處亦非相應非不相應如來於眼處眞如非相應非不相應於耳鼻舌身意處眞如亦非

相應非不相應如來於眼處法性非相應非不相應於耳鼻舌身意處法性亦非相應非不相應如來真如於眼處非相應非不相應於耳鼻舌身意處亦非相應非不相應如來真如於眼處真如非相應非不相應於耳鼻舌身意處真如亦非相應非不相應如來法性於眼處非相應非不相應於耳鼻舌身意處亦非相應非不相應如來法性於眼處法性非相應非不相應於耳鼻舌身意處法性亦非相應非不相應憍尸迦如來於離眼處非相應非不相應於離耳鼻舌身意處亦非相應非不相應如來於離眼處真如非相應非不相應於離耳鼻舌身意處真如亦非相應非不相應如來於離眼處法性非相應非不相應於離耳鼻舌身意處法性亦非相應非不相應如來真如於離眼處非相應非不相應於離耳鼻舌身意處亦非相應非不相應如來真如於離眼處真如非相應非不相應於離耳鼻舌身意處真如亦非相應非不相應如來法性於離眼處非相應非不相應於離耳鼻舌身意處亦非相應非不相應如來法性於離眼處法性非相應非不相應於離耳鼻舌身意處法性亦非相應非不相應憍尸迦如來於色處非相應非不相應於聲香味觸法處亦非相應非不相應如來於色處真如非相應非不相應於聲香味觸法處真如亦非相應非不相應如來於色處法性非相應非不相應於聲香味觸法處法性亦非相應非不相應如來真如於色處非相應非不相應於聲香味觸法處亦非相應非不

相應如來眞如於色處眞如非相應非不相應於聲香味觸法處眞如亦非相應非不相應如來法性於色處非相應非不相應於聲香味觸法處亦非相應非不相應如來法性於色處法性非相應非不相應於聲香味觸法處法性亦非相應非不相應憍尸迦如來於離色處非相應非不相應於離聲香味觸法處亦非相應非不相應如來於離色處眞如非相應非不相應於離聲香味觸法處眞如亦非相應非不相應如來於離色處法性非相應非不相應於離聲香味觸法處法性亦非相應非不相應如來眞如於離色處非相應非不相應於離聲香味觸法處亦非相應非不相應如來眞如於離色處眞如非相應非不相應於離聲香味觸法處眞如亦非

相應非不相應如來法性於離色處非相應非不相應於離聲香味觸法處亦非相應非不相應如來法性於離色處法性非相應非不相應於離聲香味觸法處法性亦非相應非不相應憍尸迦如來於眼界非相應非不相應於色界眼識界及眼觸眼觸爲緣所生諸受亦非相應非不相應如來於眼界眞如非相應非不相應於色界乃至眼觸爲緣所生諸受眞如亦非相應非不相應如來於眼界法性非相應非不相應於色界乃至眼觸爲緣所生諸受法性亦非相應非不相應如來眞如於眼界非相應非不相應於色界乃至眼觸爲緣所生諸受亦非相應非不相應如來眞如於眼界眞如非相應非不相應於色界乃至眼觸爲緣所生諸受眞如亦非相

應非不相應如來法性於眼界非相應非不相應於色界乃至眼觸爲縁所生諸受亦非相應非不相應如來法性於眼界法性非相應非不相應於色界乃至眼觸爲縁所生諸受法性亦非相應非不相應憍尸迦如來於離眼界非相應非不相應於離色界眼識界及眼觸眼觸爲縁所生諸受亦非相應非不相應如來於離眼界眞如非相應非不相應於離色界乃至眼觸爲縁所生諸受眞如亦非相應非不相應如來於離眼界法性非相應非不相應於離色界乃至眼觸爲縁所生諸受法性亦非相應非不相應如來眞如於離眼界非相應非不相應於離色界乃至眼觸爲縁所生諸受亦非相應非不相應如來眞如於離眼界眞如非相應非不相應於離色界乃至眼觸爲縁所生諸受眞如亦非相應非不相應如來法性於離眼界非相應非不相應於離色界乃至眼觸爲縁所生諸受亦非相應非不相應如來法性於離眼界法性非相應非不相應於離色界乃至眼觸爲縁所生諸受法性亦非相應非不相應憍尸迦如來於耳界非相應非不相應於聲界耳識界及耳觸耳觸爲縁所生諸受亦非相應非不相應如來於耳界眞如非相應非不相應於聲界乃至耳觸爲縁所生諸受眞如亦非相應非不相應如來於耳界法性非相應非不相應於聲界乃至耳觸爲縁所生諸受法性亦非相應非不相應如來眞如於耳界非相應非不相應於聲界乃至耳觸爲縁所生諸受亦非相應非不相應如來眞如於耳

界眞如非相應非不相應於聲界乃至耳觸爲緣所生諸受眞如亦非相應非不相應如來法性於耳界非相應非不相應於聲界乃至耳觸爲緣所生諸受亦非相應非不相應如來法性於耳界法性非相應非不相應於聲界乃至耳觸爲緣所生諸受法性亦非相應非不相應憍尸迦如來於離耳界非相應非不相應於離聲界耳識界及耳觸耳觸爲緣所生諸受亦非相應非不相應如來於離耳界眞如非相應非不相應於離聲界乃至耳觸爲緣所生諸受眞如亦非相應非不相應如來於離耳界法性非相應非不相應於離聲界乃至耳觸爲緣所生諸受法性亦非相應非不相應如來眞如於離耳界非相應非不相應於離聲界乃至耳觸爲緣所生諸受亦非相應非不相應如來眞如於離耳界眞如非相應非不相應於離聲界乃至耳觸爲緣所生諸受眞如亦非相應非不相應如來法性於離耳界非相應非不相應於離聲界乃至耳觸爲緣所生諸受亦非相應非不相應如來法性於離耳界法性非相應非不相應於離聲界乃至耳觸爲緣所生諸受法性亦非相應非不相應憍尸迦如來於鼻界非相應非不相應於香界鼻識界及鼻觸鼻觸爲緣所生諸受亦非相應非不相應如來於鼻界眞如非相應非不相應於香界乃至鼻觸爲緣所生諸受眞如亦非相應非不相應如來於鼻界法性非相應非不相應於香界乃至鼻觸爲緣所生諸受法性亦非相應非不相應如來眞如於鼻界非相應非不相

應於香界乃至鼻觸爲緣所生諸受亦非相應非不相應如來眞如於鼻界眞如非相應非不相應於香界乃至鼻觸爲緣所生諸受眞如亦非相應非不相應如來法性於鼻界非相應非不相應於香界乃至鼻觸爲緣所生諸受亦非相應非不相應如來法性於鼻界法性非相應非不相應於香界乃至鼻觸爲緣所生諸受法性亦非相應非不相應憍尸迦如來於離鼻界非相應非不相應於離香界鼻識界及鼻觸鼻觸爲緣所生諸受亦非相應非不相應如來於離鼻界眞如非相應非不相應於離香界乃至鼻觸爲緣所生諸受眞如亦非相應非不相應如來於離鼻界法性非相應非不相應於離香界乃至鼻觸爲緣所生諸受法性亦非相應非不相應

如來眞如於離鼻界非相應非不相應於離香界乃至鼻觸爲緣所生諸受亦非相應非不相應如來眞如於離鼻界眞如非相應非不相應於離香界乃至鼻觸爲緣所生諸受眞如亦非相應非不相應如來法性於離鼻界非相應非不相應於離香界乃至鼻觸爲緣所生諸受亦非相應非不相應如來法性於離鼻界法性非相應非不相應於離香界乃至鼻觸爲緣所生諸受法性亦非相應非不相應憍尸迦如來於舌界非相應非不相應於味界舌識界及舌觸舌觸爲緣所生諸受亦非相應非不相應如來於舌界眞如非相應非不相應於味界乃至舌觸爲緣所生諸受眞如亦非相應非不相應如來於舌界法性非相應非不相應於味界乃至舌觸爲

緣所生諸受法性亦非相應非不相應如來眞如於舌界非相應非不相應於味界乃至舌觸爲緣所生諸受亦非相應非不相應如來眞如於舌界眞如非相應非不相應於味界乃至舌觸爲緣所生諸受眞如亦非相應非不相應如來法性於舌界非相應非不相應於味界乃至舌觸爲緣所生諸受亦非相應非不相應如來法性於舌界法性非相應非不相應於味界乃至舌觸爲緣所生諸受法性亦非相應非不相應憍尸迦如來於離舌界非相應非不相應於離味界舌識界及舌觸舌觸爲緣所生諸受亦非相應非不相應如來於離舌界眞如非相應非不相應於離味界乃至舌觸爲緣所生諸受眞如亦非相應非不相應如來於離舌界法性非相應非不相應於離味界乃至舌觸爲緣所生諸受法性亦非相應非不相應如來眞如於離舌界非相應非不相應於離味界乃至舌觸爲緣所生諸受亦非相應非不相應如來眞如於離舌界眞如非相應非不相應於離味界乃至舌觸爲緣所生諸受眞如亦非相應非不相應如來法性於離舌界非相應非不相應於離味界乃至舌觸爲緣所生諸受亦非相應非不相應如來法性於離舌界法性非相應非不相應於離味界乃至舌觸爲緣所生諸受法性亦非相應非不相應憍尸迦如來於身界非相應非不相應於觸界身識界及身觸身觸爲緣所生諸受亦非相應非不相應如來於身界眞如非相應非不相應於觸界乃至身觸爲緣所生諸受眞如亦非

相應非不相應如來於身界法性非相應非不相應於觸界乃至身觸爲緣所生諸受法性亦非相應非不相應如來眞如於身界非相應非不相應於觸界乃至身觸爲緣所生諸受亦非相應非不相應如來眞如於身界眞如非相應非不相應於觸界乃至身觸爲緣所生諸受眞如亦非相應非不相應如來法性於身界非相應非不相應於觸界乃至身觸爲緣所生諸受亦非相應非不相應如來法性於身界法性非相應非不相應於觸界乃至身觸爲緣所生諸受法性亦非相應非不相應憍尸迦如來於離身界非相應非不相應於離觸界身識界及身觸身觸爲緣所生諸受亦非相應非不相應如來於離身界眞如非相應非不相應於離觸界乃至身觸爲緣所生諸受眞如亦非相應非不相應如來於離身界法性非相應非不相應於離觸界乃至身觸爲緣所生諸受法性亦非相應非不相應如來眞如於離身界非相應非不相應於離觸界乃至身觸爲緣所生諸受亦非相應非不相應如來眞如於離身界眞如非相應非不相應於離觸界乃至身觸爲緣所生諸受眞如亦非相應非不相應如來法性於離身界非相應非不相應於離觸界乃至身觸爲緣所生諸受亦非相應非不相應如來法性於離身界法性非相應非不相應於離觸界乃至身觸爲緣所生諸受法性亦非相應非不相應憍尸迦如來於意界非相應非不相應於法界意識界及意觸意觸爲緣所生諸受亦非相應非不相應如來於

意界真如非相應非不相應於法界乃至意觸爲緣所生諸受真如亦非相應非不相應如來於意界法性非相應非不相應於法界乃至意觸爲緣所生諸受法性亦非相應非不相應如來真如於意界非相應非不相應於法界乃至意觸爲緣所生諸受亦非相應非不相應如來真如於意界真如非相應非不相應於法界乃至意觸爲緣所生諸受真如亦非相應非不相應如來法性於意界非相應非不相應於法界乃至意觸爲緣所生諸受亦非相應非不相應如來法性於意界法性非相應非不相應於法界乃至意觸爲緣所生諸受法性亦非相應非不相應憍尸迦如來於離意界非相應非不相應於離法界意識界及意觸意觸爲緣所生諸受亦非相應非不相應如來於離意界真如非相應非不相應於離法界乃至意觸爲緣所生諸受真如亦非相應非不相應如來於離意界法性非相應非不相應於離法界乃至意觸爲緣所生諸受法性亦非相應非不相應如來真如於離意界非相應非不相應於離法界乃至意觸爲緣所生諸受亦非相應非不相應如來真如於離意界真如非相應非不相應於離法界乃至意觸爲緣所生諸受真如亦非相應非不相應如來法性於離意界非相應非不相應於離法界乃至意觸爲緣所生諸受亦非相應非不相應如來法性於離意界法性非相應非不相應於離法界乃至意觸爲緣所生諸受法性亦非相應非不相應憍尸迦如來於地界非相應非不相應

於水火風空識界亦非相應非不相應如來
於地界眞如非相應非不相應於水火風空
識界眞如亦非相應非不相應如來於地界
法性非相應非不相應於水火風空識界法
性亦非相應非不相應如來眞如於地界非
相應非不相應於水火風空識界亦非相應
非不相應如來眞如於地界眞如非相應非
不相應於水火風空識界眞如亦非相應非
不相應如來法性於地界非相應非不相應
於水火風空識界亦非相應非不相應如來
法性於地界法性非相應非不相應於水火
風空識界法性亦非相應非不相應憍尸迦
如來於離地界非相應非不相應於離水火
風空識界亦非相應非不相應如來於離地
界眞如非相應非不相應於離水火風空識
界眞如亦非相應非不相應如來於離地界
法性非相應非不相應於離水火風空識界
法性亦非相應非不相應如來眞如於離地
界非相應非不相應於離水火風空識界亦
非相應非不相應如來眞如於離地界眞如
非相應非不相應於離水火風空識界眞如
亦非相應非不相應如來法性於離地界非
相應非不相應於離水火風空識界亦非相
應非不相應如來法性於離地界法性非相
應非不相應於離水火風空識界法性亦非
相應非不相應憍尸迦如來於苦聖諦非相
應非不相應於集滅道聖諦亦非相應非不
相應如來於苦聖諦眞如非相應非不相應
於集滅道聖諦眞如亦非相應非不相應如
來於苦聖諦法性非相應非不相應於集滅

道聖諦法性亦非相應非不相應如來眞如於苦聖諦非相應非不相應於集滅道聖諦亦非相應非不相應如來眞如於苦聖諦眞如非相應非不相應於集滅道聖諦眞如亦非相應非不相應如來法性於苦聖諦非相應非不相應於集滅道聖諦亦非相應非不相應如來法性於苦聖諦法性非相應非不相應於集滅道聖諦法性亦非相應非不相應憍尸迦如來於離苦聖諦非相應非不相應於離集滅道聖諦亦非相應非不相應如來於離苦聖諦眞如非相應非不相應於離集滅道聖諦眞如亦非相應非不相應如來於離苦聖諦法性非相應非不相應如來於離集滅道聖諦法性亦非相應非不相應如來眞如於離苦聖諦非相應非不相應

於離集滅道聖諦亦非相應非不相應如來眞如於離苦聖諦眞如非相應非不相應於離集滅道聖諦眞如亦非相應非不相應如來法性於離苦聖諦非相應非不相應於離集滅道聖諦亦非相應非不相應如來法性於離苦聖諦法性非相應非不相應於離集滅道聖諦法性亦非相應非不相應憍尸迦如來於無明非相應非不相應如來於行識名色六處觸受愛取有生老死愁歎苦憂惱亦非相應非不相應如來於無明眞如非相應非不相應於行乃至老死愁歎苦憂惱眞如亦非相應非不相應如來於無明法性非相應非不相應於行乃至老死愁歎苦憂惱法性亦非相應非不相應如來眞如於無明非相應非不相應於行乃至老死愁歎苦憂

惱亦非相應非不相應如來眞如於無明眞如非相應非不相應於行乃至老死愁歎苦憂惱眞如亦非相應非不相應如來法性於無明非相應非不相應於行乃至老死愁歎苦憂惱亦非相應非不相應如來法性於無明法性非相應非不相應於行乃至老死愁歎苦憂惱法性亦非相應非不相應憍尸迦如來於離無明非相應非不相應如來於離行識名色六處觸受愛取有生老死愁歎苦憂惱亦非相應非不相應如來於離無明眞如非相應非不相應如來於離行乃至老死愁歎苦憂惱眞如亦非相應非不相應如來於離無明法性非相應非不相應如來於離行乃至老死愁歎苦憂惱法性亦非相應非不相應如來眞如於離無明非相應非不相應於離行乃至老死愁歎苦憂惱亦非相應非不相應如來眞如於離無明眞如非相應非不相應於離行乃至老死愁歎苦憂惱眞如亦非相應非不相應如來法性於離無明非相應非不相應於離行乃至老死愁歎苦憂惱亦非相應非不相應如來法性於離無明法性非相應非不相應於離行乃至老死愁歎苦憂惱法性亦非相應非不相應憍尸迦如來於內空非相應非不相應於外空內外空空空大空勝義空有爲空無爲空畢竟空無際空散空無變異空本性空自相空共相空一切法空不可得空無性空自性空無性自性空亦非相應非不相應如來於內空眞如非相應非不相應於外空乃至無性自性空眞如亦非相應非不相應如來於內空

法性非相應非不相應於外空乃至無性自性空法性亦非相應非不相應如來眞如於内空非相應非不相應於外空乃至無性自性空亦非相應非不相應如來眞如於内空眞如非相應非不相應於外空乃至無性自性空眞如亦非相應非不相應如來法性於内空非相應非不相應於外空乃至無性自性空亦非相應非不相應如來法性於内空法性非相應非不相應於外空乃至無性自性空法性亦非相應非不相應憍尸迦如來於離内空非相應非不相應於離外空内外空空空大空勝義空有爲空無爲空畢竟空無際空散空無變異空本性空自相空共相空一切法空不可得空無性空自性空無性自性空亦非相應非不相應如來於離内空眞如非相應非不相應於離外空乃至無性自性空眞如亦非相應非不相應如來於離内空法性非相應非不相應於離外空乃至無性自性空法性亦非相應非不相應如來眞如於離内空非相應非不相應於離外空乃至無性自性空亦非相應非不相應如來眞如於離内空眞如非相應非不相應於離外空乃至無性自性空眞如亦非相應非不相應如來法性於離内空非相應非不相應於離外空乃至無性自性空亦非相應非不相應如來法性於離内空法性非相應非不相應於離外空乃至無性自性空法性亦非相應非不相應憍尸迦如來於眞如非相應非不相應於法界法性不虛妄性不變異性平等性離生性法定法住實際虛空界不思

議界亦非相應非不相應如來於眞如眞如
非相應非不相應於法界乃至不思議界眞
如亦非相應非不相應如來於眞如法性非
相應非不相應於法界乃至不思議界法性
亦非相應非不相應如來眞如於眞如非相
應非不相應於法界乃至不思議界亦非相
應非不相應如來眞如於眞如眞如非相應
非不相應於法界乃至不思議界眞如亦非
相應非不相應如來法性於眞如非相應非
不相應於法界乃至不思議界亦非相應非
不相應如來法性於眞如法性非相應非不
相應於法界乃至不思議界法性亦非相應
非不相應憍尸迦如來於離眞如非相應非
不相應於離法界法性不虛妄性不變異性
平等性離生性法定法住實際虛空界不思

議界亦非相應非不相應如來於離眞如眞
如非相應非不相應於離法界乃至不思議
界眞如亦非相應非不相應如來於離眞如
法性非相應非不相應於離法界乃至不思
議界法性亦非相應非不相應如來眞如於
離眞如非相應非不相應於離法界乃至不
思議界亦非相應非不相應如來眞如於離
眞如眞如非相應非不相應於離法界乃至
不思議界眞如亦非相應非不相應如來法
性於離眞如非相應非不相應於離法界乃
至不思議界亦非相應非不相應如來法性
於離眞如法性非相應非不相應於離法界
乃至不思議界法性亦非相應非不相應憍
尸迦如來於布施波羅蜜多非相應非不相
應於淨戒安忍精進靜慮般若波羅蜜多亦

非相應非不相應如來於布施波羅蜜多真如非相應非不相應於淨戒安忍精進靜慮般若波羅蜜多真如亦非相應非不相應如來於布施波羅蜜多法性非相應非不相應於淨戒安忍精進靜慮般若波羅蜜多法性亦非相應非不相應如來真如於布施波羅蜜多非相應非不相應於淨戒安忍精進靜慮般若波羅蜜多亦非相應非不相應如來真如於布施波羅蜜多真如非相應非不相應於淨戒安忍精進靜慮般若波羅蜜多真如亦非相應非不相應如來法性於布施波羅蜜多非相應非不相應於淨戒安忍精進靜慮般若波羅蜜多亦非相應非不相應如來法性於布施波羅蜜多法性非相應非不相應於淨戒安忍精進靜慮般若波羅蜜多法性亦非相應非不相應憍尸迦如來於離布施波羅蜜多非相應非不相應於離淨戒安忍精進靜慮般若波羅蜜多亦非相應非不相應如來於離布施波羅蜜多真如非相應非不相應於離淨戒安忍精進靜慮般若波羅蜜多真如亦非相應非不相應如來於離布施波羅蜜多法性非相應非不相應於離淨戒安忍精進靜慮般若波羅蜜多法性亦非相應非不相應如來真如於離布施波羅蜜多非相應非不相應於離淨戒安忍精進靜慮般若波羅蜜多亦非相應非不相應如來真如於離布施波羅蜜多真如非相應非不相應於離淨戒安忍精進靜慮般若波羅蜜多真如亦非相應非不相應如來法性於離布施波羅蜜多非相應非不相應於離

淨戒安忍精進靜慮般若波羅蜜多亦非相
應非不相應如來法性於離布施波羅蜜多
法性非相應非不相應於離淨戒安忍精進
靜慮般若波羅蜜多法性亦非相應非不相
應

大般若波羅蜜多經卷第九十二

大般若波羅蜜多經卷第九十三

唐三藏法師玄奘奉詔譯

初分求般若品第二十七之五

憍尸迦如來於四靜慮非相應非不相應於四無量四無色定亦非相應非不相應如來於四靜慮真如非相應非不相應於四無量四無色定真如亦非相應非不相應如來於四靜慮法性非相應非不相應於四無量四無色定法性亦非相應非不相應如來真如於四靜慮非相應非不相應於四無量四無色定亦非相應非不相應如來真如於四靜慮真如非相應非不相應於四無量四無色定真如亦非相應非不相應如來法性於四靜慮非相應非不相應於四無量四無色定亦非相應非不相應如來法性於四靜慮法性非相應非不相應於四無量四無色定法性亦非相應非不相應憍尸迦如來於離四靜慮非相應非不相應於離四無量四無色定亦非相應非不相應如來於離四靜慮真如非相應非不相應於離四無量四無色定真如亦非相應非不相應如來於離四靜慮法性非相應非不相應於離四無量四無色定法性亦非相應非不相應如來真如於離四靜慮非相應非不相應於離四無量四無色定亦非相應非不相應如來真如於離四靜慮真如非相應非不相應於離四無量四無色定真如亦非相應非不相應如來法性於離四靜慮非相應非不相應於離四無量四無色定亦非相應非不相應如來法性於離四靜慮法性非相應非不相應於離四無

量四無色定法性亦非相應非不相應憍尸迦如來於八解脫非相應非不相應於八勝處九次第定十遍處亦非相應非不相應如來於八解脫真如非相應非不相應於八勝處九次第定十遍處真如亦非相應非不相應如來於八解脫法性非相應非不相應於八勝處九次第定十遍處法性亦非相應非不相應如來真如於八解脫非相應非不相應於八勝處九次第定十遍處亦非相應非不相應如來真如於八解脫真如非相應非不相應於八勝處九次第定十遍處真如亦非相應非不相應如來法性於八解脫非相應非不相應於八勝處九次第定十遍處亦非相應非不相應如來法性於八解脫法性非相應非不相應於八勝處九次第定十遍處法性亦非相應非不相應憍尸迦如來於離八解脫非相應非不相應於離八勝處九次第定十遍處亦非相應非不相應如來於離八解脫真如非相應非不相應於離八勝處九次第定十遍處真如亦非相應非不相應如來於離八解脫法性非相應非不相應於離八勝處九次第定十遍處法性亦非相應非不相應如來真如於離八解脫非相應非不相應於離八勝處九次第定十遍處亦非相應非不相應如來真如於離八解脫真如非相應非不相應於離八勝處九次第定十遍處真如亦非相應非不相應如來法性於離八解脫非相應非不相應於離八勝處九次第定十遍處亦非相應非不相應如來法性於離八解脫法性非相應非不相應於

離八勝處九次第定十遍處法性亦非相應非不相應憍尸迦如來於四念住非相應非不相應於四正斷四神足五根五力七等覺支八聖道支亦非相應非不相應如來於四念住眞如非相應非不相應於四正斷乃至八聖道支眞如亦非相應非不相應如來於四念住法性非相應非不相應於四正斷乃至八聖道支法性亦非相應非不相應如來眞如於四念住非相應非不相應於四正斷乃至八聖道支亦非相應非不相應如來眞如於四念住眞如非相應非不相應於四正斷乃至八聖道支眞如亦非相應非不相應如來法性於四念住非相應非不相應於四正斷乃至八聖道支亦非相應非不相應如來法性於四念住法性非相應非不相應於四正斷乃至八聖道支法性亦非相應非不相應憍尸迦如來於離四念住非相應非不相應於離四正斷四神足五根五力七等覺支八聖道支亦非相應非不相應如來於離四念住眞如非相應非不相應於離四正斷乃至八聖道支眞如亦非相應非不相應如來於離四念住法性非相應非不相應於離四正斷乃至八聖道支法性亦非相應非不相應如來眞如於離四念住非相應非不相應於離四正斷乃至八聖道支亦非相應非不相應如來眞如於離四念住眞如非相應非不相應於離四正斷乃至八聖道支眞如亦非相應非不相應如來法性於離四念住非相應非不相應於離四正斷乃至八聖道支亦非相應非不相應如來法性於離四念

住法性非相應非不相應於離四正斷乃至
八聖道支法性亦非相應非不相應憍尸迦
如來於空解脫門非相應非不相應於無相
無願解脫門亦非相應非不相應如來於空
解脫門眞如非相應非不相應於無相無願
解脫門眞如亦非相應非不相應如來於空
解脫門法性非相應非不相應於無相無願
解脫門法性亦非相應非不相應如來眞如
於空解脫門非相應非不相應於無相無願
解脫門亦非相應非不相應如來眞如於空
解脫門眞如非相應非不相應於無相無願
解脫門眞如亦非相應非不相應如來法性
於空解脫門非相應非不相應於無相無願
解脫門亦非相應非不相應如來法性於空
解脫門法性非相應非不相應於無相無願

解脫門法性亦非相應非不相應憍尸迦如
來於離空解脫門非相應非不相應於離無
相無願解脫門亦非相應非不相應如來於
離空解脫門眞如非相應非不相應於離無
相無願解脫門眞如亦非相應非不相應如
來於離空解脫門法性非相應非不相應於
離無相無願解脫門法性亦非相應非不相
應如來眞如於離空解脫門非相應非不相
應於離無相無願解脫門亦非相應非不相
應如來眞如於離空解脫門眞如非相應非
不相應於離無相無願解脫門眞如亦非相
應非不相應如來法性於離空解脫門非相
應非不相應於離無相無願解脫門亦非相
應非不相應如來法性於離空解脫門法性
非相應非不相應於離無相無願解脫門法

性亦非相應非不相應憍尸迦如來於五眼非相應非不相應於六神通亦非相應非不相應如來於五眼眞如非相應非不相應於六神通眞如亦非相應非不相應如來於五眼法性非相應非不相應於六神通法性亦非相應非不相應如來眞如於五眼非相應非不相應於六神通亦非相應非不相應如來眞如於五眼眞如非相應非不相應於六神通眞如亦非相應非不相應如來法性於五眼非相應非不相應於六神通亦非相應非不相應如來法性於五眼法性非相應非不相應於六神通法性亦非相應非不相應憍尸迦如來於離五眼非相應非不相應於離六神通亦非相應非不相應如來於離五眼眞如非相應非不相應於離六神通眞如亦非相應非不相應如來於離五眼法性非相應非不相應於離六神通法性亦非相應非不相應如來眞如於離五眼非相應非不相應於離六神通亦非相應非不相應如來眞如於離五眼眞如非相應非不相應於離六神通眞如亦非相應非不相應如來法性於離五眼非相應非不相應於離六神通亦非相應非不相應如來法性於離五眼法性非相應非不相應於離六神通法性亦非相應非不相應憍尸迦如來於佛十力非相應非不相應於四無所畏四無礙解大慈大悲大喜大捨十八佛不共法亦非相應非不相應如來於佛十力眞如非相應非不相應於四無所畏乃至十八佛不共法眞如亦非相應非不相應如來於佛十力法性非相應非

不相應於四無所畏乃至十八佛不共法法性亦非相應非不相應如來真如於佛十力非相應非不相應於四無所畏乃至十八佛不共法亦非相應非不相應如來真如於佛十力真如非相應非不相應於四無所畏乃至十八佛不共法真如亦非相應非不相應如來法性於佛十力非相應非不相應於四無所畏乃至十八佛不共法亦非相應非不相應如來法性於佛十力法性非相應非不相應於四無所畏乃至十八佛不共法法性亦非相應非不相應憍尸迦如來於離佛十力非相應非不相應於離四無所畏四無礙解大慈大悲大喜大捨十八佛不共法亦非相應非不相應如來於離佛十力真如非相應非不相應於離四無所畏乃至十八佛不共法真如亦非相應非不相應如來於離佛十力法性非相應非不相應於離四無所畏乃至十八佛不共法法性亦非相應非不相應如來真如於離佛十力非相應非不相應於離四無所畏乃至十八佛不共法亦非相應非不相應如來真如於離佛十力真如非相應非不相應於離四無所畏乃至十八佛不共法真如亦非相應非不相應如來法性於離佛十力非相應非不相應於離四無所畏乃至十八佛不共法亦非相應非不相應如來法性於離佛十力法性非相應非不相應於離四無所畏乃至十八佛不共法法性亦非相應非不相應憍尸迦如來於無忘失法非相應非不相應於恒住捨性亦非相應非不相應如來於無忘失法真如非相應非

不相應於恒住捨性真如亦非相應非不相
應如來於無忘失法法性非相應非不相應
於恒住捨性法性亦非相應非不相應如來
真如於無忘失法法非相應非不相應於恒住
捨性亦非相應非不相應如來真如於無忘
失法真如非相應非不相應於恒住捨性真
如亦非相應非不相應如來法性於無忘失
法非相應非不相應於恒住捨性亦非相應
非不相應如來法性於無忘失法法性非相
應非不相應於恒住捨性法性亦非相應非
不相應憍尸迦如來於離無忘失法非相應
非不相應於離恒住捨性亦非相應非不相
應如來於離無忘失法真如非相應非不相
應於離恒住捨性真如亦非相應非不相應
如來於離無忘失法法性非相應非不相應

於離恒住捨性法性亦非相應非不相應如
來真如於離無忘失法非相應非不相應於
離恒住捨性亦非相應非不相應如來真如
於離無忘失法真如非相應非不相應於離
恒住捨性真如亦非相應非不相應如來法
性於離無忘失法非相應非不相應於離恒
住捨性亦非相應非不相應如來法性於離
無忘失法法性非相應非不相應於離恒住
捨性法性亦非相應非不相應憍尸迦如來
於一切智非相應非不相應於道相智一切
相智亦非相應非不相應如來於一切智真
如非相應非不相應於道相智一切相智真
如亦非相應非不相應如來於一切智法性
非相應非不相應於道相智一切相智法性
亦非相應非不相應如來真如於一切智非

相應非不相應於道相智一切相智亦非相
應非不相應如來真如於一切智真如非相
應非不相應於道相智一切相智真如亦非
相應非不相應如來法性於一切智非相應
非不相應於道相智一切相智亦非相應非
不相應如來法性於一切智法性非相應非
不相應於道相智一切相智法性亦非相應
非不相應憍尸迦如來於離一切智非相應
非不相應於離道相智一切相智亦非相應
非不相應如來於離一切智真如非相應非
不相應於離道相智一切相智真如亦非相
應非不相應如來於離一切智法性非相應
非不相應於離道相智一切相智法性亦非
相應非不相應如來真如於離一切智非相
應非不相應於離道相智一切相智亦非相
應非不相應如來真如於離一切智真如非
相應非不相應於離道相智一切相智真如
亦非相應非不相應如來法性於離一切智
非相應非不相應於離道相智一切相智亦
非相應非不相應如來法性於離一切智法
性非相應非不相應於離道相智一切相智
法性亦非相應非不相應憍尸迦如來於一
切陀羅尼門非相應非不相應於一切三摩
地門亦非相應非不相應如來於一切陀羅
尼門真如非相應非不相應於一切三摩地
門真如亦非相應非不相應如來於一切陀
羅尼門法性非相應非不相應於一切三摩
地門法性亦非相應非不相應如來真如於
一切陀羅尼門非相應非不相應於一切三
摩地門亦非相應非不相應如來真如於一

切陀羅尼門眞如非相應非不相應於一切
三摩地門眞如亦非相應非不相應如來法
性於一切陀羅尼門非相應非不相應於一
切三摩地門亦非相應非不相應如來法性
於一切陀羅尼門法性非相應非不相應於
一切三摩地門法性亦非相應非不相應憍
尸迦如來於離一切陀羅尼門非相應非不
相應於離一切三摩地門亦非相應非不相
應如來於離一切陀羅尼門眞如非相應非
不相應於離一切三摩地門眞如亦非相應
非不相應如來於離一切陀羅尼門法性非
相應非不相應於離一切三摩地門法性亦
非相應非不相應如來眞如於離一切陀羅
尼門非相應非不相應於離一切三摩地門
亦非相應非不相應如來眞如於離一切陀
羅尼門眞如非相應非不相應於離一切三
摩地門眞如亦非相應非不相應如來法性
於離一切陀羅尼門非相應非不相應於離
一切三摩地門亦非相應非不相應如來法
性於離一切陀羅尼門法性非相應非不相
應於離一切三摩地門法性亦非相應非不
相應憍尸迦如來於預流非相應非不相應
於一來不還阿羅漢亦非相應非不相應如
來於預流眞如非相應非不相應於一來不
還阿羅漢眞如亦非相應非不相應如來於
預流法性非相應非不相應於一來不還阿
羅漢法性亦非相應非不相應如來眞如於
預流非相應非不相應於一來不還阿羅漢
亦非相應非不相應如來眞如於預流眞如
非相應非不相應於一來不還阿羅漢眞如

亦非相應非不相應如來法性於預流非相
應非不相應於一來不還阿羅漢亦非相應
非不相應如來法性於預流法性非相應非
不相應於一來不還阿羅漢法性亦非相應
非不相應憍尸迦如來於離預流非相應非
不相應於離一來不還阿羅漢亦非相應非
不相應如來於離預流眞如非相應非不相
應於離一來不還阿羅漢眞如亦非相應非
不相應如來於離預流法性非相應非不相
應於離一來不還阿羅漢法性亦非相應非
不相應如來眞如於離預流非相應非不相
應於離一來不還阿羅漢亦非相應非不相
應如來眞如於離預流眞如非相應非不相
應於離一來不還阿羅漢眞如亦非相應非
不相應如來法性於離預流非相應非不相
應於離一來不還阿羅漢亦非相應非不相
應如來法性於離預流法性非相應非不相
應於離一來不還阿羅漢法性亦非相應非
不相應憍尸迦如來於預流向預流果非相
應非不相應於一來向一來果不還向不還
果阿羅漢向阿羅漢果亦非相應非不相應
如來於預流向預流果眞如非相應非不相
應於一來向一來果不還向不還果阿羅漢
向阿羅漢果眞如亦非相應非不相應如來
於預流向預流果法性非相應非不相應於
一來向一來果不還向不還果阿羅漢向阿
羅漢果法性亦非相應非不相應如來眞如
於預流向預流果非相應非不相應於一來
向一來果不還向不還果阿羅漢向阿羅漢
果亦非相應非不相應如來眞如於預流向

預流果眞如非相應非不相應於一來向一來果不還向不還果阿羅漢向阿羅漢果眞如亦非相應非不相應如來法性於預流向預流果非相應非不相應於一來向一來果不還向不還果阿羅漢向阿羅漢果亦非相應非不相應如來法性於預流向預流果法性非相應非不相應於一來向一來果不還向不還果阿羅漢向阿羅漢果法性亦非相應非不相應憍尸迦如來於離預流向預流果非相應非不相應於離一來向一來果不還向不還果阿羅漢向阿羅漢果亦非相應非不相應如來於離預流向預流果眞如非相應非不相應於離一來向一來果不還向不還果阿羅漢向阿羅漢果眞如亦非相應非不相應如來於離預流向預流果法性非

相應非不相應於離一來向一來果不還向不還果阿羅漢向阿羅漢果法性亦非相應非不相應如來眞如於離預流向預流果非相應非不相應於離一來向一來果不還向不還果阿羅漢向阿羅漢果亦非相應非不相應如來眞如於離預流向預流果眞如非相應非不相應於離一來向一來果不還向不還果阿羅漢向阿羅漢果眞如亦非相應非不相應如來法性於離預流向預流果非相應非不相應於離一來向一來果不還向不還果阿羅漢向阿羅漢果亦非相應非不相應如來法性於離預流向預流果法性非相應非不相應於離一來向一來果不還向不還果阿羅漢向阿羅漢果法性亦非相應非不相應憍尸迦如來於獨覺非相應非不

相應於獨覺向獨覺果亦非相應非不相應
如來於獨覺眞如非相應非不相應於獨覺
向獨覺果眞如亦非相應非不相應如來於
獨覺法性非相應非不相應於獨覺向獨覺
果法性亦非相應非不相應如來眞如於獨
覺非相應非不相應於獨覺向獨覺果亦非
相應非不相應如來眞如於獨覺眞如非相
應非不相應於獨覺向獨覺果眞如亦非相
應非不相應如來法性於獨覺非相應非不
相應於獨覺向獨覺果亦非相應非不相應
如來法性於獨覺法性非相應非不相應於
獨覺向獨覺果法性亦非相應非不相應憍
尸迦如來於離獨覺非相應非不相應於離
獨覺向獨覺果亦非相應非不相應如來於
離獨覺眞如非相應非不相應於離獨覺向
獨覺果眞如亦非相應非不相應如來於離
獨覺法性非相應非不相應於離獨覺向獨
覺果法性亦非相應非不相應如來眞如於
離獨覺非相應非不相應於離獨覺向獨覺
果亦非相應非不相應如來眞如於離獨覺
眞如非相應非不相應於離獨覺向獨覺果
眞如亦非相應非不相應如來法性於離獨
覺非相應非不相應於離獨覺向獨覺果亦
非相應非不相應如來法性於離獨覺法性
非相應非不相應於離獨覺向獨覺果法性
亦非相應非不相應憍尸迦如來於菩薩摩
訶薩非相應非不相應於三藐三佛陀亦非
相應非不相應如來於菩薩摩訶薩眞如非
相應非不相應於三藐三佛陀眞如亦非相
應非不相應如來於菩薩摩訶薩法性非相

應非不相應於三藐三佛陀法性亦非相應非不相應如來眞如於菩薩摩訶薩非相應非不相應於三藐三佛陀亦非相應非不相應如來眞如於菩薩摩訶薩眞如非相應非不相應於三藐三佛陀眞如亦非相應非不相應如來法性於菩薩摩訶薩非相應非不相應於三藐三佛陀亦非相應非不相應如來法性於菩薩摩訶薩法性非相應非不相應於三藐三佛陀法性亦非相應非不相應憍尸迦如來於離菩薩摩訶薩非相應非不相應於離三藐三佛陀亦非相應非不相應如來於離菩薩摩訶薩眞如非相應非不相應於離三藐三佛陀眞如亦非相應非不相應如來於離菩薩摩訶薩法性非相應非不相應於離三藐三佛陀法性亦非相應非不

相應如來眞如於離菩薩摩訶薩非相應非不相應於離三藐三佛陀亦非相應非不相應如來眞如於離菩薩摩訶薩眞如非相應非不相應於離三藐三佛陀眞如亦非相應非不相應如來法性於離菩薩摩訶薩非相應非不相應於離三藐三佛陀亦非相應非不相應如來法性於離菩薩摩訶薩法性非相應非不相應於離三藐三佛陀法性亦非相應非不相應憍尸迦如來於菩薩摩訶薩法非相應非不相應於無上正等菩提亦非相應非不相應如來於菩薩摩訶薩法眞如非相應非不相應於無上正等菩提眞如亦非相應非不相應如來於菩薩摩訶薩法法性非相應非不相應於無上正等菩提法性亦非相應非不相應如來眞如於菩薩摩訶

薩法非相應非不相應於無上正等菩提亦
非相應非不相應如來眞如於菩薩摩訶薩
法眞如非相應非不相應於無上正等菩提
眞如亦非相應非不相應如來法性於菩薩
摩訶薩法非相應非不相應於無上正等菩
提亦非相應非不相應如來法性於菩薩摩
訶薩法法性非相應非不相應於無上正等
菩提法性亦非相應非不相應憍尸迦如來
於離菩薩摩訶薩法非相應非不相應於離
無上正等菩提亦非相應非不相應如來於
離菩薩摩訶薩法眞如非相應非不相應於
離無上正等菩提眞如亦非相應非不相應
如來於離菩薩摩訶薩法法性非相應非不
相應於離無上正等菩提法性亦非相應非
不相應如來眞如於離菩薩摩訶薩法非相
應非不相應於離無上正等菩提亦非相應
非不相應如來眞如於離菩薩摩訶薩法眞
如非相應非不相應於離無上正等菩提眞
如亦非相應非不相應如來法性於離菩薩
摩訶薩法非相應非不相應於離無上正等
菩提亦非相應非不相應如來法性於離菩
薩摩訶薩法法性非相應非不相應於離無
上正等菩提法性亦非相應非不相應憍尸
迦如來於聲聞乘非相應非不相應於獨覺
乘無上乘亦非相應非不相應如來於聲聞
乘眞如非相應非不相應於獨覺乘無上乘
眞如亦非相應非不相應如來於聲聞乘法
性非相應非不相應於獨覺乘無上乘法性
亦非相應非不相應如來眞如於聲聞乘非
相應非不相應於獨覺乘無上乘亦非相應

非不相應如來真如於聲聞乘真如非相應非不相應於獨覺乘無上乘真如亦非相應非不相應如來法性於聲聞乘非相應非不相應於獨覺乘無上乘亦非相應非不相應如來法性於聲聞乘法性非相應非不相應於獨覺乘無上乘法性亦非相應非不相應憍尸迦如來於離聲聞乘非相應非不相應於離獨覺乘無上乘亦非相應非不相應如來於離聲聞乘真如非相應非不相應於離獨覺乘無上乘真如亦非相應非不相應如來於離聲聞乘法性非相應非不相應於離獨覺乘無上乘法性亦非相應非不相應如來真如於離聲聞乘非相應非不相應於離獨覺乘無上乘亦非相應非不相應如來真如於離聲聞乘真如非相應非不相應於離獨覺乘無上乘真如亦非相應非不相應如來法性於離聲聞乘法性非相應非不相應於離獨覺乘無上乘法性亦非相應非不相應憍尸迦彼尊者舍利子所說是於一切法非離非即非相應非不相應如來之神力如來為依處以無依處為依處故

大般若波羅蜜多經卷第九十三

大般若波羅蜜多經卷第九十四

唐三藏法師玄奘奉　詔譯

初分求般若品第二十七之六

爾時具壽善現復告天帝釋言憍尸迦汝先所問菩薩摩訶薩所行般若波羅蜜多當於何求者憍尸迦菩薩摩訶薩所行般若波羅蜜多不應於色求不應於受想行識求不應離色求不應離受想行識求所以者何若色若受想行識若離色若離受想行識若菩薩摩訶薩若般若波羅蜜多若求如是一切皆非相應非不相應非有色非無色非有見非無見非有對非無對咸同一相所謂無相何以故憍尸迦菩薩摩訶薩所行般若波羅蜜多非色非受想行識非離色非離受想行識所以者何如是一切皆無所有性不可得由無所有不可得故菩薩摩訶薩所行般若波羅蜜多非色非受想行識非離色非離受想行識是故菩薩摩訶薩所行般若波羅蜜多不應於色求不應於受想行識求不應離色求不應離受想行識求憍尸迦菩薩摩訶薩所行般若波羅蜜多不應於眼處求不應於耳鼻舌身意處求不應離眼處求不應離耳鼻舌身意處求所以者何若眼處若耳鼻舌身意處若離眼處若離耳鼻舌身意處若菩薩摩訶薩若般若波羅蜜多若求如是一切皆非相應非不相應非有色非無色非有見非無見非有對非無對咸同一相所謂無相何以故憍尸迦菩薩摩訶薩所行般若波羅蜜多非眼處非耳鼻舌身意處非離眼處非離耳鼻舌身意處所以者何如是一切皆無

所有性不可得由無所有不可得故菩薩摩訶薩所行般若波羅蜜多非眼處非耳鼻舌身意處非離眼處非離耳鼻舌身意處是故菩薩摩訶薩所行般若波羅蜜多不應於眼處求不應於耳鼻舌身意處求不應離眼處求不應離耳鼻舌身意處求憍尸迦菩薩摩訶薩所行般若波羅蜜多不應於色處求不應於聲香味觸法處求不應離色處求不應離聲香味觸法處求所以者何若色處若聲香味觸法處若離色處若離聲香味觸法處若菩薩摩訶薩若般若波羅蜜多若求如是一切皆非相應非不相應非有色非無色非有見非無見非有對非無對咸同一相所謂無相何以故憍尸迦菩薩摩訶薩所行般若波羅蜜多非色處非聲香味觸法處非離色處非離聲香味觸法處所以者何如是一切皆無所有性不可得由無所有不可得故菩薩摩訶薩所行般若波羅蜜多非色處非離色處非離聲香味觸法處是故菩薩摩訶薩所行般若波羅蜜多不應於色處求不應於聲香味觸法處求不應離色處求不應離聲香味觸法處求憍尸迦菩薩摩訶薩所行般若波羅蜜多不應於眼界求不應於色界眼識界及眼觸眼觸爲緣所生諸受求不應離眼界求不應離色界乃至眼觸爲緣所生諸受求所以者何若眼界若色界乃至眼觸爲緣所生諸受若離眼界若離色界乃至眼觸爲緣所生諸受若菩薩摩訶薩若般若波羅蜜多若求如是一切皆非相應非不相應非有色非無色非有見非無

見非有對非無對咸同一相所謂無相何以故憍尸迦菩薩摩訶薩所行般若波羅蜜多非眼界非色界眼識界及眼觸眼觸爲緣所生諸受非離眼界非離色界乃至眼觸爲緣所生諸受所以者何如是一切皆無所有性不可得由無所有不可得故菩薩摩訶薩所行般若波羅蜜多非眼界非色界乃至眼觸爲緣所生諸受非離眼界非離色界乃至眼觸爲緣所生諸受是故菩薩摩訶薩所行般若波羅蜜多不應於眼界求不應於色界乃至眼觸爲緣所生諸受求不應離眼界求不應離色界乃至眼觸爲緣所生諸受求憍尸迦菩薩摩訶薩所行般若波羅蜜多不應於耳界求不應於聲界耳識界及耳觸耳觸爲緣所生諸受求不應離耳界求不應離聲界乃至耳觸爲緣所生諸受求所以者何若耳界若聲界乃至耳觸爲緣所生諸受若離耳界若離聲界乃至耳觸爲緣所生諸受若菩薩摩訶薩若般若波羅蜜多若求如是一切皆非相應非不相應非有色非無色非有見非無見非有對非無對咸同一相所謂無相何以故憍尸迦菩薩摩訶薩所行般若波羅蜜多非耳界非聲界耳識界及耳觸耳觸爲緣所生諸受非離耳界非離聲界乃至耳觸爲緣所生諸受所以者何如是一切皆無所有性不可得由無所有不可得故菩薩摩訶薩所行般若波羅蜜多非耳界非聲界乃至耳觸爲緣所生諸受非離耳界非離聲界乃至耳觸爲緣所生諸受是故菩薩摩訶薩所行般若波羅蜜多不應於耳界求不應於聲

界乃至耳觸爲緣所生諸受求不應離耳界求不應離聲界乃至耳觸爲緣所生諸受求憍尸迦菩薩摩訶薩所行般若波羅蜜多不應於鼻界求不應於香界鼻識界及鼻觸鼻觸爲緣所生諸受求不應離鼻界求不應離香界乃至鼻觸爲緣所生諸受求所以者何若鼻界若香界乃至鼻觸爲緣所生諸受若離鼻界若離香界乃至鼻觸爲緣所生諸受若菩薩摩訶薩若般若波羅蜜多若求如是一切皆非相應非不相應非有色非無色非有見非無見非有對非無對咸同一相所謂無相何以故憍尸迦菩薩摩訶薩所行般若波羅蜜多非鼻界非香界鼻識界及鼻觸鼻觸爲緣所生諸受非離鼻界非離香界乃至鼻觸爲緣所生諸受所以者何如是一切皆

無所有性不可得由無所有不可得故菩薩摩訶薩所行般若波羅蜜多非鼻界非香界乃至鼻觸爲緣所生諸受非離鼻界非離香界乃至鼻觸爲緣所生諸受是故菩薩摩訶薩所行般若波羅蜜多不應於鼻界求不應於香界乃至鼻觸爲緣所生諸受求不應離鼻界求不應離香界乃至鼻觸爲緣所生諸受求憍尸迦菩薩摩訶薩所行般若波羅蜜多不應於舌界求不應於味界舌識界及舌觸舌觸爲緣所生諸受求不應離舌界求不應離味界乃至舌觸爲緣所生諸受求所以者何若舌界若味界乃至舌觸爲緣所生諸受若離舌界若離味界乃至舌觸爲緣所生諸受若菩薩摩訶薩若般若波羅蜜多若求如是一切皆非相應非不相應非有色非無

色非有見非無見非有對非無對咸同一相所謂無相何以故憍尸迦菩薩摩訶薩所行般若波羅蜜多非舌界非味界舌識界及舌觸舌觸爲緣所生諸受非離舌界非離味界乃至舌觸爲緣所生諸受所以者何如是一切皆無所有性不可得由無所有不可得故菩薩摩訶薩所行般若波羅蜜多非舌界非味界乃至舌觸爲緣所生諸受非離舌界非離味界乃至舌觸爲緣所生諸受是故菩薩摩訶薩所行般若波羅蜜多不應於舌界求不應於味界乃至舌觸爲緣所生諸受求不應離舌界求不應離味界乃至舌觸爲緣所生諸受求憍尸迦菩薩摩訶薩所行般若波羅蜜多不應於身界求不應於觸界身識界及身觸身觸爲緣所生諸受求不應離身界求不應離觸界乃至身觸爲緣所生諸受求所以者何若身界若觸界乃至身觸爲緣所生諸受若離身界若離觸界乃至身觸爲緣所生諸受若菩薩摩訶薩若般若波羅蜜多若求如是一切皆非相應非不相應非有色非無色非有見非無見非有對非無對咸同一相所謂無相何以故憍尸迦菩薩摩訶薩所行般若波羅蜜多非身界非觸界身識界及身觸身觸爲緣所生諸受非離身界非離觸界乃至身觸爲緣所生諸受所以者何如是一切皆無所有性不可得由無所有不可得故菩薩摩訶薩所行般若波羅蜜多非身界非觸界乃至身觸爲緣所生諸受非離身界非離觸界乃至身觸爲緣所生諸受是故菩薩摩訶薩所行般若波羅蜜多不應於身

界求不應於觸界乃至身觸爲緣所生諸受求不應離身界求不應離觸界乃至身觸爲緣所生諸受求憍尸迦菩薩摩訶薩所行般若波羅蜜多不應於意界求不應於法界意識界及意觸意觸爲緣所生諸受求不應離意界求不應離法界乃至意觸爲緣所生諸受求所以者何若意界若法界乃至意觸爲緣所生諸受若離意界若離法界乃至意觸爲緣所生諸受若菩薩摩訶薩若般若波羅蜜多若求如是一切皆非相應非不相應非有色非無色非有見非無見非有對非無對咸同一相所謂無相何以故憍尸迦菩薩摩訶薩所行般若波羅蜜多非意界非法界意識界及意觸意觸爲緣所生諸受非離意界非離法界乃至意觸爲緣所生諸受所以者何如是一切皆無所有性不可得由無所有不可得故菩薩摩訶薩所行般若波羅蜜多非意界非法界乃至意觸爲緣所生諸受非離意界非離法界乃至意觸爲緣所生諸受是故菩薩摩訶薩所行般若波羅蜜多不應於意界求不應於法界乃至意觸爲緣所生諸受求不應離意界求不應離法界乃至意觸爲緣所生諸受求憍尸迦菩薩摩訶薩所行般若波羅蜜多不應於地界求不應於水火風空識界求不應離地界求不應離水火風空識界求所以者何若地界若水火風空識界若離地界若離水火風空識界若菩薩摩訶薩若般若波羅蜜多若求如是一切皆非相應非不相應非有色非無色非有見非無見非有對非無對咸同一相所謂無相何

以故憍尸迦菩薩摩訶薩所行般若波羅蜜多非地界非水火風空識界非離地界非離水火風空識界所以者何如是一切皆無所有性不可得由無所有不可得故菩薩摩訶薩所行般若波羅蜜多非地界非水火風空識界非離地界非離水火風空識界是故菩薩摩訶薩所行般若波羅蜜多不應於地界求不應於水火風空識界求不應離地界求不應離水火風空識界求憍尸迦菩薩摩訶薩所行般若波羅蜜多不應於苦聖諦求不應於集滅道聖諦求不應離苦聖諦求不應離集滅道聖諦求所以者何若苦聖諦若集滅道聖諦若離苦聖諦若離集滅道聖諦若菩薩摩訶薩若般若波羅蜜多若求如是一切皆非相應非不相應非有色非無色非有見非無見非有對非無對咸同一相所謂無相何以故憍尸迦菩薩摩訶薩所行般若波羅蜜多非苦聖諦非集滅道聖諦非離苦聖諦非離集滅道聖諦所以者何如是一切皆無所有性不可得由無所有不可得故菩薩摩訶薩所行般若波羅蜜多非苦聖諦非集滅道聖諦非離苦聖諦非離集滅道聖諦是故菩薩摩訶薩所行般若波羅蜜多不應於苦聖諦求不應於集滅道聖諦求不應離苦聖諦求不應離集滅道聖諦求憍尸迦菩薩摩訶薩所行般若波羅蜜多不應於無明求不應於行識名色六處觸受愛取有生老死愁歎苦憂惱求不應離無明求不應離行乃至老死愁歎苦憂惱求所以者何若無明若行乃至老死愁歎苦憂惱若離無明若離行

乃至老死愁歎苦憂惱若菩薩摩訶薩若般若波羅蜜多若求如是一切皆非相應非不相應非有色非無色非有見非無見非有對非無對咸同一相所謂無相何以故憍尸迦菩薩摩訶薩所行般若波羅蜜多非無明非行識名色六處觸受愛取有生老死愁歎苦憂惱非離無明非離行乃至老死愁歎苦憂惱所以者何如是一切皆無所有性不可得由無所有不可得故菩薩摩訶薩所行般若波羅蜜多非無明非行乃至老死愁歎苦憂惱非離無明非離行乃至老死愁歎苦憂惱是故菩薩摩訶薩所行般若波羅蜜多不應於無明求不應於行乃至老死愁歎苦憂惱求不應離無明求不應離行乃至老死愁歎苦憂惱求憍尸迦菩薩摩訶薩所行般若波羅蜜多不應於內空求不應於外空內外空空空大空勝義空有爲空無爲空畢竟空無際空散空無變異空本性空自相空共相空一切法空不可得空無性空自性空無性自性空求不應離內空求不應離外空乃至無性自性空求所以者何若內空若外空乃至無性自性空若離內空若離外空乃至無性自性空若菩薩摩訶薩若般若波羅蜜多若求如是一切皆非相應非不相應非有色非無色非有見非無見非有對非無對咸同一相所謂無相何以故憍尸迦菩薩摩訶薩所行般若波羅蜜多非內空非外空內外空空空大空勝義空有爲空無爲空畢竟空無際空散空無變異空本性空自相空共相空一切法空不可得空無性空自性空無性自性

空非離內空非離外空乃至無性自性空所以者何如是一切皆無所有性不可得由無所有不可得故菩薩摩訶薩所行般若波羅蜜多非內空非外空乃至無性自性空非離內空非離外空乃至無性自性空是故菩薩摩訶薩所行般若波羅蜜多不應於內空求不應於外空乃至無性自性空求不應離內空求不應離外空乃至無性自性空求憍尸迦菩薩摩訶薩所行般若波羅蜜多不應於眞如求不應於法界法性不虛妄性不變異性平等性離生性法定法住實際虛空界不思議界求不應離眞如求不應離法界乃至不思議界求所以者何若眞如若法界乃至不思議界若離眞如若離法界乃至不思議界若菩薩摩訶薩若般若波羅蜜多若求如是一切皆非相應非不相應非有色非無色非有見非無見非有對非無對咸同一相所謂無相何以故憍尸迦菩薩摩訶薩所行般若波羅蜜多非眞如非法界法性不虛妄性不變異性平等性離生性法定法住實際虛空界不思議界非離眞如非離法界乃至不思議界所以者何如是一切皆無所有性不可得由無所有不可得故菩薩摩訶薩所行般若波羅蜜多非眞如非法界乃至不思議界非離眞如非離法界乃至不思議界是故菩薩摩訶薩所行般若波羅蜜多不應於眞如求不應於法界乃至不思議界求不應離眞如求不應離法界乃至不思議界求憍尸迦菩薩摩訶薩所行般若波羅蜜多不應於布施波羅蜜多求不應於淨戒安忍精進靜

慮般若波羅蜜多求不應離布施波羅蜜多求不應離淨戒安忍精進靜慮般若波羅蜜多求所以者何若布施波羅蜜多若淨戒安忍精進靜慮般若波羅蜜多若離布施波羅蜜多若離淨戒安忍精進靜慮般若波羅蜜多若菩薩摩訶薩若般若波羅蜜多若求如是一切皆非相應非不相應非有色非無色非有見非無見非有對非無對咸同一相所謂無相何以故憍尸迦菩薩摩訶薩所行般若波羅蜜多非布施波羅蜜多非淨戒安忍精進靜慮般若波羅蜜多非離布施波羅蜜多非離淨戒安忍精進靜慮般若波羅蜜多所以者何如是一切皆無所有性不可得由無所有不可得故菩薩摩訶薩所行般若波羅蜜多非布施波羅蜜多非淨戒安忍精進

靜慮般若波羅蜜多非離布施波羅蜜多非離淨戒安忍精進靜慮般若波羅蜜多是故菩薩摩訶薩所行般若波羅蜜多不應於布施波羅蜜多求不應於淨戒安忍精進靜慮般若波羅蜜多求不應離布施波羅蜜多求不應離淨戒安忍精進靜慮般若波羅蜜多求憍尸迦菩薩摩訶薩所行般若波羅蜜多不應於四靜慮求不應於四無量四無色定求不應離四靜慮求不應離四無量四無色定求所以者何若四靜慮若四無量四無色定若離四靜慮若離四無量四無色定若菩薩摩訶薩若般若波羅蜜多若求如是一切皆非相應非不相應非有色非無色非有見非無見非有對非無對咸同一相所謂無相何以故憍尸迦菩薩摩訶薩所行般若波羅

蜜多非四靜慮非四無量四無色定非離四靜慮非離四無量四無色定所以者何如是一切皆無所有性不可得由無所有不可得故菩薩摩訶薩所行般若波羅蜜多非四靜慮非四無量四無色定非離四靜慮非離四無量四無色定是故菩薩摩訶薩所行般若波羅蜜多不應於四靜慮求不應於四無量四無色定求不應離四靜慮求不應離四無量四無色定求憍尸迦菩薩摩訶薩所行般若波羅蜜多不應於八解脫求不應於八勝處九次第定十遍處求不應離八解脫求不應離八勝處九次第定十遍處求所以者何若八解脫若八勝處九次第定十遍處若離八解脫若離八勝處九次第定十遍處若菩薩摩訶薩若般若波羅蜜多若求如是一切皆非相應非不相應非有色非無色非有見非無見非有對非無對咸同一相所謂無相何以故憍尸迦菩薩摩訶薩所行般若波羅蜜多非八解脫非八勝處九次第定十遍處非離八解脫非離八勝處九次第定十遍處所以者何如是一切皆無所有性不可得由無所有不可得故菩薩摩訶薩所行般若波羅蜜多非八解脫非八勝處九次第定十遍處非離八解脫非離八勝處九次第定十遍處是故菩薩摩訶薩所行般若波羅蜜多不應於八解脫求不應於八勝處九次第定十遍處求不應離八解脫求不應離八勝處九次第定十遍處求憍尸迦菩薩摩訶薩所行般若波羅蜜多不應於四念住求不應於四正斷四神足五根五力七等覺支八聖道支

求不應離四念住求不應離四正斷乃至八聖道支求所以者何若四念住若四正斷乃至八聖道支若離四念住若離四正斷乃至八聖道支若菩薩摩訶薩若般若波羅蜜多若求如是一切皆非相應非不相應非有色非無色非有見非無見非有對非無對咸同一相所謂無相何以故憍尸迦菩薩摩訶薩所行般若波羅蜜多非四念住非四正斷四神足五根五力七等覺支八聖道支非離四念住非離四正斷乃至八聖道支所以者何如是一切皆無所有性不可得由無所有不可得故菩薩摩訶薩所行般若波羅蜜多非四念住非四正斷乃至八聖道支非離四念住非離四正斷乃至八聖道支是故菩薩摩訶薩所行般若波羅蜜多不應於四念住求不應於四正斷乃至八聖道支求不應離四念住求不應離四正斷乃至八聖道支求憍尸迦菩薩摩訶薩所行般若波羅蜜多不應於空解脫門求不應於無相無願解脫門求不應離空解脫門求不應離無相無願解脫門求所以者何若空解脫門若無相無願解脫門若離空解脫門若離無相無願解脫門若菩薩摩訶薩若般若波羅蜜多若求如是一切皆非相應非不相應非有色非無色非有見非無見非有對非無對咸同一相所謂無相何以故憍尸迦菩薩摩訶薩所行般若波羅蜜多非空解脫門非無相無願解脫門非離空解脫門非離無相無願解脫門所以者何如是一切皆無所有性不可得由無所有不可得故菩薩摩訶薩所行般若波羅蜜

多非空解脱門非無相無願解脱門非離空解脱門非離無相無願解脱門是故菩薩摩訶薩所行般若波羅蜜多不應於空解脱門求不應於無相無願解脱門求不應離空解脱門求不應離無相無願解脱門求憍尸迦菩薩摩訶薩所行般若波羅蜜多不應於五眼求不應於六神通求不應離五眼求不應離六神通求所以者何若五眼若六神通若離五眼若離六神通若菩薩摩訶薩若般若波羅蜜多若求如是一切皆非相應非不相應非有色非無色非有見非無見非有對非無對咸同一相所謂無相何以故憍尸迦菩薩摩訶薩所行般若波羅蜜多非五眼非六神通非離五眼非離六神通所以者何如是一切皆無所有性不可得由無所有不可得故菩薩摩訶薩所行般若波羅蜜多非五眼非六神通非離五眼非離六神通是故菩薩摩訶薩所行般若波羅蜜多不應於五眼求不應於六神通求不應離五眼求不應離六神通求憍尸迦菩薩摩訶薩所行般若波羅蜜多不應於佛十力求不應於四無所畏四無礙解大慈大悲大喜大捨十八佛不共法求不應離佛十力求不應離四無所畏乃至十八佛不共法求所以者何若佛十力若四無所畏乃至十八佛不共法若離佛十力若離四無所畏乃至十八佛不共法若菩薩摩訶薩若般若波羅蜜多若求如是一切皆非相應非不相應非有色非無色非有見非無見非有對非無對咸同一相所謂無相何以故憍尸迦菩薩摩訶薩所行般若波羅蜜多

非佛十力非四無所畏四無礙解大慈大悲大喜大捨十八佛不共法非離佛十力非離四無所畏乃至十八佛不共法所以者何如是一切皆無所有性不可得由無所有不可得故菩薩摩訶薩所行般若波羅蜜多非佛十力非四無所畏乃至十八佛不共法非離佛十力非離四無所畏乃至十八佛不共法是故菩薩摩訶薩所行般若波羅蜜多不應於佛十力求不應於四無所畏乃至十八佛不共法求不應離佛十力求不應離四無所畏乃至十八佛不共法求憍尸迦菩薩摩訶薩所行般若波羅蜜多不應於無忘失法求不應於恒住捨性求不應離無忘失法求不應離恒住捨性求所以者何若無忘失法若恒住捨性若離無忘失法若離恒住捨性若

菩薩摩訶薩若般若波羅蜜多若求如是一切皆非相應非不相應非有色非無色非有見非無見非有對非無對咸同一相所謂無相何以故憍尸迦菩薩摩訶薩所行般若波羅蜜多非無忘失法非恒住捨性非離無忘失法非離恒住捨性所以者何如是一切皆無所有性不可得由無所有不可得故菩薩摩訶薩所行般若波羅蜜多非無忘失法非恒住捨性非離無忘失法非離恒住捨性是故菩薩摩訶薩所行般若波羅蜜多不應於無忘失法求不應於恒住捨性求不應離無忘失法求不應離恒住捨性求憍尸迦菩薩摩訶薩所行般若波羅蜜多不應於一切智求不應於道相智一切相智求不應離一切智求不應離道相智一切相智求所以者何

若一切智若道相智一切相智若離一切智若離道相智一切相智若菩薩摩訶薩若般若波羅蜜多若求如是一切皆非相應非不相應非有色非無色非有見非無見非有對非無對咸同一相所謂無相何以故憍尸迦菩薩摩訶薩所行般若波羅蜜多非一切智非道相智一切相智非離一切智非離道相智一切相智所以者何如是一切皆無所有性不可得由無所有不可得故菩薩摩訶薩所行般若波羅蜜多非一切智非道相智一切相智非離一切智非離道相智一切相智是故菩薩摩訶薩所行般若波羅蜜多不應於一切智求不應於道相智一切相智求不應離一切智求不應離道相智一切相智求

大般若波羅蜜多經卷第九十四

大般若波羅蜜多經卷第九十五

唐三藏法師玄奘奉　詔譯

初分求般若品第二十七之七

憍尸迦菩薩摩訶薩所行般若波羅蜜多不應於一切陀羅尼門求不應於一切三摩地門求不應離一切陀羅尼門求不應離一切三摩地門求所以者何若一切陀羅尼門若一切三摩地門若離一切陀羅尼門若離一切三摩地門若菩薩摩訶薩若般若波羅蜜多若求如是一切皆非相應非不相應非有色非無色非有見非無見非有對非無對咸同一相所謂無相何以故憍尸迦菩薩摩訶薩所行般若波羅蜜多非一切陀羅尼門非一切三摩地門非離一切陀羅尼門非離一切三摩地門所以者何如是一切皆無所有性不可得由無所有不可得故菩薩摩訶薩所行般若波羅蜜多非一切陀羅尼門非一切三摩地門非離一切陀羅尼門非離一切三摩地門是故菩薩摩訶薩所行般若波羅蜜多不應於一切陀羅尼門求不應於一切三摩地門求不應離一切陀羅尼門求不應離一切三摩地門求憍尸迦菩薩摩訶薩所行般若波羅蜜多不應於預流求不應於一來不還阿羅漢求不應離預流求不應離一來不還阿羅漢求所以者何若預流若一來不還阿羅漢若離預流若離一來不還阿羅漢若菩薩摩訶薩若般若波羅蜜多若求如是一切皆非相應非不相應非有色非無色非有見非無見非有對非無對咸同一相所謂無相何以故憍尸迦菩薩摩訶薩所行般

若波羅蜜多非預流非一來不還阿羅漢非離預流非離一來不還阿羅漢所以者何如是一切皆無所有性不可得由無所有不可得故菩薩摩訶薩所行般若波羅蜜多非預流非一來不還阿羅漢非離預流非離一來不還阿羅漢是故菩薩摩訶薩所行般若波羅蜜多不應於預流求不應於一來不還阿羅漢求不應離預流求不應離一來不還阿羅漢求憍尸迦菩薩摩訶薩所行般若波羅蜜多不應於預流向預流果求不應於一來向一來果不還向不還果阿羅漢向阿羅漢果求不應離預流向預流果求不應離一來向乃至阿羅漢果求所以者何若預流向預流果若一來向乃至阿羅漢果若離預流向預流果若離一來向乃至阿羅漢果若菩薩摩訶薩若般若波羅蜜多若求如是一切皆非相應非不相應非有色非無色非有見非無見非有對非無對咸同一相所謂無相何以故憍尸迦菩薩摩訶薩所行般若波羅蜜多非預流向預流果非一來向一來果不還向不還果阿羅漢向阿羅漢果非離預流向預流果非離一來向乃至阿羅漢果所以者何如是一切皆無所有性不可得由無所有不可得故菩薩摩訶薩所行般若波羅蜜多非預流向預流果非一來向乃至阿羅漢果非離預流向預流果非離一來向乃至阿羅漢果是故菩薩摩訶薩所行般若波羅蜜多不應於預流向預流果求不應於一來向乃至阿羅漢果求不應離預流向預流果求不應離一來向乃至阿羅漢果求憍尸迦菩薩

摩訶薩所行般若波羅蜜多不應於獨覺求不應於獨覺向獨覺果求不應離獨覺求不應離獨覺向獨覺果求所以者何若獨覺若獨覺向獨覺果若離獨覺若離獨覺向獨覺果若菩薩摩訶薩若般若波羅蜜多若求如是一切皆非相應非不相應非有色非無色非有見非無見非有對非無對咸同一相所謂無相何以故憍尸迦菩薩摩訶薩所行般若波羅蜜多非獨覺非獨覺向獨覺果非離獨覺非離獨覺向獨覺果所以者何如是一切皆無所有性不可得由無所有不可得故菩薩摩訶薩所行般若波羅蜜多非獨覺非獨覺向獨覺果非離獨覺非離獨覺向獨覺果是故菩薩摩訶薩所行般若波羅蜜多不應於獨覺求不應於獨覺向獨覺果求不應

離獨覺求不應離獨覺向獨覺果求憍尸迦菩薩摩訶薩所行般若波羅蜜多不應於菩薩摩訶薩求不應於三藐三佛陀求不應離菩薩摩訶薩求不應離三藐三佛陀求所以者何若菩薩摩訶薩若三藐三佛陀若離菩薩摩訶薩若離三藐三佛陀若菩薩摩訶薩若般若波羅蜜多若求如是一切皆非相應非不相應非有色非無色非有見非無見非有對非無對咸同一相所謂無相何以故憍尸迦菩薩摩訶薩所行般若波羅蜜多非菩薩摩訶薩非三藐三佛陀非離菩薩摩訶薩非離三藐三佛陀所以者何如是一切皆無所有性不可得由無所有不可得故菩薩摩訶薩所行般若波羅蜜多非菩薩摩訶薩非離菩薩摩訶薩非離三藐三佛陀非離菩薩摩訶薩非離三藐三

佛陀是故菩薩摩訶薩所行般若波羅蜜多不應於菩薩摩訶薩求不應於三藐三佛陀求不應離菩薩摩訶薩求不應離三藐三佛陀求憍尸迦菩薩摩訶薩所行般若波羅蜜多不應於菩薩摩訶薩法求不應於無上正等菩提求不應離菩薩摩訶薩法求不應離無上正等菩提求所以者何若菩薩摩訶薩法若無上正等菩提若離菩薩摩訶薩法若離無上正等菩提若菩薩摩訶薩若般若波羅蜜多若求如是一切皆非相應非不相應非有色非無色非有見非無見非有對非無對咸同一相所謂無相何以故憍尸迦菩薩摩訶薩所行般若波羅蜜多非菩薩摩訶薩法非無上正等菩提非離菩薩摩訶薩法非離無上正等菩提所以者何如是一切皆無所有性不可得由無所有不可得故菩薩摩訶薩所行般若波羅蜜多非菩薩摩訶薩法非無上正等菩提非離菩薩摩訶薩法非離無上正等菩提是故菩薩摩訶薩所行般若波羅蜜多不應於菩薩摩訶薩法求不應於無上正等菩提求不應離菩薩摩訶薩法求不應離無上正等菩提求憍尸迦菩薩摩訶薩所行般若波羅蜜多不應於聲聞乘求不應於獨覺乘無上乘求不應離聲聞乘求不應離獨覺乘無上乘求所以者何若聲聞乘若獨覺乘無上乘若離聲聞乘若離獨覺乘無上乘若菩薩摩訶薩若般若波羅蜜多若求如是一切皆非相應非不相應非有色非無色非有見非無見非有對非無對咸同一相所謂無相何以故憍尸迦菩薩摩訶薩所

行般若波羅蜜多非聲聞乘非獨覺乘無上乘非離聲聞乘非離獨覺乘無上乘所以者何如是一切皆無所有性不可得由無所有不可得故菩薩摩訶薩所行般若波羅蜜多非聲聞乘非獨覺乘無上乘非離聲聞乘非離獨覺乘無上乘是故菩薩摩訶薩所行般若波羅蜜多不應於聲聞乘求不應於獨覺乘無上乘求不應離聲聞乘求不應離獨覺乘無上乘求復次憍尸迦菩薩摩訶薩所行般若波羅蜜多不應於色眞如求不應於受想行識眞如求不應離色眞如求不應離受想行識眞如求所以者何若色眞如若受想行識眞如若離色眞如若離受想行識眞如若菩薩摩訶薩若般若波羅蜜多若求如是一切皆非相應非不相應非有色非無色非有見非無見非有對非無對咸同一相所謂無相何以故憍尸迦菩薩摩訶薩所行般若波羅蜜多非色眞如非受想行識眞如非離色眞如非離受想行識眞如所以者何如是一切皆無所有性不可得由無所有不可得故菩薩摩訶薩所行般若波羅蜜多非色眞如非受想行識眞如非離色眞如非離受想行識眞如是故菩薩摩訶薩所行般若波羅蜜多不應於色眞如求不應於受想行識眞如求不應離色眞如求不應離受想行識眞如求憍尸迦菩薩摩訶薩所行般若波羅蜜多不應於眼處眞如求不應於耳鼻舌身意處眞如求不應離眼處眞如求不應離耳鼻舌身意處眞如求所以者何若眼處眞如若耳鼻舌身意處眞如若離眼處眞如若離耳

鼻舌身意處真如若菩薩摩訶薩若般若波羅蜜多若求如是一切皆非相應非不相應非有色非無色非有見非無見非有對非無對咸同一相所謂無相何以故憍尸迦菩薩摩訶薩所行般若波羅蜜多非眼處真如非耳鼻舌身意處真如非離眼處真如非離耳鼻舌身意處真如所以者何如是一切皆無所有性不可得由無所有不可得故菩薩摩訶薩所行般若波羅蜜多非眼處真如非耳鼻舌身意處真如非離眼處真如非離耳鼻舌身意處真如是故菩薩摩訶薩所行般若波羅蜜多不應於眼處真如求不應於耳鼻舌身意處真如求不應離眼處真如求不應離耳鼻舌身意處真如求憍尸迦菩薩摩訶薩所行般若波羅蜜多不應於色處真如求不應於聲香味觸法處真如求不應離色處真如求不應離聲香味觸法處真如求所以者何若色處真如若聲香味觸法處真如若離色處真如若離聲香味觸法處真如若菩薩摩訶薩若般若波羅蜜多若求如是一切皆非相應非不相應非有色非無色非有見非無見非有對非無對咸同一相所謂無相何以故憍尸迦菩薩摩訶薩所行般若波羅蜜多非色處真如非聲香味觸法處真如非離色處真如非離聲香味觸法處真如所以者何如是一切皆無所有性不可得由無所有不可得故菩薩摩訶薩所行般若波羅蜜多非色處真如非聲香味觸法處真如非離色處真如非離聲香味觸法處真如是故菩薩摩訶薩所行般若波羅蜜多不應於色處

眞如求不應於聲香味觸法處眞如求不應離色處眞如求不應離聲香味觸法處眞如求憍尸迦菩薩摩訶薩所行般若波羅蜜多不應於眼界眞如求不應於色界眼識界及眼觸眼觸爲緣所生諸受眞如求不應離眼界眞如求不應離色界乃至眼觸爲緣所生諸受眞如求所以者何若眼界眞如若色界乃至眼觸爲緣所生諸受眞如若離眼界眞如若離色界乃至眼觸爲緣所生諸受眞如若菩薩摩訶薩若般若波羅蜜多若求如是一切皆非相應非不相應非有色非無色非有見非無見非有對非無對咸同一相所謂無相何以故憍尸迦菩薩摩訶薩所行般若波羅蜜多非眼界眞如非色界眼識界及眼觸眼觸爲緣所生諸受眞如非離眼界眞如非離色界乃至眼觸爲緣所生諸受眞如所以者何如是一切皆無所有性不可得由無所有不可得故菩薩摩訶薩所行般若波羅蜜多非眼界眞如非色界乃至眼觸爲緣所生諸受眞如非離眼界眞如非離色界乃至眼觸爲緣所生諸受眞如是故菩薩摩訶薩所行般若波羅蜜多不應於眼界眞如求不應於色界乃至眼觸爲緣所生諸受眞如求不應離眼界眞如求不應離色界乃至眼觸爲緣所生諸受眞如求憍尸迦菩薩摩訶薩所行般若波羅蜜多不應於耳界眞如求不應於聲界耳識界及耳觸耳觸爲緣所生諸受眞如求不應離耳界眞如求不應離聲界乃至耳觸爲緣所生諸受眞如求所以者何若耳界眞如若聲界乃至耳觸爲緣所生諸

受眞如若離耳界眞如若離聲界乃至耳觸爲緣所生諸受眞如若菩薩摩訶薩若般若波羅蜜多若求如是一切皆非相應非不相應非有色非無色非有見非無見非有對非無對咸同一相所謂無相何以故憍尸迦菩薩摩訶薩所行般若波羅蜜多非耳界眞如非聲界耳識界及耳觸耳觸爲緣所生諸受眞如非離耳界眞如非離聲界乃至耳觸爲緣所生諸受眞如所以者何如是一切皆無所有性不可得由無所有不可得故菩薩摩訶薩所行般若波羅蜜多非耳界眞如非聲界乃至耳觸爲緣所生諸受眞如非離耳界眞如非離聲界乃至耳觸爲緣所生諸受眞如是故菩薩摩訶薩所行般若波羅蜜多不應於耳界眞如求不應於聲界乃至耳觸爲緣所生諸受眞如求不應離耳界眞如求不應離聲界乃至耳觸爲緣所生諸受眞如求憍尸迦菩薩摩訶薩所行般若波羅蜜多不應於鼻界眞如求不應於香界鼻識界及鼻觸鼻觸爲緣所生諸受眞如求不應離鼻界眞如求不應離香界乃至鼻觸爲緣所生諸受眞如求所以者何若鼻界眞如若香界乃至鼻觸爲緣所生諸受眞如若離鼻界眞如若離香界乃至鼻觸爲緣所生諸受眞如若菩薩摩訶薩若般若波羅蜜多若求如是一切皆非相應非不相應非有色非無色非有見非無見非有對非無對咸同一相所謂無相何以故憍尸迦菩薩摩訶薩所行般若波羅蜜多非鼻界眞如非香界鼻識界及鼻觸鼻觸爲緣所生諸受眞如非離鼻界眞如非

離香界乃至鼻觸爲緣所生諸受眞如所以者何如是一切皆無所有性不可得由無所有不可得故菩薩摩訶薩所行般若波羅蜜多非鼻界眞如非香界乃至鼻觸爲緣所生諸受眞如非離鼻界眞如非離香界乃至鼻觸爲緣所生諸受眞如是故菩薩摩訶薩所行般若波羅蜜多不應於鼻界眞如求不應於香界乃至鼻觸爲緣所生諸受眞如求不應離鼻界眞如求不應離香界乃至鼻觸爲緣所生諸受眞如求憍尸迦菩薩摩訶薩所行般若波羅蜜多不應於舌界眞如求不應於味界舌識界及舌觸舌觸爲緣所生諸受眞如求不應離舌界眞如求不應離味界乃至舌觸爲緣所生諸受眞如求所以者何若舌界眞如若味界乃至舌觸爲緣所生諸受眞如若離舌界眞如若離味界乃至舌觸爲緣所生諸受眞如若菩薩摩訶薩若般若波羅蜜多若求如是一切皆非相應非不相應非有色非無色非有見非無見非有對非無對咸同一相所謂無相何以故憍尸迦菩薩摩訶薩所行般若波羅蜜多非舌界眞如非味界舌識界及舌觸舌觸爲緣所生諸受眞如非離舌界眞如非離味界乃至舌觸爲緣所生諸受眞如所以者何如是一切皆無所有性不可得由無所有不可得故菩薩摩訶薩所行般若波羅蜜多非舌界眞如非味界乃至舌觸爲緣所生諸受眞如非離舌界眞如非離味界乃至舌觸爲緣所生諸受眞如是故菩薩摩訶薩所行般若波羅蜜多不應於舌界眞如求不應於味界乃至舌觸爲緣

所生諸受真如求不應離舌界真如求不應離味界乃至舌觸爲緣所生諸受真如求憍尸迦菩薩摩訶薩所行般若波羅蜜多不應於身界真如求不應於觸界身識界及身觸身觸爲緣所生諸受真如求不應離身界真如求不應離觸界乃至身觸爲緣所生諸受真如求所以者何若身界真如若觸界乃至身觸爲緣所生諸受真如若離身界真如若離觸界乃至身觸爲緣所生諸受真如若菩薩摩訶薩若般若波羅蜜多若求如是一切皆非相應非不相應非有色非無色非有見非無見非有對非無對咸同一相所謂無相何以故憍尸迦菩薩摩訶薩所行般若波羅蜜多非身界真如非觸界身識界及身觸身觸爲緣所生諸受真如非離身界真如非離觸界乃至身觸爲緣所生諸受真如所以者何如是一切皆無所有性不可得由無所有不可得故菩薩摩訶薩所行般若波羅蜜多非身界真如非觸界乃至身觸爲緣所生諸受真如非離身界真如非離觸界乃至身觸爲緣所生諸受真如是故菩薩摩訶薩所行般若波羅蜜多不應於身界真如求不應於觸界乃至身觸爲緣所生諸受真如求不應離身界真如求不應離觸界乃至身觸爲緣所生諸受真如求憍尸迦菩薩摩訶薩所行般若波羅蜜多不應於意界真如求不應於法界意識界及意觸意觸爲緣所生諸受真如求不應離意界真如求不應離法界乃至意觸爲緣所生諸受真如求所以者何若意界真如若法界乃至意觸爲緣所生諸受真

如若離意界眞如若離法界乃至意觸爲緣所生諸受眞如若菩薩摩訶薩若般若波羅蜜多若求如是一切皆非相應非不相應非有色非無色非有見非無見非有對非無對咸同一相所謂無相何以故憍尸迦菩薩摩訶薩所行般若波羅蜜多非意界眞如非法界意識界及意觸意觸爲緣所生諸受眞如非離意界眞如非離法界乃至意觸爲緣所生諸受眞如所以者何如是一切皆無所有性不可得由無所有不可得故菩薩摩訶薩所行般若波羅蜜多非意界眞如非法界乃至意觸爲緣所生諸受眞如非離意界眞如非離法界乃至意觸爲緣所生諸受眞如是故菩薩摩訶薩所行般若波羅蜜多不應於意界眞如求不應於法界乃至意觸爲緣所生諸受眞如求不應離意界眞如求不應離法界乃至意觸爲緣所生諸受眞如求憍尸迦菩薩摩訶薩所行般若波羅蜜多不應於地界眞如求不應於水火風空識界眞如求不應離地界眞如求不應離水火風空識界眞如求所以者何若地界眞如若水火風空識界眞如若離地界眞如若離水火風空識界眞如若菩薩摩訶薩若般若波羅蜜多若求如是一切皆非相應非不相應非有色非無色非有見非無見非有對非無對咸同一相所謂無相何以故憍尸迦菩薩摩訶薩所行般若波羅蜜多非地界眞如非水火風空識界眞如非離地界眞如非離水火風空識界眞如所以者何如是一切皆無所有性不可得由無所有不可得故菩薩摩訶薩所行

般若波羅蜜多非地界眞如非水火風空識界眞如非離地界眞如非離水火風空識界眞如是故菩薩摩訶薩所行般若波羅蜜多不應於地界眞如求不應於水火風空識界眞如求不應離地界眞如求不應離水火風空識界眞如求憍尸迦菩薩摩訶薩所行般若波羅蜜多不應於苦聖諦眞如求不應於集滅道聖諦眞如求不應離苦聖諦眞如求不應離集滅道聖諦眞如求所以者何若苦聖諦眞如若集滅道聖諦眞如若離苦聖諦眞如若離集滅道聖諦眞如若菩薩摩訶薩若般若波羅蜜多若求如是一切皆非相應非不相應非有色非無色非有見非無見非有對非無對咸同一相所謂無相何以故憍尸迦菩薩摩訶薩所行般若波羅蜜多非苦聖諦眞如非集滅道聖諦眞如非離苦聖諦眞如非離集滅道聖諦眞如所以者何如是一切皆無所有性不可得由無所有不可得故菩薩摩訶薩所行般若波羅蜜多非苦聖諦眞如非集滅道聖諦眞如非離苦聖諦眞如非離集滅道聖諦眞如是故菩薩摩訶薩所行般若波羅蜜多不應於苦聖諦眞如求不應於集滅道聖諦眞如求不應離苦聖諦眞如求不應離集滅道聖諦眞如求憍尸迦菩薩摩訶薩所行般若波羅蜜多不應於無明眞如求不應於行識名色六處觸受愛取有生老死愁歎苦憂惱眞如求不應離無明眞如求不應離行乃至老死愁歎苦憂惱眞如求所以者何若無明眞如若行乃至老死愁歎苦憂惱眞如若離無明眞如若離行乃

至老死愁歎苦憂惱眞如若菩薩摩訶薩若般若波羅蜜多若求如是一切皆非相應非不相應非有色非無色非有見非無見非有對非無對咸同一相所謂無相何以故憍尸迦菩薩摩訶薩所行般若波羅蜜多非無明眞如非行識名色六處觸受愛取有生老死愁歎苦憂惱眞如非離無明眞如非離行乃至老死愁歎苦憂惱眞如所以者何如是一切皆無所有性不可得由無所有不可得故菩薩摩訶薩所行般若波羅蜜多非無明眞如非行乃至老死愁歎苦憂惱眞如非離無明眞如非離行乃至老死愁歎苦憂惱眞如是故菩薩摩訶薩所行般若波羅蜜多不應於無明眞如求不應於行乃至老死愁歎苦憂惱眞如求不應離無明眞如求不應離行乃至老死愁歎苦憂惱眞如求憍尸迦菩薩摩訶薩所行般若波羅蜜多不應於內空眞如求不應於外空內外空空空大空勝義空有爲空無爲空畢竟空無際空散空無變異空本性空自相空共相空一切法空不可得空無性空自性空無性自性空眞如求不應離內空眞如求不應離外空乃至無性自性空眞如求所以者何若內空眞如若外空乃至無性自性空眞如若離內空眞如若離外空乃至無性自性空眞如若菩薩摩訶薩若般若波羅蜜多若求如是一切皆非相應非不相應非有色非無色非有見非無見非有對非無對咸同一相所謂無相何以故憍尸迦菩薩摩訶薩所行般若波羅蜜多非內空眞如非外空內外空空空大空勝義空有爲

空無爲空畢竟空無際空散空無變異空本性空自相空共相空一切法空不可得空無性空自性空無性自性空眞如非離内空眞如非離外空乃至無性自性空眞如所以者何如是一切皆無所有性不可得由無所有不可得故菩薩摩訶薩所行般若波羅蜜多非内空眞如非外空乃至無性自性空眞如非離内空眞如非離外空乃至無性自性空眞如是故菩薩摩訶薩所行般若波羅蜜多不應於内空眞如求不應於外空乃至無性自性空眞如求不應離内空眞如求不應離外空乃至無性自性空眞如求憍尸迦菩薩摩訶薩所行般若波羅蜜多不應於眞如眞如求不應於法界法性不虛妄性不變異性平等性離生性法定法住實際虛空界不思議界眞如求不應離眞如眞如求不應離法界乃至不思議界眞如求所以者何若眞如眞如若法界乃至不思議界眞如若離眞如眞如若離法界乃至不思議界眞如若菩薩摩訶薩若般若波羅蜜多若求如是一切皆非相應非不相應非有色非無色非有見非無見非有對非無對咸同一相所謂無相何以故憍尸迦菩薩摩訶薩所行般若波羅蜜多非眞如眞如非法界法性不虛妄性不變異性平等性離生性法定法住實際虛空界不思議界眞如非離眞如眞如非離法界乃至不思議界眞如所以者何如是一切皆無所有性不可得由無所有不可得故菩薩摩訶薩所行般若波羅蜜多非眞如眞如非法界乃至不思議界眞如非離眞如眞如非離

法界乃至不思議界眞如是故菩薩摩訶薩所行般若波羅蜜多不應於眞如眞如求不應於法界乃至不思議界眞如求不應離眞如眞如求不應離法界乃至不思議界眞如求

大般若波羅蜜多經卷第九十五

大般若波羅蜜多經卷第九十六

唐三藏法師玄奘奉　詔譯

初分求般若品第二十七之八

憍尸迦菩薩摩訶薩所行般若波羅蜜多不應於布施波羅蜜多眞如求不應於淨戒安忍精進靜慮般若波羅蜜多眞如求不應離布施波羅蜜多眞如求不應離淨戒安忍精進靜慮般若波羅蜜多眞如求所以者何若布施波羅蜜多眞如若淨戒安忍精進靜慮般若波羅蜜多眞如若離布施波羅蜜多眞如若離淨戒安忍精進靜慮般若波羅蜜多眞如若菩薩摩訶薩若般若波羅蜜多若求如是一切皆非相應非不相應非有色非無色非有見非無見非有對非無對咸同一相所謂無相何以故憍尸迦菩薩摩訶薩所行般若波羅蜜多非布施波羅蜜多眞如非淨戒安忍精進靜慮般若波羅蜜多眞如非離布施波羅蜜多眞如非離淨戒安忍精進靜慮般若波羅蜜多眞如所以者何如是一切皆無所有性不可得由無所有不可得故菩薩摩訶薩所行般若波羅蜜多非布施波羅蜜多眞如非淨戒安忍精進靜慮般若波羅蜜多眞如非離布施波羅蜜多眞如非離淨戒安忍精進靜慮般若波羅蜜多眞如是故菩薩摩訶薩所行般若波羅蜜多不應於布施波羅蜜多眞如求不應於淨戒安忍精進靜慮般若波羅蜜多眞如求不應離布施波羅蜜多眞如求不應離淨戒安忍精進靜慮般若波羅蜜多眞如求憍尸迦菩薩摩訶薩所行般若波羅蜜多不應於四靜慮眞如求

不應於四無量四無色定眞如求不應離四靜慮眞如求不應離四無量四無色定眞如求所以者何若四靜慮眞如若四無量四無色定眞如若離四靜慮眞如若離四無量四無色定眞如若菩薩摩訶薩若般若波羅蜜多若求如是一切皆非相應非不相應非有色非無色非有見非無見非有對非無對咸同一相所謂無相何以故憍尸迦菩薩摩訶薩所行般若波羅蜜多非四靜慮眞如非四無量四無色定眞如非離四靜慮眞如非離四無量四無色定眞如所以者何如是一切皆無所有性不可得由無所有不可得故菩薩摩訶薩所行般若波羅蜜多非四靜慮眞如非四無量四無色定眞如非離四靜慮眞如非離四無量四無色定眞如是故菩薩摩訶薩所行般若波羅蜜多不應於四靜慮眞如求不應於四無量四無色定眞如求不應離四靜慮眞如求不應離四無量四無色定眞如求憍尸迦菩薩摩訶薩所行般若波羅蜜多不應於八解脫眞如求不應於八勝處九次第定十遍處眞如求不應離八解脫眞如求不應離八勝處九次第定十遍處眞如求所以者何若八解脫眞如若八勝處九次第定十遍處眞如若離八解脫眞如若離八勝處九次第定十遍處眞如若菩薩摩訶薩若般若波羅蜜多若求如是一切皆非相應非不相應非有色非無色非有見非無見非有對非無對咸同一相所謂無相何以故憍尸迦菩薩摩訶薩所行般若波羅蜜多非八解脫眞如非八勝處九次第定十遍處眞如

非離八解脱真如非離八勝處九次第定十遍處真如所以者何如是一切皆無所有性不可得由無所有不可得故菩薩摩訶薩所行般若波羅蜜多非八解脱真如非八勝處九次第定十遍處真如非離八解脱真如非離八勝處九次第定十遍處真如是故菩薩摩訶薩所行般若波羅蜜多不應於八解脱真如求不應於八勝處九次第定十遍處真如求不應離八解脱真如求不應離八勝處九次第定十遍處真如求憍尸迦菩薩摩訶薩所行般若波羅蜜多不應於四念住真如求不應於四正斷四神足五根五力七等覺支八聖道支真如求不應離四念住真如求不應離四正斷乃至八聖道支真如求所以者何若四念住真如若四正斷乃至八聖道支真如若離四念住真如若離四正斷乃至八聖道支真如若菩薩摩訶薩若般若波羅蜜多若求如是一切皆非相應非不相應非有色非無色非有見非無見非有對非無對咸同一相所謂無相何以故憍尸迦菩薩摩訶薩所行般若波羅蜜多非四念住真如非四正斷四神足五根五力七等覺支八聖道支真如非離四念住真如非離四正斷乃至八聖道支真如所以者何如是一切皆無所有性不可得由無所有不可得故菩薩摩訶薩所行般若波羅蜜多非四念住真如非四正斷乃至八聖道支真如非離四念住真如非離四正斷乃至八聖道支真如是故菩薩摩訶薩所行般若波羅蜜多不應於四念住真如求不應於四正斷乃至八聖道支真如

求不應離四念住眞如求不應離四正斷乃至八聖道支眞如求憍尸迦菩薩摩訶薩所行般若波羅蜜多不應於空解脫門眞如求不應於無相無願解脫門眞如求不應離空解脫門眞如求不應離無相無願解脫門眞如求所以者何若空解脫門眞如若無相無願解脫門眞如若離空解脫門眞如若離無相無願解脫門眞如若菩薩摩訶薩若般若波羅蜜多若求如是一切皆非相應非不相應非有色非無色非有見非無見非有對非無對咸同一相所謂無相何以故憍尸迦菩薩摩訶薩所行般若波羅蜜多非空解脫門眞如非無相無願解脫門眞如非離空解脫門眞如非離無相無願解脫門眞如所以者何如是一切皆無所有性不可得由無所有不可得故菩薩摩訶薩所行般若波羅蜜多非空解脫門眞如非無相無願解脫門眞如非離空解脫門眞如非離無相無願解脫門眞如是故菩薩摩訶薩所行般若波羅蜜多不應於空解脫門眞如求不應於無相無願解脫門眞如求不應離空解脫門眞如求不應離無相無願解脫門眞如求憍尸迦菩薩摩訶薩所行般若波羅蜜多不應於五眼眞如求不應於六神通眞如求不應離五眼眞如求不應離六神通眞如求所以者何若五眼眞如若六神通眞如若離五眼眞如若離六神通眞如若菩薩摩訶薩若般若波羅蜜多若求如是一切皆非相應非不相應非有色非無色非有見非無見非有對非無對咸同一相所謂無相何以故憍尸迦菩薩摩訶

薩所行般若波羅蜜多非五眼真如非六神通真如非離五眼真如非離六神通真如所以者何如是一切皆無所有性不可得由無所有不可得故菩薩摩訶薩所行般若波羅蜜多非五眼真如非六神通真如非離五眼真如非離六神通真如是故菩薩摩訶薩所行般若波羅蜜多不應於五眼真如求不應於六神通真如求不應離五眼真如求不應離六神通真如求憍尸迦菩薩摩訶薩所行般若波羅蜜多不應於佛十力真如求不應於四無所畏四無礙解大慈大悲大喜大捨十八佛不共法真如求不應離佛十力真如求不應離四無所畏乃至十八佛不共法真如求所以者何若佛十力真如若四無所畏乃至十八佛不共法真如若離佛十力真如若離四無所畏乃至十八佛不共法真如若菩薩摩訶薩若般若波羅蜜多若求如是一切皆非相應非不相應非有色非無色非有見非無見非有對非無對咸同一相所謂無相何以故憍尸迦菩薩摩訶薩所行般若波羅蜜多非佛十力真如非四無所畏四無礙解大慈大悲大喜大捨十八佛不共法真如非離佛十力真如非離四無所畏乃至十八佛不共法真如所以者何如是一切皆無所有性不可得由無所有不可得故菩薩摩訶薩所行般若波羅蜜多非佛十力真如非四無所畏乃至十八佛不共法真如非離佛十力真如非離四無所畏乃至十八佛不共法真如是故菩薩摩訶薩所行般若波羅蜜多不應於佛十力真如求不應於四無所畏乃

至十八佛不共法眞如求不應離佛十力眞如求不應離四無所畏乃至十八佛不共法眞如求憍尸迦菩薩摩訶薩所行般若波羅蜜多不應於無忘失法眞如求不應於恒住捨性眞如求不應離無忘失法眞如求不應離恒住捨性眞如求所以者何若無忘失法眞如若恒住捨性眞如若離無忘失法眞如若離恒住捨性眞如若菩薩摩訶薩若般若波羅蜜多若求如是一切皆非相應非不相應非有色非無色非有見非無見非有對非無對咸同一相所謂無相何以故憍尸迦菩薩摩訶薩所行般若波羅蜜多非無忘失法眞如非恒住捨性眞如非離無忘失法眞如非離恒住捨性眞如所以者何如是一切皆無所有性不可得由無所有不可得故菩薩摩訶薩所行般若波羅蜜多非無忘失法眞如非恒住捨性眞如非離無忘失法眞如非離恒住捨性眞如是故菩薩摩訶薩所行般若波羅蜜多不應於無忘失法眞如求不應於恒住捨性眞如求不應離無忘失法眞如求不應離恒住捨性眞如求憍尸迦菩薩摩訶薩所行般若波羅蜜多不應於一切智眞如求不應於道相智一切相智眞如求不應離一切智眞如求不應離道相智一切相智眞如求所以者何若一切智眞如若道相智一切相智眞如若離一切智眞如若離道相智一切相智眞如若菩薩摩訶薩若般若波羅蜜多若求如是一切皆非相應非不相應非有色非無色非有見非無見非有對非無對咸同一相所謂無相何以故憍尸迦菩薩

摩訶薩所行般若波羅蜜多非一切智眞如非道相智一切相智眞如非離一切智眞如非離道相智一切相智眞如所以者何如是一切皆無所有性不可得由無所有不可得故菩薩摩訶薩所行般若波羅蜜多非一切智眞如非道相智一切相智眞如非離一切智眞如非離道相智一切相智眞如是故菩薩摩訶薩所行般若波羅蜜多不應於一切智眞如求不應於道相智一切相智眞如求不應離一切智眞如求不應離道相智一切相智眞如求憍尸迦菩薩摩訶薩所行般若波羅蜜多不應於一切陀羅尼門眞如求不應於一切三摩地門眞如求不應離一切陀羅尼門眞如求不應離一切三摩地門眞如求所以者何若一切陀羅尼門眞如若一切三摩地門眞如若離一切陀羅尼門眞如若離一切三摩地門眞如若菩薩摩訶薩若般若波羅蜜多若求如是一切皆非相應非不相應非有色非無色非有見非無見非有對非無對咸同一相所謂無相何以故憍尸迦菩薩摩訶薩所行般若波羅蜜多非一切陀羅尼門眞如非一切三摩地門眞如非離一切陀羅尼門眞如非離一切三摩地門眞如所以者何如是一切皆無所有性不可得由無所有不可得故菩薩摩訶薩所行般若波羅蜜多非一切陀羅尼門眞如非一切三摩地門眞如非離一切陀羅尼門眞如非離一切三摩地門眞如是故菩薩摩訶薩所行般若波羅蜜多不應於一切陀羅尼門眞如求不應於一切三摩地門眞如求不應離一切

陀羅尼門眞如求不應離一切三摩地門眞如求憍尸迦菩薩摩訶薩所行般若波羅蜜多不應於預流眞如求不應於一來不還阿羅漢眞如求不應離預流眞如求不應離一來不還阿羅漢眞如求所以者何若預流眞如若一來不還阿羅漢眞如若離預流眞如若離一來不還阿羅漢眞如若菩薩摩訶薩若般若波羅蜜多若求如是一切皆非相應非不相應非有色非無色非有見非無見非有對非無對咸同一相所謂無相何以故憍尸迦菩薩摩訶薩所行般若波羅蜜多非預流眞如非離一來不還阿羅漢眞如非離預流眞如非離一來不還阿羅漢眞如所以者何如是一切皆無所有性不可得由無所有不可得故菩薩摩訶薩所行般若波羅蜜多非預流眞如非一來不還阿羅漢眞如非離預流眞如非離一來不還阿羅漢眞如是故菩薩摩訶薩所行般若波羅蜜多不應於預流眞如求不應於一來不還阿羅漢眞如求不應離預流眞如求不應離一來不還阿羅漢眞如求憍尸迦菩薩摩訶薩所行般若波羅蜜多不應於預流向預流果眞如求不應於一來向一來果不還向不還果阿羅漢向阿羅漢果眞如求不應離預流向預流果眞如求不應離一來向乃至阿羅漢果眞如求所以者何若預流向預流果眞如若一來向乃至阿羅漢果眞如若離預流向預流果眞如若離一來向乃至阿羅漢果眞如若菩薩摩訶薩若般若波羅蜜多若求如是一切皆非相應非不相應非有色非無色非有見非無

見非有對非無對咸同一相所謂無相何以故憍尸迦菩薩摩訶薩所行般若波羅蜜多非預流向預流果眞如非一來向一來果不還向不還果阿羅漢向阿羅漢果眞如非離預流向預流果眞如非離一來向乃至阿羅漢果眞如所以者何如是一切皆無所有性不可得由無所有不可得故菩薩摩訶薩所行般若波羅蜜多非預流向預流果眞如非一來向乃至阿羅漢果眞如非離預流向預流果眞如非離一來向乃至阿羅漢果眞如是故菩薩摩訶薩所行般若波羅蜜多不應於預流向預流果眞如求不應於一來向乃至阿羅漢果眞如求不應離預流向預流果眞如求不應離一來向乃至阿羅漢果眞如求憍尸迦菩薩摩訶薩所行般若波羅蜜多

不應於獨覺眞如求不應於獨覺向獨覺果眞如求不應離獨覺眞如求不應離獨覺向獨覺果眞如求所以者何若獨覺眞如若獨覺向獨覺果眞如若離獨覺眞如若離獨覺向獨覺果眞如若菩薩摩訶薩若般若波羅蜜多若求如是一切皆非相應非不相應非有色非無色非有見非無見非有對非無對咸同一相所謂無相何以故憍尸迦菩薩摩訶薩所行般若波羅蜜多非獨覺眞如非獨覺向獨覺果眞如非離獨覺眞如非離獨覺向獨覺果眞如所以者何如是一切皆無所有性不可得由無所有不可得故菩薩摩訶薩所行般若波羅蜜多非獨覺眞如非獨覺向獨覺果眞如非離獨覺眞如非離獨覺向獨覺果眞如是故菩薩摩訶薩所行般若波

羅蜜多不應於獨覺眞如求不應於獨覺向獨覺果眞如求不應離獨覺眞如求不應離獨覺向獨覺果眞如求憍尸迦菩薩摩訶薩所行般若波羅蜜多不應於菩薩摩訶薩眞如求不應於三藐三佛陀眞如求不應離菩薩摩訶薩眞如求不應離三藐三佛陀眞如求所以者何若菩薩摩訶薩眞如若三藐三佛陀眞如若離菩薩摩訶薩眞如若離三藐三佛陀眞如若菩薩摩訶薩若般若波羅蜜多若求如是一切皆非相應非不相應非有色非無色非有見非無見非有對非無對咸同一相所謂無相何以故憍尸迦菩薩摩訶薩所行般若波羅蜜多非菩薩摩訶薩眞如非三藐三佛陀眞如非離菩薩摩訶薩眞如非離三藐三佛陀眞如所以者何如是一切

皆無所有性不可得由無所有不可得故菩薩摩訶薩所行般若波羅蜜多非菩薩摩訶薩眞如非三藐三佛陀眞如非離菩薩摩訶薩眞如非離三藐三佛陀眞如是故菩薩摩訶薩所行般若波羅蜜多不應於菩薩摩訶薩眞如求不應於三藐三佛陀眞如求不應離菩薩摩訶薩眞如求不應離三藐三佛陀眞如求憍尸迦菩薩摩訶薩所行般若波羅蜜多不應於菩薩摩訶薩法眞如求不應於無上正等菩提眞如求不應離菩薩摩訶薩法眞如求不應離無上正等菩提眞如求所以者何若菩薩摩訶薩法眞如若無上正等菩提眞如若離菩薩摩訶薩法眞如若離無上正等菩提眞如若菩薩摩訶薩若般若波羅蜜多若求如是一切皆非相應非不相應

非有色非無色非有見非無見非有對非無對咸同一相所謂無相何以故憍尸迦菩薩摩訶薩所行般若波羅蜜多非菩薩摩訶薩法眞如非無上正等菩提眞如非離菩薩摩訶薩法眞如非離無上正等菩提眞如所以者何如是一切皆無所有性不可得由無所有不可得故菩薩摩訶薩所行般若波羅蜜多非菩薩摩訶薩法眞如非無上正等菩提眞如非離菩薩摩訶薩法眞如非離無上正等菩提眞如是故菩薩摩訶薩所行般若波羅蜜多不應於菩薩摩訶薩法眞如求不應於無上正等菩提眞如求不應離菩薩摩訶薩法眞如求不應離無上正等菩提眞如求憍尸迦菩薩摩訶薩所行般若波羅蜜多不應於聲聞乘眞如求不應於獨覺乘無上乘眞如求不應離聲聞乘眞如求不應離獨覺乘無上乘眞如求所以者何若聲聞乘眞如若獨覺乘無上乘眞如若離聲聞乘眞如若離獨覺乘無上乘眞如若菩薩摩訶薩若般若波羅蜜多若求如是一切皆非相應非不相應非有色非無色非有見非無見非有對非無對咸同一相所謂無相何以故憍尸迦菩薩摩訶薩所行般若波羅蜜多非聲聞乘眞如非獨覺乘無上乘眞如非離聲聞乘眞如非離獨覺乘無上乘眞如所以者何如是一切皆無所有性不可得由無所有不可得故菩薩摩訶薩所行般若波羅蜜多非聲聞乘眞如非獨覺乘無上乘眞如非離聲聞乘眞如非離獨覺乘無上乘眞如是故菩薩摩訶薩所行般若波羅蜜多不應於聲聞乘眞

如求不應於獨覺乘無上乘眞如求不應離聲聞乘眞如求不應離獨覺乘無上乘眞如求復次憍尸迦菩薩摩訶薩所行般若波羅蜜多不應於色法性求不應於受想行識法性求不應離色法性求不應離受想行識法性求所以者何若色法性若受想行識法性若離色法性若離受想行識法性若菩薩摩訶薩若般若波羅蜜多若求如是一切皆非相應非不相應非有色非無色非有見非無見非有對非無對咸同一相所謂無相何以故憍尸迦菩薩摩訶薩所行般若波羅蜜多非色法性非受想行識法性非離色法性非離受想行識法性所以者何如是一切皆無所有性不可得由無所有不可得故菩薩摩訶薩所行般若波羅蜜多非色法性非受想行識法性非離色法性非離受想行識法性是故菩薩摩訶薩所行般若波羅蜜多不應於色法性求不應於受想行識法性求不應離色法性求不應離受想行識法性求憍尸迦菩薩摩訶薩所行般若波羅蜜多不應於眼處法性求不應於耳鼻舌身意處法性求不應離眼處法性求不應離耳鼻舌身意處法性求所以者何若眼處法性若耳鼻舌身意處法性若離眼處法性若離耳鼻舌身意處法性若菩薩摩訶薩若般若波羅蜜多若求如是一切皆非相應非不相應非有色非無色非有見非無見非有對非無對咸同一相所謂無相何以故憍尸迦菩薩摩訶薩所行般若波羅蜜多非眼處法性非耳鼻舌身意處法性非離眼處法性非離耳鼻舌身意

處法性所以者何如是一切皆無所有性不可得由無所有不可得故菩薩摩訶薩所行般若波羅蜜多非眼處法性非耳鼻舌身意處法性非離眼處法性非離耳鼻舌身意處法性是故菩薩摩訶薩所行般若波羅蜜多不應於眼處法性求不應於耳鼻舌身意處法性求不應離眼處法性求不應離耳鼻舌身意處法性求憍尸迦菩薩摩訶薩所行般若波羅蜜多不應於色處法性求不應於聲香味觸法處法性求不應離色處法性求不應離聲香味觸法處法性求所以者何若色處法性若聲香味觸法處法性若離色處法性若離聲香味觸法處法性若菩薩摩訶薩若般若波羅蜜多若求如是一切皆非相應非不相應非有色非無色非有見非無見非有對非無對咸同一相所謂無相何以故憍尸迦菩薩摩訶薩所行般若波羅蜜多非色處法性非聲香味觸法處法性非離色處法性非離聲香味觸法處法性所以者何如是一切皆無所有性不可得由無所有不可得故菩薩摩訶薩所行般若波羅蜜多非色處法性非聲香味觸法處法性非離色處法性非離聲香味觸法處法性是故菩薩摩訶薩所行般若波羅蜜多不應於色處法性求不應於聲香味觸法處法性求不應離色處法性求不應離聲香味觸法處法性求憍尸迦菩薩摩訶薩所行般若波羅蜜多不應於眼界法性求不應於色界眼識界及眼觸眼觸為緣所生諸受法性求不應離眼界法性求不應離色界乃至眼觸為緣所生諸受法性

求所以者何若眼界法性若色界乃至眼觸爲緣所生諸受法性若離眼界法性若離色界乃至眼觸爲緣所生諸受法性若菩薩摩訶薩若般若波羅蜜多若求如是一切皆非相應非不相應非有色非無色非有見非無見非有對非無對咸同一相所謂無相何以故憍尸迦菩薩摩訶薩所行般若波羅蜜多非眼界法性非色界眼識界及眼觸眼觸爲緣所生諸受法性非離眼界法性非離色界乃至眼觸爲緣所生諸受法性所以者何如是一切皆無所有性不可得由無所有不可得故菩薩摩訶薩所行般若波羅蜜多非眼界法性非色界乃至眼觸爲緣所生諸受法性非離眼界法性非離色界乃至眼觸爲緣所生諸受法性是故菩薩摩訶薩所行般若波羅蜜多不應於眼界法性求不應於色界乃至眼觸爲緣所生諸受法性求不應離眼界法性求不應離色界乃至眼觸爲緣所生諸受法性求憍尸迦菩薩摩訶薩所行般若波羅蜜多不應於耳界法性求不應於聲界耳識界及耳觸耳觸爲緣所生諸受法性求不應離耳界法性求不應離聲界乃至耳觸爲緣所生諸受法性求所以者何若耳界法性若聲界乃至耳觸爲緣所生諸受法性若離耳界法性若離聲界乃至耳觸爲緣所生諸受法性若菩薩摩訶薩若般若波羅蜜多若求如是一切皆非相應非不相應非有色非無色非有見非無見非有對非無對咸同一相所謂無相何以故憍尸迦菩薩摩訶薩所行般若波羅蜜多非耳界法性非聲界耳

識界及耳觸耳觸爲縁所生諸受法性非離
耳界法性非離聲界乃至耳觸爲縁所生諸
受法性所以者何如是一切皆無所有性不
可得由無所有不可得故菩薩摩訶薩所行
般若波羅蜜多非耳界法性非聲界乃至耳
觸爲縁所生諸受法性非離耳界法性非離
聲界乃至耳觸爲縁所生諸受法性是故菩
薩摩訶薩所行般若波羅蜜多不應於耳界
法性求不應於聲界乃至耳觸爲縁所生諸
受法性求不應離耳界法性求不應離聲界
乃至耳觸爲縁所生諸受法性求

大般若波羅蜜多經卷第九十六

大般若波羅蜜多經卷第九十七

唐三藏法師玄奘奉　詔譯

初分求般若品第二十七之九

憍尸迦菩薩摩訶薩所行般若波羅蜜多不應於鼻界法性求不應於香界鼻識界及鼻觸鼻觸爲緣所生諸受法性求不應離鼻界法性求不應離香界乃至鼻觸爲緣所生諸受法性求所以者何若鼻界法性若香界乃至鼻觸爲緣所生諸受法性若離鼻界法性若離香界乃至鼻觸爲緣所生諸受法性若菩薩摩訶薩若般若波羅蜜多若求如是一切皆非相應非不相應非有色非無色非有見非無見非有對非無對咸同一相所謂無相何以故憍尸迦菩薩摩訶薩所行般若波羅蜜多非鼻界法性非香界鼻識界及鼻觸鼻觸爲緣所生諸受法性非離鼻界法性非離香界乃至鼻觸爲緣所生諸受法性所以者何如是一切皆無所有性不可得由無所有不可得故菩薩摩訶薩所行般若波羅蜜多非鼻界法性非香界乃至鼻觸爲緣所生諸受法性非離鼻界法性非離香界乃至鼻觸爲緣所生諸受法性是故菩薩摩訶薩所行般若波羅蜜多不應於鼻界法性求不應於香界乃至鼻觸爲緣所生諸受法性求不應離鼻界法性求不應離香界乃至鼻觸爲緣所生諸受法性求憍尸迦菩薩摩訶薩所行般若波羅蜜多不應於舌界法性求不應於味界舌識界及舌觸舌觸爲緣所生諸受法性求不應離舌界法性求不應離味界乃至舌觸爲緣所生諸受法性求所以者何若

舌界法性若味界乃至舌觸爲緣所生諸受法性若離舌界法性若離味界乃至舌觸爲緣所生諸受法性若菩薩摩訶薩若般若波羅蜜多若求如是一切皆非相應非不相應非有色非無色非有見非無見非有對非無對咸同一相所謂無相何以故憍尸迦菩薩摩訶薩所行般若波羅蜜多非舌界法性非味界舌識界及舌觸舌觸爲緣所生諸受法性非離舌界法性非離味界乃至舌觸爲緣所生諸受法性所以者何如是一切皆無所有性不可得由無所有不可得故菩薩摩訶薩所行般若波羅蜜多非舌界法性非味界乃至舌觸爲緣所生諸受法性非離舌界法性非離味界乃至舌觸爲緣所生諸受法性是故菩薩摩訶薩所行般若波羅蜜多不應於舌界法性求不應於味界乃至舌觸爲緣所生諸受法性求不應離舌界法性求不應離味界乃至舌觸爲緣所生諸受法性求憍尸迦菩薩摩訶薩所行般若波羅蜜多不應於身界法性求不應於觸界身識界及身觸身觸爲緣所生諸受法性求不應離身界法性求不應離觸界乃至身觸爲緣所生諸受法性求所以者何若身界法性若觸界乃至身觸爲緣所生諸受法性若離身界法性若離觸界乃至身觸爲緣所生諸受法性若菩薩摩訶薩若般若波羅蜜多若求如是一切皆非相應非不相應非有色非無色非有見非無見非有對非無對咸同一相所謂無相何以故憍尸迦菩薩摩訶薩所行般若波羅蜜多非身界法性非觸界身識界及身觸身

觸爲緣所生諸受法性非離身界法性非離觸界乃至身觸爲緣所生諸受法性所以者何如是一切皆無所有性不可得由無所有不可得故菩薩摩訶薩所行般若波羅蜜多非身界法性非觸界乃至身觸爲緣所生諸受法性非離身界法性非離觸界乃至身觸爲緣所生諸受法性是故菩薩摩訶薩所行般若波羅蜜多不應於身界法性求不應於觸界乃至身觸爲緣所生諸受法性求不應離身界法性求不應離觸界乃至身觸爲緣所生諸受法性求憍尸迦菩薩摩訶薩所行般若波羅蜜多不應於意界法性求不應於法界意識界及意觸意觸爲緣所生諸受法性求不應離意界法性求不應離法界乃至意觸爲緣所生諸受法性求所以者何若意界法性若法界乃至意觸爲緣所生諸受法性若離意界法性若離法界乃至意觸爲緣所生諸受法性若菩薩摩訶薩若般若波羅蜜多若求如是一切皆非相應非不相應非有色非無色非有見非無見非有對非無對咸同一相所謂無相何以故憍尸迦菩薩摩訶薩所行般若波羅蜜多非意界法性非法界意識界及意觸意觸爲緣所生諸受法性非離意界法性非離法界乃至意觸爲緣所生諸受法性所以者何如是一切皆無所有性不可得由無所有不可得故菩薩摩訶薩所行般若波羅蜜多非意界法性非法界乃至意觸爲緣所生諸受法性非離意界法性非離法界乃至意觸爲緣所生諸受法性是故菩薩摩訶薩所行般若波羅蜜多不應於

意界法性求不應於法界乃至意觸爲緣所生諸受法性求不應離意界法性求不應離法界乃至意觸爲緣所生諸受法性求憍尸迦菩薩摩訶薩所行般若波羅蜜多不應於地界法性求不應於水火風空識界法性求不應離地界法性求不應離水火風空識界法性求所以者何若地界法性若水火風空識界法性若離地界法性若離水火風空識界法性若菩薩摩訶薩若般若波羅蜜多若求如是一切皆非相應非不相應非有色非無色非有見非無見非有對非無對咸同一相所謂無相何以故憍尸迦菩薩摩訶薩所行般若波羅蜜多非地界法性非水火風空識界法性非離地界法性非離水火風空識界法性所以者何如是一切皆無所有性不可得由無所有不可得故菩薩摩訶薩所行般若波羅蜜多非地界法性非水火風空識界法性非離地界法性非離水火風空識界法性是故菩薩摩訶薩所行般若波羅蜜多不應於地界法性求不應於水火風空識界法性求不應離地界法性求不應離水火風空識界法性求憍尸迦菩薩摩訶薩所行般若波羅蜜多不應於苦聖諦法性求不應於集滅道聖諦法性求不應離苦聖諦法性求不應離集滅道聖諦法性求所以者何若苦聖諦法性若集滅道聖諦法性若離苦聖諦法性若離集滅道聖諦法性若菩薩摩訶薩若般若波羅蜜多若求如是一切皆非相應非不相應非有色非無色非有見非無見非有對非無對咸同一相所謂無相何以故憍

尸迦菩薩摩訶薩所行般若波羅蜜多非苦聖諦法性非集滅道聖諦法性非離苦聖諦法性非離集滅道聖諦法性所以者何如是一切皆無所有性不可得由無所有不可得故菩薩摩訶薩所行般若波羅蜜多非苦聖諦法性非集滅道聖諦法性非離苦聖諦法性非離集滅道聖諦法性是故菩薩摩訶薩所行般若波羅蜜多不應於苦聖諦法性求不應於集滅道聖諦法性求不應離苦聖諦法性求不應離集滅道聖諦法性求憍尸迦菩薩摩訶薩所行般若波羅蜜多不應於無明法性求不應於行識名色六處觸受愛取有生老死愁歎苦憂惱法性求不應離無明法性求不應離行乃至老死愁歎苦憂惱法性求所以者何若無明法性若行乃至老死愁歎苦憂惱法性若離無明法性若離行乃至老死愁歎苦憂惱法性若菩薩摩訶薩若般若波羅蜜多若求如是一切皆非相應非不相應非有色非無色非有見非無見非有對非無對咸同一相所謂無相何以故憍尸迦菩薩摩訶薩所行般若波羅蜜多非無明法性非行識名色六處觸受愛取有生老死愁歎苦憂惱法性非離無明法性非離行乃至老死愁歎苦憂惱法性所以者何如是一切皆無所有性不可得由無所有不可得故菩薩摩訶薩所行般若波羅蜜多非無明法性非行乃至老死愁歎苦憂惱法性非離無明法性非離行乃至老死愁歎苦憂惱法性是故菩薩摩訶薩所行般若波羅蜜多不應於無明法性求不應於行乃至老死愁歎苦

憂惱法性求不應離無明法性求不應離行乃至老死愁歎苦憂惱法性求憍尸迦菩薩摩訶薩所行般若波羅蜜多不應於內空法性求不應於外空內外空空空大空勝義空有爲空無爲空畢竟空無際空散空無變異空本性空自相空共相空一切法空不可得空無性空自性空無性自性空法性求不應離內空法性求不應離外空乃至無性自性空法性求所以者何若內空法性若外空乃至無性自性空法性若離內空法性若離外空乃至無性自性空法性若菩薩摩訶薩若般若波羅蜜多若求如是一切皆非相應非不相應非有色非無色非有見非無見非有對非無對咸同一相所謂無相何以故憍尸迦菩薩摩訶薩所行般若波羅蜜多非內空法性非外空內外空空空大空勝義空有爲空無爲空畢竟空無際空散空無變異空本性空自相空共相空一切法空不可得空無性空自性空無性自性空法性非離內空法性非離外空乃至無性自性空法性所以者何如是一切皆無所有性不可得由無所有不可得故菩薩摩訶薩所行般若波羅蜜多非內空法性非外空乃至無性自性空法性非離內空法性非離外空乃至無性自性空法性是故菩薩摩訶薩所行般若波羅蜜多不應於內空法性求不應於外空乃至無性自性空法性求不應離內空法性求不應離外空乃至無性自性空法性求憍尸迦菩薩摩訶薩所行般若波羅蜜多不應於眞如法性求不應於法界法性不虛妄性不變異性

平等性離生性法定法住實際虛空界不思議界法性求不應離眞如法性求不應離法界乃至不思議界法性求所以者何若眞如法性若法界乃至不思議界法性若離眞如法性若離法界乃至不思議界法性若菩薩摩訶薩若般若波羅蜜多若求如是一切皆非相應非不相應非有色非無色非有見非無見非有對非無對咸同一相所謂無相何以故憍尸迦菩薩摩訶薩所行般若波羅蜜多非眞如法性非法界法性不虛妄性不變異性平等性離生性法定法住實際虛空界不思議界法性非離眞如法性非離法界乃至不思議界法性所以者何如是一切皆無所有性不可得由無所有不可得故菩薩摩訶薩所行般若波羅蜜多非眞如法性非法界乃至不思議界法性非離眞如法性非離法界乃至不思議界法性是故菩薩摩訶薩所行般若波羅蜜多不應於眞如法性求不應於法界乃至不思議界法性求不應離眞如法性求不應離法界乃至不思議界法性求憍尸迦菩薩摩訶薩所行般若波羅蜜多不應於布施波羅蜜多法性求不應於淨戒安忍精進靜慮般若波羅蜜多法性求不應離布施波羅蜜多法性求不應離淨戒安忍精進靜慮般若波羅蜜多法性求所以者何若布施波羅蜜多法性若淨戒安忍精進靜慮般若波羅蜜多法性若離布施波羅蜜多法性若離淨戒安忍精進靜慮般若波羅蜜多法性若菩薩摩訶薩若般若波羅蜜多若求如是一切皆非相應非不相應非有色非

無色非有見非無見非有對非無對咸同一相所謂無相何以故憍尸迦菩薩摩訶薩所行般若波羅蜜多非布施波羅蜜多法性非淨戒安忍精進靜慮般若波羅蜜多法性非離布施波羅蜜多法性非離淨戒安忍精進靜慮般若波羅蜜多法性所以者何如是一切皆無所有性不可得由無所有不可得故菩薩摩訶薩所行般若波羅蜜多非布施波羅蜜多法性非淨戒安忍精進靜慮般若波羅蜜多法性非離布施波羅蜜多法性非離淨戒安忍精進靜慮般若波羅蜜多法性是故菩薩摩訶薩所行般若波羅蜜多不應於布施波羅蜜多法性求不應於淨戒安忍精進靜慮般若波羅蜜多法性求不應離布施波羅蜜多法性求不應離淨戒安忍精進靜慮般若波羅蜜多法性求憍尸迦菩薩摩訶薩所行般若波羅蜜多不應於四靜慮法性求不應於四無量四無色定法性求不應離四靜慮法性求不應離四無量四無色定法性求所以者何若四靜慮法性若四無量四無色定法性若離四靜慮法性若離四無量四無色定法性若菩薩摩訶薩若般若波羅蜜多若求如是一切皆非相應非不相應非有色非無色非有見非無見非有對非無對咸同一相所謂無相何以故憍尸迦菩薩摩訶薩所行般若波羅蜜多非四靜慮法性非四無量四無色定法性非離四靜慮法性非離四無量四無色定法性所以者何如是一切皆無所有性不可得由無所有不可得故菩薩摩訶薩所行般若波羅蜜多非四靜慮

法性非四無量四無色定法性非離四靜慮法性非離四無量四無色定法性是故菩薩摩訶薩所行般若波羅蜜多不應於四靜慮法性求不應於四無量四無色定法性求不應離四靜慮法性求不應離四無量四無色定法性求憍尸迦菩薩摩訶薩所行般若波羅蜜多不應於八解脫法性求不應於八勝處九次第定十遍處法性求不應離八解脫法性求不應離八勝處九次第定十遍處法性求所以者何若八解脫法性若八勝處九次第定十遍處法性若離八解脫法性若離八勝處九次第定十遍處法性若菩薩摩訶薩若般若波羅蜜多若求如是一切皆非相應非不相應非有色非無色非有見非無見非有對非無對咸同一相所謂無相何以故憍尸迦菩薩摩訶薩所行般若波羅蜜多非八解脫法性非八勝處九次第定十遍處法性非離八解脫法性非離八勝處九次第定十遍處法性所以者何如是一切皆無所有性不可得由無所有不可得故菩薩摩訶薩所行般若波羅蜜多非八解脫法性非八勝處九次第定十遍處法性非離八解脫法性非離八勝處九次第定十遍處法性是故菩薩摩訶薩所行般若波羅蜜多不應於八解脫法性求不應於八勝處九次第定十遍處法性求不應離八解脫法性求不應離八勝處九次第定十遍處法性求憍尸迦菩薩摩訶薩所行般若波羅蜜多不應於四念住法性求不應於四正斷四神足五根五力七等覺支八聖道支法性求不應離四念住法性

求不應離四正斷乃至八聖道支法性求所
以者何若四念住法性若四正斷乃至八聖
道支法性若離四念住法性若離四正斷乃
至八聖道支法性若菩薩摩訶薩若般若波
羅蜜多若求如是一切皆非相應非不相應
非有色非無色非有見非無見非有對非無
對咸同一相所謂無相何以故憍尸迦菩薩
摩訶薩所行般若波羅蜜多非四念住法性
非四正斷四神足五根五力七等覺支八聖
道支法性非離四念住法性非離四正斷乃
至八聖道支法性所以者何如是一切皆無
所有性不可得由無所有不可得故菩薩摩
訶薩所行般若波羅蜜多非四念住法性非
四正斷乃至八聖道支法性非離四念住法
性非離四正斷乃至八聖道支法性是故菩
薩摩訶薩所行般若波羅蜜多不應於四念
住法性求不應於四正斷乃至八聖道支法
性求不應離四念住法性求不應離四正斷
乃至八聖道支法性求憍尸迦菩薩摩訶薩
所行般若波羅蜜多不應於空解脫門法性
求不應於無相無願解脫門法性求不應離
空解脫門法性求不應離無相無願解脫門
法性求所以者何若空解脫門法性若無相
無願解脫門法性若離空解脫門法性若離
無相無願解脫門法性若菩薩摩訶薩若般
若波羅蜜多若求如是一切皆非相應非不
相應非有色非無色非有見非無見非有對
非無對咸同一相所謂無相何以故憍尸迦
菩薩摩訶薩所行般若波羅蜜多非空解脫
門法性非無相無願解脫門法性非離空解

脱門法性非離無相無願解脱門法性所以者何如是一切皆無所有性不可得由無所有不可得故菩薩摩訶薩所行般若波羅蜜多非空解脱門法性非無相無願解脱門法性非離空解脱門法性非離無相無願解脱門法性是故菩薩摩訶薩所行般若波羅蜜多不應於空解脱門法性求不應於無相無願解脱門法性求不應離空解脱門法性求不應離無相無願解脱門法性求憍尸迦菩薩摩訶薩所行般若波羅蜜多不應於五眼法性求不應於六神通法性求不應離五眼法性求不應離六神通法性求所以者何若五眼法性若六神通法性若離五眼法性若離六神通法性若菩薩摩訶薩若般若波羅蜜多若求如是一切皆非相應非不相應非有色非無色非有見非無見非有對非無對咸同一相所謂無相何以故憍尸迦菩薩摩訶薩所行般若波羅蜜多非五眼法性非六神通法性非離五眼法性非離六神通法性所以者何如是一切皆無所有性不可得由無所有不可得故菩薩摩訶薩所行般若波羅蜜多非五眼法性非六神通法性非離五眼法性非離六神通法性是故菩薩摩訶薩所行般若波羅蜜多不應於五眼法性求不應於六神通法性求不應離五眼法性求不應離六神通法性求憍尸迦菩薩摩訶薩所行般若波羅蜜多不應於佛十力法性求不應於四無所畏四無礙解大慈大悲大喜大捨十八佛不共法法性求不應離佛十力法性求不應離四無所畏乃至十八佛不共法

法性求所以者何若佛十力法性若四無所畏乃至十八佛不共法法性若離佛十力法性若離四無所畏乃至十八佛不共法法性若菩薩摩訶薩若般若波羅蜜多若求如是一切皆非相應非不相應非有色非無色非有見非無見非有對非無對咸同一相所謂無相何以故憍尸迦菩薩摩訶薩所行般若波羅蜜多非佛十力法性非四無所畏四無礙解大慈大悲大喜大捨十八佛不共法法性非離佛十力法性非離四無所畏乃至十八佛不共法法性所以者何如是一切皆無所有性不可得由無所有不可得故菩薩摩訶薩所行般若波羅蜜多非佛十力法性非四無所畏乃至十八佛不共法法性非離佛十力法性非離四無所畏乃至十八佛不共

法法性是故菩薩摩訶薩所行般若波羅蜜多不應於佛十力法性求不應於四無所畏乃至十八佛不共法法性求不應離佛十力法性求不應離四無所畏乃至十八佛不共法法性求憍尸迦菩薩摩訶薩所行般若波羅蜜多不應於無忘失法法性求不應於恒住捨性法性求不應離無忘失法法性求不應離恒住捨性法性求所以者何若無忘失法法性若恒住捨性法性若離無忘失法法性若離恒住捨性法性若菩薩摩訶薩若般若波羅蜜多若求如是一切皆非相應非不相應非有色非無色非有見非無見非有對非無對咸同一相所謂無相何以故憍尸迦菩薩摩訶薩所行般若波羅蜜多非無忘失法法性非恒住捨性法性非離無忘失法法

性非離恒住捨性法性所以者何如是一切皆無所有性不可得由無所有不可得故菩薩摩訶薩所行般若波羅蜜多非無忘失法法性非恒住捨性法性非離無忘失法法性非離恒住捨性法性是故菩薩摩訶薩所行般若波羅蜜多不應於無忘失法法性求不應於恒住捨性法性求不應離無忘失法法性求不應離恒住捨性法性求憍尸迦菩薩摩訶薩所行般若波羅蜜多不應於一切智法性求不應於道相智一切相智法性求不應離一切智法性求不應離道相智一切相智法性所以者何若一切智法性若道相智一切相智法性若離一切智法性若離道相智一切相智法性若菩薩摩訶薩若般若波羅蜜多若求如是一切皆非相應非不相

應非有色非無色非有見非無見非有對非無對咸同一相所謂無相何以故憍尸迦菩薩摩訶薩所行般若波羅蜜多非一切智法性非道相智一切相智法性非離一切智法性非離道相智一切相智法性所以者何如是一切皆無所有性不可得由無所有不可得故菩薩摩訶薩所行般若波羅蜜多非一切智法性非道相智一切相智法性非離一切智法性非離道相智一切相智法性是故菩薩摩訶薩所行般若波羅蜜多不應於一切智法性求不應於道相智一切相智法性求不應離一切智法性求不應離道相智一切相智法性求憍尸迦菩薩摩訶薩所行般若波羅蜜多不應於一切陀羅尼門法性求不應於一切三摩地門法性求不應離一切

陀羅尼門法性求不應離一切三摩地門法性求所以者何若一切陀羅尼門法性若一切三摩地門法性若離一切陀羅尼門法性若離一切三摩地門法性若菩薩摩訶薩若般若波羅蜜多若求如是一切皆非相應非不相應非有色非無色非有見非無見非有對非無對咸同一相所謂無相何以故憍尸迦菩薩摩訶薩所行般若波羅蜜多非一切陀羅尼門法性非一切三摩地門法性非離一切陀羅尼門法性非離一切三摩地門法性所以者何如是一切皆無所有性不可得由無所有不可得故菩薩摩訶薩所行般若波羅蜜多非一切陀羅尼門法性非一切三摩地門法性非離一切陀羅尼門法性非離一切三摩地門法性是故菩薩摩訶薩所行般若波羅蜜多不應於一切陀羅尼門法性求不應離一切陀羅尼門法性求不應於一切三摩地門法性求不應離一切三摩地門法性求憍尸迦菩薩摩訶薩所行般若波羅蜜多不應於預流法性求不應於一來不還阿羅漢法性求不應離預流法性求不應離一來不還阿羅漢法性求所以者何若預流法性若一來不還阿羅漢法性若離預流法性若離一來不還阿羅漢法性若菩薩摩訶薩若般若波羅蜜多若求如是一切皆非相應非不相應非有色非無色非有見非無見非有對非無對咸同一相所謂無相何以故憍尸迦菩薩摩訶薩所行般若波羅蜜多非預流法性非一來不還阿羅漢法性非離預流法性非離一來不還阿羅漢法性所以者

何如是一切皆無所有性不可得由無所有不可得故菩薩摩訶薩所行般若波羅蜜多非預流法性非一來不還阿羅漢法性非離預流法性非離一來不還阿羅漢法性是故菩薩摩訶薩所行般若波羅蜜多不應於預流法性求不應於一來不還阿羅漢法性求不應離預流法性求不應離一來不還阿羅漢法性求憍尸迦菩薩摩訶薩所行般若波羅蜜多不應於預流向預流果法性求不應於一來向一來果不還向不還果阿羅漢向阿羅漢果法性求不應離預流向預流果法性求不應離一來向乃至阿羅漢果法性求所以者何若預流向預流果法性若一來向乃至阿羅漢果法性若離預流向預流果法性若離一來向乃至阿羅漢果法性若菩薩摩訶薩若般若波羅蜜多若求如是一切皆非相應非不相應非有色非無色非有見非無見非有對非無對咸同一相所謂無相何以故憍尸迦菩薩摩訶薩所行般若波羅蜜多非預流向預流果法性非一來向一來果不還向不還果阿羅漢向阿羅漢果法性非離預流向預流果法性非離一來向乃至阿羅漢果法性所以者何如是一切皆無所有性不可得由無所有不可得故菩薩摩訶薩所行般若波羅蜜多非預流向預流果法性非一來向乃至阿羅漢果法性非離預流向預流果法性非離一來向乃至阿羅漢果法性是故菩薩摩訶薩所行般若波羅蜜多不應於預流向預流果法性求不應於一來向乃至阿羅漢果法性求不應離預流向預流

果法性求不應離一來向乃至阿羅漢果法性求

大般若波羅蜜多經卷第九十七

大般若波羅蜜多經卷第九十八

唐三藏法師玄奘奉　詔譯

初分求般若品第二十七之十

憍尸迦菩薩摩訶薩所行般若波羅蜜多不應於獨覺法性求不應於獨覺向獨覺果法性求不應離獨覺法性求不應離獨覺向獨覺果法性求所以者何若獨覺法性若獨覺向獨覺果法性若離獨覺法性若離獨覺向獨覺果法性若菩薩摩訶薩若般若波羅蜜多若求如是一切皆非相應非不相應非有色非無色非有見非無見非有對非無對咸同一相所謂無相何以故憍尸迦菩薩摩訶薩所行般若波羅蜜多非獨覺法性非獨覺向獨覺果法性非離獨覺法性非離獨覺向獨覺果法性所以者何如是一切皆無所有性不可得由無所有不可得故菩薩摩訶薩所行般若波羅蜜多非獨覺法性非獨覺向獨覺果法性非離獨覺法性非離獨覺向獨覺果法性是故菩薩摩訶薩所行般若波羅蜜多不應於獨覺法性求不應於獨覺向獨覺果法性求不應離獨覺法性求不應離獨覺向獨覺果法性求憍尸迦菩薩摩訶薩所行般若波羅蜜多不應於菩薩摩訶薩法性求不應於三藐三佛陀法性求不應離菩薩摩訶薩法性求不應離三藐三佛陀法性求所以者何若菩薩摩訶薩法性若三藐三佛陀法性若離菩薩摩訶薩法性若離三藐三佛陀法性若菩薩摩訶薩若般若波羅蜜多若求如是一切皆非相應非不相應非有色非無色非有見非無見非有對非無對咸同

一相所謂無相何以故憍尸迦菩薩摩訶薩所行般若波羅蜜多非菩薩摩訶薩法性非三藐三佛陀法性非離菩薩摩訶薩法性非離三藐三佛陀法性所以者何如是一切皆無所有性不可得由無所有不可得故菩薩摩訶薩所行般若波羅蜜多非菩薩摩訶薩法性非三藐三佛陀法性非離菩薩摩訶薩法性非離三藐三佛陀法性是故菩薩摩訶薩所行般若波羅蜜多不應於菩薩摩訶薩法性求不應於三藐三佛陀法性求不應離菩薩摩訶薩法性求不應離三藐三佛陀法性求憍尸迦菩薩摩訶薩所行般若波羅蜜多不應於菩薩摩訶薩法法性求不應於無上正等菩提法性求不應離菩薩摩訶薩法法性求不應離無上正等菩提法性求所以者何若菩薩摩訶薩法法性若無上正等菩提法性若離菩薩摩訶薩法法性若離無上正等菩提法性若菩薩摩訶薩若般若波羅蜜多若求如是一切皆非相應非不相應非有色非無色非有見非無見非有對非無對咸同一相所謂無相何以故憍尸迦菩薩摩訶薩所行般若波羅蜜多非菩薩摩訶薩法法性非無上正等菩提法性非離菩薩摩訶薩法法性非離無上正等菩提法性所以者何如是一切皆無所有性不可得由無所有不可得故菩薩摩訶薩所行般若波羅蜜多非菩薩摩訶薩法法性非無上正等菩提法性非離菩薩摩訶薩法法性非離無上正等菩提法性是故菩薩摩訶薩所行般若波羅蜜多不應於菩薩摩訶薩法法性求不應於

無上正等菩提法性求不應離菩薩摩訶薩法法性求不應離無上正等菩提法性求憍尸迦菩薩摩訶薩所行般若波羅蜜多不應於聲聞乘法性求不應於獨覺乘無上乘法性求不應離聲聞乘法性求不應離獨覺乘無上乘法性求所以者何若聲聞乘法性若獨覺乘無上乘法性若離聲聞乘法性若離獨覺乘無上乘法性若菩薩摩訶薩若般若波羅蜜多若求如是一切皆非相應非不相應非有色非無色非有見非無見非有對非無對咸同一相所謂無相何以故憍尸迦菩薩摩訶薩所行般若波羅蜜多非聲聞乘法性非獨覺乘無上乘法性非離聲聞乘法性非離獨覺乘無上乘法性所以者何如是一切皆無所有性不可得由無所有不可得故菩薩摩訶薩所行般若波羅蜜多非聲聞乘法性非獨覺乘無上乘法性非離聲聞乘法性非離獨覺乘無上乘法性是故菩薩摩訶薩所行般若波羅蜜多不應於聲聞乘法性求不應於獨覺乘無上乘法性求不應離聲聞乘法性求不應離獨覺乘無上乘法性求

初分歎衆德品第二十八之一

時天帝釋白善現言大德菩薩摩訶薩所行般若波羅蜜多是大波羅蜜多是無量波羅蜜多是無邊波羅蜜多諸預流者於此中學得預流果諸一來者於此中學得一來果諸不還者於此中學得不還果諸阿羅漢於此中學得阿羅漢果諸獨覺者於此中學得獨覺菩提諸菩薩摩訶薩於此中學能成熟有情嚴淨佛土證得無上正等菩提善現告言

如是如是如汝所説憍尸迦菩薩摩訶薩所行般若波羅蜜多是大波羅蜜多是無量波羅蜜多是無邊波羅蜜多憍尸迦若過去若現在若未來諸預流者於此中學得預流果諸一來者於此中學得一來果諸不還者於此中學得不還果諸阿羅漢於此中學得阿羅漢果諸獨覺者於此中學得獨覺菩提諸菩薩摩訶薩於此中學能成熟有情嚴淨佛土證得無上正等菩提憍尸迦色大故菩薩摩訶薩所行般若波羅蜜多亦大受想行識大故菩薩摩訶薩所行般若波羅蜜多亦大所以者何以色蘊等前中後際皆不可得故説為大由彼大故菩薩摩訶薩所行般若波羅蜜多亦説為大憍尸迦眼處大故菩薩摩訶薩所行般若波羅蜜多亦大耳鼻舌身意處大故菩薩摩訶薩所行般若波羅蜜多亦大所以者何以眼處等前中後際皆不可得故説為大由彼大故菩薩摩訶薩所行般若波羅蜜多亦説為大憍尸迦色處大故菩薩摩訶薩所行般若波羅蜜多亦大聲香味觸法處大故菩薩摩訶薩所行般若波羅蜜多亦大所以者何以色處等前中後際皆不可得故説為大由彼大故菩薩摩訶薩所行般若波羅蜜多亦説為大憍尸迦眼界大故菩薩摩訶薩所行般若波羅蜜多亦大色界眼識界及眼觸眼觸為緣所生諸受大故菩薩摩訶薩所行般若波羅蜜多亦大所以者何以眼界等前中後際皆不可得故説為大由彼大故菩薩摩訶薩所行般若波羅蜜多亦説為大憍尸迦耳界大故菩薩摩訶薩所行

般若波羅蜜多亦大聲界耳識界及耳觸耳觸為緣所生諸受大故菩薩摩訶薩所行般若波羅蜜多亦大所以者何以耳界等前中後際皆不可得故說為大由彼大故菩薩摩訶薩所行般若波羅蜜多亦說為大憍尸迦鼻界大故菩薩摩訶薩所行般若波羅蜜多亦大香界鼻識界及鼻觸鼻觸為緣所生諸受大故菩薩摩訶薩所行般若波羅蜜多亦大所以者何以鼻界等前中後際皆不可得故說為大由彼大故菩薩摩訶薩所行般若波羅蜜多亦說為大憍尸迦舌界大故菩薩摩訶薩所行般若波羅蜜多亦大味界舌識界及舌觸舌觸為緣所生諸受大故菩薩摩訶薩所行般若波羅蜜多亦大所以者何以舌界等前中後際皆不可得故說為大由彼

大故菩薩摩訶薩所行般若波羅蜜多亦說為大憍尸迦身界大故菩薩摩訶薩所行般若波羅蜜多亦大觸界身識界及身觸身觸為緣所生諸受大故菩薩摩訶薩所行般若波羅蜜多亦大所以者何以身界等前中後際皆不可得故說為大由彼大故菩薩摩訶薩所行般若波羅蜜多亦說為大憍尸迦意界大故菩薩摩訶薩所行般若波羅蜜多亦大法界意識界及意觸意觸為緣所生諸受大故菩薩摩訶薩所行般若波羅蜜多亦大所以者何以意界等前中後際皆不可得故說為大由彼大故菩薩摩訶薩所行般若波羅蜜多亦說為大憍尸迦地界大故菩薩摩訶薩所行般若波羅蜜多亦大水火風空識界大故菩薩摩訶薩所行般若波羅蜜多亦

大所以者何以地界等前中後際皆不可得故說爲大由彼大故菩薩摩訶薩所行般若波羅蜜多亦說爲大憍尸迦苦聖諦大故菩薩摩訶薩所行般若波羅蜜多亦大集滅道聖諦大故菩薩摩訶薩所行般若波羅蜜多亦大所以者何以苦聖諦等前中後際皆不可得故說爲大由彼大故菩薩摩訶薩所行般若波羅蜜多亦說爲大憍尸迦無明大故菩薩摩訶薩所行般若波羅蜜多亦大行識名色六處觸受愛取有生老死愁歎苦憂惱大故菩薩摩訶薩所行般若波羅蜜多亦大所以者何以無明等前中後際皆不可得故說爲大由彼大故菩薩摩訶薩所行般若波羅蜜多亦說爲大憍尸迦內空大故菩薩摩訶薩所行般若波羅蜜多亦大外空內外空空空大空勝義空有爲空無爲空畢竟空無際空散空無變異空本性空自相空共相空一切法空不可得空無性空自性空無性自性空大故菩薩摩訶薩所行般若波羅蜜多亦大所以者何以內空等前中後際皆不可得故說爲大由彼大故菩薩摩訶薩所行般若波羅蜜多亦說爲大憍尸迦眞如大故菩薩摩訶薩所行般若波羅蜜多亦大法界法性不虛妄性不變異性平等性離生性法定法住實際虛空界不思議界大故菩薩摩訶薩所行般若波羅蜜多亦大所以者何以眞如等前中後際皆不可得故說爲大由彼大故菩薩摩訶薩所行般若波羅蜜多亦說爲大憍尸迦布施波羅蜜多大故菩薩摩訶薩所行般若波羅蜜多亦大淨戒安忍精進靜

處般若波羅蜜多大故菩薩摩訶薩所行般若波羅蜜多亦大所以者何以布施波羅蜜多等前中後際皆不可得故說爲大由彼大故菩薩摩訶薩所行般若波羅蜜多亦說爲大憍尸迦四靜慮大故菩薩摩訶薩所行般若波羅蜜多亦大四無量四無色定大故菩薩摩訶薩所行般若波羅蜜多亦大所以者何以四靜慮等前中後際皆不可得故說爲大由彼大故菩薩摩訶薩所行般若波羅蜜多亦說爲大憍尸迦八解脫大故菩薩摩訶薩所行般若波羅蜜多亦大八勝處九次第定十遍處大故菩薩摩訶薩所行般若波羅蜜多亦大所以者何以八解脫等前中後際皆不可得故說爲大由彼大故菩薩摩訶薩所行般若波羅蜜多亦說爲大憍尸迦四念住大故菩薩摩訶薩所行般若波羅蜜多亦大四正斷四神足五根五力七等覺支八聖道支大故菩薩摩訶薩所行般若波羅蜜多亦大所以者何以四念住等前中後際皆不可得故說爲大由彼大故菩薩摩訶薩所行般若波羅蜜多亦說爲大憍尸迦空解脫門大故菩薩摩訶薩所行般若波羅蜜多亦大無相無願解脫門大故菩薩摩訶薩所行般若波羅蜜多亦大所以者何以空解脫門等前中後際皆不可得故說爲大由彼大故菩薩摩訶薩所行般若波羅蜜多亦說爲大憍尸迦五眼大故菩薩摩訶薩所行般若波羅蜜多亦大六神通大故菩薩摩訶薩所行般若波羅蜜多亦大所以者何以五眼等前中後際皆不可得故說爲大由彼大故菩薩摩

訶薩所行般若波羅蜜多亦説爲大憍尸迦佛十力大故菩薩摩訶薩所行般若波羅蜜多亦大四無所畏四無礙解大慈大悲大喜大捨十八佛不共法大故菩薩摩訶薩所行般若波羅蜜多亦大所以者何以佛十力等前中後際皆不可得故説爲大由彼大故菩薩摩訶薩所行般若波羅蜜多亦説爲大憍尸迦無忘失法大故菩薩摩訶薩所行般若波羅蜜多亦大恒住捨性大故菩薩摩訶薩所行般若波羅蜜多亦大所以者何以無忘失法等前中後際皆不可得故説爲大由彼大故菩薩摩訶薩所行般若波羅蜜多亦説爲大憍尸迦一切智大故菩薩摩訶薩所行般若波羅蜜多亦大道相智一切相智大故菩薩摩訶薩所行般若波羅蜜多亦大所以者何以一切智等前中後際皆不可得故説爲大由彼大故菩薩摩訶薩所行般若波羅蜜多亦説爲大憍尸迦一切陀羅尼門大故菩薩摩訶薩所行般若波羅蜜多亦大一切三摩地門大故菩薩摩訶薩所行般若波羅蜜多亦大所以者何以一切陀羅尼門等前中後際皆不可得故説爲大由彼大故菩薩摩訶薩所行般若波羅蜜多亦説爲大憍尸迦預流大故菩薩摩訶薩所行般若波羅蜜多亦大一來不還阿羅漢大故菩薩摩訶薩所行般若波羅蜜多亦大所以者何以預流等前中後際皆不可得故説爲大由彼大故菩薩摩訶薩所行般若波羅蜜多亦説爲大憍尸迦預流向預流果大故菩薩摩訶薩所行般若波羅蜜多亦大一來向一來果不還

向不還果阿羅漢向阿羅漢果大故菩薩摩訶薩所行般若波羅蜜多亦大所以者何以預流向預流果等前中後際皆不可得故説爲大由彼大故菩薩摩訶薩所行般若波羅蜜多亦説爲大憍尸迦獨覺大故菩薩摩訶薩所行般若波羅蜜多亦大獨覺向獨覺果大故菩薩摩訶薩所行般若波羅蜜多亦大所以者何以獨覺等前中後際皆不可得故説爲大由彼大故菩薩摩訶薩所行般若波羅蜜多亦説爲大憍尸迦菩薩摩訶薩大故菩薩摩訶薩所行般若波羅蜜多亦大三藐三佛陀大故菩薩摩訶薩所行般若波羅蜜多亦大所以者何以菩薩摩訶薩等前中後際皆不可得故説爲大由彼大故菩薩摩訶薩所行般若波羅蜜多亦説爲大憍尸迦菩薩摩訶薩法大故菩薩摩訶薩所行般若波羅蜜多亦大無上正等菩提大故菩薩摩訶薩所行般若波羅蜜多亦大所以者何以菩薩摩訶薩法等前中後際皆不可得故説爲大由彼大故菩薩摩訶薩所行般若波羅蜜多亦説爲大憍尸迦聲聞乘大故菩薩摩訶薩所行般若波羅蜜多亦大獨覺乘無上乘大故菩薩摩訶薩所行般若波羅蜜多亦大所以者何以聲聞乘等前中後際皆不可得故説爲大由彼大故菩薩摩訶薩所行般若波羅蜜多亦説爲大憍尸迦由此縁故我作是説色等大故菩薩摩訶薩所行般若波羅蜜多亦大憍尸迦色無量故菩薩摩訶薩所行般若波羅蜜多亦無量受想行識無量故菩薩摩訶薩所行般若波羅蜜多亦無量所

以者何以色蘊等量不可得故說無量憍尸迦譬如虛空量不可得色蘊等亦如是量不可得憍尸迦虛空無量故色蘊等亦無量色蘊等無量故菩薩摩訶薩所行般若波羅蜜多亦無量憍尸迦眼處無量故菩薩摩訶薩所行般若波羅蜜多亦無量耳鼻舌身意處無量故菩薩摩訶薩所行般若波羅蜜多亦無量所以者何以眼處等量不可得故說無量憍尸迦譬如虛空量不可得眼處等亦如是量不可得憍尸迦虛空無量故眼處等亦無量眼處等無量故菩薩摩訶薩所行般若波羅蜜多亦無量憍尸迦色處無量故菩薩摩訶薩所行般若波羅蜜多亦無量聲香味觸法處無量故菩薩摩訶薩所行般若波羅蜜多亦無量所以者何以色處等量不可得故說無量憍尸迦譬如虛空量不可得色處等亦如是量不可得憍尸迦虛空無量故色處等亦無量色處等無量故菩薩摩訶薩所行般若波羅蜜多亦無量憍尸迦眼界無量故菩薩摩訶薩所行般若波羅蜜多亦無量色界眼識界及眼觸眼觸爲緣所生諸受無量故菩薩摩訶薩所行般若波羅蜜多亦無量所以者何以眼界等量不可得故說無量憍尸迦譬如虛空量不可得眼界等亦如是量不可得憍尸迦虛空無量故眼界等亦無量眼界等無量故菩薩摩訶薩所行般若波羅蜜多亦無量憍尸迦耳界無量故菩薩摩訶薩所行般若波羅蜜多亦無量聲界耳識界及耳觸耳觸爲緣所生諸受無量故菩薩摩訶薩所行般若波羅蜜多亦無量所以者

何以耳界等量不可得故說無量憍尸迦譬如虛空量不可得耳界等亦如是量不可得憍尸迦虛空無量故耳界等亦無量耳界等無量故菩薩摩訶薩所行般若波羅蜜多亦無量憍尸迦鼻界無量故菩薩摩訶薩所行般若波羅蜜多亦無量香界鼻識界及鼻觸鼻觸爲緣所生諸受無量故菩薩摩訶薩所行般若波羅蜜多亦無量所以者何以鼻界等量不可得故說無量憍尸迦譬如虛空量不可得鼻界等亦如是量不可得憍尸迦虛空無量故鼻界等亦無量鼻界等無量故菩薩摩訶薩所行般若波羅蜜多亦無量憍尸迦舌界無量故菩薩摩訶薩所行般若波羅蜜多亦無量味界舌識界及舌觸舌觸爲緣所生諸受無量故菩薩摩訶薩所行般若波羅蜜多亦無量所以者何以舌界等量不可得故說無量憍尸迦譬如虛空量不可得舌界等亦如是量不可得憍尸迦虛空無量故舌界等亦無量舌界等無量故菩薩摩訶薩所行般若波羅蜜多亦無量憍尸迦身界無量故菩薩摩訶薩所行般若波羅蜜多亦無量觸界身識界及身觸身觸爲緣所生諸受無量故菩薩摩訶薩所行般若波羅蜜多亦無量所以者何以身界等量不可得故說無量憍尸迦譬如虛空量不可得身界等亦如是量不可得憍尸迦虛空無量故身界等亦無量身界等無量故菩薩摩訶薩所行般若波羅蜜多亦無量憍尸迦意界無量故菩薩摩訶薩所行般若波羅蜜多亦無量法界意識界及意觸意觸爲緣所生諸受無量故菩

薩摩訶薩所行般若波羅蜜多亦無量所以者何以意界等量不可得故説無量憍尸迦譬如虚空量不可得意界等亦如是量不可得憍尸迦虚空無量故意界等亦無量意界等無量故菩薩摩訶薩所行般若波羅蜜多亦無量憍尸迦地界等無量故菩薩摩訶薩所行般若波羅蜜多亦無量水火風空識界無量故菩薩摩訶薩所行般若波羅蜜多亦無量所以者何以地界等量不可得故説無量憍尸迦譬如虚空量不可得地界等亦如是量不可得憍尸迦虚空無量故地界等亦無量地界等無量故菩薩摩訶薩所行般若波羅蜜多亦無量憍尸迦苦聖諦無量故菩薩摩訶薩所行般若波羅蜜多亦無量集滅道聖諦無量故菩薩摩訶薩所行般若波羅

蜜多亦無量所以者何以苦聖諦等量不可得故説無量憍尸迦譬如虚空量不可得苦聖諦等亦如是量不可得憍尸迦虚空無量故苦聖諦等亦無量苦聖諦等無量故菩薩摩訶薩所行般若波羅蜜多亦無量憍尸迦無明無量故菩薩摩訶薩所行般若波羅蜜多亦無量行識名色六處觸受愛取有生老死愁歎苦憂惱無量故菩薩摩訶薩所行般若波羅蜜多亦無量所以者何以無明等量不可得故説無量憍尸迦譬如虚空量不可得無明等亦如是量不可得憍尸迦虚空無量故無明等亦無量無明等無量故菩薩摩訶薩所行般若波羅蜜多亦無量憍尸迦内空無量故菩薩摩訶薩所行般若波羅蜜多亦無量外空内外空空空大空勝義空有為

空無爲空畢竟空無際空散空無變異空本
性空自相空共相空一切法空不可得空無
性空自性空無性自性空無量故菩薩摩訶
薩所行般若波羅蜜多亦無量所以者何以
内空等量不可得故説無量憍尸迦譬如虚
空量不可得内空等亦如是量不可得憍尸
迦虚空無量故内空等亦無量内空等無量
故菩薩摩訶薩所行般若波羅蜜多亦無量
憍尸迦眞如無量故菩薩摩訶薩所行般若
波羅蜜多亦無量法界法性不虚妄性不變
異性平等性離生性法定法住實際虚空界
不思議界無量故菩薩摩訶薩所行般若波
羅蜜多亦無量所以者何以眞如等量不可
得故説無量憍尸迦譬如虚空量不可得眞
如等亦如是量不可得憍尸迦虚空無量故
眞如等亦無量眞如等無量故菩薩摩訶薩
所行般若波羅蜜多亦無量憍尸迦布施波
羅蜜多無量故菩薩摩訶薩所行般若波羅
蜜多亦無量淨戒安忍精進靜慮般若波羅
蜜多無量故菩薩摩訶薩所行般若波羅蜜
多亦無量所以者何以布施波羅蜜多等量
不可得故説無量憍尸迦譬如虚空量不可
得布施波羅蜜多等亦如是量不可得憍尸
迦虚空無量故布施波羅蜜多等亦無量布
施波羅蜜多等無量故菩薩摩訶薩所行般
若波羅蜜多亦無量憍尸迦四靜慮無量故
菩薩摩訶薩所行般若波羅蜜多亦無量四
無量四無色定無量故菩薩摩訶薩所行般
若波羅蜜多亦無量所以者何以四靜慮等
量不可得故説無量憍尸迦譬如虚空量不

可得四靜慮等亦如是量不可得憍尸迦虛空無量故四靜慮等亦無量四靜慮等無量故菩薩摩訶薩所行般若波羅蜜多亦無量憍尸迦八解脫無量故菩薩摩訶薩所行般若波羅蜜多亦無量八勝處九次第定十遍處無量故菩薩摩訶薩所行般若波羅蜜多亦無量所以者何以八解脫等量不可得故說無量憍尸迦譬如虛空量不可得八解脫等亦如是量不可得憍尸迦虛空無量故八解脫等亦無量八解脫等無量故菩薩摩訶薩所行般若波羅蜜多亦無量憍尸迦四念住無量故菩薩摩訶薩所行般若波羅蜜多亦無量四正斷四神足五根五力七等覺支八聖道支無量故菩薩摩訶薩所行般若波羅蜜多亦無量所以者何以四念住等量不可得故說無量憍尸迦譬如虛空量不可得四念住等亦如是量不可得憍尸迦虛空無量故四念住等亦無量四念住等無量故菩薩摩訶薩所行般若波羅蜜多亦無量憍尸迦空解脫門無量故菩薩摩訶薩所行般若波羅蜜多亦無量無相無願解脫門無量故菩薩摩訶薩所行般若波羅蜜多亦無量所以者何以空解脫門等量不可得故說無量憍尸迦譬如虛空量不可得空解脫門等亦如是量不可得憍尸迦虛空無量故空解脫門等亦無量空解脫門等無量故菩薩摩訶薩所行般若波羅蜜多亦無量憍尸迦五眼無量故菩薩摩訶薩所行般若波羅蜜多亦無量六神通無量故菩薩摩訶薩所行般若波羅蜜多亦無量所以者何以五眼等量不

可得故說無量憍尸迦譬如虛空量不可得五眼等亦如是量不可得憍尸迦虛空無量故五眼等亦無量五眼等無量故菩薩摩訶薩所行般若波羅蜜多亦無量憍尸迦佛十力無量故菩薩摩訶薩所行般若波羅蜜多亦無量四無所畏四無礙解大慈大悲大喜大捨十八佛不共法無量故菩薩摩訶薩所行般若波羅蜜多亦無量所以者何以佛十力等量不可得故說無量憍尸迦譬如虛空量不可得佛十力等亦如是量不可得憍尸迦虛空無量故佛十力等亦無量佛十力等無量故菩薩摩訶薩所行般若波羅蜜多亦無量憍尸迦無忘失法無量故菩薩摩訶薩所行般若波羅蜜多亦無量恒住捨性無量故菩薩摩訶薩所行般若波羅蜜多亦無量所以者何以無忘失法等量不可得故說無量憍尸迦譬如虛空量不可得無忘失法等亦如是量不可得憍尸迦虛空無量故無忘失法等亦無量無忘失法等無量故菩薩摩訶薩所行般若波羅蜜多亦無量憍尸迦一切智無量故菩薩摩訶薩所行般若波羅蜜多亦無量道相智一切相智無量故菩薩摩訶薩所行般若波羅蜜多亦無量所以者何以一切智等量不可得故說無量憍尸迦譬如虛空量不可得一切智等亦如是量不可得憍尸迦虛空無量故一切智等亦無量一切智等無量故菩薩摩訶薩所行般若波羅蜜多亦無量憍尸迦一切陀羅尼門無量故菩薩摩訶薩所行般若波羅蜜多亦無量一切三摩地門無量故菩薩摩訶薩所行般若

波羅蜜多亦無量所以者何以一切陀羅尼門等量不可得故説無量憍尸迦譬如虛空量不可得一切陀羅尼門等亦如是量不可得憍尸迦虛空無量故一切陀羅尼門等亦無量一切陀羅尼門等無量故菩薩摩訶薩所行般若波羅蜜多亦無量

大般若波羅蜜多經卷第九十八

大般若波羅蜜多經卷第九十九

唐三藏法師玄奘奉詔譯

初分歎衆德品第二十八之二

憍尸迦預流無量故菩薩摩訶薩所行般若波羅蜜多亦無量一來不還阿羅漢無量故菩薩摩訶薩所行般若波羅蜜多亦無量所以者何以預流等量不可得故說無量憍尸迦譬如虛空量不可得預流等亦如是量不可得憍尸迦虛空無量故預流等亦無量預流等無量故菩薩摩訶薩所行般若波羅蜜多亦無量憍尸迦預流向預流果無量故菩薩摩訶薩所行般若波羅蜜多亦無量一來向一來果不還向不還果阿羅漢向阿羅漢果無量故菩薩摩訶薩所行般若波羅蜜多亦無量所以者何以預流向預流果等量不可得故說無量憍尸迦譬如虛空量不可得預流向預流果等亦如是量不可得憍尸迦虛空無量故預流向預流果等亦無量預流向預流果等無量故菩薩摩訶薩所行般若波羅蜜多亦無量憍尸迦獨覺無量故菩薩摩訶薩所行般若波羅蜜多亦無量獨覺向獨覺果無量故菩薩摩訶薩所行般若波羅蜜多亦無量所以者何以獨覺等量不可得故說無量憍尸迦譬如虛空量不可得獨覺等亦如是量不可得憍尸迦虛空無量故獨覺等亦無量獨覺等無量故菩薩摩訶薩所行般若波羅蜜多亦無量憍尸迦菩薩摩訶薩無量故菩薩摩訶薩所行般若波羅蜜多亦無量三藐三佛陀無量故菩薩摩訶薩所行般若波羅蜜多亦無量所以者何以菩薩

摩訶薩等量不可得故說無量憍尸迦譬如虛空量不可得菩薩摩訶薩等亦如是量不可得憍尸迦虛空無量故菩薩摩訶薩等亦無量菩薩摩訶薩等無量故菩薩摩訶薩所行般若波羅蜜多亦無量憍尸迦菩薩摩訶薩法無量故菩薩摩訶薩所行般若波羅蜜多亦無量無上正等菩提無量故菩薩摩訶薩所行般若波羅蜜多亦無量所以者何以菩薩摩訶薩法等量不可得故說無量憍尸迦譬如虛空量不可得菩薩摩訶薩法等亦如是量不可得憍尸迦虛空無量故菩薩摩訶薩法等亦無量菩薩摩訶薩法等無量故菩薩摩訶薩所行般若波羅蜜多亦無量憍尸迦聲聞乘無量故菩薩摩訶薩所行般若波羅蜜多亦無量獨覺乘無上乘無量故菩薩摩訶薩所行般若波羅蜜多亦無量所以者何以聲聞乘等量不可得故說無量憍尸迦譬如虛空量不可得聲聞乘等亦如是量不可得憍尸迦虛空無量故聲聞乘等亦無量聲聞乘等無量故菩薩摩訶薩所行般若波羅蜜多亦無量憍尸迦由此緣故我作是說色等無量故菩薩摩訶薩所行般若波羅蜜多亦無量憍尸迦色無邊故菩薩摩訶薩所行般若波羅蜜多亦無邊受想行識無邊故菩薩摩訶薩所行般若波羅蜜多亦無邊所以者何以色蘊等若中若邊皆不可得故說無邊彼無邊故菩薩摩訶薩所行般若波羅蜜多亦說無邊憍尸迦眼處無邊故菩薩摩訶薩所行般若波羅蜜多亦無邊耳鼻舌身意處無邊故菩薩摩訶薩所行般若波羅

蜜多亦無邊所以者何以眼處等若中若邊皆不可得故說無邊彼無邊故菩薩摩訶薩所行般若波羅蜜多亦說無邊憍尸迦色處無邊故菩薩摩訶薩所行般若波羅蜜多亦無邊聲香味觸法處無邊故菩薩摩訶薩所行般若波羅蜜多亦無邊所以者何以色處等若中若邊皆不可得故說無邊彼無邊故菩薩摩訶薩所行般若波羅蜜多亦說無邊憍尸迦眼界無邊故菩薩摩訶薩所行般若波羅蜜多亦無邊色界眼識界及眼觸眼觸為緣所生諸受無邊故菩薩摩訶薩所行般若波羅蜜多亦無邊所以者何以眼界等若中若邊皆不可得故說無邊彼無邊故菩薩摩訶薩所行般若波羅蜜多亦說無邊憍尸迦耳界無邊故菩薩摩訶薩所行般若波羅蜜多亦無邊聲界耳識界及耳觸耳觸為緣所生諸受無邊故菩薩摩訶薩所行般若波羅蜜多亦無邊所以者何以耳界等若中若邊皆不可得故說無邊彼無邊故菩薩摩訶薩所行般若波羅蜜多亦說無邊憍尸迦鼻界無邊故菩薩摩訶薩所行般若波羅蜜多亦無邊香界鼻識界及鼻觸鼻觸為緣所生諸受無邊故菩薩摩訶薩所行般若波羅蜜多亦無邊所以者何以鼻界等若中若邊皆不可得故說無邊彼無邊故菩薩摩訶薩所行般若波羅蜜多亦說無邊憍尸迦舌界無邊故菩薩摩訶薩所行般若波羅蜜多亦無邊味界舌識界及舌觸舌觸為緣所生諸受無邊故菩薩摩訶薩所行般若波羅蜜多亦無邊所以者何以舌界等若中若邊皆不可

得故說無邊彼無邊故菩薩摩訶薩所行般若波羅蜜多亦說無邊憍尸迦身界無邊故菩薩摩訶薩所行般若波羅蜜多亦無邊觸界身識界及身觸身觸為緣所生諸受無邊故菩薩摩訶薩所行般若波羅蜜多亦無邊所以者何以身界等若中若邊皆不可得故說無邊彼無邊故菩薩摩訶薩所行般若波羅蜜多亦說無邊憍尸迦意界無邊故菩薩摩訶薩所行般若波羅蜜多亦無邊法界意識界及意觸意觸為緣所生諸受無邊故菩薩摩訶薩所行般若波羅蜜多亦無邊所以者何以意界等若中若邊皆不可得故說無邊彼無邊故菩薩摩訶薩所行般若波羅蜜多亦說無邊憍尸迦地界無邊故菩薩摩訶薩所行般若波羅蜜多亦無邊水火風空識界無邊故菩薩摩訶薩所行般若波羅蜜多亦無邊所以者何以地界等若中若邊皆不可得故說無邊彼無邊故菩薩摩訶薩所行般若波羅蜜多亦說無邊憍尸迦苦聖諦無邊故菩薩摩訶薩所行般若波羅蜜多亦無邊集滅道聖諦無邊故菩薩摩訶薩所行般若波羅蜜多亦無邊所以者何以苦聖諦等若中若邊皆不可得故說無邊彼無邊故菩薩摩訶薩所行般若波羅蜜多亦說無邊憍尸迦無明無邊故菩薩摩訶薩所行般若波羅蜜多亦無邊行識名色六處觸受愛取有生老死愁歎苦憂惱無邊故菩薩摩訶薩所行般若波羅蜜多亦無邊所以者何以無明等若中若邊皆不可得故說無邊彼無邊故菩薩摩訶薩所行般若波羅蜜多亦說無邊

憍尸迦內空無邊故菩薩摩訶薩所行般若波羅蜜多亦無邊外空內外空空空大空勝義空有爲空無爲空畢竟空無際空散空無變異空本性空自相空共相空一切法空不可得空無性空自性空無性自性空無邊故菩薩摩訶薩所行般若波羅蜜多亦無邊所以者何以內空等若中若邊皆不可得故說無邊彼無邊故菩薩摩訶薩所行般若波羅蜜多亦說無邊憍尸迦眞如無邊故菩薩摩訶薩所行般若波羅蜜多亦無邊法界法性不虛妄性不變異性平等性離生性法定法住實際虛空界不思議界無邊故菩薩摩訶薩所行般若波羅蜜多亦無邊所以者何以眞如等若中若邊皆不可得故說無邊彼無邊故菩薩摩訶薩所行般若波羅蜜多亦說無邊憍尸迦布施波羅蜜多無邊故菩薩摩訶薩所行般若波羅蜜多亦無邊淨戒安忍精進靜慮般若波羅蜜多無邊故菩薩摩訶薩所行般若波羅蜜多亦無邊所以者何以布施波羅蜜多等若中若邊皆不可得故說無邊彼無邊故菩薩摩訶薩所行般若波羅蜜多亦說無邊憍尸迦四靜慮無邊故菩薩摩訶薩所行般若波羅蜜多亦無邊四無量四無色定無邊故菩薩摩訶薩所行般若波羅蜜多亦無邊所以者何以四靜慮等若中若邊皆不可得故說無邊彼無邊故菩薩摩訶薩所行般若波羅蜜多亦說無邊憍尸迦八解脫無邊故菩薩摩訶薩所行般若波羅蜜多亦無邊八勝處九次第定十遍處無邊故菩薩摩訶薩所行般若波羅蜜多亦無邊

所以者何以八解脫等若中若邊皆不可得故說無邊彼無邊故菩薩摩訶薩所行般若波羅蜜多亦說無邊憍尸迦四念住無邊故菩薩摩訶薩所行般若波羅蜜多亦無邊四正斷四神足五根五力七等覺支八聖道支無邊故菩薩摩訶薩所行般若波羅蜜多亦無邊所以者何以四念住等若中若邊皆不可得故說無邊彼無邊故菩薩摩訶薩所行般若波羅蜜多亦說無邊憍尸迦空解脫門無邊故菩薩摩訶薩所行般若波羅蜜多亦無邊無相無願解脫門無邊故菩薩摩訶薩所行般若波羅蜜多亦無邊所以者何以空解脫門等若中若邊皆不可得故說無邊彼無邊故菩薩摩訶薩所行般若波羅蜜多亦說無邊憍尸迦五眼無邊故菩薩摩訶薩所行般若波羅蜜多亦無邊六神通無邊故菩薩摩訶薩所行般若波羅蜜多亦無邊所以者何以五眼等若中若邊皆不可得故說無邊彼無邊故菩薩摩訶薩所行般若波羅蜜多亦說無邊憍尸迦佛十力無邊故菩薩摩訶薩所行般若波羅蜜多亦無邊四無所畏四無礙解大慈大悲大喜大捨十八佛不共法無邊故菩薩摩訶薩所行般若波羅蜜多亦無邊所以者何以佛十力等若中若邊皆不可得故說無邊彼無邊故菩薩摩訶薩所行般若波羅蜜多亦說無邊憍尸迦無忘失法無邊故菩薩摩訶薩所行般若波羅蜜多亦無邊恒住捨性無邊故菩薩摩訶薩所行般若波羅蜜多亦無邊所以者何以無忘失法等若中若邊皆不可得故說無邊彼無邊

故菩薩摩訶薩所行般若波羅蜜多亦說無邊憍尸迦一切智無邊故菩薩摩訶薩所行般若波羅蜜多亦無邊道相智一切相智無邊故菩薩摩訶薩所行般若波羅蜜多亦無邊所以者何以一切智等若中若邊皆不可得故說無邊彼無邊故菩薩摩訶薩所行般若波羅蜜多亦說無邊憍尸迦一切陀羅尼門無邊故菩薩摩訶薩所行般若波羅蜜多亦無邊一切三摩地門無邊故菩薩摩訶薩所行般若波羅蜜多亦無邊所以者何以一切陀羅尼門等若中若邊皆不可得故說無邊彼無邊故菩薩摩訶薩所行般若波羅蜜多亦說無邊憍尸迦預流無邊故菩薩摩訶薩所行般若波羅蜜多亦無邊一來不還阿羅漢無邊故菩薩摩訶薩所行般若波羅蜜多亦無邊所以者何以預流等若中若邊皆不可得故說無邊彼無邊故菩薩摩訶薩所行般若波羅蜜多亦說無邊憍尸迦預流向預流果無邊故菩薩摩訶薩所行般若波羅蜜多亦無邊一來向一來果不還向不還果阿羅漢向阿羅漢果無邊故菩薩摩訶薩所行般若波羅蜜多亦無邊所以者何以預流向預流果等若中若邊皆不可得故說無邊彼無邊故菩薩摩訶薩所行般若波羅蜜多亦說無邊憍尸迦獨覺無邊故菩薩摩訶薩所行般若波羅蜜多亦無邊獨覺菩提無邊故菩薩摩訶薩所行般若波羅蜜多亦無邊所以者何以獨覺等若中若邊皆不可得故說無邊彼無邊故菩薩摩訶薩所行般若波羅蜜多亦說無邊憍尸迦菩薩摩訶薩無邊

故菩薩摩訶薩所行般若波羅蜜多亦無邊三藐三佛陀無邊故菩薩摩訶薩所行般若波羅蜜多亦無邊所以者何以菩薩摩訶薩等若中若邊皆不可得故説無邊彼無邊故菩薩摩訶薩所行般若波羅蜜多亦説無邊憍尸迦菩薩摩訶薩法無邊故菩薩摩訶薩所行般若波羅蜜多亦無邊無上正等菩提無邊故菩薩摩訶薩所行般若波羅蜜多亦無邊所以者何以菩薩摩訶薩法等若中若邊皆不可得故説無邊彼無邊故菩薩摩訶薩所行般若波羅蜜多亦説無邊憍尸迦聲聞乘無邊故菩薩摩訶薩所行般若波羅蜜多亦無邊獨覺乘無上乘無邊故菩薩摩訶薩所行般若波羅蜜多亦無邊所以者何以聲聞乘等若中若邊皆不可得故説無邊彼無邊故菩薩摩訶薩所行般若波羅蜜多亦説無邊憍尸迦由此緣故我作是説色等無邊故菩薩摩訶薩所行般若波羅蜜多亦無邊復次憍尸迦所緣無邊故菩薩摩訶薩所行般若波羅蜜多亦無邊時天帝釋問善現言大德云何所緣無邊故菩薩摩訶薩所行般若波羅蜜多亦無邊善現答言憍尸迦一切智智所緣無邊故菩薩摩訶薩所行般若波羅蜜多亦無邊復次憍尸迦法界所緣無邊故菩薩摩訶薩所行般若波羅蜜多亦無邊時天帝釋問善現言大德云何法界所緣無邊故菩薩摩訶薩所行般若波羅蜜多亦無邊善現答言憍尸迦法界無邊故所緣亦無邊所緣無邊故法界亦無邊法界所緣無邊故菩薩摩訶薩所行般若波羅蜜多亦無

邊復次憍尸迦眞如所緣無邊故菩薩摩訶薩所行般若波羅蜜多亦無邊時天帝釋問善現言大德云何眞如所緣無邊故菩薩摩訶薩所行般若波羅蜜多亦無邊善現答言憍尸迦眞如無邊故所緣亦無邊所緣無邊故眞如亦無邊眞如所緣無邊故菩薩摩訶薩所行般若波羅蜜多亦無邊復次憍尸迦有情無邊故菩薩摩訶薩所行般若波羅蜜多亦無邊時天帝釋問善現言云何有情無邊故菩薩摩訶薩所行般若波羅蜜多亦無邊善現答言憍尸迦於汝意云何所言有情有情者是何法增語天帝釋言大德所言有情有情者非法增語亦非非法增語但是假立客名所攝無事名所攝無緣名所攝善現復言憍尸迦於汝意云何於此般若波羅蜜多中爲亦顯示有實有情不天帝釋言不也大德善現告言憍尸迦於此般若波羅蜜多中旣不顯示有實有情故說無邊以彼中邊不可得故憍尸迦於汝意云何若諸如來應正等覺經殑伽沙等劫住說諸有情名字此中頗有有情有生有滅不天帝釋言不也大德何以故以諸有情本性淨故彼從本來無所有故善現告言憍尸迦由此緣故我作是說有情無邊故菩薩摩訶薩所行般若波羅蜜多亦無邊

初分攝受品第二十九之一

爾時會中天帝釋等欲界天衆梵天王等色界諸天及伊舍那神仙天女同時三返高聲唱言善哉善哉尊者善現承佛神力佛爲依處善爲我等天人世間分別開示微妙正法

所謂般若波羅蜜多若有菩薩於此般若波羅蜜多能如說行不遠離者我等於彼敬事如佛如是般若波羅蜜多甚深教中無法可得所謂此中無色可得無受想行識可得無眼處可得無耳鼻舌身意處可得無色處可得無聲香味觸法處可得無眼界可得無色界眼識界及眼觸眼觸爲緣所生諸受可得無耳界可得無聲界耳識界及耳觸耳觸爲緣所生諸受可得無鼻界可得無香界鼻識界及鼻觸鼻觸爲緣所生諸受可得無舌界可得無味界舌識界及舌觸舌觸爲緣所生諸受可得無身界可得無觸界身識界及身觸身觸爲緣所生諸受可得無意界可得無法界意識界及意觸意觸爲緣所生諸受可得無地界可得無水火風空識界可得無苦聖諦可得無集滅道聖諦可得無無明可得無行識名色六處觸受愛取有生老死愁歎苦憂惱可得無內空可得無外空內外空空空大空勝義空有爲空無爲空畢竟空無際空散空無變異空本性空自相空共相空一切法空不可得空無性空自性空無性自性空可得無眞如可得無法界法性不虛妄性不變異性平等性離生性法定法住實際虛空界不思議界可得無布施波羅蜜多可得無淨戒安忍精進靜慮般若波羅蜜多可得無四靜慮可得無四無量四無色定可得無八解脫可得無八勝處九次第定十遍處可得無四念住可得無四正斷四神足五根五力七等覺支八聖道支可得無空解脫門可得無無相無願解脫門可得無五眼可得無

六神通可得無佛十力可得無四無所畏四無礙解大慈大悲大喜大捨十八佛不共法可得無無忘失法可得無恒住捨性可得無一切智可得無道相智一切相智可得無一切陀羅尼門可得無一切三摩地門可得無預流可得無一來不還阿羅漢可得無預流向預流果可得無一來向一來果不還向不還果阿羅漢向阿羅漢果可得無獨覺可得無獨覺向獨覺果可得無菩薩摩訶薩可得無三藐三佛陀可得無菩薩摩訶薩法可得無無上正等菩提可得無聲聞乘可得無獨覺乘無上乘可得雖無如是諸法可得而有施設三乘之教所謂聲聞獨覺無上乘教爾時佛告諸天仙等如是如是如汝所說於此般若波羅蜜多甚深教中雖無色等諸法可得而有施設三乘之教若有菩薩於此般若波羅蜜多以無所得而為方便能如說行不遠離者汝天仙等於彼菩薩應當敬事猶如如來汝等當知非即布施波羅蜜多如來可得非離布施波羅蜜多如來可得非即淨戒安忍精進靜慮般若波羅蜜多如來可得非離淨戒安忍精進靜慮般若波羅蜜多如來可得非即內空如來可得非離內空如來可得非即外空內外空空空大空勝義空有為空無為空畢竟空無際空散空無變異空本性空自相空共相空一切法空不可得空無性空自性空無性自性空如來可得非離外空乃至無性自性空如來可得非即真如如來可得非離真如如來可得非即法界法性不虛妄性不變異性平等性離生性法定法

住實際虛空界不思議界如來可得非離法界乃至不思議界如來可得非即苦聖諦如來可得非離苦聖諦如來可得非即集滅道聖諦如來可得非離集滅道聖諦如來可得非即四靜慮如來可得非離四靜慮如來可得非即四無量四無色定如來可得非離四無量四無色定如來可得非即八解脫如來可得非離八解脫如來可得非即八勝處九次第定十遍處如來可得非離八勝處九次第定十遍處如來可得非即四念住如來可得非離四念住如來可得非即四正斷四神足五根五力七等覺支八聖道支如來可得非離四正斷四神足五根五力七等覺支八聖道支如來可得非即空解脫門如來可得非離空解脫門如來可得非即無相無願解脫門如來可得非離無相無願解脫門如來可得非即五眼如來可得非離五眼如來可得非即六神通如來可得非離六神通如來可得非即佛十力如來可得非離佛十力如來可得非即四無所畏四無礙解大慈大悲大喜大捨十八佛不共法如來可得非離四無所畏乃至十八佛不共法如來可得非即無忘失法如來可得非離無忘失法如來可得非即恒住捨性如來可得非離恒住捨性如來可得非即一切智如來可得非離一切智如來可得非即道相智一切相智如來可得非離道相智一切相智如來可得非即一切陀羅尼門如來可得非離一切陀羅尼門如來可得非即一切三摩地門如來可得非離一切三摩地門如來可得非即預流如來

可得非離預流如來可得非即一來不還阿羅漢如來可得非離一來不還阿羅漢如來可得非即預流向預流果如來可得非離預流向預流果如來可得非即一來向一來果不還向不還果阿羅漢向阿羅漢果如來可得非離一來向乃至阿羅漢果如來可得非即獨覺如來可得非離獨覺如來可得非即獨覺向獨覺果如來可得非離獨覺向獨覺果如來可得非即菩薩摩訶薩如來可得非離菩薩摩訶薩如來可得非即三藐三佛陀如來可得非離三藐三佛陀如來可得非即菩薩摩訶薩法如來可得非離菩薩摩訶薩法如來可得非即無上正等菩提如來可得非離無上正等菩提如來可得非即聲聞乘如來可得非離聲聞乘如來可得非即獨覺乘無上乘如來可得非離獨覺乘無上乘如來可得諸天仙輩汝等當知若菩薩摩訶薩以無所得爲方便於一切法能勤修學謂學布施波羅蜜多學淨戒安忍精進靜慮般若波羅蜜多學內空學外空內外空空空大空勝義空有爲空無爲空畢竟空無際空散空無變異空本性空自相空共相空一切法空不可得空無性空自性空無性自性空學眞如學法界法性不虚妄性不變異性平等性離生性法定法住實際虚空界不思議界學諸聖諦學四靜慮學四無量四無色定學八解脫學八勝處九次第定十遍處學四念住學四正斷四神足五根五力七等覺支八聖道支學空解脫門學無相無願解脫門學五眼學六神通學佛十力學四無所畏四無礙

解大慈大悲大喜大捨十八佛不共法學無忘失法學恒住捨性學一切智學道相智一切相智學一切陀羅尼門學一切三摩地門學預流學一來不還阿羅漢學預流向預流果學一來向一來果學不還向不還果學阿羅漢向阿羅漢果學獨覺學獨覺向獨覺果學菩薩摩訶薩學三藐三佛陀學菩薩摩訶薩法學無上正等菩提學聲聞乘學獨覺乘無上乘學如是菩薩摩訶薩於般若波羅蜜多能正修行常不遠離是故汝等於彼菩薩應當敬事猶如如來汝等當知我於往昔然燈如來應正等覺出現世時於衆花城四衢路首見然燈佛散五莖花布髮掩泥聞無上法以無所得爲方便故便得不離布施波羅蜜多不離淨戒波羅蜜多不離安忍波羅蜜多不離精進波羅蜜多不離靜慮波羅蜜多不離般若波羅蜜多不離内空不離外空内外空空空大空勝義空有爲空無爲空畢竟空無際空散空無變異空本性空自相空共相空一切法空不可得空無性空自性空無性自性空不離眞如不離法界法性不虚妄性不變異性平等性離生性法定法住實際虚空界不思議界不離諸聖諦不離四靜慮不離四無量四無色定不離八解脱不離八勝處九次第定十遍處不離四念住不離四正斷四神足五根五力七等覺支八聖道支不離空解脱門不離無相無願解脱門不離五眼不離六神通不離佛十力不離四無所畏四無礙解大慈大悲大喜大捨十八佛不共法不離無忘失法不離恒住捨性不離一

切智不離道相智一切相智不離一切陀羅尼門不離一切三摩地門不離諸餘無量佛法時然燈佛即便授我阿耨多羅三藐三菩提記謂作是言善男子汝當來世過一無數大劫於此世界賢劫之中當得作佛號能寂如來應正等覺明行圓滿善逝世間解無上丈夫調御士天人師佛薄伽梵時諸天仙等白佛言世尊如是般若波羅蜜多甚爲希有令諸菩薩摩訶薩衆速能攝取一切智智以無所得爲方便故所謂於色不取不捨爲方便故於受想行識不取不捨爲方便故於眼處不取不捨爲方便故於耳鼻舌身意處不取不捨爲方便故於色處不取不捨爲方便故於聲香味觸法處不取不捨爲方便故於眼界不取不捨爲方便故於色界眼識界及眼觸眼觸爲緣所生諸受不取不捨爲方便故於耳界不取不捨爲方便故於聲界耳識界及耳觸耳觸爲緣所生諸受不取不捨爲方便故於鼻界不取不捨爲方便故於香界鼻識界及鼻觸鼻觸爲緣所生諸受不取不捨爲方便故於舌界不取不捨爲方便故於味界舌識界及舌觸舌觸爲緣所生諸受不取不捨爲方便故於身界不取不捨爲方便故於觸界身識界及身觸身觸爲緣所生諸受不取不捨爲方便故於意界不取不捨爲方便故於法界意識界及意觸意觸爲緣所生諸受不取不捨爲方便故於地界不取不捨爲方便故於水火風空識界不取不捨爲方便故於苦聖諦不取不捨爲方便故於集滅道聖諦不取不捨爲方便故於無明不取

不捨爲方便故於行識名色六處觸受愛取有生老死愁歎苦憂惱不取不捨爲方便故於內空不取不捨爲方便故於外空內外空空空大空勝義空有爲空無爲空畢竟空無際空散空無變異空本性空自相空共相空一切法空不可得空無性空自性空無性自性空不取不捨爲方便故於眞如不取不捨爲方便故於法界法性不虛妄性不變異性平等性離生性法定法住實際虛空界不思議界不取不捨爲方便故於布施波羅蜜多不取不捨爲方便故於淨戒安忍精進靜慮般若波羅蜜多不取不捨爲方便故於四靜慮不取不捨爲方便故於四無量四無色定不取不捨爲方便故於八解脫不取不捨爲方便故於八勝處九次第定十遍處不取不捨爲方便故於四念住不取不捨爲方便故於四正斷四神足五根五力七等覺支八聖道支不取不捨爲方便故於空解脫門不取不捨爲方便故於無相無願解脫門不取不捨爲方便故於五眼不取不捨爲方便故於六神通不取不捨爲方便故於佛十力不取不捨爲方便故於四無所畏四無礙解大慈大悲大喜大捨十八佛不共法不取不捨爲方便故於無忘失法不取不捨爲方便故於恒住捨性不取不捨爲方便故於一切智不取不捨爲方便故於道相智一切相智不取不捨爲方便故於一切陀羅尼門不取不捨爲方便故於一切三摩地門不取不捨爲方便故於預流不取不捨爲方便故於一來不還阿羅漢不取不捨爲方便故於預流向預

流果不取不捨爲方便故於一來向一來果不還向不還果阿羅漢向阿羅漢果不取不捨爲方便故於獨覺不取不捨爲方便故於獨覺向獨覺果不取不捨爲方便故於菩薩摩訶薩不取不捨爲方便故於三藐三佛陀不取不捨爲方便故於菩薩摩訶薩法不取不捨爲方便故於無上正等菩提不取不捨爲方便故於聲聞乘不取不捨爲方便故於獨覺乘無上乘不取不捨爲方便故

大般若波羅蜜多經卷第九十九

大般若波羅蜜多經卷第一百

唐三藏法師玄奘奉　詔譯

初分攝受品第二十九之二

爾時世尊照知四衆謂苾芻苾芻尼鄔波索迦鄔波斯迦及菩薩摩訶薩并四大王衆天三十三天夜摩天覩史多天樂變化天他化自在天梵衆天梵輔天梵會天大梵天光天少光天無量光天極光淨天淨天少淨天無量淨天遍淨天廣天少廣天無量廣天廣果天無煩天無熱天善現天善見天色究竟天皆集和合同爲明證於是顧命天帝釋言憍尸迦若菩薩摩訶薩若苾芻苾芻尼鄔波索迦鄔波斯迦若諸天子若諸天女若善男子若善女人不離一切智智心以無所得爲方便於此般若波羅蜜多受持讀誦精勤修習如理思惟爲他演說廣令流布當知是輩諸惡魔王及魔眷屬無能得便爲惱害者何以故憍尸迦是善男子善女人等善住色空無相無願善住受想行識空無相無願不可以空而得空便不可無相得無相便不可無願得無願便何以故以色蘊等自性皆空能惱所惱及惱害事不可得故憍尸迦是善男子善女人等善住眼處空無相無願善住耳鼻舌身意處空無相無願不可以空而得空便不可無相得無相便不可無願得無願便何以故以眼處等自性皆空能惱所惱及惱害事不可得故憍尸迦是善男子善女人等善住色處空無相無願善住聲香味觸法處空無相無願不可以空而得空便不可無相得無相便不可無願得無願便何以故以色處

等自性皆空能惱所惱及惱害事不可得故憍尸迦是善男子善女人等善住眼界空無相無願善住色界眼識界及眼觸眼觸爲緣所生諸受空無相無願不可以空而得空便不可無相得無相便不可無願得無願便何以故以眼界等自性皆空能惱所惱及惱害事不可得故憍尸迦是善男子善女人等善住耳界空無相無願善住聲界耳識界及耳觸耳觸爲緣所生諸受空無相無願不可以空而得空便不可無相得無相便不可無願得無願便何以故以耳界等自性皆空能惱所惱及惱害事不可得故憍尸迦是善男子善女人等善住鼻界空無相無願善住香界鼻識界及鼻觸鼻觸爲緣所生諸受空無相無願不可以空而得空便不可無相得無相便不可無願得無願便何以故以鼻界等自性皆空能惱所惱及惱害事不可得故憍尸迦是善男子善女人等善住舌界空無相無願善住味界舌識界及舌觸舌觸爲緣所生諸受空無相無願不可以空而得空便不可無相得無相便不可無願得無願便何以故以舌界等自性皆空能惱所惱及惱害事不可得故憍尸迦是善男子善女人等善住身界空無相無願善住觸界身識界及身觸身觸爲緣所生諸受空無相無願不可以空而得空便不可無相得無相便不可無願得無願便何以故以身界等自性皆空能惱所惱及惱害事不可得故憍尸迦是善男子善女人等善住意界空無相無願善住法界意識界及意觸意觸爲緣所生諸受空無相無願

不可以空而得空便不可無相得無相便不可無願得無願便何以故以意界等自性皆空能惱所惱及惱害事不可得故憍尸迦是善男子善女人等善住地界空無相無願善住水火風空識界空無相無願不可以空而得空便不可無相得無相便不可無願得無願便何以故以地界等自性皆空能惱所惱及惱害事不可得故憍尸迦是善男子善女人等善住苦聖諦空無相無願善住集滅道聖諦空無相無願不可以空而得空便不可無相得無相便不可無願得無願便何以故以苦聖諦等自性皆空能惱所惱及惱害事不可得故憍尸迦是善男子善女人等善住無明空無相無願善住行識名色六處觸受愛取有生老死愁歎苦憂惱空無相無願不

可以空而得空便不可無相得無相便不可無願得無願便何以故以無明等自性皆空能惱所惱及惱害事不可得故憍尸迦是善男子善女人等善住內空空無相無願善住外空內外空空空大空勝義空有爲空無爲空畢竟空無際空散空無變異空本性空自相空共相空一切法空不可得空無性空自性空無性自性空空無相無願不可以空而得空便不可無相得無相便不可無願得無願便何以故以內空等自性皆空能惱所惱及惱害事不可得故憍尸迦是善男子善女人等善住真如空無相無願善住法界法性不虛妄性不變異性平等性離生性法定法住實際虛空界不思議界空無相無願不可以空而得空便不可無相得無相便不可無

願得無願便何以故以法界等自性皆空能惱所惱及惱害事不可得故憍尸迦是善男子善女人等善住布施波羅蜜多空無相無願善住淨戒安忍精進靜慮般若波羅蜜多空無相無願不可以空而得空便不可無相得無相便不可無願得無願便何以故以布施波羅蜜多等自性皆空能惱所惱及惱害事不可得故憍尸迦是善男子善女人等善住四靜慮空無相無願善住四無量四無色定空無相無願不可以空而得空便不可無相得無相便不可無願得無願便何以故以四靜慮等自性皆空能惱所惱及惱害事不可得故憍尸迦是善男子善女人等善住八解脫空無相無願善住八勝處九次第定十遍處空無相無願不可以空而得空便不可無相得無相便不可無願得無願便何以故以八解脫等自性皆空能惱所惱及惱害事不可得故憍尸迦是善男子善女人等善住四念住空無相無願善住四正斷四神足五根五力七等覺支八聖道支空無相無願不可以空而得空便不可無相得無相便不可無願得無願便何以故以四念住等自性皆空能惱所惱及惱害事不可得故憍尸迦是善男子善女人等善住空解脫門空無相無願善住無相解脫門無願解脫門空無相無願不可以空而得空便不可無相得無相便不可無願得無願便何以故以空解脫門等自性皆空能惱所惱及惱害事不可得故憍尸迦是善男子善女人等善住五眼空無相無願善住六神通空無相無願不可以空而

得空便不可無相得無相便不可無願得無願便何以故以五眼等自性皆空能惱所惱及惱害事不可得故憍尸迦是善男子善女人等善住佛十力空無相無願善住四無所畏四無礙解大慈大悲大喜大捨十八佛不共法空無相無願不可以空而得空便不可無相得無相便不可無願得無願便何以故以佛十力等自性皆空能惱所惱及惱害事不可得故憍尸迦是善男子善女人等善住無忘失法空無相無願善住恒住捨性空無相無願不可以空而得空便不可無相得無相便不可無願得無願便何以故以無忘失法等自性皆空能惱所惱及惱害事不可得故憍尸迦是善男子善女人等善住一切智空無相無願善住道相智一切相智空無相

無願不可以空而得空便不可無相得無相便不可無願得無願便何以故以一切智等自性皆空能惱所惱及惱害事不可得故憍尸迦是善男子善女人等善住一切陀羅尼門空無相無願善住一切三摩地門空無相無願不可以空而得空便不可無相得無相便不可無願得無願便何以故以一切陀羅尼門等自性皆空能惱所惱及惱害事不可得故憍尸迦是善男子善女人等善住預流空無相無願善住一來不還阿羅漢空無相無願不可以空而得空便不可無相得無相便不可無願得無願便何以故以預流等自性皆空能惱所惱及惱害事不可得故憍尸迦是善男子善女人等善住預流向預流果空無相無願善住一來向一來果不還向不

還果阿羅漢向阿羅漢果空無相無願不可以空而得空便不可無相得無相便不可無願得無願便何以故以預流向預流果等自性皆空能惱所惱及惱害事不可得故憍尸迦是善男子善女人等善住獨覺空無相無願善住獨覺向獨覺果空無相無願不可以空而得空便不可無相得無相便不可無願得無願便何以故以獨覺等自性皆空能惱所惱及惱害事不可得故憍尸迦是善男子善女人等善住菩薩摩訶薩空無相無願善住三藐三佛陀空無相無願不可以空而得空便不可無相得無相便不可無願得無願便何以故以菩薩摩訶薩等自性皆空能惱所惱及惱害事不可得故憍尸迦是善男子善女人等善住菩薩摩訶薩法空無相無願善住無上正等菩提空無相無願不可以空而得空便不可無相得無相便不可無願得無願便何以故以菩薩摩訶薩法等自性皆空能惱所惱及惱害事不可得故憍尸迦是善男子善女人等善住聲聞乘空無相無願善住獨覺乘無上乘空無相無願不可以空而得空便不可無相得無相便不可無願得無願便何以故以聲聞乘等自性皆空能惱所惱及惱害事不可得故復次憍尸迦是善男子善女人等人及非人無能得便爲惱害者何以故是善男子善女人等以無所得爲方便於一切有情善修慈悲喜捨心故憍尸迦是善男子善女人等終不横爲諸險惡緣之所惱害亦不横死何以故是善男子善女人等修行布施波羅蜜多故於諸有情正安

養故復次憍尸迦於此三千大千世界所有四大王衆天三十三天夜摩天覩史多天樂變化天他化自在天梵衆天極光淨天遍淨天廣果天等已發無上正等覺心於此般若波羅蜜多若未聽聞受持讀誦精勤修學正思惟者今應不離一切智智心以無所得爲方便於此般若波羅蜜多至心聽聞受持讀誦精勤修學如理思惟憍尸迦若善男子善女人等不離一切智智心以無所得爲方便於此般若波羅蜜多至心聽聞受持讀誦精勤修學如理思惟是善男子善女人等若在空宅若在曠野若在險道及危難處終不怖畏驚恐毛竪所以者何是善男子善女人等不離一切智智心以無所得爲方便善修内空故善修外空内外空空空大空勝義空有

爲空無爲空畢竟空無際空散空無變異空本性空自相空共相空一切法空不可得空無性空自性空無性自性空故爾時於此三千大千世界所有四大王衆天三十三天夜摩天覩史多天樂變化天他化自在天梵衆天梵輔天梵會天大梵天光天少光天無量光天極光淨天淨天少淨天無量淨天遍淨天廣天少廣天無量廣天廣果天無煩天無熱天善現天善見天色究竟天等俱白佛言世尊若善男子善女人等不離一切智智心以無所得爲方便常能於此甚深般若波羅蜜多受持讀誦精勤修學如理思惟書寫解說廣令流布我等常隨恭敬擁衛不令一切災横侵惱何以故此善男子善女人等即是菩薩摩訶薩故世尊由是菩薩摩訶薩故令

諸有情永斷地獄傍生鬼界阿素洛等諸險惡趣世尊由是菩薩摩訶薩故令諸天人永離一切災横疾疫貧窮飢渴寒熱等苦世尊由是菩薩摩訶薩故世間便有十善業道世尊由是菩薩摩訶薩故世間便有四靜慮四無量四無色定世尊由是菩薩摩訶薩故世間便有八解脱八勝處九次第定十遍處世尊由是菩薩摩訶薩故世間便有布施波羅蜜多淨戒安忍精進靜慮般若波羅蜜多世尊由是菩薩摩訶薩故世間便有内空外空内外空空空大空勝義空有爲空無爲空畢竟空無際空散空無變異空本性空自相空共相空一切法空不可得空無性空自性空無性自性空世尊由是菩薩摩訶薩故世間便有眞如法界法性不虚妄性不變異性平等性離生性法定法住實際虚空界不思議界世尊由是菩薩摩訶薩故世間便有苦聖諦集滅道聖諦世尊由是菩薩摩訶薩故世間便有四念住四正斷四神足五根五力七等覺支八聖道支世尊由是菩薩摩訶薩故世間便有空解脱門無相解脱門無願解脱門世尊由是菩薩摩訶薩故世間便有五眼六神通世尊由是菩薩摩訶薩故世間便有佛十力四無所畏四無礙解大慈大悲大喜大捨十八佛不共法世尊由是菩薩摩訶薩故世間便有無忘失法恒住捨性世尊由是菩薩摩訶薩故世間便有一切智道相智一切相智世尊由是菩薩摩訶薩故世間便有一切陀羅尼門一切三摩地門世尊由是菩薩摩訶薩故世間便有刹帝利大族婆羅門

大族長者大族居士大族諸小國王轉輪聖王輔臣僚佐世尊由是菩薩摩訶薩故世間便有四大王衆天三十三天夜摩天覩史多天樂變化天他化自在天世尊由是菩薩摩訶薩故世間便有梵衆天梵輔天梵會天大梵天光天少光天無量光天極光淨天淨天少淨天無量淨天遍淨天廣天少廣天無量廣天廣果天世尊由是菩薩摩訶薩故世間便有無煩天無熱天善現天善見天色究竟天世尊由是菩薩摩訶薩故世間便有空無邊處天識無邊處天無所有處天非想非非想處天世尊由是菩薩摩訶薩故世間便有預流一來不還阿羅漢及預流向預流果一來向一來果不還向不還果阿羅漢向阿羅漢果世尊由是菩薩摩訶薩故世間便有獨覺及獨覺向獨覺果世尊由是菩薩摩訶薩故世間便有菩薩摩訶薩成熟有情嚴淨佛土世尊由是菩薩摩訶薩故世間便有如來應正等覺證得無上正等菩提轉妙法輪度無量衆世尊由是菩薩摩訶薩故世間便有佛寶法寶苾芻僧寶世尊以是縁故我等天龍及阿素洛健達縛揭路荼緊捺洛藥叉邏刹娑莫呼洛伽人非人等常應隨逐恭敬守護此菩薩摩訶薩不令一切災横侵惱爾時世尊告天帝釋及諸天龍阿素洛等如是如是如汝所説憍尸迦若善男子善女人等不離一切智智心以無所得爲方便常能於此甚深般若波羅蜜多受持讀誦精勤修學如理思惟書寫解説廣令流布當知是善男子善女人等即是菩薩摩訶薩憍尸迦由是菩

薩摩訶薩故令諸有情永斷地獄傍生鬼界阿素洛等憍尸迦由是菩薩摩訶薩故令諸天人永離一切災横疾疫貧窮飢渴寒熱等苦憍尸迦由是菩薩摩訶薩故十善業道出現世間憍尸迦由是菩薩摩訶薩故四靜慮四無量四無色定出現世間憍尸迦由是菩薩摩訶薩故八解脱八勝處九次第定十遍處出現世間憍尸迦由是菩薩摩訶薩故布施波羅蜜多淨戒安忍精進靜慮般若波羅蜜多出現世間憍尸迦由是菩薩摩訶薩故內空外空內外空空空大空勝義空有爲空無爲空畢竟空無際空散空無變異空本性空自相空共相空一切法空不可得空無性空自性空無性自性空出現世間憍尸迦由是菩薩摩訶薩故眞如法界法性不虛妄性不變異性平等性離生性法定法住實際虛空界不思議界出現世間憍尸迦由是菩薩摩訶薩故苦聖諦集滅道聖諦出現世間憍尸迦由是菩薩摩訶薩故四念住四正斷四神足五根五力七等覺支八聖道支出現世間憍尸迦由是菩薩摩訶薩故空解脱門無相無願解脱門出現世間憍尸迦由是菩薩摩訶薩故五眼六神通出現世間憍尸迦由是菩薩摩訶薩故佛十力四無所畏四無礙解大慈大悲大喜大捨十八佛不共法出現世間憍尸迦由是菩薩摩訶薩故無忘失法恒住捨性出現世間憍尸迦由是菩薩摩訶薩故一切智道相智一切相智出現世間憍尸迦由是菩薩摩訶薩故一切陀羅尼門一切三摩地門出現世間憍尸迦由是菩薩摩

訶薩故剎帝利大族婆羅門大族長者大族居士大族諸小國王轉輪聖王輔臣僚佐出現世間憍尸迦由是菩薩摩訶薩故四大王衆天三十三天夜摩天覩史多天樂變化天他化自在天出現世間憍尸迦由是菩薩摩訶薩故梵衆天梵輔天梵會天大梵天光天少光天無量光天極光淨天淨天少淨天無量淨天遍淨天廣天少廣天無量廣天廣果天出現世間憍尸迦由是菩薩摩訶薩故無煩天無熱天善現天善見天色究竟天出現世間憍尸迦由是菩薩摩訶薩故空無邊處天識無邊處天無所有處天非想非非想處天出現世間憍尸迦由是菩薩摩訶薩故預流一來不還阿羅漢及預流向預流果一來向一來果不還向不還果阿羅漢向阿羅漢果出現世間憍尸迦由是菩薩摩訶薩故獨覺及獨覺向獨覺果出現世間憍尸迦由是菩薩摩訶薩故菩薩摩訶薩出現世間成熟有情嚴淨佛土憍尸迦由是菩薩摩訶薩故如來應正等覺出現世間證得無上正等菩提轉妙法輪度無量衆憍尸迦由是菩薩摩訶薩故佛寶法寶苾芻僧寶出現世間憍尸迦以是緣故汝等天龍阿素洛等常應隨逐供養恭敬尊重讚歎勤加守護此菩薩摩訶薩勿令一切災橫侵惱憍尸迦若有人能供養恭敬尊重讚歎如是菩薩摩訶薩者當知即是供養恭敬尊重讚歎我及十方一切如來應正等覺是故汝等一切天龍阿素洛等常應隨逐供養恭敬尊重讚歎勤加守護此菩薩摩訶薩勿令一切災橫侵惱憍尸迦假

使遍滿南贍部洲聲聞獨覺譬如甘蔗蘆葦竹林稻麻叢等間無空隙有善男子善女人等於彼福田以無量種上妙樂具供養恭敬尊重讚歎盡其形壽若復有人經須臾頃供養恭敬尊重讚歎一初發心不離六波羅蜜多菩薩摩訶薩以前功德比此福聚百分不及一千分不及一百千分不及一俱胝分不及一百俱胝分不及一千俱胝分不及一百千俱胝分不及一數分筭分計分喻分乃至鄔波尼煞曇分亦不及一憍尸迦假使遍滿南贍部洲東勝身洲聲聞獨覺譬如甘蔗蘆葦竹林稻麻叢等間無空隙有善男子善女人等於彼福田以無量種上妙樂具供養恭敬尊重讚歎盡其形壽若復有人經須臾頃供養恭敬尊重讚歎一初發心不離六波羅蜜多菩薩摩訶薩以前功德比此福聚百分不及一千分不及一百千分不及一乃至鄔波尼煞曇分亦不及一憍尸迦假使遍滿南贍部洲東勝身洲西牛貨洲聲聞獨覺譬如甘蔗蘆葦竹林稻麻叢等間無空隙有善男子善女人等於彼福田以無量種上妙樂具供養恭敬尊重讚歎盡其形壽若復有人經須臾頃供養恭敬尊重讚歎一初發心不離六波羅蜜多菩薩摩訶薩以前功德比此福聚百分不及一千分不及一百千分不及一乃至鄔波尼煞曇分亦不及一憍尸迦假使遍滿南贍部洲東勝身洲西牛貨洲北俱盧洲聲聞獨覺譬如甘蔗蘆葦竹林稻麻叢等間無空隙有善男子善女人等於彼福田以無量種上妙樂具供養恭敬尊重讚歎盡其

形壽若復有人經須臾頃供養恭敬尊重讚歎一初發心不離六波羅蜜多菩薩摩訶薩以前功德比此福聚百分不及一千分不及一百千分不及一乃至鄔波尼煞曇分亦不及一憍尸迦假使遍滿一四洲界聲聞獨覺譬如甘蔗蘆葦竹林稻麻叢等間無空隙有善男子善女人等於彼福田以無量種上妙樂具供養恭敬尊重讚歎盡其形壽若復有人經須臾頃供養恭敬尊重讚歎一初發心不離六波羅蜜多菩薩摩訶薩以前功德比此福聚百分不及一千分不及一百千分不及一乃至鄔波尼煞曇分亦不及一憍尸迦假使遍滿小千世界聲聞獨覺譬如甘蔗蘆葦竹林稻麻叢等間無空隙有善男子善女人等於彼福田以無量種上妙樂具供養恭

敬尊重讚歎盡其形壽若復有人經須臾頃供養恭敬尊重讚歎一初發心不離六波羅蜜多菩薩摩訶薩以前功德比此福聚百分不及一千分不及一百千分不及一乃至鄔波尼煞曇分亦不及一憍尸迦假使遍滿中千世界聲聞獨覺譬如甘蔗蘆葦竹林稻麻叢等間無空隙有善男子善女人等於彼福田以無量種上妙樂具供養恭敬尊重讚歎盡其形壽若復有人經須臾頃供養恭敬尊重讚歎一初發心不離六波羅蜜多菩薩摩訶薩以前功德比此福聚百分不及一千分不及一百千分不及一乃至鄔波尼煞曇分亦不及一憍尸迦假使遍滿三千大千佛之世界聲聞獨覺譬如甘蔗蘆葦竹林稻麻叢等間無空隙有善男子善女人等於彼福田

以無量種上妙樂具供養恭敬尊重讚歎盡其形壽若復有人經須臾頃供養恭敬尊重讚歎一初發心不離六波羅蜜多菩薩摩訶薩以前功德比此福聚百分不及一千分不及一百千分不及一乃至鄔波尼煞曇分亦不及一憍尸迦假使遍滿十方無量無邊世界聲聞獨覺譬如甘蔗蘆葦竹林稻麻叢等間無空隙有善男子善女人等於彼福田以無量種上妙樂具供養恭敬尊重讚歎盡其形壽若復有人經須臾頃供養恭敬尊重讚歎一初發心不離六波羅蜜多菩薩摩訶薩以前功德比此福聚百分不及一千分不及一百千分不及一乃至鄔波尼煞曇分亦不及一何以故憍尸迦不由聲聞及獨覺故有菩薩摩訶薩及諸如來應正等覺出現世間但由菩薩摩訶薩故有聲聞獨覺及諸如來應正等覺出現世間是故汝等一切天龍及阿素洛健達縛揭路荼緊捺洛藥叉邏刹娑莫呼洛伽人非人等常應守護供養恭敬尊重讚歎此菩薩摩訶薩勿令一切災橫侵惱

爾時天帝釋白佛言世尊甚奇希有是菩薩摩訶薩於此甚深般若波羅蜜多受持讀誦精勤修學如理思惟書寫解說廣令流布攝受如是現法功德成熟有情嚴淨佛土從一佛國趣一佛國親近承事諸佛世尊隨所欣樂殊勝善根由於諸佛供養恭敬尊重讚歎即得成滿於諸佛所聽聞正法乃至無上正等菩提終不忘失所聞法要速能攝受族姓圓滿母圓滿生圓滿眷屬圓滿相好圓滿光明圓滿眼圓滿耳圓滿音聲圓滿陀羅尼圓

滿三摩地圓滿復以善巧方便之力變身如佛從一世界趣一世界至無佛國讃說布施波羅蜜多讃說淨戒安忍精進靜慮般若波羅蜜多讃說内空讃說外空内外空空空大空勝義空有爲空無爲空畢竟空無際空散空無變異空本性空自相空共相空一切法空不可得空無性空自性空無性自性空讃說眞如讃說法界法性不虚妄性不變異性平等性離生性法定法住實際虚空界不思議界讃說苦聖諦讃說集滅道聖諦讃說四靜慮讃說四無量四無色定讃說八解脫讃說八勝處九次第定十遍處讃說四念住讃說四正斷四神足五根五力七等覺支八聖道支讃說空解脫門讃說無相解脫門無願解脫門讃說五眼讃說六神通讃說佛十力讃說四無所畏四無礙解大慈大悲大喜大捨十八佛不共法讃說無忘失法讃說恒住捨性讃說一切智讃說道相智一切相智讃說一切陀羅尼門讃說一切三摩地門讃說佛寶讃說法寶苾芻僧寶復以善巧方便之力爲諸有情宣說法要隨宜安置三乘法中永令解脫生老病死證無餘依般涅槃界或復拔濟諸惡趣苦於天人中受諸快樂

大般若波羅蜜多經卷第一百

大般若波羅蜜多經卷第一百一

唐三藏法師玄奘奉　詔譯

初分攝受品第二十九之三

時天帝釋復白佛言世尊般若波羅蜜多甚爲希有若有攝受般若波羅蜜多則爲攝受布施淨戒安忍精進靜慮般若波羅蜜多若有攝受般若波羅蜜多則爲攝受內空外空內外空空空大空勝義空有爲空無爲空畢竟空無際空散空無變異空本性空自相空共相空一切法空不可得空無性空自性空無性自性空若有攝受般若波羅蜜多則爲攝受眞如法界法性不虛妄性不變異性平等性離生性法定法住實際虛空界不思議界若有攝受般若波羅蜜多則爲攝受苦聖諦集聖諦滅聖諦道聖諦若有攝受般若波羅蜜多則爲攝受四靜慮四無量四無色定若有攝受般若波羅蜜多則爲攝受八解脫八勝處九次第定十遍處若有攝受般若波羅蜜多則爲攝受四念住四正斷四神足五根五力七等覺支八聖道支若有攝受般若波羅蜜多則爲攝受空解脫門無相解脫門無願解脫門若有攝受般若波羅蜜多則爲攝受五眼六神通若有攝受般若波羅蜜多則爲攝受佛十力四無所畏四無礙解大慈大悲大喜大捨十八佛不共法若有攝受般若波羅蜜多則爲攝受無忘失法恒住捨性若有攝受般若波羅蜜多則爲攝受一切智道相智一切相智若有攝受般若波羅蜜多則爲攝受一切陀羅尼門一切三摩地門若有攝受般若波羅蜜多則爲攝受預流果一

來果不還果阿羅漢果若有攝受般若波羅蜜多則爲攝受獨覺菩提若有攝受般若波羅蜜多則爲攝受菩薩十地若有攝受般若波羅蜜多則爲攝受無上正等菩提若有攝受般若波羅蜜多則爲攝受世間出世間一切善法爾時佛告天帝釋言如是如是如汝所說般若波羅蜜多甚爲希有若於般若波羅蜜多能攝受者則能攝受布施淨戒安忍精進靜慮般若波羅蜜多若於般若波羅蜜多能攝受者則能攝受内空外空内外空空空大空勝義空有爲空無爲空畢竟空無際空散空無變異空本性空自相空共相空一切法空不可得空無性空自性空無性自性空若於般若波羅蜜多能攝受者則能攝受眞如法界法性不虚妄性不變異性平等性離生性法定法住實際虚空界不思議界若於般若波羅蜜多能攝受者則能攝受苦聖諦集聖諦滅聖諦道聖諦若於般若波羅蜜多能攝受者則能攝受四靜慮四無量四無色定若於般若波羅蜜多能攝受者則能攝受八解脱八勝處九次第定十遍處若於般若波羅蜜多能攝受者則能攝受四念住四正斷四神足五根五力七等覺支八聖道支若於般若波羅蜜多能攝受者則能攝受空解脱門無相解脱門無願解脱門若於般若波羅蜜多能攝受者則能攝受五眼六神通若於般若波羅蜜多能攝受者則能攝受佛十力四無所畏四無礙解大慈大悲大喜大捨十八佛不共法若於般若波羅蜜多能攝受者則能攝受無忘失法恒住捨性若於般

若波羅蜜多能攝受者則能攝受一切智道相智一切相智若於般若波羅蜜多能攝受者則能攝受一切陀羅尼門一切三摩地門若於般若波羅蜜多能攝受者則能攝受預流果一來果不還果阿羅漢果若於般若波羅蜜多能攝受者則能攝受獨覺菩提若於般若波羅蜜多能攝受者則能攝受菩薩十地若於般若波羅蜜多能攝受者則能攝受無上正等菩提若於般若波羅蜜多能攝受者則能攝受世間出世間一切善法復次憍尸迦若善男子善女人等於此般若波羅蜜多受持讀誦精勤修學如理思惟書寫解說廣令流布是善男子善女人等現法後法功德勝利汝應諦聽極善作意吾當爲汝分別解說天帝釋言唯然大聖願時爲說我等樂聞佛言憍尸迦若有種種外道梵志若諸惡魔及魔眷屬若餘暴惡增上慢者於此菩薩摩訶薩所欲爲鉼隙凌辱違害彼適興心速遭殃禍自當殄滅不果所願何以故憍尸迦是菩薩摩訶薩以應一切智智心用無所得爲方便長夜修行布施淨戒安忍精進靜慮般若波羅蜜多以大悲願而爲上首若諸有情爲慳貪故長夜鬪諍是菩薩摩訶薩於內外法一切悉捨方便令彼安住布施波羅蜜多若諸有情長夜破戒是菩薩摩訶薩於內外法一切悉捨方便令彼安住淨戒波羅蜜多若諸有情長夜忿恚是菩薩摩訶薩於內外法一切悉捨方便令彼安住安忍波羅蜜多若諸有情長夜懈怠是菩薩摩訶薩於內外法一切悉捨方便令彼安住精進波羅蜜

多若諸有情長夜心亂是菩薩摩訶薩於內外法一切悉捨方便令彼安住靜慮波羅蜜多若諸有情長夜愚癡是菩薩摩訶薩於內外法一切悉捨方便令彼安住般若波羅蜜多若諸有情流轉生死長夜恒爲貪瞋癡等隨眠纏垢之所擾亂是菩薩摩訶薩能以種種善巧方便令彼斷滅求離生死或安立彼令住內空外空內外空空空大空勝義空有爲空無爲空畢竟空無際空散空無變異空本性空自相空共相空一切法空不可得空無性空自性空無性自性空或安立彼令住眞如法界法性不虛妄性不變異性平等性離生性法定法住實際虛空界不思議界或安立彼令住苦聖諦集聖諦滅聖諦道聖諦或安立彼令住四靜慮四無量四無色定或安立彼令住八解脫八勝處九次第定十遍處或安立彼令住四念住四正斷四神足五根五力七等覺支八聖道支或安立彼令住空解脫門無相解脫門無願解脫門或安立彼令住五眼六神通或安立彼令住佛十力四無所畏四無礙解大慈大悲大喜大捨十八佛不共法或安立彼令住無忘失法恒住捨性或安立彼令住一切智道相智一切相智或安立彼令住一切陀羅尼門一切三摩地門或安立彼令住預流果一來果不還果阿羅漢果或安立彼令住獨覺菩提或安立彼令住菩薩十地或安立彼令住無上正等菩提或安立彼令住世間出世間一切善法憍尸迦如是名爲受持讀誦精勤修學如理思惟書寫解說流布般若波羅蜜多菩薩摩

訶薩所獲現法功德勝利憍尸迦是菩薩摩
訶薩由於般若波羅蜜多受持讀誦精勤修
學如理思惟書寫解說廣令流布於當來世
速證無上正等菩提轉妙法輪度無量衆隨
本所願安立有情令於三乘修學究竟乃至
證入無餘涅槃憍尸迦如是名爲受持讀誦
精勤修學如理思惟書寫解說流布般若波
羅蜜多菩薩摩訶薩所獲後法功德勝利復
次憍尸迦若善男子善女人等於此般若波
羅蜜多受持讀誦精勤修學如理思惟書寫
解說廣令流布其地方所若有惡魔及魔眷
屬或有種種外道梵志及餘暴惡增上慢者
憎嫉般若波羅蜜多欲爲障礙詰責違拒令
速隱沒終不能成彼因暫聞般若聲故衆惡
漸滅功德漸生後依三乘得盡苦際憍尸迦
如有妙藥名曰莫耆是藥威勢能消衆毒有
大毒蛇饑行求食遇見生類欲螫噉之其生
怖死走投妙藥蛇聞藥氣尋便退走何以故
憍尸迦由此莫耆具大威力能伏衆毒益身
命故當知般若波羅蜜多具大勢力亦復如
是若善男子善女人輩受持讀誦精勤修學
如理思惟書寫解說廣令流布諸惡魔等於
此菩薩摩訶薩所欲爲惡事由此般若波羅
蜜多威神力故令彼惡事於其方所自當殄
滅何以故憍尸迦由此般若具大威力能摧
惡法增衆善故憍尸迦云何般若波羅蜜多
能滅惡法增長衆善憍尸迦如是般若波羅
蜜多能滅貪欲瞋恚愚癡增彼對治憍尸迦
如是般若波羅蜜多能滅無明行識名色六
處觸受愛取有生老死愁歎苦憂惱純大苦

蘊增彼對治憍尸迦如是般若波羅蜜多能滅一切障蓋隨眠纏垢結縛增彼對治憍尸迦如是般若波羅蜜多能滅我見有情見命者見生者見養育者見士夫見補特伽羅見意生見儒童見作者見受者見知者見見者見增彼對治憍尸迦如是般若波羅蜜多能滅一切常見斷見有見無見乃至種種諸惡見趣增彼對治憍尸迦如是般若波羅蜜多能滅所有慳貪破戒忿恚懈怠散亂愚癡增彼對治憍尸迦如是般若波羅蜜多能滅所有常想樂想我想淨想增彼對治憍尸迦如是般若波羅蜜多能滅一切貪行瞋行癡行慢行疑見行等增彼對治憍尸迦如是般若波羅蜜多能滅色取增彼對治能滅受想行識取增彼對治憍尸迦如是般若波羅蜜多能滅眼處取增彼對治能滅耳鼻舌身意處取增彼對治能滅色處取增彼對治能滅聲香味觸法處取增彼對治憍尸迦如是般若波羅蜜多能滅眼界取增彼對治能滅色界眼識界及眼觸眼觸爲緣所生諸受取增彼對治能滅耳界取增彼對治能滅聲界耳識界及耳觸耳觸爲緣所生諸受取增彼對治能滅鼻界取增彼對治能滅香界鼻識界及鼻觸鼻觸爲緣所生諸受取增彼對治能滅舌界取增彼對治能滅味界舌識界及舌觸舌觸爲緣所生諸受取增彼對治能滅身界取增彼對治能滅觸界身識界及身觸身觸爲緣所生諸受取增彼對治能滅意界取增彼對治能滅法界意識界及意觸意觸爲緣所生諸受取增彼對治憍尸迦如是般若波

羅蜜多能滅地界取增彼對治能滅水火風空識界取增彼對治憍尸迦如是般若波羅蜜多能滅苦聖諦取增彼對治能滅集滅道聖諦取增彼對治憍尸迦如是般若波羅蜜多能滅無明取增彼對治能滅行識名色六入處觸受愛取有生老死愁歎苦憂惱取增彼對治憍尸迦如是般若波羅蜜多能滅內空取增彼對治能滅外空內外空空空大空勝義空有爲空無爲空畢竟空無際空散空無變異空本性空自相空共相空一切法空不可得空無性空自性空無性自性空取增彼對治憍尸迦如是般若波羅蜜多能滅眞如取增彼對治能滅法界法性不虛妄性不變異性平等性離生性法定法住實際虛空界不思議界取增彼對治憍尸迦如是般若波羅蜜多能滅布施波羅蜜多取增彼對治能滅淨戒安忍精進靜慮般若波羅蜜多取增彼對治憍尸迦如是般若波羅蜜多能滅四靜慮取增彼對治能滅四無量四無色定取增彼對治憍尸迦如是般若波羅蜜多能滅八解脫取增彼對治能滅八勝處九次第定十遍處取增彼對治憍尸迦如是般若波羅蜜多能滅四念住取增彼對治能滅四正斷四神足五根五力七等覺支八聖道支取增彼對治憍尸迦如是般若波羅蜜多能滅空解脫門取增彼對治能滅無相無願解脫門取增彼對治憍尸迦如是般若波羅蜜多能滅五眼取增彼對治能滅六神通取增彼對治憍尸迦如是般若波羅蜜多能滅佛十力取增彼對治能滅四無所畏四無礙解大

慈大悲大喜大捨十八佛不共法取增彼對治憍尸迦如是般若波羅蜜多能滅無忘失法取增彼對治能滅恒住捨性取增彼對治憍尸迦如是般若波羅蜜多能滅一切智取增彼對治能滅道相智一切相智取增彼對治憍尸迦如是般若波羅蜜多能滅一切陀羅尼門取增彼對治能滅一切三摩地門取增彼對治憍尸迦如是般若波羅蜜多能滅預流取增彼對治能滅一來不還阿羅漢取增彼對治憍尸迦如是般若波羅蜜多能滅預流向預流果取增彼對治能滅一來向一來果不還向不還果阿羅漢向阿羅漢果取增彼對治憍尸迦如是般若波羅蜜多能滅獨覺取增彼對治能滅獨覺向獨覺果取增彼對治憍尸迦如是般若波羅蜜多能滅菩

薩摩訶薩取增彼對治能滅三藐三佛陀取增彼對治憍尸迦如是般若波羅蜜多能滅菩薩摩訶薩法取增彼對治能滅無上正等菩提取增彼對治憍尸迦如是般若波羅蜜多能滅聲聞乘取增彼對治能滅獨覺乘無上乘取增彼對治憍尸迦如是般若波羅蜜多乃至能滅般涅槃取增彼對治憍尸迦如是般若波羅蜜多能滅一切魔所住法及能生長一切善事是故般若波羅蜜多有無數量大威神力復次憍尸迦若善男子善女人等於此般若波羅蜜多至心聽聞受持讀誦精勤修學如理思惟書寫解說廣令流布是菩薩摩訶薩常為三千大千世界四大天王及天帝釋堪忍界主大梵天王極光淨天遍淨天廣果天淨居天等并諸善神皆同擁護

不令一切災横侵惱如法所求無不滿足十方世界現在諸佛亦常護念如是菩薩令惡法滅善法增長所謂增長布施波羅蜜多令無損減增長淨戒安忍精進靜慮般若波羅蜜多令無損減何以故以無所得爲方便故增長内空令無損減增長外空内外空空空大空勝義空有爲空無爲空畢竟空無際空散空無變異空本性空自相空共相空一切法空不可得空無性空自性空無性自性空令無損減何以故以無所得爲方便故增長眞如令無損減增長法界法性不虚妄性不變異性平等性離生性法定法住實際虚空界不思議界令無損減何以故以無所得爲方便故增長苦聖諦令無損減增長集滅道聖諦令無損減何以故以無所得爲方便故

增長四靜慮令無損減增長四無量四無色定令無損減何以故以無所得爲方便故增長八解脱令無損減增長八勝處九次第定十遍處令無損減何以故以無所得爲方便故增長四念住令無損減增長四正斷四神足五根五力七等覺支八聖道支令無損減何以故以無所得爲方便故增長空解脱門令無損減增長無相無願解脱門令無損減何以故以無所得爲方便故增長五眼令無損減增長六神通令無損減何以故以無所得爲方便故增長佛十力令無損減增長四無所畏四無礙解大慈大悲大喜大捨十八佛不共法令無損減何以故以無所得爲方便故增長無忘失法令無損減增長恒住捨性令無損減何以故以無所得爲方便故增

長一切智令無損減增長道相智一切相智令無損減何以故以無所得爲方便故增長一切陀羅尼門令無損減增長一切三摩地門令無損減何以故以無所得爲方便故憍尸迦是菩薩摩訶薩發言威肅聞皆敬受稱量談說辭無錯亂深知恩義堅事善友不爲慳嫉忿恨覆惱諂誑憍慢等之所隱蔽憍尸迦是菩薩摩訶薩自離斷生命教他離斷生命讚說離斷生命法歡喜讚歎離斷生命者自離不與取教他離不與取讚說離不與取法歡喜讚歎離不與取者自離欲邪行教他離欲邪行讚說離欲邪行法歡喜讚歎離欲邪行者自離虛誑語教他離虛誑語讚說離虛誑語法歡喜讚歎離虛誑語者自離離間語教他離離間語讚說離離間語法歡喜讚歎離離間語者自離麤惡語教他離麤惡語讚說離麤惡語法歡喜讚歎離麤惡語者自離雜穢語教他離雜穢語讚說離雜穢語法歡喜讚歎離雜穢語者自離貪欲教他離貪欲讚說離貪欲法歡喜讚歎離貪欲者自離瞋恚教他離瞋恚讚說離瞋恚法歡喜讚歎離瞋恚者自離邪見教他離邪見讚說離邪見法歡喜讚歎離邪見者憍尸迦是菩薩摩訶薩自行布施波羅蜜多教他行布施波羅蜜多讚說布施波羅蜜多法歡喜讚歎行布施波羅蜜多者自行淨戒波羅蜜多教他行淨戒波羅蜜多讚說淨戒波羅蜜多法歡喜讚歎行淨戒波羅蜜多者自行安忍波羅蜜多教他行安忍波羅蜜多讚說安忍波羅蜜多法歡喜讚歎行安忍波羅蜜多者自行精

進波羅蜜多教他行精進波羅蜜多讚説精進波羅蜜多法歡喜讚歎行精進波羅蜜多者自行靜慮波羅蜜多教他行靜慮波羅蜜多讚説靜慮波羅蜜多法歡喜讚歎行靜慮波羅蜜多者自行般若波羅蜜多教他行般若波羅蜜多讚説般若波羅蜜多法歡喜讚歎行般若波羅蜜多者憍尸迦是菩薩摩訶薩自住内空教他住内空讚説内空法歡喜讚歎住内空者自住外空教他住外空讚説外空法歡喜讚歎住外空者自住内外空教他住内外空讚説内外空法歡喜讚歎住内外空者自住空空教他住空空讚説空空法歡喜讚歎住空空者自住大空教他住大空讚説大空法歡喜讚歎住大空者自住勝義空教他住勝義空讚説勝義空法歡喜讚歎住勝義空者自住有爲空教他住有爲空讚説有爲空法歡喜讚歎住有爲空者自住無爲空教他住無爲空讚説無爲空法歡喜讚歎住無爲空者自住畢竟空教他住畢竟空讚説畢竟空法歡喜讚歎住畢竟空者自住無際空教他住無際空讚説無際空法歡喜讚歎住無際空者自住散空教他住散空讚説散空法歡喜讚歎住散空者自住無變異空教他住無變異空讚説無變異空法歡喜讚歎住無變異空者自住本性空教他住本性空讚説本性空法歡喜讚歎住本性空者自住自相空教他住自相空讚説自相空法歡喜讚歎住自相空者自住共相空教他住共相空讚説共相空法歡喜讚歎住共相空者自住一切法空教他住一切法空讚説一

切法空法歡喜讚歎住一切法空者自住不可得空教他住不可得空讚說不可得空法歡喜讚歎住不可得空者自住無性空教他住無性空讚說無性空法歡喜讚歎住無性空者自住自性空教他住自性空讚說自性空法歡喜讚歎住自性空者自住無性自性空教他住無性自性空讚說無性自性空法歡喜讚歎住無性自性空者憍尸迦是菩薩摩訶薩自住眞如教他住眞如讚說眞如法歡喜讚歎住眞如者自住法界教他住法界讚說法界法歡喜讚歎住法界者自住法性教他住法性讚說法性法歡喜讚歎住法性者自住不虛妄性教他住不虛妄性讚說不虛妄性法歡喜讚歎住不虛妄性者自住不變異性教他住不變異性讚說不變異性法歡喜讚歎住不變異性者自住平等性教他住平等性讚說平等性法歡喜讚歎住平等性者自住離生性教他住離生性讚說離生性法歡喜讚歎住離生性者自住法定教他住法定讚說法定法歡喜讚歎住法定者自住法住教他住法住讚說法住法歡喜讚歎住法住者自住實際教他住實際讚說實際法歡喜讚歎住實際者自住虛空界教他住虛空界讚說虛空界法歡喜讚歎住虛空界者自住不思議界教他住不思議界讚說不思議界法歡喜讚歎住不思議界者憍尸迦是菩薩摩訶薩自住苦聖諦教他住苦聖諦讚說苦聖諦法歡喜讚歎住苦聖諦者自住集聖諦教他住集聖諦讚說集聖諦法歡喜讚歎住集聖諦者自住滅聖諦教他住滅聖

諦讃説滅聖諦法歡喜讃歎住滅聖諦者自住道聖諦教他住道聖諦讃説道聖諦法歡喜讃歎住道聖諦者憍尸迦是菩薩摩訶薩自修初靜慮教他修初靜慮讃説初靜慮法歡喜讃歎修初靜慮者自修第二靜慮教他修第二靜慮讃説第二靜慮法歡喜讃歎修第二靜慮者自修第三靜慮教他修第三靜慮讃説第三靜慮法歡喜讃歎修第三靜慮者自修第四靜慮教他修第四靜慮讃説第四靜慮法歡喜讃歎修第四靜慮者憍尸迦是菩薩摩訶薩自修慈無量教他修慈無量讃説慈無量法歡喜讃歎修慈無量者自修悲無量教他修悲無量讃説悲無量法歡喜讃歎修悲無量者自修喜無量教他修喜無量讃説喜無量法歡喜讃歎修喜無量者自修捨無量教他修捨無量讃説捨無量法歡喜讃歎修捨無量者憍尸迦是菩薩摩訶薩自修空無邊處定教他修空無邊處定讃説空無邊處定法歡喜讃歎修空無邊處定者自修識無邊處定教他修識無邊處定讃説識無邊處定法歡喜讃歎修識無邊處定者自修無所有處定教他修無所有處定讃説無所有處定法歡喜讃歎修無所有處定者自修非想非非想處定教他修非想非非想處定讃説非想非非想處定法歡喜讃歎修非想非非想處定者憍尸迦是菩薩摩訶薩自修八解脱教他修八解脱讃説八解脱法歡喜讃歎修八解脱者自修八勝處教他修八勝處讃説八勝處法歡喜讃歎修八勝處者自修九次第定教他修九次第定讃説九

次第定法歡喜讚歎修九次第定者自修十遍處教他修十遍處讚說十遍處法歡喜讚歎修十遍處者憍尸迦是菩薩摩訶薩自修四念住教他修四念住讚說四念住法歡喜讚歎修四念住者自修四正斷教他修四正斷讚說四正斷法歡喜讚歎修四正斷者自修四神足教他修四神足讚說四神足法歡喜讚歎修四神足者自修五根教他修五根讚說五根法歡喜讚歎修五根者自修五力教他修五力讚說五力法歡喜讚歎修五力者自修七等覺支教他修七等覺支讚說七等覺支法歡喜讚歎修七等覺支者自修八聖道支教他修八聖道支讚說八聖道支法歡喜讚歎修八聖道支者憍尸迦是菩薩摩訶薩自修空解脫門教他修空解脫門讚說空解脫門法歡喜讚歎修空解脫門者自修無相解脫門教他修無相解脫門讚說無相解脫門法歡喜讚歎修無相解脫門者自修無願解脫門教他修無願解脫門讚說無願解脫門法歡喜讚歎修無願解脫門者憍尸迦是菩薩摩訶薩自修五眼教他修五眼讚說五眼法歡喜讚歎修五眼者自修六神通教他修六神通讚說六神通法歡喜讚歎修六神通者憍尸迦是菩薩摩訶薩自修佛十力教他修佛十力讚說佛十力法歡喜讚歎修佛十力者自修四無所畏教他修四無所畏讚說四無所畏法歡喜讚歎修四無所畏者自修四無礙解教他修四無礙解讚說四無礙解法歡喜讚歎修四無礙解者憍尸迦是菩薩摩訶薩自修大慈教他修大慈讚說

大慈法歡喜讚歎修大慈者自修大悲教他
修大悲讚說大悲法歡喜讚歎修大悲者自
修大喜教他修大喜讚說大喜法歡喜讚歎
修大喜者自修大捨教他修大捨讚說大捨
法歡喜讚歎修大捨者憍尸迦是菩薩摩訶
薩自修十八佛不共法教他修十八佛不共
法讚說十八佛不共法法歡喜讚歎修十八
佛不共法者

大般若波羅蜜多經卷第一百一

音釋

讎隙（讎除留切仇讎也　隙乞逆切怨隙也）詰責（詰音乞問也　責側格切誚也）螫噉（螫施隻切虫行毒也　噉徒濫切食噉也）殄滅（殄徒典切亦滅也又盡也絕也）

大般若波羅蜜多經卷第一百二

唐三藏法師玄奘奉　詔譯

初分攝受品第二十九之四

憍尸迦是菩薩摩訶薩自修無忘失法教他修無忘失法讚說無忘失法法歡喜讚歎修無忘失法者自修恒住捨性教他修恒住捨性讚說恒住捨性法歡喜讚歎修恒住捨性者憍尸迦是菩薩摩訶薩自修一切陀羅尼門教他修一切陀羅尼門讚說一切陀羅尼門法歡喜讚歎修一切陀羅尼門者自修一切三摩地門教他修一切三摩地門讚說一切三摩地門法歡喜讚歎修一切三摩地門者憍尸迦是菩薩摩訶薩自修一切智教他修一切智讚說一切智法歡喜讚歎修一切智者自修道相智教他修道相智讚說道相智法歡喜讚歎修道相智者自修一切相智教他修一切相智讚說一切相智法歡喜讚歎修一切相智者憍尸迦是菩薩摩訶薩行六波羅蜜多時所行布施波羅蜜多以無所得爲方便與一切有情同共回向阿耨多羅三藐三菩提所護淨戒波羅蜜多以無所得爲方便與一切有情同共回向阿耨多羅三藐三菩提所修安忍波羅蜜多以無所得爲方便與一切有情同共回向阿耨多羅三藐三菩提所起精進波羅蜜多以無所得爲方便與一切有情同共回向阿耨多羅三藐三菩提所入靜慮波羅蜜多以無所得爲方便與一切有情同共回向阿耨多羅三藐三菩提所學般若波羅蜜多以無所得爲方便與一切有情同共回向阿耨多羅三藐三菩提

憍尸迦是菩薩摩訶薩行六波羅蜜多時常作是念我若不行布施波羅蜜多當生貧賤家尚無勢力何由成熟有情嚴淨佛土況當能得一切智智我若不護淨戒波羅蜜多當生諸惡趣尚不能得下賤人身何由成熟有情嚴淨佛土況當能得一切智智我若不修安忍波羅蜜多當生諸根殘缺容貌醜陋不具菩薩圓滿色身若得菩薩圓滿色身行菩薩行有情見者必獲無上正等菩提若不得此圓滿色身則不能成熟一切有情嚴淨佛土況當能得一切智智我若懈怠不起精進波羅蜜多尚不能獲菩薩勝道何由成熟一切有情嚴淨佛土況當能得一切智智我若心亂不入靜慮波羅蜜多尚不能起菩薩勝定何由成熟有情嚴淨佛土況當能得一切智智我若無智不學般若波羅蜜多尚不能得諸巧便慧超二乘地何由成熟有情嚴淨佛土況當能得一切智智憍尸迦是菩薩摩訶薩學六波羅蜜多常作是念我不應隨慳貪勢力若隨彼力則我布施波羅蜜多不得圓滿若我布施波羅蜜多不圓滿者終不能成一切智智我不應隨破戒勢力若隨彼力則我淨戒波羅蜜多不得圓滿若我淨戒波羅蜜多不圓滿者終不能成一切智智我不應隨忿恚勢力若隨彼力則我安忍波羅蜜多不得圓滿若我安忍波羅蜜多不圓滿者終不能成一切智智我不應隨懈怠勢力若隨彼力則我精進波羅蜜多不得圓滿若我精進波羅蜜多不圓滿者終不能成一切智智我不應隨心亂勢力若隨彼力則我靜慮

波羅蜜多不得圓滿若我靜慮波羅蜜多不圓滿者終不能成一切智智我不應隨無智勢力若隨彼力則我般若波羅蜜多不得圓滿若我般若波羅蜜多不圓滿者終不能成一切智智憍尸迦是菩薩摩訶薩不離一切智智心以無所得爲方便於此般若波羅蜜多受持讀誦精勤修學如理思惟書寫解說廣令流布獲得如是現法後法功德勝利爾時天帝釋白佛言世尊如是般若波羅蜜多甚爲希有調伏菩薩令不高心而能回向一切智智佛言憍尸迦云何般若波羅蜜多調伏菩薩令不高心而能回向一切智智天帝釋言世尊菩薩摩訶薩行世間布施波羅蜜多時若於佛所而行布施便作是念我能施佛若於菩薩獨覺聲聞孤窮老病道行乞者

而行布施便作是念我能施菩薩獨覺聲聞孤窮老病道行乞者是菩薩摩訶薩無方便善巧行布施故遂起高心不能回向一切智智菩薩摩訶薩行世間淨戒波羅蜜多時便作是念我能行淨戒波羅蜜多我能滿淨戒波羅蜜多是菩薩摩訶薩無方便善巧行淨戒故遂起高心不能回向一切智智菩薩摩訶薩行世間安忍波羅蜜多時便作是念我能行安忍波羅蜜多我能滿安忍波羅蜜多是菩薩摩訶薩無方便善巧行安忍故遂起高心不能回向一切智智菩薩摩訶薩行世間精進波羅蜜多時便作是念我能行精進波羅蜜多我能滿精進波羅蜜多是菩薩摩訶薩無方便善巧行精進故遂起高心不能回向一切智智菩薩摩訶薩行世間靜慮波

羅蜜多時便作是念我能行靜慮波羅蜜多我能滿靜慮波羅蜜多是菩薩摩訶薩無方便善巧行靜慮故遂起高心不能回向一切智智菩薩摩訶薩行世間般若波羅蜜多時便作是念我能行般若波羅蜜多我能滿般若波羅蜜多是菩薩摩訶薩無方便善巧行般若故遂起高心不能回向一切智智世尊菩薩摩訶薩住內空時若作是念我能住內空是菩薩摩訶薩我我所執之所擾亂住內空故遂起高心不能回向一切智智菩薩摩訶薩住外空內外空空空大空勝義空有爲空無爲空畢竟空無際空散空無變異空本性空自相空共相空一切法空不可得空無性空自性空無性自性空時若作是念我能住外空乃至無性自性空是菩薩摩訶薩我我所執之所擾亂住外空乃至無性自性空故遂起高心不能回向一切智智世尊菩薩摩訶薩住真如時若作是念我能住真如是菩薩摩訶薩我我所執之所擾亂住真如故遂起高心不能回向一切智智菩薩摩訶薩住法界法性不虛妄性不變異性平等性離生性法定法住實際虛空界不思議界時若作是念我能住法界乃至不思議界是菩薩摩訶薩我我所執之所擾亂住法界乃至不思議界故遂起高心不能回向一切智智世尊菩薩摩訶薩住苦聖諦時若作是念我能住苦聖諦是菩薩摩訶薩我我所執之所擾亂住苦聖諦故遂起高心不能回向一切智智菩薩摩訶薩住集滅道聖諦時若作是念我能住集滅道聖諦是菩薩摩訶薩我我所

執之所擾亂住集滅道聖諦故遂起高心不能回向一切智智世尊菩薩摩訶薩修四靜慮時若作是念我能修四靜慮是菩薩摩訶薩我我所執之所擾亂修四靜慮故遂起高心不能回向一切智智菩薩摩訶薩修四無量四無色定時若作是念我能修四無量四無色定是菩薩摩訶薩我我所執之所擾亂修回無量四無色定故遂起高心不能回向一切智智世尊菩薩摩訶薩修八解脱時若作是念我能修八解脱是菩薩摩訶薩我我所執之所擾亂修八解脱故遂起高心不能回向一切智智菩薩摩訶薩修八勝處九次第定十遍處時若作是念我能修八勝處九次第定十遍處是菩薩摩訶薩我我所執之所擾亂修八勝處九次第定十遍處故遂起高心不能回向一切智智世尊菩薩摩訶薩修四念住時若作是念我能修四念住是菩薩摩訶薩我我所執之所擾亂修四念住故遂起高心不能回向一切智智菩薩摩訶薩修四正斷四神足五根五力七等覺支八聖道支時若作是念我能修四正斷四神足五根五力七等覺支八聖道支是菩薩摩訶薩我我所執之所擾亂修四正斷四神足五根五力七等覺支八聖道支故遂起高心不能回向一切智智世尊菩薩摩訶薩修空解脱門時若作是念我能修空解脱門是菩薩摩訶薩我我所執之所擾亂修空解脱門故遂起高心不能回向一切智智菩薩摩訶薩修無相無願解脱門時若作是念我能修無相無願解脱門是菩薩摩訶薩我我所執之所

擾亂修無相無願解脫門故遂起高心不能回向一切智智世尊菩薩摩訶薩修五眼時若作是念我能修五眼是菩薩摩訶薩我我所執之所擾亂修五眼故遂起高心不能回向一切智智菩薩摩訶薩修六神通時若作是念我能修六神通是菩薩摩訶薩我我所執之所擾亂修六神通故遂起高心不能回向一切智智世尊菩薩摩訶薩修佛十力時若作是念我能修佛十力是菩薩摩訶薩我我所執之所擾亂修佛十力故遂起高心不能回向一切智智菩薩摩訶薩修四無所畏四無礙解大慈大悲大喜大捨十八佛不共法時若作是念我能修四無所畏四無礙解大慈大悲大喜大捨十八佛不共法是菩薩摩訶薩我我所執之所擾亂修四無所畏四無礙解大慈大悲大喜大捨十八佛不共法故遂起高心不能回向一切智智世尊菩薩摩訶薩修無忘失法時若作是念我能修無忘失法是菩薩摩訶薩我我所執之所擾亂修無忘失法故遂起高心不能回向一切智智菩薩摩訶薩修恒住捨性時若作是念我能修恒住捨性是菩薩摩訶薩我我所執之所擾亂修恒住捨性故遂起高心不能回向一切智智世尊菩薩摩訶薩修一切陀羅尼門時若作是念我能修一切陀羅尼門是菩薩摩訶薩我我所執之所擾亂修一切陀羅尼門故遂起高心不能回向一切智智菩薩摩訶薩修一切三摩地門時若作是念我能修一切三摩地門是菩薩摩訶薩我我所執之所擾亂修一切三摩地門故遂起高心不

能回向一切智智世尊菩薩摩訶薩修一切智時若作是念我能修一切智是菩薩摩訶薩我我所執之所擾亂修一切智故遂起高心不能回向一切智智菩薩摩訶薩修道相智一切相智時若作是念我能修道相智一切相智是菩薩摩訶薩我我所執之所擾亂修道相智一切相智故遂起高心不能回向一切智智世尊菩薩摩訶薩成熟有情時若作是念我能成熟有情是菩薩摩訶薩我我所執之所擾亂成熟有情故遂起高心不能回向一切智智菩薩摩訶薩嚴淨佛土時若作是念我能嚴淨佛土是菩薩摩訶薩我我所執之所擾亂嚴淨佛土故遂起高心不能回向一切智智世尊如是菩薩摩訶薩依世間心修諸善法無方便善巧行布施等故我

我所執擾亂心故雖修般若波羅蜜多而未得故不能如實調伏高心亦不能如實回向一切智智世尊若菩薩摩訶薩行出世間布施波羅蜜多時善修般若波羅蜜多故不得施者不得受者不得布施是菩薩摩訶薩依般若波羅蜜多行布施波羅蜜多故能調伏高心亦能回向一切智智若菩薩摩訶薩行出世間淨戒波羅蜜多時善修般若波羅蜜多故不得淨戒不得具淨戒者是菩薩摩訶薩依般若波羅蜜多行淨戒波羅蜜多故能調伏高心亦能回向一切智智若菩薩摩訶薩行出世間安忍波羅蜜多時善修般若波羅蜜多故不得安忍不得具安忍者是菩薩摩訶薩依般若波羅蜜多行安忍波羅蜜多故能調伏高心亦能回向一切智智若菩薩

摩訶薩行出世間精進波羅蜜多時善修般若波羅蜜多故不得精進不得具精進者是菩薩摩訶薩依般若波羅蜜多行精進波羅蜜多故能調伏高心亦能回向一切智智若菩薩摩訶薩行出世間靜慮波羅蜜多時善修般若波羅蜜多故不得靜慮不得具靜慮者是菩薩摩訶薩依般若波羅蜜多行靜慮波羅蜜多故能調伏高心亦能回向一切智智若菩薩摩訶薩行出世間般若波羅蜜多時善修般若波羅蜜多故不得般若不得具般若者亦不得一切法是菩薩摩訶薩依般若波羅蜜多行般若波羅蜜多故能調伏高心亦能回向一切智智世尊若菩薩摩訶薩住内空時善修般若波羅蜜多故不得内空不得住内空者是菩薩摩訶薩依般若波羅蜜多住内空故能調伏高心亦能回向一切智智若菩薩摩訶薩住外空内外空空空大空勝義空有爲空無爲空畢竟空無際空散空無變異空本性空自相空共相空一切法空不可得空無性空自性空無性自性空時善修般若波羅蜜多故不得外空乃至無性自性空不得住外空乃至無性自性空者是菩薩摩訶薩依般若波羅蜜多住外空乃至無性自性空故能調伏高心亦能回向一切智智世尊若菩薩摩訶薩住眞如時善修般若波羅蜜多故不得眞如不得住眞如者是菩薩摩訶薩依般若波羅蜜多住眞如故能調伏高心亦能回向一切智智若菩薩摩訶薩住法界法性不虚妄性不變異性平等性離生性法定法住實際虚空界不思議界時

善修般若波羅蜜多故不得法界乃至不思議界不得住法界乃至不思議界者是菩薩摩訶薩依般若波羅蜜多住法界乃至不思議界故能調伏高心亦能回向一切智智世尊若菩薩摩訶薩住苦聖諦時善修般若波羅蜜多故不得苦聖諦不得住苦聖諦者是菩薩摩訶薩依般若波羅蜜多住苦聖諦故能調伏高心亦能回向一切智智若菩薩摩訶薩住集滅道聖諦時善修般若波羅蜜多故不得集滅道聖諦不得住集滅道聖諦者是菩薩摩訶薩依般若波羅蜜多住集滅道聖諦故能調伏高心亦能回向一切智智世尊若菩薩摩訶薩修四靜慮時善修般若波羅蜜多故不得四靜慮不得修四靜慮者是菩薩摩訶薩依般若波羅蜜多修四靜慮故能調伏高心亦能回向一切智智若菩薩摩訶薩修四無量四無色定時善修般若波羅蜜多故不得四無量四無色定不得修四無量四無色定者是菩薩摩訶薩依般若波羅蜜多修四無量四無色定故能調伏高心亦能回向一切智智世尊若菩薩摩訶薩修八解脱時善修般若波羅蜜多故不得八解脱不得修八解脱者是菩薩摩訶薩依般若波羅蜜多修八解脱故能調伏高心亦能回向一切智智若菩薩摩訶薩修八勝處九次第定十遍處時善修般若波羅蜜多故不得八勝處九次第定十遍處不得修八勝處九次第定十遍處者是菩薩摩訶薩依般若波羅蜜多修八勝處九次第定十遍處故能調伏高心亦能回向一切智智世尊若菩薩摩訶

薩修四念住時善修般若波羅審多故不得四念住不得修四念住者是菩薩摩訶薩依般若波羅蜜多修四念住故能調伏高心亦能回向一切智智若菩薩摩訶薩修四正斷四神足五根五力七等覺支八聖道支時善修般若波羅蜜多故不得四正斷四神足五根五力七等覺支八聖道支不得修四正斷四神足五根五力七等覺支八聖道支者是菩薩摩訶薩依般若波羅蜜多修四正斷四神足五根五力七等覺支八聖道支故能調伏高心亦能回向一切智智世尊若菩薩摩訶薩修空解脫門時善修般若波羅蜜多故不得空解脫門不得修空解脫門者是菩薩摩訶薩依般若波羅蜜多修空解脫門故能調伏高心亦能回向一切智智若菩薩摩訶

薩修無相無願解脫門時善修般若波羅審多故不得無相無願解脫門不得修無相無願解脫門者是菩薩摩訶薩依般若波羅審多修無相無願解脫門故能調伏高心亦能回向一切智智世尊若菩薩摩訶薩修五眼時善修般若波羅審多故不得五眼不得修五眼者是菩薩摩訶薩依般若波羅蜜多修五眼故能調伏高心亦能回向一切智智若菩薩摩訶薩修六神通時善修般若波羅蜜多故不得六神通不得修六神通者是菩薩摩訶薩依般若波羅蜜多修六神通故能調伏高心亦能回向一切智智世尊若菩薩摩訶薩修佛十力時善修般若波羅蜜多故不得佛十力不得修佛十力者是菩薩摩訶薩依般若波羅蜜多修佛十力故能調伏高心

亦能回向一切智智若菩薩摩訶薩修四無所畏四無礙解大慈大悲大喜大捨十八佛不共法時善修般若波羅蜜多故不得四無所畏四無礙解大慈大悲大喜大捨十八佛不共法不得修四無所畏四無礙解大慈大悲大喜大捨十八佛不共法者是菩薩摩訶薩依般若波羅蜜多修四無所畏四無礙解大慈大悲大喜大捨十八佛不共法故能調伏高心亦能回向一切智智世尊若菩薩摩訶薩修無忘失法時善修般若波羅蜜多故不得無忘失法不得修無忘失法者是菩薩摩訶薩依般若波羅蜜多修無忘失法故能調伏高心亦能回向一切智智若菩薩摩訶薩修恒住捨性時善修般若波羅蜜多故不得恒住捨性不得修恒住捨性者是菩薩摩訶薩依般若波羅蜜多修恒住捨性故能調伏高心亦能回向一切智智世尊若菩薩摩訶薩修一切陀羅尼門時善修般若波羅蜜多故不得一切陀羅尼門不得修一切陀羅尼門者是菩薩摩訶薩依般若波羅蜜多修一切陀羅尼門故能調伏高心亦能回向一切智智若菩薩摩訶薩修一切三摩地門時善修般若波羅蜜多故不得一切三摩地門不得修一切三摩地門者是菩薩摩訶薩依般若波羅蜜多修一切三摩地門故能調伏高心亦能回向一切智智世尊若菩薩摩訶薩修一切智時善修般若波羅蜜多故不得一切智不得修一切智者是菩薩摩訶薩依般若波羅蜜多修一切智故能調伏高心亦能回向一切智智若菩薩摩訶薩修道相智

一切相智時善修般若波羅蜜多故不得道相智一切相智不得修道相智一切相智者是菩薩摩訶薩依般若波羅蜜多修道相智一切相智故能調伏高心亦能回向一切智智世尊若菩薩摩訶薩成熟有情時善修般若波羅蜜多故不得成熟有情不得成熟有情者是菩薩摩訶薩依般若波羅蜜多成熟有情故能調伏高心亦能回向一切智智若菩薩摩訶薩嚴淨佛土時善修般若波羅蜜多故不得嚴淨佛土不得嚴淨佛土者是菩薩摩訶薩依般若波羅蜜多嚴淨佛土故能調伏高心亦能回向一切智智世尊如是菩薩摩訶薩依出世間般若波羅蜜多修善法故能如實調伏高心亦能如實回向一切智智是故我說如是般若波羅蜜多甚爲希有

調伏菩薩令不高心而能回向一切智智爾時佛告天帝釋言憍尸迦若善男子善女人等能於如是甚深般若波羅蜜多至心聽聞受持讀誦精勤修學如理思惟書寫解說廣令流布是善男子善女人等身常安隱心恒喜樂不爲一切災橫侵惱復次憍尸迦若善男子善女人等於此般若波羅蜜多受持讀誦親近供養如理思惟書寫解說廣令流布是善男子善女人等若隨軍旅交陣戰時至心念誦如是般若波羅蜜多不爲刀杖之所傷殺所對怨敵皆起慈心設欲中傷自然退敗喪命軍旅終無是處何以故憍尸迦是善男子善女人等不離一切智智心以無所得爲方便長夜修習六波羅蜜多自除貪欲刀伏亦能除他貪欲刀仗自除瞋恚刀仗亦能

除他瞋恚刀仗自除愚癡刀仗亦能除他愚癡刀仗自除惡見刀仗亦能除他惡見刀仗自除纏垢刀仗亦能除他纏垢刀仗自除隨眠刀仗亦能除他隨眠刀仗自除惡業刀仗亦能除他惡業刀仗憍尸迦由此緣故是善男子善女人等設入軍陣不爲刀仗之所傷殺所對怨敵皆起慈心設欲中傷自然退敗喪命軍旅終無是處復次憍尸迦若善男子善女人等不離一切智智心以無所得爲方便常於如是甚深般若波羅蜜多至心聽聞恭敬供養尊重讚歎受持讀誦如理思惟精勤修學書寫解說廣令流布是善男子善女人等一切毒藥蠱道鬼魅厭禱呪術皆不能害水不能溺火不能燒刀仗惡獸怨賊惡神衆邪魍魎不能傷害何以故憍尸迦如是般若波羅蜜多是大神呪如是般若波羅蜜多是大明呪如是般若波羅蜜多是無上呪如是般若波羅蜜多是無等等呪如是般若波羅蜜多是一切呪王最上最妙無能及者具大威力能伏一切不爲一切之所降伏是善男子善女人等精勤修學如是呪王不爲自害不爲害他不爲俱害所以者何是善男子善女人等學此般若波羅蜜多了自他俱皆不可得憍尸迦是善男子善女人等學此般若波羅蜜多大呪王時不得我不得有情不得命者不得生者不得養者不得士夫不得補特伽羅不得意生不得儒童不得作者不得受者不得知者不得見者由於我等無所得故不爲自害不爲害他不爲俱害憍尸迦是善男子善女人等學此般若波羅蜜多大

呪王時不得色不得受想行識於色蘊等無所得故不爲自害不爲害他不爲俱害憍尸迦是善男子善女人等學此般若波羅蜜多大呪王時不得眼處不得耳鼻舌身意處於眼處等無所得故不爲自害不爲害他不爲俱害憍尸迦是善男子善女人等學此般若波羅蜜多大呪王時不得色處不得聲香味觸法處於色處等無所得故不爲自害不爲害他不爲俱害憍尸迦是善男子善女人等學此般若波羅蜜多大呪王時不得眼界不得色界眼識界及眼觸眼觸爲緣所生諸受於眼界等無所得故不爲自害不爲害他不爲俱害憍尸迦是善男子善女人等學此般若波羅蜜多大呪王時不得耳界不得聲界耳識界及耳觸耳觸爲緣所生諸受於耳界等無所得故不爲自害不爲害他不爲俱害憍尸迦是善男子善女人等學此般若波羅蜜多大呪王時不得鼻界不得香界鼻識界及鼻觸鼻觸爲緣所生諸受於鼻界等無所得故不爲自害不爲害他不爲俱害憍尸迦是善男子善女人等學此般若波羅蜜多大呪王時不得舌界不得味界舌識界及舌觸舌觸爲緣所生諸受於舌界等無所得故不爲自害不爲害他不爲俱害憍尸迦是善男子善女人等學此般若波羅蜜多大呪王時不得身界不得觸界身識界及身觸身觸爲緣所生諸受於身界等無所得故不爲自害不爲害他不爲俱害憍尸迦是善男子善女人等學此般若波羅蜜多大呪王時不得意界不得法界意識界及意觸意觸爲緣所生

諸受於意界等無所得故不爲自害不爲害他不爲俱害憍尸迦是善男子善女人等學此般若波羅蜜多大呪王時不得地界不得水火風空識界於地界等無所得故不爲自害不爲害他不爲俱害憍尸迦是善男子善女人等學此般若波羅蜜多大呪王時不得苦聖諦不得集滅道聖諦於苦聖諦等無所得故不爲自害不爲害他不爲俱害憍尸迦是善男子善女人等學此般若波羅蜜多大呪王時不得無明不得行識名色六處觸受愛取有生老死愁歎苦憂惱於無明等無所得故不爲自害不爲害他不爲俱害憍尸迦是善男子善女人等學此般若波羅蜜多大呪王時不得內空不得外空內外空空空大空勝義空有爲空無爲空畢竟空無際空散空無變異空本性空自相空共相空一切法空不可得空無性空自性空無性自性空於內空等無所得故不爲自害不爲害他不爲俱害憍尸迦是善男子善女人等學此般若波羅蜜多大呪王時不得眞如不得法界法性不虛妄性不變異性平等性離生性法定法住實際虛空界不思議界於眞如等無所得故不爲自害不爲害他不爲俱害

大般若波羅蜜多經卷第一百二

音釋

蠱道　蠱音古惑也師巫爲蠱以左道惑人也　魅　魅明祕切老精物也　厭　厭衣檢切禳也　禱　禱都皓切祈求也　魍魎　魍文紡切魎里養切魍魎山川之精物又水石之怪也

大般若波羅蜜多經卷第一百三

唐三藏法師玄奘奉詔譯

初分攝受品第二十九之五

憍尸迦是善男子善女人等學此般若波羅蜜多大呪王時不得布施波羅蜜多不得淨戒安忍精進靜慮般若波羅蜜多於布施波羅蜜多等無所得故不爲自害不爲害他不爲俱害憍尸迦是善男子善女人等學此般若波羅蜜多大呪王時不得四靜慮不得四無量四無色定於四靜慮等無所得故不爲自害不爲害他不爲俱害憍尸迦是善男子善女人等學此般若波羅蜜多大呪王時不得八解脫不得八勝處九次第定十遍處於八解脫等無所得故不爲自害不爲害他不爲俱害憍尸迦是善男子善女人等學此般若波羅蜜多大呪王時不得四念住不得四正斷四神足五根五力七等覺支八聖道支於四念住等無所得故不爲自害不爲害他不爲俱害憍尸迦是善男子善女人等學此般若波羅蜜多大呪王時不得空解脫門不得無相無願解脫門於空解脫門等無所得故不爲自害不爲害他不爲俱害憍尸迦是善男子善女人等學此般若波羅蜜多大呪王時不得五眼不得六神通於五眼等無所得故不爲自害不爲害他不爲俱害憍尸迦是善男子善女人等學此般若波羅蜜多大呪王時不得佛十力不得四無所畏四無礙解大慈大悲大喜大捨十八佛不共法於佛十力等無所得故不爲自害不爲害他不爲俱害憍尸迦是善男子善女人等學此般若

波羅蜜多大呪王時不得無忘失法不得恒住捨性於無忘失法等無所得故不爲自害不爲害他不爲俱害憍尸迦是善男子善女人等學此般若波羅蜜多大呪王時不得一切智不得道相智一切相智於一切智等無所得故不爲自害不爲害他不爲俱害憍尸迦是善男子善女人等學此般若波羅蜜多大呪王時不得一切陀羅尼門不得一切三摩地門於一切陀羅尼門等無所得故不爲自害不爲害他不爲俱害憍尸迦是善男子善女人等學此般若波羅蜜多大呪王時不得預流不得一來不還阿羅漢於預流等無所得故不爲自害不爲害他不爲俱害憍尸迦是善男子善女人等學此般若波羅蜜多大呪王時不得預流向預流果不得一來向一來果不還向不還果阿羅漢向阿羅漢果於預流向預流果等無所得故不爲自害不爲害他不爲俱害憍尸迦是善男子善女人等學此般若波羅蜜多大呪王時不得獨覺不得獨覺向獨覺果於獨覺等無所得故不爲自害不爲害他不爲俱害憍尸迦是善男子善女人等學此般若波羅蜜多大呪王時不得菩薩摩訶薩不得三藐三佛陀於菩薩摩訶薩等無所得故不爲自害不爲害他不爲俱害憍尸迦是善男子善女人等學此般若波羅蜜多大呪王時不得菩薩摩訶薩法不得無上正等菩提於菩薩摩訶薩法等無所得故不爲自害不爲害他不爲俱害憍尸迦是善男子善女人等學此般若波羅蜜多大呪王時不得聲聞乘不得獨覺乘無上乘

於聲聞乘等無所得故不爲自害不爲害他不爲俱害憍尸迦是善男子善女人等學此般若波羅蜜多大呪王時於我及法雖無所得而證無上正等菩提觀諸有情心行差别隨宜爲轉無上法輪令如說行皆獲饒益何以故過去菩薩摩訶薩衆於此般若波羅蜜多大神呪王精勤修學已證無上正等菩提轉妙法輪度無量衆未來菩薩摩訶薩衆於此般若波羅蜜多大神呪王精勤修學當證無上正等菩提轉妙法輪度無量衆現在十方無邊世界有諸菩薩摩訶薩衆於此般若波羅蜜多大神呪王精勤修學現證無上正等菩提轉妙法輪度無量衆復次憍尸迦若善男子善女人等於此般若波羅蜜多至心聽聞受持讀誦精勤修學如理思惟書寫解說廣令流布是善男子善女人等隨所居止國土城邑人及非人不爲一切災橫疾疫之所傷害所以者何是善男子善女人等隨所住處爲此三千大千世界及餘十方無量無數無邊世界所有四大王衆天三十三天夜摩天覩史多天樂變化天他化自在天梵衆天梵輔天梵會天大梵天光天少光天無量光天極光淨天淨天少淨天無量淨天遍淨天廣天少廣天無量廣天廣果天無煩天無熱天善現天善見天色究竟天并諸龍神阿素洛等常來守護恭敬供養尊重讚歎不令般若波羅蜜多大神呪王有留難故復次憍尸迦若善男子善女人等書此般若波羅蜜多大神呪王置清淨處恭敬供養尊重讚歎雖不聽聞受持讀誦精勤修學如理思惟亦

不爲他開示分別而此住處國邑王都人非人等不爲一切災橫疾疫之所傷害所以者何如是般若波羅蜜多大神咒王隨所住處爲此三千大千世界及餘十方無量無數無邊世界所有四大王衆天乃至色究竟天并諸龍神阿素洛等常來守護恭敬供養尊重讚歎不令般若波羅蜜多大神咒王有留難故憍尸迦是善男子善女人等但書般若波羅蜜多大神咒王置清淨處恭敬供養尊重讚歎尚獲如是現法利益況能聽聞受持讀誦精勤修學如理思惟及廣爲他開示分別當知是輩功德無邊速證菩提利樂一切憍尸迦若善男子善女人等怖畏怨家惡獸災橫厭禱疾疫毒藥呪等應書般若波羅蜜多大神呪王隨多少分香囊盛貯置寶筩中恒隨逐身恭敬供養諸怖畏事皆自消除天龍鬼神常守衛故憍尸迦譬如有人或旁生類入菩提樹院或至彼院邊人非人等不能傷害所以者何過去未來現在諸佛皆坐此處證得無上正等菩提得菩提已施諸有情無恐無怖身心安樂安立無量無數有情令住人天尊貴妙行安立無量無數有情令住三乘安樂妙行安立無量無數有情令現證得或預流果或一來果或不還果或阿羅漢果安立無量無數有情令當證得獨覺菩提或證無上正等菩提如是勝事皆由般若波羅蜜多威神之力是故此處一切天龍阿素洛等皆同守護供養恭敬尊重讚歎當知般若波羅蜜多隨所住處亦復如是一切天龍阿素洛等常來守護供養恭敬尊重讚歎不令

般若波羅蜜多有留難故當知是處即眞制多一切有情皆應敬禮當以種種上妙華鬘塗散等香衣服瓔珞寶幢旛蓋衆妙珍奇妓樂燈明而爲供養

初分校量功德品第三十之一

爾時天帝釋白佛言世尊若善男子善女人等書此般若波羅蜜多甚深經典種種莊嚴供養恭敬尊重讚歎復以種種上妙華鬘塗散等香衣服瓔珞寶幢旛蓋衆妙珍奇妓樂燈明而爲供養或善男子善女人等佛涅槃後起窣堵波七寶嚴飾寶函盛貯佛設利羅安置其中供養恭敬尊重讚歎復以種種上妙華鬘塗散等香衣服瓔珞寶幢旛蓋衆妙珍奇妓樂燈明而爲供養是二福聚何者爲多佛言憍尸迦我還問汝當隨意答於意云何如來所得一切智智及相好身於何等法修學而得天帝釋言世尊如來所得一切智智及相好身於此般若波羅蜜多修學而得佛告憍尸迦如是如是如汝所說我於般若波羅蜜多修學故得一切智智及相好身何以故憍尸迦不學般若波羅蜜多證得無上正等菩提無有是處故憍尸迦不以獲得相好身故說名如來應正等覺但以證得一切智智說名如來應正等覺憍尸迦如來所得一切智智甚深般若波羅蜜多爲因故起佛相好身但爲依處若不依止佛相好身一切智智無由而轉是故般若波羅蜜多正爲因生一切智智爲令此智現前相續故復修集佛相好身此相好身若非徧智所依處者一切天龍阿素洛等不應竭誠供養恭敬尊重

讚歎以相好身與佛徧智爲所依止故諸天龍阿素洛等恭敬供養由此緣故我涅槃後諸天龍神人非人等恭敬供養我設利羅憍尸迦若善男子善女人等但於般若波羅蜜多供養恭敬尊重讚歎是善男子善女人等則爲供養一切智智及所依止佛相好身弁涅槃後佛設利羅何以故憍尸迦一切智智及相好身弁設利羅皆以般若波羅蜜多爲根本故憍尸迦若善男子善女人等但於佛身及設利羅供養恭敬尊重讚歎是善男子善女人等非爲供養一切智智及此般若波羅蜜多何以故憍尸迦佛身遺體非此般若波羅蜜多一切智智之根本故憍尸迦由此緣故諸善男子善女人等欲供養佛若心若身先當聽聞受持讀誦精勤修學如理思惟

書寫解說甚深般若波羅蜜多復以種種上妙華鬘塗散等香衣服瓔珞寶幢旛蓋衆妙珍奇妓樂燈明而爲供養以是故憍尸迦若善男子善女人等書此般若波羅蜜多甚深經典種種莊嚴供養恭敬尊重讚歎復以種種上妙華鬘塗散等香衣服瓔珞寶幢旛蓋衆妙珍奇妓樂燈明而爲供養或善男子善女人等佛涅槃後起窣堵波七寶嚴飾寶函盛貯佛設利羅安置其中供養恭敬尊重讚歎復以種種上妙華鬘塗散等香衣服瓔珞寶幢旛蓋衆妙珍奇妓樂燈明而爲供養是二福聚前者爲多何以故憍尸迦布施淨戒安忍精進靜慮般若波羅蜜多皆從如是甚深般若波羅蜜多而出生故憍尸迦内空外空内外空空空大空勝義空有爲空無爲空

畢竟空無際空散空無變異空本性空自相空共相空一切法空不可得空無性空自性空無性自性空皆從如是甚深般若波羅蜜多而出現故憍尸迦眞如法界法性不虛妄性不變異性平等性離生性法定法住實際虛空界不思議界皆從如是甚深般若波羅蜜多而出現故憍尸迦苦聖諦集聖諦滅聖諦道聖諦皆從如是甚深般若波羅蜜多而出現故憍尸迦四靜慮四無量四無色定皆從如是甚深般若波羅蜜多而出生故憍尸迦八解脫八勝處九次第定十遍處皆從如是甚深般若波羅蜜多而出生故憍尸迦四念住四正斷四神足五根五力七等覺支八聖道支皆從如是甚深般若波羅蜜多而出生故憍尸迦空解脫門無相解脫門無願解脫門皆從如是甚深般若波羅蜜多而出生故憍尸迦五眼六神通皆從如是甚深般若波羅蜜多而出生故憍尸迦佛十力四無所畏四無礙解大慈大悲大喜大捨十八佛不共法皆從如是甚深般若波羅蜜多而出生故憍尸迦無忘失法恒住捨性皆從如是甚深般若波羅蜜多而出生故憍尸迦一切智道相智一切相智皆從如是甚深般若波羅蜜多而出生故憍尸迦一切陀羅尼門一切三摩地門皆從如是甚深般若波羅蜜多而出生故憍尸迦菩薩摩訶薩所有成熟有情嚴淨佛土皆從如是甚深般若波羅蜜多而出生故憍尸迦菩薩摩訶薩所有族姓圓滿色力圓滿財寶圓滿眷屬圓滿皆從如是甚深般若波羅蜜多而出生故憍尸迦世間所

有十善業道供養沙門父母師長施戒修等無量善法皆從如是甚深般若波羅蜜多而出生故憍尸迦世間所有刹帝利大族婆羅門大族長者大族居士大族皆從如是甚深般若波羅蜜多而出生故憍尸迦世間所有四大王衆天三十三天夜摩天覩史多天樂變化天他化自在天皆從如是甚深般若波羅蜜多而出生故憍尸迦世間所有梵衆天梵輔天梵會天大梵天光天少光天無量光天極光淨天淨天少淨天無量淨天遍淨天廣天少廣天無量廣天廣果天無煩天無熱天善現天善見天色究竟天皆從如是甚深般若波羅蜜多而出生故憍尸迦世間所有空無邊處天識無邊處天無所有處天非想非非想處天皆從如是甚深般若波羅蜜多而出生故憍尸迦一切預流預流果一來一來果不還不還果阿羅漢阿羅漢果皆從如是甚深般若波羅蜜多而出生故憍尸迦一切獨覺獨覺菩提皆從如是甚深般若波羅蜜多而出生故憍尸迦一切菩薩摩訶薩菩薩摩訶薩法皆從如是甚深般若波羅蜜多而出生故憍尸迦一切如來應正等覺皆從如是甚深般若波羅蜜多而出生故憍尸迦不可思量不可宣說無上無上上無等無等等一切智智皆從如是甚深般若波羅蜜多而出生故爾時天帝釋白佛言世尊贍部洲人於甚深般若波羅蜜多不供養恭敬尊重讚歎者彼豈不知供養恭敬尊重讚歎甚深般若波羅蜜多獲得如是大功德利佛言憍尸迦我今問汝隨汝意答於意云何贍部洲

內有幾所人成就佛證淨成就法證淨成就僧證淨有幾所人於佛無疑於法無疑於僧無疑有幾所人於佛究竟於法究竟於僧究竟天帝釋言世尊贍部洲內有少分人成就佛證淨成就法證淨成就僧證淨有少分人於佛無疑於法無疑於僧無疑有少分人於佛究竟於法究竟於僧究竟佛言憍尸迦我復問汝隨汝意答憍尸迦於意云何贍部洲內有幾所人得三十七菩提分法有幾所人得三解脫門有幾所人得八解脫有幾所人得九次第定有幾所人得四無礙解有幾所人得六神通有幾所人永斷三結得預流果有幾所人薄貪瞋癡得一來果有幾所人斷五順下分結得不還果有幾所人斷五順上分結得阿羅漢果有幾所人發心定趣獨覺菩提有幾所人發心定趣阿耨多羅三藐三菩提天帝釋言世尊贍部洲內有少分人得三十七菩提分法有少分人得三解脫門有少分人得八解脫有少分人得九次第定有少分人得四無礙解有少分人得六神通有少分人永斷三結得預流果有少分人薄貪瞋癡得一來果有少分人斷五順下分結得不還果有少分人斷五順上分結得阿羅漢果有少分人發心定趣獨覺菩提有少分人發心定趣阿耨多羅三藐三菩提爾時佛告天帝釋言如是如是如汝所說憍尸迦贍部洲內極少分人成就佛證淨成就法證淨成就僧證淨轉少分人於佛無疑於法無疑於僧無疑轉少分人於佛究竟於法究竟於僧究竟轉少分人得三十七菩提分法轉少分

人得三解脫門轉少分人得八解脫轉少分人得九次第定轉少分人得四無礙解轉少分人得六神通憍尸迦贍部洲内極少分人永斷三結得預流果轉少分人薄貪瞋癡得一來果轉少分人斷五順下分結得不還果轉少分人斷五順上分結得阿羅漢果轉少分人發心定趣獨覺菩提轉少分人發心定趣阿耨多羅三藐三菩提轉少分人既發心已精勤修習趣菩提行何以故憍尸迦諸有情類流轉生死無量世來多不見佛不聞正法不親近僧不行布施不護淨戒不修安忍不起精進不習靜慮不學般若不聞布施波羅蜜多不修布施波羅蜜多不聞淨戒波羅蜜多不修淨戒波羅蜜多不聞安忍波羅蜜多不修安忍波羅蜜多不聞精進波羅蜜多不修精進波羅蜜多不聞靜慮波羅蜜多不修靜慮波羅蜜多不聞般若波羅蜜多不修般若波羅蜜多不聞内空不修内空不聞外空内外空空空大空勝義空有爲空無爲空畢竟空無際空散空無變異空本性空自相空共相空一切法空不可得空無性空自性空無性自性空不修外空乃至無性自性空不聞眞如不修眞如不聞法界法性不虛妄性不變異性平等性離生性法定法住實際虛空界不思議界不修法界乃至不思議界不聞苦聖諦不修苦聖諦不聞集滅道聖諦不修集滅道聖諦不聞四靜慮不修四靜慮不聞四無量四無色定不修四無量四無色定不聞八解脫不修八解脫不聞八勝處九次第定十遍處不修八勝處九次第定十遍

處不聞四念住不修四念住不聞四正斷四神足五根五力七等覺支八聖道支不修四正斷乃至八聖道支不聞空解脫門不修空解脫門不聞無相無願解脫門不修無相無願解脫門不聞五眼不修五眼不聞六神通不修六神通不聞佛十力不修佛十力不聞四無所畏四無礙解大慈大悲大喜大捨十八佛不共法不修四無所畏乃至十八佛不共法不聞無忘失法不修無忘失法不聞恒住捨性不修恒住捨性不聞一切陀羅尼門不修一切陀羅尼門不聞一切三摩地門不修一切三摩地門不聞一切智不修一切智不聞道相智一切相智不修道相智一切相智憍尸迦以是緣故當知於此贍部洲內極少分人成就佛證淨成就法證淨成就僧證淨轉少分人於佛無疑於法無疑於僧無疑轉少分人於佛究竟於法究竟於僧究竟轉少分人得三十七菩提分法轉少分人得三解脫門轉少分人得八解脫轉少分人得九次第定轉少分人得四無礙解轉少分人得六神通憍尸迦當知於此贍部洲中極少分人永斷三結得預流果轉少分人薄貪瞋癡得一來果轉少分人斷五順下分結得不還果轉少分人斷五順上分結得阿羅漢果轉少分人發心定趣獨覺菩提轉少分人發心定趣阿耨多羅三藐三菩提轉少分人旣發心已精勤修習趣菩提行爾時佛語天帝釋言我今問汝隨汝意答憍尸迦於意云何置贍部洲所有人類於此三千大千世界幾所衆生供養恭敬父母師長幾所衆生供養恭

敬沙門婆羅門幾所衆生行施受齋持戒幾所衆生修十善業道幾所衆生於諸欲中住厭患想無常想苦想無我想不淨想厭食想一切世間不可樂想幾所衆生修四靜慮幾所衆生修四無量幾所衆生修四無色定幾所衆生信佛信法信僧幾所衆生於佛無疑於法無疑於僧無疑幾所衆生於佛究竟於法究竟於僧究竟幾所衆生修三十七菩提分法幾所衆生修三解脫門幾所衆生修八解脫幾所衆生修九次第定幾所衆生修四無礙解幾所衆生修六神通幾所衆生永斷三結得預流果幾所衆生薄貪瞋癡得一來果幾所衆生斷五順下分結得不還果幾所衆生斷五順上分結得阿羅漢果幾所衆生發心定趣獨覺菩提幾所衆生發心定趣阿

耨多羅三藐三菩提幾所衆生既發心已精勤修習趣菩提行幾所衆生練磨長養趣菩提心幾所衆生方便善巧修行般若波羅蜜多幾所衆生得住菩薩不退轉地幾所衆生速證無上正等菩提天帝釋言世尊於此三千大千世界有少衆生供養恭敬父母師長有少衆生供養恭敬沙門婆羅門有少衆生行施受齋持戒有少衆生修十善業道有少衆生於諸欲中住厭患想無常想苦想無我想不淨想厭食想一切世間不可樂想有少衆生修四靜慮有少衆生修四無量有少衆生修四無色定有少衆生信佛信法信僧有少衆生於佛無疑於法無疑於僧無疑有少衆生於佛究竟於法究竟於僧究竟有少衆生修三十七菩提分法有少衆生修三解脫

門有少衆生修八解脱有少衆生修九次第定有少衆生修四無礙解有少衆生修六神通有少衆生求斷三結得預流果有少衆生薄貪瞋癡得一來果有少衆生斷五順下分結得不還果有少衆生斷五順上分結得阿羅漢果有少衆生發心定趣獨覺菩提有少衆生發心定趣阿耨多羅三藐三菩提有少衆生既發心已精勤修習趣菩提行有少衆生練磨長養趣菩提心有少衆生方便善巧修行般若波羅蜜多有少衆生得住菩薩不退轉地有少衆生速證無上正等菩提爾時佛告天帝釋言如是如是如汝所説憍尸迦於此三千大千世界極少衆生供養恭敬父母師長轉少衆生供養恭敬沙門婆羅門轉少衆生行施受齋持戒轉少衆生修十善業

道轉少衆生於諸欲中住厭患想無常想苦想無我想不淨想厭食想一切世間不可樂想轉少衆生修四靜慮轉少衆生修四無量轉少衆生修四無色定轉少衆生信佛信法信僧轉少衆生於佛無疑於法無疑於僧無疑轉少衆生於佛究竟於法究竟於僧究竟轉少衆生修三十七菩提分法轉少衆生修三解脱門轉少衆生修八解脱轉少衆生修九次第定轉少衆生修四無礙解轉少衆生修六神通憍尸迦於此三千大千世界極少衆生求斷三結得預流果轉少衆生薄貪瞋癡得一來果轉少衆生斷五順下分結得不還果轉少衆生斷五順上分結得阿羅漢果轉少衆生發心定趣獨覺菩提轉少衆生發心定趣阿耨多羅三藐三菩提轉少衆生既

發心已精勤修習趣菩提行轉少衆生練磨長養趣菩提心轉少衆生方便善巧修行般若波羅蜜多轉少衆生得住菩薩不退轉地轉少衆生速證無上正等菩提復次憍尸迦我以清淨無障佛眼觀察十方各如殑伽沙等世界雖有無量無數無邊有情發心定趣阿耨多羅三藐三菩提精勤修習趣菩提行而由遠離甚深般若波羅蜜多方便善巧若一若二若三有情得住菩薩不退轉地多分退墮聲聞獨覺下劣地中何以故憍尸迦阿耨多羅三藐三菩提甚難可得惡慧懈怠下劣精進下劣勝解下劣有情不能證故憍尸迦由是因緣若善男子善女人等發心定趣阿耨多羅三藐三菩提精勤修習趣菩提行欲住菩薩不退轉地速證無上正等菩提無留難者應於如是甚深般若波羅蜜多數數聽聞受持讀誦精勤修習如理思惟好請問師樂爲他說作此事已復應書寫種種寶物而用莊嚴供養恭敬尊重讚歎復以種種上妙華鬘塗散等香衣服瓔珞寶幢旛蓋衆妙珍奇妓樂燈明而爲供養憍尸迦是善男子善女人等於餘攝入甚深般若波羅蜜多諸勝善法亦應聽聞受持讀誦精勤修習如理思惟好請問師樂爲他說何謂攝入甚深般若波羅蜜多餘勝善法所謂布施波羅蜜多淨戒安忍精進靜慮波羅蜜多若內空若外空內外空空空大空勝義空有爲空無爲空畢竟空無際空散空無變異空本性空自相空共相空一切法空不可得空無性空自性空無性自性空若眞如若法界法性不虛妄

性不變異性平等性離生性法定法住實際虛空界不思議界若苦聖諦若集滅道聖諦若四靜慮若四無量四無色定若八解脫若八勝處九次第定十遍處若四念住若四正斷四神足五根五力七等覺支八聖道支若空解脫門若無相無願解脫門若五眼若六神通若佛十力若四無所畏四無礙解大慈大悲大喜大捨十八佛不共法若無忘失法若恒住捨性若一切陀羅尼門若一切三摩地門若一切智若道相智一切相智若餘無量無邊佛法是謂攝入甚深般若波羅蜜多餘勝善法憍尸迦是善男子善女人等於餘隨順甚深般若波羅蜜多蘊處界等無量法門亦應聽聞受持讀誦如理思惟不應非毀令於無上正等菩提而作留難

大般若波羅蜜多經卷第一百三

音釋

香囊（囊奴當切袋也）盛貯（盛音成容受也貯直呂切貯積也）寶篅（篅音同斷竹也以寶為之故曰寶篅）制多（梵語也亦云支提此云可供養處）鬘（莫班切）窣堵波（梵語也此云方墳又云圓塚窣蘇骨切堵音覩）殑伽（梵語也此云天堂來河名也以從高處來故殑其陵其極二切伽求迦切）

大般若波羅蜜多經卷第一百四

唐三藏法師玄奘奉　詔譯

初分校量功德品第三十之二

何以故憍尸迦是善男子善女人等應作是念如來昔住菩薩位時常勤修學般若波羅蜜多及靜慮精進安忍淨戒布施波羅蜜多故證得無上正等菩提如來昔住菩薩位時常勤安住内空及外空内外空空空大空勝義空有爲空無爲空畢竟空無際空散空無變異空本性空自相空共相空一切法空不可得空無性空自性空無性自性空故證得無上正等菩提如來昔住菩薩位時常勤安住眞如及法界法性不虛妄性不變異性平等性離生性法定法住實際虛空界不思議界故證得無上正等菩提如來昔住菩薩位時常勤安住苦聖諦及集滅道聖諦故證得無上正等菩提如來昔住菩薩位時常勤修學四靜慮及四無量四無色定故證得無上正等菩提如來昔住菩薩位時常勤修學八解脱及八勝處九次第定十遍處故證得無上正等菩提如來昔住菩薩位時常勤修學四念住及四正斷四神足五根五力七等覺支八聖道支故證得無上正等菩提如來昔住菩薩位時常勤修學空解脱門及無相無願解脱門故證得無上正等菩提如來昔住菩薩位時常勤修學五眼及六神通故證得無上正等菩提如來昔住菩薩位時常勤修學佛十力及四無所畏四無礙解大慈大悲大喜大捨十八佛不共法故證得無上正等菩提如來昔住菩薩位時常勤修學無忘失

法及恒住捨性故證得無上正等菩提如來昔住菩薩位時常勤修學一切陀羅尼門及一切三摩地門故證得無上正等菩提如來昔住菩薩位時常勤修學一切智及道相智一切相智故證得無上正等菩提如來昔住菩薩位時常勤修學諸餘無量無邊佛法故證得無上正等菩提如來昔住菩薩位時常勤安住諸餘隨順甚深般若波羅蜜多蘊處界等無量法門故證得阿耨多羅三藐三菩提我等今者為求無上正等菩提於此甚深般若波羅蜜多等法亦應隨佛常勤精進修學安住如是甚深般若波羅蜜多等法定是我等真實大師常勤隨學所願皆滿如是甚深般若波羅蜜多等法是諸如來應正等覺真實法印亦是一切獨覺阿羅漢不還一來預流果等真實法印一切如來應正等覺皆於如是甚深般若波羅蜜多等法常勤學故已證無上正等菩提當證無上正等菩提現證無上正等菩提一切獨覺阿羅漢不還一來預流果等亦於如是甚深般若波羅蜜多等法常勤學故已到彼岸當到彼岸現到彼岸以是緣故憍尸迦諸善男子善女人等若佛住世若涅槃後應依般若波羅蜜多常勤修學應依靜慮精進安忍淨戒布施波羅蜜多常勤修學何以故如是般若波羅蜜多等是一切聲聞獨覺菩薩摩訶薩及諸天人阿素洛等利益安樂所依處故憍尸迦諸善男子善女人等若佛住世若涅槃後應依內空常勤修學應依外空內外空空空大空勝義空有為空無為空畢竟空無際空散空無變

異空本性空自相空共相空一切法空不可得空無性空自性空無性自性空常勤修學何以故如是内空等是一切聲聞獨覺菩薩摩訶薩及諸天人阿素洛等利益安樂所依處故憍尸迦諸善男子善女人等若佛住世若涅槃後應依眞如常勤修學應依法界法性不虚妄性不變異性平等性離生性法定法住實際虚空界不思議界常勤修學何以故如是眞如等是一切聲聞獨覺菩薩摩訶薩及諸天人阿素洛等利益安樂所依處故憍尸迦諸善男子善女人等若佛住世若涅槃後應依苦聖諦常勤修學應依集滅道聖諦常勤修學何以故如是苦聖諦等是一切聲聞獨覺菩薩摩訶薩及諸天人阿素洛等利益安樂所依處故憍尸迦諸善男子善女人等若佛住世若涅槃後應依四靜慮常勤修學應依四無量四無色定常勤修學何以故如是四靜慮等是一切聲聞獨覺菩薩摩訶薩及諸天人阿素洛等利益安樂所依處故憍尸迦諸善男子善女人等若佛住世若涅槃後應依八解脱常勤修學應依八勝處九次第定十遍處常勤修學何以故如是八解脱等是一切聲聞獨覺菩薩摩訶薩及諸天人阿素洛等利益安樂所依處故憍尸迦諸善男子善女人等若佛住世若涅槃後應依四念住常勤修學應依四正斷四神足五根五力七等覺支八聖道支常勤修學何以故如是四念住等是一切聲聞獨覺菩薩摩訶薩及諸天人阿素洛等利益安樂所依處故憍尸迦諸善男子善女人等若佛住世若

涅槃後應依空解脫門常勤修學應依無相無願解脫門常勤修學何以故如是空解脫門等是一切聲聞獨覺菩薩摩訶薩及諸天人阿素洛等利益安樂所依處故憍尸迦諸善男子善女人等若佛住世若涅槃後應依五眼常勤修學應依六神通常勤修學何以故如是五眼等是一切聲聞獨覺菩薩摩訶薩及諸天人阿素洛等利益安樂所依處故憍尸迦諸善男子善女人等若佛住世若涅槃後應依佛十力常勤修學應依四無所畏四無礙解大慈大悲大喜大捨十八佛不共法常勤修學何以故如是佛十力等是一切聲聞獨覺菩薩摩訶薩及諸天人阿素洛等利益安樂所依處故憍尸迦諸善男子善女人等若佛住世若涅槃後應依無忘失法常勤修學應依恒住捨性常勤修學何以故如是無忘失法等是一切聲聞獨覺菩薩摩訶薩及諸天人阿素洛等利益安樂所依處故憍尸迦諸善男子善女人等若佛住世若涅槃後應依一切陀羅尼門常勤修學應依一切三摩地門常勤修學何以故如是一切陀羅尼門等是一切聲聞獨覺菩薩摩訶薩及諸天人阿素洛等利益安樂所依處故憍尸迦諸善男子善女人等若佛住世若涅槃後應依一切智常勤修學應依道相智一切相智常勤修學何以故如是一切智等是一切聲聞獨覺菩薩摩訶薩及諸天人阿素洛等利益安樂所依處故憍尸迦諸善男子善女人等若佛住世若涅槃後應依所餘無量無邊佛法常勤修學何以故如是所餘無量無

邊佛法是一切聲聞獨覺菩薩摩訶薩及諸天人阿素洛等利益安樂所依處故憍尸迦諸善男子善女人等若佛住世若涅槃後應依隨順甚深般若波羅蜜多蘊處界等無量法門常勤修學何以故如是隨順甚深般若波羅蜜多蘊處界等無量法門是一切聲聞獨覺菩薩摩訶薩及諸天人阿素洛等利益安樂所依處故爾時天帝釋白佛言世尊若善男子善女人等不離一切智智心以無所得爲方便於此般若波羅蜜多至心聽聞受持讀誦精勤修學如理思惟廣爲有情宣說流布或有書寫種種莊嚴供養恭敬尊重讚歎復以種種上妙華鬘塗散等香衣服瓔珞寶幢旛蓋衆妙珍奇妓樂燈明而爲供養是善男子善女人等由此因緣得幾所福佛言憍尸迦我還問汝當隨意答有善男子善女人等於諸如來般涅槃後爲供養佛設利羅故以妙七寶起窣堵波種種珍奇間雜嚴飾其量高大一踰繕那廣減高半復以種種天妙華鬘塗散等香衣服瓔珞寶幢旛蓋衆妙珍奇妓樂燈明盡其形壽供養恭敬尊重讚歎於汝意云何是善男子善女人等由此因緣所生福聚寧爲多不天帝釋言甚多世尊甚多善逝佛言憍尸迦若善男子善女人等不離一切智智心以無所得爲方便於此般若波羅蜜多至心聽聞受持讀誦精勤修學如理思惟廣爲有情宣說流布或有書寫種種莊嚴供養恭敬尊重讚歎復以種種上妙華鬘塗散等香衣服瓔珞寶幢旛蓋衆妙珍奇妓樂燈明而爲供養是善男子善女人等

由此因緣所生福聚甚多於彼無量無邊佛告憍尸迦置是一事復有善男子善女人等於諸如來般涅槃後爲供養佛設利羅故以妙七寶起窣堵波種種珍奇間雜嚴飾其量高大一踰繕那廣減高半滿贍部洲中無空隙復以種種天妙華鬘塗散等香衣服瓔珞寶幢旛蓋衆妙珍奇妓樂燈明盡其形壽供養恭敬尊重讃歎於汝意云何是善男子善女人等由此因緣所生福聚寧爲多不天帝釋言甚多世尊甚多善逝佛言憍尸迦若善男子善女人等不離一切智智心以無所得爲方便於此般若波羅蜜多至心聽聞受持讀誦精勤修學如理思惟廣爲有情宣說流布或有書寫種種莊嚴供養恭敬尊重讃歎復以種種上妙華鬘塗散等香衣服瓔珞寶幢旛蓋衆妙珍奇妓樂燈明而爲供養是善男子善女人等由此因緣所生福聚甚多於彼無量無邊佛告憍尸迦置贍部洲復有善男子善女人等於諸如來般涅槃後爲供養佛設利羅故以妙七寶起窣堵波種種珍奇間雜嚴飾其量高大一踰繕那廣減高半滿四洲界中無空隙復以種種天妙華鬘塗散等香衣服瓔珞寶幢旛蓋衆妙珍奇妓樂燈明盡其形壽供養恭敬尊重讃歎於汝意云何是善男子善女人等由此因緣所生福聚寧爲多不天帝釋言甚多世尊甚多善逝佛言憍尸迦若善男子善女人等不離一切智智心以無所得爲方便於此般若波羅蜜多至心聽聞受持讀誦精勤修學如理思惟廣爲有情宣說流布或有書寫種種莊嚴供養

恭敬尊重讚歎復以種種上妙華鬘塗散等香衣服瓔珞寶幢旛蓋衆妙珍奇妓樂燈明而爲供養是善男子善女人等由此因緣所生福聚甚多於彼無量無邊佛告憍尸迦置四洲界復有善男子善女人等於諸如來般涅槃後爲供養佛設利羅故以妙七寶起窣堵波種種珍奇間雜嚴飾其量高大一踰繕那廣減高半滿小千界中無空隙復以種種天妙華鬘塗散等香衣服瓔珞寶幢旛蓋衆妙珍奇妓樂燈明盡其形壽供養恭敬尊重讚歎於汝意云何是善男子善女人等由此因緣所生福聚寧爲多不天帝釋言甚多世尊甚多善逝佛言憍尸迦若善男子善女人等不離一切智智心以無所得爲方便於此般若波羅蜜多至心聽聞受持讀誦精勤修學如理思惟廣爲有情宣說流布或有書寫種種莊嚴供養恭敬尊重讚歎復以種種上妙華鬘塗散等香衣服瓔珞寶幢旛蓋衆妙珍奇妓樂燈明而爲供養是善男子善女人等由此因緣所生福聚甚多於彼無量無邊佛告憍尸迦置小千界復有善男子善女人等於諸如來般涅槃後爲供養佛設利羅故以妙七寶起窣堵波種種珍奇間雜嚴飾其量高大一踰繕那廣減高半滿中千界中無空隙復以種種天妙華鬘塗散等香衣服瓔珞寶幢旛蓋衆妙珍奇妓樂燈明盡其形壽供養恭敬尊重讚歎於汝意云何是善男子善女人等由此因緣所生福聚寧爲多不天帝釋言甚多世尊甚多善逝佛言憍尸迦若善男子善女人等不離一切智智心以無所

得爲方便於此般若波羅蜜多至心聽聞受持讀誦精勤修學如理思惟廣爲有情宣說流布或有書寫種種莊嚴供養恭敬尊重讚歎復以種種上妙華鬘塗散等香衣服瓔珞寶幢旛蓋衆妙珍奇妓樂燈明而爲供養是善男子善女人等由此因緣所生福聚甚多於彼無量無邊佛告憍尸迦置中千界復有善男子善女人等於諸如來般涅槃後爲供養佛設利羅故以妙七寶起窣堵波種種珍奇間雜嚴飾其量高大一踰繕那廣減高半遍滿三千大千世界中無空隙復以種種天妙華鬘塗散等香衣服瓔珞寶幢旛蓋衆妙珍奇妓樂燈明盡其形壽供養恭敬尊重讚歎於汝意云何是善男子善女人等由此因緣所生福聚寧爲多不天帝釋言甚多世尊甚多善逝佛言憍尸迦若善男子善女人等不離一切智智心以無所得爲方便於此般若波羅蜜多至心聽聞受持讀誦精勤修學如理思惟廣爲有情宣說流布或有書寫種種莊嚴供養恭敬尊重讚歎復以種種上妙華鬘塗散等香衣服瓔珞寶幢旛蓋衆妙珍奇妓樂燈明而爲供養是善男子善女人等由此因緣所生福聚甚多於彼無量無邊佛告憍尸迦置一三千大千世界設復三千大千世界諸有情類各於如來般涅槃後爲供養佛設利羅故以妙七寶起窣堵波種種珍奇間雜嚴飾其量高大一踰繕那廣減高半各滿三千大千世界中無空隙復以種種天妙華鬘塗散等香衣服瓔珞寶幢旛蓋衆妙珍奇妓樂燈明盡其形壽供養恭敬尊重讚

歎於汝意云何如是三千大千世界諸有情類由此因緣所生福聚寧爲多不天帝釋言甚多世尊甚多善逝佛言憍尸迦若善男子善女人等不離一切智智心以無所得爲方便於此般若波羅蜜多至心聽聞受持讀誦精勤修學如理思惟廣爲有情宣說流布或有書寫種種莊嚴供養恭敬尊重讚歎復以種種上妙華鬘塗散等香衣服瓔珞寶幢旛蓋衆妙珍奇妓樂燈明而爲供養是善男子善女人等由此因緣所生福聚甚多於彼無量無邊時天帝釋復白佛言如是如是誠如聖教若善男子善女人等供養恭敬尊重讚歎如是般若波羅蜜多是善男子善女人等當知則爲供養恭敬尊重讚歎過去未來現在諸佛世尊假使十方各如殑伽沙等世界

一切有情各於如來般涅槃後爲供養佛設利羅故以妙七寶起窣堵波種種珍奇間雜嚴飾其量高大一踰繕那廣減高半各滿三千大千世界中無空隙復以種種天妙華鬘塗散等香衣服瓔珞寶幢旛蓋衆妙珍奇妓樂燈明若經一劫或一劫餘供養恭敬尊重讚歎世尊是諸有情由此因緣所生福聚寧爲多不佛言甚多天帝釋言若善男子善女人等不離一切智智心以無所得爲方便於此般若波羅蜜多至心聽聞受持讀誦精勤修學如理思惟廣爲有情宣說流布或有書寫種種莊嚴供養恭敬尊重讚歎復以種種上妙華鬘塗散等香衣服瓔珞寶幢旛蓋衆妙珍奇妓樂燈明而爲供養是善男子善女人等由此因緣所生福聚甚多於彼無量無

邊不可思議不可稱計何以故世尊由此般若波羅蜜多總能攝藏一切善法所謂十善業道若四靜慮四無量四無色定若八解脫八勝處九次第定十遍處若四念住四正斷四神足五根五力七等覺支八聖道支若空解脫門無相解脫門無願解脫門若苦聖諦集聖諦滅聖諦道聖諦若五眼六神通若四無礙解若布施波羅蜜多淨戒波羅蜜多安忍波羅蜜多精進波羅蜜多靜慮波羅蜜多般若波羅蜜多若內空外空內外空空空大空勝義空有為空無為空畢竟空無際空散空無變異空本性空自相空共相空一切法空不可得空無性空自性空無性自性空若眞如法界法性不虛妄性不變異性平等性離生性法定法住實際虛空界不思議界若一切陀羅尼門一切三摩地門若佛五眼佛十力四無所畏四無礙解大慈大悲大喜大捨十八佛不共法若無忘失法恒住捨性若一切智道相智一切相智若餘無量無邊佛法皆攝入此甚深般若波羅蜜多世尊如是甚深般若波羅蜜多是諸如來應正等覺眞實法印亦是一切聲聞獨覺眞實法印世尊一切如來應正等覺皆於如是甚深般若波羅蜜多常勤學故已證無上正等菩提當證無上正等菩提現證無上正等菩提世尊一切聲聞獨覺皆於如是甚深般若波羅蜜多常勤學故已到彼岸當到彼岸現到彼岸世尊由此因緣若善男子善女人等不離一切智智心以無所得為方便於此般若波羅蜜多至心聽聞受持讀誦精勤修學如理思惟

廣爲有情宣說流布或有書寫種種莊嚴供養恭敬尊重讚歎復以種種上妙華鬘塗散等香衣服瓔珞寶幢旛蓋衆妙珍奇妓樂燈明而爲供養是善男子善女人等由此因緣所生福聚甚多於彼無量無邊不可思議不可稱計爾時佛告天帝釋言如是如是如汝所說憍尸迦若善男子善女人等不離一切智智心以無所得爲方便於此般若波羅蜜多至心聽聞受持讀誦精勤修學如理思惟廣爲有情宣說流布或有書寫種種莊嚴供養恭敬尊重讚歎復以種種上妙華鬘塗散等香衣服瓔珞寶幢旛蓋衆妙珍奇妓樂燈明而爲供養是善男子善女人等由此因緣所生福聚甚多於彼無量無邊不可思議不可稱計何以故憍尸迦由此般若波羅蜜多一切布施淨戒安忍精進靜慮般若波羅蜜多而得生故憍尸迦由此般若波羅蜜多一切內空外空內外空空空大空勝義空有爲空無爲空畢竟空無際空散空無變異空本性空自相空共相空一切法空不可得空無性空自性空無性自性空而得現故憍尸迦由此般若波羅蜜多一切眞如法界法性不虛妄性不變異性平等性離生性法定法住實際虛空界不思議界而得現故憍尸迦由此般若波羅蜜多一切苦聖諦集聖諦滅聖諦道聖諦而得現故憍尸迦由此般若波羅蜜多一切四靜慮四無量四無色定而得生故憍尸迦由此般若波羅蜜多一切八解脫八勝處九次第定十遍處而得生故憍尸迦由此般若波羅蜜多一切四念住四正斷四

神足五根五力七等覺支八聖道支而得生故憍尸迦由此般若波羅蜜多一切空解脱門無相解脱門無願解脱門而得生故憍尸迦由此般若波羅蜜多一切五眼六神通而得生故憍尸迦由此般若波羅蜜多一切佛十力四無所畏四無礙解大慈大悲大喜大捨十八佛不共法而得生故憍尸迦由此般若波羅蜜多一切無忘失法恒住捨性而得生故憍尸迦由此般若波羅蜜多一切陀羅尼門一切三摩地門而得生故憍尸迦由此般若波羅蜜多一切智道相智一切相智而得生故憍尸迦由此般若波羅蜜多一切菩薩摩訶薩成熟有情嚴淨佛土而得成故憍尸迦由此般若波羅蜜多一切聲聞乘獨覺乘無上乘而得生故憍尸迦由此般若波羅蜜多一切預流向預流果一來向一來果不還向不還果阿羅漢向阿羅漢果而出現故憍尸迦由此般若波羅蜜多一切獨覺向獨覺果而出現故憍尸迦由此般若波羅蜜多一切菩薩摩訶薩從初發心乃至金剛喻定所有功德而出現故憍尸迦由此般若波羅蜜多一切如來應正等覺所有無上正等菩提大般涅槃而出現故憍尸迦由是緣故若善男子善女人等不離一切智智心以無所得爲方便於此般若波羅蜜多至心聽聞受持讀誦精勤修學如理思惟廣爲有情宣說流布或有書寫種種莊嚴供養恭敬尊重讚歎復以種種上妙華鬘塗散等香衣服瓔珞寶幢旛蓋衆妙珍奇妓樂燈明而爲供養以前所造窣堵波福比此福聚百分不及一千

分不及一百千分不及一俱胝分不及一百俱胝分不及一千俱胝分不及一百千俱胝分不及一百千俱胝那庾多分不及其一數分算分計分喻分乃至鄔波尼殺曇分亦不及一何以故憍尸迦若此般若波羅蜜多在贍部洲人中住者則此世間佛寶法寶苾芻僧寶皆住不滅憍尸迦若此般若波羅蜜多在贍部洲人中住者世間常有十善業道及施戒修善知恩報恩供養賢聖憍尸迦若此般若波羅蜜多在贍部洲人中住者世間常有布施淨戒安忍精進靜慮般若波羅蜜多憍尸迦若此般若波羅蜜多在贍部洲人中住者世間常有內空外空內外空空空大空勝義空有爲空無爲空畢竟空無際空散空無變異空本性空自相空共相空一切法空不可得空無性空自性空無性自性空憍尸迦若此般若波羅蜜多在贍部洲人中住者世間常有眞如法界法性不虛妄性不變異性平等性離生性法定法住實際虛空界不思議界憍尸迦若此般若波羅蜜多在贍部洲人中住者世間常有苦聖諦集聖諦滅聖諦道聖諦憍尸迦若此般若波羅蜜多在贍部洲人中住者世間常有四靜慮四無量四無色定憍尸迦若此般若波羅蜜多在贍部洲人中住者世間常有八解脫八勝處九次第定十遍處憍尸迦若此般若波羅蜜多在贍部洲人中住者世間常有四念住四正斷四神足五根五力七等覺支八聖道支憍尸迦若此般若波羅蜜多在贍部洲人中住者世間常有空解脫門無相解脫門無願解脫

門憍尸迦若此般若波羅蜜多在贍部洲人
中住者世間常有五眼六神通憍尸迦若此
般若波羅蜜多在贍部洲人中住者世間常
有佛十力四無所畏四無礙解大慈大悲大
喜大捨十八佛不共法憍尸迦若此般若波
羅蜜多在贍部洲人中住者世間常有無忘
失法恒住捨性憍尸迦若此般若波羅蜜多
在贍部洲人中住者世間常有一切陀羅尼
門一切三摩地門憍尸迦若此般若波羅蜜
多在贍部洲人中住者世間常有一切智道
相智一切相智憍尸迦若此般若波羅蜜多
在贍部洲人中住者世間常有刹帝利大族
婆羅門大族長者大族居士大族憍尸迦若
此般若波羅蜜多在贍部洲人中住者世間
常有四大王衆天三十三天夜摩天覩史多
天樂變化天他化自在天憍尸迦若此般若
波羅蜜多在贍部洲人中住者世間常有梵
衆天梵輔天梵會天大梵天光天少光天無
量光天極光淨天淨天少淨天無量淨天遍
淨天廣天少廣天無量廣天廣果天憍尸迦
若此般若波羅蜜多在贍部洲人中住者世
間常有無煩天無熱天善現天善見天色究
竟天憍尸迦若此般若波羅蜜多在贍部洲
人中住者世間常有空無邊處天識無邊處
天無所有處天非想非非想處天憍尸迦若
此般若波羅蜜多在贍部洲人中住者世間
常有聲聞乘獨覺乘無上乘憍尸迦若此般
若波羅蜜多在贍部洲人中住者世間常有
預流向預流果一來向一來果不還向不還
果阿羅漢向阿羅漢果憍尸迦若此般若波

羅蜜多在贍部洲人中住者世間常有獨覺
向獨覺果憍尸迦若此般若波羅蜜多在贍
部洲人中住者世間常有菩薩摩訶薩修菩
薩行成熟有情嚴淨佛土憍尸迦若此般若
波羅蜜多在贍部洲人中住者世間常有如
來應正等覺證得無上正等菩提轉妙法輪
度無量衆

大般若波羅蜜多經卷第一百四

大般若波羅蜜多經卷第一百五

唐三藏法師玄奘奉　詔譯

初分校量功德品第三十之三

爾時於此三千大千世界所有四大王衆天三十三天夜摩天覩史多天樂變化天他化自在天梵衆天梵輔天梵會天大梵天光天少光天無量光天極光淨天淨天少淨天無量淨天遍淨天廣天少廣天無量廣天廣果天無煩天無熱天善現天善見天色究竟天同聲共白天帝釋言大仙應受如是般若波羅蜜多大仙應持如是般若波羅蜜多大仙應讀如是般若波羅蜜多大仙應誦如是般若波羅蜜多大仙應精勤修學如是般若波羅蜜多大仙應如理思惟如是般若波羅蜜多大仙應供養恭敬尊重讚歎如是般若波羅蜜多何以故大仙若能受持讀誦精勤修學如理思惟供養恭敬尊重讚歎如是般若波羅蜜多則令一切惡法損減善法增益大仙若有受持讀誦精勤修學如理思惟供養恭敬尊重讚歎如是般若波羅蜜多則令一切天衆增益諸阿素洛朋黨損減大仙若有受持讀誦精勤修學如理思惟供養恭敬尊重讚歎如是般若波羅蜜多則令一切佛眼不滅法眼不滅僧眼不滅大仙若有受持讀誦精勤修學如理思惟供養恭敬尊重讚歎如是般若波羅蜜多則令佛寶種不斷法寶種不斷僧寶種不斷大仙當知由三寶種不斷絶故便有布施波羅蜜多淨戒安忍精進靜慮般若波羅蜜多出現於世大仙當知由三寶種不斷絶故便有內空外空內外空空

空大空勝義空有爲空無爲空畢竟空無際空散空無變異空本性空自相空共相空一切法空不可得空無性空自性空無性自性空出現於世大仙當知由三寶種不斷絶故便有眞如法界法性不虚妄性不變異性平等性離生性法定法住實際虚空界不思議界出現於世大仙當知由三寶種不斷絶故便有苦聖諦集滅道聖諦出現於世大仙當知由三寶種不斷絶故便有四靜慮四無量四無色定出現於世大仙當知由三寶種不斷絶故便有八解脫八勝處九次第定十遍處出現於世大仙當知由三寶種不斷絶故便有四念住四正斷四神足五根五力七等覺支八聖道支出現於世大仙當知由三寶種不斷絶故便有空解脫門無相無願解脫門出現於世大仙當知由三寶種不斷絶故便有五眼六神通出現於世大仙當知由三寶種不斷絶故便有佛十力四無所畏四無礙解大慈大悲大喜大捨十八佛不共法出現於世大仙當知由三寶種不斷絶故便有無忘失法恒住捨性出現於世大仙當知由三寶種不斷絶故便有一切陀羅尼門一切三摩地門出現於世大仙當知由三寶種不斷絶故便有一切智道相智一切相智出現於世大仙當知由三寶種不斷絶故便有聲聞乘獨覺乘無上乘出現於世大仙當知由三寶種不斷絶故便有預流一來不還阿羅漢出現於世大仙當知由三寶種不斷絶故便有預流向預流果一來向一來果不還向不還果阿羅漢向阿羅漢果出現於世大仙

當知由三寶種不斷絕故便有獨覺及獨覺向獨覺果出現於世大仙當知由三寶種不斷絕故便有菩薩摩訶薩三藐三佛陀出現於世大仙當知由三寶種不斷絕故便有菩薩摩訶薩及菩薩摩訶薩十地等法出現於世大仙當知由三寶種不斷絕故便有如來應正等覺及阿耨多羅三藐三菩提出現於世是故大仙應受持讀誦精勤修學如理思惟供養恭敬尊重讚歎如是般若波羅蜜多爾時佛告天帝釋言憍尸迦汝應受此甚深般若波羅蜜多汝應持此甚深般若波羅蜜多汝應讀此甚深般若波羅蜜多汝應誦此甚深般若波羅蜜多汝應精勤修學此甚深般若波羅蜜多汝應如理思惟此甚深般若波羅蜜多汝應供養恭敬尊重讚歎此甚深般若波羅蜜多何以故憍尸迦若阿素洛兇悖徒黨興是惡念我等當與三十三天交陣戰諍爾時汝等諸天眷屬應各誠心念誦如是甚深般若波羅蜜多供養恭敬尊重讚歎時阿素洛兇悖徒黨惡心即滅不復更生憍尸迦若諸天子或諸天女五衰相現其心驚惶恐墮惡趣爾時汝等諸天眷屬應住其前至心念誦如是般若波羅蜜多時諸天子或諸天女聞是般若波羅蜜多善根力故於此般若波羅蜜多生淨信故五衰相沒身意泰然設復命終還生本處受天富樂倍勝於前何以故憍尸迦聞信般若波羅蜜多功德威力甚廣大故憍尸迦若善男子善女人等或諸天子及諸天女由此般若波羅蜜多一經其耳善根力故決定當證阿耨多羅三藐三

菩提何以故憍尸迦過去諸佛及諸弟子一切皆學如是般若波羅蜜多已證無上正等菩提入無餘依般涅槃界未來諸佛及諸弟子一切皆學如是般若波羅蜜多當證無上正等菩提入無餘依般涅槃界現在十方無量諸佛及諸弟子一切皆學如是般若波羅蜜多現證無上正等菩提入無餘依般涅槃界何以故憍尸迦由此般若波羅蜜多普攝一切菩提分法若聲聞法若獨覺法若菩薩法若如來法皆具攝故爾時天帝釋白佛言世尊如是般若波羅蜜多是大神呪如是般若波羅蜜多是大明呪如是般若波羅蜜多是無上呪如是般若波羅蜜多是無等等呪如是般若波羅蜜多是一切呪王最上最妙能伏一切不爲一切之所降伏何以故世尊如是般若波羅蜜多能除一切惡不善法能攝生長諸善法故爾時佛告天帝釋言如是如是如汝所說憍尸迦如是般若波羅蜜多是大神呪是大明呪是無上呪是無等等呪是一切呪王最上最妙能伏一切不爲一切之所降伏何以故過去諸佛皆依如是甚深般若波羅蜜多大呪王故已證無上正等菩提未來諸佛皆依如是甚深般若波羅蜜多大呪王故當證無上正等菩提現在十方無量諸佛皆依如是甚深般若波羅蜜多大呪王故今證無上正等菩提何以故憍尸迦依因如是甚深般若波羅蜜多大呪王故十善業道出現世間憍尸迦依因如是甚深般若波羅蜜多大呪王故惠施受齋持戒等法出現世間憍尸迦依因如是甚深般若波羅蜜

多大呪王故四靜慮四無量四無色定五神通等出現世間憍尸迦依因如是甚深般若波羅蜜多大呪王故布施波羅蜜多淨戒安忍精進靜慮般若波羅蜜多出現世間憍尸迦依因如是甚深般若波羅蜜多大呪王故內空外空內外空空空大空勝義空有爲空無爲空畢竟空無際空散空無變異空本性空自相空共相空一切法空不可得空無性空自性空無性自性空出現世間憍尸迦依因如是甚深般若波羅蜜多大呪王故眞如法界法性不虛妄性不變異性平等性離生性法定法住實際虛空界不思議界出現世間憍尸迦依因如是甚深般若波羅蜜多大呪王故苦聖諦集聖諦滅聖諦道聖諦出現世間憍尸迦依因如是甚深般若波羅蜜多大呪王故八解脱八勝處九次第定十遍處出現世間憍尸迦依因如是甚深般若波羅蜜多大呪王故四念住四正斷四神足五根五力七等覺支八聖道支出現世間憍尸迦依因如是甚深般若波羅蜜多大呪王故空解脱門無相解脱門無願解脱門出現世間憍尸迦依因如是甚深般若波羅蜜多大呪王故五眼六神通出現世間憍尸迦依因如是甚深般若波羅蜜多大呪王故佛十力四無所畏四無礙解大慈大悲大喜大捨十八佛不共法出現世間憍尸迦依因如是甚深般若波羅蜜多大呪王故無忘失法恒住捨性出現世間憍尸迦依因如是甚深般若波羅蜜多大呪王故一切陀羅尼門一切三摩地門出現世間憍尸迦依因如是甚深般若

波羅蜜多大呪王故一切智道相智一切相智出現世間憍尸迦依因如是甚深般若波羅蜜多大呪王故預流一來不還阿羅漢出現世間憍尸迦依因如是甚深般若波羅蜜多大呪王故預流向預流果一來向一來果不還向不還果阿羅漢向阿羅漢果出現世間憍尸迦依因如是甚深般若波羅蜜多大呪王故獨覺及獨覺菩提出現世間憍尸迦依因如是甚深般若波羅蜜多大呪王故菩薩摩訶薩及菩薩摩訶薩十地等行出現世間憍尸迦依因如是甚深般若波羅蜜多大呪王故如來應正等覺及阿耨多羅三藐三菩提出現世間復次憍尸迦依因如是甚深般若波羅蜜多大呪王故有菩薩摩訶薩世間顯現憍尸迦依因菩薩摩訶薩故十善業道世間顯現憍尸迦依因菩薩摩訶薩故惠施受齋持戒等法世間顯現憍尸迦依因菩薩摩訶薩故四靜慮四無量四無色定五神通等世間顯現憍尸迦依因菩薩摩訶薩故布施淨戒安忍精進靜慮般若波羅蜜多世間顯現憍尸迦依因菩薩摩訶薩故內空外空內外空空空大空勝義空有爲空無爲空畢竟空無際空散空無變異空本性空自相空共相空一切法空不可得空無性空自性空無性自性空世間顯現憍尸迦依因菩薩摩訶薩故真如法界法性不虛妄性不變異性平等性離生性法定法住實際虛空界不思議界世間顯現憍尸迦依因菩薩摩訶薩故苦聖諦集聖諦滅聖諦道聖諦世間顯現憍尸迦依因菩薩摩訶薩故八解脫八勝處

九次第定十遍處世間顯現憍尸迦依因菩薩摩訶薩故四念住四正斷四神足五根五力七等覺支八聖道支世間顯現憍尸迦依因菩薩摩訶薩故空解脱門無相解脱門無願解脱門世間顯現憍尸迦依因菩薩摩訶薩故五眼六神通世間顯現憍尸迦依因菩薩摩訶薩故佛十力四無所畏四無礙解大慈大悲大喜大捨十八佛不共法世間顯現憍尸迦依因菩薩摩訶薩故無忘失法恒住捨性世間顯現憍尸迦依因菩薩摩訶薩故一切陀羅尼門一切三摩地門世間顯現憍尸迦依因菩薩摩訶薩故一切智道相智一切相智世間顯現憍尸迦依因菩薩摩訶薩故預流一來不還阿羅漢世間顯現憍尸迦依因菩薩摩訶薩故預流向預流果一來向一來果不還向不還果阿羅漢向阿羅漢果世間顯現憍尸迦依因菩薩摩訶薩故獨覺及獨覺菩提世間顯現憍尸迦依因菩薩摩訶薩故菩薩摩訶薩及菩薩摩訶薩十地等行世間顯現憍尸迦依因菩薩摩訶薩故如來應正等覺及阿耨多羅三藐三菩提世間顯現憍尸迦譬如依因滿月輪故一切藥物星辰山海皆得增明如是依因菩薩摩訶薩滿月輪故一切世間十善業道藥草物類皆得增明如是依因菩薩摩訶薩滿月輪故一切世間惠施受齋持戒等法藥草物類皆得增明如是依因菩薩摩訶薩滿月輪故一切世間四靜慮四無量四無色定五神通等藥草物類皆得增明如是依因菩薩摩訶薩滿月輪故一切世間布施淨戒安忍精進靜慮

般若波羅蜜多藥草物類皆得增明如是依因菩薩摩訶薩滿月輪故一切世間内空外空内外空空空大空勝義空有爲空無爲空畢竟空無際空散空無變異空本性空自相空共相空一切法空不可得空無性空自性空無性自性空藥草物類皆得增明如是依因菩薩摩訶薩滿月輪故一切世間眞如法界法性不虛妄性不變異性平等性離生性法定法住實際虛空界不思議界藥草物類皆得增明如是依因菩薩摩訶薩滿月輪故一切世間苦聖諦集聖諦滅聖諦道聖諦藥草物類皆得增明如是依因菩薩摩訶薩滿月輪故一切世間八解脫八勝處九次第定十遍處藥草物類皆得增明如是依因菩薩摩訶薩滿月輪故一切世間四念住四正斷四神足五根五力七等覺支八聖道支藥草物類皆得增明如是依因菩薩摩訶薩滿月輪故一切世間空解脫門無相解脫門無願解脫門藥草物類皆得增明如是依因菩薩摩訶薩滿月輪故一切世間五眼六神通藥草物類皆得增明如是依因菩薩摩訶薩滿月輪故一切世間佛十力四無所畏四無礙解大慈大悲大喜大捨十八佛不共法藥草物類皆得增明如是依因菩薩摩訶薩滿月輪故一切世間無忘失法恒住捨性藥草物類皆得增明如是依因菩薩摩訶薩滿月輪故一切世間一切陀羅尼門一切三摩地門藥草物類皆得增明如是依因菩薩摩訶薩滿月輪故一切世間一切智道相智一切相智藥草物類皆得增明如是依因菩薩摩訶

薩滿月輪故一切世間預流向預流果一來向一來果不還向不還果阿羅漢向阿羅漢果獨覺向獨覺菩提藥草物類皆得增明如是依因菩薩摩訶薩滿月輪故一切世間菩薩摩訶薩十地等行及阿耨多羅三藐三菩提藥草物類皆得增明如是依因菩薩摩訶薩滿月輪故一切世間聲聞獨覺有學無學星宿辰象皆得增明如是依因菩薩摩訶薩滿月輪故一切世間菩薩摩訶薩及如來應正等覺諸山大海皆得增明憍尸迦若諸如來應正等覺未出世時唯菩薩摩訶薩具方便善巧爲諸有情無倒宣說一切世間出世間法何以故憍尸迦當知菩薩摩訶薩能出生一切人乘天乘聲聞乘獨覺乘無上乘故憍尸迦菩薩摩訶薩所有方便善巧皆從如是甚深般若波羅蜜多而得生長憍尸迦菩薩摩訶薩成就方便善巧力故能行布施波羅蜜多能行淨戒安忍精進靜慮般若波羅蜜多憍尸迦菩薩摩訶薩成就方便善巧力故能行內空能行外空內外空空空大空勝義空有爲空無爲空畢竟空無際空散空無變異空本性空自相空共相空一切法空不可得空無性空自性空無性自性空憍尸迦菩薩摩訶薩成就方便善巧力故能行眞如能行法界法性不虛妄性不變異性平等性離生性法定法住實際虛空界不思議界憍尸迦菩薩摩訶薩成就方便善巧力故能行苦聖諦能行集滅道聖諦憍尸迦菩薩摩訶薩成就方便善巧力故能行四靜慮能行四無量四無色定憍尸迦菩薩摩訶薩成就方

便善巧力故能行八解脫能行八勝處九次
第定十遍處憍尸迦菩薩摩訶薩成就方便
善巧力故能行四念住能行四正斷四神足
五根五力七等覺支八聖道支憍尸迦菩薩
摩訶薩成就方便善巧力故能行空解脫門
能行無相無願解脫門憍尸迦菩薩摩訶薩
成就方便善巧力故能得五眼能得六神通
憍尸迦菩薩摩訶薩成就方便善巧力故能
得佛十力能得四無所畏四無礙解大慈大
悲大喜大捨十八佛不共法憍尸迦菩薩摩
訶薩成就方便善巧力故能得無忘失法能
得恒住捨性憍尸迦菩薩摩訶薩成就方便
善巧力故能得一切陀羅尼門能得一切三
摩地門憍尸迦菩薩摩訶薩成就方便善巧
力故能得一切智能得道相智一切相智憍
尸迦菩薩摩訶薩成就方便善巧力故能得
三十二大士相能得八十種隨形好憍尸迦
菩薩摩訶薩成就方便善巧力故不墮聲聞
地不證獨覺地憍尸迦菩薩摩訶薩成就方
便善巧力故能成熟有情能嚴淨佛土憍尸
迦菩薩摩訶薩成就方便善巧力故能攝取
壽量圓滿能攝取衆具圓滿淨土圓滿種性
圓滿色力圓滿眷屬圓滿憍尸迦菩薩摩訶
薩成就方便善巧力故能行菩薩十地等行
能得無上正等菩提憍尸迦如是菩薩摩訶
薩及所有方便善巧皆由般若波羅蜜多而
得成就復次憍尸迦若善男子善女人等於
此般若波羅蜜多至心聽聞受持讀誦精勤
修學如理思惟書寫解說廣令流布當得成
就現在未來功德勝利爾時天帝釋白佛言

世尊若善男子善女人等於此般若波羅蜜多至心聽聞受持讀誦精勤修學如理思惟書寫解說廣令流布云何當得成就現在功德勝利佛言憍尸迦若善男子善女人等於此般若波羅蜜多至心聽聞受持讀誦精勤修學如理思惟書寫解說廣令流布是善男子善女人等現在不爲毒藥所中刀兵所害火所焚燒水所漂溺乃至不爲四百四病之所夭歿除先定業現世應受憍尸迦是善男子善女人等若遭官事怨賊逼迫至心念誦如是般若波羅蜜多若到其所終不爲彼譴罰加害何以故如是般若波羅蜜多威德勢力法令爾故憍尸迦是善男子善女人等若有往至國王王子大臣等處至心念誦如是般若波羅蜜多必爲王等歡喜問訊恭敬讚美何以故是善男子善女人等常於有情不離慈悲喜捨心故憍尸迦若善男子善女人等於此般若波羅蜜多至心聽聞受持讀誦精勤修學如理思惟書寫解說廣令流布當得成就諸如是等現世種種功德勝利時天帝釋復白佛言世尊若善男子善女人等於此般若波羅蜜多至心聽聞受持讀誦精勤修學如理思惟書寫解說廣令流布云何當得成就未來功德勝利佛言憍尸迦若善男子善女人等於此般若波羅蜜多至心聽聞受持讀誦精勤修學如理思惟書寫解說廣令流布是善男子善女人等隨所生處常不遠離十善業道是善男子善女人等隨所生處常不遠離惠施受齋持戒等法是善男子善女人等隨所生處常不遠離四靜慮四無

量四無色定五神通等是善男子善女人等隨所生處常不遠離布施波羅蜜多淨戒波羅蜜多安忍波羅蜜多精進波羅蜜多靜慮波羅蜜多般若波羅蜜多是善男子善女人等隨所生處常不遠離内空外空内外空空空大空勝義空有爲空無爲空畢竟空無際空散空無變異空本性空自相空共相空一切法空不可得空無性空自性空無性自性空是善男子善女人等隨所生處常不遠離眞如法界法性不虚妄性不變異性平等性離生性法定法住實際虚空界不思議界是善男子善女人等隨所生處常不遠離苦聖諦集聖諦滅聖諦道聖諦是善男子善女人等隨所生處常不遠離八解脱八勝處九次第定十遍處是善男子善女人等隨所生處常不遠離四念住四正斷四神足五根五力七等覺支八聖道支是善男子善女人等隨所生處常不遠離空解脱門無相解脱門無願解脱門是善男子善女人等當得成就五眼六神通是善男子善女人等當得成就佛十力四無所畏四無礙解大慈大悲大喜大捨十八佛不共法是善男子善女人等當得成就無忘失法恒住捨性是善男子善女人等當得成就一切陀羅尼門一切三摩地門是善男子善女人等當得成就一切智道相智一切相智是善男子善女人等求不墮一切地獄傍生鬼界除乘願力往生彼趣成熟有情是善男子善女人等隨所生處常具諸根支體無鈌是善男子善女人等求不生於貧窮下賤工師雜類補羯娑家是善男子

善女人等求不生於屠膾漁獵盜賊獄吏旃荼羅家是善男子善女人等常生豪貴或刹帝利或婆羅門或諸長者居士等家終不生彼戍達羅家是善男子善女人等隨所生處三十二相八十隨好莊嚴其身一切有情見者歡喜是善男子善女人等多生有佛嚴淨土中蓮華化生不造惡業是善男子善女人等常不遠離速疾神通隨心所願遊諸佛土從一佛國至一佛國供養恭敬尊重讚歎諸佛世尊聽聞正法成熟有情嚴淨佛土漸證無上正等菩提憍尸迦若善男子善女人等於此般若波羅蜜多至心聽聞受持讀誦精勤修學如理思惟書寫解說廣令流布當得成就諸如是等未來種種功德勝利以是故憍尸迦若善男子善女人等欲得如是現在未來功德勝利乃至無上正等菩提常不離者應以一切智智相應心用無所得爲方便於此般若波羅蜜多至心聽聞受持讀誦精勤修學如理思惟書寫解說廣令流布復以種種上妙華鬘塗散等香衣服瓔珞寶幢旛蓋衆妙珍奇妓樂燈明而爲供養爾時衆多外道梵志爲求佛過來詣佛所時天帝釋見已念言今此衆多外道梵志來趣法會伺求佛短將非般若留難事耶我當念誦從佛所受甚深般若波羅蜜多令彼邪徒復道而去念已便誦甚深般若波羅蜜多於是諸來外道梵志遥現敬相右遶世尊退還本所時舍利子見已念言彼有何緣故來還去佛知其意告舍利子彼外道等爲求我便相率而來由天帝釋念誦般若波羅蜜多大呪王力令

彼還去舍利子我都不見彼外道等有一善法悉懷惡心爲求我便來趣我所舍利子我都不見一切世間若天若魔若梵若沙門若婆羅門若異道等諸有情類敢懷惡意來求般若波羅蜜多而能得便何以故舍利子於此三千大千世界一切四大王衆天三十三天夜摩天覩史多天樂變化天他化自在天一切梵衆天梵輔天梵會天大梵天光天少光天無量光天極光淨天淨天少淨天無量淨天徧淨天廣天少廣天無量廣天廣果天無煩天無熱天善現天善見天色究竟天一切聲聞一切獨覺一切菩薩摩訶薩我及一切具大威力龍神藥叉健達縛阿素洛揭路茶緊捺洛莫呼洛伽人非人等皆共守護如是般若波羅蜜多不令衆惡而作留難何以故舍利子是諸天等皆從般若波羅蜜多而出生故又舍利子十方各如殑伽沙等諸佛世界一切如來應正等覺一切聲聞一切獨覺一切菩薩摩訶薩及一切天龍神藥叉健達縛阿素洛揭路茶緊捺洛莫呼洛伽人非人等皆共守護如是般若波羅蜜多不令衆惡而作留難何以故舍利子彼諸佛等皆從般若波羅蜜多而出生故爾時惡魔作是念今如來應正等覺四衆圍遶及欲色界諸天人等皆同集會宣說般若波羅蜜多是中必有菩薩摩訶薩受記當得阿耨多羅三藐三菩提我應往到破壞其眼作是念已化作四兵奮威勇鋭來詣佛所時天帝釋見已念言將非惡魔化爲此事來欲惱佛并與般若波羅蜜多而作留難何以故如是四兵嚴飾殊

麗摩揭陀國影堅大王四種勝兵所不能及憍薩羅國勝軍大王四種勝兵亦不能及劫比羅國釋迦王種四種勝兵亦不能及吠舍黎國栗呫毗種四種勝兵亦不能及吉祥茅國力士王種四種勝兵亦不能及由斯觀察如是四兵定是惡魔之所化作惡魔長夜常伺佛短壞諸有情所修勝業我當念誦從佛所受甚深般若波羅蜜多令彼惡魔復道而去時天帝釋念已便誦甚深般若波羅蜜多於是惡魔退還本所甚深般若波羅蜜多大神咒王力所遣故

大般若波羅蜜多經卷第一百五

音釋

兇悖　兇虛容切惡暴也悖蒲妹切逆也亂也

夭殁　夭於兆切少殁也又不盡天年謂之夭殁莫勃切終也

譴罰　譴詰戰切譴問也又責也罰音伐罪罰也

補羯娑　梵語也此謂舁死屍等之賤類羯居謁切

屠膾　屠同都切殺也膾古外切切肉也屠膾盖屠宰之類也

戌達羅　梵語也亦云首陀此謂農田種戌殊遇切

健達縛　梵語也此云香陰帝釋之樂神也

阿素洛　梵語也亦云阿修羅此云無酒又云非天

揭路荼　梵語也此云金翅鳥揭居謁切荼同都切

緊捺洛　梵語也亦云緊那羅此云疑神又云人非人捺乃八切

莫呼洛伽　梵語也亦云摩睺羅伽此云大蟒神

奮　方問切揚也

銳　俞芮切利也

摩揭陀　梵語也亦云摩竭提此云善勝揭居謁切

憍薩羅　梵語也此云聞物即舍衛國名也憍堅堯切

吠舍黎　梵語也亦云毗耶離此云廣嚴吠房廢切

栗呫毗　梵語也亦云離車此云仙族王呫音沾

大般若波羅蜜多經卷第一百六

唐三藏法師玄奘奉　詔譯

初分校量功德品第三十之四

爾時會中所有四大王衆天乃至色究竟天同時化作種種天華衣服瓔珞及香鬘等踊身虛空而散佛上合掌恭敬俱白佛言願此般若波羅蜜多在贍部洲人中久住何以故乃至般若波羅蜜多在贍部洲人中流布當知此處佛寶法寶苾芻僧寶久住不滅於此三千大千世界乃至十方無量無數無邊佛國亦復如是由此菩薩摩訶薩衆及殊勝行亦可了知世尊隨諸方邑有善男子善女人等以淨信心書持如是甚深般若波羅蜜多恭敬供養當知是處有妙光明除滅暗冥生諸勝利爾時佛告天帝釋等諸天衆言如是如是如汝所說乃至般若波羅蜜多在贍部洲人中流布當知此處佛寶法寶苾芻僧寶久住不滅於此三千大千世界乃至十方無量無數無邊佛國亦復如是由此菩薩摩訶薩衆及殊勝行亦可了知隨諸方邑有善男子善女人等以淨信心書持如是甚深般若波羅蜜多恭敬供養當知是處有妙光明除滅暗冥生諸勝利時諸天衆復化種種上妙天華衣服瓔珞及香鬘等而散佛上重白佛言若善男子善女人等於此般若波羅蜜多至心聽聞受持讀誦精勤修學如理思惟廣爲有情宣說流布是善男子善女人等魔及眷屬不得其便我等諸天亦常隨逐是善男子善女人等勤加擁護令無損惱何以故是善男子善女人等我等諸天敬事如佛或如

近佛尊重法故爾時天帝釋白佛言世尊若善男子善女人等於此般若波羅蜜多至心聽聞受持讀誦精勤修學如理思惟廣爲有情宣說流布是善男子善女人等非少善根能辦是事定於先世無量佛所多集善根多發正願多供養佛多善知識之所攝受乃能於此甚深般若波羅蜜多至心聽聞受持讀誦精勤修學如理思惟廣爲有情宣說流布世尊欲得諸佛一切智智當求般若波羅蜜多欲得般若波羅蜜多當求諸佛一切智智何以故諸佛所得一切智智皆從般若波羅蜜多而得生故如是般若波羅蜜多皆從諸佛一切智智而得生故所以者何諸佛所得一切智智不異般若波羅蜜多如是般若波羅蜜多不異諸佛一切智智諸佛所得一切智智與此般若波羅蜜多當知無二亦無二分爾時佛告天帝釋言如是如是如汝所說憍尸迦欲得諸佛一切智智當求般若波羅蜜多欲得般若波羅蜜多當求諸佛一切智智何以故諸佛所得一切智智皆從般若波羅蜜多而得生故如是般若波羅蜜多皆從諸佛一切智智而得生故所以者何諸佛所得一切智智不異般若波羅蜜多如是般若波羅蜜多不異諸佛一切智智諸佛所得一切智智與此般若波羅蜜多當知無二亦無二分是故般若波羅蜜多功德威神甚爲希有爾時具壽慶喜白佛言世尊何緣不廣稱讚布施波羅蜜多淨戒波羅蜜多安忍波羅蜜多精進波羅蜜多靜慮波羅蜜多但廣稱讚般若波羅蜜多世尊何緣不廣稱讚內空

外空內外空空空大空勝義空有爲空無爲空畢竟空無際空散空無變異空本性空自相空共相空一切法空不可得空無性空自性空無性自性空但廣稱讚般若波羅蜜多世尊何緣不廣稱讚眞如法界法性不虛妄性不變異性平等性離生性法定法住實際虛空界不思議界但廣稱讚般若波羅蜜多世尊何緣不廣稱讚苦聖諦集聖諦滅聖諦道聖諦但廣稱讚般若波羅蜜多世尊何緣不廣稱讚四靜慮四無量四無色定但廣稱讚般若波羅蜜多世尊何緣不廣稱讚八解脫八勝處九次第定十遍處但廣稱讚般若波羅蜜多世尊何緣不廣稱讚四念住四正斷四神足五根五力七等覺支八聖道支但廣稱讚般若波羅蜜多世尊何緣不廣稱讚空解脫門無相解脫門無願解脫門但廣稱讚般若波羅蜜多世尊何緣不廣稱讚五眼六神通但廣稱讚般若波羅蜜多世尊何緣不廣稱讚佛十力四無所畏四無礙解大慈大悲大喜大捨十八佛不共法但廣稱讚般若波羅蜜多世尊何緣不廣稱讚無忘失法恒住捨性但廣稱讚般若波羅蜜多世尊何緣不廣稱讚一切智道相智一切相智但廣稱讚般若波羅蜜多世尊何緣不廣稱讚一切陀羅尼門一切三摩地門但廣稱讚般若波羅蜜多世尊何緣不廣稱讚菩薩摩訶薩行但廣稱讚般若波羅蜜多世尊何緣不廣稱讚阿耨多羅三藐三菩提但廣稱讚般若波羅蜜多佛言慶喜汝今當知由此般若波羅蜜多與彼布施波羅蜜多淨戒波羅蜜多

安忍波羅蜜多精進波羅蜜多靜慮波羅蜜多爲尊爲導故我但廣稱讚般若波羅蜜多慶喜當知由此般若波羅蜜多與彼內空外空內外空空空大空勝義空有爲空無爲空畢竟空無際空散空無變異空本性空自相空共相空一切法空不可得空無性空自性空無性自性空爲尊爲導故我但廣稱讚般若波羅蜜多慶喜當知由此般若波羅蜜多與彼眞如法界法性不虛妄性不變異性平等性離生性法定法住實際虛空界不思議界爲尊爲導故我但廣稱讚般若波羅蜜多慶喜當知由此般若波羅蜜多與彼苦聖諦集聖諦滅聖諦道聖諦爲尊爲導故我但廣稱讚般若波羅蜜多慶喜當知由此般若波羅蜜多與彼四靜慮四無量四無色定爲尊爲導故我但廣稱讚般若波羅蜜多慶喜當知由此般若波羅蜜多與彼八解脫八勝處九次第定十遍處爲尊爲導故我但廣稱讚般若波羅蜜多慶喜當知由此般若波羅蜜多與彼四念住四正斷四神足五根五力七等覺支八聖道支爲尊爲導故我但廣稱讚般若波羅蜜多慶喜當知由此般若波羅蜜多與彼空解脫門無相解脫門無願解脫門爲尊爲導故我但廣稱讚般若波羅蜜多慶喜當知由此般若波羅蜜多與彼五眼六神通爲尊爲導故我但廣稱讚般若波羅蜜多慶喜當知由此般若波羅蜜多與彼佛十力四無所畏四無礙解大慈大悲大喜大捨十八佛不共法爲尊爲導故我但廣稱讚般若波羅蜜多慶喜當知由此般若波羅蜜多與

彼無忘失法恒住捨性爲尊爲導故我但廣稱讚般若波羅蜜多慶喜當知由此般若波羅蜜多與彼一切智道相智一切相智爲尊爲導故我但廣稱讚般若波羅蜜多與彼一切陀羅尼門一切三摩地門爲尊爲導故我但廣稱讚般若波羅蜜多慶喜當知由此般若波羅蜜多與彼菩薩摩訶薩行爲尊爲導故我但廣稱讚般若波羅蜜多慶喜當知由此般若波羅蜜多與彼無上正等菩提爲尊爲導故我但廣稱讚般若波羅蜜多佛言慶喜於意云何若不回向一切智智而修布施波羅蜜多可名眞修布施波羅蜜多不慶喜答言不也世尊佛言慶喜要由回向一切智智而修布施波羅蜜多乃可名爲眞修布施波羅蜜多佛

言慶喜於意云何若不回向一切智智而修淨戒安忍精進靜慮般若波羅蜜多可名眞修淨戒安忍精進靜慮般若波羅蜜多不慶喜答言不也世尊佛言慶喜要由回向一切智智而修淨戒安忍精進靜慮般若波羅蜜多乃可名爲眞修淨戒安忍精進靜慮般若波羅蜜多故此般若波羅蜜多於彼布施淨戒安忍精進靜慮波羅蜜多爲尊爲導故我但廣稱讚般若波羅蜜多佛言慶喜於意云何若不回向一切智智而住內空可名眞住內空不慶喜答言不也世尊佛言慶喜要由回向一切智智而住內空乃可名爲眞住內空佛言慶喜於意云何若不回向一切智智而住外空內外空空空大空勝義空有爲空無爲空畢竟空無際空散空無變異空本性

空自相空共相空一切法空不可得空無性空自性空無性自性空可名眞住外空乃至無性自性空不慶喜答言不也世尊佛言慶喜要由回向一切智智而住外空乃至無性自性空乃可名爲眞住外空乃至無性自性空故此般若波羅蜜多於彼內空乃至無性自性空爲尊爲導故我但廣稱讚般若波羅蜜多佛言慶喜於意云何若不回向一切智智而住眞如可名眞住眞如不慶喜答言不也世尊佛言慶喜要由回向一切智智而住眞如乃可名爲眞住眞如佛言慶喜於意云何若不回向一切智智而住法界法性不虛妄性不變異性平等性離生性法定法住實際虛空界不思議界可名眞住法界乃至不思議界不慶喜答言不也世尊佛言慶喜要由回向一切智智而住法界乃至不思議界乃可名爲眞住法界乃至不思議界故此般若波羅蜜多於彼眞如乃至不思議界爲尊爲導故我但廣稱讚般若波羅蜜多佛言慶喜於意云何若不回向一切智智而住苦聖諦可名眞住苦聖諦不慶喜答言不也世尊佛言慶喜要由回向一切智智而住苦聖諦乃可名爲眞住苦聖諦佛言慶喜於意云何若不回向一切智智而住集滅道聖諦可名眞住集滅道聖諦不慶喜答言不也世尊佛言慶喜要由回向一切智智而住集滅道聖諦乃可名爲眞住集滅道聖諦故此般若波羅蜜多於彼苦集滅道聖諦爲尊爲導故我但廣稱讚般若波羅蜜多佛言慶喜於意云何若不回向一切智智而修四靜慮可名眞

修四靜慮不慶喜答言不也世尊佛言慶喜要由回向一切智智而修四靜慮乃可名爲眞修四靜慮佛言慶喜於意云何若不回向一切智智而修四無量四無色定可名眞修四無量四無色定不慶喜答言不也世尊佛言慶喜要由回向一切智智而修四無量四無色定乃可名爲眞修四無量四無色定故此般若波羅蜜多於彼四靜慮四無量四無色定爲尊爲導故我但廣稱讚般若波羅蜜多佛言慶喜於意云何若不回向一切智智而修八解脫可名眞修八解脫不慶喜答言不也世尊佛言慶喜要由回向一切智智而修八解脫乃可名爲眞修八解脫佛言慶喜於意云何若不回向一切智智而修八勝處九次第定十遍處可名眞修八勝處九次第定十遍處不慶喜答言不也世尊佛言慶喜要由回向一切智智而修八勝處九次第定十遍處乃可名爲眞修八勝處九次第定十遍處故此般若波羅蜜多於彼八解脫八勝處九次第定十遍處爲尊爲導故我但廣稱讚般若波羅蜜多佛言慶喜於意云何若不回向一切智智而修四念住可名眞修四念住不慶喜答言不也世尊佛言慶喜要由回向一切智智而修四念住乃可名爲眞修四念住佛言慶喜於意云何若不回向一切智智而修四正斷四神足五根五力七等覺支八聖道支可名眞修四正斷四神足五根五力七等覺支八聖道支不慶喜答言不也世尊佛言慶喜要由回向一切智智而修四正斷四神足五根五力七等覺支八聖道支乃

可名爲眞修四正斷四神足五根五力七等覺支八聖道支故此般若波羅蜜多於彼四念住四正斷四神足五根五力七等覺支八聖道支爲尊爲導故我但廣稱讚般若波羅蜜多佛言慶喜於意云何若不回向一切智智而修空解脫門可名眞修空解脫門不慶喜答言不也世尊佛言慶喜要由回向一切智智而修空解脫門乃可名爲眞修空解脫門佛言慶喜於意云何若不回向一切智智而修無相無願解脫門可名眞修無相無願解脫門不慶喜答言不也世尊佛言慶喜要由回向一切智智而修無相無願解脫門乃可名爲眞修無相無願解脫門故此般若波羅蜜多於彼空解脫門無相解脫門無願解脫門爲尊爲導故我但廣稱讚般若波羅蜜

多佛言慶喜於意云何若不回向一切智智而修五眼可名眞修五眼不慶喜答言不也世尊佛言慶喜要由回向一切智智而修五眼乃可名爲眞修五眼佛言慶喜於意云何若不回向一切智智而修六神通可名眞修六神通不慶喜答言不也世尊佛言慶喜要由回向一切智智而修六神通乃可名爲眞修六神通故此般若波羅蜜多於彼五眼六神通爲尊爲導故我但廣稱讚般若波羅蜜多佛言慶喜於意云何若不回向一切智智而修佛十力可名眞修佛十力不慶喜答言不也世尊佛言慶喜要由回向一切智智而修佛十力乃可名爲眞修佛十力佛言慶喜於意云何若不回向一切智智而修四無所畏四無礙解大慈大悲大喜大捨十八佛不

共法可名真修四無所畏四無礙解大慈大悲大喜大捨十八佛不共法不慶喜答言不也世尊佛言慶喜要由回向一切智智而修四無所畏四無礙解大慈大悲大喜大捨十八佛不共法乃可名爲真修四無所畏四無礙解大慈大悲大喜大捨十八佛不共法故此般若波羅蜜多於彼佛十力四無所畏四無礙解大慈大悲大喜大捨十八佛不共法爲尊爲導故我但廣稱讚般若波羅蜜多佛言慶喜於意云何若不回向一切智智而修無忘失法可名真修無忘失法不慶喜答言不也世尊佛言慶喜要由回向一切智智而修無忘失法乃可名爲真修無忘失法佛言慶喜於意云何若不回向一切智智而修恒住捨性可名真修恒住捨性不慶喜答言不也世尊佛言慶喜要由回向一切智智而修恒住捨性乃可名爲真修恒住捨性故此般若波羅蜜多於彼無忘失法恒住捨性爲尊爲導故我但廣稱讚般若波羅蜜多佛言慶喜於意云何若不回向一切智智而修一切智可名真修一切智不慶喜答言不也世尊佛言慶喜要由回向一切智智而修一切智乃可名爲真修一切智佛言慶喜於意云何若不回向一切智智而修道相智一切相智可名真修道相智一切相智不慶喜答言不也世尊佛言慶喜要由回向一切智智而修道相智一切相智乃可名爲真修道相智一切相智故此般若波羅蜜多於彼一切智道相智一切相智爲尊爲導故我但廣稱讚般若波羅蜜多佛言慶喜於意云何若不回向

一切智智而修一切陀羅尼門可名眞修一切陀羅尼門不慶喜答言不也世尊佛言慶喜要由回向一切智智而修一切陀羅尼門乃可名爲眞修一切陀羅尼門佛言慶喜於意云何若不回向一切智智而修一切三摩地門可名眞修一切三摩地門不慶喜答言不也世尊佛言慶喜要由回向一切智智而修一切三摩地門乃可名爲眞修一切三摩地門故此般若波羅蜜多於彼一切陀羅尼門一切三摩地門爲尊爲導故我但廣稱讚般若波羅蜜多佛言慶喜於意云何若不回向一切智智而修菩薩摩訶薩行可名眞修菩薩摩訶薩行不慶喜答言不也世尊佛言慶喜要由回向一切智智而修菩薩摩訶薩行乃可名爲眞修菩薩摩訶薩行故此般若波羅蜜多於彼菩薩摩訶薩行爲尊爲導故我但廣稱讚般若波羅蜜多佛言慶喜於意云何若不回向一切智智而修無上正等菩提可名眞修無上正等菩提不慶喜答言不也世尊佛言慶喜要由回向一切智智而修無上正等菩提乃可名爲眞修無上正等菩提故此般若波羅蜜多於彼無上正等菩提爲尊爲導故我但廣稱讚般若波羅蜜多具壽慶喜復白佛言世尊云何回向一切智智而修布施波羅蜜多佛言慶喜以無二爲方便無生爲方便無所得爲方便修習布施波羅蜜多是名回向一切智智而修布施波羅蜜多世尊云何回向一切智智而修淨戒安忍精進靜慮般若波羅蜜多慶喜以無二爲方便無生爲方便無所得爲方便修習淨戒

安忍精進靜慮般若波羅蜜多是名回向一切智智而修淨戒安忍精進靜慮般若波羅蜜多世尊云何回向一切智智而住內空慶喜以無二爲方便無生爲方便無所得爲方便安住內空是名回向一切智智而住內空世尊云何回向一切智智而住外空內外空空空大空勝義空有爲空無爲空畢竟空無際空散空無變異空本性空自相空共相空一切法空不可得空無性空自性空無性自性空慶喜以無二爲方便無生爲方便無所得爲方便安住外空乃至無性自性空是名回向一切智智而住外空乃至無性自性空世尊云何回向一切智智而住眞如慶喜以無二爲方便無生爲方便無所得爲方便安住眞如是名回向一切智智而住眞如世尊云何回向一切智智而住法界法性不虛妄性不變異性平等性離生性法定法住實際虛空界不思議界慶喜以無二爲方便無生爲方便無所得爲方便安住法界乃至不思議界是名回向一切智智而住法界乃至不思議界世尊云何回向一切智智而住苦聖諦慶喜以無二爲方便無生爲方便無所得爲方便安住苦聖諦是名回向一切智智而住苦聖諦世尊云何回向一切智智而住集滅道聖諦慶喜以無二爲方便無生爲方便無所得爲方便安住集滅道聖諦是名回向一切智智而住集滅道聖諦世尊云何回向一切智智而修四靜慮慶喜以無二爲方便無生爲方便無所得爲方便修習四靜慮是名回向一切智智而修四靜慮世尊云何回

向一切智智而修四無量四無色定慶喜以無二爲方便無生爲方便無所得爲方便修習四無量四無色定是名回向一切智智而修四無量四無色定世尊云何回向一切智智而修八解脫慶喜以無二爲方便無生爲方便無所得爲方便修習八解脫是名回向一切智智而修八解脫世尊云何回向一切智智而修八勝處九次第定十遍處慶喜以無二爲方便無生爲方便無所得爲方便修習八勝處九次第定十遍處是名回向一切智智而修八勝處九次第定十遍處世尊云何回向一切智智而修四念住慶喜以無二爲方便無生爲方便無所得爲方便修習四念住是名回向一切智智而修四念住世尊云何回向一切智智而修四正斷四神足五根五力七等覺支八聖道支慶喜以無二爲方便無生爲方便無所得爲方便修習四正斷四神足五根五力七等覺支八聖道支是名回向一切智智而修四正斷四神足五根五力七等覺支八聖道支世尊云何回向一切智智而修空解脫門慶喜以無二爲方便無生爲方便無所得爲方便修習空解脫門是名回向一切智智而修空解脫門世尊云何回向一切智智而修無相無願解脫門慶喜以無二爲方便無生爲方便無所得爲方便修習無相無願解脫門是名回向一切智智而修無相無願解脫門世尊云何回向一切智智而修五眼慶喜以無二爲方便無生爲方便無所得爲方便修習五眼是名回向一切智智而修五眼世尊云何回向一切智

智而修六神通慶喜以無二爲方便無生爲方便無所得爲方便修習六神通是名回向一切智智而修六神通世尊云何回向一切智智而修佛十力慶喜以無二爲方便無生爲方便無所得爲方便修習佛十力是名回向一切智智而修佛十力世尊云何回向一切智智而修四無所畏四無礙解大慈大悲大喜大捨十八佛不共法慶喜以無二爲方便無生爲方便無所得爲方便修習四無所畏四無礙解大慈大悲大喜大捨十八佛不共法是名回向一切智智而修四無所畏四無礙解大慈大悲大喜大捨十八佛不共法世尊云何回向一切智智而修無忘失法慶喜以無二爲方便無生爲方便無所得爲方便修習無忘失法是名回向一切智智而修無忘失法世尊云何回向一切智智而修恒住捨性慶喜以無二爲方便無生爲方便無所得爲方便修習恒住捨性是名回向一切智智而修恒住捨性世尊云何回向一切智智而修一切智慶喜以無二爲方便無生爲方便無所得爲方便修習一切智是名回向一切智智而修一切智世尊云何回向一切智智而修道相智一切相智慶喜以無二爲方便無生爲方便無所得爲方便修習道相智一切相智是名回向一切智智而修道相智一切相智世尊云何回向一切智智而修一切陀羅尼門慶喜以無二爲方便無生爲方便無所得爲方便修習一切陀羅尼門是名回向一切智智而修一切陀羅尼門世尊云何回向一切智智而修一切三摩地門慶

喜以無二爲方便無生爲方便無所得爲方便修習一切三摩地門是名回向一切智智而修一切三摩地門世尊云何回向一切智智而修菩薩摩訶薩行慶喜以無二爲方便無生爲方便無所得爲方便修習菩薩摩訶薩行是名回向一切智智而修菩薩摩訶薩行世尊云何回向一切智智而修無上正等菩提慶喜以無二爲方便無生爲方便無所得爲方便修習無上正等菩提是名回向一切智智而修無上正等菩提具壽慶喜復白佛言世尊以何無二爲方便回向一切智智修習布施淨戒安忍精進靜慮般若波羅蜜多以何無生爲方便無所得爲方便回向一切智智修習布施淨戒安忍精進靜慮般若波羅蜜多世尊以何無二爲方便回向一切智智安住內空外空內外空空空大空勝義空有爲空無爲空畢竟空無際空散空無變異空本性空自相空共相空一切法空不可得空無性空自性空無性自性空以何無生爲方便無所得爲方便回向一切智智安住內空乃至無性自性空世尊以何無二爲方便回向一切智智安住眞如法界法性不虛妄性不變異性平等性離生性法定法住實際虛空界不思議界以何無生爲方便無所得爲方便回向一切智智安住眞如乃至不思議界世尊以何無二爲方便回向一切智智安住苦集滅道聖諦以何無生爲方便無所得爲方便回向一切智智安住苦集滅道聖諦世尊以何無二爲方便回向一切智智修習四靜慮四無量四無色定以何無生爲

方便無所得爲方便回向一切智智修習四靜慮四無量四無色定世尊以何無二爲方便回向一切智智修習八解脱八勝處九次第定十遍處以何無生爲方便無所得爲方便回向一切智智修習八解脱八勝處九次第定十遍處世尊以何無二爲方便回向一切智智修習四念住四正斷四神足五根五力七等覺支八聖道支以何無生爲方便無所得爲方便回向一切智智修習四念住四正斷四神足五根五力七等覺支八聖道支世尊以何無二爲方便回向一切智智修習空解脱門無相解脱門無願解脱門以何無生爲方便無所得爲方便回向一切智智修習空解脱門無相解脱門無願解脱門世尊以何無二爲方便回向一切智智修習五眼六神通以何無生爲方便無所得爲方便回向一切智智修習五眼六神通

大般若波羅蜜多經卷第一百六

大般若波羅蜜多經卷第一百七

唐三藏法師玄奘奉詔譯

初分校量功德品第三十之五

世尊以何無二爲方便回向一切智智修習佛十力四無所畏四無礙解大慈大悲大喜大捨十八佛不共法以何無生爲方便無所得爲方便回向一切智智修習佛十力四無所畏四無礙解大慈大悲大喜大捨十八佛不共法世尊以何無二爲方便回向一切智智修習無忘失法恒住捨性以何無生爲方便無所得爲方便回向一切智智修習無忘失法恒住捨性世尊以何無二爲方便回向一切智智修習一切智道相智一切相智以何無生爲方便無所得爲方便回向一切智智修習一切智道相智一切相智世尊以何無二爲方便回向一切智智修習一切陀羅尼門一切三摩地門以何無生爲方便無所得爲方便回向一切智智修習一切陀羅尼門一切三摩地門世尊以何無二爲方便回向一切智智修習菩薩摩訶薩行以何無生爲方便無所得爲方便回向一切智智修習菩薩摩訶薩行世尊以何無二爲方便回向一切智智修習無上正等菩提以何無生爲方便無所得爲方便回向一切智智修習無上正等菩提佛言慶喜汝今當知以色無二爲方便無生爲方便無所得爲方便回向一切智智修習布施淨戒安忍精進靜慮般若波羅蜜多以受想行識無二爲方便無生爲方便無所得爲方便回向一切智智修習布施淨戒安忍精進靜慮般若波羅蜜多慶喜

當知以色無二爲方便無生爲方便無所得爲方便回向一切智智安住內空外空內外空空空大空勝義空有爲空無爲空畢竟空無際空散空無變異空本性空自相空共相空一切法空不可得空無性空自性空無性自性空以受想行識無二爲方便無生爲方便無所得爲方便回向一切智智安住內空乃至無性自性空慶喜當知以色無二爲方便無生爲方便無所得爲方便回向一切智智安住眞如法界法性不虛妄性不變異性平等性離生性法定法住實際虛空界不思議界以受想行識無二爲方便無生爲方便無所得爲方便回向一切智智安住眞如乃至不思議界慶喜當知以色無二爲方便無生爲方便無所得爲方便回向一切智智安住苦集滅道聖諦以受想行識無二爲方便無生爲方便無所得爲方便回向一切智智安住苦集滅道聖諦慶喜當知以色無二爲方便無生爲方便無所得爲方便回向一切智智修習四靜慮四無量四無色定以受想行識無二爲方便無生爲方便無所得爲方便回向一切智智修習四靜慮四無量四無色定慶喜當知以色無二爲方便無生爲方便無所得爲方便回向一切智智修習八解脫八勝處九次第定十遍處以受想行識無二爲方便無生爲方便無所得爲方便回向一切智智修習八解脫八勝處九次第定十遍處慶喜當知以色無二爲方便無生爲方便無所得爲方便回向一切智智修習四念住四正斷四神足五根五力七等覺支八聖

道支以受想行識無二爲方便無生爲方便無所得爲方便回向一切智智修習四念住四正斷四神足五根五力七等覺支八聖道支慶喜當知以色無二爲方便無生爲方便無所得爲方便回向一切智智修習空解脱門無相解脱門無願解脱門以受想行識無二爲方便無生爲方便無所得爲方便回向一切智智修習空解脱門無相解脱門無願解脱門慶喜當知以色無二爲方便無生爲方便無所得爲方便回向一切智智修習五眼六神通以受想行識無二爲方便無生爲方便無所得爲方便回向一切智智修習五眼六神通慶喜當知以色無二爲方便無生爲方便無所得爲方便回向一切智智修習佛十力四無所畏四無礙解大慈大悲大喜大捨十八佛不共法以受想行識無二爲方便無生爲方便無所得爲方便回向一切智智修習佛十力四無所畏四無礙解大慈大悲大喜大捨十八佛不共法慶喜當知以色無二爲方便無生爲方便無所得爲方便回向一切智智修習無忘失法恒住捨性以受想行識無二爲方便無生爲方便無所得爲方便回向一切智智修習無忘失法恒住捨性慶喜當知以色無二爲方便無生爲方便無所得爲方便回向一切智智修習一切智道相智一切相智以受想行識無二爲方便無生爲方便無所得爲方便回向一切智智修習一切智道相智一切相智慶喜當知以色無二爲方便無生爲方便無所得爲方便回向一切智智修習一切陀羅尼門一切三

摩地門以受想行識無二爲方便無生爲方便無所得爲方便回向一切智智修習一切陀羅尼門一切三摩地門慶喜當知以色無二爲方便無生爲方便無所得爲方便回向一切智智修習菩薩摩訶薩行以受想行識無二爲方便無生爲方便無所得爲方便回向一切智智修習菩薩摩訶薩行慶喜當知以色無二爲方便無生爲方便無所得爲方便回向一切智智修習無上正等菩提以受想行識無二爲方便無生爲方便無所得爲方便回向一切智智修習無上正等菩提慶喜當知以眼處無二爲方便無生爲方便無所得爲方便回向一切智智修習布施淨戒安忍精進靜慮般若波羅蜜多以耳鼻舌身意處無二爲方便無生爲方便無所得爲方便回向一切智智修習布施淨戒安忍精進靜慮般若波羅蜜多慶喜當知以色處無二爲方便無生爲方便無所得爲方便回向一切智智修習布施淨戒安忍精進靜慮般若波羅蜜多以聲香味觸法處無二爲方便無生爲方便無所得爲方便回向一切智智修習布施淨戒安忍精進靜慮般若波羅蜜多慶喜當知以眼處無二爲方便無生爲方便無所得爲方便回向一切智智安住內空外空內外空空空大空勝義空有爲空無爲空畢竟空無際空散空無變異空本性空自相空共相空一切法空不可得空無性空自性空無性自性空以耳鼻舌身意處無二爲方便無生爲方便無所得爲方便回向一切智智安住內空乃至無性自性空慶喜當知以

色處無二爲方便無生爲方便無所得爲方便回向一切智智安住內空外空內外空空空大空勝義空有爲空無爲空畢竟空無際空散空無變異空本性空自相空共相空一切法空不可得空無性空自性空無性自性空以聲香味觸法處無二爲方便無生爲方便無所得爲方便回向一切智智安住內空乃至無性自性空慶喜當知以眼處無二爲方便無生爲方便無所得爲方便回向一切智智安住眞如法界法性不虛妄性不變異性平等性離生性法定法住實際虛空界不思議界以耳鼻舌身意處無二爲方便無生爲方便無所得爲方便回向一切智智安住眞如乃至不思議界慶喜當知以色處無二爲方便無生爲方便無所得爲方便回向一切智智安住眞如法界法性不虛妄性不變異性平等性離生性法定法住實際虛空界不思議界以聲香味觸法處無二爲方便無生爲方便無所得爲方便回向一切智智安住眞如乃至不思議界慶喜當知以眼處無二爲方便無生爲方便無所得爲方便回向一切智智安住苦集滅道聖諦以耳鼻舌身意處無二爲方便無生爲方便無所得爲方便回向一切智智安住苦集滅道聖諦慶喜當知以色處無二爲方便無生爲方便無所得爲方便回向一切智智安住苦集滅道聖諦以聲香味觸法處無二爲方便無生爲方便無所得爲方便回向一切智智安住苦集滅道聖諦慶喜當知以眼處無二爲方便無生爲方便無所得爲方便回向一切智智修

習四靜慮四無量四無色定以耳鼻舌身意處無二爲方便無生爲方便無所得爲方便回向一切智智修習四靜慮四無量四無色定慶喜當知以色處無二爲方便無生爲方便無所得爲方便回向一切智智修習四靜慮四無量四無色定以聲香味觸法處無二爲方便無生爲方便無所得爲方便回向一切智智修習四靜慮四無量四無色定慶喜當知以眼處無二爲方便無生爲方便無所得爲方便回向一切智智修習八解脫八勝處九次第定十遍處以耳鼻舌身意處無二爲方便無生爲方便無所得爲方便回向一切智智修習八解脫八勝處九次第定十遍處慶喜當知以色處無二爲方便無生爲方便無所得爲方便回向一切智智修習八解脫八勝處九次第定十遍處以聲香味觸法處無二爲方便無生爲方便無所得爲方便回向一切智智修習八解脫八勝處九次第定十遍處慶喜當知以眼處無二爲方便無生爲方便無所得爲方便回向一切智智修習四念住四正斷四神足五根五力七等覺支八聖道支以耳鼻舌身意處無二爲方便無生爲方便無所得爲方便回向一切智智修習四念住四正斷四神足五根五力七等覺支八聖道支慶喜當知以色處無二爲方便無生爲方便無所得爲方便回向一切智智修習四念住四正斷四神足五根五力七等覺支八聖道支以聲香味觸法處無二爲方便無生爲方便無所得爲方便回向一切智智修習四念住四正斷四神足五根五力

七等覺支八聖道支慶喜當知以眼處無二爲方便無生爲方便無所得爲方便回向一切智智修習空解脫門無相解脫門無願解脫門以耳鼻舌身意處無二爲方便無生爲方便無所得爲方便回向一切智智修習空解脫門無相解脫門無願解脫門慶喜當知以色處無二爲方便無生爲方便無所得爲方便回向一切智智修習空解脫門無相解脫門無願解脫門以聲香味觸法處無二爲方便無生爲方便無所得爲方便回向一切智智修習空解脫門無相解脫門無願解脫門慶喜當知以眼處無二爲方便無生爲方便無所得爲方便回向一切智智修習五眼六神通以耳鼻舌身意處無二爲方便無生爲方便無所得爲方便回向一切智智修習五眼六神通慶喜當知以色處無二爲方便無生方便無無所得爲方便回向一切智智修習五眼六神通以聲香味觸法處無二爲方便無生爲方便無所得爲方便回向一切智智修習五眼六神通慶喜當知以眼處無二爲方便無生爲方便無所得爲方便回向一切智智修習佛十力四無所畏四無礙解大慈大悲大喜大捨十八佛不共法以耳鼻舌身意處無二爲方便無生爲方便無所得爲方便回向一切智智修習佛十力四無所畏四無礙解大慈大悲大喜大捨十八佛不共法慶喜當知以色處無二爲方便無生爲方便無所得爲方便回向一切智智修習佛十力四無所畏四無礙解大慈大悲大喜大捨十八佛不共法以聲香味觸法處無二爲

方便無生爲方便無所得爲方便回向一切
智智修習佛十力四無所畏四無礙解大慈
大悲大喜大捨十八佛不共法慶喜當知以
眼處無二爲方便無生爲方便無所得爲方
便回向一切智智修習無忘失法恒住捨性
以耳鼻舌身意處無二爲方便無生爲方便
無所得爲方便回向一切智智修習無忘失
法恒住捨性慶喜當知以色處無二爲方便
無生爲方便無所得爲方便回向一切智智
修習無忘失法恒住捨性以聲香味觸法處
無二爲方便無生爲方便無所得爲方便回
向一切智智修習無忘失法恒住捨性慶喜
當知以眼處無二爲方便無生爲方便無所
得爲方便回向一切智智修習一切智道相
智一切相智以耳鼻舌身意處無二爲方便

無生爲方便無所得爲方便回向一切智智
修習一切智道相智一切相智慶喜當知以
色處無二爲方便無生爲方便無所得爲方
便回向一切智智修習一切智道相智一切
相智以聲香味觸法處無二爲方便無生爲
方便無所得爲方便回向一切智智修習一
切智道相智一切相智慶喜當知以眼處無
二爲方便無生爲方便無所得爲方便回向
一切智智修習一切陀羅尼門一切三摩地
門以耳鼻舌身意處無二爲方便無生爲方
便無所得爲方便回向一切智智修習一切
陀羅尼門一切三摩地門慶喜當知以色處
無二爲方便無生爲方便無所得爲方便回
向一切智智修習一切陀羅尼門一切三摩
地門以聲香味觸法處無二爲方便無生爲

方便無所得爲方便回向一切智智修習一切陀羅尼門一切三摩地門慶喜當知以眼處無二爲方便無生爲方便無所得爲方便回向一切智智修習菩薩摩訶薩行以耳鼻舌身意處無二爲方便無生爲方便無所得爲方便回向一切智智修習菩薩摩訶薩行慶喜當知以色處無二爲方便無生爲方便無所得爲方便回向一切智智修習菩薩摩訶薩行以聲香味觸法處無二爲方便無生爲方便無所得爲方便回向一切智智修習菩薩摩訶薩行慶喜當知以眼處無二爲方便無生爲方便無所得爲方便回向一切智智修習無上正等菩提以耳鼻舌身意處無二爲方便無生爲方便無所得爲方便回向一切智智修習無上正等菩提慶喜當知以色處無二爲方便無生爲方便無所得爲方便回向一切智智修習無上正等菩提以聲香味觸法處無二爲方便無生爲方便無所得爲方便回向一切智智修習無上正等菩提慶喜當知以眼界無二爲方便無生爲方便無所得爲方便回向一切智智修習布施淨戒安忍精進靜慮般若波羅蜜多以色界眼識界及眼觸眼觸爲緣所生諸受無二爲方便無生爲方便無所得爲方便回向一切智智修習布施淨戒安忍精進靜慮般若波羅蜜多慶喜當知以耳界無二爲方便無生爲方便無所得爲方便回向一切智智修習布施淨戒安忍精進靜慮般若波羅蜜多以聲界耳識界及耳觸耳觸爲緣所生諸受無二爲方便無生爲方便無所得爲方便回向

一切智智修習布施淨戒安忍精進靜慮般若波羅蜜多慶喜當知以鼻界無二爲方便無生爲方便無所得爲方便回向一切智智修習布施淨戒安忍精進靜慮般若波羅蜜多以香界鼻識界及鼻觸鼻觸爲緣所生諸受無二爲方便無生爲方便無所得爲方便回向一切智智修習布施淨戒安忍精進靜慮般若波羅蜜多慶喜當知以舌界無二爲方便無生爲方便無所得爲方便回向一切智智修習布施淨戒安忍精進靜慮般若波羅蜜多以味界舌識界及舌觸舌觸爲緣所生諸受無二爲方便無生爲方便無所得爲方便回向一切智智修習布施淨戒安忍精進靜慮般若波羅蜜多慶喜當知以身界無二爲方便無生爲方便無所得爲方便回向一切智智修習布施淨戒安忍精進靜慮般若波羅蜜多以觸界身識界及身觸身觸爲緣所生諸受無二爲方便無生爲方便無所得爲方便回向一切智智修習布施淨戒安忍精進靜慮般若波羅蜜多慶喜當知以意界無二爲方便無生爲方便無所得爲方便回向一切智智修習布施淨戒安忍精進靜慮般若波羅蜜多以法界意識界及意觸意觸爲緣所生諸受無二爲方便無生爲方便無所得爲方便回向一切智智修習布施淨戒安忍精進靜慮般若波羅蜜多慶喜當知以眼界無二爲方便無生爲方便無所得爲方便回向一切智智安住內空外空內外空空空大空勝義空有爲空無爲空畢竟空無際空散空無變異空本性空自相空共相空

一切法空不可得空無性空自性空無性自性空以色界眼識界及眼觸眼觸爲緣所生諸受無二爲方便無生爲方便無所得爲方便回向一切智智安住内空乃至無性自性空慶喜當知以耳界無二爲方便無生爲方便無所得爲方便回向一切智智安住内空外空内外空空空大空勝義空有爲空無爲空畢竟空無際空散空無變異空本性空自相空共相空一切法空不可得空無性空自性空無性自性空以聲界耳識界及耳觸耳觸爲緣所生諸受無二爲方便無生爲方便無所得爲方便回向一切智智安住内空乃至無性自性空慶喜當知以鼻界無二爲方便無生爲方便無所得爲方便回向一切智智安住内空外空内外空空空大空勝義空有爲空無爲空畢竟空無際空散空無變異空本性空自相空共相空一切法空不可得空無性空自性空無性自性空以香界鼻識界及鼻觸鼻觸爲緣所生諸受無二爲方便無生爲方便無所得爲方便回向一切智智安住内空乃至無性自性空慶喜當知以舌界無二爲方便無生爲方便無所得爲方便回向一切智智安住内空外空内外空空空大空勝義空有爲空無爲空畢竟空無際空散空無變異空本性空自相空共相空一切法空不可得空無性空自性空無性自性空以味界舌識界及舌觸舌觸爲緣所生諸受無二爲方便無生爲方便無所得爲方便回向一切智智安住内空乃至無性自性空慶喜當知以身界無二爲方便無生爲方便無

所得爲方便回向一切智智安住内空外空内外空空空大空勝義空有爲空無爲空畢竟空無際空散空無變異空本性空自相空共相空一切法空不可得空無性空自性空無性自性空以觸界身識界及身觸身觸爲緣所生諸受無二爲方便無生爲方便無所得爲方便回向一切智智安住内空乃至無性自性空慶喜當知以意界無二爲方便無生爲方便無所得爲方便回向一切智智安住内空外空内外空空空大空勝義空有爲空無爲空畢竟空無際空散空無變異空本性空自相空共相空一切法空不可得空無性空自性空無性自性空以法界意識界及意觸意觸爲緣所生諸受無二爲方便無生爲方便無所得爲方便回向一切智智安住

内空乃至無性自性空慶喜當知以眼界無二爲方便無生爲方便無所得爲方便回向一切智智安住眞如法界法性不虚妄性不變異性平等性離生性法定法住實際虚空界不思議界以色界眼識界及眼觸眼觸爲緣所生諸受無二爲方便無生爲方便無所得爲方便回向一切智智安住眞如乃至不思議界慶喜當知以耳界無二爲方便無生爲方便無所得爲方便回向一切智智安住眞如法界法性不虚妄性不變異性平等性離生性法定法住實際虚空界不思議界以耳界耳識界及耳觸耳觸爲緣所生諸受無二爲方便無生爲方便無所得爲方便回向一切智智安住眞如乃至不思議界慶喜當知以鼻界無二爲方便無生爲方便無所得

爲方便回向一切智智安住眞如法界法性
不虛妄性不變異性平等性離生性法定法
住實際虛空界不思議界以香界鼻識界及
鼻觸鼻觸爲緣所生諸受無二爲方便無生
爲方便無所得爲方便回向一切智智安住
眞如乃至不思議界慶喜當知以舌界無二
爲方便無生爲方便無所得爲方便回向一
切智智安住眞如法界法性不虛妄性不變
異性平等性離生性法定法住實際虛空界
不思議界以味界舌識界及舌觸舌觸爲緣
所生諸受無二爲方便無生爲方便無所得
爲方便回向一切智智安住眞如乃至不思
議界慶喜當知以身界無二爲方便無生爲
方便無所得爲方便回向一切智智安住眞
如法界法性不虛妄性不變異性平等性離
生性法定法住實際虛空界不思議界以觸
界身識界及身觸身觸爲緣所生諸受無二
爲方便無生爲方便無所得爲方便回向一
切智智安住眞如乃至不思議界慶喜當知
以意界無二爲方便無生爲方便無所得爲
方便回向一切智智安住眞如法界法性不
虛妄性不變異性平等性離生性法定法住
實際虛空界不思議界以法界意識界及意
觸意觸爲緣所生諸受無二爲方便無生爲
方便無所得爲方便回向一切智智安住眞
如乃至不思議界慶喜當知以眼界無二爲
方便無生爲方便無所得爲方便回向一切
智智安住苦集滅道聖諦以色界眼識界及
眼觸眼觸爲緣所生諸受無二爲方便無生
爲方便無所得爲方便回向一切智智安住

苦集滅道聖諦慶喜當知以耳界無二爲方便無生爲方便無所得爲方便回向一切智智安住苦集滅道聖諦以聲界耳識界及耳觸耳觸爲縁所生諸受無二爲方便無生爲方便無所得爲方便回向一切智智安住苦集滅道聖諦慶喜當知以鼻界無二爲方便無生爲方便無所得爲方便回向一切智智安住苦集滅道聖諦以香界鼻識界及鼻觸鼻觸爲緣所生諸受無二爲方便無生爲方便無所得爲方便回向一切智智安住苦集滅道聖諦慶喜當知以舌界無二爲方便無生爲方便無所得爲方便回向一切智智安住苦集滅道聖諦以味界舌識界及舌觸舌觸爲縁所生諸受無二爲方便無生爲方便無所得爲方便回向一切智智安住苦集滅道聖諦慶喜當知以身界無二爲方便無生爲方便無所得爲方便回向一切智智安住苦集滅道聖諦以觸界身識界及身觸身觸爲緣所生諸受無二爲方便無生爲方便無所得爲方便回向一切智智安住苦集滅道聖諦慶喜當知以意界無二爲方便無生爲方便無所得爲方便回向一切智智安住苦集滅道聖諦以法界意識界及意觸意觸爲緣所生諸受無二爲方便無生爲方便無所得爲方便回向一切智智安住苦集滅道聖諦慶喜當知以眼界無二爲方便無生爲方便無所得爲方便回向一切智智修習四靜慮四無量四無色定以色界眼識界及眼觸眼觸爲緣所生諸受無二爲方便無生爲方便無所得爲方便回向一切智智修習四靜

慮四無量四無色定慶喜當知以耳界無二爲方便無生爲方便無所得爲方便回向一切智智修習四靜慮四無量四無色定以聲界耳識界及耳觸耳觸爲緣所生諸受無二爲方便無生爲方便無所得爲方便回向一切智智修習四靜慮四無量四無色定慶喜當知以鼻界無二爲方便無生爲方便無所得爲方便回向一切智智修習四靜慮四無量四無色定以香界鼻識界及鼻觸鼻觸爲緣所生諸受無二爲方便無生爲方便無所得爲方便回向一切智智修習四靜慮四無量四無色定慶喜當知以舌界無二爲方便無生爲方便無所得爲方便回向一切智智修習四靜慮四無量四無色定以味界舌識界及舌觸舌觸爲緣所生諸受無二爲方便無生爲方便無所得爲方便回向一切智智修習四靜慮四無量四無色定慶喜當知以身界無二爲方便無生爲方便無所得爲方便回向一切智智修習四靜慮四無量四無色定以觸界身識界及身觸身觸爲緣所生諸受無二爲方便無生爲方便無所得爲方便回向一切智智修習四靜慮四無量四無色定慶喜當知以意界無二爲方便無生爲方便無所得爲方便回向一切智智修習四靜慮四無量四無色定以法界意識界及意觸意觸爲緣所生諸受無二爲方便無生爲方便無所得爲方便回向一切智智修習四靜慮四無量四無色定

大般若波羅蜜多經卷第一百七

大般若波羅蜜多經卷第一百八

唐三藏法師玄奘奉　詔譯

初分校量功德品第三十之六

慶喜當知以眼界無二爲方便無生爲方便無所得爲方便回向一切智智修習八解脱八勝處九次第定十遍處以色界眼識界及眼觸眼觸爲緣所生諸受無二爲方便無生爲方便無所得爲方便回向一切智智修習八解脱八勝處九次第定十遍處慶喜當知以耳界無二爲方便無生爲方便無所得爲方便回向一切智智修習八解脱八勝處九次第定十遍處以聲界耳識界及耳觸耳觸爲緣所生諸受無二爲方便無生爲方便無所得爲方便回向一切智智修習八解脱八勝處九次第定十遍處慶喜當知以鼻界無二爲方便無生爲方便無所得爲方便回向一切智智修習八解脱八勝處九次第定十遍處以香界鼻識界及鼻觸鼻觸爲緣所生諸受無二爲方便無生爲方便無所得爲方便回向一切智智修習八解脱八勝處九次第定十遍處慶喜當知以舌界無二爲方便無生爲方便無所得爲方便回向一切智智修習八解脱八勝處九次第定十遍處以味界舌識界及舌觸舌觸爲緣所生諸受無二爲方便無生爲方便無所得爲方便回向一切智智修習八解脱八勝處九次第定十遍處慶喜當知以身界無二爲方便無生爲方便無所得爲方便回向一切智智修習八解脱八勝處九次第定十遍處以觸界身識界及身觸身觸爲緣所生諸受無二爲方便無

生爲方便無所得爲方便回向一切智智修習八解脫八勝處九次第定十遍處慶喜當知以意界無二爲方便無生爲方便無所得爲方便回向一切智智修習八解脫八勝處九次第定十遍處以法界意識界及意觸意觸爲緣所生諸受無二爲方便無生爲方便無所得爲方便回向一切智智修習八解脫八勝處九次第定十遍處慶喜當知以眼界無二爲方便無生爲方便無所得爲方便回向一切智智修習四念住四正斷四神足五根五力七等覺支八聖道支以色界眼識界及眼觸眼觸爲緣所生諸受無二爲方便無生爲方便無所得爲方便回向一切智智修習四念住四正斷四神足五根五力七等覺支八聖道支慶喜當知以耳界無二爲方便

無生爲方便無所得爲方便回向一切智智修習四念住四正斷四神足五根五力七等覺支八聖道支以聲界耳識界及耳觸耳觸爲緣所生諸受無二爲方便無生爲方便無所得爲方便回向一切智智修習四念住四正斷四神足五根五力七等覺支八聖道支慶喜當知以鼻界無二爲方便無生爲方便無所得爲方便回向一切智智修習四念住四正斷四神足五根五力七等覺支八聖道支以香界鼻識界及鼻觸鼻觸爲緣所生諸受無二爲方便無生爲方便無所得爲方便回向一切智智修習四念住四正斷四神足五根五力七等覺支八聖道支慶喜當知以舌界無二爲方便無生爲方便無所得爲方便回向一切智智修習四念住四正斷四神

足五根五力七等覺支八聖道支以味界舌識界及舌觸舌觸爲緣所生諸受無二爲方便無生爲方便無所得爲方便回向一切智智修習四念住四正斷四神足五根五力七等覺支八聖道支慶喜當知以身界無二爲方便無生爲方便無所得爲方便回向一切智智修習四念住四正斷四神足五根五力七等覺支八聖道支以觸界身識界及身觸身觸爲緣所生諸受無二爲方便無生爲方便無所得爲方便回向一切智智修習四念住四正斷四神足五根五力七等覺支八聖道支慶喜當知以意界無二爲方便無生爲方便無所得爲方便回向一切智智修習四念住四正斷四神足五根五力七等覺支八聖道支以法界意識界及意觸意觸爲緣所生諸受無二爲方便無生爲方便無所得爲方便回向一切智智修習四念住四正斷四神足五根五力七等覺支八聖道支慶喜當知以眼界無二爲方便無生爲方便無所得爲方便回向一切智智修習空解脫門無相解脫門無願解脫門以色界眼識界及眼觸眼觸爲緣所生諸受無二爲方便無生爲方便無所得爲方便回向一切智智修習空解脫門無相解脫門無願解脫門慶喜當知以耳界無二爲方便無生爲方便無所得爲方便回向一切智智修習空解脫門無相解脫門無願解脫門以聲界耳識界及耳觸耳觸爲緣所生諸受無二爲方便無生爲方便無所得爲方便回向一切智智修習空解脫門無相解脫門無願解脫門慶喜當知以鼻界

無二爲方便無生爲方便無所得爲方便回向一切智智修習空解脱門無相解脱門無願解脱門以香界鼻識界及鼻觸鼻觸爲緣所生諸受無二爲方便無生爲方便無所得爲方便回向一切智智修習空解脱門無相解脱門無願解脱門慶喜當知以舌界無二爲方便無生爲方便無所得爲方便回向一切智智修習空解脱門無相解脱門無願解脱門以味界舌識界及舌觸舌觸爲緣所生諸受無二爲方便無生爲方便無所得爲方便回向一切智智修習空解脱門無相解脱門無願解脱門慶喜當知以身界無二爲方便無生爲方便無所得爲方便回向一切智智修習空解脱門無相解脱門無願解脱門以觸界身識界及身觸身觸爲緣所生諸受

無二爲方便無生爲方便無所得爲方便回向一切智智修習空解脱門無相解脱門無願解脱門慶喜當知以意界無二爲方便無生爲方便無所得爲方便回向一切智智修習空解脱門無相解脱門無願解脱門以法界意識界及意觸意觸爲緣所生諸受無二爲方便無生爲方便無所得爲方便回向一切智智修習空解脱門無相解脱門無願解脱門慶喜當知以眼界無二爲方便無生爲方便無所得爲方便回向一切智智修習五眼六神通以色界眼識界及眼觸眼觸爲緣所生諸受無二爲方便無生爲方便無所得爲方便回向一切智智修習五眼六神通慶喜當知以耳界無二爲方便無生爲方便無所得爲方便回向一切智智修習五眼六神

通以聲界耳識界及耳觸耳觸爲緣所生諸受無二爲方便無生爲方便無所得爲方便回向一切智智修習五眼六神通慶喜當知以鼻界無二爲方便無生爲方便無所得爲方便回向一切智智修習五眼六神通以香界鼻識界及鼻觸鼻觸爲緣所生諸受無二爲方便無生爲方便無所得爲方便回向一切智智修習五眼六神通慶喜當知以舌界無二爲方便無生爲方便無所得爲方便回向一切智智修習五眼六神通以味界舌識界及舌觸舌觸爲緣所生諸受無二爲方便無生爲方便無所得爲方便回向一切智智修習五眼六神通慶喜當知以身界無二爲方便無生爲方便無所得爲方便回向一切智智修習五眼六神通以觸界身識界及身觸身觸爲緣所生諸受無二爲方便無生爲方便無所得爲方便回向一切智智修習五眼六神通慶喜當知以意界無二爲方便無生爲方便無所得爲方便回向一切智智修習五眼六神通以法界意識界及意觸意觸爲緣所生諸受無二爲方便無生爲方便無所得爲方便回向一切智智修習五眼六神通慶喜當知以眼界無二爲方便無生爲方便無所得爲方便回向一切智智修習佛十力四無所畏四無礙解大慈大悲大喜大捨十八佛不共法以色界眼識界及眼觸眼觸爲緣所生諸受無二爲方便無生爲方便無所得爲方便回向一切智智修習佛十力四無所畏四無礙解大慈大悲大喜大捨十八佛不共法慶喜當知以耳界無二爲方便無

生爲方便無所得爲方便回向一切智智修
習佛十力四無所畏四無礙解大慈大悲大
喜大捨十八佛不共法以聲界耳識界及耳
觸耳觸爲緣所生諸受無二爲方便無生爲
方便無所得爲方便回向一切智智修習佛
十力四無所畏四無礙解大慈大悲大喜大
捨十八佛不共法慶喜當知以鼻界無二爲
方便無生爲方便無所得爲方便回向一切
智智修習佛十力四無所畏四無礙解大慈
大悲大喜大捨十八佛不共法以香界鼻識
界及鼻觸鼻觸爲緣所生諸受無二爲方便
無生爲方便無所得爲方便回向一切智智
修習佛十力四無所畏四無礙解大慈大悲
大喜大捨十八佛不共法慶喜當知以舌界
無二爲方便無生爲方便無所得爲方便回
向一切智智修習佛十力四無所畏四無礙
解大慈大悲大喜大捨十八佛不共法以味
界舌識界及舌觸舌觸爲緣所生諸受無二
爲方便無生爲方便無所得爲方便回向一
切智智修習佛十力四無所畏四無礙解大
慈大悲大喜大捨十八佛不共法慶喜當知
以身界無二爲方便無生爲方便無所得爲
方便回向一切智智修習佛十力四無所畏
四無礙解大慈大悲大喜大捨十八佛不共
法以觸界身識界及身觸身觸爲緣所生諸
受無二爲方便無生爲方便無所得爲方便
回向一切智智修習佛十力四無所畏四無
礙解大慈大悲大喜大捨十八佛不共法慶
喜當知以意界無二爲方便無生爲方便無
所得爲方便回向一切智智修習佛十力四

無所畏四無礙解大慈大悲大喜大捨十八佛不共法以法界意識界及意觸意觸爲緣所生諸受無二爲方便無生爲方便無所得爲方便回向一切智智修習佛十力四無所畏四無礙解大慈大悲大喜大捨十八佛不共法慶喜當知以眼界無二爲方便無生爲方便無所得爲方便回向一切智智修習無忘失法恒住捨性以色界眼識界及眼觸眼觸爲緣所生諸受無二爲方便無生爲方便無所得爲方便回向一切智智修習無忘失法恒住捨性慶喜當知以耳界無二爲方便無生爲方便無所得爲方便回向一切智智修習無忘失法恒住捨性以聲界耳識界及耳觸耳觸爲緣所生諸受無二爲方便無生爲方便無所得爲方便回向一切智智修習無忘失法恒住捨性慶喜當知以鼻界無二爲方便無生爲方便無所得爲方便回向一切智智修習無忘失法恒住捨性以香界鼻識界及鼻觸鼻觸爲緣所生諸受無二爲方便無生爲方便無所得爲方便回向一切智智修習無忘失法恒住捨性慶喜當知以舌界無二爲方便無生爲方便無所得爲方便回向一切智智修習無忘失法恒住捨性以味界舌識界及舌觸舌觸爲緣所生諸受無二爲方便無生爲方便無所得爲方便回向一切智智修習無忘失法恒住捨性慶喜當知以身界無二爲方便無生爲方便無所得爲方便回向一切智智修習無忘失法恒住捨性以觸界身識界及身觸身觸爲緣所生諸受無二爲方便無生爲方便無所得爲方

便回向一切智智修習無忘失法恒住捨性慶喜當知以意界無二爲方便無生爲方便無所得爲方便回向一切智智修習無忘失法恒住捨性以法界意識界及意觸意觸爲緣所生諸受無二爲方便無生爲方便無所得爲方便回向一切智智修習無忘失法恒住捨性慶喜當知以眼界無二爲方便無生爲方便無所得爲方便回向一切智智修習一切智道相智一切相智以色界眼識界及眼觸眼觸爲緣所生諸受無二爲方便無生爲方便無所得爲方便回向一切智智修習一切智道相智一切相智慶喜當知以耳界無二爲方便無生爲方便無所得爲方便回向一切智智修習一切智道相智一切相智以聲界耳識界及耳觸耳觸爲緣所生諸受無二爲方便無生爲方便無所得爲方便回向一切智智修習一切智道相智一切相智慶喜當知以鼻界無二爲方便無生爲方便無所得爲方便回向一切智智修習一切智道相智一切相智以香界鼻識界及鼻觸鼻觸爲緣所生諸受無二爲方便無生爲方便無所得爲方便回向一切智智修習一切智道相智一切相智慶喜當知以舌界無二爲方便無生爲方便無所得爲方便回向一切智智修習一切智道相智一切相智以味界舌識界及舌觸舌觸爲緣所生諸受無二爲方便無生爲方便無所得爲方便回向一切智智修習一切智道相智一切相智慶喜當知以身界無二爲方便無生爲方便無所得爲方便回向一切智智修習一切智道相智

一切相智以觸界身識界及身觸身觸爲緣所生諸受無二爲方便無生爲方便無所得爲方便回向一切智智修習一切智道相智一切相智慶喜當知以意界無二爲方便無生爲方便無所得爲方便回向一切智智修習一切智道相智一切相智以法界意識界及意觸意觸爲緣所生諸受無二爲方便無生爲方便無所得爲方便回向一切智智修習一切智道相智一切相智慶喜當知以眼界無二爲方便無生爲方便無所得爲方便回向一切智智修習一切陀羅尼門一切三摩地門以色界眼識界及眼觸眼觸爲緣所生諸受無二爲方便無生爲方便無所得爲方便回向一切智智修習一切陀羅尼門一切三摩地門慶喜當知以耳界無二爲方便無生爲方便無所得爲方便回向一切智智修習一切陀羅尼門一切三摩地門以聲界耳識界及耳觸耳觸爲緣所生諸受無二爲方便無生爲方便無所得爲方便回向一切智智修習一切陀羅尼門一切三摩地門慶喜當知以鼻界無二爲方便無生爲方便無所得爲方便回向一切智智修習一切陀羅尼門一切三摩地門以香界鼻識界及鼻觸鼻觸爲緣所生諸受無二爲方便無生爲方便無所得爲方便回向一切智智修習一切陀羅尼門一切三摩地門慶喜當知以舌界無二爲方便無生爲方便無所得爲方便回向一切智智修習一切陀羅尼門一切三摩地門以味界舌識界及舌觸舌觸爲緣所生諸受無二爲方便無生爲方便無所得爲方

便回向一切智智修習一切陀羅尼門一切三摩地門慶喜當知以身界無二爲方便無生爲方便無所得爲方便回向一切智智修習一切陀羅尼門一切三摩地門以觸界身識界及身觸身觸爲緣所生諸受無二爲方便無生爲方便無所得爲方便回向一切智智修習一切陀羅尼門一切三摩地門慶喜當知以意界無二爲方便無生爲方便無所得爲方便回向一切智智修習一切陀羅尼門一切三摩地門以法界意識界及意觸意觸爲緣所生諸受無二爲方便無生爲方便無所得爲方便回向一切智智修習一切陀羅尼門一切三摩地門慶喜當知以眼界無二爲方便無生爲方便無所得爲方便回向一切智智修習菩薩摩訶薩行以色界眼識界及眼觸眼觸爲緣所生諸受無二爲方便無生爲方便無所得爲方便回向一切智智修習菩薩摩訶薩行慶喜當知以耳界無二爲方便無生爲方便無所得爲方便回向一切智智修習菩薩摩訶薩行以聲界耳識界及耳觸耳觸爲緣所生諸受無二爲方便無生爲方便無所得爲方便回向一切智智修習菩薩摩訶薩行慶喜當知以鼻界無二爲方便無生爲方便無所得爲方便回向一切智智修習菩薩摩訶薩行以香界鼻識界及鼻觸鼻觸爲緣所生諸受無二爲方便無生爲方便無所得爲方便回向一切智智修習菩薩摩訶薩行慶喜當知以舌界無二爲方便無生爲方便無所得爲方便回向一切智智修習菩薩摩訶薩行以味界舌識界及舌

觸舌觸爲緣所生諸受無二爲方便無生爲方便無所得爲方便回向一切智智修習菩薩摩訶薩行慶喜當知以身界無二爲方便無生爲方便無所得爲方便回向一切智智修習菩薩摩訶薩行以觸界身識界及身觸身觸爲緣所生諸受無二爲方便無生爲方便無所得爲方便回向一切智智修習菩薩摩訶薩行慶喜當知以意界無二爲方便無生爲方便無所得爲方便回向一切智智修習菩薩摩訶薩行以法界意識界及意觸意觸爲緣所生諸受無二爲方便無生爲方便無所得爲方便回向一切智智修習菩薩摩訶薩行慶喜當知以眼界無二爲方便無生爲方便無所得爲方便回向一切智智修習無上正等菩提以色界眼識界及眼觸眼觸爲緣所生諸受無二爲方便無生爲方便無所得爲方便回向一切智智修習無上正等菩提慶喜當知以耳界無二爲方便無生爲方便無所得爲方便回向一切智智修習無上正等菩提以聲界耳識界及耳觸耳觸爲緣所生諸受無二爲方便無生爲方便無所得爲方便回向一切智智修習無上正等菩提慶喜當知以鼻界無二爲方便無生爲方便無所得爲方便回向一切智智修習無上正等菩提以香界鼻識界及鼻觸鼻觸爲緣所生諸受無二爲方便無生爲方便無所得爲方便回向一切智智修習無上正等菩提慶喜當知以舌界無二爲方便無生爲方便無所得爲方便回向一切智智修習無上正等菩提以味界舌識界及舌觸舌觸爲緣所

生諸受無二爲方便無生爲方便無所得爲方便回向一切智智修習無上正等菩提慶喜當知以身界無二爲方便無生爲方便無所得爲方便回向一切智智修習無上正等菩提以觸界身識界及身觸身觸爲緣所生諸受無二爲方便無生爲方便無所得爲方便回向一切智智修習無上正等菩提慶喜當知以意界無二爲方便無生爲方便無所得爲方便回向一切智智修習無上正等菩提以法界意識界及意觸意觸爲緣所生諸受無二爲方便無生爲方便無所得爲方便回向一切智智修習無上正等菩提慶喜當知以地界無二爲方便無生爲方便無所得爲方便回向一切智智修習布施淨戒安忍精進靜慮般若波羅蜜多以水火風空識界無二爲方便無生爲方便無所得爲方便回向一切智智修習布施淨戒安忍精進靜慮般若波羅蜜多慶喜當知以地界無二爲方便無生爲方便無所得爲方便回向一切智智安住內空外空內外空空空大空勝義空有爲空無爲空畢竟空無際空散空無變異空本性空自相空共相空一切法空不可得空無性空自性空無性自性空以水火風空識界無二爲方便無生爲方便無所得爲方便回向一切智智安住內空乃至無性自性空慶喜當知以地界無二爲方便無生爲方便無所得爲方便回向一切智智安住眞如法界法性不虛妄性不變異性平等性離生性法定法住實際虛空界不思議界以水火風空識界無二爲方便無生爲方便無所得

爲方便回向一切智智安住眞如乃至不思議界慶喜當知以地界無二爲方便無生爲方便無所得爲方便回向一切智智安住苦集滅道聖諦以水火風空識界無二爲方便無生爲方便無所得爲方便回向一切智智安住苦集滅道聖諦慶喜當知以地界無二爲方便無生爲方便無所得爲方便回向一切智智修習四靜慮四無量四無色定以水火風空識界無二爲方便無生爲方便無所得爲方便回向一切智智修習四靜慮四無量四無色定慶喜當知以地界無二爲方便無生爲方便無所得爲方便回向一切智智修習八解脫八勝處九次第定十遍處以水火風空識界無二爲方便無生爲方便無所得爲方便回向一切智智修習八解脫八勝處九次第定十遍處慶喜當知以地界無二爲方便無生爲方便無所得爲方便回向一切智智修習四念住四正斷四神足五根五力七等覺支八聖道支以水火風空識界無二爲方便無生爲方便無所得爲方便回向一切智智修習四念住四正斷四神足五根五力七等覺支八聖道支慶喜當知以地界無二爲方便無生爲方便無所得爲方便回向一切智智修習空解脫門無相解脫門無願解脫門以水火風空識界無二爲方便無生爲方便無所得爲方便回向一切智智修習空解脫門無相解脫門無願解脫門慶喜當知以地界無二爲方便無生爲方便無所得爲方便回向一切智智修習五眼六神通以水火風空識界無二爲方便無生爲方便

無所得爲方便回向一切智智修習五眼六神通慶喜當知以地界無二爲方便無生爲方便無所得爲方便回向一切智智修習佛十力四無所畏四無礙解大慈大悲大喜大捨十八佛不共法以水火風空識界無二爲方便無生爲方便無所得爲方便回向一切智智修習佛十力四無所畏四無礙解大慈大悲大喜大捨十八佛不共法慶喜當知以地界無二爲方便無生爲方便無所得爲方便回向一切智智修習無忘失法恒住捨性以水火風空識界無二爲方便無生爲方便無所得爲方便回向一切智智修習無忘失法恒住捨性慶喜當知以地界無二爲方便無生爲方便無所得爲方便回向一切智智修習一切智道相智一切相智以水火風空識界無二爲方便無生爲方便無所得爲方便回向一切智智修習一切智道相智一切相智慶喜當知以地界無二爲方便無生爲方便無所得爲方便回向一切智智修習一切陀羅尼門一切三摩地門以水火風空識界無二爲方便無生爲方便無所得爲方便回向一切智智修習一切陀羅尼門一切三摩地門慶喜當知以地界無二爲方便無生爲方便無所得爲方便回向一切智智修習菩薩摩訶薩行以水火風空識界無二爲方便無生爲方便無所得爲方便回向一切智智修習菩薩摩訶薩行慶喜當知以地界無二爲方便無生爲方便無所得爲方便回向一切智智修習無上正等菩提以水火風空識界無二爲方便無生爲方便無所得爲方

便回向一切智智修習無上正等菩提

大般若波羅蜜多經卷第一百八

大般若波羅蜜多經卷第一百九

唐三藏法師玄奘奉　詔譯

初分校量功德品第三十之七

慶喜當知以無明無二爲方便無生爲方便無所得爲方便迴向一切智智修習布施淨戒安忍精進靜慮般若波羅蜜多以行識名色六處觸受愛取有生老死愁歎苦憂惱無二爲方便無生爲方便無所得爲方便迴向一切智智修習布施淨戒安忍精進靜慮般若波羅蜜多慶喜當知以無明無二爲方便無生爲方便無所得爲方便迴向一切智智安住內空外空內外空空空大空勝義空有爲空無爲空畢竟空無際空散空無變異空本性空自相空共相空一切法空不可得空無性空自性空無性自性空以行識名色六處觸受愛取有生老死愁歎苦憂惱無二爲方便無生爲方便無所得爲方便迴向一切智智安住內空乃至無性自性空慶喜當知以無明無二爲方便無生爲方便無所得爲方便迴向一切智智安住眞如法界法性不虛妄性不變異性平等性離生性法定法住實際虛空界不思議界以行識名色六處觸受愛取有生老死愁歎苦憂惱無二爲方便無生爲方便無所得爲方便迴向一切智智安住眞如乃至不思議界慶喜當知以無明無二爲方便無生爲方便無所得爲方便迴向一切智智安住苦集滅道聖諦以行識名色六處觸受愛取有生老死愁歎苦憂惱無二爲方便無生爲方便無所得爲方便迴向一切智智安住苦集滅道聖諦慶喜當知以

無明無二爲方便無生爲方便無所得爲方便迴向一切智智修習四靜慮四無量四無色定以行識名色六處觸受愛取有生老死愁歎苦憂惱無二爲方便無生爲方便無所得爲方便迴向一切智智修習四靜慮四無量四無色定慶喜當知以無明無二爲方便無生爲方便無所得爲方便迴向一切智智修習八解脫八勝處九次第定十遍處以行識名色六處觸受愛取有生老死愁歎苦憂惱無二爲方便無生爲方便無所得爲方便迴向一切智智修習八解脫八勝處九次第定十遍處慶喜當知以無明無二爲方便無生爲方便無所得爲方便迴向一切智智修習四念住四正斷四神足五根五力七等覺支八聖道支以行識名色六處觸受愛取有生老死愁歎苦憂惱無二爲方便無生爲方便無所得爲方便迴向一切智智修習四念住四正斷四神足五根五力七等覺支八聖道支慶喜當知以無明無二爲方便無生爲方便無所得爲方便迴向一切智智修習空解脫門無相解脫門無願解脫門以行識名色六處觸受愛取有生老死愁歎苦憂惱無二爲方便無生爲方便無所得爲方便迴向一切智智修習空解脫門無相解脫門無願解脫門慶喜當知以無明無二爲方便無生爲方便無所得爲方便迴向一切智智修習五眼六神通以行識名色六處觸受愛取有生老死愁歎苦憂惱無二爲方便無生爲方便無所得爲方便迴向一切智智修習五眼六神通慶喜當知以無明無二爲方便無生

爲方便無所得爲方便迴向一切智智修習佛十力四無所畏四無礙解大慈大悲大喜大捨十八佛不共法以行識名色六處觸受愛取有生老死愁歎苦憂惱無二爲方便無生爲方便無所得爲方便迴向一切智智修習佛十力四無所畏四無礙解大慈大悲大喜大捨十八佛不共法慶喜當知以無明無二爲方便無生爲方便無所得爲方便迴向一切智智修習無忘失法恒住捨性以行識名色六處觸受愛取有生老死愁歎苦憂惱無二爲方便無生爲方便無所得爲方便迴向一切智智修習無忘失法恒住捨性慶喜當知以無明無二爲方便無生爲方便無所得爲方便迴向一切智智修習一切智道相智一切相智以行識名色六處觸受愛取有生老死愁歎苦憂惱無二爲方便無生爲方便無所得爲方便迴向一切智智修習一切智道相智一切相智慶喜當知以無明無二爲方便無生爲方便無所得爲方便迴向一切智智修習一切陀羅尼門一切三摩地門以行識名色六處觸受愛取有生老死愁歎苦憂惱無二爲方便無生爲方便無所得爲方便迴向一切智智修習一切陀羅尼門一切三摩地門慶喜當知以無明無二爲方便無生爲方便無所得爲方便迴向一切智智修習菩薩摩訶薩行以行識名色六處觸受愛取有生老死愁歎苦憂惱無二爲方便無生爲方便無所得爲方便迴向一切智智修習菩薩摩訶薩行慶喜當知以無明無二爲方便無生爲方便無所得爲方便迴向一切

智智修習無上正等菩提以行識名色六處觸受愛取有生老死愁歎苦憂惱無二爲方便無生爲方便無所得爲方便迴向一切智智修習無上正等菩提慶喜當知以内空無二爲方便無生爲方便無所得爲方便迴向一切智智修習布施淨戒安忍精進靜慮般若波羅蜜多以外空内外空空空大空勝義空有爲空無爲空畢竟空無際空散空無變異空本性空自相空共相空一切法空不可得空無性空自性空無性自性空無二爲方便無生爲方便無所得爲方便迴向一切智智修習布施淨戒安忍精進靜慮般若波羅蜜多慶喜當知以内空無二爲方便無生爲方便無所得爲方便迴向一切智智安住内空外空内外空空空大空勝義空有爲空無爲空畢竟空無際空散空無變異空本性空自相空共相空一切法空不可得空無性空自性空無性自性空以外空内外空空空大空勝義空有爲空無爲空畢竟空無際空散空無變異空本性空自相空共相空一切法空不可得空無性空自性空無性自性空無二爲方便無生爲方便無所得爲方便迴向一切智智安住内空乃至無性自性空慶喜當知以内空無二爲方便無生爲方便無所得爲方便迴向一切智智安住眞如法界法性不虛妄性不變異性平等性離生性法定法住實際虛空界不思議界以外空内外空空空大空勝義空有爲空無爲空畢竟空無際空散空無變異空本性空自相空共相空一切法空不可得空無性空自性空無性自

性空無二爲方便無生爲方便無所得爲方便迴向一切智智安住眞如乃至不思議界慶喜當知以内空無二爲方便無生爲方便無所得爲方便迴向一切智智安住苦集滅道聖諦以外空内外空空空大空勝義空有爲空無爲空畢竟空無際空散空無變異空本性空自相空共相空一切法空不可得空無性空自性空無性自性空無二爲方便無生爲方便無所得爲方便迴向一切智智安住苦集滅道聖諦慶喜當知以内空無二爲方便無生爲方便無所得爲方便迴向一切智智修習四靜慮四無量四無色定以外空内外空空空大空勝義空有爲空無爲空畢竟空無際空散空無變異空本性空自相空共相空一切法空不可得空無性空自性空無性自性空無二爲方便無生爲方便無所得爲方便迴向一切智智修習四靜慮四無量四無色定慶喜當知以内空無二爲方便無生爲方便無所得爲方便迴向一切智智修習八解脫八勝處九次第定十遍處以外空内外空空空大空勝義空有爲空無爲空畢竟空無際空散空無變異空本性空自相空共相空一切法空不可得空無性空自性空無性自性空無二爲方便無生爲方便無所得爲方便迴向一切智智修習八解脫八勝處九次第定十遍處慶喜當知以内空無二爲方便無生爲方便無所得爲方便迴向一切智智修習四念住四正斷四神足五根五力七等覺支八聖道支以外空内外空空空大空勝義空有爲空無爲空畢竟空無際

空散空無變異空本性空自相空共相空一切法空不可得空無性空自性空無性自性空無二爲方便無生爲方便無所得爲方便迴向一切智智修習四念住四正斷四神足五根五力七等覺支八聖道支慶喜當知以內空無二爲方便無生爲方便無所得爲方便迴向一切智智修習空解脫門無相解脫門無願解脫門以外空內外空空空大空勝義空有爲空無爲空畢竟空無際空散空無變異空本性空自相空共相空一切法空不可得空無性空自性空無性自性空無二爲方便無生爲方便無所得爲方便迴向一切智智修習空解脫門無相解脫門無願解脫門慶喜當知以內空無二爲方便無生爲方便無所得爲方便迴向一切智智修習五眼六神通以外空內外空空空大空勝義空有爲空無爲空畢竟空無際空散空無變異空本性空自相空共相空一切法空不可得空無性空自性空無性自性空無二爲方便無生爲方便無所得爲方便迴向一切智智修習五眼六神通慶喜當知以內空無二爲方便無生爲方便無所得爲方便迴向一切智智修習佛十力四無所畏四無礙解大慈大悲大喜大捨十八佛不共法以外空內外空空空大空勝義空有爲空無爲空畢竟空無際空散空無變異空本性空自相空共相空一切法空不可得空無性空自性空無性自性空無二爲方便無生爲方便無所得爲方便迴向一切智智修習佛十力四無所畏四無礙解大慈大悲大喜大捨十八佛不共法

慶喜當知以內空無二爲方便無生爲方便無所得爲方便迴向一切智智修習無忘失法恒住捨性以外空內外空空空大空勝義空有爲空無爲空畢竟空無際空散空無變異空本性空自相空共相空一切法空不可得空無性空自性空無性自性空無二爲方便無生爲方便無所得爲方便迴向一切智智修習無忘失法恒住捨性慶喜當知以內空無二爲方便無生爲方便無所得爲方便迴向一切智智修習一切智道相智一切相智以外空內外空空空大空勝義空有爲空無爲空畢竟空無際空散空無變異空本性空自相空共相空一切法空不可得空無性空自性空無性自性空無二爲方便無生爲方便無所得爲方便迴向一切智智修習一切智道相智一切相智慶喜當知以內空無二爲方便無生爲方便無所得爲方便迴向一切智智修習一切陀羅尼門一切三摩地門以外空內外空空空大空勝義空有爲空無爲空畢竟空無際空散空無變異空本性空自相空共相空一切法空不可得空無性空自性空無性自性空無二爲方便無生爲方便無所得爲方便迴向一切智智修習一切陀羅尼門一切三摩地門慶喜當知以內空無二爲方便無生爲方便無所得爲方便迴向一切智智修習菩薩摩訶薩行以外空內外空空空大空勝義空有爲空無爲空畢竟空無際空散空無變異空本性空自相空共相空一切法空不可得空無性空自性空無性自性空無二爲方便無生爲方便無所

得爲方便迴向一切智智修習菩薩摩訶薩行慶喜當知以内空無二爲方便無生爲方便無所得爲方便迴向一切智智修習無上正等菩提以外空内外空空空大空勝義空有爲空無爲空畢竟空無際空散空無變異空本性空自相空共相空一切法空不可得空無性空自性空無性自性空無二爲方便無生爲方便無所得爲方便迴向一切智智修習無上正等菩提慶喜當知以眞如無二爲方便無生爲方便無所得爲方便迴向一切智智修習布施淨戒安忍精進靜慮般若波羅蜜多以法界法性不虛妄性不變異性平等性離生性法定法住實際虛空界不思議界無二爲方便無生爲方便無所得爲方便迴向一切智智修習布施淨戒安忍精進靜慮般若波羅蜜多慶喜當知以眞如無二爲方便無生爲方便無所得爲方便迴向一切智智安住内空外空内外空空空大空勝義空有爲空無爲空畢竟空無際空散空無變異空本性空自相空共相空一切法空不可得空無性空自性空無性自性空以法界法性不虛妄性不變異性平等性離生性法定法住實際虛空界不思議界無二爲方便無生爲方便無所得爲方便迴向一切智智安住内空乃至無性自性空慶喜當知以眞如無二爲方便無生爲方便無所得爲方便迴向一切智智安住眞如法界法性不虛妄性不變異性平等性離生性法定法住實際虛空界不思議界以法界法性不虛妄性不變異性平等性離生性法定法住實際虛空

界不思議界無二爲方便無生爲方便無所得爲方便迴向一切智智安住眞如乃至不思議界慶喜當知以眞如無二爲方便無生爲方便無所得爲方便迴向一切智智安住苦集滅道聖諦以法界法性不虛妄性不變異性平等性離生性法定法住實際虛空界不思議界無二爲方便無生爲方便無所得爲方便迴向一切智智安住苦集滅道聖諦慶喜當知以眞如無二爲方便無生爲方便無所得爲方便迴向一切智智修習四靜慮四無量四無色定以法界法性不虛妄性不變異性平等性離生性法定法住實際虛空界不思議界無二爲方便無生爲方便無所得爲方便迴向一切智智修習四靜慮四無量四無色定慶喜當知以眞如無二爲方便無生爲方便無所得爲方便迴向一切智智修習八解脫八勝處九次第定十遍處以法界法性不虛妄性不變異性平等性離生性法定法住實際虛空界不思議界無二爲方便無生爲方便無所得爲方便迴向一切智智修習八解脫八勝處九次第定十遍處慶喜當知以眞如無二爲方便無生爲方便無所得爲方便迴向一切智智修習四念住四正斷四神足五根五力七等覺支八聖道支以法界法性不虛妄性不變異性平等性離生性法定法住實際虛空界不思議界無二爲方便無生爲方便無所得爲方便迴向一切智智修習四念住四正斷四神足五根五力七等覺支八聖道支慶喜當知以眞如無二爲方便無生爲方便無所得爲方便迴向

一切智智修習空解脫門無相解脫門無願解脫門以法界法性不虛妄性不變異性平等性離生性法定法住實際虛空界不思議界無二爲方便無生爲方便無所得爲方便迴向一切智智修習空解脫門無相解脫門無願解脫門慶喜當知以眞如無二爲方便無生爲方便無所得爲方便迴向一切智智修習五眼六神通以法界法性不虛妄性不變異性平等性離生性法定法住實際虛空界不思議界無二爲方便無生爲方便無所得爲方便迴向一切智智修習五眼六神通慶喜當知以眞如無二爲方便無生爲方便無所得爲方便迴向一切智智修習佛十力四無所畏四無礙解大慈大悲大喜大捨十八佛不共法以法界法性不虛妄性不變異性平等性離生性法定法住實際虛空界不思議界無二爲方便無生爲方便無所得爲方便迴向一切智智修習佛十力四無所畏四無礙解大慈大悲大喜大捨十八佛不共法慶喜當知以眞如無二爲方便無生爲方便無所得爲方便迴向一切智智修習無忘失法恒住捨性以法界法性不虛妄性不變異性平等性離生性法定法住實際虛空界不思議界無二爲方便無生爲方便無所得爲方便迴向一切智智修習無忘失法恒住捨性慶喜當知以眞如無二爲方便無生爲方便無所得爲方便迴向一切智智修習一切智道相智一切相智以法界法性不虛妄性不變異性平等性離生性法定法住實際虛空界不思議界無二爲方便無生爲方便

無所得爲方便迴向一切智智修習一切智道相智一切相智慶喜當知以真如無二爲方便無生爲方便無所得爲方便迴向一切智智修習一切陀羅尼門一切三摩地門以法界法性不虛妄性不變異性平等性離生性法定法住實際虛空界不思議界無二爲方便無生爲方便無所得爲方便迴向一切智智修習一切陀羅尼門一切三摩地門慶喜當知以真如無二爲方便無生爲方便無所得爲方便迴向一切智智修習菩薩摩訶薩行以法界法性不虛妄性不變異性平等性離生性法定法住實際虛空界不思議界無二爲方便無生爲方便無所得爲方便迴向一切智智修習菩薩摩訶薩行慶喜當知以真如無二爲方便無生爲方便無所得爲

方便迴向一切智智修習無上正等菩提以法界法性不虛妄性不變異性平等性離生性法定法住實際虛空界不思議界無二爲方便無生爲方便無所得爲方便迴向一切智智修習無上正等菩提慶喜當知以苦聖諦無二爲方便無生爲方便無所得爲方便迴向一切智智修習布施淨戒安忍精進靜慮般若波羅蜜多以集滅道聖諦無二爲方便無生爲方便無所得爲方便迴向一切智智修習布施淨戒安忍精進靜慮般若波羅蜜多慶喜當知以苦聖諦無二爲方便無生爲方便無所得爲方便迴向一切智智安住内空外空内外空空空大空勝義空有爲空無爲空畢竟空無際空散空無變異空本性空自相空共相空一切法空不可得空無性

空自性空無性自性空以集滅道聖諦無二爲方便無生爲方便無所得爲方便迴向一切智智安住内空乃至無性自性空慶喜當知以苦聖諦無二爲方便無生爲方便無所得爲方便迴向一切智智安住眞如法界法性不虚妄性不變異性平等性離生性法定法住實際虚空界不思議界以集滅道聖諦無二爲方便無生爲方便無所得爲方便迴向一切智智安住眞如乃至不思議界慶喜當知以苦聖諦無二爲方便無生爲方便無所得爲方便迴向一切智智安住苦集滅道聖諦以集滅道聖諦無二爲方便無生爲方便無所得爲方便迴向一切智智安住苦集滅道聖諦慶喜當知以苦聖諦無二爲方便無生爲方便無所得爲方便迴向一切智智

修習四靜慮四無量四無色定以集滅道聖諦無二爲方便無生爲方便無所得爲方便迴向一切智智修習四靜慮四無量四無色定慶喜當知以苦聖諦無二爲方便無生爲方便無所得爲方便迴向一切智智修習八解脱八勝處九次第定十遍處以集滅道聖諦無二爲方便無生爲方便無所得爲方便迴向一切智智修習八解脱八勝處九次第定十遍處慶喜當知以苦聖諦無二爲方便無生爲方便無所得爲方便迴向一切智智修習四念住四正斷四神足五根五力七等覺支八聖道支以集滅道聖諦無二爲方便無生爲方便無所得爲方便迴向一切智智修習四念住四正斷四神足五根五力七等覺支八聖道支慶喜當知以苦聖諦無二爲

方便無生爲方便無所得爲方便迴向一切智智修習空解脫門無相解脫門無願解脫門以集滅道聖諦無二爲方便無生爲方便無所得爲方便迴向一切智智修習空解脫門無相解脫門無願解脫門慶喜當知以苦聖諦無二爲方便無生爲方便無所得爲方便迴向一切智智修習五眼六神通以集滅道聖諦無二爲方便無生爲方便無所得爲方便迴向一切智智修習五眼六神通慶喜當知以苦聖諦無二爲方便無生爲方便無所得爲方便迴向一切智智修習佛十力四無所畏四無礙解大慈大悲大喜大捨十八佛不共法以集滅道聖諦無二爲方便無生爲方便無所得爲方便迴向一切智智修習佛十力四無所畏四無礙解大慈大悲大喜大捨十八佛不共法慶喜當知以苦聖諦無二爲方便無生爲方便無所得爲方便迴向一切智智修習無忘失法恒住捨性以集滅道聖諦無二爲方便無生爲方便無所得爲方便迴向一切智智修習無忘失法恒住捨性慶喜當知以苦聖諦無二爲方便無生爲方便無所得爲方便迴向一切智智修習一切智道相智一切相智以集滅道聖諦無二爲方便無生爲方便無所得爲方便迴向一切智智修習一切智道相智一切相智慶喜當知以苦聖諦無二爲方便無生爲方便無所得爲方便迴向一切智智修習一切陀羅尼門一切三摩地門以集滅道聖諦無二爲方便無生爲方便無所得爲方便迴向一切智智修習一切陀羅尼門一切三摩地門慶

喜當知以苦聖諦無二爲方便無生爲方便無所得爲方便迴向一切智智修習菩薩摩訶薩行以集滅道聖諦無二爲方便無生爲方便無所得爲方便迴向一切智智修習菩薩摩訶薩行慶喜當知以苦聖諦無二爲方便無生爲方便無所得爲方便迴向一切智智修習無上正等菩提以集滅道聖諦無二爲方便無生爲方便無所得爲方便迴向一切智智修習無上正等菩提慶喜當知以布施波羅蜜多無二爲方便無生爲方便無所得爲方便迴向一切智智修習布施淨戒安忍精進靜慮般若波羅蜜多以淨戒安忍精進靜慮般若波羅蜜多無二爲方便無生爲方便無所得爲方便迴向一切智智修習布施淨戒安忍精進靜慮般若波羅蜜多慶喜當知以布施波羅蜜多無二爲方便無生爲方便無所得爲方便迴向一切智智安住內空外空內外空空空大空勝義空有爲空無爲空畢竟空無際空散空無變異空本性空自相空共相空一切法空不可得空無性空自性空無性自性空以淨戒安忍精進靜慮般若波羅蜜多無二爲方便無生爲方便無所得爲方便迴向一切智智安住內空乃至無性自性空慶喜當知以布施波羅蜜多無二爲方便無生爲方便無所得爲方便迴向一切智智安住眞如法界法性不虛妄性不變異性平等性離生性法定法住實際虛空界不思議界以淨戒安忍精進靜慮般若波羅蜜多無二爲方便無生爲方便無所得爲方便迴向一切智智安住眞如乃至不思議

界慶喜當知以布施波羅蜜多無二爲方便無生爲方便無所得爲方便迴向一切智智安住苦集滅道聖諦以淨戒安忍精進靜慮般若波羅蜜多無二爲方便無生爲方便無所得爲方便迴向一切智智安住苦集滅道聖諦慶喜當知以布施波羅蜜多無二爲方便無生爲方便無所得爲方便迴向一切智智修習四靜慮四無量四無色定以淨戒安忍精進靜慮般若波羅蜜多無二爲方便無生爲方便無所得爲方便迴向一切智智修習四靜慮四無量四無色定

大般若波羅蜜多經卷第一百九

大般若波羅蜜多經卷第一百一十

唐 三 藏 法 師 玄奘奉 詔譯

初分校量功德品第三十之八

慶喜當知以布施波羅蜜多無二爲方便無生爲方便無所得爲方便迴向一切智智修習八解脫八勝處九次第定十徧處以淨戒安忍精進靜慮般若波羅蜜多無二爲方便無生爲方便無所得爲方便迴向一切智智修習八解脫八勝處九次第定十徧處慶喜當知以布施波羅蜜多無二爲方便無生爲方便無所得爲方便迴向一切智智修習四念住四正斷四神足五根五力七等覺支八聖道支以淨戒安忍精進靜慮般若波羅蜜多無二爲方便無生爲方便無所得爲方便迴向一切智智修習四念住四正斷四神足五根五力七等覺支八聖道支慶喜當知以布施波羅蜜多無二爲方便無生爲方便無所得爲方便迴向一切智智修習空解脫門無相解脫門無願解脫門以淨戒安忍精進靜慮般若波羅蜜多無二爲方便無生爲方便無所得爲方便迴向一切智智修習空解脫門無相解脫門無願解脫門慶喜當知以布施波羅蜜多無二爲方便無生爲方便無所得爲方便迴向一切智智修習五眼六神通以淨戒安忍精進靜慮般若波羅蜜多無二爲方便無生爲方便無所得爲方便迴向一切智智修習五眼六神通慶喜當知以布施波羅蜜多無二爲方便無生爲方便無所得爲方便迴向一切智智修習佛十力四無所畏四無礙解大慈大悲大喜大捨十八佛

不共法以淨戒安忍精進靜慮般若波羅蜜多無二爲方便無生爲方便無所得爲方便迴向一切智智修習佛十力四無所畏四無礙解大慈大悲大喜大捨十八佛不共法慶喜當知以布施波羅蜜多無二爲方便無生爲方便無所得爲方便迴向一切智智修習無忘失法恒住捨性以淨戒安忍精進靜慮般若波羅蜜多無二爲方便無生爲方便無所得爲方便迴向一切智智修習無忘失法恒住捨性慶喜當知以布施波羅蜜多無二爲方便無生爲方便無所得爲方便迴向一切智智修習一切智道相智一切相智以淨戒安忍精進靜慮般若波羅蜜多無二爲方便無生爲方便無所得爲方便迴向一切智智修習一切智道相智一切相智慶喜當知以布施波羅蜜多無二爲方便無生爲方便無所得爲方便迴向一切智智修習一切陀羅尼門一切三摩地門以淨戒安忍精進靜慮般若波羅蜜多無二爲方便無生爲方便無所得爲方便迴向一切智智修習一切陀羅尼門一切三摩地門慶喜當知以布施波羅蜜多無二爲方便無生爲方便無所得爲方便迴向一切智智修習菩薩摩訶薩行以淨戒安忍精進靜慮般若波羅蜜多無二爲方便無生爲方便無所得爲方便迴向一切智智修習菩薩摩訶薩行慶喜當知以布施波羅蜜多無二爲方便無生爲方便無所得爲方便迴向一切智智修習無上正等菩提以淨戒安忍精進靜慮般若波羅蜜多無二爲方便無生爲方便無所得爲方便迴向一

切智智修習無上正等菩提慶喜當知以四靜慮無二爲方便無生爲方便無所得爲方便迴向一切智智修習布施淨戒安忍精進靜慮般若波羅蜜多以四無量四無色定無二爲方便無生爲方便無所得爲方便迴向一切智智修習布施淨戒安忍精進靜慮般若波羅蜜多慶喜當知以四靜慮無二爲方便無生爲方便無所得爲方便迴向一切智智安住內空外空內外空空空大空勝義空有爲空無爲空畢竟空無際空散空無變異空本性空自相空共相空一切法空不可得空無性空自性空無性自性空以四無量四無色定無二爲方便無生爲方便無所得爲方便迴向一切智智安住內空乃至無性自性空慶喜當知以四靜慮無二爲方便無生爲方便無所得爲方便迴向一切智智安住眞如法界法性不虛妄性不變異性平等性離生性法定法住實際虛空界不思議界以四無量四無色定無二爲方便無生爲方便無所得爲方便迴向一切智智安住眞如乃至不思議界慶喜當知以四靜慮無二爲方便無生爲方便無所得爲方便迴向一切智智安住苦集滅道聖諦以四無量四無色定無二爲方便無生爲方便無所得爲方便迴向一切智智安住苦集滅道聖諦慶喜當知以四靜慮無二爲方便無生爲方便無所得爲方便迴向一切智智修習四靜慮四無量四無色定以四無量四無色定無二爲方便無生爲方便無所得爲方便迴向一切智智修習四靜慮四無量四無色定慶喜當知以

四靜慮無二爲方便無生爲方便無所得爲方便迴向一切智智修習八解脫八勝處九次第定十徧處以四無量四無色定無二爲方便無生爲方便無所得爲方便迴向一切智智修習八解脫八勝處九次第定十徧處慶喜當知以四靜慮無二爲方便無生爲方便無所得爲方便迴向一切智智修習四念住四正斷四神足五根五力七等覺支八聖道支以四無量四無色定無二爲方便無生爲方便無所得爲方便迴向一切智智修習四念住四正斷四神足五根五力七等覺支八聖道支慶喜當知以四靜慮無二爲方便無生爲方便無所得爲方便迴向一切智智修習空解脫門無相解脫門無願解脫門以四無量四無色定無二爲方便無生爲方便無所得爲方便迴向一切智智修習空解脫門無相解脫門無願解脫門慶喜當知以四靜慮無二爲方便無生爲方便無所得爲方便迴向一切智智修習五眼六神通以四無量四無色定無二爲方便無生爲方便無所得爲方便迴向一切智智修習五眼六神通慶喜當知以四靜慮無二爲方便無生爲方便無所得爲方便迴向一切智智修習佛十力四無所畏四無礙解大慈大悲大喜大捨十八佛不共法以四無量四無色定無二爲方便無生爲方便無所得爲方便迴向一切智智修習佛十力四無所畏四無礙解大慈大悲大喜大捨十八佛不共法慶喜當知以四靜慮無二爲方便無生爲方便無所得爲方便迴向一切智智修習無忘失法恒住捨

性以四無量四無色定無二爲方便無生爲方便無所得爲方便迴向一切智智修習無忘失法恒住捨性慶喜當知以四靜慮無二爲方便無生爲方便無所得爲方便迴向一切智智修習一切智道相智一切相智以四無量四無色定無二爲方便無生爲方便無所得爲方便迴向一切智智修習一切智道相智一切相智慶喜當知以四靜慮無二爲方便無生爲方便無所得爲方便迴向一切智智修習一切陀羅尼門一切三摩地門以四無量四無色定無二爲方便無生爲方便無所得爲方便迴向一切智智修習一切陀羅尼門一切三摩地門慶喜當知以四靜慮無二爲方便無生爲方便無所得爲方便迴向一切智智修習菩薩摩訶薩行以四無量四無色定無二爲方便無生爲方便無所得爲方便迴向一切智智修習菩薩摩訶薩行慶喜當知以四靜慮無二爲方便無生爲方便無所得爲方便迴向一切智智修習無上正等菩提以四無量四無色定無二爲方便無生爲方便無所得爲方便迴向一切智智修習無上正等菩提慶喜當知以八解脫無二爲方便無生爲方便無所得爲方便迴向一切智智修習布施淨戒安忍精進靜慮般若波羅蜜多以八勝處九次第定十徧處無二爲方便無生爲方便無所得爲方便迴向一切智智修習布施淨戒安忍精進靜慮般若波羅蜜多慶喜當知以八解脫無二爲方便無生爲方便無所得爲方便迴向一切智智安住內空外空內外空空空大空勝義空

有爲空無爲空畢竟空無際空散空無變異空本性空自相空共相空一切法空不可得空無性空自性空無性自性空以八勝處九次第定十徧處無二爲方便無生爲方便無所得爲方便迴向一切智智安住内空乃至無性自性空慶喜當知以八解脱無二爲方便無生爲方便無所得爲方便迴向一切智智安住真如法界法性不虚妄性不變異性平等性離生性法定法住實際虚空界不思議界以八勝處九次第定十徧處無二爲方便無生爲方便無所得爲方便迴向一切智智安住真如乃至不思議界慶喜當知以八解脱無二爲方便無生爲方便無所得爲方便迴向一切智智安住苦集滅道聖諦以八勝處九次第定十徧處無二爲方便無生爲方便無所得爲方便迴向一切智智安住苦集滅道聖諦慶喜當知以八解脱無二爲方便無生爲方便無所得爲方便迴向一切智智修習四靜慮四無量四無色定以八勝處九次第定十徧處無二爲方便無生爲方便無所得爲方便迴向一切智智修習四靜慮四無量四無色定慶喜當知以八解脱無二爲方便無生爲方便無所得爲方便迴向一切智智修習八解脱八勝處九次第定十徧處以八勝處九次第定十徧處無二爲方便無生爲方便無所得爲方便迴向一切智智修習八解脱八勝處九次第定十徧處慶喜當知以八解脱無二爲方便無生爲方便無所得爲方便迴向一切智智修習四念住四正斷四神足五根五力七等覺支八聖道支

以八勝處九次第定十徧處無二爲方便無生爲方便無所得爲方便迴向一切智智修習四念住四正斷四神足五根五力七等覺支八聖道支慶喜當知以八解脫無二爲方便無生爲方便無所得爲方便迴向一切智智修習空解脫門無相解脫門無願解脫門以八勝處九次第定十徧處無二爲方便無生爲方便無所得爲方便迴向一切智智修習空解脫門無相解脫門無願解脫門慶喜當知以八解脫無二爲方便無生爲方便無所得爲方便迴向一切智智修習五眼六神通以八勝處九次第定十徧處無二爲方便無生爲方便無所得爲方便迴向一切智智修習五眼六神通慶喜當知以八解脫無二爲方便無生爲方便無所得爲方便迴向一切智智修習佛十力四無所畏四無礙解大慈大悲大喜大捨十八佛不共法以八勝處九次第定十徧處無二爲方便無生爲方便無所得爲方便迴向一切智智修習佛十力四無所畏四無礙解大慈大悲大喜大捨十八佛不共法慶喜當知以八解脫無二爲方便無生爲方便無所得爲方便迴向一切智智修習無忘失法恒住捨性以八勝處九次第定十徧處無二爲方便無生爲方便無所得爲方便迴向一切智智修習無忘失法恒住捨性慶喜當知以八解脫無二爲方便無生爲方便無所得爲方便迴向一切智智修習一切智道相智一切相智以八勝處九次第定十徧處無二爲方便無生爲方便無所得爲方便迴向一切智智修習一切智道相

智一切相智慶喜當知以八解脫無二爲方便無生爲方便無所得爲方便迴向一切智智修習一切陀羅尼門一切三摩地門以八勝處九次第定十徧處無二爲方便無生爲方便無所得爲方便迴向一切智智修習一切陀羅尼門一切三摩地門慶喜當知以八解脫無二爲方便無生爲方便無所得爲方便迴向一切智智修習菩薩摩訶薩行以八勝處九次第定十徧處無二爲方便無生爲方便無所得爲方便迴向一切智智修習菩薩摩訶薩行慶喜當知以八解脫無二爲方便無生爲方便無所得爲方便迴向一切智智修習無上正等菩提以八勝處九次第定十徧處無二爲方便無生爲方便無所得爲方便迴向一切智智修習無上正等菩提慶喜當知以四念住無二爲方便無生爲方便無所得爲方便迴向一切智智修習布施淨戒安忍精進靜慮般若波羅蜜多以四正斷四神足五根五力七等覺支八聖道支無二爲方便無生爲方便無所得爲方便迴向一切智智修習布施淨戒安忍精進靜慮般若波羅蜜多慶喜當知以四念住無二爲方便無生爲方便無所得爲方便迴向一切智智安住內空外空內外空空空大空勝義空有爲空無爲空畢竟空無際空散空無變異空本性空自相空共相空一切法空不可得空無性空自性空無性自性空以四正斷四神足五根五力七等覺支八聖道支無二爲方便無生爲方便無所得爲方便迴向一切智智安住內空乃至無性自性空慶喜當知以

四念住無二爲方便無生爲方便無所得爲方便迴向一切智智安住眞如法界法性不虛妄性不變異性平等性離生性法定法住實際虛空界不思議界以四正斷四神足五根五力七等覺支八聖道支無二爲方便無生爲方便無所得爲方便迴向一切智智安住眞如乃至不思議界慶喜當知以四念住無二爲方便無生爲方便無所得爲方便迴向一切智智安住苦集滅道聖諦以四正斷四神足五根五力七等覺支八聖道支無二爲方便無生爲方便無所得爲方便迴向一切智智安住苦集滅道聖諦慶喜當知以四念住無二爲方便無生爲方便無所得爲方便迴向一切智智修習四靜慮四無量四無色定以四正斷四神足五根五力七等覺支八聖道支無二爲方便無生爲方便無所得爲方便迴向一切智智修習四靜慮四無量四無色定慶喜當知以四念住無二爲方便無生爲方便無所得爲方便迴向一切智智修習八解脫八勝處九次第定十徧處以四正斷四神足五根五力七等覺支八聖道支無二爲方便無生爲方便無所得爲方便迴向一切智智修習八解脫八勝處九次第定十徧處慶喜當知以四念住無二爲方便無生爲方便無所得爲方便迴向一切智智修習四念住四正斷四神足五根五力七等覺支八聖道支以四正斷四神足五根五力七等覺支八聖道支無二爲方便無生爲方便無所得爲方便迴向一切智智修習四念住四正斷四神足五根五力七等覺支八聖道

支慶喜當知以四念住無二爲方便無生爲方便無所得爲方便迴向一切智智修習空解脫門無相解脫門無願解脫門以四正斷四神足五根五力七等覺支八聖道支無二爲方便無生爲方便無所得爲方便迴向一切智智修習空解脫門無相解脫門無願解脫門慶喜當知以四念住無二爲方便無生爲方便無所得爲方便迴向一切智智修習五眼六神通以四正斷四神足五根五力七等覺支八聖道支無二爲方便無生爲方便無所得爲方便迴向一切智智修習五眼六神通慶喜當知以四念住無二爲方便無生爲方便無所得爲方便迴向一切智智修習佛十力四無所畏四無礙解大慈大悲大喜大捨十八佛不共法以四正斷四神足五根五力七等覺支八聖道支無二爲方便無生爲方便無所得爲方便迴向一切智智修習佛十力四無所畏四無礙解大慈大悲大喜大捨十八佛不共法慶喜當知以四念住無二爲方便無生爲方便無所得爲方便迴向一切智智修習無忘失法恒住捨性以四正斷四神足五根五力七等覺支八聖道支無二爲方便無生爲方便無所得爲方便迴向一切智智修習無忘失法恒住捨性慶喜當知以四念住無二爲方便無生爲方便無所得爲方便迴向一切智智修習一切智道相智一切相智以四正斷四神足五根五力七等覺支八聖道支無二爲方便無生爲方便無所得爲方便迴向一切智智修習一切智道相智一切相智慶喜當知以四念住無二

爲方便無生爲方便無所得爲方便迴向一切智智修習一切陀羅尼門一切三摩地門以四正斷四神足五根五力七等覺支八聖道支無二爲方便無生爲方便無所得爲方便迴向一切智智修習一切陀羅尼門一切三摩地門慶喜當知以四念住無二爲方便無生爲方便無所得爲方便迴向一切智智修習菩薩摩訶薩行以四正斷四神足五根五力七等覺支八聖道支無二爲方便無生爲方便無所得爲方便迴向一切智智修習菩薩摩訶薩行慶喜當知以四念住無二爲方便無生爲方便無所得爲方便迴向一切智智修習無上正等菩提以四正斷四神足五根五力七等覺支八聖道支無二爲方便無生爲方便無所得爲方便迴向一切智智修習無上正等菩提慶喜當知以空解脱門無二爲方便無生爲方便無所得爲方便迴向一切智智修習布施淨戒安忍精進靜慮般若波羅蜜多以無相無願解脱門無二爲方便無生爲方便無所得爲方便迴向一切智智修習布施淨戒安忍精進靜慮般若波羅蜜多慶喜當知以空解脱門無二爲方便無生爲方便無所得爲方便迴向一切智智安住内空外空内外空空空大空勝義空有爲空無爲空畢竟空無際空散空無變異空本性空自相空共相空一切法空不可得空無性空自性空無性自性空以無相無願解脱門無二爲方便無生爲方便無所得爲方便迴向一切智智安住内空乃至無性自性空慶喜當知以空解脱門無二爲方便無生

爲方便無所得爲方便迴向一切智智安住眞如法界法性不虛妄性不變異性平等性離生性法定法住實際虛空界不思議界以無相無願解脫門無二爲方便無生爲方便無所得爲方便迴向一切智智安住眞如乃至不思議界慶喜當知以空解脫門無二爲方便無生爲方便無所得爲方便迴向一切智智安住苦集滅道聖諦以無相無願解脫門無二爲方便無生爲方便無所得爲方便迴向一切智智安住苦集滅道聖諦慶喜當知以空解脫門無二爲方便無生爲方便無所得爲方便迴向一切智智修習四靜慮四無量四無色定以無相無願解脫門無二爲方便無生爲方便無所得爲方便迴向一切智智修習四靜慮四無量四無色定慶喜當

知以空解脫門無二爲方便無生爲方便無所得爲方便迴向一切智智修習八解脫八勝處九次第定十徧處以無相無願解脫門無二爲方便無生爲方便無所得爲方便迴向一切智智修習八解脫八勝處九次第定十徧處慶喜當知以空解脫門無二爲方便無生爲方便無所得爲方便迴向一切智智修習四念住四正斷四神足五根五力七等覺支八聖道支以無相無願解脫門無二爲方便無生爲方便無所得爲方便迴向一切智智修習四念住四正斷四神足五根五力七等覺支八聖道支慶喜當知以空解脫門無二爲方便無生爲方便無所得爲方便迴向一切智智修習空解脫門無相解脫門無願解脫門以無相無願解脫門無二爲方便

無生爲方便無所得爲方便迴向一切智智修習空解脱門無相解脱門無願解脱門慶喜當知以空解脱門無二爲方便無生爲方便無所得爲方便迴向一切智智修習五眼六神通以無相無願解脱門無二爲方便無生爲方便無所得爲方便迴向一切智智修習五眼六神通慶喜當知以空解脱門無二爲方便無生爲方便無所得爲方便迴向一切智智修習佛十力四無所畏四無礙解大慈大悲大喜大捨十八佛不共法以無相無願解脱門無二爲方便無生爲方便無所得爲方便迴向一切智智修習佛十力四無所畏四無礙解大慈大悲大喜大捨十八佛不共法慶喜當知以空解脱門無二爲方便無生爲方便無所得爲方便迴向一切智智修習無忘失法恒住捨性以無相無願解脱門無二爲方便無生爲方便無所得爲方便迴向一切智智修習無忘失法恒住捨性慶喜當知以空解脱門無二爲方便無生爲方便無所得爲方便迴向一切智智修習一切智道相智一切相智以無相無願解脱門無二爲方便無生爲方便無所得爲方便迴向一切智智修習一切智道相智一切相智慶喜當知以空解脱門無二爲方便無生爲方便無所得爲方便迴向一切智智修習一切陀羅尼門一切三摩地門以無相無願解脱門無二爲方便無生爲方便無所得爲方便迴向一切智智修習一切陀羅尼門一切三摩地門慶喜當知以空解脱門無二爲方便無生爲方便無所得爲方便迴向一切智智修

習菩薩摩訶薩行以無相無願解脫門無二爲方便無生爲方便無所得爲方便迴向一切智智修習菩薩摩訶薩行慶喜當知以空解脫門無二爲方便無生爲方便無所得爲方便迴向一切智智修習無上正等菩提以無相無願解脫門無二爲方便無生爲方便無所得爲方便迴向一切智智修習無上正等菩提慶喜當知以五眼無二爲方便無生爲方便無所得爲方便迴向一切智智修習布施淨戒安忍精進靜慮般若波羅蜜多以六神通無二爲方便無生爲方便無所得爲方便迴向一切智智修習布施淨戒安忍精進靜慮般若波羅蜜多慶喜當知以五眼無二爲方便無生爲方便無所得爲方便迴向一切智智安住內空外空內外空空空大空勝義空有爲空無爲空畢竟空無際空散空無變異空本性空自相空共相空一切法空不可得空無性空自性空無性自性空以六神通無二爲方便無生爲方便無所得爲方便迴向一切智智安住內空乃至無性自性空慶喜當知以五眼無二爲方便無生爲方便無所得爲方便迴向一切智智安住眞如法界法性不虛妄性不變異性平等性離生性法定法住實際虛空界不思議界以六神通無二爲方便無生爲方便無所得爲方便迴向一切智智安住眞如乃至不思議界慶喜當知以五眼無二爲方便無生爲方便無所得爲方便迴向一切智智安住苦集滅道聖諦以六神通無二爲方便無生爲方便無所得爲方便迴向一切智智安住苦集滅道

聖諦慶喜當知以五眼無二爲方便無生爲方便無所得爲方便迴向一切智智修習四靜慮四無量四無色定以六神通無二爲方便無生爲方便無所得爲方便迴向一切智智修習四靜慮四無量四無色定慶喜當知以五眼無二爲方便無生爲方便無所得爲方便迴向一切智智修習八解脫八勝處九次第定十徧處以六神通無二爲方便無生爲方便無所得爲方便迴向一切智智修習八解脫八勝處九次第定十徧處慶喜當知以五眼無二爲方便無生爲方便無所得爲方便迴向一切智智修習四念住四正斷四神足五根五力七等覺支八聖道支以六神通無二爲方便無生爲方便無所得爲方便迴向一切智智修習四念住四正斷四神足五根五力七等覺支八聖道支慶喜當知以五眼無二爲方便無生爲方便無所得爲方便迴向一切智智修習空解脫門無相解脫門無願解脫門以六神通無二爲方便無生爲方便無所得爲方便迴向一切智智修習空解脫門無相解脫門無願解脫門慶喜當知以五眼無二爲方便無生爲方便無所得爲方便迴向一切智智修習五眼六神通以六神通無二爲方便無生爲方便無所得爲方便迴向一切智智修習五眼六神通慶喜當知以五眼無二爲方便無生爲方便無所得爲方便迴向一切智智修習佛十力四無所畏四無礙解大慈大悲大喜大捨十八佛不共法以六神通無二爲方便無生爲方便無所得爲方便迴向一切智智修習佛十力

四無所畏四無礙解大慈大悲大喜大捨十八佛不共法慶喜當知以五眼無二爲方便無生爲方便無所得爲方便迴向一切智智修習無忘失法恒住捨性以六神通無二爲方便無生爲方便無所得爲方便迴向一切智智修習無忘失法恒住捨性慶喜當知以五眼無二爲方便無生爲方便無所得爲方便迴向一切智智修習一切智道相智一切相智以六神通無二爲方便無生爲方便無所得爲方便迴向一切智智修習一切智道相智一切相智慶喜當知以五眼無二爲方便無生爲方便無所得爲方便迴向一切智智修習一切陀羅尼門一切三摩地門以六神通無二爲方便無生爲方便無所得爲方便迴向一切智智修習一切陀羅尼門一切三摩地門慶喜當知以五眼無二爲方便無生爲方便無所得爲方便迴向一切智智修習菩薩摩訶薩行以六神通無二爲方便無生爲方便無所得爲方便迴向一切智智修習菩薩摩訶薩行慶喜當知以五眼無二爲方便無生爲方便無所得爲方便迴向一切智智修習無上正等菩提以六神通無二爲方便無生爲方便無所得爲方便迴向一切智智修習無上正等菩提

大般若波羅蜜多經卷第一百一十

大般若波羅蜜多經卷第一百一十一

唐三藏法師玄奘奉詔譯

初分校量功德品第三十之九

慶喜當知以佛十力無二爲方便無生爲方便無所得爲方便回向一切智智修習布施淨戒安忍精進靜慮般若波羅蜜多以四無所畏四無礙解大慈大悲大喜大捨十八佛不共法無二爲方便無生爲方便無所得爲方便回向一切智智修習布施淨戒安忍精進靜慮般若波羅蜜多慶喜當知以佛十力無二爲方便無生爲方便無所得爲方便回向一切智智安住內空外空內外空空空大空勝義空有爲空無爲空畢竟空無際空散空無變異空本性空自相空共相空一切法空不可得空無性空自性空無性自性空以四無所畏四無礙解大慈大悲大喜大捨十八佛不共法無二爲方便無生爲方便無所得爲方便回向一切智智安住內空乃至無性自性空慶喜當知以佛十力無二爲方便無生爲方便無所得爲方便回向一切智智安住眞如法界法性不虛妄性不變異性平等性離生性法定法住實際虛空界不思議界以四無所畏四無礙解大慈大悲大喜大捨十八佛不共法無二爲方便無生爲方便無所得爲方便回向一切智智安住眞如乃至不思議界慶喜當知以佛十力無二爲方便無生爲方便無所得爲方便回向一切智智安住苦集滅道聖諦以四無所畏四無礙解大慈大悲大喜大捨十八佛不共法無二爲方便無生爲方便無所得爲方便回向一

切智智安住苦集滅道聖諦慶喜當知以佛十力無二爲方便無生爲方便無所得爲方便回向一切智智修習四靜慮四無量四無色定以四無所畏四無礙解大慈大悲大喜大捨十八佛不共法無二爲方便無生爲方便無所得爲方便回向一切智智修習四靜慮四無量四無色定慶喜當知以佛十力無二爲方便無生爲方便無所得爲方便回向一切智智修習八解脱八勝處九次第定十遍處以四無所畏四無礙解大慈大悲大喜大捨十八佛不共法無二爲方便無生爲方便無所得爲方便回向一切智智修習八解脱八勝處九次第定十遍處慶喜當知以佛十力無二爲方便無生爲方便無所得爲方便回向一切智智修習四念住四正斷四神足五根五力七等覺支八聖道支以四無所畏四無礙解大慈大悲大喜大捨十八佛不共法無二爲方便無生爲方便無所得爲方便回向一切智智修習四念住四正斷四神足五根五力七等覺支八聖道支慶喜當知以佛十力無二爲方便無生爲方便無所得爲方便回向一切智智修習空解脱門無相解脱門無願解脱門以四無所畏四無礙解大慈大悲大喜大捨十八佛不共法無二爲方便無生爲方便無所得爲方便回向一切智智修習空解脱門無相解脱門無願解脱門慶喜當知以佛十力無二爲方便無生爲方便無所得爲方便回向一切智智修習五眼六神通以四無所畏四無礙解大慈大悲大喜大捨十八佛不共法無二爲方便無生

爲方便無所得爲方便回向一切智智修習五眼六神通慶喜當知以佛十力無二爲方便無生爲方便無所得爲方便回向一切智智修習佛十力四無所畏四無礙解大慈大悲大喜大捨十八佛不共法以四無所畏四無礙解大慈大悲大喜大捨十八佛不共法無二爲方便無生爲方便無所得爲方便回向一切智智修習佛十力四無所畏四無礙解大慈大悲大喜大捨十八佛不共法慶喜當知以佛十力無二爲方便無生爲方便無所得爲方便回向一切智智修習無忘失法恒住捨性以四無所畏四無礙解大慈大悲大喜大捨十八佛不共法無二爲方便無生爲方便無所得爲方便回向一切智智修習無忘失法恒住捨性慶喜當知以佛十力無二爲方便無生爲方便無所得爲方便回向一切智智修習一切智道相智一切相智以四無所畏四無礙解大慈大悲大喜大捨十八佛不共法無二爲方便無生爲方便無所得爲方便回向一切智智修習一切智道相智一切相智慶喜當知以佛十力無二爲方便無生爲方便無所得爲方便回向一切智智修習一切陀羅尼門一切三摩地門以四無所畏四無礙解大慈大悲大喜大捨十八佛不共法無二爲方便無生爲方便無所得爲方便回向一切智智修習一切陀羅尼門一切三摩地門慶喜當知以佛十力無二爲方便無生爲方便無所得爲方便回向一切智智修習菩薩摩訶薩行以四無所畏四無礙解大慈大悲大喜大捨十八佛不共法無

二爲方便無生爲方便無所得爲方便回向一切智智修習菩薩摩訶薩行慶喜當知以佛十力無二爲方便無生爲方便無所得爲方便回向一切智智修習無上正等菩提以四無所畏四無礙解大慈大悲大喜大捨十八佛不共法無二爲方便無生爲方便無所得爲方便回向一切智智修習無上正等菩提慶喜當知以無忘失法無二爲方便無生爲方便無所得爲方便回向一切智智修習恒住捨性無二爲方便無生爲方便無所得爲方便回向一切智智修習布施淨戒安忍精進靜慮般若波羅蜜多以恒住捨性無二爲方便無生爲方便無所得爲方便回向一切智智修習布施淨戒安忍精進靜慮般若波羅蜜多慶喜當知以無忘失法無二爲方便無生爲方便無所得爲方便回向一切智智安住內空外空內外空空空大空勝義空有爲空無爲空畢竟空無際空散空無變異空本性空自相空共相空一切法空不可得空無性空自性空無性自性空以恒住捨性無二爲方便無生爲方便無所得爲方便回向一切智智安住內空乃至無性自性空慶喜當知以無忘失法無二爲方便無生爲方便無所得爲方便回向一切智智安住眞如法界法性不虛妄性不變異性平等性離生性法定法住實際虛空界不思議界以恒住捨性無二爲方便無生爲方便無所得爲方便回向一切智智安住眞如乃至不思議界慶喜當知以無忘失法無二爲方便無生爲方便無所得爲方便回向一切智智安住苦集滅道聖諦以恒住捨性無二爲方便無生爲方便無所得爲方便回向

一切智智安住苦集滅道聖諦慶喜當知以無忘失法無二爲方便無生爲方便無所得爲方便回向一切智智修習四靜慮四無量四無色定以恒住捨性無二爲方便無生爲方便無所得爲方便回向一切智智修習四靜慮四無量四無色定慶喜當知以無忘失法無二爲方便無生爲方便無所得爲方便回向一切智智修習八解脫八勝處九次第定十遍處以恒住捨性無二爲方便無生爲方便無所得爲方便回向一切智智修習八解脫八勝處九次第定十遍處慶喜當知以無忘失法無二爲方便無生爲方便無所得爲方便回向一切智智修習四念住四正斷四神足五根五力七等覺支八聖道支以恒住捨性無二爲方便無生爲方便無所得爲方便回向一切智智修習四念住四正斷四神足五根五力七等覺支八聖道支慶喜當知以無忘失法無二爲方便無生爲方便無所得爲方便回向一切智智修習空解脫門無相解脫門無願解脫門以恒住捨性無二爲方便無生爲方便無所得爲方便回向一切智智修習空解脫門無相解脫門無願解脫門慶喜當知以無忘失法無二爲方便無生爲方便無所得爲方便回向一切智智修習五眼六神通以恒住捨性無二爲方便無生爲方便無所得爲方便回向一切智智修習五眼六神通慶喜當知以無忘失法無二爲方便無生爲方便無所得爲方便回向一切智智修習佛十力四無所畏四無礙解大慈大悲大喜大捨十八佛不共法以恒住捨

性無二爲方便無生爲方便無所得爲方便回向一切智智修習佛十力四無所畏四無礙解大慈大悲大喜大捨十八佛不共法慶喜當知以無忘失法無二爲方便無生爲方便無所得爲方便回向一切智智修習無忘失法恒住捨性以恒住捨性無二爲方便無生爲方便無所得爲方便回向一切智智修習無忘失法恒住捨性慶喜當知以無忘失法無二爲方便無生爲方便無所得爲方便回向一切智智修習一切智道相智一切相智以恒住捨性無二爲方便無生爲方便無所得爲方便回向一切智智修習一切智道相智一切相智慶喜當知以無忘失法無二爲方便無生爲方便無所得爲方便回向一切智智修習一切陀羅尼門一切三摩地門以恒住捨性無二爲方便無生爲方便無所得爲方便回向一切智智修習一切陀羅尼門一切三摩地門慶喜當知以無忘失法無二爲方便無生爲方便無所得爲方便回向一切智智修習菩薩摩訶薩行以恒住捨性無二爲方便無生爲方便無所得爲方便回向一切智智修習菩薩摩訶薩行慶喜當知以無忘失法無二爲方便無生爲方便無所得爲方便回向一切智智修習無上正等菩提以恒住捨性無二爲方便無生爲方便無所得爲方便回向一切智智修習無上正等菩提慶喜當知以一切智無二爲方便無生爲方便無所得爲方便回向一切智智修習布施淨戒安忍精進靜慮般若波羅蜜多以道相智一切相智無二爲方便無生爲方便

無所得爲方便回向一切智智修習布施淨戒安忍精進靜慮般若波羅蜜多慶喜當知以一切智無二爲方便無生爲方便無所得爲方便回向一切智智安住內空外空內外空空空大空勝義空有爲空無爲空畢竟空無際空散空無變異空本性空自相空共相空一切法空不可得空無性空自性空無性自性空以道相智一切相智無二爲方便無生爲方便無所得爲方便回向一切智智安住內空乃至無性自性空慶喜當知以一切智無二爲方便無生爲方便無所得爲方便回向一切智智安住眞如法界法性不虛妄性不變異性平等性離生性法定法住實際虛空界不思議界以道相智一切相智無二爲方便無生爲方便無所得爲方便回向一切智智安住眞如乃至不思議界慶喜當知以一切智無二爲方便無生爲方便無所得爲方便回向一切智智安住苦集滅道聖諦以道相智一切相智無二爲方便無生爲方便無所得爲方便回向一切智智安住苦集滅道聖諦慶喜當知以一切智無二爲方便無生爲方便無所得爲方便回向一切智智修習四靜慮四無量四無色定以道相智一切相智無二爲方便無生爲方便無所得爲方便回向一切智智修習四靜慮四無量四無色定慶喜當知以一切智無二爲方便無生爲方便無所得爲方便回向一切智智修習八解脫八勝處九次第定十遍處以道相智一切相智無二爲方便無生爲方便無所得爲方便回向一切智智修習八解脫八勝

處九次第定十遍處慶喜當知以一切智無二爲方便無生爲方便無所得爲方便回向一切智智修習四念住四正斷四神足五根五力七等覺支八聖道支以道相智一切相智無二爲方便無生爲方便無所得爲方便回向一切智智修習四念住四正斷四神足五根五力七等覺支八聖道支慶喜當知以一切智無二爲方便無生爲方便無所得爲方便回向一切智智修習空解脱門無相解脱門無願解脱門以道相智一切相智無二爲方便無生爲方便無所得爲方便回向一切智智修習空解脱門無相解脱門無願解脱門慶喜當知以一切智無二爲方便無生爲方便無所得爲方便回向一切智智修習五眼六神通以道相智一切相智無二爲方便無生爲方便無所得爲方便回向一切智智修習五眼六神通慶喜當知以一切智無二爲方便無生爲方便無所得爲方便回向一切智智修習佛十力四無所畏四無礙解大慈大悲大喜大捨十八佛不共法以道相智一切相智無二爲方便無生爲方便無所得爲方便回向一切智智修習佛十力四無所畏四無礙解大慈大悲大喜大捨十八佛不共法慶喜當知以一切智無二爲方便無生爲方便無所得爲方便回向一切智智修習無忘失法恒住捨性以道相智一切相智無二爲方便無生爲方便無所得爲方便回向一切智智修習無忘失法恒住捨性慶喜當知以一切智無二爲方便無生爲方便無所得爲方便回向一切智智修習一切智道

相智一切相智以道相智一切相智無二爲方便無生爲方便無所得爲方便回向一切智智修習一切智道相智一切相智慶喜當知以一切智無二爲方便無生爲方便無所得爲方便回向一切智智修習一切陀羅尼門一切三摩地門以道相智一切相智無二爲方便無生爲方便無所得爲方便回向一切智智修習一切陀羅尼門一切三摩地門慶喜當知以一切智無二爲方便無生爲方便無所得爲方便回向一切智智修習菩薩摩訶薩行以道相智一切相智無二爲方便無生爲方便無所得爲方便回向一切智智修習菩薩摩訶薩行慶喜當知以一切智無二爲方便無生爲方便無所得爲方便回向一切智智修習無上正等菩提以道相智一切相智無二爲方便無生爲方便無所得爲方便回向一切智智修習無上正等菩提慶喜當知以一切陀羅尼門無二爲方便無生爲方便無所得爲方便回向一切智智修習布施淨戒安忍精進靜慮般若波羅蜜多以一切三摩地門無二爲方便無生爲方便無所得爲方便回向一切智智修習布施淨戒安忍精進靜慮般若波羅蜜多慶喜當知以一切陀羅尼門無二爲方便無生爲方便無所得爲方便回向一切智智安住內空外空內外空空空大空勝義空有爲空無爲空畢竟空無際空散空無變異空本性空自相空共相空一切法空不可得空無性空自性空無性自性空以一切三摩地門無二爲方便無生爲方便無所得爲方便回向一切智智

安住內空乃至無性自性空慶喜當知以一切陀羅尼門無二爲方便無生爲方便無所得爲方便回向一切智智安住真如法界法性不虛妄性不變異性平等性離生性法定法住實際虛空界不思議界以一切三摩地門無二爲方便無生爲方便無所得爲方便回向一切智智安住真如乃至不思議界慶喜當知以一切陀羅尼門無二爲方便無生爲方便無所得爲方便回向一切智智安住苦集滅道聖諦以一切三摩地門無二爲方便無生爲方便無所得爲方便回向一切智智安住苦集滅道聖諦慶喜當知以一切陀羅尼門無二爲方便無生爲方便無所得爲方便回向一切智智修習四靜慮四無量四無色定以一切三摩地門無二爲方便無生爲方便無所得爲方便回向一切智智修習四靜慮四無量四無色定慶喜當知以一切陀羅尼門無二爲方便無生爲方便無所得爲方便回向一切智智修習八解脫八勝處九次第定十遍處以一切三摩地門無二爲方便無生爲方便無所得爲方便回向一切智智修習八解脫八勝處九次第定十遍處慶喜當知以一切陀羅尼門無二爲方便無生爲方便無所得爲方便回向一切智智修習四念住四正斷四神足五根五力七等覺支八聖道支以一切三摩地門無二爲方便無生爲方便無所得爲方便回向一切智智修習四念住四正斷四神足五根五力七等覺支八聖道支慶喜當知以一切陀羅尼門無二爲方便無生爲方便無所得爲方便回

向一切智智修習空解脱門無相解脱門無願解脱門以一切三摩地門無二爲方便無生爲方便無所得爲方便回向一切智智修習空解脱門無相解脱門無願解脱門慶喜當知以一切陀羅尼門無二爲方便無生爲方便無所得爲方便回向一切智智修習五眼六神通以一切三摩地門無二爲方便無生爲方便無所得爲方便回向一切智智修習五眼六神通慶喜當知以一切陀羅尼門無二爲方便無生爲方便無所得爲方便回向一切智智修習佛十力四無所畏四無礙解大慈大悲大喜大捨十八佛不共法以一切三摩地門無二爲方便無生爲方便無所得爲方便回向一切智智修習佛十力四無所畏四無礙解大慈大悲大喜大捨十八佛不共法慶喜當知以一切陀羅尼門無二爲方便無生爲方便無所得爲方便回向一切智智修習無忘失法恒住捨性以一切三摩地門無二爲方便無生爲方便無所得爲方便回向一切智智修習無忘失法恒住捨性慶喜當知以一切陀羅尼門無二爲方便無生爲方便無所得爲方便回向一切智智修習一切智道相智一切相智以一切三摩地門無二爲方便無生爲方便無所得爲方便回向一切智智修習一切智道相智一切相智慶喜當知以一切陀羅尼門無二爲方便無生爲方便無所得爲方便回向一切智智修習一切陀羅尼門一切三摩地門以一切三摩地門無二爲方便無生爲方便無所得爲方便回向一切智智修習一切陀羅尼門

一切三摩地門慶喜當知以一切陀羅尼門無二爲方便無生爲方便無所得爲方便回向一切智智修習菩薩摩訶薩行以一切三摩地門無二爲方便無生爲方便無所得爲方便回向一切智智修習菩薩摩訶薩行慶喜當知以一切陀羅尼門無二爲方便無生爲方便無所得爲方便回向一切智智修習無上正等菩提以一切三摩地門無二爲方便無生爲方便無所得爲方便回向一切智智修習無上正等菩提慶喜當知以預流向預流果無二爲方便無生爲方便無所得爲方便回向一切智智修習布施淨戒安忍精進靜慮般若波羅蜜多以一來向一來果不還向不還果阿羅漢向阿羅漢果無二爲方便無生爲方便無所得爲方便回向一切智智修習布施淨戒安忍精進靜慮般若波羅蜜多慶喜當知以預流向預流果無二爲方便無生爲方便無所得爲方便回向一切智智安住內空外空內外空空空大空勝義空有爲空無爲空畢竟空無際空散空無變異空本性空自相空共相空一切法空不可得空無性空自性空無性自性空以一來向一來果不還向不還果阿羅漢向阿羅漢果無二爲方便無生爲方便無所得爲方便回向一切智智安住內空乃至無性自性空慶喜當知以預流向預流果無二爲方便無生爲方便無所得爲方便回向一切智智安住眞如法界法性不虛妄性不變異性平等性離生性法定法住實際虛空界不思議界以一來向一來果不還向不還果阿羅漢向阿羅

漢果無二爲方便無生爲方便無所得爲方便回向一切智智安住眞如乃至不思議界慶喜當知以預流向預流果無二爲方便無生爲方便無所得爲方便回向一切智智安住苦集滅道聖諦以一來向一來果不還向不還果阿羅漢向阿羅漢果無二爲方便無生爲方便無所得爲方便回向一切智智安住苦集滅道聖諦慶喜當知以預流向預流果無二爲方便無生爲方便無所得爲方便回向一切智智修習四靜慮四無量四無色定以一來向一來果不還向不還果阿羅漢向阿羅漢果無二爲方便無生爲方便無所得爲方便回向一切智智修習四靜慮四無量四無色定慶喜當知以預流向預流果無二爲方便無生爲方便無所得爲方便回向一切智智修習八解脫八勝處九次第定十遍處以一來向一來果不還向不還果阿羅漢向阿羅漢果無二爲方便無生爲方便無所得爲方便回向一切智智修習八解脫八勝處九次第定十遍處慶喜當知以預流向預流果無二爲方便無生爲方便無所得爲方便回向一切智智修習四念住四正斷四神足五根五力七等覺支八聖道支以一來向一來果不還向不還果阿羅漢向阿羅漢果無二爲方便無生爲方便無所得爲方便回向一切智智修習四念住四正斷四神足五根五力七等覺支八聖道支慶喜當知以預流向預流果無二爲方便無生爲方便無所得爲方便回向一切智智修習空解脫門無相解脫門無願解脫門以一來向一來果

不還向不還果阿羅漢向阿羅漢果無二爲方便無生爲方便無所得爲方便回向一切智智修習空解脫門無相解脫門無願解脫門慶喜當知以預流向預流果無二爲方便無生爲方便無所得爲方便回向一切智智修習五眼六神通以一來向一來果不還向不還果阿羅漢向阿羅漢果無二爲方便無生爲方便無所得爲方便回向一切智智修習五眼六神通慶喜當知以預流向預流果無二爲方便無生爲方便無所得爲方便回向一切智智修習佛十力四無所畏四無礙解大慈大悲大喜大捨十八佛不共法以一來向一來果不還向不還果阿羅漢向向羅漢果無二爲方便無生爲方便無所得爲方便回向一切智智修習佛十力四無所畏四無礙解大慈大悲大喜大捨十八佛不共法慶喜當知以預流向預流果無二爲方便無生爲方便無所得爲方便回向一切智智修習無忘失法恒住捨性以一來向一來果不還向不還果阿羅漢向阿羅漢果無二爲方便無生爲方便無所得爲方便回向一切智智修習無忘失法恒住捨性慶喜當知以預流向預流果無二爲方便無生爲方便無所得爲方便回向一切智智修習一切智道相智一切相智以一來向一來果不還向不還果阿羅漢向阿羅漢果無二爲方便無生爲方便無所得爲方便回向一切智智修習一切智道相智一切相智慶喜當知以預流向預流果無二爲方便無生爲方便無所得爲方便回向一切智智修習一切陀羅尼門一

切三摩地門以一來向一來果不還向不還果阿羅漢向阿羅漢果無二爲方便無生爲方便無所得爲方便回向一切智智修習一切陀羅尼門一切三摩地門慶喜當知以預流向預流果無二爲方便無生爲方便無所得爲方便回向一切智智修習菩薩摩訶薩行以一來向一來果不還向不還果阿羅漢向阿羅漢果無二爲方便無生爲方便無所得爲方便回向一切智智修習菩薩摩訶薩行慶喜當知以預流向預流果無二爲方便無生爲方便無所得爲方便回向一切智智修習無上正等菩提以一來向一來果不還向不還果阿羅漢向阿羅漢果無二爲方便無生爲方便無所得爲方便回向一切智智修習無上正等菩提

大般若波羅蜜多經卷第一百一十一

大般若波羅蜜多經卷第一百一十二

唐三藏法師玄奘奉詔譯

初分校量功德品第三十之十

慶喜當知以獨覺菩提無二爲方便無生爲方便無所得爲方便回向一切智智修習布施淨戒安忍精進靜慮般若波羅蜜多慶喜當知以獨覺菩提無二爲方便無生爲方便無所得爲方便回向一切智智安住內空外空內外空空空大空勝義空有爲空無爲空畢竟空無際空散空無變異空本性空自相空共相空一切法空不可得空無性空自性空無性自性空慶喜當知以獨覺菩提無二爲方便無生爲方便無所得爲方便回向一切智智安住真如法界法性不虛妄性不變異性平等性離生性法定法住實際虛空界不思議界慶喜當知以獨覺菩提無二爲方便無生爲方便無所得爲方便回向一切智智安住苦集滅道聖諦慶喜當知以獨覺菩提無二爲方便無生爲方便無所得爲方便回向一切智智修習四靜慮四無量四無色定慶喜當知以獨覺菩提無二爲方便無生爲方便無所得爲方便回向一切智智修習八解脫八勝處九次第定十遍處慶喜當知以獨覺菩提無二爲方便無生爲方便無所得爲方便回向一切智智修習四念住四正斷四神足五根五力七等覺支八聖道支慶喜當知以獨覺菩提無二爲方便無生爲方便無所得爲方便回向一切智智修習空解脫門無相解脫門無願解脫門慶喜當知以獨覺菩提無二爲方便無生爲方便無所得

爲方便回向一切智智修習五眼六神通慶喜當知以獨覺菩提無二爲方便無生爲方便無所得爲方便回向一切智智修習佛十力四無所畏四無礙解大慈大悲大喜大捨十八佛不共法慶喜當知以獨覺菩提無二爲方便無生爲方便無所得爲方便回向一切智智修習無忘失法恒住捨性慶喜當知以獨覺菩提無二爲方便無生爲方便無所得爲方便回向一切智智修習一切智道相智一切相智慶喜當知以獨覺菩提無二爲方便無生爲方便無所得爲方便回向一切智智修習一切陀羅尼門一切三摩地門慶喜當知以獨覺菩提無二爲方便無生爲方便無所得爲方便回向一切智智修習菩薩摩訶薩行慶喜當知以獨覺菩提無二爲方便無生爲方便無所得爲方便回向一切智智修習無上正等菩提慶喜當知以菩薩摩訶薩行無二爲方便無生爲方便無所得爲方便回向一切智智修習布施淨戒安忍精進靜慮般若波羅蜜多慶喜當知以菩薩摩訶薩行無二爲方便無生爲方便無所得爲方便回向一切智智安住内空外空内外空空空大空勝義空有爲空無爲空畢竟空無際空散空無變異空本性空自相空共相空一切法空不可得空無性空自性空無性自性空慶喜當知以菩薩摩訶薩行無二爲方便無生爲方便無所得爲方便回向一切智智安住眞如法界法性不虛妄性不變異性平等性離生性法定法住實際虛空界不思議界慶喜當知以菩薩摩訶薩行無二爲方

便無生爲方便無所得爲方便回向一切智智安住苦集滅道聖諦慶喜當知以菩薩摩訶薩行無二爲方便無生爲方便無所得爲方便回向一切智智修習四靜慮四無量四無色定慶喜當知以菩薩摩訶薩行無二爲方便無生爲方便無所得爲方便回向一切智智修習八解脱八勝處九次第定十遍處慶喜當知以菩薩摩訶薩行無二爲方便無生爲方便無所得爲方便回向一切智智修習四念住四正斷四神足五根五力七等覺支八聖道支慶喜當知以菩薩摩訶薩行無二爲方便無生爲方便無所得爲方便回向一切智智修習空解脱門無相解脱門無願解脱門慶喜當知以菩薩摩訶薩行無二爲方便無生爲方便無所得爲方便回向一切智智修習五眼六神通慶喜當知以菩薩摩訶薩行無二爲方便無生爲方便無所得爲方便回向一切智智修習佛十力四無所畏四無礙解大慈大悲大喜大捨十八佛不共法慶喜當知以菩薩摩訶薩行無二爲方便無生爲方便無所得爲方便回向一切智智修習無忘失法恒住捨性慶喜當知以菩薩摩訶薩行無二爲方便無生爲方便無所得爲方便回向一切智智修習一切智道相智一切相智慶喜當知以菩薩摩訶薩行無二爲方便無生爲方便無所得爲方便回向一切智智修習一切陀羅尼門一切三摩地門慶喜當知以菩薩摩訶薩行無二爲方便無生爲方便無所得爲方便回向一切智智修習菩薩摩訶薩行慶喜當知以菩薩摩訶薩

行無二爲方便無生爲方便無所得爲方便回向一切智智修習無上正等菩提慶喜當知以無上正等菩提無二爲方便無生爲方便無所得爲方便回向一切智智修習布施淨戒安忍精進靜慮般若波羅蜜多慶喜當知以無上正等菩提無二爲方便無生爲方便無所得爲方便回向一切智智安住內空外空內外空空空大空勝義空有爲空無爲空畢竟空無際空散空無變異空本性空自相空共相空一切法空不可得空無性空自性空無性自性空慶喜當知以無上正等菩提無二爲方便無生爲方便無所得爲方便回向一切智智安住眞如法界法性不虛妄性不變異性平等性離生性法定法住實際虛空界不思議界慶喜當知以無上正等菩提無二爲方便無生爲方便無所得爲方便回向一切智智安住苦集滅道聖諦慶喜當知以無上正等菩提無二爲方便無生爲方便無所得爲方便回向一切智智修習四靜慮四無量四無色定慶喜當知以無上正等菩提無二爲方便無生爲方便無所得爲方便回向一切智智修習八解脫八勝處九次第定十遍處慶喜當知以無上正等菩提無二爲方便無生爲方便無所得爲方便回向一切智智修習四念住四正斷四神足五根五力七等覺支八聖道支慶喜當知以無上正等菩提無二爲方便無生爲方便無所得爲方便回向一切智智修習空解脫門無相解脫門無願解脫門慶喜當知以無上正等菩提無二爲方便無生爲方便無所得爲方

便回向一切智智修習五眼六神通慶喜當知以無上正等菩提無二爲方便無生爲方便無所得爲方便回向一切智智修習佛十力四無所畏四無礙解大慈大悲大喜大捨十八佛不共法慶喜當知以無上正等菩提無二爲方便無生爲方便無所得爲方便回向一切智智修習無忘失法恒住捨性慶喜當知以無上正等菩提無二爲方便無生爲方便無所得爲方便回向一切智智修習一切智道相智一切相智慶喜當知以無上正等菩提無二爲方便無生爲方便無所得爲方便回向一切智智修習一切陀羅尼門一切三摩地門慶喜當知以無上正等菩提無二爲方便無生爲方便無所得爲方便回向一切智智修習菩薩摩訶薩行慶喜當知以無上正等菩提無二爲方便無生爲方便無所得爲方便回向一切智智修習無上正等菩提具壽慶喜復白佛言世尊云何以色無二爲方便無生爲方便無所得爲方便回向一切智智修習布施淨戒安忍精進靜慮般若波羅蜜多佛言慶喜色色性空何以故以色性空與布施淨戒安忍精進靜慮般若波羅蜜多無二無二分故世尊云何以受想行識無二爲方便無生爲方便無所得爲方便回向一切智智修習布施淨戒安忍精進靜慮般若波羅蜜多慶喜受想行識受想行識性空何以故以受想行識性空與布施淨戒安忍精進靜慮般若波羅蜜多無二無二分故慶喜由此故說以色等無二爲方便無生爲方便無所得爲方便回向一切智智修習

布施淨戒安忍精進靜慮般若波羅蜜多世尊云何以色無二爲方便無生爲方便無所得爲方便回向一切智智安住內空外空內外空空空大空勝義空有爲空無爲空畢竟空無際空散空無變異空本性空自相空共相空一切法空不可得空無性空自性空無性自性空慶喜色性空何以故以色性空與彼內空乃至無性自性空無二無二分故世尊云何以受想行識無二爲方便無生爲方便無所得爲方便回向一切智智安住內空外空內外空空空大空勝義空有爲空無爲空畢竟空無際空散空無變異空本性空自相空共相空一切法空不可得空無性空自性空無性自性空慶喜受想行識受想行識性空何以故以受想行識性空與彼內空乃至無性自性空無二無二分故慶喜由此故說以色等無二爲方便無生爲方便無所得爲方便回向一切智智安住內空乃至無性自性空世尊云何以色無二爲方便無生爲方便無所得爲方便回向一切智智安住眞如法界法性不虛妄性不變異性平等性離生性法定法住實際虛空界不思議界慶喜色色性空何以故以色性空與彼眞如乃至不思議界無二無二分故世尊云何以受想行識無二爲方便無生爲方便無所得爲方便回向一切智智安住眞如法界法性不虛妄性不變異性平等性離生性法定法住實際虛空界不思議界慶喜受想行識受想行識性空何以故以受想行識性空與彼眞如乃至不思議界無二無二分故慶喜由此

故說以色等無二爲方便無生爲方便無所得爲方便回向一切智智安住眞如乃至不思議界世尊云何以色無二爲方便無生爲方便無所得爲方便回向一切智智安住苦集滅道聖諦慶喜色色性空何以故以色性空與彼苦集滅道聖諦無二無二分故世尊云何以受想行識無二爲方便無生爲方便無所得爲方便回向一切智智安住苦集滅道聖諦慶喜受想行識受想行識性空何以故以受想行識性空與彼苦集滅道聖諦無二無二分故慶喜由此故說以色等無二爲方便無生爲方便無所得爲方便回向一切智智安住苦集滅道聖諦世尊云何以色無二爲方便無生爲方便無所得爲方便回向一切智智修習四靜慮四無量四無色定慶喜色色性空何以故以色性空與四靜慮四無量四無色定無二無二分故世尊云何以受想行識無二爲方便無生爲方便無所得爲方便回向一切智智修習四靜慮四無量四無色定慶喜受想行識受想行識性空何以故以受想行識性空與四靜慮四無量四無色定無二無二分故慶喜由此故說以色等無二爲方便無生爲方便無所得爲方便回向一切智智修習四靜慮四無量四無色定世尊云何以色無二爲方便無生爲方便無所得爲方便回向一切智智修習八解脫八勝處九次第定十遍處慶喜色色性空何以故以色性空與八解脫八勝處九次第定十遍處無二無二分故世尊云何以受想行識無二爲方便無生爲方便無所得爲方便

回向一切智智修習八解脱八勝處九次第定十遍處慶喜受想行識受想行識性空何以故以受想行識性空與八解脱八勝處九次第定十遍處無二無二分故慶喜由此故説以色等無二爲方便無生爲方便無所得爲方便回向一切智智修習八解脱八勝處九次第定十遍處世尊云何以色無二爲方便無生爲方便無所得爲方便回向一切智智修習四念住四正斷四神足五根五力七等覺支八聖道支慶喜色色性空何以故以色性空與四念住四正斷四神足五根五力七等覺支八聖道支無二無二分故世尊云何以受想行識無二爲方便無生爲方便無所得爲方便回向一切智智修習四念住四正斷四神足五根五力七等覺支八聖道支

慶喜受想行識受想行識性空何以故以受想行識性空與四念住四正斷四神足五根五力七等覺支八聖道支無二無二分故慶喜由此故説以色等無二爲方便無生爲方便無所得爲方便回向一切智智修習四念住四正斷四神足五根五力七等覺支八聖道支世尊云何以色無二爲方便無生爲方便無所得爲方便回向一切智智修習空解脱門無相解脱門無願解脱門慶喜色色性空何以故以色性空與空解脱門無相解脱門無願解脱門無二無二分故世尊云何以受想行識無二爲方便無生爲方便無所得爲方便回向一切智智修習空解脱門無相解脱門無願解脱門慶喜受想行識受想行識性空何以故以受想行識性空與空解脱

門無相解脫門無願解脫門無二無二分故慶喜由此故說以色等無二爲方便無生爲方便無所得爲方便回向一切智智修習空解脫門無相解脫門無願解脫門世尊云何以色無二爲方便無生爲方便無所得爲方便回向一切智智修習五眼六神通慶喜色色性空何以故以色性空與五眼六神通無二無二分故世尊云何以受想行識無二爲方便無生爲方便無所得爲方便回向一切智智修習五眼六神通慶喜受想行識受想行識性空何以故以受想行識性空與五眼六神通無二無二分故慶喜由此故說以色等無二爲方便無生爲方便無所得爲方便回向一切智智修習五眼六神通世尊云何以色無二爲方便無生爲方便無所得爲方便回向一切智智修習佛十力四無所畏四無礙解大慈大悲大喜大捨十八佛不共法慶喜色色性空何以故以色性空與佛十力四無所畏四無礙解大慈大悲大喜大捨十八佛不共法無二無二分故世尊云何以受想行識無二爲方便無生爲方便無所得爲方便回向一切智智修習佛十力四無所畏四無礙解大慈大悲大喜大捨十八佛不共法慶喜受想行識受想行識性空何以故以受想行識性空與佛十力四無所畏四無礙解大慈大悲大喜大捨十八佛不共法無二無二分故慶喜由此故說以色等無二爲方便無生爲方便無所得爲方便回向一切智智修習佛十力四無所畏四無礙解大慈大悲大喜大捨十八佛不共法世尊云何以色

無二爲方便無生爲方便無所得爲方便回
向一切智智修習無忘失法恒住捨性慶喜
色色性空何以故以色性空與無忘失法恒
住捨性無二無二分故世尊云何以受想行
識無二爲方便無生爲方便無所得爲方便
回向一切智智修習無忘失法恒住捨性慶
喜受想行識受想行識性空何以故以受想
行識性空與無忘失法恒住捨性無二無二
分故慶喜由此故說以色等無二爲方便無
生爲方便無所得爲方便回向一切智智修
習無忘失法恒住捨性世尊云何以色無二
爲方便無生爲方便無所得爲方便回向一
切智智修習一切智道相智一切相智慶喜
色色性空何以故以色性空與一切智道相
智一切相智無二無二分故世尊云何以受
想行識無二爲方便無生爲方便無所得爲
方便回向一切智智修習一切智道相智一
切相智慶喜受想行識受想行識性空何以
故以受想行識性空與一切智道相智一切
相智無二無二分故慶喜由此故說以色等
無二爲方便無生爲方便無所得爲方便回
向一切智智修習一切智道相智一切相智
世尊云何以色無二爲方便無生爲方便無
所得爲方便回向一切智智修習一切陀羅
尼門一切三摩地門慶喜色色性空何以故
以色性空與一切陀羅尼門一切三摩地門
無二無二分故世尊云何以受想行識無二
爲方便無生爲方便無所得爲方便回向一
切智智修習一切陀羅尼門一切三摩地門
慶喜受想行識受想行識性空何以故以受

想行識性空與一切陀羅尼門一切三摩地門無二無二分故慶喜由此故說以色等無二爲方便無生爲方便無所得爲方便回向一切智智修習一切陀羅尼門一切三摩地門世尊云何以色無二爲方便無生爲方便無所得爲方便回向一切智智修習菩薩摩訶薩行慶喜色性空何以故以色性空與彼菩薩摩訶薩行無二無二分故世尊云何以受想行識無二爲方便無生爲方便無所得爲方便回向一切智智修習菩薩摩訶薩行慶喜受想行識受想行識性空何以故以受想行識性空與彼菩薩摩訶薩行無二無二分故慶喜由此故說以色等無二爲方便無生爲方便無所得爲方便回向一切智智修習菩薩摩訶薩行世尊云何以色無二爲方便無生爲方便無所得爲方便回向一切智智修習無上正等菩提慶喜色色性空何以故以色性空與彼無上正等菩提無二無二分故世尊云何以受想行識無二爲方便無生爲方便無所得爲方便回向一切智智修習無上正等菩提慶喜受想行識受想行識性空何以故以受想行識性空與彼無上正等菩提無二無二分故慶喜由此故說以色等無二爲方便無生爲方便無所得爲方便回向一切智智修習無上正等菩提世尊云何以眼處無二爲方便無生爲方便無所得爲方便回向一切智智修習布施淨戒安忍精進靜慮般若波羅蜜多慶喜眼處眼處性空何以故以眼處性空與布施淨戒安忍精進靜慮般若波羅蜜多無二無二分故世

尊云何以耳鼻舌身意處無二爲方便無生
爲方便無所得爲方便回向一切智智修習
布施淨戒安忍精進靜慮般若波羅蜜多慶
喜耳鼻舌身意處耳鼻舌身意處性空何以
故以耳鼻舌身意處性空與布施淨戒安忍
精進靜慮般若波羅蜜多無二無二分故慶
喜由此故説以眼處等無二爲方便無生爲
方便無所得爲方便回向一切智智修習布
施淨戒安忍精進靜慮般若波羅蜜多世尊
云何以色處無二爲方便無生爲方便無所
得爲方便回向一切智智修習布施淨戒安
忍精進靜慮般若波羅蜜多慶喜色處色處
性空何以故以色處性空與布施淨戒安忍
精進靜慮般若波羅蜜多無二無二分故世
尊云何以聲香味觸法處無二爲方便無生

爲方便無所得爲方便回向一切智智修習
布施淨戒安忍精進靜慮般若波羅蜜多慶
喜聲香味觸法處聲香味觸法處性空何以
故以聲香味觸法處性空與布施淨戒安忍
精進靜慮般若波羅蜜多無二無二分故慶
喜由此故説以色處等無二爲方便無生爲
方便無所得爲方便回向一切智智修習布
施淨戒安忍精進靜慮般若波羅蜜多世尊
云何以眼處無二爲方便無生爲方便無所
得爲方便回向一切智智安住內空外空內
外空空空大空勝義空有爲空無爲空畢竟
空無際空散空無變異空本性空自相空共
相空一切法空不可得空無性空自性空無
性自性空慶喜眼處眼處性空何以故以眼
處性空與彼內空乃至無性自性空無二無

二分故世尊云何以耳鼻舌身意處無二爲方便無生爲方便無所得爲方便回向一切智智安住内空外空内外空空空大空勝義空有爲空無爲空畢竟空無際空散空無變異空本性空自相空共相空一切法空不可得空無性空自性空無性自性空慶喜耳鼻舌身意處耳鼻舌身意處性空何以故以耳鼻舌身意處性空與彼内空乃至無性自性空無二無二分故慶喜由此故說以眼處等無二爲方便無生爲方便無所得爲方便回向一切智智安住内空乃至無性自性空世尊云何以色處無二爲方便無生爲方便無所得爲方便回向一切智智安住内空外空内外空空空大空勝義空有爲空無爲空畢竟空無際空散空無變異空本性空自相空共相空一切法空不可得空無性空自性空無性自性空慶喜色處色處性空何以故以色處性空與彼内空乃至無性自性空無二無二分故世尊云何以聲香味觸法處無二爲方便無生爲方便無所得爲方便回向一切智智安住内空外空内外空空空大空勝義空有爲空無爲空畢竟空無際空散空無變異空本性空自相空共相空一切法空不可得空無性空自性空無性自性空慶喜聲香味觸法處聲香味觸法處性空何以故以聲香味觸法處性空與彼内空乃至無性自性空無二無二分故慶喜由此故說以色處等無二爲方便無生爲方便無所得爲方便回向一切智智安住内空乃至無性自性空世尊云何以眼處無二爲方便無生爲方便

無所得爲方便回向一切智智安住眞如法界法性不虛妄性不變異性平等性離生性法定法住實際虛空界不思議界慶喜眼處眼處性空何以故以眼處性空與彼眞如乃至不思議界無二無二分故世尊云何以耳鼻舌身意處無二爲方便無生爲方便無所得爲方便回向一切智智安住眞如法界法性不虛妄性不變異性平等性離生性法定法住實際虛空界不思議界慶喜耳鼻舌身意處耳鼻舌身意處性空何以故以耳鼻舌身意處性空與彼眞如乃至不思議界無二無二分故慶喜由此故說以眼處等無二爲方便無生爲方便無所得爲方便回向一切智智安住眞如乃至不思議界世尊云何以色處無二爲方便無生爲方便無所得爲方便回向一切智智安住眞如法界法性不虛妄性不變異性平等性離生性法定法住實際虛空界不思議界慶喜色處色處性空何以故以色處性空與彼眞如乃至不思議界無二無二分故世尊云何以聲香味觸法處無二爲方便無生爲方便無所得爲方便回向一切智智安住眞如法界法性不虛妄性不變異性平等性離生性法定法住實際虛空界不思議界慶喜聲香味觸法處聲香味觸法處性空何以故以聲香味觸法處性空與彼眞如乃至不思議界無二無二分故慶喜由此故說以色處等無二爲方便無生爲方便無所得爲方便回向一切智智安住眞如乃至不思議界世尊云何以眼處無二爲方便無生爲方便無所得爲方便回向一切

智智安住苦集滅道聖諦慶喜眼處眼處性
安何以故以眼處性空與彼苦集滅道聖諦
無二無二分故世尊云何以耳鼻舌身意處
無二爲方便無生爲方便無所得爲方便回
向一切智智安住苦集滅道聖諦慶喜耳鼻
舌身意處耳鼻舌身意處性空何以故以耳
鼻舌身意處性空與彼苦集滅道聖諦無二
無二分故慶喜由此故說以眼處等無二爲
方便無生爲方便無所得爲方便回向一切
智智安住苦集滅道聖諦世尊云何以色處
無二爲方便無生爲方便無所得爲方便回
向一切智智安住苦集滅道聖諦慶喜色處
色處性空何以故以色處性空與彼苦集滅
道聖諦無二無二分故世尊云何以聲香味
觸法處無二爲方便無生爲方便無所得爲
方便回向一切智智安住苦集滅道聖諦慶
喜聲香味觸法處聲香味觸法處性空何以
故以聲香味觸法處性空與彼苦集滅道聖
諦無二無二分故慶喜由此故說以色處等
無二爲方便無生爲方便無所得爲方便回
向一切智智安住苦集滅道聖諦

大般若波羅蜜多經卷第一百一十二

大般若波羅蜜多經卷第一百一十三

唐三藏法師玄奘奉　詔譯

初分校量功德品第三十之十一

世尊云何以眼處無二爲方便無生爲方便無所得爲方便回向一切智智修習四靜慮四無量四無色定慶喜眼處眼處性空何以故以眼處性空與四靜慮四無量四無色定無二無二分故世尊云何以耳鼻舌身意處無二爲方便無生爲方便無所得爲方便回向一切智智修習四靜慮四無量四無色定慶喜耳鼻舌身意處耳鼻舌身意處性空何以故以耳鼻舌身意處性空與四靜慮四無量四無色定無二無二分故慶喜由此故說以眼處等無二爲方便無生爲方便無所得爲方便回向一切智智修習四靜慮四無量四無色定世尊云何以色處無二爲方便無生爲方便無所得爲方便回向一切智智修習四靜慮四無量四無色定慶喜色處色處性空何以故以色處性空與四靜慮四無量四無色定無二無二分故世尊云何以聲香味觸法處無二爲方便無生爲方便無所得爲方便回向一切智智修習四靜慮四無量四無色定慶喜聲香味觸法處聲香味觸法處性空何以故以聲香味觸法處性空與四靜慮四無量四無色定無二無二分故慶喜由此故說以色處等無二爲方便無生爲方便無所得爲方便回向一切智智修習四靜慮四無量四無色定世尊云何以眼處無二爲方便無生爲方便無所得爲方便回向一切智智修習八解脫八勝處九次第定十遍

處慶喜眼處眼處性空何以故以眼處性空與八解脫八勝處九次第定十遍處無二無二分故世尊云何以耳鼻舌身意處無二爲方便無生爲方便無所得爲方便回向一切智智修習八解脫八勝處九次第定十遍處慶喜耳鼻舌身意處耳鼻舌身意處性空何以故以耳鼻舌身意處性空與八解脫八勝處九次第定十遍處無二無二分故慶喜由此故說以眼處等無二爲方便無生爲方便無所得爲方便回向一切智智修習八解脫八勝處九次第定十遍處世尊云何以色處無二爲方便無生爲方便無所得爲方便回向一切智智修習八解脫八勝處九次第定十遍處慶喜色處色處性空何以故以色處性空與八解脫八勝處九次第定十遍處無

二無二分故世尊云何以聲香味觸法處無二爲方便無生爲方便無所得爲方便回向一切智智修習八解脫八勝處九次第定十遍處慶喜聲香味觸法處聲香味觸法處性空何以故以聲香味觸法處性空與八解脫八勝處九次第定十遍處無二無二分故慶喜由此故說以色處等無二爲方便無生爲方便無所得爲方便回向一切智智修習八解脫八勝處九次第定十遍處世尊云何以眼處無二爲方便無生爲方便無所得爲方便回向一切智智修習四念住四正斷四神足五根五力七等覺支八聖道支慶喜眼處眼處性空何以故以眼處性空與四念住四正斷四神足五根五力七等覺支八聖道支無二無二分故世尊云何以耳鼻舌身意處

無二爲方便無生爲方便無所得爲方便回向一切智智修習四念住四正斷四神足五根五力七等覺支八聖道支慶喜耳鼻舌身意處耳鼻舌身意處性空何以故以耳鼻舌身意處性空與四念住四正斷四神足五根五力七等覺支八聖道支無二無二分故慶喜由此故說以眼處等無二爲方便無生爲方便無所得爲方便回向一切智智修習四念住四正斷四神足五根五力七等覺支八聖道支世尊云何以色處無二爲方便無生爲方便無所得爲方便回向一切智智修習四念住四正斷四神足五根五力七等覺支八聖道支慶喜色處色處性空何以故以色處性空與四念住四正斷四神足五根五力七等覺支八聖道支無二無二分故世尊云何以聲香味觸法處無二爲方便無生爲方便無所得爲方便回向一切智智修習四念住四正斷四神足五根五力七等覺支八聖道支慶喜聲香味觸法處聲香味觸法處性空何以故以聲香味觸法處性空與四念住四正斷四神足五根五力七等覺支八聖道支無二無二分故慶喜由此故說以色處等無二爲方便無生爲方便無所得爲方便回向一切智智修習四念住四正斷四神足五根五力七等覺支八聖道支世尊云何以眼處無二爲方便無生爲方便無所得爲方便回向一切智智修習空無相無願解脫門慶喜眼處眼處性空何以故以眼處性空與空無相無願解脫門無二無二分故世尊云何以耳鼻舌身意處無二爲方便無生爲方便

無所得爲方便回向一切智智修習空無相無願解脫門慶喜耳鼻舌身意處耳鼻舌身意處性空何以故以耳鼻舌身意處性空與空無相無願解脫門無二無二分故慶喜由此故說以眼處等無二爲方便無生爲方便無所得爲方便回向一切智智修習空無相無願解脫門世尊云何以色處無二爲方便無生爲方便無所得爲方便回向一切智智修習空無相無願解脫門慶喜色處色處性空何以故以色處性空與空無相無願解脫門無二無二分故世尊云何以聲香味觸法處無二爲方便無生爲方便無所得爲方便回向一切智智修習空無相無願解脫門慶喜聲香味觸法處聲香味觸法處性空何以故以聲香味觸法處性空與空無相無願解脫門無二無二分故慶喜由此故說以色處等無二爲方便無生爲方便無所得爲方便回向一切智智修習空無相無願解脫門世尊云何以眼處無二爲方便無生爲方便無所得爲方便回向一切智智修習五眼六神通慶喜眼處眼處性空何以故以眼處性空與五眼六神通無二無二分故世尊云何以耳鼻舌身意處無二爲方便無生爲方便無所得爲方便回向一切智智修習五眼六神通慶喜耳鼻舌身意處耳鼻舌身意處性空何以故以耳鼻舌身意處性空與五眼六神通無二無二分故慶喜由此故說以眼處等無二爲方便無生爲方便無所得爲方便回向一切智智修習五眼六神通世尊云何以色處無二爲方便無生爲方便無所得爲方

便回向一切智智修習五眼六神通慶喜色處色處性空何以故以色處性空與五眼六神通無二無二分故世尊云何以聲香味觸法處無二爲方便無生爲方便無所得爲方便回向一切智智修習五眼六神通慶喜聲香味觸法處聲香味觸法處性空何以故以聲香味觸法處性空與五眼六神通無二無二分故慶喜由此故說以色處等無二爲方便無生爲方便無所得爲方便回向一切智智修習五眼六神通世尊云何以眼處無二爲方便無生爲方便無所得爲方便回向一切智智修習佛十力四無所畏四無礙解大慈大悲大喜大捨十八佛不共法慶喜眼處眼處性空何以故以眼處性空與佛十力四無所畏四無礙解大慈大悲大喜大捨十八佛不共法無二無二分故世尊云何以耳鼻舌身意處無二爲方便無生爲方便無所得爲方便回向一切智智修習佛十力四無所畏四無礙解大慈大悲大喜大捨十八佛不共法慶喜耳鼻舌身意處耳鼻舌身意處性空何以故以耳鼻舌身意處性空與佛十力四無所畏四無礙解大慈大悲大喜大捨十八佛不共法無二無二分故慶喜由此故說以眼處等無二爲方便無生爲方便無所得爲方便回向一切智智修習佛十力四無所畏四無礙解大慈大悲大喜大捨十八佛不共法世尊云何以色處無二爲方便無生爲方便無所得爲方便回向一切智智修習佛十力四無所畏四無礙解大慈大悲大喜大捨十八佛不共法慶喜色處色處性空何以

故以色處性空與佛十力四無所畏四無礙
解大慈大悲大喜大捨十八佛不共法無二
無二分故世尊云何以聲香味觸法處無二
爲方便無生爲方便無所得爲方便回向一
切智智修習佛十力四無所畏四無礙解大
慈大悲大喜大捨十八佛不共法慶喜聲香
味觸法處聲香味觸法處性空何以故以聲
香味觸法處性空與佛十力四無所畏四無
礙解大慈大悲大喜大捨十八佛不共法無
二無二分故慶喜由此故說以色處等無二
爲方便無生爲方便無所得爲方便回向一
切智智修習佛十力四無所畏四無礙解大
慈大悲大喜大捨十八佛不共法世尊云何
以眼處無二爲方便無生爲方便無所得爲
方便回向一切智智修習無忘失法恒住捨

性慶喜眼處眼處性空何以故以眼處性空
與無忘失法恒住捨性無二無二分故世尊
云何以耳鼻舌身意處無二爲方便無生爲
方便無所得爲方便回向一切智智修習無
忘失法恒住捨性慶喜耳鼻舌身意處耳鼻
舌身意處性空何以故以耳鼻舌身意處性
空與無忘失法恒住捨性無二無二分故慶
喜由此故說以眼處等無二爲方便無生爲
方便無所得爲方便回向一切智智修習無
忘失法恒住捨性世尊云何以色處無二爲
方便無生爲方便無所得爲方便回向一切
智智修習無忘失法恒住捨性慶喜色處色
處性空何以故以色處性空與無忘失法恒
住捨性無二無二分故世尊云何以聲香味
觸法處無二爲方便無生爲方便無所得爲

方便回向一切智智修習無忘失法恒住捨性慶喜聲香味觸法處聲香味觸法處性空何以故以聲香味觸法處性空與無忘失法恒住捨性無二無二分故慶喜由此故說以色處等無二爲方便無生爲方便無所得爲方便回向一切智智修習無忘失法恒住捨性世尊云何以眼處無二爲方便無生爲方便無所得爲方便回向一切智智修習一切智道相智一切相智慶喜眼處眼處性空何以故以眼處性空與一切智道相智一切相智無二無二分故世尊云何以耳鼻舌身意處無二爲方便無生爲方便無所得爲方便回向一切智智修習一切智道相智一切相智慶喜耳鼻舌身意處耳鼻舌身意處性空何以故以耳鼻舌身意處性空與一切智道相智一切相智無二無二分故慶喜由此故說以眼處等無二爲方便無生爲方便無所得爲方便回向一切智智修習一切智道相智一切相智世尊云何以色處無二爲方便無生爲方便無所得爲方便回向一切智智修習一切智道相智一切相智慶喜色處色處性空何以故以色處性空與一切智道相智一切相智無二無二分故世尊云何以聲香味觸法處無二爲方便無生爲方便無所得爲方便回向一切智智修習一切智道相智一切相智慶喜聲香味觸法處聲香味觸法處性空何以故以聲香味觸法處性空與一切智道相智一切相智無二無二分故慶喜由此故說以色處等無二爲方便無生爲方便無所得爲方便回向一切智智修習一

切智道相智一切相智世尊云何以眼處無二爲方便無生爲方便無所得爲方便回向一切智智修習一切陀羅尼門一切三摩地門慶喜眼處眼處性空何以故以眼處性空與一切陀羅尼門一切三摩地門無二無二分故世尊云何以耳鼻舌身意處無二爲方便無生爲方便無所得爲方便回向一切智智修習一切陀羅尼門一切三摩地門慶喜耳鼻舌身意處耳鼻舌身意處性空何以故以耳鼻舌身意處性空與一切陀羅尼門一切三摩地門無二無二分故慶喜由此故說以眼處等無二爲方便無生爲方便無所得爲方便回向一切智智修習一切陀羅尼門一切三摩地門世尊云何以色處無二爲方便無生爲方便無所得爲方便回向一切智智修習一切陀羅尼門一切三摩地門慶喜色處色處性空何以故以色處性空與一切陀羅尼門一切三摩地門無二無二分故世尊云何以聲香味觸法處無二爲方便無生爲方便無所得爲方便回向一切智智修習一切陀羅尼門一切三摩地門慶喜聲香味觸法處聲香味觸法處性空何以故以聲香味觸法處性空與一切陀羅尼門一切三摩地門無二無二分故慶喜由此故說以色處等無二爲方便無生爲方便無所得爲方便回向一切智智修習一切陀羅尼門一切三摩地門世尊云何以眼處無二爲方便無生爲方便無所得爲方便回向一切智智修習菩薩摩訶薩行慶喜眼處眼處性空何以故以眼處性空與彼菩薩摩訶薩行無二無二

分故世尊云何以耳鼻舌身意處無二爲方便無生爲方便無所得爲方便回向一切智智修習菩薩摩訶薩行慶喜耳鼻舌身意處耳鼻舌身意處性空何以故以耳鼻舌身意處性空與彼菩薩摩訶薩行無二無二分故慶喜由此故說以眼處等無二爲方便無生爲方便無所得爲方便回向一切智智修習菩薩摩訶薩行世尊云何以色處無二爲方便無生爲方便無所得爲方便回向一切智智修習菩薩摩訶薩行慶喜色處色處性空何以故以色處性空與彼菩薩摩訶薩行無二無二分故世尊云何以聲香味觸法處無二爲方便無生爲方便無所得爲方便回向一切智智修習菩薩摩訶薩行慶喜聲香味觸法處聲香味觸法處性空何以故以聲香味觸法處性空與彼菩薩摩訶薩行無二無二分故慶喜由此故說以色處等無二爲方便無生爲方便無所得爲方便回向一切智智修習菩薩摩訶薩行世尊云何以眼處無二爲方便無生爲方便無所得爲方便回向一切智智修習無上正等菩提慶喜眼處眼處性空何以故以眼處性空與彼無上正等菩提無二無二分故世尊云何以耳鼻舌身意處無二爲方便無生爲方便無所得爲方便回向一切智智修習無上正等菩提慶喜耳鼻舌身意處耳鼻舌身意處性空何以故以耳鼻舌身意處性空與彼無上正等菩提無二無二分故慶喜由此故說以眼處等無二爲方便無生爲方便無所得爲方便回向一切智智修習無上正等菩提世尊云何以

色處無二爲方便無生爲方便無所得爲方便回向一切智智修習無上正等菩提慶喜色處色處性空何以故以色處性空與彼無上正等菩提無二無二分故世尊云何以聲香味觸法處無二爲方便無生爲方便無所得爲方便回向一切智智修習無上正等菩提慶喜聲香味觸法處聲香味觸法處性空何以故以聲香味觸法處性空與彼無上正等菩提無二無二分故慶喜由此故說以色處等無二爲方便無生爲方便無所得爲方便回向一切智智修習無上正等菩提世尊云何以眼界無二爲方便無生爲方便無所得爲方便回向一切智智修習布施淨戒安忍精進靜慮般若波羅蜜多慶喜眼界眼界性空何以故以眼界性空與布施淨戒安忍精進靜慮般若波羅蜜多無二無二分故世尊云何以色界眼識界及眼觸眼觸爲緣所生諸受無二爲方便無生爲方便無所得爲方便回向一切智智修習布施淨戒安忍精進靜慮般若波羅蜜多慶喜色界眼識界及眼觸眼觸爲緣所生諸受色界眼識界及眼觸眼觸爲緣所生諸受性空何以故以色界眼識界及眼觸眼觸爲緣所生諸受性空與布施淨戒安忍精進靜慮般若波羅蜜多無二無二分故慶喜由此故說以眼界等無二爲方便無生爲方便無所得爲方便回向一切智智修習布施淨戒安忍精進靜慮般若波羅蜜多世尊云何以耳界無二爲方便無生爲方便無所得爲方便回向一切智智修習布施淨戒安忍精進靜慮般若波羅蜜多

慶喜耳界耳界性空何以故以耳界性空與布施淨戒安忍精進靜慮般若波羅蜜多無二無二分故世尊云何以聲界耳識界及耳觸耳觸爲緣所生諸受無二爲方便無生爲方便無所得爲方便回向一切智智修習布施淨戒安忍精進靜慮般若波羅蜜多慶喜聲界耳識界及耳觸耳觸爲緣所生諸受聲界耳識界及耳觸耳觸爲緣所生諸受性空何以故以聲界耳識界及耳觸耳觸爲緣所生諸受性空與布施淨戒安忍精進靜慮般若波羅蜜多無二無二分故慶喜由此故說以耳界等無二爲方便無生爲方便無所得爲方便回向一切智智修習布施淨戒安忍精進靜慮般若波羅蜜多世尊云何以鼻界無二爲方便無生爲方便無所得爲方便回向一切智智修習布施淨戒安忍精進靜慮般若波羅蜜多慶喜鼻界鼻界性空何以故以鼻界性空與布施淨戒安忍精進靜慮般若波羅蜜多無二無二分故世尊云何以香界鼻識界及鼻觸鼻觸爲緣所生諸受無二爲方便無生爲方便無所得爲方便回向一切智智修習布施淨戒安忍精進靜慮般若波羅蜜多慶喜香界鼻識界及鼻觸鼻觸爲緣所生諸受香界鼻識界及鼻觸鼻觸爲緣所生諸受性空何以故以香界鼻識界及鼻觸鼻觸爲緣所生諸受性空與布施淨戒安忍精進靜慮般若波羅蜜多無二無二分故慶喜由此故說以鼻界等無二爲方便無生爲方便無所得爲方便回向一切智智修習布施淨戒安忍精進靜慮般若波羅蜜多世

尊云何以舌界無二爲方便無生爲方便無所得爲方便回向一切智智修習布施淨戒安忍精進靜慮般若波羅蜜多慶喜舌界舌界性空何以故以舌界性空與布施淨戒安忍精進靜慮般若波羅蜜多無二無二分故世尊云何以味界舌識界及舌觸舌觸爲緣所生諸受無二爲方便無生爲方便無所得爲方便回向一切智智修習布施淨戒安忍精進靜慮般若波羅蜜多慶喜味界舌識界及舌觸舌觸爲緣所生諸受味界舌識界及舌觸舌觸爲緣所生諸受性空何以故以味界舌識界及舌觸舌觸爲緣所生諸受性空與布施淨戒安忍精進靜慮般若波羅蜜多無二無二分故慶喜由此故說以舌界等無二爲方便無生爲方便無所得爲方便回向一切智智修習布施淨戒安忍精進靜慮般若波羅蜜多世尊云何以身界無二爲方便無生爲方便無所得爲方便回向一切智智修習布施淨戒安忍精進靜慮般若波羅蜜多慶喜身界身界性空何以故以身界性空與布施淨戒安忍精進靜慮般若波羅蜜多無二無二分故世尊云何以觸界身識界及身觸身觸爲緣所生諸受無二爲方便無生爲方便無所得爲方便回向一切智智修習布施淨戒安忍精進靜慮般若波羅蜜多慶喜觸界身識界及身觸身觸爲緣所生諸受觸界身識界及身觸身觸爲緣所生諸受性空何以故以觸界身識界及身觸身觸爲緣所生諸受性空與布施淨戒安忍精進靜慮般若波羅蜜多無二無二分故慶喜由此故

説以身界等無二爲方便無生爲方便無所得爲方便回向一切智智修習布施淨戒安忍精進靜慮般若波羅蜜多世尊云何以意界無二爲方便無生爲方便無所得爲方便回向一切智智修習布施淨戒安忍精進靜慮般若波羅蜜多慶喜意界意界性空何以故以意界性空與布施淨戒安忍精進靜慮般若波羅蜜多無二無二分故世尊云何以法界意識界及意觸意觸爲緣所生諸受無二爲方便無生爲方便無所得爲方便回向一切智智修習布施淨戒安忍精進靜慮般若波羅蜜多慶喜法界意識界及意觸意觸爲緣所生諸受法界意識界及意觸意觸爲緣所生諸受性空何以故以法界意識界及意觸意觸爲緣所生諸受性空與布施淨戒安忍精進靜慮般若波羅蜜多無二無二分故慶喜由此故説以意界等無二爲方便無生爲方便無所得爲方便回向一切智智修習布施淨戒安忍精進靜慮般若波羅蜜多世尊云何以眼界無二爲方便無生爲方便無所得爲方便回向一切智智安住内空外空内外空空空大空勝義空有爲空無爲空畢竟空無際空散空無變異空本性空自相空共相空一切法空不可得空無性空自性空無性自性空慶喜眼界眼界性空何以故以眼界性空與彼内空乃至無性自性空無二無二分故世尊云何以色界眼識界及眼觸眼觸爲緣所生諸受無二爲方便無生爲方便無所得爲方便回向一切智智安住内空外空内外空空空大空勝義空有爲空無

爲空畢竟空無際空散空無變異空本性空自相空共相空一切法空不可得空無性空自性空無性自性空慶喜色界眼識界及眼觸眼觸爲緣所生諸受色界眼識界及眼觸眼觸爲緣所生諸受性空何以故以色界眼識界及眼觸眼觸爲緣所生諸受性空與彼內空乃至無性自性空無二無二分故慶喜由此故說以眼界等無二爲方便無生爲方便無所得爲方便回向一切智智安住內空乃至無性自性空世尊云何以耳界無二爲方便無生爲方便無所得爲方便回向一切智智安住內空外空內外空空空大空勝義空有爲空無爲空畢竟空無際空散空無變異空本性空自相空共相空一切法空不可得空無性空自性空無性自性空慶喜耳界耳界性空何以故以耳界性空與彼內空乃至無性自性空無二無二分故世尊云何以聲界耳識界及耳觸耳觸爲緣所生諸受無二爲方便無生爲方便無所得爲方便回向一切智智安住內空外空內外空空空大空勝義空有爲空無爲空畢竟空無際空散空無變異空本性空自相空共相空一切法空不可得空無性空自性空無性自性空慶喜聲界耳識界及耳觸耳觸爲緣所生諸受聲界耳識界及耳觸耳觸爲緣所生諸受性空何以故以聲界耳識界及耳觸耳觸爲緣所生諸受性空與彼內空乃至無性自性空無二無二分故慶喜由此故說以耳界等無二爲方便無生爲方便無所得爲方便回向一切智智安住內空乃至無性自性空世尊云

何以鼻界無二爲方便無生爲方便無所得
爲方便回向一切智智安住内空外空内外
空空空大空勝義空有爲空無爲空畢竟空
無際空散空無變異空本性空自相空共相
空一切法空不可得空無性空自性空無性
自性空慶喜鼻界鼻界性空何以故以鼻界
性空與彼内空乃至無性自性空無二無二
分故世尊云何以香界鼻識界及鼻觸鼻觸
爲緣所生諸受無二爲方便無生爲方便無
所得爲方便回向一切智智安住内空外空
内外空空空大空勝義空有爲空無爲空畢
竟空無際空散空無變異空本性空自相空
共相空一切法空不可得空無性空自性空
無性自性空慶喜香界鼻識界及鼻觸鼻觸
爲緣所生諸受香界鼻識界及鼻觸鼻觸爲
緣所生諸受性空何以故以香界鼻識界及
鼻觸鼻觸爲緣所生諸受性空與彼内空乃
至無性自性空無二無二分故慶喜由此故
説以鼻界等無二爲方便無生爲方便無所
得爲方便回向一切智智安住内空乃至無
性自性空世尊云何以舌界無二爲方便無
生爲方便無所得爲方便回向一切智智安
住内空外空内外空空空大空勝義空有爲
空無爲空畢竟空無際空散空無變異空本
性空自相空共相空一切法空不可得空無
性空自性空無性自性空慶喜舌界舌界性
空何以故以舌界性空與彼内空乃至無性
自性空無二無二分故世尊云何以味界舌
識界及舌觸舌觸爲緣所生諸受無二爲方
便無生爲方便無所得爲方便回向一切智

智安住内空外空内外空空空大空勝義空有為空無為空畢竟空無際空散空無變異空本性空自相空共相空一切法空不可得空無性空自性空無性自性空慶喜味界舌識界及舌觸舌觸為緣所生諸受味界舌識界及舌觸舌觸為緣所生諸受性空何以故以味界舌識界及舌觸舌觸為緣所生諸受性空與彼内空乃至無性自性空無二無二分故慶喜由此故説以舌界等無二為方便無生為方便無所得為方便回向一切智智安住内空乃至無性自性空

大般若波羅蜜多經卷第一百一十三

大般若波羅蜜多經卷第一百一十四

唐三藏法師玄奘奉　詔譯

初分校量功德品第三十之十二

世尊云何以身界無二爲方便無生爲方便無所得爲方便回向一切智智安住内空外空内外空空空大空勝義空有爲空無爲空畢竟空無際空散空無變異空本性空自相空共相空一切法空不可得空無性空自性空無性自性空慶喜身界身界性空何以故以身界性空與彼内空乃至無性自性空無二無二分故世尊云何以觸界身識界及身觸身觸爲緣所生諸受無二爲方便無生爲方便無所得爲方便回向一切智智安住内空外空内外空空空大空勝義空有爲空無爲空畢竟空無際空散空無變異空本性空自相空共相空一切法空不可得空無性空自性空無性自性空慶喜觸界身識界及身觸身觸爲緣所生諸受觸界身識界及身觸身觸爲緣所生諸受性空何以故以觸界身識界及身觸身觸爲緣所生諸受性空與彼内空乃至無性自性空無二無二分故慶喜由此故説以身界等無二爲方便無生爲方便無所得爲方便回向一切智智安住内空乃至無性自性空世尊云何以意界無二爲方便無生爲方便無所得爲方便回向一切智智安住内空外空内外空空空大空勝義空有爲空無爲空畢竟空無際空散空無變異空本性空自相空共相空一切法空不可得空無性空自性空無性自性空慶喜意界意界性空何以故以意界性空與彼内空乃

至無性自性空無二無二分故世尊云何以法界意識界及意觸意觸爲緣所生諸受無二爲方便無生爲方便無所得爲方便回向一切智智安住内空外空内外空空空大空勝義空有爲空無爲空畢竟空無際空散空無變異空本性空自相空共相空一切法空不可得空無性空自性空無性自性空慶喜法界意識界及意觸意觸爲緣所生諸受法界意識界及意觸意觸爲緣所生諸受性空何以故以法界意識界及意觸意觸爲緣所生諸受性空與彼内空乃至無性自性空無二無二分故慶喜由此故說以意界等無二爲方便無生爲方便無所得爲方便回向一切智智安住内空乃至無性自性空世尊云何以眼界無二爲方便無生爲方便無所得

爲方便回向一切智智安住眞如法界法性不虚妄性不變異性平等性離生性法定法住實際虚空界不思議界慶喜眼界眼界性空何以故以眼界性空與彼眞如乃至不思議界無二無二分故世尊云何以色界眼識界及眼觸眼觸爲緣所生諸受無二爲方便無生爲方便無所得爲方便回向一切智智安住眞如法界法性不虚妄性不變異性平等性離生性法定法住實際虚空界不思議界慶喜色界眼識界及眼觸眼觸爲緣所生諸受色界眼識界及眼觸眼觸爲緣所生諸受性空何以故以色界眼識界及眼觸眼觸爲緣所生諸受性空與彼眞如乃至不思議界無二無二分故慶喜由此故說以眼界等無二爲方便無生爲方便無所得爲方便回

向一切智智安住眞如乃至不思議界世尊云何以耳界無二爲方便無生爲方便無所得爲方便回向一切智智安住眞如法界法性不虛妄性不變異性平等性離生性法定法住實際虛空界不思議界慶喜耳界耳界性空何以故以耳界性空與彼眞如乃至不思議界無二無二分故世尊云何以聲界耳識界及耳觸耳觸爲緣所生諸受無二爲方便無生爲方便無所得爲方便回向一切智智安住眞如法界法性不虛妄性不變異性平等性離生性法定法住實際虛空界不思議界慶喜聲界耳識界及耳觸耳觸爲緣所生諸受聲界耳識界及耳觸耳觸爲緣所生諸受性空何以故以聲界耳識界及耳觸耳觸爲緣所生諸受性空與彼眞如乃至不思議界無二無二分故慶喜由此故說以耳界等無二爲方便無生爲方便無所得爲方便回向一切智智安住眞如乃至不思議界世尊云何以鼻界無二爲方便無生爲方便無所得爲方便回向一切智智安住眞如法界法性不虛妄性不變異性平等性離生性法定法住實際虛空界不思議界慶喜鼻界鼻界性空何以故以鼻界性空與彼眞如乃至不思議界無二無二分故世尊云何以香界鼻識界及鼻觸鼻觸爲緣所生諸受無二爲方便無生爲方便無所得爲方便回向一切智智安住眞如法界法性不虛妄性不變異性平等性離生性法定法住實際虛空界不思議界慶喜香界鼻識界及鼻觸鼻觸爲緣所生諸受香界鼻識界及鼻觸鼻觸爲緣所

生諸受性空何以故以香界鼻識界及鼻觸鼻觸爲緣所生諸受性空與彼眞如乃至不思議界無二無二分故慶喜由此故說以鼻界等無二爲方便無生爲方便無所得爲方便回向一切智智安住眞如乃至不思議界世尊云何以舌界無二爲方便無生爲方便無所得爲方便回向一切智智安住眞如法界法性不虛妄性不變異性平等性離生性法定法住實際虛空界不思議界慶喜舌界舌界性空何以故以舌界性空與彼眞如乃至不思議界無二無二分故世尊云何以味界舌識界及舌觸舌觸爲緣所生 諸受無二爲方便無生爲方便無所得爲方便回向一切智智安住眞如法界法性不虛妄性不變異性平等性離生性法定法住實際虛空界不思議界慶喜味界舌識界及舌觸舌觸爲緣所生諸受味界舌識界及舌觸舌觸爲緣所生諸受性空何以故以味界舌識界及舌觸舌觸爲緣所生諸受性空與彼眞如乃至不思議界無二無二分故慶喜由此故說以舌界等無二爲方便無生爲方便無所得爲方便回向一切智智安住眞如乃至不思議界世尊云何以身界無二爲方便無生爲方便無所得爲方便回向一切智智安住眞如法界法性不虛妄性不變異性平等性離生性法定法住實際虛空界不思議界慶喜身界身界性空何以故以身界性空與彼眞如乃至不思議界無二無二分故世尊云何以觸界身識界及身觸身觸爲緣所生諸受無二爲方便無生爲方便無所得爲方便回向

一切智智安住眞如法界法性不虛妄性不變異性平等性離生性法定法住實際虛空界不思議界慶喜觸界身識界及身觸身觸爲緣所生諸受觸界身識界及身觸身觸爲緣所生諸受性空何以故以觸界身識界及身觸身觸爲緣所生諸受性空與彼眞如乃至不思議界無二無二分故慶喜由此故說以身界等無二爲方便無生爲方便無所得爲方便回向一切智智安住眞如乃至不思議界世尊云何以意界無二爲方便無生爲方便無所得爲方便回向一切智智安住眞如法界法性不虛妄性不變異性平等性離生性法定法住實際虛空界不思議界慶喜意界意界性空何以故以意界性空與彼眞如乃至不思議界無二無二分故世尊云何以法界意識界及意觸意觸爲緣所生諸受無二爲方便無生爲方便無所得爲方便回向一切智智安住眞如法界法性不虛妄性不變異性平等性離生性法定法住實際虛空界不思議界慶喜法界意識界及意觸意觸爲緣所生諸受法界意識界及意觸意觸爲緣所生諸受性空何以故以法界意識界及意觸意觸爲緣所生諸受性空與彼眞如乃至不思議界無二無二分故慶喜由此故說以意界等無二爲方便無生爲方便無所得爲方便回向一切智智安住眞如乃至不思議界世尊云何以眼界無二爲方便無生爲方便無所得爲方便回向一切智智安住苦集滅道聖諦慶喜眼界眼界性空何以故以眼界性空與苦集滅道聖諦無二無二分

故世尊云何以色界眼識界及眼觸眼觸爲緣所生諸受無二爲方便無生爲方便無所得爲方便回向一切智智安住苦集滅道聖諦慶喜色界眼識界及眼觸眼觸爲緣所生諸受色界眼識界及眼觸眼觸爲緣所生諸受性空何以故以色界眼識界及眼觸眼觸爲緣所生諸受性空與苦集滅道聖諦無二無二分故慶喜由此故說以眼界等無二爲方便無生爲方便無所得爲方便回向一切智智安住苦集滅道聖諦世尊云何以耳界無二爲方便無生爲方便無所得爲方便回向一切智智安住苦集滅道聖諦慶喜耳界耳界性空何以故以耳界性空與苦集滅道聖諦無二無二分故世尊云何以聲界耳識界及耳觸耳觸爲緣所生諸受無二爲方便無生爲方便無所得爲方便回向一切智智安住苦集滅道聖諦慶喜聲界耳識界及耳觸耳觸爲緣所生諸受聲界耳識界及耳觸耳觸爲緣所生諸受性空何以故以聲界耳識界及耳觸耳觸爲緣所生諸受性空與苦集滅道聖諦無二無二分故慶喜由此故說以耳界等無二爲方便無生爲方便無所得爲方便回向一切智智安住苦集滅道聖諦世尊云何以鼻界無二爲方便無生爲方便無所得爲方便回向一切智智安住苦集滅道聖諦慶喜鼻界鼻界性空何以故以鼻界性空與苦集滅道聖諦無二無二分故世尊云何以香界鼻識界及鼻觸鼻觸爲緣所生諸受無二爲方便無生爲方便無所得爲方便回向一切智智安住苦集滅道聖諦慶喜

香界鼻識界及鼻觸鼻觸爲緣所生諸受香界鼻識界及鼻觸鼻觸爲緣所生諸受性空何以故以香界鼻識界及鼻觸鼻觸爲緣所生諸受性空與苦集滅道聖諦無二無二分故慶喜由此故説以鼻界等無二爲方便無生爲方便無所得爲方便回向一切智智安住苦集滅道聖諦世尊云何以舌界無二爲方便無生爲方便無所得爲方便回向一切智智安住苦集滅道聖諦慶喜舌界舌界性空何以故以舌界性空與苦集滅道聖諦無二無二分故世尊云何以味界舌識界及舌觸舌觸爲緣所生諸受無二爲方便無生爲方便無所得爲方便回向一切智智安住苦集滅道聖諦慶喜味界舌識界及舌觸舌觸爲緣所生諸受味界舌識界及舌觸舌觸爲緣所生諸受性空何以故以味界舌識界及舌觸舌觸爲緣所生諸受性空與苦集滅道聖諦無二無二分故慶喜由此故説以舌界等無二爲方便無生爲方便無所得爲方便回向一切智智安住苦集滅道聖諦世尊云何以身界無二爲方便無生爲方便無所得爲方便回向一切智智安住苦集滅道聖諦慶喜身界身界性空何以故以身界性空與苦集滅道聖諦無二無二分故世尊云何以觸界身識界及身觸身觸爲緣所生諸受無二爲方便無生爲方便無所得爲方便回向一切智智安住苦集滅道聖諦慶喜觸界身識界及身觸身觸爲緣所生諸受觸界身識界及身觸身觸爲緣所生諸受性空何以故以觸界身識界及身觸身觸爲緣所生諸受

性空與苦集滅道聖諦無二無二分故慶喜由此故説以身界等無二爲方便無生爲方便無所得爲方便回向一切智智安住苦集滅道聖諦世尊云何以意界無二爲方便無生爲方便無所得爲方便回向一切智智安住苦集滅道聖諦慶喜意界意界性空何以故以意界性空與苦集滅道聖諦無二無二分故世尊云何以法界意識界及意觸意觸爲緣所生諸受無二爲方便無生爲方便無所得爲方便回向一切智智安住苦集滅道聖諦慶喜法界意識界及意觸意觸爲緣所生諸受法界意識界及意觸意觸爲緣所生諸受性空何以故以法界意識界及意觸意觸爲緣所生諸受性空與苦集滅道聖諦無二無二分故慶喜由此故説以意界等無二爲方便無生爲方便無所得爲方便回向一切智智安住苦集滅道聖諦世尊云何以眼界無二爲方便無生爲方便無所得爲方便回向一切智智修習四靜慮四無量四無色定慶喜眼界眼界性空何以故以眼界性空與四靜慮四無量四無色定無二無二分故世尊云何以色界眼識界及眼觸眼觸爲緣所生諸受無二爲方便無生爲方便無所得爲方便回向一切智智修習四靜慮四無量四無色定慶喜色界眼識界及眼觸眼觸爲緣所生諸受色界眼識界及眼觸眼觸爲緣所生諸受性空何以故以色界眼識界及眼觸眼觸爲緣所生諸受性空與四靜慮四無量四無色定無二無二分故慶喜由此故説以眼界等無二爲方便無生爲方便無所得

爲方便回向一切智智修習四靜慮四無量四無色定世尊云何以耳界無二爲方便無生爲方便無所得爲方便回向一切智智修習四靜慮四無量四無色定慶喜耳界耳界性空何以故以耳界性空與四靜慮四無量四無色定無二無二分故世尊云何以聲界耳識界及耳觸耳觸爲緣所生諸受無二爲方便無生爲方便無所得爲方便回向一切智智修習四靜慮四無量四無色定慶喜聲界耳識界及耳觸耳觸爲緣所生諸受聲界耳識界及耳觸耳觸爲緣所生諸受性空何以故以聲界耳識界及耳觸耳觸爲緣所生諸受性空與四靜慮四無量四無色定無二無二分故慶喜由此故說以耳界等無二爲方便無生爲方便無所得爲方便回向一切智智修習四靜慮四無量四無色定世尊云何以鼻界無二爲方便無生爲方便無所得爲方便回向一切智智修習四靜慮四無量四無色定慶喜鼻界鼻界性空何以故以鼻界性空與四靜慮四無量四無色定無二無二分故世尊云何以香界鼻識界及鼻觸鼻觸爲緣所生諸受無二爲方便無生爲方便無所得爲方便回向一切智智修習四靜慮四無量四無色定慶喜香界鼻識界及鼻觸鼻觸爲緣所生諸受香界鼻識界及鼻觸鼻觸爲緣所生諸受性空何以故以香界鼻識界及鼻觸鼻觸爲緣所生諸受性空與四靜慮四無量四無色定無二無二分故慶喜由此故說以鼻界等無二爲方便無生爲方便無所得爲方便回向一切智智修習四靜慮

四無量四無色定世尊云何以舌界無二爲方便無生爲方便無所得爲方便回向一切智智修習四靜慮四無量四無色定慶喜舌界舌界性空何以故以舌界性空與四靜慮四無量四無色定無二無二分故世尊云何以味界舌識界及舌觸舌觸爲緣所生諸受無二爲方便無生爲方便無所得爲方便回向一切智智修習四靜慮四無量四無色定慶喜味界舌識界及舌觸舌觸爲緣所生諸受味界舌識界及舌觸舌觸爲緣所生諸受性空何以故以味界舌識界及舌觸舌觸爲緣所生諸受性空與四靜慮四無量四無色定無二無二分故慶喜由此故說以舌界等無二爲方便無生爲方便無所得爲方便回向一切智智修習四靜慮四無量四無色定

世尊云何以身界無二爲方便無生爲方便無所得爲方便回向一切智智修習四靜慮四無量四無色定慶喜身界身界性空何以故以身界性空與四靜慮四無量四無色定無二無二分故世尊云何以觸界身識界及身觸身觸爲緣所生諸受無二爲方便無生爲方便無所得爲方便回向一切智智修習四靜慮四無量四無色定慶喜觸界身識界及身觸身觸爲緣所生諸受觸界身識界及身觸身觸爲緣所生諸受性空何以故以觸界身識界及身觸身觸爲緣所生諸受性空與四靜慮四無量四無色定無二無二分故慶喜由此故說以身界等無二爲方便無生爲方便無所得爲方便回向一切智智修習四靜慮四無量四無色定世尊云何以意界

無二為方便無生為方便無所得為方便回向一切智智修習四靜慮四無量四無色定慶喜意界意界性空何以故以意界性空與四靜慮四無量四無色定無二無二分故世尊云何以法界意識界及意觸意觸為緣所生諸受無二為方便無生為方便無所得為方便回向一切智智修習四靜慮四無量四無色定慶喜法界意識界及意觸意觸為緣所生諸受法界意識界及意觸意觸為緣所生諸受性空何以故以法界意識界及意觸意觸為緣所生諸受性空與四靜慮四無量四無色定無二無二分故慶喜由此故說以意界等無二為方便無生為方便無所得為方便回向一切智智修習四靜慮四無量四無色定世尊云何以眼界無二為方便無生為方便無所得為方便回向一切智智修習八解脫八勝處九次第定十遍處慶喜眼界眼界性空何以故以眼界性空與八解脫八勝處九次第定十遍處無二無二分故世尊云何以色界眼識界及眼觸眼觸為緣所生諸受無二為方便無生為方便無所得為方便回向一切智智修習八解脫八勝處九次第定十遍處慶喜色界眼識界及眼觸眼觸為緣所生諸受色界眼識界及眼觸眼觸為緣所生諸受性空何以故以色界眼識界及眼觸眼觸為緣所生諸受性空與八解脫八勝處九次第定十遍處無二無二分故慶喜由此故說以眼界等無二為方便無生為方便無所得為方便回向一切智智修習八解脫八勝處九次第定十遍處世尊云何以耳

界無二爲方便無生爲方便無所得爲方便
回向一切智智修習八解脫八勝處九次第
定十遍處慶喜耳界耳界性空何以故以耳
界性空與八解脫八勝處九次第定十遍處
無二無二分故世尊云何以聲界耳識界及
耳觸耳觸爲緣所生諸受無二爲方便無生
爲方便無所得爲方便回向一切智智修習
八解脫八勝處九次第定十遍處慶喜聲界
耳識界及耳觸耳觸爲緣所生諸受聲界耳
識界及耳觸耳觸爲緣所生諸受性空何以
故以聲界耳識界及耳觸耳觸爲緣所生諸
受性空與八解脫八勝處九次第定十遍處
無二無二分故慶喜由此故說以耳界等無
二爲方便無生爲方便無所得爲方便回向
一切智智修習八解脫八勝處九次第定十
遍處世尊云何以鼻界無二爲方便無生爲
方便無所得爲方便回向一切智智修習八
解脫八勝處九次第定十遍處慶喜鼻界鼻
界性空何以故以鼻界性空與八解脫八勝
處九次第定十遍處無二無二分故世尊云
何以香界鼻識界及鼻觸鼻觸爲緣所生諸
受無二爲方便無生爲方便無所得爲方便
回向一切智智修習八解脫八勝處九次第
定十遍處慶喜香界鼻識界及鼻觸鼻觸爲
緣所生諸受香界鼻識界及鼻觸鼻觸爲緣
所生諸受性空何以故以香界鼻識界及鼻
觸鼻觸爲緣所生諸受性空與八解脫八勝
處九次第定十遍處無二無二分故慶喜由
此故說以鼻界等無二爲方便無生爲方便
無所得爲方便回向一切智智修習八解脫

八勝處九次第定十遍處世尊云何以舌界無二爲方便無生爲方便無所得爲方便回向一切智智修習八解脫八勝處九次第定十遍處慶喜舌界舌界性空何以故以舌界性空與八解脫八勝處九次第定十遍處無二無二分故世尊云何以味界舌識界及舌觸舌觸爲緣所生諸受無二爲方便無生爲方便無所得爲方便回向一切智智修習八解脫八勝處九次第定十遍處慶喜味界舌識界及舌觸舌觸爲緣所生諸受味界舌識界及舌觸舌觸爲緣所生諸受性空何以故以味界舌識界及舌觸舌觸爲緣所生諸受性空與八解脫八勝處九次第定十遍處無二無二分故慶喜由此故說以舌界等無二爲方便無生爲方便無所得爲方便回向一切智智修習八解脫八勝處九次第定十遍處世尊云何以身界無二爲方便無生爲方便無所得爲方便回向一切智智修習八解脫八勝處九次第定十遍處慶喜身界身界性空何以故以身界性空與八解脫八勝處九次第定十遍處無二無二分故世尊云何以觸界身識界及身觸身觸爲緣所生諸受無二爲方便無生爲方便無所得爲方便回向一切智智修習八解脫八勝處九次第定十遍處慶喜觸界身識界及身觸身觸爲緣所生諸受觸界身識界及身觸身觸爲緣所生諸受性空何以故以觸界身識界及身觸身觸爲緣所生諸受性空與八解脫八勝處九次第定十遍處無二無二分故慶喜由此故說以身界等無二爲方便無生爲方便無

所得爲方便回向一切智智修習八解脱八勝處九次第定十遍處世尊云何以意界無二爲方便無生爲方便無所得爲方便回向一切智智修習八解脱八勝處九次第定十遍處慶喜意界意界性空何以故以意界性空與八解脱八勝處九次第定十遍處無二無二分故世尊云何以法界意識界及意觸意觸爲緣所生諸受無二爲方便無生爲方便無所得爲方便回向一切智智修習八解脱八勝處九次第定十遍處慶喜法界意識界及意觸意觸爲緣所生諸受法界意識界及意觸意觸爲緣所生諸受性空何以故以法界意識界及意觸意觸爲緣所生諸受性空與八解脱八勝處九次第定十遍處無二無二分故慶喜由此故説以意界等無二爲方便無生爲方便無所得爲方便回向一切智智修習八解脱八勝處九次第定十遍處

大般若波羅蜜多經卷第一百一十四

大般若波羅蜜多經卷第一百一十五

唐三藏法師玄奘奉　詔譯

初分校量功德品第三十之十三

世尊云何以眼界無二爲方便無生爲方便無所得爲方便迴向一切智智修習四念住四正斷四神足五根五力七等覺支八聖道支慶喜眼界眼界性空何以故以眼界性空與四念住四正斷四神足五根五力七等覺支八聖道支無二無二分故世尊云何以色界眼識界及眼觸眼觸爲緣所生諸受無二爲方便無生爲方便無所得爲方便迴向一切智智修習四念住四正斷四神足五根五力七等覺支八聖道支慶喜色界眼識界及眼觸眼觸爲緣所生諸受色界眼識界及眼觸眼觸爲緣所生諸受性空何以故以色界眼識界及眼觸眼觸爲緣所生諸受性空與四念住四正斷四神足五根五力七等覺支八聖道支無二無二分故慶喜由此故說以眼界等無二爲方便無生爲方便無所得爲方便迴向一切智智修習四念住四正斷四神足五根五力七等覺支八聖道支世尊云何以耳界無二爲方便無生爲方便無所得爲方便迴向一切智智修習四念住四正斷四神足五根五力七等覺支八聖道支慶喜耳界耳界性空何以故以耳界性空與四念住四正斷四神足五根五力七等覺支八聖道支無二無二分故世尊云何以聲界耳識界及耳觸耳觸爲緣所生諸受無二爲方便無生爲方便無所得爲方便迴向一切智智修習四念住四正斷四神足五根五力七等

覺支八聖道支慶喜聲界耳識界及耳觸耳觸爲緣所生諸受聲界耳識界及耳觸耳觸爲緣所生諸受性空何以故以聲界耳識界及耳觸耳觸爲緣所生諸受性空與四念住四正斷四神足五根五力七等覺支八聖道支無二無二分故慶喜由此故說以耳界等無二爲方便無生爲方便無所得爲方便迴向一切智智修習四念住四正斷四神足五根五力七等覺支八聖道支世尊云何以鼻界無二爲方便無生爲方便無所得爲方便迴向一切智智修習四念住四正斷四神足五根五力七等覺支八聖道支慶喜鼻界鼻界性空何以故以鼻界性空與四念住四正斷四神足五根五力七等覺支八聖道支無二無二分故世尊云何以香界鼻識界及鼻觸鼻觸爲緣所生諸受無二爲方便無生爲方便無所得爲方便迴向一切智智修習四念住四正斷四神足五根五力七等覺支八聖道支慶喜香界鼻識界及鼻觸鼻觸爲緣所生諸受香界鼻識界及鼻觸鼻觸爲緣所生諸受性空何以故以香界鼻識界及鼻觸鼻觸爲緣所生諸受性空與四念住四正斷四神足五根五力七等覺支八聖道支無二無二分故慶喜由此故說以鼻界等無二爲方便無生爲方便無所得爲方便迴向一切智智修習四念住四正斷四神足五根五力七等覺支八聖道支世尊云何以舌界無二爲方便無生爲方便無所得爲方便迴向一切智智修習四念住四正斷四神足五根五力七等覺支八聖道支慶喜舌界舌界性空

何以故以舌界性空與四念住四正斷四神足五根五力七等覺支八聖道支無二無二分故世尊云何以味界舌識界及舌觸舌觸爲緣所生諸受無二爲方便無生爲方便無所得爲方便迴向一切智智修習四念住四正斷四神足五根五力七等覺支八聖道支慶喜味界舌識界及舌觸舌觸爲緣所生諸受味界舌識界及舌觸舌觸爲緣所生諸受性空何以故以味界舌識界及舌觸舌觸爲緣所生諸受性空與四念住四正斷四神足五根五力七等覺支八聖道支無二無二分故慶喜由此故說以舌界等無二爲方便無生爲方便無所得爲方便迴向一切智智修習四念住四正斷四神足五根五力七等覺支八聖道支世尊云何以身界無二爲方便無生爲方便無所得爲方便迴向一切智智修習四念住四正斷四神足五根五力七等覺支八聖道支慶喜身界身界性空何以故以身界性空與四念住四正斷四神足五根五力七等覺支八聖道支無二無二分故世尊云何以觸界身識界及身觸身觸爲緣所生諸受無二爲方便無生爲方便無所得爲方便迴向一切智智修習四念住四正斷四神足五根五力七等覺支八聖道支慶喜觸界身識界及身觸身觸爲緣所生諸受觸界身識界及身觸身觸爲緣所生諸受性空何以故以觸界身識界及身觸身觸爲緣所生諸受性空與四念住四正斷四神足五根五力七等覺支八聖道支無二無二分故慶喜由此故說以身界等無二爲方便無生爲方

便無所得爲方便迴向一切智智修習四念住四正斷四神足五根五力七等覺支八聖道支世尊云何以意界無二爲方便無生爲方便無所得爲方便迴向一切智智修習四念住四正斷四神足五根五力七等覺支八聖道支慶喜意界意界性空何以故以意界性空與四念住四正斷四神足五根五力七等覺支八聖道支無二無二分故世尊云何以法界意識界及意觸意觸爲緣所生諸受無二爲方便無生爲方便無所得爲方便迴向一切智智修習四念住四正斷四神足五根五力七等覺支八聖道支慶喜法界意識界及意觸意觸爲緣所生諸受法界意識界及意觸意觸爲緣所生諸受性空何以故以法界意識界及意觸意觸爲緣所生諸受性空與四念住四正斷四神足五根五力七等覺支八聖道支無二無二分故慶喜由此故說以意界等無二爲方便無生爲方便無所得爲方便迴向一切智智修習四念住四正斷四神足五根五力七等覺支八聖道支世尊云何以眼界無二爲方便無生爲方便無所得爲方便迴向一切智智修習空解脫門無相解脫門無願解脫門慶喜眼界眼界性空何以故以眼界性空與空解脫門無相解脫門無願解脫門無二無二分故世尊云何以色界眼識界及眼觸眼觸爲緣所生諸受無二爲方便無生爲方便無所得爲方便迴向一切智智修習空解脫門無相解脫門無願解脫門慶喜色界眼識界及眼觸眼觸爲緣所生諸受色界眼識界及眼觸眼觸爲緣

所生諸受性空何以故以色界眼識界及眼觸眼觸爲縁所生諸受性空與空解脱門無相解脱門無願解脱門無二無二分故慶喜由此故説以色界等無二爲方便無生爲方便無所得爲方便迴向一切智智修習空解脱門無相解脱門無願解脱門世尊云何以耳界無二爲方便無生爲方便無所得爲方便迴向一切智智修習空解脱門無相解脱門無願解脱門慶喜耳界耳界性空何以故以耳界性空與空解脱門無相解脱門無願解脱門無二無二分故世尊云何以聲界耳識界及耳觸耳觸爲縁所生諸受無二爲方便無生爲方便無所得爲方便迴向一切智智修習空解脱門無相解脱門無願解脱門慶喜聲界耳識界及耳觸耳觸爲縁所生諸受聲界耳識界及耳觸耳觸爲縁所生諸受性空何以故以聲界耳識界及耳觸耳觸爲縁所生諸受性空與空解脱門無相解脱門無願解脱門無二無二分故慶喜由此故説以耳界等無二爲方便無生爲方便無所得爲方便迴向一切智智修習空解脱門無相解脱門無願解脱門世尊云何以鼻界無二爲方便無生爲方便無所得爲方便迴向一切智智修習空解脱門無相解脱門無願解脱門慶喜鼻界鼻界性空何以故以鼻界性空與空解脱門無相解脱門無願解脱門無二無二分故世尊云何以香界鼻識界及鼻觸鼻觸爲縁所生諸受無二爲方便無生爲方便無所得爲方便迴向一切智智修習空解脱門無相解脱門無願解脱門慶喜香界

鼻識界及鼻觸鼻觸爲緣所生諸受香界鼻識界及鼻觸鼻觸爲緣所生諸受性空何以故以香界鼻識界及鼻觸鼻觸爲緣所生諸受性空與空解脫門無相解脫門無願解脫門無二無二分故慶喜由此故說以鼻界等無二爲方便無生爲方便無所得爲方便迴向一切智智修習空解脫門無相解脫門無願解脫門世尊云何以舌界無二爲方便無生爲方便無所得爲方便迴向一切智智修習空解脫門無相解脫門無願解脫門慶喜舌界舌界性空何以故以舌界性空與空解脫門無相解脫門無願解脫門無二無二分故世尊云何以味界舌識界及舌觸舌觸爲緣所生諸受無二爲方便無生爲方便無所得爲方便迴向一切智智修習空解脫門無相解脫門無願解脫門慶喜味界舌識界及舌觸舌觸爲緣所生諸受味界舌識界及舌觸舌觸爲緣所生諸受性空何以故以味界舌識界及舌觸舌觸爲緣所生諸受性空與空解脫門無相解脫門無願解脫門無二無二分故慶喜由此故說以舌界等無二爲方便無生爲方便無所得爲方便迴向一切智智修習空解脫門無相解脫門無願解脫門世尊云何以身界無二爲方便無生爲方便無所得爲方便迴向一切智智修習空解脫門無相解脫門無願解脫門慶喜身界身界性空何以故以身界性空與空解脫門無相解脫門無願解脫門無二無二分故世尊云何以觸界身識界及身觸身觸爲緣所生諸受無二爲方便無生爲方便無所得爲方便

迴向一切智智修習空解脱門無相解脱門
無願解脱門慶喜觸界身識界及身觸身觸
爲緣所生諸受觸界身識界及身觸身觸爲
緣所生諸受性空何以故以觸界身識界及
身觸身觸爲緣所生諸受性空與空解脱門
無相解脱門無願解脱門無二無二分故慶
喜由此故説以身界等無二爲方便無生爲
方便無所得爲方便迴向一切智智修習空
解脱門無相解脱門無願解脱門世尊云何
以意界無二爲方便無生爲方便無所得爲
方便迴向一切智智修習空解脱門無相解
脱門無願解脱門慶喜意界意界性空何以
故以意界性空與空解脱門無相解脱門無
願解脱門無二無二分故世尊云何以法界
意識界及意觸意觸爲緣所生諸受無二爲
方便無生爲方便無所得爲方便迴向一切
智智修習空解脱門無相解脱門無願解脱
門慶喜法界意識界及意觸意觸爲緣所生
諸受法界意識界及意觸意觸爲緣所生諸
受性空何以故以法界意識界及意觸意觸
爲緣所生諸受性空與空解脱門無相解脱
門無願解脱門無二無二分故慶喜由此故
説以意界等無二爲方便無生爲方便無所
得爲方便迴向一切智智修習空解脱門無
相解脱門無願解脱門世尊云何以眼界無
二爲方便無生爲方便無所得爲方便迴向
一切智智修習五眼六神通慶喜眼界眼界
性空何以故以眼界性空與五眼六神通無
二無二分故世尊云何以色界眼識界及眼
觸眼觸爲緣所生諸受無二爲方便無生爲

方便無所得爲方便迴向一切智智修習五眼六神通慶喜色界眼識界及眼觸眼觸爲緣所生諸受色界眼識界及眼觸眼觸爲緣所生諸受性空何以故以色界眼識界及眼觸眼觸爲緣所生諸受性空與五眼六神通無二無二分故慶喜由此故說以眼界等無二爲方便無生爲方便無所得爲方便迴向一切智智修習五眼六神通世尊云何以耳界無二爲方便無生爲方便無所得爲方便迴向一切智智修習五眼六神通慶喜耳界耳界性空何以故以耳界性空與五眼六神通無二無二分故世尊云何以聲界耳識界及耳觸耳觸爲緣所生諸受無二爲方便無生爲方便無所得爲方便迴向一切智智修習五眼六神通慶喜聲界耳識界及耳觸耳觸爲緣所生諸受聲界耳識界及耳觸耳觸爲緣所生諸受性空何以故以聲界耳識界及耳觸耳觸爲緣所生諸受性空與五眼六神通無二無二分故慶喜由此故說以耳界等無二爲方便無生爲方便無所得爲方便迴向一切智智修習五眼六神通世尊云何以鼻界無二爲方便無生爲方便無所得爲方便迴向一切智智修習五眼六神通慶喜鼻界鼻界性空何以故以鼻界性空與五眼六神通無二無二分故世尊云何以香界鼻識界及鼻觸鼻觸爲緣所生諸受無二爲方便無生爲方便無所得爲方便迴向一切智智修習五眼六神通慶喜香界鼻識界及鼻觸鼻觸爲緣所生諸受香界鼻識界及鼻觸鼻觸爲緣所生諸受性空何以故以香界鼻

識界及鼻觸鼻觸爲緣所生諸受性空與五
眼六神通無二無二分故慶喜由此故說以
鼻界等無二爲方便無生爲方便無所得爲
方便迴向一切智智修習五眼六神通世尊
云何以舌界無二爲方便無生爲方便無所
得爲方便迴向一切智智修習五眼六神通
慶喜舌界舌界性空何以故以舌界性空與
五眼六神通無二無二分故世尊云何以味
界舌識界及舌觸舌觸爲緣所生諸受無二
爲方便無生爲方便無所得爲方便迴向一
切智智修習五眼六神通慶喜味界舌識界
及舌觸舌觸爲緣所生諸受味界舌識界及
舌觸舌觸爲緣所生諸受性空何以故以味
界舌識界及舌觸舌觸爲緣所生諸受性空
與五眼六神通無二無二分故慶喜由此故

說以舌界等無二爲方便無生爲方便無所
得爲方便迴向一切智智修習五眼六神通
世尊云何以身界無二爲方便無生爲方便
無所得爲方便迴向一切智智修習五眼六
神通慶喜身界身界性空何以故以身界性
空與五眼六神通無二無二分故世尊云何
以觸界身識界及身觸身觸爲緣所生諸受
無二爲方便無生爲方便無所得爲方便迴
向一切智智修習五眼六神通慶喜觸界身
識界及身觸身觸爲緣所生諸受觸界身識
界及身觸身觸爲緣所生諸受性空何以故
以觸界身識界及身觸身觸爲緣所生諸受
性空與五眼六神通無二無二分故慶喜由
此故說以身界等無二爲方便無生爲方便
無所得爲方便迴向一切智智修習五眼六

神通世尊云何以意界無二爲方便無生爲方便無所得爲方便迴向一切智智修習五眼六神通慶喜意界意界性空何以故以意界性空與五眼六神通無二無二分故世尊云何以法界意識界及意觸意觸爲緣所生諸受無二爲方便無生爲方便無所得爲方便迴向一切智智修習五眼六神通慶喜法界意識界及意觸意觸爲緣所生諸受法界意識界及意觸意觸爲緣所生諸受性空何以故以法界意識界及意觸意觸爲緣所生諸受性空與五眼六神通無二無二分故慶喜由此故說以意界等無二爲方便無生爲方便無所得爲方便迴向一切智智修習五眼六神通世尊云何以眼界無二爲方便無生爲方便無所得爲方便迴向一切智智修習佛十力四無所畏四無礙解大慈大悲大喜大捨十八佛不共法慶喜眼界眼界性空何以故以眼界性空與佛十力四無所畏四無礙解大慈大悲大喜大捨十八佛不共法無二無二分故世尊云何以色界眼識界及眼觸眼觸爲緣所生諸受無二爲方便無生爲方便無所得爲方便迴向一切智智修習佛十力四無所畏四無礙解大慈大悲大喜大捨十八佛不共法慶喜色界眼識界及眼觸眼觸爲緣所生諸受色界眼識界及眼觸眼觸爲緣所生諸受性空何以故以色界眼識界及眼觸眼觸爲緣所生諸受性空與佛十力四無所畏四無礙解大慈大悲大喜大捨十八佛不共法無二無二分故慶喜由此故說以眼界等無二爲方便無生爲方便無

所得爲方便迴向一切智智修習佛十力四
無所畏四無礙解大慈大悲大喜大捨十八
佛不共法世尊云何以耳界無二爲方便無
生爲方便無所得爲方便迴向一切智智修
習佛十力四無所畏四無礙解大慈大悲大
喜大捨十八佛不共法慶喜耳界耳界性空
何以故以耳界性空與佛十力四無所畏四
無礙解大慈大悲大喜大捨十八佛不共法
無二無二分故世尊云何以聲界耳識界及
耳觸耳觸爲緣所生諸受無二爲方便無生
爲方便無所得爲方便迴向一切智智修習
佛十力四無所畏四無礙解大慈大悲大喜
大捨十八佛不共法慶喜聲界耳識界及耳
觸耳觸爲緣所生諸受聲界耳識界及耳觸
耳觸爲緣所生諸受性空何以故以聲界耳
識界及耳觸耳觸爲緣所生諸受性空與佛
十力四無所畏四無礙解大慈大悲大喜大
捨十八佛不共法無二無二分故慶喜由此
故說以耳界等無二爲方便無生爲方便無
所得爲方便迴向一切智智修習佛十力四
無所畏四無礙解大慈大悲大喜大捨十八
佛不共法世尊云何以鼻界無二爲方便無
生爲方便無所得爲方便迴向一切智智修
習佛十力四無所畏四無礙解大慈大悲大
喜大捨十八佛不共法慶喜鼻界鼻界性空
何以故以鼻界性空與佛十力四無所畏四
無礙解大慈大悲大喜大捨十八佛不共法
無二無二分故世尊云何以香界鼻識界及
鼻觸鼻觸爲緣所生諸受無二爲方便無生
爲方便無所得爲方便迴向一切智智修習

佛十力四無所畏四無礙解大慈大悲大喜大捨十八佛不共法慶喜香界鼻識界及鼻觸鼻觸鼻觸爲縁所生諸受香界鼻識界及鼻觸鼻觸爲縁所生諸受性空何以故以香界鼻識界及鼻觸鼻觸爲縁所生諸受性空與佛十力四無所畏四無礙解大慈大悲大喜大捨十八佛不共法無二無二分故慶喜由此故說以鼻界等無二爲方便無生爲方便無所得爲方便迴向一切智智修習佛十力四無所畏四無礙解大慈大悲大喜大捨十八佛不共法世尊云何以舌界無二爲方便無生爲方便無所得爲方便迴向一切智智修習佛十力四無所畏四無礙解大慈大悲大喜大捨十八佛不共法慶喜舌界舌界性空何以故以舌界性空與佛十力四無所畏四無礙解大慈大悲大喜大捨十八佛不共法無二無二分故世尊云何以味界舌識界及舌觸舌觸爲縁所生諸受無二爲方便無生爲方便無所得爲方便迴向一切智智修習佛十力四無所畏四無礙解大慈大悲大喜大捨十八佛不共法慶喜味界舌識界及舌觸舌觸爲縁所生諸受味界舌識界及舌觸舌觸爲縁所生諸受性空何以故以味界舌識界及舌觸舌觸爲縁所生諸受性空與佛十力四無所畏四無礙解大慈大悲大喜大捨十八佛不共法無二無二分故慶喜由此故說以舌界等無二爲方便無生爲方便無所得爲方便迴向一切智智修習佛十力四無所畏四無礙解大慈大悲大喜大捨十八佛不共法世尊云何以身界無二爲方便無

生爲方便無所得爲方便迴向一切智智修習佛十力四無所畏四無礙解大慈大悲大喜大捨十八佛不共法慶喜身界身界性空何以故以身界性空與佛十力四無所畏四無礙解大慈大悲大喜大捨十八佛不共法無二無二分故世尊云何以觸界身識界及身觸身觸爲緣所生諸受無二爲方便無生爲方便無所得爲方便迴向一切智智修習佛十力四無所畏四無礙解大慈大悲大喜大捨十八佛不共法慶喜觸界身識界及身觸身觸爲緣所生諸受觸界身識界及身觸身觸爲緣所生諸受性空何以故以觸界身識界及身觸身觸爲緣所生諸受性空與佛十力四無所畏四無礙解大慈大悲大喜大捨十八佛不共法無二無二分故慶喜由此故說以身界等無二爲方便無生爲方便無所得爲方便迴向一切智智修習佛十力四無所畏四無礙解大慈大悲大喜大捨十八佛不共法世尊云何以意界無二爲方便無生爲方便無所得爲方便迴向一切智智修習佛十力四無所畏四無礙解大慈大悲大喜大捨十八佛不共法慶喜意界意界性空何以故以意界性空與佛十力四無所畏四無礙解大慈大悲大喜大捨十八佛不共法無二無二分故世尊云何以法界意識界及意觸意觸爲緣所生諸受無二爲方便無生爲方便無所得爲方便迴向一切智智修習佛十力四無所畏四無礙解大慈大悲大喜大捨十八佛不共法慶喜法界意識界及意觸意觸爲緣所生諸受法界意識界及意觸

意觸爲緣所生諸受性空何以故以法界意識界及意觸意觸爲緣所生諸受性空與佛十力四無所畏四無礙解大慈大悲大喜大捨十八佛不共法無二無二分故慶喜由此故説以意界等無二爲方便無生爲方便無所得爲方便迴向一切智智修習佛十力四無所畏四無礙解大慈大悲大喜大捨十八佛不共法世尊云何以眼界無二爲方便無生爲方便無所得爲方便迴向一切智智修習無忘失法恒住捨性慶喜眼界眼界性空何以故以眼界性空與無忘失法恒住捨性無二無二分故世尊云何以色界眼識界及眼觸眼觸爲緣所生諸受無二爲方便無生爲方便無所得爲方便迴向一切智智修習無忘失法恒住捨性慶喜色界眼識界及眼觸眼觸爲緣所生諸受色界眼識界及眼觸眼觸爲緣所生諸受性空何以故以色界眼識界及眼觸眼觸爲緣所生諸受性空與無忘失法恒住捨性無二無二分故慶喜由此故説以眼界等無二爲方便無生爲方便無所得爲方便迴向一切智智修習無忘失法恒住捨性世尊云何以耳界無二爲方便無生爲方便無所得爲方便迴向一切智智修習無忘失法恒住捨性慶喜耳界耳界性空何以故以耳界性空與無忘失法恒住捨性無二無二分故世尊云何以聲界耳識界及耳觸耳觸爲緣所生諸受無二爲方便無生爲方便無所得爲方便迴向一切智智修習無忘失法恒住捨性慶喜聲界耳識界及耳觸耳觸爲緣所生諸受聲界耳識界及耳觸

耳觸爲縁所生諸受性空何以故以聲界耳識界及耳觸耳觸爲縁所生諸受性空與無忘失法恒住捨性無二無二分故慶喜由此故説以耳界等無二爲方便無生爲方便無所得爲方便迴向一切智智修習無忘失法恒住捨性世尊云何以鼻界無二爲方便無生爲方便無所得爲方便迴向一切智智修習無忘失法恒住捨性慶喜鼻界鼻界性空何以故以鼻界性空與無忘失法恒住捨性無二無二分故世尊云何以香界鼻識界及鼻觸鼻觸爲縁所生諸受無二爲方便無生爲方便無所得爲方便迴向一切智智修習無忘失法恒住捨性慶喜香界鼻識界及鼻觸鼻觸爲縁所生諸受香界鼻識界及鼻觸鼻觸爲縁所生諸受性空何以故以香界鼻識界及鼻觸鼻觸爲縁所生諸受性空與無忘失法恒住捨性無二無二分故慶喜由此故説以鼻界等無二爲方便無生爲方便無所得爲方便迴向一切智智修習無忘失法恒住捨性

大般若波羅蜜多經卷第一百一十五

大般若波羅蜜多經卷第一百一十六

唐三藏法師玄奘奉　詔譯

初分校量功德品第三十之十四

世尊云何以舌界無二爲方便無生爲方便無所得爲方便迴向一切智智修習無忘失法恒住捨性慶喜舌界舌界性空何以故以舌界性空與無忘失法恒住捨性無二無二分故世尊云何以味界舌識界及舌觸舌觸爲緣所生諸受無二爲方便無生爲方便無所得爲方便迴向一切智智修習無忘失法恒住捨性慶喜味界舌識界及舌觸舌觸爲緣所生諸受味界舌識界及舌觸舌觸爲緣所生諸受性空何以故以味界舌識界及舌觸舌觸爲緣所生諸受性空與無忘失法恒住捨性無二無二分故慶喜由此故說以舌界等無二爲方便無生爲方便無所得爲方便迴向一切智智修習無忘失法恒住捨性

世尊云何以身界無二爲方便無生爲方便無所得爲方便迴向一切智智修習無忘失法恒住捨性慶喜身界身界性空何以故以身界性空與無忘失法恒住捨性無二無二分故世尊云何以觸界身識界及身觸身觸爲緣所生諸受無二爲方便無生爲方便無所得爲方便迴向一切智智修習無忘失法恒住捨性慶喜觸界身識界及身觸身觸爲緣所生諸受觸界身識界及身觸身觸爲緣所生諸受性空何以故以觸界身識界及身觸身觸爲緣所生諸受性空與無忘失法恒住捨性無二無二分故慶喜由此故說以身界等無二爲方便無生爲方便無所得爲方

便迴向一切智智修習無忘失法恒住捨性世尊云何以意界無二爲方便無生爲方便無所得爲方便迴向一切智智修習無忘失法恒住捨性慶喜意界意界性空何以故以意界性空與無忘失法恒住捨性無二無二分故世尊云何以法界意識界及意觸意觸爲緣所生諸受無二爲方便無生爲方便無所得爲方便迴向一切智智修習無忘失法恒住捨性慶喜法界意識界及意觸意觸爲緣所生諸受法界意識界及意觸意觸爲緣所生諸受性空何以故以法界意識界及意觸意觸爲緣所生諸受性空與無忘失法恒住捨性無二無二分故慶喜由此故說以意界等無二爲方便無生爲方便無所得爲方便迴向一切智智修習無忘失法恒住捨性

世尊云何以眼界無二爲方便無生爲方便無所得爲方便迴向一切智智修習一切智道相智一切相智慶喜眼界眼界性空何以故以眼界性空與一切智道相智一切相智無二無二分故世尊云何以色界眼識界及眼觸眼觸爲緣所生諸受無二爲方便無生爲方便無所得爲方便迴向一切智智修習一切智道相智一切相智慶喜色界眼識界及眼觸眼觸爲緣所生諸受色界眼識界及眼觸眼觸爲緣所生諸受性空何以故以色界眼識界及眼觸眼觸爲緣所生諸受性空與一切智道相智一切相智無二無二分故慶喜由此故說以眼界等無二爲方便無生爲方便無所得爲方便迴向一切智智修習一切智道相智一切相智世尊云何以耳界

無二爲方便無生爲方便無所得爲方便迴向一切智智修習一切智道相智一切相智慶喜耳界耳界性空何以故以耳界性空與一切智道相智一切相智無二無二分故世尊云何以聲界耳識界及耳觸耳觸爲緣所生諸受無二爲方便無生爲方便無所得爲方便迴向一切智智修習一切智道相智一切相智慶喜聲界耳識界及耳觸耳觸爲緣所生諸受聲界耳識界及耳觸耳觸爲緣所生諸受性空何以故以聲界耳識界及耳觸耳觸爲緣所生諸受性空與一切智道相智一切相智無二無二分故慶喜由此故說以耳界等無二爲方便無生爲方便無所得爲方便迴向一切智智修習一切智道相智一切相智世尊云何以鼻界無二爲方便無生爲方便無所得爲方便迴向一切智智修習一切智道相智一切相智慶喜鼻界鼻界性空何以故以鼻界性空與一切智道相智一切相智無二無二分故世尊云何以香界鼻識界及鼻觸鼻觸爲緣所生諸受無二爲方便無生爲方便無所得爲方便迴向一切智智修習一切智道相智一切相智慶喜香界鼻識界及鼻觸鼻觸爲緣所生諸受香界鼻識界及鼻觸鼻觸爲緣所生諸受性空何以故以香界鼻識界及鼻觸鼻觸爲緣所生諸受性空與一切智道相智一切相智無二無二分故慶喜由此故說以鼻界等無二爲方便無生爲方便無所得爲方便迴向一切智智修習一切智道相智一切相智世尊云何以舌界無二爲方便無生爲方便無所得爲

方便迴向一切智智修習一切智道相智一切相智慶喜舌界舌界性空何以故以舌界性空與一切智道相智一切相智無二無二分故世尊云何以味界舌識界及舌觸舌觸爲緣所生諸受無二爲方便無生爲方便無所得爲方便迴向一切智智修習一切智道相智一切相智慶喜味界舌識界及舌觸舌觸爲緣所生諸受味界舌識界及舌觸舌觸爲緣所生諸受性空何以故以味界舌識界及舌觸舌觸爲緣所生諸受性空與一切智道相智一切相智無二無二分故慶喜由此故說以舌界等無二爲方便無生爲方便無所得爲方便迴向一切智智修習一切智道相智一切相智世尊云何以身界無二爲方便無生爲方便無所得爲方便迴向一切智智修習一切智道相智一切相智慶喜身界身界性空何以故以身界性空與一切智道相智一切相智無二無二分故世尊云何以觸界身識界及身觸身觸爲緣所生諸受無二爲方便無生爲方便無所得爲方便迴向一切智智修習一切智道相智一切相智慶喜觸界身識界及身觸身觸爲緣所生諸受觸界身識界及身觸身觸爲緣所生諸受性空何以故以觸界身識界及身觸身觸爲緣所生諸受性空與一切智道相智一切相智無二無二分故慶喜由此故說以身界等無二爲方便無生爲方便無所得爲方便迴向一切智智修習一切智道相智一切相智世尊云何以意界無二爲方便無生爲方便無所得爲方便迴向一切智智修習一切智道

相智一切相智慶喜意界意界性空何以故以意界性空與一切智道相智一切相智無二無二分故世尊云何以法界意識界及意觸意觸爲緣所生諸受無二爲方便無生爲方便無所得爲方便迴向一切智智修習一切智道相智一切相智慶喜法界意識界及意觸意觸爲緣所生諸受法界意識界及意觸意觸爲緣所生諸受性空何以故以法界意識界及意觸意觸爲緣所生諸受性空與一切智道相智一切相智無二無二分故慶喜由此故說以意界等無二爲方便無生爲方便無所得爲方便迴向一切智智修習一切智道相智一切相智世尊云何以眼界無二爲方便無生爲方便無所得爲方便迴向一切智智修習一切陀羅尼門一切三摩地門慶喜眼界眼界性空何以故以眼界性空與一切陀羅尼門一切三摩地門無二無二分故世尊云何以色界眼識界及眼觸眼觸爲緣所生諸受無二爲方便無生爲方便無所得爲方便迴向一切智智修習一切陀羅尼門一切三摩地門慶喜色界眼識界及眼觸眼觸爲緣所生諸受色界眼識界及眼觸眼觸爲緣所生諸受性空何以故以色界眼識界及眼觸眼觸爲緣所生諸受性空與一切陀羅尼門一切三摩地門無二無二分故慶喜由此故說以眼界等無二爲方便無生爲方便無所得爲方便迴向一切智智修習一切陀羅尼門一切三摩地門世尊云何以耳界無二爲方便無生爲方便無所得爲方便迴向一切智智修習一切陀羅尼門一切

三摩地門慶喜耳界耳界性空何以故以耳界性空與一切三摩地門一切三摩地門無二無二分故世尊云何以聲界耳識界及耳觸耳觸爲緣所生諸受無二爲方便無生爲方便無所得爲方便迴向一切智智修習一切陀羅尼門一切三摩地門慶喜聲界耳識界及耳觸耳觸爲緣所生諸受聲界耳識界及耳觸耳觸爲緣所生諸受性空何以故以聲界耳識界及耳觸耳觸爲緣所生諸受性空與一切陀羅尼門一切三摩地門無二無二分故慶喜由此故說以耳界等無二爲方便無生爲方便無所得爲方便迴向一切智智修習一切陀羅尼門一切三摩地門世尊云何以鼻界無二爲方便無生爲方便無所得爲方便迴向一切智智修習一切陀羅尼門一切三摩地門慶喜鼻界鼻界性空何以故以鼻界性空與一切陀羅尼門一切三摩地門無二無二分故世尊云何以香界鼻識界及鼻觸鼻觸爲緣所生諸受無二爲方便無生爲方便無所得爲方便迴向一切智智修習一切陀羅尼門一切三摩地門慶喜香界鼻識界及鼻觸鼻觸爲緣所生諸受香界鼻識界及鼻觸鼻觸爲緣所生諸受性空何以故以香界鼻識界及鼻觸鼻觸爲緣所生諸受性空與一切陀羅尼門一切三摩地門無二無二分故慶喜由此故說以鼻界等無二爲方便無生爲方便無所得爲方便迴向一切智智修習一切陀羅尼門一切三摩地門世尊云何以舌界無二爲方便無生爲方便無所得爲方便迴向一切智智修習一切

陀羅尼門一切三摩地門慶喜舌界舌界性空何以故以舌界性空與一切陀羅尼門一切三摩地門無二無二分故世尊云何以味界舌識界及舌觸舌觸爲緣所生諸受無二爲方便無生爲方便無所得爲方便迴向一切智智修習一切陀羅尼門一切三摩地門慶喜味界舌識界及舌觸舌觸爲緣所生諸受味界舌識界及舌觸舌觸爲緣所生諸受性空何以故以味界舌識界及舌觸舌觸爲緣所生諸受性空與一切陀羅尼門一切三摩地門無二無二分故慶喜由此故說以舌界等無二爲方便無生爲方便無所得爲方便迴向一切智智修習一切陀羅尼門一切三摩地門世尊云何以身界無二爲方便無生爲方便無所得爲方便迴向一切智智修習一切陀羅尼門一切三摩地門慶喜身界身界性空何以故以身界性空與一切陀羅尼門一切三摩地門無二無二分故世尊云何以觸界身識界及身觸身觸爲緣所生諸受無二爲方便無生爲方便無所得爲方便迴向一切智智修習一切陀羅尼門一切三摩地門慶喜觸界身識界及身觸身觸爲緣所生諸受觸界身識界及身觸身觸爲緣所生諸受性空何以故以觸界身識界及身觸身觸爲緣所生諸受性空與一切陀羅尼門一切三摩地門無二無二分故慶喜由此故說以身界等無二爲方便無生爲方便無所得爲方便迴向一切智智修習一切陀羅尼門一切三摩地門世尊云何以意界無二爲方便無生爲方便無所得爲方便迴向一切

智智修習一切陀羅尼門一切三摩地門慶喜意界意界性空何以故以意界性空與一切陀羅尼門一切三摩地門無二無二分故世尊云何以法界意識界及意觸意觸爲緣所生諸受無二爲方便無生爲方便無所得爲方便迴向一切智智修習一切陀羅尼門一切三摩地門慶喜法界意識界及意觸意觸爲緣所生諸受法界意識界及意觸意觸爲緣所生諸受性空何以故以法界意識界及意觸意觸爲緣所生諸受性空與一切陀羅尼門一切三摩地門無二無二分故慶喜由此故說以意界等無二爲方便無生爲方便無所得爲方便迴向一切智智修習一切陀羅尼門一切三摩地門世尊云何以眼界無二爲方便無生爲方便無所得爲方便迴向一切智智修習菩薩摩訶薩行慶喜眼界眼界性空何以故以眼界性空與彼菩薩摩訶薩行無二無二分故世尊云何以色界眼識界及眼觸眼觸爲緣所生諸受無二爲方便無生爲方便無所得爲方便迴向一切智智修習菩薩摩訶薩行慶喜色界眼識界及眼觸眼觸爲緣所生諸受色界眼識界及眼觸眼觸爲緣所生諸受性空何以故以色界眼識界及眼觸眼觸爲緣所生諸受性空與彼菩薩摩訶薩行無二無二分故慶喜由此故說以眼界等無二爲方便無生爲方便無所得爲方便迴向一切智智修習菩薩摩訶薩行世尊云何以耳界無二爲方便無生爲方便無所得爲方便迴向一切智智修習菩薩摩訶薩行慶喜耳界耳界性空何以故以耳

界性空與彼菩薩摩訶薩行無二無二分故世尊云何以聲界耳識界及耳觸耳觸爲緣所生諸受無二爲方便無生爲方便無所得爲方便迴向一切智智修習菩薩摩訶薩行慶喜聲界耳識界及耳觸耳觸爲緣所生諸受聲界耳識界及耳觸耳觸爲緣所生諸受性空何以故以聲界耳識界及耳觸耳觸爲緣所生諸受性空與彼菩薩摩訶薩行無二無二分故慶喜由此故說以耳界等無二爲方便無生爲方便無所得爲方便迴向一切智智修習菩薩摩訶薩行世尊云何以鼻界無二爲方便無生爲方便無所得爲方便迴向一切智智修習菩薩摩訶薩行慶喜鼻界鼻界性空何以故以鼻界性空與彼菩薩摩訶薩行無二無二分故世尊云何以香界鼻識界及鼻觸鼻觸爲緣所生諸受無二爲方便無生爲方便無所得爲方便迴向一切智智修習菩薩摩訶薩行慶喜香界鼻識界及鼻觸鼻觸爲緣所生諸受香界鼻識界及鼻觸鼻觸爲緣所生諸受性空何以故以香界鼻識界及鼻觸鼻觸爲緣所生諸受性空與彼菩薩摩訶薩行無二無二分故慶喜由此故說以鼻界等無二爲方便無生爲方便無所得爲方便迴向一切智智修習菩薩摩訶薩行世尊云何以舌界無二爲方便無生爲方便無所得爲方便迴向一切智智修習菩薩摩訶薩行慶喜舌界舌界性空何以故以舌界性空與彼菩薩摩訶薩行無二無二分故世尊云何以味界舌識界及舌觸舌觸爲緣所生諸受無二爲方便無生爲方便無所

得爲方便迴向一切智智修習菩薩摩訶薩行慶喜味界舌識界及舌觸舌觸爲縁所生諸受味界舌識界及舌觸舌觸爲縁所生諸受性空何以故以味界舌識界及舌觸舌觸爲縁所生諸受性空與彼菩薩摩訶薩行無二無二分故慶喜由此故説以舌界等無二爲方便無生爲方便無所得爲方便迴向一切智智修習菩薩摩訶薩行世尊云何以身界無二爲方便無生爲方便無所得爲方便迴向一切智智修習菩薩摩訶薩行慶喜身界身界性空何以故以身界性空與彼菩薩摩訶薩行無二無二分故世尊云何以觸界身識界及身觸身觸爲縁所生諸受無二爲方便無生爲方便無所得爲方便迴向一切智智修習菩薩摩訶薩行慶喜觸界身識界及身觸身觸爲縁所生諸受觸界身識界及身觸身觸爲縁所生諸受性空何以故以觸界身識界及身觸身觸爲縁所生諸受性空與彼菩薩摩訶薩行無二無二分故慶喜由此故説以身界等無二爲方便無生爲方便無所得爲方便迴向一切智智修習菩薩摩訶薩行世尊云何以意界無二爲方便無生爲方便無所得爲方便迴向一切智智修習菩薩摩訶薩行慶喜意界意界性空何以故以意界性空與彼菩薩摩訶薩行無二無二分故世尊云何以法界意識界及意觸意觸爲縁所生諸受無二爲方便無生爲方便無所得爲方便迴向一切智智修習菩薩摩訶薩行慶喜法界意識界及意觸意觸爲縁所生諸受法界意識界及意觸意觸爲縁所生

諸受性空何以故以法界意識界及意觸意觸爲緣所生諸受性空與彼菩薩摩訶薩行無二無二分故慶喜由此故說以意界等無二爲方便無生爲方便無所得爲方便迴向一切智智修習菩薩摩訶薩行世尊云何以眼界無二爲方便無生爲方便無所得爲方便迴向一切智智修習無上正等菩提慶喜眼界眼界性空何以故以眼界性空與彼無上正等菩提無二無二分故世尊云何以色界眼識界及眼觸眼觸爲緣所生諸受無二爲方便無生爲方便無所得爲方便迴向一切智智修習無上正等菩提慶喜色界眼識界及眼觸眼觸爲緣所生諸受色界眼識界及眼觸眼觸爲緣所生諸受性空何以故以色界眼識界及眼觸眼觸爲緣所生諸受性空與彼無上正等菩提無二無二分故慶喜由此故說以眼界等無二爲方便無生爲方便無所得爲方便迴向一切智智修習無上正等菩提世尊云何以耳界無二爲方便無生爲方便無所得爲方便迴向一切智智修習無上正等菩提慶喜耳界耳界性空何以故以耳界性空與彼無上正等菩提無二無二分故世尊云何以聲界耳識界及耳觸耳觸爲緣所生諸受無二爲方便無生爲方便無所得爲方便迴向一切智智修習無上正等菩提慶喜聲界耳識界及耳觸耳觸爲緣所生諸受聲界耳識界及耳觸耳觸爲緣所生諸受性空何以故以聲界耳識界及耳觸耳觸爲緣所生諸受性空與彼無上正等菩提無二無二分故慶喜由此故說以耳界等

無二爲方便無生爲方便無所得爲方便迴
向一切智智修習無上正等菩提世尊云何
以鼻界無二爲方便無生爲方便無所得爲
方便迴向一切智智修習無上正等菩提慶
喜鼻界鼻界性空何以故以鼻界性空與彼
無上正等菩提無二無二分故世尊云何以
香界鼻識界及鼻觸鼻觸爲緣所生諸受無
二爲方便無生爲方便無所得爲方便迴向
一切智智修習無上正等菩提慶喜香界鼻
識界及鼻觸鼻觸爲緣所生諸受香界鼻識
界及鼻觸鼻觸爲緣所生諸受性空何以故
以香界鼻識界及鼻觸鼻觸爲緣所生諸受
性空與彼無上正等菩提無二無二分故慶
喜由此故説以鼻界等無二爲方便無生爲
方便無所得爲方便迴向一切智智修習無
上正等菩提世尊云何以舌界無二爲方便
無生爲方便無所得爲方便迴向一切智智
修習無上正等菩提慶喜舌界舌界性空何
以故以舌界性空與彼無上正等菩提無二
無二分故世尊云何以味界舌識界及舌觸
舌觸爲緣所生諸受無二爲方便無生爲方
便無所得爲方便迴向一切智智修習無上
正等菩提慶喜味界舌識界及舌觸舌觸爲
緣所生諸受味界舌識界及舌觸舌觸爲緣
所生諸受性空何以故以味界舌識界及舌
觸舌觸爲緣所生諸受性空與彼無上正等
菩提無二無二分故慶喜由此故説以舌界
等無二爲方便無生爲方便無所得爲方便
迴向一切智智修習無上正等菩提世尊云
何以身界無二爲方便無生爲方便無所得

爲方便迴向一切智智修習無上正等菩提慶喜身界身界性空何以故以身界性空與彼無上正等菩提無二無二分故世尊云何以觸界身識界及身觸身觸爲緣所生諸受無二爲方便無生爲方便無所得爲方便迴向一切智智修習無上正等菩提慶喜觸界身識界及身觸身觸爲緣所生諸受觸界身識界及身觸身觸爲緣所生諸受性空何以故以觸界身識界及身觸身觸爲緣所生諸受性空與彼無上正等菩提無二無二分故慶喜由此故説以身界等無二爲方便無生爲方便無所得爲方便迴向一切智智修習無上正等菩提世尊云何以意界無二爲方便無生爲方便無所得爲方便迴向一切智智修習無上正等菩提慶喜意界意界性空何以故以意界性空與彼無上正等菩提無二無二分故世尊云何以法界意識界及意觸意觸爲緣所生諸受無二爲方便無生爲方便無所得爲方便迴向一切智智修習無上正等菩提慶喜法界意識界及意觸意觸爲緣所生諸受法界意識界及意觸意觸爲緣所生諸受性空何以故以法界意識界及意觸意觸爲緣所生諸受性空與彼無上正等菩提無二無二分故慶喜由此故説以意界等無二爲方便無生爲方便無所得爲方便迴向一切智智修習無上正等菩提世尊云何以地界無二爲方便無生爲方便無所得爲方便迴向一切智智修習布施淨戒安忍精進靜慮般若波羅蜜多慶喜地界地界性空何以故以地界性空與布施淨戒安忍

精進靜慮般若波羅蜜多無二無二分故世尊云何以水火風空識界無二爲方便無生爲方便無所得爲方便迴向一切智智修習布施淨戒安忍精進靜慮般若波羅蜜多慶喜水火風空識界水火風空識界性空何以故以水火風空識界性空與布施淨戒安忍精進靜慮般若波羅蜜多無二無二分故慶喜由此故說以地界等無二爲方便無生爲方便無所得爲方便迴向一切智智修習布施淨戒安忍精進靜慮般若波羅蜜多世尊云何以地界無二爲方便無生爲方便無所得爲方便迴向一切智智安住內空外空內外空空空大空勝義空有爲空無爲空畢竟空無際空散空無變異空本性空自相空共相空一切法空不可得空無性空自性空無性自性空慶喜地界地界性空何以故以地界性空與彼內空乃至無性自性空無二無二分故世尊云何以水火風空識界無二爲方便無生爲方便無所得爲方便迴向一切智智安住內空外空內外空空空大空勝義空有爲空無爲空畢竟空無際空散空無變異空本性空自相空共相空一切法空不可得空無性空自性空無性自性空慶喜水火風空識界水火風空識界性空何以故以水火風空識界性空與彼內空乃至無性自性空無二無二分故慶喜由此故說以地界等無二爲方便無生爲方便無所得爲方便迴向一切智智安住內空乃至無性自性空

大般若波羅蜜多經卷第一百一十六

大般若波羅蜜多經卷第一百一十七

唐三藏法師玄奘奉　詔譯

初分校量功德品第三十之十五

世尊云何以地界無二爲方便無生爲方便無所得爲方便回向一切智智安住眞如法界法性不虛妄性不變異性平等性離生性法定法住實際虛空界不思議界慶喜地界地界性空何以故以地界性空與彼眞如乃至不思議界無二無二分故世尊云何以水火風空識界無二爲方便無生爲方便無所得爲方便回向一切智智安住眞如法界法性不虛妄性不變異性平等性離生性法定法住實際虛空界不思議界慶喜水火風空識界水火風空識界性空何以故以水火風空識界性空與彼眞如乃至不思議界無二無二分故慶喜由此故說以地界等無二爲方便無生爲方便無所得爲方便回向一切智智安住眞如乃至不思議界世尊云何以地界無二爲方便無生爲方便無所得爲方便回向一切智智安住苦集滅道聖諦慶喜地界地界性空何以故以地界性空與彼苦集滅道聖諦無二無二分故世尊云何以水火風空識界無二爲方便無生爲方便無所得爲方便回向一切智智安住苦集滅道聖諦慶喜水火風空識界水火風空識界性空何以故以水火風空識界性空與彼苦集滅道聖諦無二無二分故慶喜由此故說以地界等無二爲方便無生爲方便無所得爲方便回向一切智智安住苦集滅道聖諦世尊云何以地界無二爲方便無生爲方便無所

得爲方便回向一切智智修習四靜慮四無
量四無色定慶喜地界地界性空何以故以
地界性空與四靜慮四無量四無色定無二
無二分故世尊云何以水火風空識界無二
爲方便無生爲方便無所得爲方便回向一
切智智修習四靜慮四無量四無色定慶喜
水火風空識界水火風空識界性空何以故
以水火風空識界性空與四靜慮四無量四
無色定無二無二分故慶喜由此故說以地
界等無二爲方便無生爲方便無所得爲方
便回向一切智智修習四靜慮四無量四無
色定世尊云何以地界無二爲方便無生爲
方便無所得爲方便回向一切智智修習八
解脫八勝處九次第定十遍處慶喜地界地
界性空何以故以地界性空與八解脫八勝

處九次第定十遍處無二無二分故世尊云
何以水火風空識界無二爲方便無生爲方
便無所得爲方便回向一切智智修習八解
脫八勝處九次第定十遍處慶喜水火風空
識界水火風空識界性空何以故以水火風
空識界性空與八解脫八勝處九次第定十
遍處無二無二分故慶喜由此故說以地界
等無二爲方便無生爲方便無所得爲方便
回向一切智智修習八解脫八勝處九次第
定十遍處世尊云何以地界無二爲方便無
生爲方便無所得爲方便回向一切智智修
習四念住四正斷四神足五根五力七等覺
支八聖道支慶喜地界地界性空何以故以
地界性空與四念住四正斷四神足五根五
力七等覺支八聖道支無二無二分故世尊

云何以水火風空識界無二爲方便無生爲方便無所得爲方便回向一切智智修習四念住四正斷四神足五根五力七等覺支八聖道支慶喜水火風空識界水火風空識界性空何以故以水火風空識界性空與四念住四正斷四神足五根五力七等覺支八聖道支無二無二分故慶喜由此故說以地界等無二爲方便無生爲方便無所得爲方便回向一切智智修習四念住四正斷四神足五根五力七等覺支八聖道支世尊云何以地界無二爲方便無生爲方便無所得爲方便回向一切智智修習空解脱門無相解脱門無願解脱門慶喜地界地界性空何以故以地界性空與空解脱門無相解脱門無願解脱門無二無二分故世尊云何以水火風空識界無二爲方便無生爲方便無所得爲方便回向一切智智修習空解脱門無相解脱門無願解脱門慶喜水火風空識界水火風空識界性空何以故以水火風空識界性空與空解脱門無相解脱門無願解脱門無二無二分故慶喜由此故說以地界等無二爲方便無生爲方便無所得爲方便回向一切智智修習空解脱門無相解脱門無願解脱門世尊云何以地界無二爲方便無生爲方便無所得爲方便回向一切智智修習五眼六神通慶喜地界地界性空何以故以地界性空與五眼六神通無二無二分故世尊云何以水火風空識界無二爲方便無生爲方便無所得爲方便回向一切智智修習五眼六神通慶喜水火風空識界水火風空識

界性空何以故以水火風空識界性空與五眼六神通無二無二分故慶喜由此故說以地界等無二爲方便無生爲方便無所得爲方便回向一切智智修習五眼六神通世尊云何以地界無二爲方便無生爲方便無所得爲方便回向一切智智修習佛十力四無所畏四無礙解大慈大悲大喜大捨十八佛不共法慶喜地界地界性空何以故以地界性空與佛十力四無所畏四無礙解大慈大悲大喜大捨十八佛不共法無二無二分故世尊云何以水火風空識界無二爲方便無生爲方便無所得爲方便回向一切智智修習佛十力四無所畏四無礙解大慈大悲大喜大捨十八佛不共法慶喜水火風空識界水火風空識界性空何以故以水火風空識界性空與佛十力四無所畏四無礙解大慈大悲大喜大捨十八佛不共法無二無二分故慶喜由此故說以地界等無二爲方便無生爲方便無所得爲方便回向一切智智修習佛十力四無所畏四無礙解大慈大悲大喜大捨十八佛不共法世尊云何以地界無二爲方便無生爲方便無所得爲方便回向一切智智修習無忘失法恒住捨性慶喜地界地界性空何以故以地界性空與無忘失法恒住捨性無二無二分故世尊云何以水火風空識界無二爲方便無生爲方便無所得爲方便回向一切智智修習無忘失法恒住捨性慶喜水火風空識界水火風空識界性空何以故以水火風空識界性空與無忘失法恒住捨性無二無二分故慶喜由此故

說以地界等無二爲方便無生爲方便無所得爲方便回向一切智智修習無忘失法恒住捨性世尊云何以地界無二爲方便無生爲方便無所得爲方便回向一切智智修習一切智道相智一切相智慶喜地界地界性空何以故以地界性空與一切智道相智一切相智無二無二分故世尊云何以水火風空識界無二爲方便無生爲方便無所得爲方便回向一切智智修習一切智道相智一切相智慶喜水火風空識界水火風空識界性空何以故以水火風空識界性空與一切智道相智一切相智無二無二分故慶喜由此故說以地界等無二爲方便無生爲方便無所得爲方便回向一切智智修習一切智道相智一切相智世尊云何以地界無二爲

方便無生爲方便無所得爲方便回向一切智智修習一切陀羅尼門一切三摩地門慶喜地界地界性空何以故以地界性空與一切陀羅尼門一切三摩地門無二無二分故世尊云何以水火風空識界無二爲方便無生爲方便無所得爲方便回向一切智智修習一切陀羅尼門一切三摩地門慶喜水火風空識界水火風空識界性空何以故以水火風空識界性空與一切陀羅尼門一切三摩地門無二無二分故慶喜由此故說以地界等無二爲方便無生爲方便無所得爲方便回向一切智智修習一切陀羅尼門一切三摩地門世尊云何以地界無二爲方便無生爲方便無所得爲方便回向一切智智修習菩薩摩訶薩行慶喜地界地界性空何以

故以地界性空與彼菩薩摩訶薩行無二無二分故世尊云何以水火風空識界無二爲方便無生爲方便無所得爲方便回向一切智智修習菩薩摩訶薩行慶喜水火風空識界水火風空識界性空何以故以水火風空識界性空與彼菩薩摩訶薩行無二無二分故慶喜由此故說以地界等無二爲方便無生爲方便無所得爲方便回向一切智智修習菩薩摩訶薩行世尊云何以地界無二爲方便無生爲方便無所得爲方便回向一切智智修習無上正等菩提慶喜地界地界性空何以故以地界性空與彼無上正等菩提無二無二分故世尊云何以水火風空識界無二爲方便無生爲方便無所得爲方便回向一切智智修習無上正等菩提慶喜水火風空識界水火風空識界性空何以故以水火風空識界性空與彼無上正等菩提無二無二分故慶喜由此故說以地界等無二爲方便無生爲方便無所得爲方便回向一切智智修習無上正等菩提世尊云何以無明無二爲方便無生爲方便無所得爲方便回向一切智智修習布施淨戒安忍精進靜慮般若波羅蜜多慶喜無明無明性空何以故以無明性空與布施淨戒安忍精進靜慮般若波羅蜜多無二無二分故世尊云何以行識名色六處觸受愛取有生老死愁歎苦憂惱無二爲方便無生爲方便無所得爲方便回向一切智智修習布施淨戒安忍精進靜慮般若波羅蜜多慶喜行識名色六處觸受愛取有生老死愁歎苦憂惱行乃至老死愁

歎苦憂惱性空何以故以行乃至老死愁歎苦憂惱性空與布施淨戒安忍精進靜慮般若波羅蜜多無二無二分故慶喜由此故說以無明等無二爲方便無生爲方便無所得爲方便回向一切智智修習布施淨戒安忍精進靜慮般若波羅蜜多世尊云何以無明無二爲方便無生爲方便無所得爲方便回向一切智智安住內空外空內外空空空大空勝義空有爲空無爲空畢竟空無際空散空無變異空本性空自相空共相空一切法空不可得空無性空自性空無性自性空慶喜無明無明性空何以故以無明性空與彼內空乃至無性自性空無二無二分故世尊云何以行識名色六處觸受愛取有生老死愁歎苦憂惱無二爲方便無生爲方便無所得爲方便回向一切智智安住內空外空內外空空空大空勝義空有爲空無爲空畢竟空無際空散空無變異空本性空自相空共相空一切法空不可得空無性空自性空無性自性空慶喜行識名色六處觸受愛取有生老死愁歎苦憂惱行乃至老死愁歎苦憂惱性空何以故以行乃至老死愁歎苦憂惱性空與彼內空乃至無性自性空無二無二分故慶喜由此故說以無明等無二爲方便無生爲方便無所得爲方便回向一切智智安住內空乃至無性自性空世尊云何以無明無二爲方便無生爲方便無所得爲方便回向一切智智安住眞如法界法性不虛妄性不變異性平等性離生性法定法住實際虛空界不思議界慶喜無明無明性空何以

故以無明性空與彼眞如乃至不思議界無二無二分故世尊云何以行識名色六處觸受愛取有生老死愁歎苦憂惱無二爲方便無生爲方便無所得爲方便回向一切智智安住眞如法界法性不虛妄性不變異性平等性離生性法定法住實際虛空界不思議界慶喜行識名色六處觸受愛取有生老死愁歎苦憂惱行乃至老死愁歎苦憂惱性空何以故以行乃至老死愁歎苦憂惱性空與彼眞如乃至不思議界無二無二分故慶喜由此故說以無明等無二爲方便無生爲方便無所得爲方便回向一切智智安住眞如乃至不思議界世尊云何以無明無二爲方便無生爲方便無所得爲方便回向一切智智安住苦集滅道聖諦慶喜無明無明性空何以故以無明性空與彼苦集滅道聖諦無二無二分故世尊云何以行識名色六處觸受愛取有生老死愁歎苦憂惱無二爲方便無生爲方便無所得爲方便回向一切智智安住苦集滅道聖諦慶喜行識名色六處觸受愛取有生老死愁歎苦憂惱行乃至老死愁歎苦憂惱性空何以故以行乃至老死愁歎苦憂惱性空與彼苦集滅道聖諦無二無二分故慶喜由此故說以無明等無二爲方便無生爲方便無所得爲方便回向一切智智安住苦集滅道聖諦世尊云何以無明無二爲方便無生爲方便無所得爲方便回向一切智智修習四靜慮四無量四無色定慶喜無明無明性空何以故以無明性空與四靜慮四無量四無色定無二無二分故世尊

云何以行識名色六處觸受愛取有生老死愁歎苦憂惱無二爲方便無生爲方便無所得爲方便回向一切智智修習四靜慮四無量四無色定慶喜行識名色六處觸受愛取有生老死愁歎苦憂惱行乃至老死愁歎苦憂惱性空何以故以行乃至老死愁歎苦憂惱性空與四靜慮四無量四無色定無二無二分故慶喜由此故說以無明等無二爲方便無生爲方便無所得爲方便回向一切智智修習四靜慮四無量四無色定世尊云何以無明無二爲方便無生爲方便無所得爲方便回向一切智智修習八解脫八勝處九次第定十遍處慶喜無明無明性空何以故以無明性空與八解脫八勝處九次第定十遍處無二無二分故世尊云何以行識名色六處觸受愛取有生老死愁歎苦憂惱無二爲方便無生爲方便無所得爲方便回向一切智智修習八解脫八勝處九次第定十遍處慶喜行識名色六處觸受愛取有生老死愁歎苦憂惱行乃至老死愁歎苦憂惱性空何以故以行乃至老死愁歎苦憂惱性空與八解脫八勝處九次第定十遍處無二無二分故慶喜由此故說以無明等無二爲方便無生爲方便無所得爲方便回向一切智智修習八解脫八勝處九次第定十遍處世尊云何以無明無二爲方便無生爲方便無所得爲方便回向一切智智修習四念住四正斷四神足五根五力七等覺支八聖道支慶喜無明無明性空何以故以無明性空與四念住四正斷四神足五根五力七等覺支八

聖道支無二無二分故世尊云何以行識名色六處觸受愛取有生老死愁歎苦憂惱無二爲方便無生爲方便無所得爲方便回向一切智智修習四念住四正斷四神足五根五力七等覺支八聖道支慶喜行識名色六處觸受愛取有生老死愁歎苦憂惱行乃至老死愁歎苦憂惱性空何以故以行乃至老死愁歎苦憂惱性空與四念住四正斷四神足五根五力七等覺支八聖道支無二無二分故慶喜由此故說以無明等無二爲方便無生爲方便無所得爲方便回向一切智智修習四念住四正斷四神足五根五力七等覺支八聖道支世尊云何以無明無二爲方便無生爲方便無所得爲方便回向一切智智修習空解脱門無相解脱門無願解脱門

慶喜無明無明性空何以故以無明性空與空解脱門無相解脱門無願解脱門無二無二分故世尊云何以行識名色六處觸受愛取有生老死愁歎苦憂惱無二爲方便無生爲方便無所得爲方便回向一切智智修習空解脱門無相解脱門無願解脱門慶喜行識名色六處觸受愛取有生老死愁歎苦憂惱行乃至老死愁歎苦憂惱性空何以故以行乃至老死愁歎苦憂惱性空與空解脱門無相解脱門無願解脱門無二無二分故慶喜由此故說以無明等無二爲方便無生爲方便無所得爲方便回向一切智智修習空解脱門無相解脱門無願解脱門世尊云何以無明無二爲方便無生爲方便無所得爲方便回向一切智智修習五眼六神通慶喜

無明無明性空何以故以無明性空與五眼六神通無二無二分故世尊云何以行識名色六處觸受愛取有生老死愁歎苦憂惱無二爲方便無生爲方便無所得爲方便回向一切智智修習五眼六神通慶喜行識名色六處觸受愛取有生老死愁歎苦憂惱行乃至老死愁歎苦憂惱性空何以故以行乃至老死愁歎苦憂惱性空與五眼六神通無二無二分故慶喜由此故説以無明等無二爲方便無生爲方便無所得爲方便回向一切智智修習五眼六神通世尊云何以無明無二爲方便無生爲方便無所得爲方便回向一切智智修習佛十力四無所畏四無礙解大慈大悲大喜大捨十八佛不共法慶喜無明無明性空何以故以無明性空與佛十力四無所畏四無礙解大慈大悲大喜大捨十八佛不共法無二無二分故世尊云何以行識名色六處觸受愛取有生老死愁歎苦憂惱無二爲方便無生爲方便無所得爲方便回向一切智智修習佛十力四無所畏四無礙解大慈大悲大喜大捨十八佛不共法慶喜行識名色六處觸受愛取有生老死愁歎苦憂惱行乃至老死愁歎苦憂惱性空何以故以行乃至老死愁歎苦憂惱性空與佛十力四無所畏四無礙解大慈大悲大喜大捨十八佛不共法無二無二分故慶喜由此故説以無明等無二爲方便無生爲方便無所得爲方便回向一切智智修習佛十力四無所畏四無礙解大慈大悲大喜大捨十八佛不共法世尊云何以無明無二爲方便無生

爲方便無所得爲方便回向一切智智修習無忘失法恒住捨性慶喜無明無明性空何以故以無明性空與無忘失法恒住捨性無二無二分故世尊云何以行識名色六處觸受愛取有生老死愁歎苦憂惱無二爲方便無生爲方便無所得爲方便回向一切智智修習無忘失法恒住捨性慶喜行識名色六處觸受愛取有生老死愁歎苦憂惱行乃至老死愁歎苦憂惱性空何以故以行乃至老死愁歎苦憂惱性空與無忘失法恒住捨性無二無二分故慶喜由此故説以無明等無二爲方便無生爲方便無所得爲方便回向一切智智修習無忘失法恒住捨性世尊云何以無明無二爲方便無生爲方便無所得爲方便回向一切智智修習一切智道相智一切相智慶喜無明無明性空何以故以無明性空與一切智道相智一切相智無二無二分故世尊云何以行識名色六處觸受愛取有生老死愁歎苦憂惱無二爲方便無生爲方便無所得爲方便回向一切智智修習一切智道相智一切相智慶喜行識名色六處觸受愛取有生老死愁歎苦憂惱行乃至老死愁歎苦憂惱性空何以故以行乃至老死愁歎苦憂惱性空與一切智道相智一切相智無二無二分故慶喜由此故説以無明等無二爲方便無生爲方便無所得爲方便回向一切智智修習一切智道相智一切相智世尊云何以無明無二爲方便無生爲方便無所得爲方便回向一切智智修習一切陀羅尼門一切三摩地門慶喜無明無明性

空何以故以無明性空與一切陀羅尼門一切三摩地門無二無二分故世尊云何以行識名色六處觸受愛取有生老死愁歎苦憂惱無二爲方便無生爲方便無所得爲方便回向一切智智修習一切陀羅尼門一切三摩地門慶喜行識名色六處觸受愛取有生老死愁歎苦憂惱行乃至老死愁歎苦憂惱性空何以故以行乃至老死愁歎苦憂惱性空與一切陀羅尼門一切三摩地門無二無二分故慶喜由此故説以無明等無二爲方便無生爲方便無所得爲方便回向一切智智修習一切陀羅尼門一切三摩地門世尊云何以無明無二爲方便無生爲方便無所得爲方便回向一切智智修習菩薩摩訶薩行慶喜無明無明性空何以故以無明性空

與彼菩薩摩訶薩行無二無二分故世尊云何以行識名色六處觸受愛取有生老死愁歎苦憂惱無二爲方便無生爲方便無所得爲方便回向一切智智修習菩薩摩訶薩行慶喜行識名色六處觸受愛取有生老死愁歎苦憂惱行乃至老死愁歎苦憂惱性空何以故以行乃至老死愁歎苦憂惱性空與彼菩薩摩訶薩行無二無二分故慶喜由此故説以無明等無二爲方便無生爲方便無所得爲方便回向一切智智修習菩薩摩訶薩行世尊云何以無明無二爲方便無生爲方便無所得爲方便回向一切智智修習無上正等菩提慶喜無明無明性空何以故以無明性空與彼無上正等菩提無二無二分故世尊云何以行識名色六處觸受愛取有生

老死愁歎苦憂惱無二爲方便無生爲方便無所得爲方便回向一切智智修習無上正等菩提慶喜行識名色六處觸受愛取有生老死愁歎苦憂惱行乃至老死愁歎苦憂惱性空何以故以行乃至老死愁歎苦憂惱性空與彼無上正等菩提無二無二分故慶喜由此故說以無明等無二爲方便無生爲方便無所得爲方便回向一切智智修習無上正等菩提世尊云何以內空無二爲方便無生爲方便無所得爲方便回向一切智智修習布施淨戒安忍精進靜慮般若波羅蜜多慶喜內空內空性空何以故以內空性空與彼布施淨戒安忍精進靜慮般若波羅蜜多無二無二分故世尊云何以外空內外空空空大空勝義空有爲空無爲空畢竟空無際

空散空無變異空本性空自相空共相空一切法空不可得空無性空自性空無性自性空無二爲方便無生爲方便無所得爲方便回向一切智智修習布施淨戒安忍精進靜慮般若波羅蜜多慶喜外空內外空空空大空勝義空有爲空無爲空畢竟空無際空散空無變異空本性空自相空共相空一切法空不可得空無性空自性空無性自性空外空乃至無性自性空性空何以故以外空乃至無性自性空性空與彼布施淨戒安忍精進靜慮般若波羅蜜多無二無二分故慶喜由此故說以內空等無二爲方便無生爲方便無所得爲方便回向一切智智修習布施淨戒安忍精進靜慮般若波羅蜜多世尊云何以內空無二爲方便無生爲方便無所得

爲方便回向一切智智安住内空外空内外空空空大空勝義空有爲空無爲空畢竟空無際空散空無變異空本性空自相空共相空一切法空不可得空無性空自性空無性自性空慶喜内空内空性空何以故以内空性空與彼内空乃至無性自性空無二無二分故世尊云何以外空内外空空空大空勝義空有爲空無爲空畢竟空無際空散空無變異空本性空自相空共相空一切法空不可得空無性空自性空無性自性空無二爲方便無生爲方便無所得爲方便回向一切智智安住内空外空内外空空空大空勝義空有爲空無爲空畢竟空無際空散空無變異空本性空自相空共相空一切法空不可得空無性空自性空無性自性空慶喜外空内外空空空大空勝義空有爲空無爲空畢竟空無際空散空無變異空本性空自相空共相空一切法空不可得空無性空自性空無性自性空外空乃至無性自性空性空何以故以外空乃至無性自性空性空與彼内空乃至無性自性空無二無二分故慶喜由此故説以内空等無二爲方便無生爲方便無所得爲方便回向一切智智安住内空乃至無性自性空

大般若波羅蜜多經卷第一百一十七

大般若波羅蜜多經卷第一百一十八

唐三藏法師玄奘奉詔譯

初分校量功德品第三十之十六

世尊云何以内空無二爲方便無生爲方便無所得爲方便回向一切智智安住眞如法界法性不虚妄性不變異性平等性離生性法定法住實際虚空界不思議界慶喜内空内空性空何以故以内空性空與彼眞如乃至不思議界無二無二分故世尊云何以外空内外空空空大空勝義空有爲空無爲空畢竟空無際空散空無變異空本性空自相空共相空一切法空不可得空無性空自性空無性自性空無二爲方便無生爲方便無所得爲方便回向一切智智安住眞如法界法性不虚妄性不變異性平等性離生性法定法住實際虚空界不思議界慶喜外空内外空空空大空勝義空有爲空無爲空畢竟空無際空散空無變異空本性空自相空共相空一切法空不可得空無性空自性空無性自性空外空乃至無性自性空性空何以故以外空乃至無性自性空性空與彼眞如乃至不思議界無二無二分故慶喜由此故説以内空等無二爲方便無生爲方便無所得爲方便回向一切智智安住眞如乃至不思議界世尊云何以内空無二爲方便無生爲方便無所得爲方便回向一切智智安住苦集滅道聖諦慶喜内空内空性空何以故以内空性空與苦集滅道聖諦無二無二分故世尊云何以外空内外空空空大空勝義空有爲空無爲空畢竟空無際空散空無變

異空本性空自相空共相空一切法空不可得空無性空自性空無性自性空無二爲方便無生爲方便無所得爲方便回向一切智智安住苦集滅道聖諦慶喜外空内外空空空大空勝義空有爲空無爲空畢竟空無際空散空無變異空本性空自相空共相空一切法空不可得空無性空自性空無性自性空外空乃至無性自性空性空何以故以外空乃至無性自性空性空與苦集滅道聖諦無二無二分故慶喜由此故說以内空等無二爲方便無生爲方便無所得爲方便回向一切智智安住苦集滅道聖諦世尊云何以内空無二爲方便無生爲方便無所得爲方便回向一切智智修習四靜慮四無量四無色定慶喜内空内空性空何以故以内空性空與四靜慮四無量四無色定無二無二分故世尊云何以外空内外空空空大空勝義空有爲空無爲空畢竟空無際空散空無變異空本性空自相空共相空一切法空不可得空無性空自性空無性自性空無二爲方便無生爲方便無所得爲方便回向一切智智修習四靜慮四無量四無色定慶喜外空内外空空空大空勝義空有爲空無爲空畢竟空無際空散空無變異空本性空自相空共相空一切法空不可得空無性空自性空無性自性空外空乃至無性自性空性空何以故以外空乃至無性自性空性空與四靜慮四無量四無色定無二無二分故慶喜由此故說以内空等無二爲方便無生爲方便無所得爲方便回向一切智智修習四靜慮

四無量四無色定世尊云何以內空無二爲方便無生爲方便無所得爲方便回向一切智智修習八解脫八勝處九次第定十遍處慶喜內空內空性空何以故以內空性空與八解脫八勝處九次第定十遍處無二無二分故世尊云何以外空內外空空空大空勝義空有爲空無爲空畢竟空無際空散空無變異空本性空自相空共相空一切法空不可得空無性空自性空無性自性空無二爲方便無生爲方便無所得爲方便回向一切智智修習八解脫八勝處九次第定十遍處慶喜外空內外空空空大空勝義空有爲空無爲空畢竟空無際空散空無變異空本性空自相空共相空一切法空不可得空無性空自性空無性自性空外空乃至無性自性

空性空何以故以外空乃至無性自性空性空與八解脫八勝處九次第定十遍處無二無二分故慶喜由此故說以內空等無二爲方便無生爲方便無所得爲方便回向一切智智修習八解脫八勝處九次第定十遍處世尊云何以內空無二爲方便無生爲方便無所得爲方便回向一切智智修習四念住四正斷四神足五根五力七等覺支八聖道支慶喜內空內空性空何以故以內空性空與四念住四正斷四神足五根五力七等覺支八聖道支無二無二分故世尊云何以外空內外空空空大空勝義空有爲空無爲空畢竟空無際空散空無變異空本性空自相空共相空一切法空不可得空無性空自性空無性自性空無二爲方便無生爲方便無

所得爲方便回向一切智智修習四念住四
正斷四神足五根五力七等覺支八聖道支
慶喜外空內外空空空大空勝義空有爲空
無爲空畢竟空無際空散空無變異空本性
空自相空共相空一切法空不可得空無性
空自性空無性自性空外空乃至無性自性
空性空何以故以外空乃至無性自性空性
空與四念住四正斷四神足五根五力七等
覺支八聖道支無二無二分故慶喜由此故
說以內空等無二爲方便無生爲方便無所
得爲方便回向一切智智修習四念住四正
斷四神足五根五力七等覺支八聖道支世
尊云何以內空無二爲方便無生爲方便無
所得爲方便回向一切智智修習空解脫門
無相解脫門無願解脫門慶喜內空內空性
空何以故以內空性空與空解脫門無相解
脫門無願解脫門無二無二分故世尊云何
以外空內外空空空大空勝義空有爲空無
爲空畢竟空無際空散空無變異空本性空
自相空共相空一切法空不可得空無性空
自性空無性自性空無二爲方便無生爲方
便無所得爲方便回向一切智智修習空解
脫門無相解脫門無願解脫門慶喜外空內
外空空空大空勝義空有爲空無爲空畢竟
空無際空散空無變異空本性空自相空共
相空一切法空不可得空無性空自性空無
性自性空外空乃至無性自性空性空何以
故以外空乃至無性自性空性空與空解脫
門無相解脫門無願解脫門無二無二分故
慶喜由此故說以內空等無二爲方便無生

爲方便無所得爲方便回向一切智智修習空解脫門無相解脫門無願解脫門世尊云何以内空無二爲方便無生爲方便無所得爲方便回向一切智智修習五眼六神通慶喜内空内空性空何以故以内空性空與五眼六神通無二無二分故世尊云何以外空内外空空空大空勝義空有爲空無爲空畢竟空無際空散空無變異空本性空自相空共相空一切法空不可得空無性空自性空無性自性空無二爲方便無生爲方便無所得爲方便回向一切智智修習五眼六神通慶喜外空内外空空空大空勝義空有爲空無爲空畢竟空無際空散空無變異空本性空自相空共相空一切法空不可得空無性空自性空無性自性空外空乃至無性自性

空性空何以故以外空乃至無性自性空性空與五眼六神通無二無二分故慶喜由此故說以内空等無二爲方便無生爲方便無所得爲方便回向一切智智修習五眼六神通世尊云何以内空無二爲方便無生爲方便無所得爲方便回向一切智智修習佛十力四無所畏四無礙解大慈大悲大喜大捨十八佛不共法慶喜内空内空性空何以故以内空性空與佛十力四無所畏四無礙解大慈大悲大喜大捨十八佛不共法無二無二分故世尊云何以外空内外空空空大空勝義空有爲空無爲空畢竟空無際空散空無變異空本性空自相空共相空一切法空不可得空無性空自性空無性自性空無二爲方便無生爲方便無所得爲方便回向一

切智智修習佛十力四無所畏四無礙解大慈大悲大喜大捨十八佛不共法慶喜外空内外空空空大空勝義空有爲空無爲空畢竟空無際空散空無變異空本性空自相空共相空一切法空不可得空無性空自性空無性自性空外空乃至無性自性空性空何以故以外空乃至無性自性空性空與佛十力四無所畏四無礙解大慈大悲大喜大捨十八佛不共法無二無二分故慶喜由此故說以内空等無二爲方便無生爲方便無所得爲方便回向一切智智修習佛十力四無所畏四無礙解大慈大悲大喜大捨十八佛不共法世尊云何以内空無二爲方便無生爲方便無所得爲方便回向一切智智修習無忘失法恒住捨性慶喜内空内空性空何以故以内空性空與無忘失法恒住捨性無二無二分故世尊云何以外空内外空空空大空勝義空有爲空無爲空畢竟空無際空散空無變異空本性空自相空共相空一切法空不可得空無性空自性空無性自性空無二爲方便無生爲方便無所得爲方便回向一切智智修習無忘失法恒住捨性慶喜外空内外空空空大空勝義空有爲空無爲空畢竟空無際空散空無變異空本性空自相空共相空一切法空不可得空無性空自性空無性自性空外空乃至無性自性空性空何以故以外空乃至無性自性空性空與無忘失法恒住捨性無二無二分故慶喜由此故說以内空等無二爲方便無生爲方便無所得爲方便回向一切智智修習無忘失

法恒住捨性世尊云何以內空無二爲方便無生爲方便無所得爲方便回向一切智智修習一切智道相智一切相智慶喜內空內空性空何以故以內空性空與一切智道相智一切相智無二無二分故世尊云何以外空內外空空空大空勝義空有爲空無爲空畢竟空無際空散空無變異空本性空自相空共相空一切法空不可得空無性空自性空無性自性空無二爲方便無生爲方便無所得爲方便回向一切智智修習一切智道相智一切相智慶喜外空內外空空空大空勝義空有爲空無爲空畢竟空無際空散空無變異空本性空自相空共相空一切法空不可得空無性空自性空無性自性空外空乃至無性自性空性空何以故以外空乃至無性自性空性空與一切智道相智一切相智無二無二分故慶喜由此故說以內空等無二爲方便無生爲方便無所得爲方便回向一切智智修習一切智道相智一切相智世尊云何以內空無二爲方便無生爲方便無所得爲方便回向一切智智修習一切陀羅尼門一切三摩地門慶喜內空內空性空何以故以內空性空與一切陀羅尼門一切三摩地門無二無二分故世尊云何以內空內外空空空大空勝義空有爲空無爲空畢竟空無際空散空無變異空本性空自相空共相空一切法空不可得空無性空自性空無性自性空無二爲方便無生爲方便無所得爲方便回向一切智智修習一切陀羅尼門一切三摩地門慶喜外空內外空空空大

空勝義空有爲空無爲空畢竟空無際空散空無變異空本性空自相空共相空一切法空不可得空無性空自性空無性自性空外空乃至無性自性空性空何以故以外空乃至無性自性空性空與一切陀羅尼門一切三摩地門無二無二分故慶喜由此故說以內空等無二爲方便無生爲方便無所得爲方便回向一切智智修習一切陀羅尼門一切三摩地門世尊云何以內空無二爲方便無生爲方便無所得爲方便回向一切智智修習菩薩摩訶薩行慶喜內空內空性空何以故以內空性空與彼菩薩摩訶薩行無二無二分故世尊云何以外空內外空空空大空勝義空有爲空無爲空畢竟空無際空散空無變異空本性空自相空共相空一切法

空不可得空無性空自性空無性自性空無二爲方便無生爲方便無所得爲方便回向一切智智修習菩薩摩訶薩行慶喜外空內外空空空大空勝義空有爲空無爲空畢竟空無際空散空無變異空本性空自相空共相空一切法空不可得空無性空自性空無性自性空外空乃至無性自性空性空何以故以外空乃至無性自性空性空與彼菩薩摩訶薩行無二無二分故慶喜由此故說以內空等無二爲方便無生爲方便無所得爲方便回向一切智智修習菩薩摩訶薩行世尊云何以內空無二爲方便無生爲方便無所得爲方便回向一切智智修習無上正等菩提慶喜內空內空性空何以故以內空性空與彼無上正等菩提無二無二分故世尊

云何以外空內外空空空大空勝義空有爲空無爲空畢竟空無際空散空無變異空本性空自相空共相空一切法空不可得空無性空自性空無性自性空無二爲方便無生爲方便無所得爲方便回向一切智智修習無上正等菩提慶喜外空內外空空空大空勝義空有爲空無爲空畢竟空無際空散空無變異空本性空自相空共相空一切法空不可得空無性空自性空無性自性空外空乃至無性自性空性空何以故以外空乃至無性自性空性空與彼無上正等菩提無二無二分故慶喜由此故說以內空等無二爲方便無生爲方便無所得爲方便回向一切智智修習無上正等菩提世尊云何以眞如無二爲方便無生爲方便無所得爲方便回

向一切智智修習布施淨戒安忍精進靜慮般若波羅蜜多慶喜眞如眞如性空何以故以眞如性空與布施淨戒安忍精進靜慮般若波羅蜜多無二無二分故世尊云何以法界法性不虛妄性不變異性平等性離生性法定法住實際虛空界不思議界無二爲方便無生爲方便無所得爲方便回向一切智智修習布施淨戒安忍精進靜慮般若波羅蜜多慶喜法界法性不虛妄性不變異性平等性離生性法定法住實際虛空界不思議界乃至不思議界性空何以故以法界乃至不思議界性空與布施淨戒安忍精進靜慮般若波羅蜜多無二無二分故慶喜由此故說以眞如等無二爲方便無生爲方便無所得爲方便回向一切智智修習布施淨

戒安忍精進靜慮般若波羅蜜多世尊云何以眞如無二爲方便無生爲方便無所得爲方便回向一切智智安住內空外空內外空空空大空勝義空有爲空無爲空畢竟空無際空散空無變異空本性空自相空共相空一切法空不可得空無性空自性空無性自性空慶喜眞如眞如性空何以故以眞如性空與彼內空乃至無性自性空無二無二分故世尊云何以法界法性不虛妄性不變異性平等性離生性法定法住實際虛空界不思議界無二爲方便無生爲方便無所得爲方便回向一切智智安住內空外空內外空空空大空勝義空有爲空無爲空畢竟空無際空散空無變異空本性空自相空共相空一切法空不可得空無性空自性空無性自性空慶喜法界法性不虛妄性不變異性平等性離生性法定法住實際虛空界不思議界法界乃至不思議界性空何以故以法界乃至不思議界性空與彼內空乃至無性自性空無二無二分故慶喜由此故說以眞如等無二爲方便無生爲方便無所得爲方便回向一切智智安住內空乃至無性自性空世尊云何以眞如無二爲方便無生爲方便無所得爲方便回向一切智智安住眞如法界法性不虛妄性不變異性平等性離生性法定法住實際虛空界不思議界慶喜眞如眞如性空何以故以眞如性空與彼眞如乃至不思議界無二無二分故世尊云何以法界法性不虛妄性不變異性平等性離生性法定法住實際虛空界不思議界無二爲方

便無生爲方便無所得爲方便回向一切智
智安住眞如法界法性不虛妄性不變異性
平等性離生性法定法住實際虛空界不思
議界慶喜法界法性不虛妄性不變異性平
等性離生性法定法住實際虛空界不思議
界法界乃至不思議界性空何以故以法界
乃至不思議界性空與彼眞如乃至不思議
界無二無二分故慶喜由此故說以眞如等
無二爲方便無生爲方便無所得爲方便回
向一切智智安住眞如乃至不思議界世尊
云何以眞如無二爲方便無生爲方便無所
得爲方便回向一切智智安住苦集滅道聖
諦慶喜眞如眞如性空何以故以眞如性空
與彼苦集滅道聖諦無二無二分故世尊云
何以法界法性不虛妄性不變異性平等性

離生性法定法住實際虛空界不思議界無
二爲方便無生爲方便無所得爲方便回向
一切智智安住苦集滅道聖諦慶喜法界法
性不虛妄性不變異性平等性離生性法定
法住實際虛空界不思議界法界乃至不思
議界性空何以故以法界乃至不思議界性
空與彼苦集滅道聖諦無二無二分故慶喜
由此故說以眞如等無二爲方便無生爲方
便無所得爲方便回向一切智智安住苦集
滅道聖諦世尊云何以眞如無二爲方便無
生爲方便無所得爲方便回向一切智智修
習四靜慮四無量四無色定慶喜眞如眞如
性空何以故以眞如性空與四靜慮四無量
四無色定無二無二分故世尊云何以法界
法性不虛妄性不變異性平等性離生性法

定法住實際虛空界不思議界無二爲方便無生爲方便無所得爲方便回向一切智智修習四靜慮四無量四無色定慶喜法界法性不虛妄性不變異性平等性離生性法定法住實際虛空界不思議界法界乃至不思議界性空何以故以法界乃至不思議界性空與四靜慮四無量四無色定無二無二分故慶喜由此故說以眞如等無二爲方便無生爲方便無所得爲方便回向一切智智修習四靜慮四無量四無色定世尊云何以眞如無二爲方便無生爲方便無所得爲方便回向一切智智修習八解脫八勝處九次第定十遍處慶喜眞如眞如性空何以故以眞如性空與八解脫八勝處九次第定十遍處無二無二分故世尊云何以法界法性不虛妄性不變異性平等性離生性法定法住實際虛空界不思議界無二爲方便無生爲方便無所得爲方便回向一切智智修習八解脫八勝處九次第定十遍處慶喜法界法性不虛妄性不變異性平等性離生性法定法住實際虛空界不思議界法界乃至不思議界性空何以故以法界乃至不思議界性空與八解脫八勝處九次第定十遍處無二無二分故慶喜由此故說以眞如等無二爲方便無生爲方便無所得爲方便回向一切智智修習八解脫八勝處九次第定十遍處世尊云何以眞如無二爲方便無生爲方便無所得爲方便回向一切智智修習四念住四正斷四神足五根五力七等覺支八聖道支慶喜眞如眞如性空何以故以眞如性空與

四念住四正斷四神足五根五力七等覺支八聖道支無二無二分故世尊云何以法界法性不虛妄性不變異性平等性離生性法定法住實際虛空界不思議界無二爲方便無生爲方便無所得爲方便回向一切智智修習四念住四正斷四神足五根五力七等覺支八聖道支慶喜法界法性不虛妄性不變異性平等性離生性法定法住實際虛空界不思議界法界乃至不思議界性空何以故以法界乃至不思議界性空與四念住四正斷四神足五根五力七等覺支八聖道支無二無二分故慶喜由此故說以眞如等無二爲方便無生爲方便無所得爲方便回向一切智智修習四念住四正斷四神足五根五力七等覺支八聖道支世尊云何以眞如無二爲方便無生爲方便無所得爲方便回向一切智智修習空解脫門無相解脫門無願解脫門慶喜眞如眞如性空何以故以眞如性空與空解脫門無相解脫門無願解脫門無二無二分故世尊云何以法界法性不虛妄性不變異性平等性離生性法定法住實際虛空界不思議界無二爲方便無生爲方便無所得爲方便回向一切智智修習空解脫門無相解脫門無願解脫門慶喜法界法性不虛妄性不變異性平等性離生性法定法住實際虛空界不思議界法界乃至不思議界性空何以故以法界乃至不思議界性空與空解脫門無相解脫門無願解脫門無二無二分故慶喜由此故說以眞如等無二爲方便無生爲方便無所得爲方便回向

一切智智修習空解脫門無相解脫門無願解脫門世尊云何以眞如無二爲方便無生爲方便無所得爲方便回向一切智智修習五眼六神通慶喜眞如眞如性空何以故以眞如性空與五眼六神通無二無二分故世尊云何以法界法性不虛妄性不變異性平等性離生性法定法住實際虛空界不思議界無二爲方便無生爲方便無所得爲方便回向一切智智修習五眼六神通慶喜法界法性不虛妄性不變異性平等性離生性法定法住實際虛空界不思議界法界乃至不思議界性空何以故以法界乃至不思議界性空與五眼六神通無二無二分故慶喜由此故說以眞如等無二爲方便無生爲方便無所得爲方便回向一切智智修習五眼六神通

大般若波羅蜜多經卷第一百一十八

大般若波羅蜜多經卷第一百一十九

唐三藏法師玄奘奉　詔譯

初分校量功德品第三十之十七

世尊云何以眞如無二爲方便無生爲方便無所得爲方便回向一切智智修習佛十力四無所畏四無礙解大慈大悲大喜大捨十八佛不共法慶喜眞如眞如性空何以故以眞如性空與佛十力四無所畏四無礙解大慈大悲大喜大捨十八佛不共法無二無二分故世尊云何以法界法性不虛妄性不變異性平等性離生性法定法住實際虛空界不思議界無二爲方便無生爲方便無所得爲方便回向一切智智修習佛十力四無所畏四無礙解大慈大悲大喜大捨十八佛不共法慶喜法界法性不虛妄性不變異性平等性離生性法定法住實際虛空界不思議界法界乃至不思議界性空何以故以法界乃至不思議界性空與佛十力四無所畏四無礙解大慈大悲大喜大捨十八佛不共法無二無二分故慶喜由此故說以眞如等無二爲方便無生爲方便無所得爲方便回向一切智智修習佛十力四無所畏四無礙解大慈大悲大喜大捨十八佛不共法世尊云何以眞如無二爲方便無生爲方便無所得爲方便回向一切智智修習無忘失法恒住捨性慶喜眞如眞如性空何以故以眞如性空與無忘失法恒住捨性無二無二分故世尊云何以法界法性不虛妄性不變異性平等性離生性法定法住實際虛空界不思議界無二爲方便無生爲方便無所得爲方便

回向一切智智修習無忘失法恒住捨性慶喜法界法性不虚妄性不變異性平等性離生性法定法住實際虚空界不思議界法界乃至不思議界性空何以故以法界乃至不思議界性空與無忘失法恒住捨性無二無二分故慶喜由此故說以真如等無二爲方便無生爲方便無所得爲方便回向一切智智修習無忘失法恒住捨性世尊云何以真如無二爲方便無生爲方便無所得爲方便回向一切智智修習一切智道相智一切相智慶喜真如真如性空何以故以真如性空與一切智道相智一切相智無二無二分故世尊云何以法界法性不虚妄性不變異性平等性離生性法定法住實際虚空界不思議界無二爲方便無生爲方便無所得爲方便回向一切智智修習一切智道相智一切相智慶喜法界法性不虚妄性不變異性平等性離生性法定法住實際虚空界不思議界法界乃至不思議界性空何以故以法界乃至不思議界性空與一切智道相智一切相智無二無二分故慶喜由此故說以真如等無二爲方便無生爲方便無所得爲方便回向一切智智修習一切智道相智一切相智世尊云何以真如無二爲方便無生爲方便無所得爲方便回向一切智智修習一切陀羅尼門一切三摩地門慶喜真如真如性空何以故以真如性空與一切陀羅尼門一切三摩地門無二無二分故世尊云何以法界法性不虚妄性不變異性平等性離生性法定法住實際虚空界不思議界無二爲方

便無生爲方便無所得爲方便回向一切智智修習一切陀羅尼門一切三摩地門慶喜法界法性不虛妄性不變異性平等性離生性法定法住實際虛空界不思議界法界乃至不思議界性空何以故以法界乃至不思議界性空與一切陀羅尼門一切三摩地門無二無二分故慶喜由此故說以眞如等無二爲方便無生爲方便無所得爲方便回向一切智智修習一切陀羅尼門一切三摩地門世尊云何以眞如無二爲方便無生爲方便無所得爲方便回向一切智智修習菩薩摩訶薩行慶喜眞如眞如性空何以故以眞如性空與彼菩薩摩訶薩行無二無二分故世尊云何以法界法性不虛妄性不變異性平等性離生性法定法住實際虛空界不思議界無二爲方便無生爲方便無所得爲方便回向一切智智修習菩薩摩訶薩行慶喜法界法性不虛妄性不變異性平等性離生性法定法住實際虛空界不思議界法界乃至不思議界性空何以故以法界乃至不思議界性空與彼菩薩摩訶薩行無二無二分故慶喜由此故說以眞如等無二爲方便無生爲方便無所得爲方便回向一切智智修習菩薩摩訶薩行世尊云何以眞如無二爲方便無生爲方便無所得爲方便回向一切智智修習無上正等菩提慶喜眞如眞如性空何以故以眞如性空與彼無上正等菩提無二無二分故世尊云何以法界法性不虛妄性不變異性平等性離生性法定法住實際虛空界不思議界無二爲方便無生爲方

便無所得爲方便回向一切智智修習無上
正等菩提慶喜法界法性不虛妄性不變異
性平等性離生性法定法住實際虛空界不
思議界法界乃至不思議界性空何以故以
法界乃至不思議界性空與彼無上正等菩
提無二無二分故慶喜由此故說以眞如等
無二爲方便無生爲方便無所得爲方便回
向一切智智修習無上正等菩提世尊云何
以苦聖諦無二爲方便無生爲方便無所得
爲方便回向一切智智修習布施淨戒安忍
精進靜慮般若波羅蜜多慶喜苦聖諦苦聖
諦性空何以故以苦聖諦性空與布施淨戒
安忍精進靜慮般若波羅蜜多無二無二分
故世尊云何以集滅道聖諦無二爲方便無
生爲方便無所得爲方便回向一切智智修
習布施淨戒安忍精進靜慮般若波羅蜜多
慶喜集滅道聖諦集滅道聖諦性空何以故
以集滅道聖諦性空與布施淨戒安忍精進
靜慮般若波羅蜜多無二無二分故慶喜由
此故說以苦聖諦等無二爲方便無生爲方
便無所得爲方便回向一切智智修習布施
淨戒安忍精進靜慮般若波羅蜜多世尊云
何以苦聖諦無二爲方便無生爲方便無所
得爲方便回向一切智智安住內空外空內
外空空空大空勝義空有爲空無爲空畢竟
空無際空散空無變異空本性空自相空共
相空一切法空不可得空無性空自性空無
性自性空慶喜苦聖諦苦聖諦性空何以故
以苦聖諦性空與彼內空乃至無性自性空
無二無二分故世尊云何以集滅道聖諦無

二爲方便無生爲方便無所得爲方便回向一切智智安住内空外空内外空空空大空勝義空有爲空無爲空畢竟空無際空散空無變異空本性空自相空共相空一切法空不可得空無性空自性空無性自性空慶喜集滅道聖諦集滅道聖諦性空何以故以集滅道聖諦性空與彼内空乃至無性自性空無二無二分故慶喜由此故説以苦聖諦等無二爲方便無生爲方便無所得爲方便回向一切智智安住内空乃至無性自性空世尊云何以苦聖諦無二爲方便無生爲方便無所得爲方便回向一切智智安住眞如法界法性不虚妄性不變異性平等性離生性法定法住實際虚空界不思議界慶喜苦聖諦苦聖諦性空何以故以苦聖諦性空與彼

眞如乃至不思議界無二無二分故世尊云何以集滅道聖諦無二爲方便無生爲方便無所得爲方便回向一切智智安住眞如法界法性不虚妄性不變異性平等性離生性法定法住實際虚空界不思議界慶喜集滅道聖諦集滅道聖諦性空何以故以集滅道聖諦性空與彼眞如乃至不思議界無二無二分故慶喜由此故説以苦聖諦等無二爲方便無生爲方便無所得爲方便回向一切智智安住眞如乃至不思議界世尊云何以苦聖諦無二爲方便無生爲方便無所得爲方便回向一切智智安住苦集滅道聖諦慶喜苦聖諦苦聖諦性空何以故以苦聖諦性空與彼苦集滅道聖諦無二無二分故世尊云何以集滅道聖諦無二爲方便無生爲方

便無所得爲方便回向一切智智安住苦集滅道聖諦慶喜集滅道聖諦集滅道聖諦性空何以故以集滅道聖諦性空與彼苦集滅道聖諦無二無二分故慶喜由此故説以苦聖諦等無二爲方便無生爲方便無所得爲方便回向一切智智安住苦集滅道聖諦世尊云何以苦聖諦無二爲方便無生爲方便無所得爲方便回向一切智智修習四靜慮四無量四無色定慶喜苦聖諦苦聖諦性空何以故以苦聖諦性空與四靜慮四無量四無色定無二無二分故世尊云何以集滅道聖諦無二爲方便無生爲方便無所得爲方便回向一切智智修習四靜慮四無量四無色定慶喜集滅道聖諦集滅道聖諦性空何以故以集滅道聖諦性空與四靜慮四無量四無色定無二無二分故慶喜由此故説以苦聖諦等無二爲方便無生爲方便無所得爲方便回向一切智智修習四靜慮四無量四無色定世尊云何以苦聖諦無二爲方便無生爲方便無所得爲方便回向一切智智修習八解脱八勝處九次第定十遍處慶喜苦聖諦苦聖諦性空何以故以苦聖諦性空與八解脱八勝處九次第定十遍處無二無二分故世尊云何以集滅道聖諦無二爲方便無生爲方便無所得爲方便回向一切智智修習八解脱八勝處九次第定十遍處慶喜集滅道聖諦集滅道聖諦性空何以故以集滅道聖諦性空與八解脱八勝處九次第定十遍處無二無二分故慶喜由此故説以苦聖諦等無二爲方便無生爲方便無所得

爲方便回向一切智智修習八解脱八勝處九次第定十遍處世尊云何以苦聖諦無二爲方便無生爲方便無所得爲方便回向一切智智修習四念住四正斷四神足五根五力七等覺支八聖道支慶喜苦聖諦苦聖諦性空何以故以苦聖諦性空與四念住四正斷四神足五根五力七等覺支八聖道支無二無二分故世尊云何以集滅道聖諦無二爲方便無生爲方便無所得爲方便回向一切智智修習四念住四正斷四神足五根五力七等覺支八聖道支慶喜集滅道聖諦集滅道聖諦性空何以故以集滅道聖諦性空與四念住四正斷四神足五根五力七等覺支八聖道支無二無二分故慶喜由此故説以苦聖諦等無二爲方便無生爲方便無所得爲方便回向一切智智修習四念住四正斷四神足五根五力七等覺支八聖道支世尊云何以苦聖諦無二爲方便無生爲方便無所得爲方便回向一切智智修習空解脱門無相解脱門無願解脱門慶喜苦聖諦苦聖諦性空何以故以苦聖諦性空與空解脱門無相解脱門無願解脱門無二無二分故世尊云何以集滅道聖諦無二爲方便無生爲方便無所得爲方便回向一切智智修習空解脱門無相解脱門無願解脱門慶喜集滅道聖諦集滅道聖諦性空何以故以集滅道聖諦性空與空解脱門無相解脱門無願解脱門無二無二分故慶喜由此故説以苦聖諦等無二爲方便無生爲方便無所得爲方便回向一切智智修習空解脱門無相解

脱門無願解脱門世尊云何以苦聖諦無二爲方便無生爲方便無所得爲方便回向一切智智修習五眼六神通慶喜苦聖諦苦聖諦性空何以故以苦聖諦性空與五眼六神通無二無二分故世尊云何以集滅道聖諦無二爲方便無生爲方便無所得爲方便回向一切智智修習五眼六神通慶喜集滅道聖諦集滅道聖諦性空何以故以集滅道聖諦性空與五眼六神通無二無二分故慶喜由此故說以苦聖諦等無二爲方便無生爲方便無所得爲方便回向一切智智修習五眼六神通世尊云何以苦聖諦無二爲方便無生爲方便無所得爲方便回向一切智智修習佛十力四無所畏四無礙解大慈大悲大喜大捨十八佛不共法慶喜苦聖諦苦聖諦性空何以故以苦聖諦性空與佛十力四無所畏四無礙解大慈大悲大喜大捨十八佛不共法無二無二分故世尊云何以集滅道聖諦無二爲方便無生爲方便無所得爲方便回向一切智智修習佛十力四無所畏四無礙解大慈大悲大喜大捨十八佛不共法慶喜集滅道聖諦集滅道聖諦性空何以故以集滅道聖諦性空與佛十力四無所畏四無礙解大慈大悲大喜大捨十八佛不共法無二無二分故慶喜由此故說以苦聖諦等無二爲方便無生爲方便無所得爲方便回向一切智智修習佛十力四無所畏四無礙解大慈大悲大喜大捨十八佛不共法世尊云何以苦聖諦無二爲方便無生爲方便無所得爲方便回向一切智智修習無忘失

法恒住捨性慶喜苦聖諦苦聖諦性空何以故以苦聖諦性空與無忘失法恒住捨性無二無二分故世尊云何以集滅道聖諦無二爲方便無生爲方便無所得爲方便回向一切智智修習無忘失法恒住捨性慶喜集滅道聖諦集滅道聖諦性空何以故以集滅道聖諦性空與無忘失法恒住捨性無二無二分故慶喜由此故說以苦聖諦等無二爲方便無生爲方便無所得爲方便回向一切智智修習無忘失法恒住捨性世尊云何以苦聖諦無二爲方便無生爲方便無所得爲方便回向一切智智修習一切智道相智一切相智慶喜苦聖諦苦聖諦性空何以故以苦聖諦性空與一切智道相智一切相智無二無二分故世尊云何以集滅道聖諦無二爲方便無生爲方便無所得爲方便回向一切智智修習一切智道相智一切相智慶喜集滅道聖諦集滅道聖諦性空何以故以集滅道聖諦性空與一切智道相智一切相智無二無二分故慶喜由此故說以苦聖諦等無二爲方便無生爲方便無所得爲方便回向一切智智修習一切智道相智一切相智世尊云何以苦聖諦無二爲方便無生爲方便無所得爲方便回向一切智智修習一切陀羅尼門一切三摩地門慶喜苦聖諦苦聖諦性空何以故以苦聖諦性空與一切陀羅尼門一切三摩地門無二無二分故世尊云何以集滅道聖諦無二爲方便無生爲方便無所得爲方便回向一切智智修習一切陀羅尼門一切三摩地門慶喜集滅道聖諦集滅

道聖諦性空何以故以集滅道聖諦性空與一切陀羅尼門一切三摩地門無二無二分故慶喜由此故說以苦聖諦等無二爲方便無生爲方便無所得爲方便回向一切智智修習一切陀羅尼門一切三摩地門世尊云何以苦聖諦無二爲方便無生爲方便無所得爲方便回向一切智智修習菩薩摩訶薩行慶喜苦聖諦苦聖諦性空何以故以苦聖諦性空與彼菩薩摩訶薩行無二無二分故世尊云何以集滅道聖諦無二爲方便無生爲方便無所得爲方便回向一切智智修習菩薩摩訶薩行慶喜集滅道聖諦集滅道聖諦性空何以故以集滅道聖諦性空與彼菩薩摩訶薩行無二無二分故慶喜由此故說以苦聖諦等無二爲方便無生爲方便無所得爲方便回向一切智智修習菩薩摩訶薩行世尊云何以苦聖諦無二爲方便無生爲方便無所得爲方便回向一切智智修習無上正等菩提慶喜苦聖諦苦聖諦性空何以故以苦聖諦性空與彼無上正等菩提無二無二分故世尊云何以集滅道聖諦無二爲方便無生爲方便無所得爲方便回向一切智智修習無上正等菩提慶喜集滅道聖諦集滅道聖諦性空何以故以集滅道聖諦性空與彼無上正等菩提無二無二分故慶喜由此故說以苦聖諦等無二爲方便無生爲方便無所得爲方便回向一切智智修習無上正等菩提世尊云何以布施波羅蜜多無二爲方便無生爲方便無所得爲方便回向一切智智修習布施淨戒安忍精進靜慮般

若波羅蜜多慶喜布施波羅蜜多布施波羅蜜多性空何以故以布施波羅蜜多性空與布施淨戒安忍精進靜慮般若波羅蜜多無二無二分故世尊云何以淨戒安忍精進靜慮般若波羅蜜多無二爲方便無生爲方便無所得爲方便回向一切智智修習布施淨戒安忍精進靜慮般若波羅蜜多慶喜淨戒安忍精進靜慮般若波羅蜜多淨戒安忍精進靜慮般若波羅蜜多性空何以故以淨戒安忍精進靜慮般若波羅蜜多性空與布施淨戒安忍精進靜慮般若波羅蜜多無二無二分故慶喜由此故說以布施波羅蜜多等無二爲方便無生爲方便無所得爲方便回向一切智智修習布施淨戒安忍精進靜慮般若波羅蜜多世尊云何以布施波羅蜜多

無二爲方便無生爲方便無所得爲方便回向一切智智安住內空外空內外空空空大空勝義空有爲空無爲空畢竟空無際空散空無變異空本性空自相空共相空一切法空不可得空無性空自性空無性自性空慶喜布施波羅蜜多布施波羅蜜多性空何以故以布施波羅蜜多性空與彼內空乃至無性自性空無二無二分故世尊云何以淨戒安忍精進靜慮般若波羅蜜多無二爲方便無生爲方便無所得爲方便回向一切智智安住內空外空內外空空空大空勝義空有爲空無爲空畢竟空無際空散空無變異空本性空自相空共相空一切法空不可得空無性空自性空無性自性空慶喜淨戒安忍精進靜慮般若波羅蜜多淨戒安忍精進靜

慮般若波羅蜜多性空何以故以淨戒安忍精進靜慮般若波羅蜜多性空與彼內空乃至無性自性空無二無二分故慶喜由此故說以布施波羅蜜多等無二爲方便無生爲方便無所得爲方便回向一切智智安住內空乃至無性自性空世尊云何以布施波羅蜜多無二爲方便無生爲方便無所得爲方便回向一切智智安住眞如法界法性不虛妄性不變異性平等性離生性法定法住實際虛空界不思議界慶喜布施波羅蜜多布施波羅蜜多性空何以故以布施波羅蜜多性空與彼眞如乃至不思議界無二無二分故世尊云何以淨戒安忍精進靜慮般若波羅蜜多無二爲方便無生爲方便無所得爲方便回向一切智智安住眞如法界法性不虛妄性不變異性平等性離生性法定法住實際虛空界不思議界慶喜淨戒安忍精進靜慮般若波羅蜜多淨戒安忍精進靜慮般若波羅蜜多性空何以故以淨戒安忍精進靜慮般若波羅蜜多性空與彼眞如乃至不思議界無二無二分故慶喜由此故說以布施波羅蜜多等無二爲方便無生爲方便無所得爲方便回向一切智智安住眞如乃至不思議界世尊云何以布施波羅蜜多無二爲方便無生爲方便無所得爲方便回向一切智智安住苦集滅道聖諦慶喜布施波羅蜜多布施波羅蜜多性空何以故以布施波羅蜜多性空與彼苦集滅道聖諦無二無二分故世尊云何以淨戒安忍精進靜慮般若波羅蜜多無二爲方便無生爲方便無所得

爲方便回向一切智智安住苦集滅道聖諦慶喜淨戒安忍精進靜慮般若波羅蜜多淨戒安忍精進靜慮般若波羅蜜多性空何以故以淨戒安忍精進靜慮般若波羅蜜多性空與彼苦集滅道聖諦無二無二分故慶喜由此故說以布施波羅蜜多等無二爲方便無生爲方便無所得爲方便回向一切智智安住苦集滅道聖諦世尊云何以布施波羅蜜多無二爲方便無生爲方便無所得爲方便回向一切智智修習四靜慮四無量四無色定慶喜布施波羅蜜多布施波羅蜜多性空何以故以布施波羅蜜多性空與四靜慮四無量四無色定無二無二分故世尊云何以淨戒安忍精進靜慮般若波羅蜜多無二爲方便無生爲方便無所得爲方便回向一切智智修習四靜慮四無量四無色定慶喜淨戒安忍精進靜慮般若波羅蜜多淨戒安忍精進靜慮般若波羅蜜多性空何以故以淨戒安忍精進靜慮般若波羅蜜多性空與四靜慮四無量四無色定無二無二分故慶喜由此故說以布施波羅蜜多等無二爲方便無生爲方便無所得爲方便回向一切智智修習四靜慮四無量四無色定世尊云何以布施波羅蜜多無二爲方便無生爲方便無所得爲方便回向一切智智修習八解脫八勝處九次第定十遍處慶喜布施波羅蜜多布施波羅蜜多性空何以故以布施波羅蜜多性空與八解脫八勝處九次第定十遍處無二無二分故世尊云何以淨戒安忍精進靜慮般若波羅蜜多無二爲方便無生爲

方便無所得爲方便回向一切智智修習八解脱八勝處九次第定十遍處慶喜淨戒安忍精進靜慮般若波羅蜜多淨戒安忍精進靜慮般若波羅蜜多性空何以故以淨戒安忍精進靜慮般若波羅蜜多性空與八解脱八勝處九次第定十遍處無二無二分故慶喜由此故說以布施波羅蜜多等無二爲方便無生爲方便無所得爲方便回向一切智智修習八解脱八勝處九次第定十遍處世尊云何以布施波羅蜜多無二爲方便無生爲方便無所得爲方便回向一切智智修習四念住四正斷四神足五根五力七等覺支八聖道支慶喜布施波羅蜜多布施波羅蜜多性空何以故以布施波羅蜜多性空與四念住四正斷四神足五根五力七等覺支八

聖道支無二無二分故世尊云何以淨戒安忍精進靜慮般若波羅蜜多無二爲方便無生爲方便無所得爲方便回向一切智智修習四念住四正斷四神足五根五力七等覺支八聖道支慶喜淨戒安忍精進靜慮般若波羅蜜多淨戒安忍精進靜慮般若波羅蜜多性空何以故以淨戒安忍精進靜慮般若波羅蜜多性空與四念住四正斷四神足五根五力七等覺支八聖道支無二無二分故慶喜由此故說以布施波羅蜜多等無二爲方便無生爲方便無所得爲方便回向一切智智修習四念住四正斷四神足五根五力七等覺支八聖道支世尊云何以布施波羅蜜多無二爲方便無生爲方便無所得爲方便回向一切智智修習空解脱門無相解脱

門無願解脱門慶喜布施波羅蜜多布施波羅蜜多性空何以故以布施波羅蜜多性空與空解脱門無相解脱門無願解脱門無二無二分故世尊云何以淨戒安忍精進靜慮般若波羅蜜多無二爲方便無生爲方便無所得爲方便回向一切智智修習空解脱門無相解脱門無願解脱門慶喜淨戒安忍精進靜慮般若波羅蜜多淨戒安忍精進靜慮般若波羅蜜多性空何以故以淨戒安忍精進靜慮般若波羅蜜多性空與空解脱門無相解脱門無願解脱門無二無二分故慶喜由此故説以布施波羅蜜多等無二爲方便無生爲方便無所得爲方便回向一切智智修習空解脱門無相解脱門無願解脱門世尊云何以布施波羅蜜多無二爲方便無生爲方便無所得爲方便回向一切智智修習五眼六神通慶喜布施波羅蜜多布施波羅蜜多性空何以故以布施波羅蜜多性空與五眼六神通無二無二分故世尊云何以淨戒安忍精進靜慮般若波羅蜜多無二爲方便無生爲方便無所得爲方便回向一切智智修習五眼六神通慶喜淨戒安忍精進靜慮般若波羅蜜多淨戒安忍精進靜慮般若波羅蜜多性空何以故以淨戒安忍精進靜慮般若波羅蜜多性空與五眼六神通無二無二分故慶喜由此故説以布施波羅蜜多等無二爲方便無生爲方便無所得爲方便回向一切智智修習五眼六神通

大般若波羅蜜多經卷第一百一十九

大般若波羅蜜多經卷第一百二十

唐三藏法師玄奘奉　詔譯

初分校量功德品第三十之十八

世尊云何以布施波羅蜜多無二爲方便無生爲方便無所得爲方便回向一切智智修習佛十力四無所畏四無礙解大慈大悲大喜大捨十八佛不共法慶喜布施波羅蜜多布施波羅蜜多性空何以故以布施波羅蜜多性空與佛十力四無所畏四無礙解大慈大悲大喜大捨十八佛不共法無二無二分故世尊云何以淨戒安忍精進靜慮般若波羅蜜多無二爲方便無生爲方便無所得爲方便回向一切智智修習佛十力四無所畏四無礙解大慈大悲大喜大捨十八佛不共法慶喜淨戒安忍精進靜慮般若波羅蜜多淨戒安忍精進靜慮般若波羅蜜多性空何以故以淨戒安忍精進靜慮般若波羅蜜多性空與佛十力四無所畏四無礙解大慈大悲大喜大捨十八佛不共法無二無二分故慶喜由此故說以布施波羅蜜多等無二爲方便無生爲方便無所得爲方便回向一切智智修習佛十力四無所畏四無礙解大慈大悲大喜大捨十八佛不共法世尊云何以布施波羅蜜多無二爲方便無生爲方便無所得爲方便回向一切智智修習無忘失法恒住捨性慶喜布施波羅蜜多布施波羅蜜多性空何以故以布施波羅蜜多性空與無忘失法恒住捨性無二無二分故世尊云何以淨戒安忍精進靜慮般若波羅蜜多無二爲方便無生爲方便無所得爲方便回向一

切智智修習無忘失法恒住捨性慶喜淨戒安忍精進靜慮般若波羅蜜多淨戒安忍精進靜慮般若波羅蜜多性空何以故以淨戒安忍精進靜慮般若波羅蜜多性空與無忘失法恒住捨性無二無二分故慶喜由此故說以布施波羅蜜多等無二爲方便無生爲方便無所得爲方便回向一切智智修習無忘失法恒住捨性世尊云何以布施波羅蜜多無二爲方便無生爲方便無所得爲方便回向一切智智修習一切智道相智一切相智慶喜布施波羅蜜多布施波羅蜜多性空何以故以布施波羅蜜多性空與一切智道相智一切相智無二無二分故世尊云何以淨戒安忍精進靜慮般若波羅蜜多無二爲方便無生爲方便無所得爲方便回向一切智智修習一切智道相智一切相智慶喜淨戒安忍精進靜慮般若波羅蜜多淨戒安忍精進靜慮般若波羅蜜多性空何以故以淨戒安忍精進靜慮般若波羅蜜多性空與一切智道相智一切相智無二無二分故慶喜由此故說以布施波羅蜜多等無二爲方便無生爲方便無所得爲方便回向一切智智修習一切智道相智一切相智世尊云何以布施波羅蜜多無二爲方便無生爲方便無所得爲方便回向一切智智修習一切陀羅尼門一切三摩地門慶喜布施波羅蜜多布施波羅蜜多性空何以故以布施波羅蜜多性空與一切陀羅尼門一切三摩地門無二無二分故世尊云何以淨戒安忍精進靜慮般若波羅蜜多無二爲方便無生爲方便無

所得爲方便回向一切智智修習一切陀羅尼門一切三摩地門慶喜淨戒安忍精進靜慮般若波羅蜜多淨戒安忍精進靜慮般若波羅蜜多性空何以故以淨戒安忍精進靜慮般若波羅蜜多性空與一切陀羅尼門一切三摩地門無二無二分故慶喜由此故說以布施波羅蜜多等無二爲方便無生爲方便無所得爲方便回向一切智智修習一切陀羅尼門一切三摩地門世尊云何以布施波羅蜜多無二爲方便無生爲方便無所得爲方便回向一切智智修習菩薩摩訶薩行慶喜布施波羅蜜多布施波羅蜜多性空何以故以布施波羅蜜多性空與彼菩薩摩訶薩行無二無二分故世尊云何以淨戒安忍精進靜慮般若波羅蜜多無二爲方便無生爲方便無所得爲方便回向一切智智修習菩薩摩訶薩行慶喜淨戒安忍精進靜慮般若波羅蜜多淨戒安忍精進靜慮般若波羅蜜多性空何以故以淨戒安忍精進靜慮般若波羅蜜多性空與彼菩薩摩訶薩行無二無二分故慶喜由此故說以布施波羅蜜多等無二爲方便無生爲方便無所得爲方便回向一切智智修習菩薩摩訶薩行世尊云何以布施波羅蜜多無二爲方便無生爲方便無所得爲方便回向一切智智修習無上正等菩提慶喜布施波羅蜜多布施波羅蜜多性空何以故以布施波羅蜜多性空與彼無上正等菩提無二無二分故世尊云何以淨戒安忍精進靜慮般若波羅蜜多無二爲方便無生爲方便無所得爲方便回向一切

智智修習無上正等菩提慶喜淨戒安忍精進靜慮般若波羅蜜多淨戒安忍精進靜慮般若波羅蜜多性空何以故以淨戒安忍精進靜慮般若波羅蜜多性空與彼無上正等菩提無二無二分故慶喜由此故說以布施波羅蜜多等無二爲方便無生爲方便無所得爲方便回向一切智智修習無上正等菩提世尊云何以四靜慮無二爲方便無生爲方便無所得爲方便回向一切智智修習布施淨戒安忍精進靜慮般若波羅蜜多慶喜四靜慮四靜慮性空何以故以四靜慮性空與布施淨戒安忍精進靜慮般若波羅蜜多無二無二分故世尊云何以四無量四無色定無二爲方便無生爲方便無所得爲方便回向一切智智修習布施淨戒安忍精進靜慮般若波羅蜜多慶喜四無量四無色定四無量四無色定性空何以故以四無量四無色定性空與布施淨戒安忍精進靜慮般若波羅蜜多無二無二分故慶喜由此故說以四靜慮等無二爲方便無生爲方便無所得爲方便回向一切智智修習布施淨戒安忍精進靜慮般若波羅蜜多世尊云何以四靜慮無二爲方便無生爲方便無所得爲方便回向一切智智安住內空外空內外空空空大空勝義空有爲空無爲空畢竟空無際空散空無變異空本性空自相空共相空一切法空不可得空無性空自性空無性自性空慶喜四靜慮四靜慮性空何以故以四靜慮性空與彼內空乃至無性自性空無二無二分故世尊云何以四無量四無色定無二爲

方便無生爲方便無所得爲方便回向一切智智安住內空外空內外空空空大空勝義空有爲空無爲空畢竟空無際空散空無變異空本性空自相空共相空一切法空不可得空無性空自性空無性自性空慶喜四無量四無色定四無量四無色定性空何以故以四無量四無色定性空與彼內空乃至無性自性空無二無二分故慶喜由此故說以四靜慮等無二爲方便無生爲方便無所得爲方便回向一切智智安住內空乃至無性自性空世尊云何以四靜慮無二爲方便無生爲方便無所得爲方便回向一切智智安住眞如法界法性不虛妄性不變異性平等性離生性法定法住實際虛空界不思議界慶喜四靜慮四靜慮性空何以故以四靜慮

性空與彼眞如乃至不思議界無二無二分故世尊云何以四無量四無色定無二爲方便無生爲方便無所得爲方便回向一切智智安住眞如法界法性不虛妄性不變異性平等性離生性法定法住實際虛空界不思議界慶喜四無量四無色定四無量四無色定性空何以故以四無量四無色定性空與彼眞如乃至不思議界無二無二分故慶喜由此故說以四靜慮等無二爲方便無生爲方便無所得爲方便回向一切智智安住眞如乃至不思議界世尊云何以四靜慮無二爲方便無生爲方便無所得爲方便回向一切智智安住苦集滅道聖諦慶喜四靜慮四靜慮性空何以故以四靜慮性空與彼苦集滅道聖諦無二無二分故世尊云何以四無

量四無色定無二爲方便無生爲方便無所得爲方便回向一切智智安住苦集滅道聖諦慶喜四無量四無色定四無量四無色定性空何以故以四無量四無色定性空與彼苦集滅道聖諦無二無二分故慶喜由此故說以四靜慮等無二爲方便無生爲方便無所得爲方便回向一切智智安住苦集滅道聖諦世尊云何以四靜慮無二爲方便無生爲方便無所得爲方便回向一切智智修習四靜慮四無量四無色定慶喜四靜慮四靜慮性空何以故以四靜慮性空與四靜慮四無量四無色定無二無二分故世尊云何以四無量四無色定無二爲方便無生爲方便無所得爲方便回向一切智智修習四靜慮四無量四無色定慶喜四無量四無色定四

無量四無色定性空何以故以四無量四無色定性空與四靜慮四無量四無色定無二無二分故慶喜由此故說以四靜慮等無二爲方便無生爲方便無所得爲方便回向一切智智修習四靜慮四無量四無色定世尊云何以四靜慮無二爲方便無生爲方便無所得爲方便回向一切智智修習八解脫八勝處九次第定十遍處慶喜四靜慮四靜慮性空何以故以四靜慮性空與八解脫八勝處九次第定十遍處無二無二分故世尊云何以四無量四無色定無二爲方便無生爲方便無所得爲方便回向一切智智修習八解脫八勝處九次第定十遍處慶喜四無量四無色定四無量四無色定性空何以故以四無量四無色定性空與八解脫八勝處九

次第定十遍處無二無二分故慶喜由此故說以四靜慮等無二爲方便無生爲方便無所得爲方便回向一切智智修習八解脱八勝處九次第定十遍處世尊云何以四靜慮無二爲方便無生爲方便無所得爲方便回向一切智智修習四念住四正斷四神足五根五力七等覺支八聖道支慶喜四靜慮四靜慮性空何以故以四靜慮性空與四念住四正斷四神足五根五力七等覺支八聖道支無二無二分故世尊云何以四無量四無色定無二爲方便無生爲方便無所得爲方便回向一切智智修習四念住四正斷四神足五根五力七等覺支八聖道支慶喜四無量四無色定四無量四無色定性空何以故以四無量四無色定性空與四念住四正斷

四神足五根五力七等覺支八聖道支無二無二分故慶喜由此故說以四靜慮等無二爲方便無生爲方便無所得爲方便回向一切智智修習四念住四正斷四神足五根五力七等覺支八聖道支世尊云何以四靜慮無二爲方便無生爲方便無所得爲方便回向一切智智修習空解脱門無相解脱門無願解脱門慶喜四靜慮四靜慮性空何以故以四靜慮性空與空解脱門無相解脱門無願解脱門無二無二分故世尊云何以四無量四無色定無二爲方便無生爲方便無所得爲方便回向一切智智修習空解脱門無相解脱門無願解脱門慶喜四無量四無色定四無量四無色定性空何以故以四無量四無色定性空與空解脱門無相解脱門無

願解脫門無二無二分故慶喜由此故說以四靜慮等無二爲方便無生爲方便無所得爲方便回向一切智智修習空解脫門無相解脫門無願解脫門世尊云何以四靜慮無二爲方便無生爲方便無所得爲方便回向一切智智修習五眼六神通慶喜四靜慮四靜慮性空何以故以四靜慮性空與五眼六神通無二無二分故世尊云何以四無量四無色定無二爲方便無生爲方便無所得爲方便回向一切智智修習五眼六神通慶喜四無量四無色定四無量四無色定性空何以故以四無量四無色定性空與五眼六神通無二無二分故慶喜由此故說以四靜慮等無二爲方便無生爲方便無所得爲方便回向一切智智修習五眼六神通世尊云何以四靜慮無二爲方便無生爲方便無所得爲方便回向一切智智修習佛十力四無所畏四無礙解大慈大悲大喜大捨十八佛不共法慶喜四靜慮四靜慮性空何以故以四靜慮性空與佛十力四無所畏四無礙解大慈大悲大喜大捨十八佛不共法無二無二分故世尊云何以四無量四無色定無二爲方便無生爲方便無所得爲方便回向一切智智修習佛十力四無所畏四無礙解大慈大悲大喜大捨十八佛不共法慶喜四無量四無色定四無量四無色定性空何以故以四無量四無色定性空與佛十力四無所畏四無礙解大慈大悲大喜大捨十八佛不共法無二無二分故慶喜由此故說以四靜慮等無二爲方便無生爲方便無所得爲方便

回向一切智智修習佛十力四無所畏四無礙解大慈大悲大喜大捨十八佛不共法世尊云何以四靜慮無二爲方便無生爲方便無所得爲方便回向一切智智修習無忘失法恒住捨性慶喜四靜慮四靜慮性空何以故以四靜慮性空與無忘失法恒住捨性無二無二分故世尊云何以四無量四無色定無二爲方便無生爲方便無所得爲方便回向一切智智修習無忘失法恒住捨性慶喜四無量四無色定四無量四無色定性空何以故以四無量四無色定性空與無忘失法恒住捨性無二無二分故慶喜由此故説以四靜慮等無二爲方便無生爲方便無所得爲方便回向一切智智修習無忘失法恒住捨性世尊云何以四靜慮無二爲方便無生

爲方便無所得爲方便回向一切智智修習一切智道相智一切相智慶喜四靜慮四靜慮性空何以故以四靜慮性空與一切智道相智一切相智無二無二分故世尊云何以四無量四無色定無二爲方便無生爲方便無所得爲方便回向一切智智修習一切智道相智一切相智慶喜四無量四無色定四無量四無色定性空何以故以四無量四無色定性空與一切智道相智一切相智無二無二分故慶喜由此故説以四靜慮等無二爲方便無生爲方便無所得爲方便回向一切智智修習一切智道相智一切相智世尊云何以四靜慮無二爲方便無生爲方便無所得爲方便回向一切智智修習一切陀羅尼門一切三摩地門慶喜四靜慮四靜慮性

空何以故以四靜慮性空與一切陀羅尼門一切三摩地門無二無二分故世尊云何以四無量四無色定無二爲方便無生爲方便無所得爲方便回向一切智智修習一切陀羅尼門一切三摩地門慶喜四無量四無色定四無量四無色定性空何以故以四無量四無色定性空與一切陀羅尼門一切三摩地門無二無二分故慶喜由此故說以四靜慮等無二爲方便無生爲方便無所得爲方便回向一切智智修習一切陀羅尼門一切三摩地門世尊云何以四靜慮無二爲方便無生爲方便無所得爲方便回向一切智智修習菩薩摩訶薩行慶喜四靜慮四靜慮性空何以故以四靜慮性空與彼菩薩摩訶薩行無二無二分故世尊云何以四無量四無色定無二爲方便無生爲方便無所得爲方便回向一切智智修習菩薩摩訶薩行慶喜四無量四無色定四無量四無色定性空何以故以四無量四無色定性空與彼菩薩摩訶薩行無二無二分故慶喜由此故說以四靜慮等無二爲方便無生爲方便無所得爲方便回向一切智智修習一切菩薩摩訶薩行世尊云何以四靜慮無二爲方便無生爲方便無所得爲方便回向一切智智修習無上正等菩提慶喜四靜慮四靜慮性空何以故以四靜慮性空與彼無上正等菩提無二無二分故世尊云何以四無量四無色定無二爲方便無生爲方便無所得爲方便回向一切智智修習無上正等菩提慶喜四無量四無色定四無量四無色定性空何以故以

四無量四無色定性空與彼無上正等菩提無二無二分故慶喜由此故說以四靜慮等無二爲方便無生爲方便無所得爲方便回向一切智智修習無上正等菩提世尊云何以八解脫無二爲方便無生爲方便無所得爲方便回向一切智智修習布施淨戒安忍精進靜慮般若波羅蜜多慶喜八解脫八解脫性空何以故以八解脫性空與布施淨戒安忍精進靜慮般若波羅蜜多無二無二分故世尊云何以八勝處九次第定十遍處無二爲方便無生爲方便無所得爲方便回向一切智智修習布施淨戒安忍精進靜慮般若波羅蜜多慶喜八勝處九次第定十遍處八勝處九次第定十遍處性空何以故以八勝處九次第定十遍處性空與布施淨戒安忍精進靜慮般若波羅蜜多無二無二分故慶喜由此故說以八解脫等無二爲方便無生爲方便無所得爲方便回向一切智智修習布施淨戒安忍精進靜慮般若波羅蜜多世尊云何以八解脫無二爲方便無生爲方便無所得爲方便回向一切智智安住內空外空內外空空空大空勝義空有爲空無爲空畢竟空無際空散空無變異空本性空自相空共相空一切法空不可得空無性空自性空無性自性空慶喜八解脫八解脫性空何以故以八解脫性空與彼內空乃至無性自性空無二無二分故世尊云何以八勝處九次第定十遍處無二爲方便無生爲方便無所得爲方便回向一切智智安住內空外空內外空空空大空勝義空有爲空無爲空

畢竟空無際空散空無變異空本性空自相空共相空一切法空不可得空無性空自性空無性自性空慶喜八勝處九次第定十遍處八勝處九次第定十遍處性空何以故以八勝處九次第定十遍處性空與彼內空乃至無性自性空無二無二分故慶喜由此故說以八解脫等無二爲方便無生爲方便無所得爲方便回向一切智智安住內空乃至無性自性空世尊云何以八解脫無二爲方便無生爲方便無所得爲方便回向一切智智安住眞如法界法性不虛妄性不變異性平等性離生性法定法住實際虛空界不思議界慶喜八解脫八解脫性空何以故以八解脫性空與彼眞如乃至不思議界無二無二分故世尊云何以八勝處九次第定十遍處無二爲方便無生爲方便無所得爲方便回向一切智智安住眞如法界法性不虛妄性不變異性平等性離生性法定法住實際虛空界不思議界慶喜八勝處九次第定十遍處八勝處九次第定十遍處性空何以故以八勝處九次第定十遍處性空與彼眞如乃至不思議界無二無二分故慶喜由此故說以八解脫等無二爲方便無生爲方便無所得爲方便回向一切智智安住眞如乃至不思議界世尊云何以八解脫無二爲方便無生爲方便無所得爲方便回向一切智智安住苦集滅道聖諦慶喜八解脫八解脫性空何以故以八解脫性空與彼苦集滅道聖諦無二無二分故世尊云何以八勝處九次第定十遍處無二爲方便無生爲方便無所

得爲方便回向一切智智安住苦集滅道聖諦慶喜八勝處九次第定十遍處八勝處九次第定十遍處性空何以故以八勝處九次第定十遍處性空與彼苦集滅道聖諦無二無二分故慶喜由此故説以八解脫等無二爲方便無生爲方便無所得爲方便回向一切智智安住苦集滅道聖諦世尊云何以八解脫無二爲方便無生爲方便無所得爲方便回向一切智智修習四靜慮四無量四無色定慶喜八解脫八解脫性空何以故以八解脫性空與四靜慮四無量四無色定無二無二分故世尊云何以八勝處九次第定十遍處無二爲方便無生爲方便無所得爲方便回向一切智智修習四靜慮四無量四無色定慶喜八勝處九次第定十遍處八勝處九次第定十遍處性空何以故以八勝處九次第定十遍處性空與四靜慮四無量四無色定無二無二分故慶喜由此故説以八解脫等無二爲方便無生爲方便無所得爲方便回向一切智智修習四靜慮四無量四無色定世尊云何以八解脫無二爲方便無生爲方便無所得爲方便回向一切智智修習八勝處九次第定十遍處慶喜八解脫八解脫性空何以故以八解脫性空與八勝處九次第定十遍處無二無二分故世尊云何以八勝處九次第定十遍處無二爲方便無生爲方便無所得爲方便回向一切智智修習八解脫八勝處九次第定十遍處慶喜八勝處九次第定十遍處性空何以故以八勝處九

次第定十遍處性空與八解脫八勝處九次第定十遍處無二無二分故慶喜由此故說以八解脫等無二爲方便無生爲方便無所得爲方便回向一切智智修習八解脫八勝處九次第定十遍處世尊云何以八解脫無二爲方便無生爲方便無所得爲方便回向一切智智修習四念住四正斷四神足五根五力七等覺支八聖道支慶喜八解脫八解脫性空何以故以八解脫性空與四念住四正斷四神足五根五力七等覺支八聖道支無二無二分故世尊云何以八勝處九次第定十遍處無二爲方便無生爲方便無所得爲方便回向一切智智修習四念住四正斷四神足五根五力七等覺支八聖道支慶喜八勝處九次第定十遍處八勝處九次第定

十遍處性空何以故以八勝處九次第定十遍處性空與四念住四正斷四神足五根五力七等覺支八聖道支無二無二分故慶喜由此故說以八解脫等無二爲方便無生爲方便無所得爲方便回向一切智智修習四念住四正斷四神足五根五力七等覺支八聖道支世尊云何以八解脫無二爲方便無生爲方便無所得爲方便回向一切智智修習空解脫門無相解脫門無願解脫門慶喜八解脫八解脫性空何以故以八解脫性空與空解脫門無相解脫門無願解脫門無二無二分故世尊云何以八勝處九次第定十遍處無二爲方便無生爲方便無所得爲方便回向一切智智修習空解脫門無相解脫門無願解脫門慶喜八勝處九次第定十遍

處八勝處九次第定十遍處性空何以故以八勝處九次第定十遍處性空與空解脫門無相解脫門無願解脫門無二無二分故慶喜由此故說以八解脫等無二爲方便無生爲方便無所得爲方便回向一切智智修習空解脫門無相解脫門無願解脫門世尊云何以八解脫無二爲方便無生爲方便無所得爲方便回向一切智智修習五眼六神通慶喜八解脫八解脫性空何以故以八解脫性空與五眼六神通無二無二分故世尊云何以八勝處九次第定十遍處無二爲方便無生爲方便無所得爲方便回向一切智智修習五眼六神通慶喜八勝處九次第定十遍處八勝處九次第定十遍處性空何以故以八勝處九次第定十遍處性空與五眼六神通無二無二分故慶喜由此故說以八解脫等無二爲方便無生爲方便無所得爲方便回向一切智智修習五眼六神通世尊云何以八解脫無二爲方便無生爲方便無所得爲方便回向一切智智修習佛十力四無所畏四無礙解大慈大悲大喜大捨十八佛不共法慶喜八解脫八解脫性空何以故以八解脫性空與佛十力四無所畏四無礙解大慈大悲大喜大捨十八佛不共法無二無二分故世尊云何以八勝處九次第定十遍處無二爲方便無生爲方便無所得爲方便回向一切智智修習佛十力四無所畏四無礙解大慈大悲大喜大捨十八佛不共法慶喜八勝處九次第定十遍處八勝處九次第定十遍處性空何以故以八勝處九次第定

十遍處性空與佛十力四無所畏四無礙解
大慈大悲大喜大捨十八佛不共法無二無
二分故慶喜由此故說以八解脫等無二爲
方便無生爲方便無所得爲方便回向一切
智智修習佛十力四無所畏四無礙解大慈
大悲大喜大捨十八佛不共法

大般若波羅蜜多經卷第一百二十

大般若波羅蜜多經卷第一百二十一

唐三藏法師玄奘奉　詔譯

初分校量功德品第三十之十九

世尊云何以八解脫無二爲方便無生爲方便無所得爲方便迴向一切智智修習無忘失法恒住捨性慶喜八解脫八解脫性空何以故以八解脫性空與無忘失法恒住捨性無二無二分故世尊云何以八勝處九次第定十遍處無二爲方便無生爲方便無所得爲方便迴向一切智智修習無忘失法恒住捨性慶喜八勝處九次第定十遍處八勝處九次第定十遍處性空何以故以八勝處九次第定十遍處性空與無忘失法恒住捨性無二無二分故慶喜由此故說以八解脫等無二爲方便無生爲方便無所得爲方便迴向一切智智修習無忘失法恒住捨性世尊云何以八解脫無二爲方便無生爲方便無所得爲方便迴向一切智智修習一切智道相智一切相智慶喜八解脫八解脫性空何以故以八解脫性空與一切智道相智一切相智無二無二分故世尊云何以八勝處九次第定十遍處無二爲方便無生爲方便無所得爲方便迴向一切智智修習一切智道相智一切相智慶喜八勝處九次第定十遍處八勝處九次第定十遍處性空何以故以八勝處九次第定十遍處性空與一切智道相智一切相智無二無二分故慶喜由此故說以八解脫等無二爲方便無生爲方便無所得爲方便迴向一切智智修習一切智道相智一切相智世尊云何以八解脫無二爲

方便無生爲方便無所得爲方便迴向一切智智修習一切陀羅尼門一切三摩地門慶喜八解脱八解脱性空何以故以八解脱性空與一切陀羅尼門一切三摩地門無二無二分故世尊云何以八勝處九次第定十遍處無二爲方便無生爲方便無所得爲方便迴向一切智智修習一切陀羅尼門一切三摩地門慶喜八勝處九次第定十遍處八勝處九次第定十遍處性空何以故以八勝處九次第定十遍處性空與一切陀羅尼門一切三摩地門無二無二分故慶喜由此故説以八解脱等無二爲方便無生爲方便無所得爲方便迴向一切智智修習一切陀羅尼門一切三摩地門世尊云何以八解脱無二爲方便無生爲方便無所得爲方便迴向一切智智修習菩薩摩訶薩行慶喜八解脱八解脱性空何以故以八解脱性空與彼菩薩摩訶薩行無二無二分故世尊云何以八勝處九次第定十遍處無二爲方便無生爲方便無所得爲方便迴向一切智智修習菩薩摩訶薩行慶喜八勝處九次第定十遍處八勝處九次第定十遍處性空何以故以八勝處九次第定十遍處性空與彼菩薩摩訶薩行無二無二分故慶喜由此故説以八解脱等無二爲方便無生爲方便無所得爲方便迴向一切智智修習菩薩摩訶薩行世尊云何以八解脱無二爲方便無生爲方便無所得爲方便迴向一切智智修習無上正等菩提慶喜八解脱八解脱性空何以故以八解脱性空與彼無上正等菩提無二無二分故

世尊云何以八勝處九次第定十遍處無二爲方便無生爲方便無所得爲方便迴向一切智智修習無上正等菩提慶喜八勝處九次第定十遍處八勝處九次第定十遍處性空何以故以八勝處九次第定十遍處性空與彼無上正等菩提無二無二分故慶喜由此故說以八解脫等無二爲方便無生爲方便無所得爲方便迴向一切智智修習無上正等菩提世尊云何以四念住無二爲方便無生爲方便無所得爲方便迴向一切智智修習布施淨戒安忍精進靜慮般若波羅蜜多慶喜四念住四念住性空何以故以四念住性空與布施淨戒安忍精進靜慮般若波羅蜜多無二無二分故世尊云何以四正斷四神足五根五力七等覺支八聖道支無二爲方便無生爲方便無所得爲方便迴向一切智智修習布施淨戒安忍精進靜慮般若波羅蜜多慶喜四正斷四神足五根五力七等覺支八聖道支四正斷四神足五根五力七等覺支八聖道支性空何以故以四正斷四神足五根五力七等覺支八聖道支性空與布施淨戒安忍精進靜慮般若波羅蜜多無二無二分故慶喜由此故說以四念住等無二爲方便無生爲方便無所得爲方便迴向一切智智修習布施淨戒安忍精進靜慮般若波羅蜜多世尊云何以四念住無二爲方便無生爲方便無所得爲方便迴向一切智智安住內空外空內外空空空大空勝義空有爲空無爲空畢竟空無際空散空無變異空本性空自相空共相空一切法空不可

得空無性空自性空無性自性空慶喜四念住四念住性空何以故以四念住性空與彼内空乃至無性自性空無二無二分故世尊云何以四正斷四神足五根五力七等覺支八聖道支無二爲方便無生爲方便無所得爲方便迴向一切智智安住内空外空内外空空空大空勝義空有爲空無爲空畢竟空無際空散空無變異空本性空自相空共相空一切法空不可得空無性空自性空無性自性空慶喜四正斷四神足五根五力七等覺支八聖道支四正斷四神足五根五力七等覺支八聖道支性空何以故以四正斷四神足五根五力七等覺支八聖道支性空與彼内空乃至無性自性空無二無二分故慶喜由此故說以四念住等無二爲方便無生爲方便無所得爲方便迴向一切智智安住内空乃至無性自性空世尊云何以四念住無二爲方便無生爲方便無所得爲方便迴向一切智智安住眞如法界法性不虛妄性不變異性平等性離生性法定法住實際虛空界不思議界慶喜四念住四念住性空何以故以四念住性空與彼眞如乃至不思議界無二無二分故世尊云何以四正斷四神足五根五力七等覺支八聖道支無二爲方便無生爲方便無所得爲方便迴向一切智智安住眞如法界法性不虛妄性不變異性平等性離生性法定法住實際虛空界不思議界慶喜四正斷四神足五根五力七等覺支八聖道支四正斷四神足五根五力七等覺支八聖道支性空何以故以四正斷四神

足五根五力七等覺支八聖道支性空與彼
眞如乃至不思議界無二無二分故慶喜由
此故說以四念住等無二爲方便無生爲方
便無所得爲方便迴向一切智智安住眞如
乃至不思議界世尊云何以四念住無二爲
方便無生爲方便無所得爲方便迴向一切
智智安住苦集滅道聖諦慶喜四念住四念
住性空何以故以四念住性空與彼苦集滅
道聖諦無二無二分故世尊云何以四正斷
四神足五根五力七等覺支八聖道支無二
爲方便無生爲方便無所得爲方便迴向一
切智智安住苦集滅道聖諦慶喜四正斷四
神足五根五力七等覺支八聖道支四正斷
四神足五根五力七等覺支八聖道支性空
何以故以四正斷四神足五根五力七等覺

支八聖道支性空與彼苦集滅道聖諦無二
無二分故慶喜由此故說以四念住等無二
爲方便無生爲方便無所得爲方便迴向一
切智智安住苦集滅道聖諦世尊云何以四
念住無二爲方便無生爲方便無所得爲方
便迴向一切智智修習四靜慮四無量四無
色定慶喜四念住四念住性空何以故以四
念住性空與四靜慮四無量四無色定無二
無二分故世尊云何以四正斷四神足五根
五力七等覺支八聖道支無二爲方便無生
爲方便無所得爲方便迴向一切智智修習
四靜慮四無量四無色定慶喜四正斷四神
足五根五力七等覺支八聖道支四正斷四
神足五根五力七等覺支八聖道支性空何
以故以四正斷四神足五根五力七等覺支

八聖道支性空與四靜慮四無量四無色定無二無二分故慶喜由此故說以四念住等無二爲方便無生爲方便無所得爲方便迴向一切智智修習四靜慮四無量四無色定世尊云何以四念住無二爲方便無生爲方便無所得爲方便迴向一切智智修習八解脫八勝處九次第定十遍處慶喜四念住四念住性空何以故以四念住性空與八解脫八勝處九次第定十遍處無二無二分故世尊云何以四正斷四神足五根五力七等覺支八聖道支無二爲方便無生爲方便無所得爲方便迴向一切智智修習八解脫八勝處九次第定十遍處慶喜四正斷四神足五根五力七等覺支八聖道支四正斷四神足五根五力七等覺支八聖道支性空何以故以四正斷四神足五根五力七等覺支八聖道支性空與八解脫八勝處九次第定十遍處無二無二分故慶喜由此故說以四念住等無二爲方便無生爲方便無所得爲方便迴向一切智智修習八解脫八勝處九次第定十遍處世尊云何以四念住無二爲方便無生爲方便無所得爲方便迴向一切智智修習四念住四正斷四神足五根五力七等覺支八聖道支慶喜四念住四念住性空何以故以四念住性空與四念住四正斷四神足五根五力七等覺支八聖道支無二無二分故世尊云何以四正斷四神足五根五力七等覺支八聖道支無二爲方便無生爲方便無所得爲方便迴向一切智智修習四念住四正斷四神足五根五力七等覺支八聖

道支慶喜四正斷四神足五根五力七等覺支八聖道支四正斷四神足五根五力七等覺支八聖道支性空何以故以四正斷四神足五根五力七等覺支八聖道支性空與四念住四正斷四神足五根五力七等覺支八聖道支無二無二分故慶喜由此故說以四念住等無二爲方便無生爲方便無所得爲方便迴向一切智智修習四念住四正斷四神足五根五力七等覺支八聖道支世尊云何以四念住無二爲方便無生爲方便無所得爲方便迴向一切智智修習空解脱門無相解脱門無願解脱門慶喜四念住四念住性空何以故以四念住性空與空解脱門無相解脱門無願解脱門無二無二分故世尊云何以四正斷四神足五根五力七等覺支八聖道支無二爲方便無生爲方便無所得爲方便迴向一切智智修習空解脱門無相解脱門無願解脱門慶喜四正斷四神足五根五力七等覺支八聖道支四正斷四神足五根五力七等覺支八聖道支性空何以故以四正斷四神足五根五力七等覺支八聖道支性空與空解脱門無相解脱門無願解脱門無二無二分故慶喜由此故說以四念住等無二爲方便無生爲方便無所得爲方便迴向一切智智修習空解脱門無相解脱門無願解脱門世尊云何以四念住無二爲方便無生爲方便無所得爲方便迴向一切智智修習五眼六神通慶喜四念住四念住性空何以故以四念住性空與五眼六神通無二無二分故世尊云何以四正斷四神足

五根五力七等覺支八聖道支無二爲方便無生爲方便無所得爲方便迴向一切智智修習五眼六神通慶喜四正斷四神足五根五力七等覺支八聖道支四正斷四神足五根五力七等覺支八聖道支性空何以故以四正斷四神足五根五力七等覺支八聖道支性空與五眼六神通無二無二分故慶喜由此故說以四念住等無二爲方便無生爲方便無所得爲方便迴向一切智智修習五眼六神通世尊云何以四念住無二爲方便無生爲方便無所得爲方便迴向一切智智修習佛十力四無所畏四無礙解大慈大悲大喜大捨十八佛不共法慶喜四念住四念住性空何以故以四念住性空與佛十力四無所畏四無礙解大慈大悲大喜大捨十八佛不共法無二無二分故世尊云何以四正斷四神足五根五力七等覺支八聖道支無二爲方便無生爲方便無所得爲方便迴向一切智智修習佛十力四無所畏四無礙解大慈大悲大喜大捨十八佛不共法慶喜四正斷四神足五根五力七等覺支八聖道支四五斷四神足五根正力七等覺支八聖道支性空何以故以四正斷四神足五根五力七等覺支八聖道支性空與佛十力四無所畏四無礙解大慈大悲大喜大捨十八佛不共法無二無二分故慶喜由此故說以四念住等無二爲方便無生爲方便無所得爲方便迴向一切智智修習佛十力四無所畏四無礙解大慈大悲大喜大捨十八佛不共法世尊云何以四念住無二爲方便無生爲方

便無所得爲方便迴向一切智智修習無忘失法恒住捨性慶喜四念住四念住性空何以故以四念住性空與無忘失法恒住捨性無二無二分故世尊云何以四正斷四神足五根五力七等覺支八聖道支無二爲方便無生爲方便無所得爲方便迴向一切智智修習無忘失法恒住捨性慶喜四正斷四神足五根五力七等覺支八聖道支四正斷四神足五根五力七等覺支八聖道支性空何以故以四正斷四神足五根五力七等覺支八聖道支性空與無忘失法恒住捨性無二無二分故慶喜由此故說以四念住等無二爲方便無生爲方便無所得爲方便迴向一切智智修習無忘失法恒住捨性世尊云何以四念住無二爲方便無生爲方便無所得

爲方便迴向一切智智修習一切智道相智一切相智慶喜四念住四念住性空何以故以四念住性空與一切智道相智一切相智無二無二分故世尊云何以四正斷四神足五根五力七等覺支八聖道支無二爲方便無生爲方便無所得爲方便迴向一切智智修習一切智道相智一切相智慶喜四正斷四神足五根五力七等覺支八聖道支四正斷四神足五根五力七等覺支八聖道支性空何以故以四正斷四神足五根五力七等覺支八聖道支性空與一切智道相智一切相智無二無二分故慶喜由此故說以四念住等無二爲方便無生爲方便無所得爲方便迴向一切智智修習一切智道相智一切相智世尊云何以四念住無二爲方便無生

爲方便無所得爲方便迴向一切智智修習一切陀羅尼門一切三摩地門慶喜四念住四念住性空何以故以四念住性空與一切陀羅尼門一切三摩地門無二無二分故世尊云何以四正斷四神足五根五力七等覺支八聖道支無二爲方便無生爲方便無所得爲方便迴向一切智智修習一切陀羅尼門一切三摩地門慶喜四正斷四神足五根五力七等覺支八聖道支四正斷四神足五根五力七等覺支八聖道支性空何以故以四正斷四神足五根五力七等覺支八聖道支性空與一切陀羅尼門一切三摩地門無二無二分故慶喜由此故説以四念住等無二爲方便無生爲方便無所得爲方便迴向一切智智修習一切陀羅尼門一切三摩地門世尊云何以四念住無二爲方便無生爲方便無所得爲方便迴向一切智智修習菩薩摩訶薩行慶喜四念住四念住性空何以故以四念住性空與彼菩薩摩訶薩行無二無二分故世尊云何以四正斷四神足五根五力七等覺支八聖道支無二爲方便無生爲方便無所得爲方便迴向一切智智修習菩薩摩訶薩行慶喜四正斷四神足五根五力七等覺支八聖道支四正斷四神足五根五力七等覺支八聖道支性空何以故以四正斷四神足五根五力七等覺支八聖道支性空與彼菩薩摩訶薩行無二無二分故慶喜由此故説以四念住等無二爲方便無生爲方便無所得爲方便迴向一切智智修習菩薩摩訶薩行世尊云何以四念住無二爲

方便無生爲方便無所得爲方便迴向一切智智修習無上正等菩提慶喜四念住四念住性空何以故以四念住性空與彼無上正等菩提無二無二分故世尊云何以四正斷四神足五根五力七等覺支八聖道支無二爲方便無生爲方便無所得爲方便迴向一切智智修習無上正等菩提慶喜四正斷四神足五根五力七等覺支八聖道支四正斷四神足五根五力七等覺支八聖道支性空何以故以四正斷四神足五根五力七等覺支八聖道支性空與彼無上正等菩提無二無二分故慶喜由此故說以四念住等無二爲方便無生爲方便無所得爲方便迴向一切智智修習無上正等菩提世尊云何以空解脫門無二爲方便無生爲方便無所得爲

方便迴向一切智智修習布施淨戒安忍精進靜慮般若波羅蜜多慶喜空解脫門空解脫門性空何以故以空解脫門性空與布施淨戒安忍精進靜慮般若波羅蜜多無二無二分故世尊云何以無相無願解脫門無二爲方便無生爲方便無所得爲方便迴向一切智智修習布施淨戒安忍精進靜慮般若波羅蜜多慶喜無相無願解脫門無相無願解脫門性空何以故以無相無願解脫門性空與布施淨戒安忍精進靜慮般若波羅蜜多無二無二分故慶喜由此故說以空解脫門等無二爲方便無生爲方便無所得爲方便迴向一切智智修習布施淨戒安忍精進靜慮般若波羅蜜多世尊云何以空解脫門無二爲方便無生爲方便無所得爲方便迴

向一切智智安住内空外空内外空空空大空勝義空有爲空無爲空畢竟空無際空散空無變異空本性空自相空共相空一切法空不可得空無性空自性空無性自性空慶喜空解脱門空解脱門性空何以故以空解脱門性空與彼内空乃至無性自性空無二無二分故世尊云何以無相無願解脱門無二爲方便無生爲方便無所得爲方便迴向一切智智安住内空外空内外空空空大空勝義空有爲空無爲空畢竟空無際空散空無變異空本性空自相空共相空一切法空不可得空無性空自性空無性自性空慶喜無相無願解脱門無相無願解脱門性空何以故以無相無願解脱門性空與彼内空乃至無性自性空無二無二分故慶喜由此故說以空解脱門等無二爲方便無生爲方便無所得爲方便迴向一切智智安住内空乃至無性自性空世尊云何以空解脱門無二爲方便無生爲方便無所得爲方便迴向一切智智安住眞如法界法性不虚妄性不變異性平等性離生性法定法住實際虚空界不思議界慶喜空解脱門空解脱門性空何以故以空解脱門性空與彼眞如乃至不思議界無二無二分故世尊云何以無相無願解脱門無二爲方便無生爲方便無所得爲方便迴向一切智智安住眞如法界法性不虚妄性不變異性平等性離生性法定法住實際虚空界不思議界慶喜無相無願解脱門無相無願解脱門性空何以故以無相無願解脱門性空與彼眞如乃至不思議界無

二無二分故慶喜由此故説以空解脱門等無二爲方便無生爲方便無所得爲方便迴向一切智智安住眞如乃至不思議界世尊云何以空解脱門無二爲方便無生爲方便無所得爲方便迴向一切智智安住苦集滅道聖諦慶喜空解脱門空解脱門性空何以故以空解脱門性空與彼苦集滅道聖諦無二無二分故世尊云何以無相無願解脱門無二爲方便無生爲方便無所得爲方便迴向一切智智安住苦集滅道聖諦慶喜無相無願解脱門無相無願解脱門性空何以故以無相無願解脱門性空與彼苦集滅道聖諦無二無二分故慶喜由此故説以空解脱門等無二爲方便無生爲方便無所得爲方便迴向一切智智安住苦集滅道聖諦世尊云何以空解脱門無二爲方便無生爲方便無所得爲方便迴向一切智智修習四靜慮四無量四無色定慶喜空解脱門空解脱門性空何以故以空解脱門性空與四靜慮四無量四無色定無二無二分故世尊云何以無相無願解脱門無二爲方便無生爲方便無所得爲方便迴向一切智智修習四靜慮四無量四無色定慶喜無相無願解脱門無相無願解脱門性空何以故以無相無願解脱門性空與四靜慮四無量四無色定無二無二分故慶喜由此故説以空解脱門等無二爲方便無生爲方便無所得爲方便迴向一切智智修習四靜慮四無量四無色定世尊云何以空解脱門無二爲方便無生爲方便無所得爲方便迴向一切智智修習八解

脱八勝處九次第定十遍處慶喜空解脱門
空解脱門性空何以故以空解脱門性空與
八解脱八勝處九次第定十遍處無二無二
分故世尊云何以無相無願解脱門無二爲
方便無生爲方便無所得爲方便迴向一切
智智修習八解脱八勝處九次第定十遍處
慶喜無相無願解脱門無相無願解脱門性
空何以故以無相無願解脱門性空與八解
脱八勝處九次第定十遍處無二無二分故
慶喜由此故説以空解脱門等無二爲方便
無生爲方便無所得爲方便迴向一切智智
修習八解脱八勝處九次第定十遍處世尊
云何以空解脱門無二爲方便無生爲方便
無所得爲方便迴向一切智智修習四念住
四正斷四神足五根五力七等覺支八聖道
支慶喜空解脱門空解脱門性空何以故以
空解脱門性空與四念住四正斷四神足五
根五力七等覺支八聖道支無二無二分故
世尊云何以無相無願解脱門無二爲方便
無生爲方便無所得爲方便迴向一切智智
修習四念住四正斷四神足五根五力七等
覺支八聖道支慶喜無相無願解脱門無相
無願解脱門性空何以故以無相無願解脱
門性空與四念住四正斷四神足五根五力
七等覺支八聖道支無二無二分故慶喜由
此故説以空解脱門等無二爲方便無生爲
方便無所得爲方便迴向一切智智修習四
念住四正斷四神足五根五力七等覺支八
聖道支世尊云何以空解脱門無二爲方便
無生爲方便無所得爲方便迴向一切智智

修習空解脫門無相解脫門無願解脫門慶喜空解脫門空解脫門性空何以故以空解脫門性空與空解脫門無相解脫門無願解脫門無二無二分故世尊云何以無相無願解脫門無二爲方便無生爲方便無所得爲方便迴向一切智智修習空解脫門無相解脫門無願解脫門慶喜無相無願解脫門無相無願解脫門性空何以故以無相無願解脫門性空與空解脫門無相解脫門無願解脫門無二無二分故慶喜由此故說以空解脫門等無二爲方便無生爲方便無所得爲方便迴向一切智智修習空解脫門無相解脫門無願解脫門世尊云何以空解脫門無二爲方便無生爲方便無所得爲方便迴向一切智智修習五眼六神通慶喜空解脫門空解脫門性空何以故以空解脫門性空與五眼六神通無二無二分故世尊云何以無相無願解脫門無二爲方便無生爲方便無所得爲方便迴向一切智智修習五眼六神通慶喜無相無願解脫門無相無願解脫門性空何以故以無相無願解脫門性空與五眼六神通無二無二分故慶喜由此故說以空解脫門等無二爲方便無生爲方便無所得爲方便迴向一切智智修習五眼六神通世尊云何以空解脫門無二爲方便無生爲方便無所得爲方便迴向一切智智修習佛十力四無所畏四無礙解大慈大悲大喜大捨十八佛不共法慶喜空解脫門空解脫門性空何以故以空解脫門性空與佛十力四無所畏四無礙解大慈大悲大喜大捨十八

佛不共法無二無二分故世尊云何以無相無願解脱門無二爲方便無生爲方便無所得爲方便迴向一切智智修習佛十力四無所畏四無礙解大慈大悲大喜大捨十八佛不共法慶喜無相無願解脱門無相無願解脱門性空何以故以無相無願解脱門性空與佛十力四無所畏四無礙解大慈大悲大喜大捨十八佛不共法無二無二分故慶喜由此故説以空解脱門等無二爲方便無生爲方便無所得爲方便迴向一切智智修習佛十力四無所畏四無礙解大慈大悲大喜大捨十八佛不共法

大般若波羅蜜多經卷第一百二十一

大般若波羅蜜多經卷第一百二十二

唐三藏法師玄奘奉 詔譯

初分校量功德品第三十之二十

世尊云何以空解脫門無二爲方便無生爲方便無所得爲方便迴向一切智智修習無忘失法恒住捨性慶喜空解脫門空解脫門性空何以故以空解脫門性空與無忘失法恒住捨性無二無二分故世尊云何以無相無願解脫門無二爲方便無生爲方便無所得爲方便迴向一切智智修習無忘失法恒住捨性慶喜無相無願解脫門無相無願解脫門性空何以故以無相無願解脫門性空與無忘失法恒住捨性無二無二分故慶喜由此故說以空解脫門等無二爲方便無生爲方便無所得爲方便迴向一切智智修習無忘失法恒住捨性世尊云何以空解脫門無二爲方便無生爲方便無所得爲方便迴向一切智智修習一切智道相智一切相智慶喜空解脫門空解脫門性空何以故以空解脫門性空與一切智道相智一切相智無二無二分故世尊云何以無相無願解脫門無二爲方便無生爲方便無所得爲方便迴向一切智智修習一切智道相智一切相智慶喜無相無願解脫門無相無願解脫門性空何以故以無相無願解脫門性空與一切智道相智一切相智無二無二分故慶喜由此故說以空解脫門等無二爲方便無生爲方便無所得爲方便迴向一切智智修習一切智道相智一切相智世尊云何以空解脫門無二爲方便無生爲方便無所得爲方便

迴向一切智智修習一切陀羅尼門一切三摩地門慶喜空解脱門空解脱門性空何以故以空解脱門性空與一切陀羅尼門一切三摩地門無二無二分故世尊云何以無相無願解脱門無二爲方便無生爲方便無所得爲方便迴向一切智智修習一切陀羅尼門一切三摩地門慶喜無相無願解脱門無相無願解脱門性空何以故以無相無願解脱門性空與一切陀羅尼門一切三摩地門無二無二分故慶喜由此故説以空解脱門等無二爲方便無生爲方便無所得爲方便迴向一切智智修習一切陀羅尼門一切三摩地門世尊云何以空解脱門無二爲方便無生爲方便無所得爲方便迴向一切智智修習菩薩摩訶薩行慶喜空解脱門空解脱門性空何以故以空解脱門性空與彼菩薩摩訶薩行無二無二分故世尊云何以無相無願解脱門無二爲方便無生爲方便無所得爲方便迴向一切智智修習菩薩摩訶薩行慶喜無相無願解脱門無相無願解脱門性空何以故以無相無願解脱門性空與彼菩薩摩訶薩行無二無二分故慶喜由此故説以空解脱門等無二爲方便無生爲方便無所得爲方便迴向一切智智修習菩薩摩訶薩行世尊云何以空解脱門無二爲方便無生爲方便無所得爲方便迴向一切智智修習無上正等菩提慶喜空解脱門空解脱門性空何以故以空解脱門性空與彼無上正等菩提無二無二分故世尊云何以無相無願解脱門無二爲方便無生爲方便無所

得爲方便迴向一切智智修習無上正等菩提慶喜無相無願解脫門無相無願解脫門性空何以故以無相無願解脫門性空與彼無上正等菩提無二無二分故慶喜由此故說以空解脫門等無二爲方便無生爲方便無所得爲方便迴向一切智智修習無上正等菩提世尊云何以五眼無二爲方便無生爲方便無所得爲方便迴向一切智智修習布施淨戒安忍精進靜慮般若波羅蜜多慶喜五眼五眼性空何以故以五眼性空與布施淨戒安忍精進靜慮般若波羅蜜多無二無二分故世尊云何以六神通無二爲方便無生爲方便無所得爲方便迴向一切智智修習布施淨戒安忍精進靜慮般若波羅蜜多慶喜六神通六神通性空何以故以六神通性空與布施淨戒安忍精進靜慮般若波羅蜜多無二無二分故慶喜由此故說以五眼等無二爲方便無生爲方便無所得爲方便迴向一切智智修習布施淨戒安忍精進靜慮般若波羅蜜多世尊云何以五眼無二爲方便無生爲方便無所得爲方便迴向一切智智安住內空外空內外空空空大空勝義空有爲空無爲空畢竟空無際空散空無變異空本性空自相空共相空一切法空不可得空無性空自性空無性自性空慶喜五眼五眼性空何以故以五眼性空與彼內空乃至無性自性空無二無二分故世尊云何以六神通無二爲方便無生爲方便無所得爲方便迴向一切智智安住內空外空內外空空空大空勝義空有爲空無爲空畢竟空

無際空散空無變異空本性空自相空共相空一切法空不可得空無性空自性空無性自性空慶喜六神通六神通性空何以故以六神通性空與彼內空乃至無性自性空無二無二分故慶喜由此故說以五眼等無二爲方便無生爲方便無所得爲方便迴向一切智智安住內空乃至無性自性空世尊云何以五眼無二爲方便無生爲方便無所得爲方便迴向一切智智安住眞如法界法性不虛妄性不變異性平等性離生性法定法住實際虛空界不思議界慶喜五眼五眼性空何以故以五眼性空與彼眞如乃至不思議界無二無二分故世尊云何以六神通無二爲方便無生爲方便無所得爲方便迴向一切智智安住眞如法界法性不虛妄性不變異性平等性離生性法定法住實際虛空界不思議界慶喜六神通六神通性空何以故以六神通性空與彼眞如乃至不思議界無二無二分故慶喜由此故說以五眼等無二爲方便無生爲方便無所得爲方便迴向一切智智安住眞如乃至不思議界世尊云何以五眼無二爲方便無生爲方便無所得爲方便迴向一切智智安住苦集滅道聖諦慶喜五眼五眼性空何以故以五眼性空與彼苦集滅道聖諦無二無二分故世尊云何以六神通無二爲方便無生爲方便無所得爲方便迴向一切智智安住苦集滅道聖諦慶喜六神通六神通性空何以故以六神通性空與彼苦集滅道聖諦無二無二分故慶喜由此故說以五眼等無二爲方便無生爲

方便無所得爲方便迴向一切智智安住苦集滅道聖諦世尊云何以五眼無二爲方便無生爲方便無所得爲方便迴向一切智智修習四靜慮四無量四無色定慶喜五眼五眼性空何以故以五眼性空與四靜慮四無量四無色定無二無二分故世尊云何以六神通無二爲方便無生爲方便無所得爲方便迴向一切智智修習四靜慮四無量四無色定慶喜六神通六神通性空何以故以六神通性空與四靜慮四無量四無色定無二無二分故慶喜由此故說以五眼等無二爲方便無生爲方便無所得爲方便迴向一切智智修習四靜慮四無量四無色定世尊云何以五眼無二爲方便無生爲方便無所得爲方便迴向一切智智修習八解脫八勝處九次第定十遍處慶喜五眼五眼性空何以故以五眼性空與八解脫八勝處九次第定十遍處無二無二分故世尊云何以六神通無二爲方便無生爲方便無所得爲方便迴向一切智智修習八解脫八勝處九次第定十遍處慶喜六神通六神通性空何以故以六神通性空與八解脫八勝處九次第定十遍處無二無二分故慶喜由此故說以五眼等無二爲方便無生爲方便無所得爲方便迴向一切智智修習八解脫八勝處九次第定十遍處世尊云何以五眼無二爲方便無生爲方便無所得爲方便迴向一切智智修習四念住四正斷四神足五根五力七等覺支八聖道支慶喜五眼五眼性空何以故以五眼性空與四念住四正斷四神足五根五

力七等覺支八聖道支無二無二分故世尊云何以六神通無二爲方便無生爲方便無所得爲方便迴向一切智智修習四念住四正斷四神足五根五力七等覺支八聖道支慶喜六神通六神通性空何以故以六神通性空與四念住四正斷四神足五根五力七等覺支八聖道支無二無二分故慶喜由此故說以五眼等無二爲方便無生爲方便無所得爲方便迴向一切智智修習四念住四正斷四神足五根五力七等覺支八聖道支世尊云何以五眼無二爲方便無生爲方便無所得爲方便迴向一切智智修習空解脫門無相解脫門無願解脫門慶喜五眼五眼性空何以故以五眼性空與空解脫門無相解脫門無願解脫門無二無二分故世尊云

何以六神通無二爲方便無生爲方便無所得爲方便迴向一切智智修習空解脫門無相解脫門無願解脫門慶喜六神通六神通性空何以故以六神通性空與空解脫門無相解脫門無願解脫門無二無二分故慶喜由此故說以五眼等無二爲方便無生爲方便無所得爲方便迴向一切智智修習空解脫門無相解脫門無願解脫門世尊云何以五眼無二爲方便無生爲方便無所得爲方便迴向一切智智修習五眼六神通慶喜五眼五眼性空何以故以五眼性空與五眼六神通無二無二分故世尊云何以六神通無二爲方便無生爲方便無所得爲方便迴向一切智智修習五眼六神通慶喜六神通六神通性空何以故以六神通性空與五眼六

神通無二無二分故慶喜由此故說以五眼等無二爲方便無生爲方便無所得爲方便迴向一切智智修習五眼六神通世尊云何以五眼無二爲方便無生爲方便無所得爲方便迴向一切智智修習佛十力四無所畏四無礙解大慈大悲大喜大捨十八佛不共法慶喜五眼五眼性空何以故以五眼性空與佛十力四無所畏四無礙解大慈大悲大喜大捨十八佛不共法無二無二分故世尊云何以六神通無二爲方便無生爲方便無所得爲方便迴向一切智智修習佛十力四無所畏四無礙解大慈大悲大喜大捨十八佛不共法慶喜六神通六神通性空何以故以六神通性空與佛十力四無所畏四無礙解大慈大悲大喜大捨十八佛不共法無二無二分故慶喜由此故說以五眼等無二爲方便無生爲方便無所得爲方便迴向一切智智修習佛十力四無所畏四無礙解大慈大悲大喜大捨十八佛不共法世尊云何以五眼無二爲方便無生爲方便無所得爲方便迴向一切智智修習無忘失法恒住捨性慶喜五眼五眼性空何以故以五眼性空與無忘失法恒住捨性無二無二分故世尊云何以六神通無二爲方便無生爲方便無所得爲方便迴向一切智智修習無忘失法恒住捨性慶喜六神通六神通性空何以故以六神通性空與無忘失法恒住捨性無二無二分故慶喜由此故說以五眼等無二爲方便無生爲方便無所得爲方便迴向一切智智修習無忘失法恒住捨性世尊云何以五

眼無二爲方便無生爲方便無所得爲方便迴向一切智智修習一切智道相智一切相智慶喜五眼五眼性空何以故以五眼性空與一切智道相智一切相智無二無二分故世尊云何以六神通無二爲方便無生爲方便無所得爲方便迴向一切智智修習一切智道相智一切相智慶喜六神通六神通性空何以故以六神通性空與一切智道相智一切相智無二無二分故慶喜由此故說以五眼等無二爲方便無生爲方便無所得爲方便迴向一切智智修習一切智道相智一切相智世尊云何以五眼無二爲方便無生爲方便無所得爲方便迴向一切智智修習一切陀羅尼門一切三摩地門慶喜五眼五眼性空何以故以五眼性空與一切陀羅尼門一切三摩地門無二無二分故世尊云何以六神通無二爲方便無生爲方便無所得爲方便迴向一切智智修習一切陀羅尼門一切三摩地門慶喜六神通六神通性空何以故以六神通性空與一切陀羅尼門一切三摩地門無二無二分故慶喜由此故說以五眼等無二爲方便無生爲方便無所得爲方便迴向一切智智修習一切陀羅尼門一切三摩地門世尊云何以五眼無二爲方便無生爲方便無所得爲方便迴向一切智智修習菩薩摩訶薩行慶喜五眼五眼性空何以故以五眼性空與彼菩薩摩訶薩行無二無二分故世尊云何以六神通無二爲方便無生爲方便無所得爲方便迴向一切智智修習菩薩摩訶薩行慶喜六神通六神通性

空何以故以六神通性空與彼菩薩摩訶薩行無二無二分故慶喜由此故說以五眼等無二為方便無生為方便無所得為方便迴向一切智智修習菩薩摩訶薩行世尊云何以五眼無二為方便無生為方便無所得為方便迴向一切智智修習無上正等菩提慶喜五眼五眼性空何以故以五眼性空與彼無上正等菩提無二無二分故世尊云何以六神通無二為方便無生為方便無所得為方便迴向一切智智修習無上正等菩提慶喜六神通六神通性空何以故以六神通性空與彼無上正等菩提無二無二分故慶喜由此故說以五眼等無二為方便無生為方便無所得為方便迴向一切智智修習無上正等菩提世尊云何以佛十力無二為方便無生為方便無所得為方便迴向一切智智修習布施淨戒安忍精進靜慮般若波羅蜜多慶喜佛十力佛十力性空何以故以佛十力性空與布施淨戒安忍精進靜慮般若波羅蜜多無二無二分故世尊云何以四無所畏四無礙解大慈大悲大喜大捨十八佛不共法無二為方便無生為方便無所得為方便迴向一切智智修習布施淨戒安忍精進靜慮般若波羅蜜多慶喜四無所畏四無礙解大慈大悲大喜大捨十八佛不共法四無所畏四無礙解大慈大悲大喜大捨十八佛不共法性空何以故以四無所畏四無礙解大慈大悲大喜大捨十八佛不共法性空與布施淨戒安忍精進靜慮般若波羅蜜多無二無二分故慶喜由此故說以佛十力等無

二爲方便無生爲方便無所得爲方便迴向一切智智修習布施淨戒安忍精進靜慮般若波羅蜜多世尊云何以佛十力無二爲方便無生爲方便無所得爲方便迴向一切智智安住内空外空内外空空空大空勝義空有爲空無爲空畢竟空無際空散空無變異空本性空自相空共相空一切法空不可得空無性空自性空無性自性空慶喜佛十力佛十力性空何以故以佛十力性空與彼内空乃至無性自性空無二無二分故世尊云何以四無所畏四無礙解大慈大悲大喜大捨十八佛不共法無二爲方便無生爲方便無所得爲方便迴向一切智智安住内空外空内外空空空大空勝義空有爲空無爲空畢竟空無際空散空無變異空本性空自相空共相空一切法空不可得空無性空自性空無性自性空慶喜四無所畏四無礙解大慈大悲大喜大捨十八佛不共法四無所畏四無礙解大慈大悲大喜大捨十八佛不共法性空何以故以四無所畏四無礙解大慈大悲大喜大捨十八佛不共法性空與彼内空乃至無性自性空無二無二分故慶喜由此故説以佛十力等無二爲方便無生爲方便無所得爲方便迴向一切智智安住内空乃至無性自性空世尊云何以佛十力無二爲方便無生爲方便無所得爲方便迴向一切智智安住真如法界法性不虚妄性不變異性平等性離生性法定法住實際虚空界不思議界慶喜佛十力佛十力性空何以故以佛十力性空與彼真如乃至不思議界無

二無二分故世尊云何以四無所畏四無礙解大慈大悲大喜大捨十八佛不共法無二為方便無生為方便無所得為方便迴向一切智智安住真如法界法性不虛妄性不變異性平等性離生性法定法住實際虛空界不思議界慶喜四無所畏四無礙解大慈大悲大喜大捨十八佛不共法四無所畏四無礙解大慈大悲大喜大捨十八佛不共法性空何以故以四無所畏四無礙解大慈大悲大喜大捨十八佛不共法性空與彼真如乃至不思議界無二無二分故慶喜由此故說以佛十力等無二為方便無生為方便無所得為方便迴向一切智智安住真如乃至不思議界世尊云何以佛十力無二為方便無生為方便無所得為方便迴向一切智智安

住苦集滅道聖諦慶喜佛十力佛十力性空何以故以佛十力性空與彼苦集滅道聖諦無二無二分故世尊云何以四無所畏四無礙解大慈大悲大喜大捨十八佛不共法無二為方便無生為方便無所得為方便迴向一切智智安住苦集滅道聖諦慶喜四無所畏四無礙解大慈大悲大喜大捨十八佛不共法四無所畏四無礙解大慈大悲大喜大捨十八佛不共法性空何以故以四無所畏四無礙解大慈大悲大喜大捨十八佛不共法性空與彼苦集滅道聖諦無二無二分故慶喜由此故說以佛十力等無二為方便無生為方便無所得為方便迴向一切智智安住苦集滅道聖諦世尊云何以佛十力無二為方便無生為方便無所得為方便迴向一

切智智修習四靜慮四無量四無色定慶喜佛十力佛十力性空何以故以佛十力性空與四靜慮四無量四無色定無二無二分故世尊云何以四無所畏四無礙解大慈大悲大喜大捨十八佛不共法無二爲方便無生爲方便無所得爲方便迴向一切智智修習四靜慮四無量四無色定慶喜四無所畏四無礙解大慈大悲大喜大捨十八佛不共法四無所畏四無礙解大慈大悲大喜大捨十八佛不共法性空何以故以四無所畏四無礙解大慈大悲大喜大捨十八佛不共法性空與四靜慮四無量四無色定無二無二分故慶喜由此故說以佛十力等無二爲方便無生爲方便無所得爲方便迴向一切智智修習四靜慮四無量四無色定世尊云何以佛十力無二爲方便無生爲方便無所得爲方便迴向一切智智修習八解脫八勝處九次第定十遍處慶喜佛十力佛十力性空何以故以佛十力性空與八解脫八勝處九次第定十遍處無二無二分故世尊云何以四無所畏四無礙解大慈大悲大喜大捨十八佛不共法無二爲方便無生爲方便無所得爲方便迴向一切智智修習八解脫八勝處九次第定十遍處慶喜四無所畏四無礙解大慈大悲大喜大捨十八佛不共法四無所畏四無礙解大慈大悲大喜大捨十八佛不共法性空何以故以四無所畏四無礙解大慈大悲大喜大捨十八佛不共法性空與八解脫八勝處九次第定十遍處無二無二分故慶喜由此故說以佛十力等無二爲方便

無生爲方便無所得爲方便迴向一切智智修習八解脫八勝處九次第定十遍處世尊云何以佛十力無二爲方便無生爲方便無所得爲方便迴向一切智智修習四念住四正斷四神足五根五力七等覺支八聖道支慶喜佛十力佛十力性空何以故以佛十力性空與四念住四正斷四神足五根五力七等覺支八聖道支無二無二分故世尊云何以四無所畏四無礙解大慈大悲大喜大捨十八佛不共法無二爲方便無生爲方便無所得爲方便迴向一切智智修習四念住四正斷四神足五根五力七等覺支八聖道支慶喜四無所畏四無礙解大慈大悲大喜大捨十八佛不共法四無所畏四無礙解大慈大悲大喜大捨十八佛不共法性空何以故以四無所畏四無礙解大慈大悲大喜大捨十八佛不共法性空與四念住四正斷四神足五根五力七等覺支八聖道支無二無二分故慶喜由此故說以佛十力等無二爲方便無生爲方便無所得爲方便迴向一切智智修習四念住四正斷四神足五根五力七等覺支八聖道支世尊云何以佛十力無二爲方便無生爲方便無所得爲方便迴向一切智智修習空解脫門無相解脫門無願解脫門慶喜佛十力佛十力性空何以故以佛十力性空與空解脫門無相解脫門無願解脫門無二無二分故世尊云何以四無所畏四無礙解大慈大悲大喜大捨十八佛不共法無二爲方便無生爲方便無所得爲方便迴向一切智智修習空解脫門無相解脫門

無願解脱門慶喜四無所畏四無礙解大慈大悲大喜大捨十八佛不共法四無所畏四無礙解大慈大悲大喜大捨十八佛不共法性空何以故以四無所畏四無礙解大慈大悲大喜大捨十八佛不共法性空與空解脱門無相解脱門無願解脱門無二無二分故慶喜由此故説以佛十力等無二爲方便無生爲方便無所得爲方便迴向一切智智修習空解脱門無相解脱門無願解脱門世尊云何以佛十力無二爲方便無生爲方便無所得爲方便迴向一切智智修習五眼六神通慶喜佛十力佛十力性空何以故以佛十力性空與五眼六神通無二無二分故世尊云何以四無所畏四無礙解大慈大悲大喜大捨十八佛不共法無二爲方便無生爲方便無所得爲方便迴向一切智智修習五眼六神通慶喜四無所畏四無礙解大慈大悲大喜大捨十八佛不共法四無所畏四無礙解大慈大悲大喜大捨十八佛不共法性空何以故以四無所畏四無礙解大慈大悲大喜大捨十八佛不共法性空與五眼六神通無二無二分故慶喜由此故説以佛十力等無二爲方便無生爲方便無所得爲方便迴向一切智智修習五眼六神通世尊云何以佛十力無二爲方便無生爲方便無所得爲方便迴向一切智智修習佛十力四無所畏四無礙解大慈大悲大喜大捨十八佛不共法慶喜佛十力佛十力性空何以故以佛十力性空與佛十力四無所畏四無礙解大慈大悲大喜大捨十八佛不共法無二無二分

故世尊云何以四無所畏四無礙解大慈大悲大喜大捨十八佛不共法無二爲方便無生爲方便無所得爲方便迴向一切智智修習佛十力四無所畏四無礙解大慈大悲大喜大捨十八佛不共法慶喜四無所畏四無礙解大慈大悲大喜大捨十八佛不共法四無所畏四無礙解大慈大悲大喜大捨十八佛不共法性空何以故以四無所畏四無礙解大慈大悲大喜大捨十八佛不共法性空與佛十力四無所畏四無礙解大慈大悲大喜大捨十八佛不共法無二無二分故慶喜由此故說以佛十力等無二爲方便無生爲方便無所得爲方便迴向一切智智修習佛十力四無所畏四無礙解大慈大悲大喜大捨十八佛不共法世尊云何以佛十力無二爲方便無生爲方便無所得爲方便迴向一切智智修習無忘失法恒住捨性慶喜佛十力佛十力性空何以故以佛十力性空與無忘失法恒住捨性無二無二分故世尊云何以四無所畏四無礙解大慈大悲大喜大捨十八佛不共法無二爲方便無生爲方便無所得爲方便迴向一切智智修習無忘失法恒住捨性慶喜四無所畏四無礙解大慈大悲大喜大捨十八佛不共法四無所畏四無礙解大慈大悲大喜大捨十八佛不共法性空何以故以四無所畏四無礙解大慈大悲大喜大捨十八佛不共法性空與無忘失法恒住捨性無二無二分故慶喜由此故說以佛十力等無二爲方便無生爲方便無所得爲方便迴向一切智智修習無忘失法恒住

捨性

大般若波羅蜜多經卷第一百二十二

大般若波羅蜜多經卷第一百二十三

唐三藏法師玄奘奉　詔譯

初分校量功德品第三十之二十一

世尊云何以佛十力無二爲方便無生爲方便無所得爲方便迴向一切智智修習一切智道相智一切相智慶喜佛十力佛十力性空何以故以佛十力性空與一切智道相智一切相智無二無二分故世尊云何以四無所畏四無礙解大慈大悲大喜大捨十八佛不共法無二爲方便無生爲方便無所得爲方便迴向一切智智修習一切智道相智一切相智慶喜四無所畏四無礙解大慈大悲大喜大捨十八佛不共法四無所畏四無礙解大慈大悲大喜大捨十八佛不共法性空何以故以四無所畏四無礙解大慈大悲大喜大捨十八佛不共法性空與一切智道相智一切相智無二無二分故慶喜由此故說以佛十力等無二爲方便無生爲方便無所得爲方便迴向一切智智修習一切智道相智一切相智世尊云何以佛十力無二爲方便無生爲方便無所得爲方便迴向一切智智修習一切陀羅尼門一切三摩地門慶喜佛十力佛十力性空何以故以佛十力性空與一切陀羅尼門一切三摩地門無二無二分故世尊云何以四無所畏四無礙解大慈大悲大喜大捨十八佛不共法無二爲方便無生爲方便無所得爲方便迴向一切智智修習一切陀羅尼門一切三摩地門慶喜四無所畏四無礙解大慈大悲大喜大捨十八佛不共法四無所畏四無礙解大慈大悲大

喜大捨十八佛不共法性空何以故以四無所畏四無礙解大慈大悲大喜大捨十八佛不共法性空與一切陀羅尼門一切三摩地門無二無二分故慶喜由此故說以佛十力等無二爲方便無生爲方便無所得爲方便迴向一切智智修習一切陀羅尼門一切三摩地門世尊云何以佛十力無二爲方便無生爲方便無所得爲方便迴向一切智智修習菩薩摩訶薩行慶喜佛十力佛十力性空何以故以佛十力性空與彼菩薩摩訶薩行無二無二分故世尊云何以四無所畏四無礙解大慈大悲大喜大捨十八佛不共法無二爲方便無生爲方便無所得爲方便迴向一切智智修習菩薩摩訶薩行慶喜四無所畏四無礙解大慈大悲大喜大捨十八佛不共法四無所畏四無礙解大慈大悲大喜大捨十八佛不共法性空何以故以四無所畏四無礙解大慈大悲大喜大捨十八佛不共法性空與彼菩薩摩訶薩行無二無二分故慶喜由此故說以佛十力等無二爲方便無生爲方便無所得爲方便迴向一切智智修習菩薩摩訶薩行世尊云何以佛十力無二爲方便無生爲方便無所得爲方便迴向一切智智修習無上正等菩提慶喜佛十力佛十力性空何以故以佛十力性空與彼無上正等菩提無二無二分故世尊云何以四無所畏四無礙解大慈大悲大喜大捨十八佛不共法無二爲方便無生爲方便無所得爲方便迴向一切智智修習無上正等菩提慶喜四無所畏四無礙解大慈大悲大喜大捨

十八佛不共法四無所畏四無礙解大慈大悲大喜大捨十八佛不共法性空何以故以四無所畏四無礙解大慈大悲大喜大捨十八佛不共法性空與彼無上正等菩提無二無二分故慶喜由此故說以佛十力等無二爲方便無生爲方便無所得爲方便迴向一切智智修習無上正等菩提世尊云何以無忘失法無二爲方便無生爲方便無所得爲方便迴向一切智智修習布施淨戒安忍精進靜慮般若波羅蜜多慶喜無忘失法無忘失法性空何以故以無忘失法性空與布施淨戒安忍精進靜慮般若波羅蜜多無二無二分故世尊云何以恒住捨性無二爲方便無生爲方便無所得爲方便迴向一切智智修習布施淨戒安忍精進靜慮般若波羅蜜多慶喜恒住捨性恒住捨性性空何以故以恒住捨性性空與布施淨戒安忍精進靜慮般若波羅蜜多無二無二分故慶喜由此故說以無忘失法等無二爲方便無生爲方便無所得爲方便迴向一切智智修習布施淨戒安忍精進靜慮般若波羅蜜多世尊云何以無忘失法無二爲方便無生爲方便無所得爲方便迴向一切智智安住內空外空內外空空空大空勝義空有爲空無爲空畢竟空無際空散空無變異空本性空自相空共相空一切法空不可得空無性空自性空無性自性空慶喜無忘失法無忘失法性空何以故以無忘失法性空與彼內空乃至無性自性空無二無二分故世尊云何以恒住捨性無二爲方便無生爲方便無所得爲方便

迴向一切智智安住内空外空内外空空空大空勝義空有爲空無爲空畢竟空無際空散空無變異空本性空自相空共相空一切法空不可得空無性空自性空無性自性空法空不可得空無性空自性空無性自性空慶喜恒住捨性恒住捨性性空何以故以恒住捨性性空與彼内空乃至無性自性空無二無二分故慶喜由此故説以無忘失法等無二爲方便無生爲方便無所得爲方便迴向一切智智安住内空乃至無性自性空世尊云何以無忘失法無二爲方便無生爲方便無所得爲方便迴向一切智智安住眞如法界法性不虚妄性不變異性平等性離生性法定法住實際虚空界不思議界慶喜無忘失法無忘失法性空何以故以無忘失法性空與彼眞如乃至不思議界無二無二分故世尊云何以恒住捨性無二爲方便無生爲方便無所得爲方便迴向一切智智安住眞如法界法性不虚妄性不變異性平等性離生性法定法住實際虚空界不思議界慶喜恒住捨性恒住捨性性空何以故以恒住捨性性空與彼眞如乃至不思議界無二無二分故慶喜由此故説以無忘失法等無二爲方便無生爲方便無所得爲方便迴向一切智智安住眞如乃至不思議界世尊云何以無忘失法無二爲方便無生爲方便無所得爲方便迴向一切智智安住苦集滅道聖諦慶喜無忘失法無忘失法性空何以故以無忘失法性空與彼苦集滅道聖諦無二無二分故世尊云何以恒住捨性無二爲方便無生爲方便無所得爲方便迴向一切智智

安住苦集滅道聖諦慶喜恒住捨性恒住捨性性空何以故以恒住捨性性空與彼苦集滅道聖諦無二無二分故慶喜由此故說以無忘失法等無二爲方便無生爲方便無所得爲方便迴向一切智智安住苦集滅道聖諦世尊云何以無忘失法無二爲方便無生爲方便無所得爲方便迴向一切智智修習四靜慮四無量四無色定慶喜無忘失法無忘失法性空何以故以無忘失法性空與四靜慮四無量四無色定無二無二分故世尊云何以恒住捨性無二爲方便無生爲方便無所得爲方便迴向一切智智修習四靜慮四無量四無色定慶喜恒住捨性恒住捨性性空何以故以恒住捨性性空與四靜慮四無量四無色定無二無二分故慶喜由此故說以無忘失法等無二爲方便無生爲方便無所得爲方便迴向一切智智修習四靜慮四無量四無色定世尊云何以無忘失法無二爲方便無生爲方便無所得爲方便迴向一切智智修習八解脫八勝處九次第定十遍處慶喜無忘失法無忘失法性空何以故以無忘失法性空與八解脫八勝處九次第定十遍處無二無二分故世尊云何以恒住捨性無二爲方便無生爲方便無所得爲方便迴向一切智智修習八解脫八勝處九次第定十遍處慶喜恒住捨性恒住捨性性空何以故以恒住捨性性空與八解脫八勝處九次第定十遍處無二無二分故慶喜由此故說以無忘失法等無二爲方便無生爲方便無所得爲方便迴向一切智智修習八解

脱八勝處九次第定十遍處世尊云何以無忘失法無二爲方便無生爲方便無所得爲方便迴向一切智智修習四念住四正斷四神足五根五力七等覺支八聖道支慶喜無忘失法無忘失法性空何以故以無忘失法性空與四念住四正斷四神足五根五力七等覺支八聖道支無二無二分故世尊云何以恒住捨性無二爲方便無生爲方便無所得爲方便迴向一切智智修習四念住四正斷四神足五根五力七等覺支八聖道支慶喜恒住捨性恒住捨性性空何以故以恒住捨性性空與四念住四正斷四神足五根五力七等覺支八聖道支無二無二分故慶喜由此故説以無忘失法等無二爲方便無生爲方便無所得爲方便迴向一切智智修習四念住四正斷四神足五根五力七等覺支八聖道支世尊云何以無忘失法無二爲方便無生爲方便無所得爲方便迴向一切智智修習空解脱門無相解脱門無願解脱門慶喜無忘失法無忘失法性空何以故以無忘失法性空與空解脱門無相解脱門無願解脱門無二無二分故世尊云何以恒住捨性無二爲方便無生爲方便無所得爲方便迴向一切智智修習空解脱門無相解脱門無願解脱門慶喜恒住捨性恒住捨性性空何以故以恒住捨性性空與空解脱門無相解脱門無願解脱門無二無二分故慶喜由此故説以無忘失法等無二爲方便無生爲方便無所得爲方便迴向一切智智修習空解脱門無相解脱門無願解脱門世尊云何

以無忘失法無二爲方便無生爲方便無所得爲方便迴向一切智智修習五眼六神通慶喜無忘失法無忘失法性空何以故以無忘失法性空與五眼六神通無二無二分故世尊云何以恒住捨性無二爲方便無生爲方便無所得爲方便迴向一切智智修習五眼六神通慶喜恒住捨性恒住捨性性空何以故以恒住捨性性空與五眼六神通無二無二分故慶喜由此故說以無忘失法等無二爲方便無生爲方便無所得爲方便迴向一切智智修習五眼六神通世尊云何以無忘失法無二爲方便無生爲方便無所得爲方便迴向一切智智修習佛十力四無所畏四無礙解大慈大悲大喜大捨十八佛不共法慶喜無忘失法無忘失法性空何以故以無忘失法性空與佛十力四無所畏四無礙解大慈大悲大喜大捨十八佛不共法無二無二分故世尊云何以恒住捨性無二爲方便無生爲方便無所得爲方便迴向一切智智修習佛十力四無所畏四無礙解大慈大悲大喜大捨十八佛不共法慶喜恒住捨性恒住捨性性空何以故以恒住捨性性空與佛十力四無所畏四無礙解大慈大悲大喜大捨十八佛不共法無二無二分故慶喜由此故說以無忘失法等無二爲方便無生爲方便無所得爲方便迴向一切智智修習佛十力四無所畏四無礙解大慈大悲大喜大捨十八佛不共法世尊云何以無忘失法無二爲方便無生爲方便無所得爲方便迴向一切智智修習無忘失法恒住捨性慶喜無

忘失法無忘失法性空何以故以無忘失法性空與無忘失法恒住捨性無二無二分故世尊云何以恒住捨性無二爲方便無生爲方便無所得爲方便迴向一切智智修習無忘失法恒住捨性慶喜恒住捨性恒住捨性性空何以故以恒住捨性性空與無忘失法恒住捨性無二無二分故慶喜由此故説以無忘失法等無二爲方便無生爲方便無所得爲方便迴向一切智智修習無忘失法恒住捨性世尊云何以無忘失法無二爲方便無生爲方便無所得爲方便迴向一切智智修習一切智道相智一切相智慶喜無忘失法無忘失法性空何以故以無忘失法性空與一切智道相智一切相智無二無二分故世尊云何以恒住捨性無二爲方便無生爲方便無所得爲方便迴向一切智智修習一切智道相智一切相智慶喜恒住捨性恒住捨性性空何以故以恒住捨性性空與一切智道相智一切相智無二無二分故慶喜由此故説以無忘失法等無二爲方便無生爲方便無所得爲方便迴向一切智智修習一切智道相智一切相智世尊云何以無忘失法無二爲方便無生爲方便無所得爲方便迴向一切智智修習一切陀羅尼門一切三摩地門慶喜無忘失法無忘失法性空何以故以無忘失法性空與一切陀羅尼門一切三摩地門無二無二分故世尊云何以恒住捨性無二爲方便無生爲方便無所得爲方便迴向一切智智修習一切陀羅尼門一切三摩地門慶喜恒住捨性恒住捨性性空何

以故以恒住捨性性空與一切陀羅尼門一切三摩地門無二無二分故慶喜由此故說以無忘失法等無二爲方便無生爲方便無所得爲方便迴向一切智智修習一切陀羅尼門一切三摩地門世尊云何以無忘失法無二爲方便無生爲方便無所得爲方便迴向一切智智修習菩薩摩訶薩行慶喜無忘失法無忘失法性空何以故以無忘失法性空與彼菩薩摩訶薩行無二無二分故世尊云何以恒住捨性無二爲方便無生爲方便無所得爲方便迴向一切智智修習菩薩摩訶薩行慶喜恒住捨性恒住捨性性空何以故以恒住捨性性空與彼菩薩摩訶薩行無二無二分故慶喜由此故說以無忘失法等無二爲方便無生爲方便無所得爲方便迴向一切智智修習菩薩摩訶薩行世尊云何以無忘失法無二爲方便無生爲方便無所得爲方便迴向一切智智修習無上正等菩提慶喜無忘失法無忘失法性空何以故以無忘失法性空與彼無上正等菩提無二無二分故世尊云何以恒住捨性無二爲方便無生爲方便無所得爲方便迴向一切智智修習無上正等菩提慶喜恒住捨性恒住捨性性空何以故以恒住捨性性空與彼無上正等菩提無二無二分故慶喜由此故說以無忘失法等無二爲方便無生爲方便無所得爲方便迴向一切智智修習無上正等菩提世尊云何以一切智無二爲方便無生爲方便無所得爲方便迴向一切智智修習布施淨戒安忍精進靜慮般若波羅蜜多慶喜

一切智一切智性空何以故以一切智性空與布施淨戒安忍精進靜慮般若波羅蜜多無二無二分故世尊云何以道相智一切相智無二爲方便無生爲方便無所得爲方便迴向一切智智修習布施淨戒安忍精進靜慮般若波羅蜜多慶喜道相智一切相智道相智一切相智性空何以故以道相智一切相智性空與布施淨戒安忍精進靜慮般若波羅蜜多無二無二分故慶喜由此故說以一切智等無二爲方便無生爲方便無所得爲方便迴向一切智智修習布施淨戒安忍精進靜慮般若波羅蜜多世尊云何以一切智無二爲方便無生爲方便無所得爲方便迴向一切智智安住內空外空內外空空空大空勝義空有爲空無爲空畢竟空無際空散空無變異空本性空自相空共相空一切法空不可得空無性空自性空無性自性空慶喜一切智一切智性空何以故以一切智性空與彼內空乃至無性自性空無二無二分故世尊云何以道相智一切相智無二爲方便無生爲方便無所得爲方便迴向一切智智安住內空外空內外空空空大空勝義空有爲空無爲空畢竟空無際空散空無變異空本性空自相空共相空一切法空不可得空無性空自性空無性自性空慶喜道相智一切相智道相智一切相智性空何以故以道相智一切相智性空與彼內空乃至無性自性空無二無二分故慶喜由此故說以一切智等無二爲方便無生爲方便無所得爲方便迴向一切智智安住內空乃至無性

自性空世尊云何以一切智無二爲方便無生爲方便無所得爲方便迴向一切智智安住眞如法界法性不虛妄性不變異性平等性離生性法定法住實際虛空界不思議界慶喜一切智一切智性空何以故以一切智性空與彼眞如乃至不思議界無二無二分故世尊云何以道相智一切相智無二爲方便無生爲方便無所得爲方便迴向一切智智安住眞如法界法性不虛妄性不變異性平等性離生性法定法住實際虛空界不思議界慶喜道相智一切相智道相智一切相智性空何以故以道相智一切相智性空與彼眞如乃至不思議界無二無二分故慶喜由此故說以一切智等無二爲方便無生爲方便無所得爲方便迴向一切智智安住眞如乃至不思議界世尊云何以一切智無二爲方便無生爲方便無所得爲方便迴向一切智智安住苦集滅道聖諦慶喜一切智一切智性空何以故以一切智性空與彼苦集滅道聖諦無二無二分故世尊云何以道相智一切相智無二爲方便無生爲方便無所得爲方便迴向一切智智安住苦集滅道聖諦慶喜道相智一切相智道相智一切相智性空何以故以道相智一切相智性空與彼苦集滅道聖諦無二無二分故慶喜由此故說以一切智等無二爲方便無生爲方便無所得爲方便迴向一切智智安住苦集滅道聖諦世尊云何以一切智無二爲方便無生爲方便無所得爲方便迴向一切智智修習四靜慮四無量四無色定慶喜一切智一切

智性空何以故以一切智性空與四靜慮四
無量四無色定無二無二分故世尊云何以
道相智一切相智無二爲方便無生爲方便
無所得爲方便迴向一切智智修習四靜慮
四無量四無色定慶喜道相智一切相智道
相智一切相智性空何以故以道相智一切
相智性空與四靜慮四無量四無色定無二
無二分故慶喜由此故説以一切智等無二
爲方便無生爲方便無所得爲方便迴向一
切智智修習四靜慮四無量四無色定世尊
云何以一切智無二爲方便無生爲方便無
所得爲方便迴向一切智智修習八解脱八
勝處九次第定十遍處慶喜一切智一切智
性空何以故以一切智性空與八解脱八勝
處九次第定十遍處無二無二分故世尊云
何以道相智一切相智無二爲方便無生爲
方便無所得爲方便迴向一切智智修習八
解脱八勝處九次第定十遍處慶喜道相智
一切相智道相智一切相智性空何以故以
道相智一切相智性空與八解脱八勝處九
次第定十遍處無二無二分故慶喜由此故
説以一切智等無二爲方便無生爲方便無
所得爲方便迴向一切智智修習八解脱八
勝處九次第定十遍處世尊云何以一切智
無二爲方便無生爲方便無所得爲方便迴
向一切智智修習四念住四正斷四神足五
根五力七等覺支八聖道支慶喜一切智一
切智性空何以故以一切智性空與四念住
四正斷四神足五根五力七等覺支八聖道
支無二無二分故世尊云何以道相智一切

相智無二爲方便無生爲方便無所得爲方便迴向一切智智修習四念住四正斷四神足五根五力七等覺支八聖道支慶喜道相智一切相智道相智一切相智性空何以故以道相智一切相智性空與四念住四正斷四神足五根五力七等覺支八聖道支無二無二分故慶喜由此故說以一切智等無二爲方便無生爲方便無所得爲方便迴向一切智智修習四念住四正斷四神足五根五力七等覺支八聖道支世尊云何以一切智無二爲方便無生爲方便無所得爲方便迴向一切智智修習空解脫門無相解脫門無願解脫門慶喜一切智一切智性空何以故以一切智性空與空解脫門無相解脫門無願解脫門無二無二分故世尊云何以道相智一切相智無二爲方便無生爲方便無所得爲方便迴向一切智智修習空解脫門無相解脫門無願解脫門慶喜道相智一切相智道相智一切相智性空何以故以道相智一切相智性空與空解脫門無相解脫門無願解脫門無二無二分故慶喜由此故說以一切智等無二爲方便無生爲方便無所得爲方便迴向一切智智修習空解脫門無相解脫門無願解脫門世尊云何以一切智無二爲方便無生爲方便無所得爲方便迴向一切智智修習五眼六神通慶喜一切智一切智性空何以故以一切智性空與五眼六神通無二無二分故世尊云何以道相智一切相智無二爲方便無生爲方便無所得爲方便迴向一切智智修習五眼六神通慶喜

道相智一切相智道相智一切相智性空何以故以道相智一切相智性空與五眼六神通無二無二分故慶喜由此故說以一切智等無二爲方便無生爲方便無所得爲方便迴向一切智智修習五眼六神通世尊云何以一切智無二爲方便無生爲方便無所得爲方便迴向一切智智修習佛十力四無所畏四無礙解大慈大悲大喜大捨十八佛不共法慶喜一切智一切智性空何以故以一切智性空與佛十力四無所畏四無礙解大慈大悲大喜大捨十八佛不共法無二無二分故世尊云何以道相智一切相智無二爲方便無生爲方便無所得爲方便迴向一切智智修習佛十力四無所畏四無礙解大慈大悲大喜大捨十八佛不共法慶喜道相智一切相智道相智一切相智性空何以故以道相智一切相智性空與佛十力四無所畏四無礙解大慈大悲大喜大捨十八佛不共法無二無二分故慶喜由此故說以一切智等無二爲方便無生爲方便無所得爲方便迴向一切智智修習佛十力四無所畏四無礙解大慈大悲大喜大捨十八佛不共法世尊云何以一切智無二爲方便無生爲方便無所得爲方便迴向一切智智修習無忘失法恒住捨性慶喜一切智一切智性空何以故以一切智性空與無忘失法恒住捨性無二無二分故世尊云何以道相智一切相智無二爲方便無生爲方便無所得爲方便迴向一切智智修習無忘失法恒住捨性慶喜道相智一切相智道相智一切相智性空何

以故以道相智一切相智性空與無忘失法恒住捨性無二無二分故慶喜由此故說以一切智等無二爲方便無生爲方便無所得爲方便迴向一切智智修習無忘失法恒住捨性世尊云何以一切智無二爲方便無生爲方便無所得爲方便迴向一切智智修習一切智道相智一切相智慶喜一切智一切智性空何以故以一切智性空與一切智道相智一切相智無二無二分故世尊云何以道相智一切相智無二爲方便無生爲方便無所得爲方便迴向一切智智修習一切智道相智一切相智慶喜道相智一切相智道相智一切相智性空何以故以道相智一切相智性空與一切智道相智一切相智無二無二分故慶喜由此故說以一切智等無二

爲方便無生爲方便無所得爲方便迴向一切智智修習一切智道相智一切相智世尊云何以一切智無二爲方便無生爲方便無所得爲方便迴向一切智智修習一切陀羅尼門一切三摩地門慶喜一切智一切智性空何以故以一切智性空與一切陀羅尼門一切三摩地門無二無二分故世尊云何以道相智一切相智無二爲方便無生爲方便無所得爲方便迴向一切智智修習一切陀羅尼門一切三摩地門慶喜道相智一切相智道相智一切相智性空何以故以道相智一切相智性空與一切陀羅尼門一切三摩地門無二無二分故慶喜由此故說以一切智等無二爲方便無生爲方便無所得爲方便迴向一切智智修習一切陀羅尼門一切

三摩地門世尊云何以一切智無二爲方便無生爲方便無所得爲方便迴向一切智智修習菩薩摩訶薩行慶喜一切智一切智性空何以故以一切智性空與彼菩薩摩訶薩行無二無二分故世尊云何以道相智一切相智無二爲方便無生爲方便無所得爲方便迴向一切智智修習菩薩摩訶薩行慶喜道相智一切相智道相智一切相智性空何以故以道相智一切相智性空與彼菩薩摩訶薩行無二無二分故慶喜由此故說以一切智等無二爲方便無生爲方便無所得爲方便迴向一切智智修習菩薩摩訶薩行世尊云何以一切智無二爲方便無生爲方便無所得爲方便迴向一切智智修習無上正等菩提慶喜一切智一切智性空何以故以一切智性空與彼無上正等菩提無二無二分故世尊云何以道相智一切相智無二爲方便無生爲方便無所得爲方便迴向一切智智修習無上正等菩提慶喜道相智一切相智道相智一切相智性空何以故以道相智一切相智性空與彼無上正等菩提無二無二分故慶喜由此故說以一切智等無二爲方便無生爲方便無所得爲方便迴向一切智智修習無上正等菩提

大般若波羅蜜多經卷第一百二十三

大般若波羅蜜多經卷第一百二十四

唐三藏法師玄奘奉　詔譯

初分校量功德品第三十之二十二

世尊云何以一切陀羅尼門無二爲方便無
生爲方便無所得爲方便迴向一切智智修
習布施淨戒安忍精進靜慮般若波羅蜜多
慶喜一切陀羅尼門一切陀羅尼門性空何
以故以一切陀羅尼門性空與布施淨戒安
忍精進靜慮般若波羅蜜多無二無二分故
世尊云何以一切三摩地門無二爲方便無
生爲方便無所得爲方便迴向一切智智修
習布施淨戒安忍精進靜慮般若波羅蜜多
慶喜一切三摩地門一切三摩地門性空何
以故以一切三摩地門性空與布施淨戒安
忍精進靜慮般若波羅蜜多無二無二分故
慶喜由此故說以一切陀羅尼門等無二爲
方便無生爲方便無所得爲方便迴向一切
智智修習布施淨戒安忍精進靜慮般若波
羅蜜多世尊云何以一切陀羅尼門無二爲
方便無生爲方便無所得爲方便迴向一切
智智安住內空外空內外空空空大空勝義
空有爲空無爲空畢竟空無際空散空無變
異空本性空自相空共相空一切法空不可
得空無性空自性空無性自性空慶喜一切
陀羅尼門一切陀羅尼門性空何以故以一
切陀羅尼門性空與彼內空乃至無性自性
空無二無二分故世尊云何以一切三摩地
門無二爲方便無生爲方便無所得爲方便
迴向一切智智安住內空外空內外空空空
大空勝義空有爲空無爲空畢竟空無際空

散空無變異空本性空自相空共相空一切法空不可得空無性空自性空無性自性空慶喜一切三摩地門一切三摩地門性空何以故以一切三摩地門性空與彼內空乃至無性自性空無二無二分故慶喜由此故説以一切陀羅尼門等無二爲方便無生爲方便無所得爲方便迴向一切智智安住內空乃至無性自性空世尊云何以一切陀羅尼門無二爲方便無生爲方便無所得爲方便迴向一切智智安住眞如法界法性不虛妄性不變異性平等性離生性法定法住實際虛空界不思議界慶喜一切陀羅尼門一切陀羅尼門性空何以故以一切陀羅尼門性空與彼眞如乃至不思議界無二無二分故世尊云何以一切三摩地門無二爲方便無生爲方便無所得爲方便迴向一切智智安住眞如法界法性不虛妄性不變異性平等性離生性法定法住實際虛空界不思議界慶喜一切三摩地門一切三摩地門性空何以故以一切三摩地門性空與彼眞如乃至不思議界無二無二分故慶喜由此故説以一切陀羅尼門等無二爲方便無生爲方便無所得爲方便迴向一切智智安住眞如乃至不思議界世尊云何以一切陀羅尼門無二爲方便無生爲方便無所得爲方便迴向一切智智安住苦集滅道聖諦慶喜一切陀羅尼門一切陀羅尼門性空何以故以一切陀羅尼門性空與彼苦集滅道聖諦無二無二分故世尊云何以一切三摩地門無二爲方便無生爲方便無所得爲方便迴向一切

智智安住苦集滅道聖諦慶喜一切三摩地門一切三摩地門性空何以故以一切三摩地門性空與彼苦集滅道聖諦無二無二分故慶喜由此故說以一切陀羅尼門等無二爲方便無生爲方便無所得爲方便迴向一切智智安住苦集滅道聖諦世尊云何以一切陀羅尼門無二爲方便無生爲方便無所得爲方便迴向一切智智修習四靜慮四無量四無色定慶喜一切陀羅尼門一切陀羅尼門性空何以故以一切陀羅尼門性空與四靜慮四無量四無色定無二無二分故世尊云何以一切三摩地門無二爲方便無生爲方便無所得爲方便迴向一切智智修習四靜慮四無量四無色定慶喜一切三摩地門一切三摩地門性空何以故以一切三摩

地門性空與四靜慮四無量四無色定無二無二分故慶喜由此故說以一切陀羅尼門等無二爲方便無生爲方便無所得爲方便迴向一切智智修習四靜慮四無量四無色定世尊云何以一切陀羅尼門無二爲方便無生爲方便無所得爲方便迴向一切智智修習八解脫八勝處九次第定十遍處慶喜一切陀羅尼門一切陀羅尼門性空何以故以一切陀羅尼門性空與八解脫八勝處九次第定十遍處無二無二分故世尊云何以一切三摩地門無二爲方便無生爲方便無所得爲方便迴向一切智智修習八解脫八勝處九次第定十遍處慶喜一切三摩地門一切三摩地門性空何以故以一切三摩地門性空與八解脫八勝處九次第定十遍處

無二無二分故慶喜由此故説以一切陀羅尼門等無二爲方便無生爲方便無所得爲方便迴向一切智智修習八解脫八勝處九次第定十遍處世尊云何以一切陀羅尼門無二爲方便無生爲方便無所得爲方便迴向一切智智修習四念住四正斷四神足五根五力七等覺支八聖道支慶喜一切陀羅尼門一切陀羅尼門性空何以故以一切陀羅尼門性空與四念住四正斷四神足五根五力七等覺支八聖道支無二無二分故世尊云何以一切三摩地門無二爲方便無生爲方便無所得爲方便迴向一切智智修習四念住四正斷四神足五根五力七等覺支八聖道支慶喜一切三摩地門一切三摩地門性空何以故以一切三摩地門性空與四念住四正斷四神足五根五力七等覺支八聖道支無二無二分故慶喜由此故説以一切陀羅尼門等無二爲方便無生爲方便無所得爲方便迴向一切智智修習四念住四正斷四神足五根五力七等覺支八聖道支世尊云何以一切陀羅尼門無二爲方便無生爲方便無所得爲方便迴向一切智智修習空解脫門無相解脫門無願解脫門慶喜一切陀羅尼門一切陀羅尼門性空何以故以一切陀羅尼門性空與空解脫門無相解脫門無願解脫門無二無二分故世尊云何以一切三摩地門無二爲方便無生爲方便無所得爲方便迴向一切智智修習空解脫門無相解脫門無願解脫門慶喜一切三摩地門一切三摩地門性空何以故以一切三

摩地門性空與空解脫門無相解脫門無願解脫門無二無二分故慶喜由此故說以一切陀羅尼門等無二爲方便無生爲方便無所得爲方便迴向一切智智修習空解脫門無相解脫門無願解脫門世尊云何以一切陀羅尼門無二爲方便無生爲方便無所得爲方便迴向一切智智修習五眼六神通慶喜一切陀羅尼門一切陀羅尼門性空何以故以一切陀羅尼門性空與五眼六神通無二無二分故世尊云何以一切三摩地門無二爲方便無生爲方便無所得爲方便迴向一切智智修習五眼六神通慶喜一切三摩地門一切三摩地門性空何以故以一切三摩地門性空與五眼六神通無二無二分故慶喜由此故說以一切陀羅尼門等無二爲方便無生爲方便無所得爲方便迴向一切智智修習五眼六神通世尊云何以一切陀羅尼門無二爲方便無生爲方便無所得爲方便迴向一切智智修習佛十力四無所畏四無礙解大慈大悲大喜大捨十八佛不共法慶喜一切陀羅尼門一切陀羅尼門性空何以故以一切陀羅尼門性空與佛十力四無所畏四無礙解大慈大悲大喜大捨十八佛不共法無二無二分故世尊云何以一切三摩地門無二爲方便無生爲方便無所得爲方便迴向一切智智修習佛十力四無所畏四無礙解大慈大悲大喜大捨十八佛不共法慶喜一切三摩地門一切三摩地門性空何以故以一切三摩地門性空與佛十力四無所畏四無礙解大慈大悲大喜大捨十

八佛不共法無二無二分故慶喜由此故說以一切陀羅尼門等無二爲方便無生爲方便無所得爲方便迴向一切智智修習佛十力四無所畏四無礙解大慈大悲大喜大捨十八佛不共法世尊云何以一切陀羅尼門無二爲方便無生爲方便無所得爲方便迴向一切智智修習無忘失法恒住捨性慶喜一切陀羅尼門一切陀羅尼門性空何以故以一切陀羅尼門性空與無忘失法恒住捨性無二無二分故世尊云何以一切三摩地門無二爲方便無生爲方便無所得爲方便迴向一切智智修習無忘失法恒住捨性慶喜一切三摩地門一切三摩地門性空何以故以一切三摩地門性空與無忘失法恒住捨性無二無二分故慶喜由此故說以一切陀羅尼門等無二爲方便無生爲方便無所得爲方便迴向一切智智修習無忘失法恒住捨性世尊云何以一切陀羅尼門無二爲方便無生爲方便無所得爲方便迴向一切智智修習一切智道相智一切相智慶喜一切陀羅尼門一切陀羅尼門性空何以故以一切陀羅尼門性空與一切智道相智一切相智無二無二分故世尊云何以一切三摩地門無二爲方便無生爲方便無所得爲方便迴向一切智智修習一切智道相智一切相智慶喜一切三摩地門一切三摩地門性空何以故以一切三摩地門性空與一切智道相智一切相智無二無二分故慶喜由此故說以一切陀羅尼門等無二爲方便無生爲方便無所得爲方便迴向一切智智修習

一切智道相智一切相智世尊云何以一切陀羅尼門無二爲方便無生爲方便無所得爲方便迴向一切智智修習一切陀羅尼門一切三摩地門慶喜一切陀羅尼門一切陀羅尼門性空何以故以一切陀羅尼門性空與一切陀羅尼門一切三摩地門無二無二分故世尊云何以一切三摩地門無二爲方便無生爲方便無所得爲方便迴向一切智智修習一切陀羅尼門一切三摩地門慶喜一切三摩地門一切三摩地門性空何以故以一切三摩地門性空與一切陀羅尼門一切三摩地門無二無二分故慶喜由此故說以一切陀羅尼門等無二爲方便無生爲方便無所得爲方便迴向一切智智修習一切陀羅尼門一切三摩地門世尊云何以一切陀羅尼門無二爲方便無生爲方便無所得爲方便迴向一切智智修習菩薩摩訶薩行慶喜一切陀羅尼門一切陀羅尼門性空何以故以一切陀羅尼門性空與彼菩薩摩訶薩行無二無二分故世尊云何以一切三摩地門無二爲方便無生爲方便無所得爲方便迴向一切智智修習菩薩摩訶薩行慶喜一切三摩地門一切三摩地門性空何以故以一切三摩地門性空與彼菩薩摩訶薩行無二無二分故慶喜由此故說以一切陀羅尼門等無二爲方便無生爲方便無所得爲方便迴向一切智智修習菩薩摩訶薩行世尊云何以一切陀羅尼門無二爲方便無生爲方便無所得爲方便迴向一切智智修習無上正等菩提慶喜一切陀羅尼門一切陀

羅尼門性空何以故以一切陀羅尼門性空與彼無上正等菩提無二無二分故世尊云何以一切三摩地門無二爲方便無生爲方便無所得爲方便迴向一切智智修習無上正等菩提慶喜一切三摩地門一切三摩地門性空何以故以一切三摩地門性空與彼無上正等菩提無二無二分故慶喜由此故說以一切陀羅尼門等無二爲方便無生爲方便無所得爲方便迴向一切智智修習無上正等菩提世尊云何以預流向預流果無二爲方便無生爲方便無所得爲方便迴向一切智智修習布施淨戒安忍精進靜慮般若波羅蜜多慶喜預流向預流果預流向預流果性空何以故以預流向預流果性空與布施淨戒安忍精進靜慮般若波羅蜜多無二無二分故世尊云何以一來向一來果不還向不還果阿羅漢向阿羅漢果無二爲方便無生爲方便無所得爲方便迴向一切智智修習布施淨戒安忍精進靜慮般若波羅蜜多慶喜一來向乃至阿羅漢果一來向乃至阿羅漢果性空何以故以一來向乃至阿羅漢果性空與布施淨戒安忍精進靜慮般若波羅蜜多無二無二分故慶喜由此故說以預流向預流果等無二爲方便無生爲方便無所得爲方便迴向一切智智修習布施淨戒安忍精進靜慮般若波羅蜜多世尊云何以預流向預流果無二爲方便無生爲方便無所得爲方便迴向一切智智安住內空外空內外空空空大空勝義空有爲空無爲空畢竟空無際空散空無變異空本性空自

相空共相空一切法空不可得空無性空自性空無性自性空慶喜預流向預流果預流向預流果性空何以故以預流向預流果性空與彼內空乃至無性自性空無二無二分故世尊云何以一來向一來果不還向不還果阿羅漢向阿羅漢果無二爲方便無生爲方便無所得爲方便迴向一切智智安住內空外空內外空空空大空勝義空有爲空無爲空畢竟空無際空散空無變異空本性空自相空共相空一切法空不可得空無性空自性空無性自性空慶喜一來向乃至阿羅漢果一來向乃至阿羅漢果性空何以故以一來向乃至阿羅漢果性空與彼內空乃至無性自性空無二無二分故慶喜由此故說以預流向預流果等無二爲方便無生爲方

便無所得爲方便迴向一切智智安住內空乃至無性自性空世尊云何以預流向預流果無二爲方便無生爲方便無所得爲方便迴向一切智智安住眞如法界法性不虛妄性不變異性平等性離生性法定法住實際虛空界不思議界慶喜預流向預流果預流向預流果性空何以故以預流向預流果性空與彼眞如乃至不思議界無二無二分故世尊云何以一來向一來果不還向不還果阿羅漢向阿羅漢果無二爲方便無生爲方便無所得爲方便迴向一切智智安住眞如法界法性不虛妄性不變異性平等性離生性法定法住實際虛空界不思議界慶喜一來向乃至阿羅漢果一來向乃至阿羅漢果性空何以故以一來向乃至阿羅漢果性空

與彼眞如乃至不思議界無二無二分故慶喜由此故說以預流向預流果等無二爲方便無生爲方便無所得爲方便迴向一切智智安住眞如乃至不思議界世尊云何以預流向預流果無二爲方便無生爲方便無所得爲方便迴向一切智智安住苦集滅道聖諦慶喜預流向預流果預流向預流果性空何以故以預流向預流果性空與彼苦集滅道聖諦無二無二分故世尊云何以一來向一來果不還向不還果阿羅漢向阿羅漢果無二爲方便無生爲方便無所得爲方便迴向一切智智安住苦集滅道聖諦慶喜一來向乃至阿羅漢果一來向乃至阿羅漢果性空何以故以一來向乃至阿羅漢果性空與彼苦集滅道聖諦無二無二分故慶喜由此故說以預流向預流果等無二爲方便無生爲方便無所得爲方便迴向一切智智安住苦集滅道聖諦世尊云何以預流向預流果無二爲方便無生爲方便無所得爲方便迴向一切智智修習四靜慮四無量四無色定慶喜預流向預流果預流向預流果性空何以故以預流向預流果性空與四靜慮四無量四無色定無二無二分故世尊云何以一來向一來果不還向不還果阿羅漢向阿羅漢果無二爲方便無生爲方便無所得爲方便迴向一切智智修習四靜慮四無量四無色定慶喜一來向乃至阿羅漢果一來向乃至阿羅漢果性空何以故以一來向乃至阿羅漢果性空與四靜慮四無量四無色定無二無二分故慶喜由此故說以預流向預流

果等無二爲方便無生爲方便無所得爲方便迴向一切智智修習四靜慮四無量四無色定世尊云何以預流向預流果無二爲方便無生爲方便無所得爲方便迴向一切智智修習八解脫八勝處九次第定十遍處慶喜預流向預流果預流向預流果性空何以故以預流向預流果性空與八解脫八勝處九次第定十遍處無二無二分故世尊云何以一來向一來果不還向不還果阿羅漢向阿羅漢果無二爲方便無生爲方便無所得爲方便迴向一切智智修習八解脫八勝處九次第定十遍處慶喜一來向乃至阿羅漢果一來向乃至阿羅漢果性空何以故以一來向乃至阿羅漢果性空與八解脫八勝處九次第定十遍處無二無二分故慶喜由此故說以預流向預流果等無二爲方便無生爲方便無所得爲方便迴向一切智智修習八解脫八勝處九次第定十遍處世尊云何以預流向預流果無二爲方便無生爲方便無所得爲方便迴向一切智智修習四念住四正斷四神足五根五力七等覺支八聖道支慶喜預流向預流果預流向預流果性空何以故以預流向預流果性空與四念住四正斷四神足五根五力七等覺支八聖道支無二無二分故世尊云何以一來向一來果不還向不還果阿羅漢向阿羅漢果無二爲方便無生爲方便無所得爲方便迴向一切智智修習四念住四正斷四神足五根五力七等覺支八聖道支慶喜一來向乃至阿羅漢果一來向乃至阿羅漢果性空何以故以

一來向乃至阿羅漢果性空與四念住四正斷四神足五根五力七等覺支八聖道支無二無二分故慶喜由此故說以預流向預流果等無二爲方便無生爲方便無所得爲方便迴向一切智智修習四念住四正斷四神足五根五力七等覺支八聖道支世尊云何以預流向預流果無二爲方便無生爲方便無所得爲方便迴向一切智智修習空解脫門無相解脫門無願解脫門慶喜預流向預流果預流向預流果性空何以故以預流向預流果性空與空解脫門無相解脫門無願解脫門無二無二分故世尊云何以一來向一來果不還向不還果阿羅漢向阿羅漢果無二爲方便無生爲方便無所得爲方便迴向一切智智修習空解脫門無相解脫門無願解脫門慶喜一來向乃至阿羅漢果一來向乃至阿羅漢果性空何以故以一來向乃至阿羅漢果性空與空解脫門無相解脫門無願解脫門無二無二分故慶喜由此故說以預流向預流果等無二爲方便無生爲方便無所得爲方便迴向一切智智修習空解脫門無相解脫門無願解脫門世尊云何以預流向預流果無二爲方便無生爲方便無所得爲方便迴向一切智智修習五眼六神通慶喜預流向預流果預流向預流果性空何以故以預流向預流果性空與五眼六神通無二無二分故世尊云何以一來向一來果不還向不還果阿羅漢向阿羅漢果無二爲方便無生爲方便無所得爲方便迴向一切智智修習五眼六神通慶喜一來向乃至

阿羅漢果一來向乃至阿羅漢果性空何以故以一來向乃至阿羅漢果性空與五眼六神通無二無二分故慶喜由此故説以預流向預流果等無二爲方便無生爲方便無所得爲方便迴向一切智智修習五眼六神通世尊云何以預流向預流果無二爲方便無生爲方便無所得爲方便迴向一切智智修習佛十力四無所畏四無礙解大慈大悲大喜大捨十八佛不共法慶喜預流向預流果預流向預流果性空何以故以預流向預流果性空與佛十力四無所畏四無礙解大慈大悲大喜大捨十八佛不共法無二無二分故世尊云何以一來向一來果不還向不還果阿羅漢向阿羅漢果無二爲方便無生爲方便無所得爲方便迴向一切智智修習佛十力四無所畏四無礙解大慈大悲大喜大捨十八佛不共法慶喜一來向乃至阿羅漢果一來向乃至阿羅漢果性空何以故以一來向乃至阿羅漢果性空與佛十力四無所畏四無礙解大慈大悲大喜大捨十八佛不共法無二無二分故慶喜由此故説以預流向預流果等無二爲方便無生爲方便無所得爲方便迴向一切智智修習佛十力四無所畏四無礙解大慈大悲大喜大捨十八佛不共法世尊云何以預流向預流果無二爲方便無生爲方便無所得爲方便迴向一切智智修習無忘失法恒住捨性慶喜預流向預流果預流向預流果性空何以故以預流向預流果性空與無忘失法恒住捨性無二無二分故世尊云何以一來向一來果不還

向不還果阿羅漢向阿羅漢果無二爲方便無生爲方便無所得爲方便迴向一切智智修習無忘失法恒住捨性慶喜一來向乃至阿羅漢果一來向乃至阿羅漢果性空何以故以一來向乃至阿羅漢果性空與無忘失法恒住捨性無二無二分故慶喜由此故說以預流向預流果等無二爲方便無生爲方便無所得爲方便迴向一切智智修習無忘失法恒住捨性世尊云何以預流向預流果無二爲方便無生爲方便無所得爲方便迴向一切智智修習一切智道相智一切相智慶喜預流向預流果預流向預流果性空何以故以預流向預流果性空與一切智道相智一切相智無二無二分故世尊云何以一來向一來果不還向不還果阿羅漢向阿羅

漢果無二爲方便無生爲方便無所得爲方便迴向一切智智修習一切智道相智一切相智慶喜一來向乃至阿羅漢果一來向乃至阿羅漢果性空何以故以一來向乃至阿羅漢果性空與一切智道相智一切相智無二無二分故慶喜由此故說以預流向預流果等無二爲方便無生爲方便無所得爲方便迴向一切智智修習一切智道相智一切相智世尊云何以預流向預流果無二爲方便無生爲方便無所得爲方便迴向一切智智修習一切陀羅尼門一切三摩地門慶喜預流向預流果預流向預流果性空何以故以預流向預流果性空與一切陀羅尼門一切三摩地門無二無二分故世尊云何以一來向一來果不還向不還果阿羅漢向阿羅

漢果無二爲方便無生爲方便無所得爲方便迴向一切智智修習一切陀羅尼門一切三摩地門慶喜一來向乃至阿羅漢果一來向乃至阿羅漢果性空何以故以一來向乃至阿羅漢果性空與一切陀羅尼門一切三摩地門無二無二分故慶喜由此故說以預流向預流果等無二爲方便無生爲方便無所得爲方便迴向一切智智修習一切陀羅尼門一切三摩地門世尊云何以預流向預流果無二爲方便無生爲方便無所得爲方便迴向一切智智修習菩薩摩訶薩行慶喜預流向預流果預流向預流果性空何以故以預流向預流果性空與彼菩薩摩訶薩行無二無二分故世尊云何以一來向一來果不還向不還果阿羅漢向阿羅漢果無二爲方便無生爲方便無所得爲方便迴向一切智智修習菩薩摩訶薩行慶喜一來向乃至阿羅漢果一來向乃至阿羅漢果性空何以故以一來向乃至阿羅漢果性空與彼菩薩摩訶薩行無二無二分故慶喜由此故說以預流向預流果等無二爲方便無生爲方便無所得爲方便迴向一切智智修習菩薩摩訶薩行世尊云何以預流向預流果無二爲方便無生爲方便無所得爲方便迴向一切智智修習無上正等菩提慶喜預流向預流果預流向預流果性空何以故以預流向預流果性空與彼無上正等菩提無二無二分故世尊云何以一來向一來果不還向不還果阿羅漢向阿羅漢果無二爲方便無生爲方便無所得爲方便迴向一切智智修習無

上正等菩提慶喜一來向乃至阿羅漢果一來向乃至阿羅漢果性空何以故以一來向乃至阿羅漢果性空與彼無上正等菩提無二無二分故慶喜由此故說以預流向預流果等無二爲方便無生爲方便無所得爲方便迴向一切智智修習無上正等菩提

大般若波羅蜜多經卷第一百二十四

大般若波羅蜜多經卷第一百二十五

唐三藏法師玄奘奉　詔譯

初分校量功德品第三十之二十三

世尊云何以獨覺菩提無二爲方便無生爲方便無所得爲方便迴向一切智智修習布施淨戒安忍精進靜慮般若波羅蜜多慶喜獨覺菩提獨覺菩提性空何以故以獨覺菩提性空與布施淨戒安忍精進靜慮般若波羅蜜多無二無二分故慶喜由此故說以獨覺菩提無二爲方便無生爲方便無所得爲方便迴向一切智智修習布施淨戒安忍精進靜慮般若波羅蜜多世尊云何以獨覺菩提無二爲方便無生爲方便無所得爲方便迴向一切智智安住內空外空內外空空空大空勝義空有爲空無爲空畢竟空無際空散空無變異空本性空自相空共相空一切法空不可得空無性空自性空無性自性空慶喜獨覺菩提獨覺菩提性空何以故以獨覺菩提性空與彼內空乃至無性自性空無二無二分故慶喜由此故說以獨覺菩提無二爲方便無生爲方便無所得爲方便迴向一切智智安住內空乃至無性自性空世尊云何以獨覺菩提無二爲方便無生爲方便無所得爲方便迴向一切智智安住眞如法界法性不虛妄性不變異性平等性離生性法定法住實際虛空界不思議界慶喜獨覺菩提獨覺菩提性空何以故以獨覺菩提性空與彼眞如乃至不思議界無二無二分故慶喜由此故說以獨覺菩提無二爲方便無生爲方便無所得爲方便迴向一切智智安

住眞如乃至不思議界世尊云何以獨覺菩提無二爲方便無生爲方便無所得爲方便迴向一切智智安住苦集滅道聖諦慶喜獨覺菩提獨覺菩提性空何以故以獨覺菩提性空與彼苦集滅道聖諦無二無二分故慶喜由此故說以獨覺菩提無二爲方便無生爲方便無所得爲方便迴向一切智智安住苦集滅道聖諦世尊云何以獨覺菩提無二爲方便無生爲方便無所得爲方便迴向一切智智修習四靜慮四無量四無色定慶喜獨覺菩提獨覺菩提性空何以故以獨覺菩提性空與四靜慮四無量四無色定無二無二分故慶喜由此故說以獨覺菩提無二爲方便無生爲方便無所得爲方便迴向一切智智修習四靜慮四無量四無色定世尊云

何以獨覺菩提無二爲方便無生爲方便無所得爲方便迴向一切智智修習八解脫八勝處九次第定十遍處慶喜獨覺菩提獨覺菩提性空何以故以獨覺菩提性空與八解脫八勝處九次第定十遍處無二無二分故慶喜由此故說以獨覺菩提無二爲方便無生爲方便無所得爲方便迴向一切智智修習八解脫八勝處九次第定十遍處世尊云何以獨覺菩提無二爲方便無生爲方便無所得爲方便迴向一切智智修習四念住四正斷四神足五根五力七等覺支八聖道支慶喜獨覺菩提獨覺菩提性空何以故以獨覺菩提性空與四念住四正斷四神足五根五力七等覺支八聖道支無二無二分故慶喜由此故說以獨覺菩提無二爲方便無生

爲方便無所得爲方便迴向一切智智修習四念住四正斷四神足五根五力七等覺支八聖道支世尊云何以獨覺菩提無二爲方便無生爲方便無所得爲方便迴向一切智智修習空解脱門無相解脱門無願解脱門慶喜獨覺菩提獨覺菩提性空何以故以獨覺菩提性空與空解脱門無相解脱門無願解脱門無二無二分故慶喜由此故説以獨覺菩提無二爲方便無生爲方便無所得爲方便迴向一切智智修習空解脱門無相解脱門無願解脱門世尊云何以獨覺菩提無二爲方便無生爲方便無所得爲方便迴向一切智智修習五眼六神通慶喜獨覺菩提獨覺菩提性空何以故以獨覺菩提性空與五眼六神通無二無二分故慶喜由此故説以獨覺菩提無二爲方便無生爲方便無所得爲方便迴向一切智智修習五眼六神通世尊云何以獨覺菩提無二爲方便無生爲方便無所得爲方便迴向一切智智修習佛十力四無所畏四無礙解大慈大悲大喜大捨十八佛不共法慶喜獨覺菩提獨覺菩提性空何以故以獨覺菩提性空與佛十力四無所畏四無礙解大慈大悲大喜大捨十八佛不共法無二無二分故慶喜由此故説以獨覺菩提無二爲方便無生爲方便無所得爲方便迴向一切智智修習佛十力四無所畏四無礙解大慈大悲大喜大捨十八佛不共法世尊云何以獨覺菩提無二爲方便無生爲方便無所得爲方便迴向一切智智修習無忘失法恒住捨性慶喜獨覺菩提獨覺

菩提性空何以故以獨覺菩提性空與無忘失法恒住捨性無二無二分故慶喜由此故說以獨覺菩提無二爲方便無生爲方便無所得爲方便迴向一切智智修習無忘失法恒住捨性世尊云何以獨覺菩提無二爲方便無生爲方便無所得爲方便迴向一切智智修習一切智道相智一切相智慶喜獨覺菩提獨覺菩提性空何以故以獨覺菩提性空與一切智道相智一切相智無二無二分故慶喜由此故說以獨覺菩提無二爲方便無生爲方便無所得爲方便迴向一切智智修習一切智道相智一切相智世尊云何以獨覺菩提無二爲方便無生爲方便無所得爲方便迴向一切智智修習一切陀羅尼門一切三摩地門慶喜獨覺菩提獨覺菩提性空何以故以獨覺菩提性空與一切陀羅尼門一切三摩地門無二無二分故慶喜由此故說以獨覺菩提無二爲方便無生爲方便無所得爲方便迴向一切智智修習一切陀羅尼門一切三摩地門世尊云何以獨覺菩提無二爲方便無生爲方便無所得爲方便迴向一切智智修習菩薩摩訶薩行慶喜獨覺菩提獨覺菩提性空何以故以獨覺菩提性空與彼菩薩摩訶薩行無二無二分故慶喜由此故說以獨覺菩提無二爲方便無生爲方便無所得爲方便迴向一切智智修習菩薩摩訶薩行世尊云何以獨覺菩提無二爲方便無生爲方便無所得爲方便迴向一切智智修習無上正等菩提慶喜獨覺菩提獨覺菩提性空何以故以獨覺菩提性空與

彼無上正等菩提無二無二分故慶喜由此故説以獨覺菩提無二爲方便無生爲方便無所得爲方便迴向一切智智修習無上正等菩提世尊云何以菩薩摩訶薩行無二爲方便無生爲方便無所得爲方便迴向一切智智修習布施淨戒安忍精進靜慮般若波羅蜜多慶喜菩薩摩訶薩行菩薩摩訶薩行性空何以故以菩薩摩訶薩行性空與布施淨戒安忍精進靜慮般若波羅蜜多無二無二分故慶喜由此故説以菩薩摩訶薩行無二爲方便無生爲方便無所得爲方便迴向一切智智修習布施淨戒安忍精進靜慮般若波羅蜜多世尊云何以菩薩摩訶薩行無二爲方便無生爲方便無所得爲方便迴向一切智智安住内空外空内外空空空大空勝義空有爲空無爲空畢竟空無際空散空無變異空本性空自相空共相空一切法空不可得空無性空自性空無性自性空慶喜菩薩摩訶薩以菩薩摩訶薩行性空何以故以菩薩摩訶薩行性空與彼内空乃至無性自性空無二無二分故慶喜由此故説以菩薩摩訶薩行無二爲方便無生爲方便無所得爲方便迴向一切智智安住内空乃至無性自性空世尊云何以菩薩摩訶薩行無二爲方便無生爲方便無所得爲方便迴向一切智智安住真如法界法性不虚妄性不變異性平等性離生性法定法住實際虚空界不思議界慶喜菩薩摩訶薩行菩薩摩訶薩行性空何以故以菩薩摩訶薩行性空與彼真如乃至不思議界無二無二分故慶喜由

此故說以菩薩摩訶薩行無二爲方便無生爲方便無所得爲方便迴向一切智智安住眞如乃至不思議界世尊云何以菩薩摩訶薩行無二爲方便無生爲方便無所得爲方便迴向一切智智安住苦集滅道聖諦慶喜菩薩摩訶薩行菩薩摩訶薩行性空何以故以菩薩摩訶薩行性空與彼苦集滅道聖諦無二無二分故慶喜由此故說以菩薩摩訶薩行無二爲方便無生爲方便無所得爲方便迴向一切智智安住苦集滅道聖諦世尊云何以菩薩摩訶薩行無二爲方便無生爲方便無所得爲方便迴向一切智智修習四靜慮四無量四無色定慶喜菩薩摩訶薩行菩薩摩訶薩行性空何以故以菩薩摩訶薩行性空與四靜慮四無量四無色定無二無二分故慶喜由此故說以菩薩摩訶薩行無二爲方便無生爲方便無所得爲方便迴向一切智智修習四靜慮四無量四無色定世尊云何以菩薩摩訶薩行無二爲方便無生爲方便無所得爲方便迴向一切智智修習八解脫八勝處九次第定十遍處慶喜菩薩摩訶薩行菩薩摩訶薩行性空何以故以菩薩摩訶薩行性空與八解脫八勝處九次第定十遍處無二無二分故慶喜由此故說以菩薩摩訶薩行無二爲方便無生爲方便無所得爲方便迴向一切智智修習八解脫八勝處九次第定十遍處世尊云何以菩薩摩訶薩行無二爲方便無生爲方便無所得爲方便迴向一切智智修習四念住四正斷四神足五根五力七等覺支八聖道支慶喜菩

薩摩訶薩行菩薩摩訶薩行性空何以故以菩薩摩訶薩行性空與四念住四正斷四神足五根五力七等覺支八聖道支無二無二分故慶喜由此故說以菩薩摩訶薩行無二爲方便無生爲方便無所得爲方便迴向一切智智修習四念住四正斷四神足五根五力七等覺支八聖道支世尊云何以菩薩摩訶薩行無二爲方便無生爲方便無所得爲方便迴向一切智智修習空解脱門無相解脱門無願解脱門慶喜菩薩摩訶薩行菩薩摩訶薩行性空何以故以菩薩摩訶薩行性空與空解脱門無相解脱門無願解脱門無二無二分故慶喜由此故說以菩薩摩訶薩行無二爲方便無生爲方便無所得爲方便迴向一切智智修習空解脱門無相解脱門

無願解脱門世尊云何以菩薩摩訶薩行無二爲方便無生爲方便無所得爲方便迴向一切智智修習五眼六神通慶喜菩薩摩訶薩行菩薩摩訶薩行性空何以故以菩薩摩訶薩行性空與五眼六神通無二無二分故慶喜由此故說以菩薩摩訶薩行無二爲方便無生爲方便無所得爲方便迴向一切智智修習五眼六神通世尊云何以菩薩摩訶薩行無二爲方便無生爲方便無所得爲方便迴向一切智智修習佛十力四無所畏四無礙解大慈大悲大喜大捨十八佛不共法慶喜菩薩摩訶薩行菩薩摩訶薩行性空何以故以菩薩摩訶薩行性空與佛十力四無所畏四無礙解大慈大悲大喜大捨十八佛不共法無二無二分故慶喜由此故說以菩

薩摩訶薩行無二爲方便無生爲方便無所得爲方便迴向一切智智修習佛十力四無所畏四無礙解大慈大悲大喜大捨十八佛不共法世尊云何以菩薩摩訶薩行無二爲方便無生爲方便無所得爲方便迴向一切智智修習無忘失法恒住捨性慶喜菩薩摩訶薩行菩薩摩訶薩行性空何以故以菩薩摩訶薩行性空與無忘失法恒住捨性無二無二分故慶喜由此故說以菩薩摩訶薩行無二爲方便無生爲方便無所得爲方便迴向一切智智修習無忘失法恒住捨性世尊云何以菩薩摩訶薩行無二爲方便無生爲方便無所得爲方便迴向一切智智修習一切智道相智一切相智慶喜菩薩摩訶薩行菩薩摩訶薩行性空何以故以菩薩摩訶薩

行性空與一切智道相智一切相智無二無二分故慶喜由此故說以菩薩摩訶薩行無二爲方便無生爲方便無所得爲方便迴向一切智智修習一切智道相智一切相智世尊云何以菩薩摩訶薩行無二爲方便無生爲方便無所得爲方便迴向一切智智修習一切陀羅尼門一切三摩地門慶喜菩薩摩訶薩行菩薩摩訶薩行性空何以故以菩薩摩訶薩行性空與一切陀羅尼門一切三摩地門無二無二分故慶喜由此故說以菩薩摩訶薩行無二爲方便無生爲方便無所得爲方便迴向一切智智修習一切陀羅尼門一切三摩地門世尊云何以菩薩摩訶薩行無二爲方便無生爲方便無所得爲方便迴向一切智智修習菩薩摩訶薩行慶喜菩薩

摩訶薩行菩薩摩訶薩行性空何以故以菩薩摩訶薩行性空與彼菩薩摩訶薩行無二無二分故慶喜由此故說以菩薩摩訶薩行無二爲方便無生爲方便無所得爲方便迴向一切智智修習菩薩摩訶薩行世尊云何以菩薩摩訶薩行無二爲方便無生爲方便無所得爲方便迴向一切智智修習無上正等菩提慶喜菩薩摩訶薩行菩薩摩訶薩行性空何以故以菩薩摩訶薩行性空與彼無上正等菩提無二無二分故慶喜由此故說以菩薩摩訶薩行無二爲方便無生爲方便無所得爲方便迴向一切智智修習無上正等菩提世尊云何以無上正等菩提無二爲方便無生爲方便無所得爲方便迴向一切智智修習布施淨戒安忍精進靜慮般若波羅蜜多慶喜無上正等菩提無上正等菩提性空何以故以無上正等菩提性空與布施淨戒安忍精進靜慮般若波羅蜜多無二無二分故慶喜由此故說以無上正等菩提無二爲方便無生爲方便無所得爲方便迴向一切智智修習布施淨戒安忍精進靜慮般若波羅蜜多世尊云何以無上正等菩提無二爲方便無生爲方便無所得爲方便迴向一切智智安住內空外空內外空空空大空勝義空有爲空無爲空畢竟空無際空散空無變異空本性空自相空共相空一切法空不可得空無性空自性空無性自性空慶喜無上正等菩提無上正等菩提性空何以故以無上正等菩提性空與彼內空乃至無性自性空無二無二分故慶喜由此故說以無

上正等菩提無二爲方便無生爲方便無所得爲方便迴向一切智智安住内空乃至無性自性空世尊云何以無上正等菩提無二爲方便無生爲方便無所得爲方便迴向一切智智安住眞如法界法性不虛妄性不變異性平等性離生性法定法住實際虛空界不思議界慶喜無上正等菩提無上正等菩提性空何以故以無上正等菩提性空與彼眞如乃至不思議界無二無二分故慶喜由此故說以無上正等菩提無二爲方便無生爲方便無所得爲方便迴向一切智智安住眞如乃至不思議界世尊云何以無上正等菩提無二爲方便無生爲方便無所得爲方便迴向一切智智安住苦集滅道聖諦慶喜無上正等菩提無上正等菩提性空何以故以無上正等菩提性空與彼苦集滅道聖諦無二無二分故慶喜由此故說以無上正等菩提無二爲方便無生爲方便無所得爲方便迴向一切智智安住苦集滅道聖諦世尊云何以無上正等菩提無二爲方便無生爲方便無所得爲方便迴向一切智智修習四靜慮四無量四無色定慶喜無上正等菩提無上正等菩提性空何以故以無上正等菩提性空與四靜慮四無量四無色定無二無二分故慶喜由此故說以無上正等菩提無二爲方便無生爲方便無所得爲方便迴向一切智智修習四靜慮四無量四無色定世尊云何以無上正等菩提無二爲方便無生爲方便無所得爲方便迴向一切智智修習八解脫八勝處九次第定十遍處慶喜無上

正等菩提無上正等菩提性空何以故以無上正等菩提性空與八解脱八勝處九次第定十遍處無二無二分故慶喜由此故說以無上正等菩提無二爲方便無生爲方便無所得爲方便迴向一切智智修習八解脱八勝處九次第定十遍處世尊云何以無上正等菩提無二爲方便無生爲方便無所得爲方便迴向一切智智修習四念住四正斷四神足五根五力七等覺支八聖道支慶喜無上正等菩提無上正等菩提性空何以故以無上正等菩提性空與四念住四正斷四神足五根五力七等覺支八聖道支無二無二分故慶喜由此故說以無上正等菩提無二爲方便無生爲方便無所得爲方便迴向一切智智修習四念住四正斷四神足五根五力七等覺支八聖道支世尊云何以無上正等菩提無二爲方便無生爲方便無所得爲方便迴向一切智智修習空解脱門無相解脱門無願解脱門慶喜無上正等菩提無上正等菩提性空何以故以無上正等菩提性空與空解脱門無相解脱門無願解脱門無二無二分故慶喜由此故說以無上正等菩提無二爲方便無生爲方便無所得爲方便迴向一切智智修習空解脱門無相解脱門無願解脱門世尊云何以無上正等菩提無二爲方便無生爲方便無所得爲方便迴向一切智智修習五眼六神通慶喜無上正等菩提無上正等菩提性空何以故以無上正等菩提性空與五眼六神通無二無二分故慶喜由此故說以無上正等菩提無二爲方

便無生爲方便無所得爲方便迴向一切智
智修習五眼六神通世尊云何以無上正等
菩提無二爲方便無生爲方便無所得爲方
便迴向一切智智修習佛十力四無所畏四
無礙解大慈大悲大喜大捨十八佛不共法
慶喜無上正等菩提無上正等菩提性空何
以故以無上正等菩提性空與佛十力四無
所畏四無礙解大慈大悲大喜大捨十八佛
不共法無二無二分故慶喜由此故說以無
上正等菩提無二爲方便無生爲方便無所
得爲方便迴向一切智智修習佛十力四無
所畏四無礙解大慈大悲大喜大捨十八佛
不共法世尊云何以無上正等菩提無二爲
方便無生爲方便無所得爲方便迴向一切
智智修習無忘失法恒住捨性慶喜無上正
等菩提無上正等菩提性空何以故以無上
正等菩提性空與無忘失法恒住捨性無二
無二分故慶喜由此故說以無上正等菩提
無二爲方便無生爲方便無所得爲方便迴
向一切智智修習無忘失法恒住捨性世尊
云何以無上正等菩提無二爲方便無生爲
方便無所得爲方便迴向一切智智修習一
切智道相智一切相智慶喜無上正等菩提
無上正等菩提性空何以故以無上正等菩
提性空與一切智道相智一切相智無二無
二分故慶喜由此故說以無上正等菩提無
二爲方便無生爲方便無所得爲方便迴向
一切智智修習一切智道相智一切相智世
尊云何以無上正等菩提無二爲方便無生
爲方便無所得爲方便迴向一切智智修習

一切陀羅尼門一切三摩地門慶喜無上正等菩提無上正等菩提性空何以故以無上正等菩提性空與一切陀羅尼門一切三摩地門無二無二分故慶喜由此故說以無上正等菩提無二爲方便無生爲方便無所得爲方便迴向一切智智修習一切陀羅尼門一切三摩地門世尊云何以無上正等菩提無二爲方便無生爲方便無所得爲方便迴向一切智智修習菩薩摩訶薩行慶喜無上正等菩提無上正等菩提性空何以故以無上正等菩提性空與彼菩薩摩訶薩行無二無二分故慶喜由此故說以無上正等菩提無二爲方便無生爲方便無所得爲方便迴向一切智智修習菩薩摩訶薩行世尊云何以無上正等菩提無二爲方便無生爲方便無所得爲方便迴向一切智智修習無上正等菩提慶喜無上正等菩提無上正等菩提性空何以故以無上正等菩提性空與彼無上正等菩提無二無二分故慶喜由此故說以無上正等菩提無二爲方便無生爲方便無所得爲方便迴向一切智智修習無上正等菩提慶喜當知由此般若波羅蜜多故能迴向一切智智復由迴向一切智智能令修習布施淨戒安忍精進靜慮般若波羅蜜多得至究竟故此般若波羅蜜多於彼布施淨戒安忍精進靜慮波羅蜜多爲尊爲導慶喜當知由此般若波羅蜜多故能迴向一切智智復由迴向一切智智能令安住內空外空內外空空空大空勝義空有爲空無爲空畢竟空無際空散空無變異空本性空自相空

共相空一切法空不可得空無性空自性空無性自性空得至究竟故此般若波羅蜜多於彼內空乃至無性自性空爲尊爲導慶喜當知由此般若波羅蜜多故能迴向一切智智復由迴向一切智智能令安住眞如法界法性不虛妄性不變異性平等性離生性法定法住實際虛空界不思議界得至究竟故此般若波羅蜜多於彼眞如乃至不思議界爲尊爲導慶喜當知由此般若波羅蜜多故能迴向一切智智復由迴向一切智智能令安住苦聖諦集聖諦滅聖諦道聖諦得至究竟故此般若波羅蜜多於彼苦集滅道聖諦爲尊爲導慶喜當知由此般若波羅蜜多故能迴向一切智智復由迴向一切智智能令修習四靜慮四無量四無色定得至究竟故此般若波羅蜜多於四靜慮四無量四無色定爲尊爲導慶喜當知由此般若波羅蜜多故能迴向一切智智復由迴向一切智智能令修習八解脫八勝處九次第定十遍處得至究竟故此般若波羅蜜多於八解脫八勝處九次第定十遍處爲尊爲導慶喜當知由此般若波羅蜜多故能迴向一切智智復由迴向一切智智能令修習四念住四正斷四神足五根五力七等覺支八聖道支得至究竟故此般若波羅蜜多於四念住四正斷四神足五根五力七等覺支八聖道支爲尊爲導慶喜當知由此般若波羅蜜多故能迴向一切智智復由迴向一切智智能令修習空解脫門無相解脫門無願解脫門得至究竟故此般若波羅蜜多於空解脫門無相解脫

門無願解脫門爲尊爲導慶喜當知由此般若波羅蜜多故能迴向一切智智復由迴向一切智智能令修習五眼六神通得至究竟故此般若波羅蜜多於五眼六神通爲尊爲導慶喜當知由此般若波羅蜜多故能迴向一切智智復由迴向一切智智能令修習佛十力四無所畏四無礙解大慈大悲大喜大捨十八佛不共法得至究竟故此般若波羅蜜多於佛十力四無所畏四無礙解大慈大悲大喜大捨十八佛不共法爲尊爲導慶喜當知由此般若波羅蜜多故能迴向一切智智復由迴向一切智智能令修習無忘失法恒住捨性得至究竟故此般若波羅蜜多於無忘失法恒住捨性爲尊爲導慶喜當知由此般若波羅蜜多故能迴向一切智智復由迴向一切智智能令修習一切智道相智一切相智得至究竟故此般若波羅蜜多於一切智道相智一切相智爲尊爲導慶喜當知由此般若波羅蜜多故能迴向一切智智復由迴向一切智智能令修習一切陀羅尼門一切三摩地門得至究竟故此般若波羅蜜多於彼一切陀羅尼門一切三摩地門爲尊爲導慶喜當知由此般若波羅蜜多故能迴向一切智智復由迴向一切智智能令修習菩薩摩訶薩行得至究竟故此般若波羅蜜多於彼菩薩摩訶薩行爲尊爲導慶喜當知由此般若波羅蜜多故能迴向一切智智復由迴向一切智智能令修習無上正等菩提得至究竟故此般若波羅蜜多於彼無上正等菩提爲尊爲導

大般若波羅蜜多經卷第一百二十五

大般若波羅蜜多經卷第一百二十六

唐三藏法師玄奘奉　詔譯

初分校量功德品第三十之二十四

慶喜當知譬如大地以種散中衆緣和合則得生長應知大地與種生長爲所依止爲能建立如是般若波羅蜜多及所迴向一切智智與布施淨戒安忍精進靜慮般若波羅蜜多爲所依止爲能建立令得生長故此般若波羅蜜多於彼布施乃至靜慮波羅蜜多爲尊爲導故我但廣稱讚般若波羅蜜多慶喜當知譬如大地以種散中衆緣和合則得生長應如大地與種生長爲所依止爲能建立如是般若波羅蜜多及所迴向一切智智與彼內空外空內外空空空大空勝義空有爲空無爲空畢竟空無際空散空無變異空本性空自相空共相空一切法空不可得空無性空自性空無性自性空爲所依止爲能建立令得顯現故此般若波羅蜜多於彼內空乃至無性自性空爲尊爲導故我但廣稱讚般若波羅蜜多慶喜當知譬如大地以種散中衆緣和合則得生長應知大地與種生長爲所依止爲能建立如是般若波羅蜜多及所迴向一切智智與彼眞如法界法性不虛妄性不變異性平等性離生性法定法住實際虛空界不思議界爲所依止爲能建立令得顯現故此般若波羅蜜多於彼眞如乃至不思議界爲尊爲導故我但廣稱讚般若波羅蜜多慶喜當知譬如大地以種散中衆緣和合則得生長應知大地與種生長爲所依止爲能建立如是般若波羅蜜多及所迴向

一切智智與苦聖諦集聖諦滅聖諦道聖諦爲所依止爲能建立令得顯現故此般若波羅蜜多於彼苦集滅道聖諦爲尊爲導故我但廣稱讚般若波羅蜜多慶喜當知譬如大地以種散中衆緣和合則得生長應知大地與種生長爲所依止爲能建立如是般若波羅蜜多及所迴向一切智智與四靜慮四無量四無色定爲所依止爲能建立令得生長故此般若波羅蜜多於四靜慮四無量四無色定爲尊爲導故我但廣稱讚般若波羅蜜多慶喜當知譬如大地以種散中衆緣和合則得生長應知大地與種生長爲所依止爲能建立如是般若波羅蜜多及所迴向一切智智與八解脫八勝處九次第定十遍處爲所依止爲能建立令得生長故此般若波羅蜜多於八解脫八勝處九次第定十遍處爲尊爲導故我但廣稱讚般若波羅蜜多慶喜當知譬如大地以種散中衆緣和合則得生長應知大地與種生長爲所依止爲能建立如是般若波羅蜜多及所迴向一切智智與四念住四正斷四神足五根五力七等覺支八聖道支爲所依止爲能建立令得生長故此般若波羅蜜多於四念住四正斷四神足五根五力七等覺支八聖道支爲尊爲導故我但廣稱讚般若波羅蜜多慶喜當知譬如大地以種散中衆緣和合則得生長應知大地與種生長爲所依止爲能建立如是般若波羅蜜多及所迴向一切智智與空解脫門無相解脫門無願解脫門爲所依止爲能建立令得生長故此般若波羅蜜多於空解脫

門無相解脫門無願解脫門為尊為導故我但廣稱讚般若波羅蜜多慶喜當知譬如大地以種散中衆緣和合則得生長應知大地與種生長為所依止為能建立如是般若波羅蜜多及所迴向一切智智與五眼六神通為所依止為能建立令得生長故此般若波羅蜜多於五眼六神通為尊為導故我但廣稱讚般若波羅蜜多慶喜當知譬如大地以種散中衆緣和合則得生長應知大地與種生長為所依止為能建立如是般若波羅蜜多及所迴向一切智智與佛十力四無所畏四無礙解大慈大悲大喜大捨十八佛不共法為所依止為能建立令得生長故此般若波羅蜜多於佛十力四無所畏四無礙解大慈大悲大喜大捨十八佛不共法為尊為導故我但廣稱讚般若波羅蜜多慶喜當知譬如大地以種散中衆緣和合則得生長應知大地與種生長為所依止為能建立如是般若波羅蜜多及所迴向一切智智與無忘失法恒住捨性為所依止為能建立令得生長故此般若波羅蜜多於無忘失法恒住捨性為尊為導故我但廣稱讚般若波羅蜜多慶喜當知譬如大地以種散中衆緣和合則得生長應知大地與種生長為所依止為能建立如是般若波羅蜜多及所迴向一切智智與一切智道相智一切相智為所依止為能建立令得生長故此般若波羅蜜多於一切智道相智一切相智為尊為導故我但廣稱讚般若波羅蜜多慶喜當知譬如大地以種散中衆緣和合則得生長應知大地與種生

長爲所依止爲能建立如是般若波羅蜜多及所迴向一切智智與一切陀羅尼門一切三摩地門爲所依止爲能建立令得生長故此般若波羅蜜多於一切陀羅尼門一切三摩地門爲尊爲導故我但廣稱讚般若波羅蜜多慶喜當知譬如大地以種散中衆緣和合則得生長應知大地與種生長爲所依止爲能建立如是般若波羅蜜多及所迴向一切智智與彼菩薩摩訶薩行爲所依止爲能建立令得生長故此般若波羅蜜多於彼菩薩摩訶薩行爲尊爲導故我但廣稱讚般若波羅蜜多慶喜當知譬如大地以種散中衆緣和合則得生長應知大地與種生長爲所依止爲能建立如是般若波羅蜜多及所迴向一切智智與彼無上正等菩提爲所依止爲能建立令得生長故此般若波羅蜜多於彼無上正等菩提爲尊爲導故我但廣稱讚般若波羅蜜多爾時天帝釋白佛言世尊今者如來應正等覺於此般若波羅蜜多一切功德說猶未盡所以者何我從世尊所受般若波羅蜜多功德深廣量無邊際諸善男子善女人等於此般若波羅蜜多至心聽聞受持讀誦精勤修學如理思惟廣爲有情宣說流布所獲功德亦無邊際若有書寫如是般若波羅蜜多種種嚴飾復以無量上妙華鬘塗散等香衣服瓔珞寶幢幡蓋衆妙珍奇妓樂燈明一切所有供養恭敬尊重讚歎所獲功德亦無邊際世尊若有於此甚深般若波羅蜜多至心聽聞受持讀誦精勤修學如理思惟解說書寫廣令流布由此便有十善業

道出現世間世尊若有於此甚深般若波羅蜜多至心聽聞受持讀誦精勤修學如理思惟解說書寫廣令流布由此便有四靜慮四無量四無色定五神通等出現世間世尊若有於此甚深般若波羅蜜多至心聽聞受持讀誦精勤修學如理思惟解說書寫廣令流布由此便有布施淨戒安忍精進靜慮般若波羅蜜多出現世間世尊若有於此甚深般若波羅蜜多至心聽聞受持讀誦精勤修學如理思惟解說書寫廣令流布由此便有內空外空內外空空空大空勝義空有爲空無爲空畢竟空無際空散空無變異空本性空自相空共相空一切法空不可得空無性空自性空無性自性空出現世間世尊若有於此甚深般若波羅蜜多至心聽聞受持讀誦精勤修學如理思惟解說書寫廣令流布由此便有眞如法界法性不虛妄性不變異性平等性離生性法定法住實際虛空界不思議界出現世間世尊若有於此甚深般若波羅蜜多至心聽聞受持讀誦精勤修學如理思惟解說書寫廣令流布由此便有苦聖諦集聖諦滅聖諦道聖諦出現世間世尊若有於此甚深般若波羅蜜多至心聽聞受持讀誦精勤修學如理思惟解說書寫廣令流布由此便有八解脫八勝處九次第定十遍處出現世間世尊若有於此甚深般若波羅蜜多至心聽聞受持讀誦精勤修學如理思惟解說書寫廣令流布由此便有四念住四正斷四神足五根五力七等覺支八聖道支出現世間世尊若有於此甚深般若波羅蜜多

至心聽聞受持讀誦精勤修學如理思惟解
說書寫廣令流布由此便有空解脫門無相
解脫門無願解脫門出現世間世尊若有於
此甚深般若波羅蜜多至心聽聞受持讀誦
精勤修學如理思惟解說書寫廣令流布由
此便有五眼六神通出現世間世尊若有於
此甚深般若波羅蜜多至心聽聞受持讀誦
精勤修學如理思惟解說書寫廣令流布由
此便有佛十力四無所畏四無礙解大慈大
悲大喜大捨十八佛不共法出現世間世尊
若有於此甚深般若波羅蜜多至心聽聞受
持讀誦精勤修學如理思惟解說書寫廣令
流布由此便有無忘失法恒住捨性出現世
間世尊若有於此甚深般若波羅蜜多至心
聽聞受持讀誦精勤修學如理思惟解說書

寫廣令流布由此便有一切智道相智一切
相智出現世間世尊若有於此甚深般若波
羅蜜多至心聽聞受持讀誦精勤修學如理
思惟解說書寫廣令流布由此便有一切陀
羅尼門一切三摩地門出現世間世尊若有
於此甚深般若波羅蜜多至心聽聞受持讀
誦精勤修學如理思惟解說書寫廣令流布
由此便有刹帝利大族婆羅門大族長者大
族居士大族出現世間世尊若有於此甚深
般若波羅蜜多至心聽聞受持讀誦精勤修
學如理思惟解說書寫廣令流布由此便有
四大王衆天三十三天夜摩天覩史多天樂
變化天他化自在天出現世間世尊若有於
此甚深般若波羅蜜多至心聽聞受持讀誦
精勤修學如理思惟解說書寫廣令流布由

此便有梵衆天梵輔天梵會天大梵天光天少光天無量光天極光淨天淨天少淨天無量淨天遍淨天廣天少廣天無量廣天廣果天出現世間世尊若有於此甚深般若波羅蜜多至心聽聞受持讀誦精勤修學如理思惟解說書寫廣令流布由此便有無煩天無熱天善現天善見天色究竟天出現世間世尊若有於此甚深般若波羅蜜多至心聽聞受持讀誦精勤修學如理思惟解說書寫廣令流布由此便有空無邊處天識無邊處天無所有處天非想非非想處天出現世間世尊若有於此甚深般若波羅蜜多至心聽聞受持讀誦精勤修學如理思惟解說書寫廣令流布由此便有預流一來不還阿羅漢及預流向預流果一來向一來果不還向不還果阿羅漢向阿羅漢果出現世間世尊若有於此甚深般若波羅蜜多至心聽聞受持讀誦精勤修學如理思惟解說書寫廣令流布由此便有獨覺及獨覺菩提出現世間世尊若有於此甚深般若波羅蜜多至心聽聞受持讀誦精勤修學如理思惟解說書寫廣令流布由此便有菩薩摩訶薩及菩薩摩訶薩行出現世間世尊若有於此甚深般若波羅蜜多至心聽聞受持讀誦精勤修學如理思惟解說書寫廣令流布由此便有一切如來應正等覺及以無上正等菩提出現世間爾時佛告天帝釋言憍尸迦我不說此甚深般若波羅蜜多但有如前所說功德何以故如是般若波羅蜜多具足無邊勝功德故憍尸迦我亦不說於此般若波羅蜜多至心聽聞

受持讀誦精勤修學如理思惟廣爲有情宣說流布及能書寫種種嚴飾復以無量上妙華鬘塗散等香衣服瓔珞寶幢旛蓋衆妙珍奇妓樂燈明盡諸所有供養恭敬尊重讚歎諸善男子善女人等但有如前所說功德何以故憍尸迦若善男子善女人等不離一切智智心以無所得爲方便於此般若波羅蜜多至心聽聞受持讀誦精勤修學如理思惟廣爲有情宣說流布或復書寫種種嚴飾復以無量上妙華鬘塗散等香衣服瓔珞寶幢旛蓋衆妙珍奇妓樂燈明盡諸所有供養恭敬尊重讚歎是善男子善女人等成就無量殊勝戒蘊成就無量殊勝足蘊成就無量殊勝慧蘊成就無量殊勝解脫蘊成就無量殊勝解脫知見蘊憍尸迦是善男子善女人等當知如佛何以故決定趣向阿耨多羅三藐三菩提故憍尸迦是善男子善女人等超過聲聞及獨覺地何以故解脫一切聲聞獨覺下劣心故憍尸迦一切聲聞獨覺所成就戒蘊定蘊慧蘊解脫蘊解脫知見蘊於此善男子善女人等所成就戒蘊定蘊慧蘊解脫蘊解脫知見蘊百分不及一千分不及一百千分不及一俱胝分不及一百俱胝分不及一千俱胝分不及一百千俱胝分不及一百千俱胝那庾多分不及一數分筭分計分喻分乃至鄔波尼殺曇分亦不及一何以故憍尸迦是善男子善女人等超過一切聲聞獨覺下劣心想於諸聲聞獨覺乘法終不稱讚於一切法無所不知謂能正知都無所有憍尸迦若善男子善女人等不離一切智智心以

無所得爲方便於此般若波羅蜜多至心聽
聞受持讀誦精勤修學如理思惟廣爲有情
宣說流布或復書寫種種嚴飾復以無量上
妙華鬘塗散等香衣服瓔珞寶幢旛蓋衆妙
珍奇妓樂燈明盡諸所有供養恭敬尊重讚
歎是善男子善女人等我說獲得現在未來
無量無邊殊勝功德時天帝釋復白佛言世
尊若善男子善女人等不離一切智智心以
無所得爲方便於此般若波羅蜜多至心聽
聞受持讀誦精勤修學如理思惟廣爲有情
宣說流布或復書寫衆寶嚴飾復以種種上
妙華鬘塗散等香衣服瓔珞寶幢旛蓋衆妙
珍奇妓樂燈明盡諸所有供養恭敬尊重讚
歎我等諸天常隨衛護不令一切人非人等
種種惡緣之所擾害爾時佛告天帝釋言憍
尸迦若善男子善女人等以應一切智智心
用無所得爲方便於此般若波羅蜜多受持
讀誦時有無量百千天子爲聽法故皆來集
會歡喜踊躍敬受如是甚深般若波羅蜜多
憍尸迦若善男子善女人等以應一切智智
心用無所得爲方便宣說如是甚深般若波
羅蜜多相應之法時有無量諸天子等皆來
集會以天威力令說法者增益辯才宣暢無
盡憍尸迦若善男子善女人等以應一切智
智心用無所得爲方便宣說如是甚深般若
波羅蜜多時有無量諸天子等敬重法故皆
來集會以天威力令說法者辯才無滯設有
障難不能遮斷憍尸迦諸善男子善女人等
以應一切智智心用無所得爲方便於此般
若波羅蜜多至心聽聞受持讀誦精勤修學

如理思惟廣爲有情宣說流布或復書寫衆寶嚴飾復以種種上妙華鬘塗散等香衣服瓔珞寶幢旛蓋衆妙珍奇妓樂燈明盡諸所有供養恭敬尊重讚歎是善男子善女人等於現在世當獲無邊功德勝利衆魔眷屬不能侵擾復次憍尸迦若善男子善女人等於四衆中宣說如是甚深般若波羅蜜多心無怯怖不爲一切論難所屈何以故彼由如是甚深般若波羅蜜多所加祐故又此般若波羅蜜多祕蜜藏中具廣分別一切法故謂若善法不善法無記法若過去法未來法現在法若欲界繫法色界繫法無色界繫法若學法無學法非學非無學法若見所斷法修所斷法非所斷法若世間法出世間法若有漏法無漏法若有爲法無爲法若有見法無見法若有色法無色法若共法不共法若聲聞法若獨覺法若菩薩法若如來法諸如是等無量百千種種法門皆入此攝又由如是諸善男子善女人等善住內空善住外空善住內外空善住空空善住大空善住勝義空善住有爲空善住無爲空善住畢竟空善住無際空善住散空善住無變異空善住本性空善住自相空善住共相空善住一切法空善住不可得空善住無性空善住自性空善住無性自性空故都不見有能論難者亦不見有所論難者亦不見有所說般若波羅蜜多以是故憍尸迦此善男子善女人等由是般若波羅蜜多大威神力所護持故不爲一切異學論難之所屈伏復次憍尸迦若善男子善女人等於此般若波羅蜜多至心聽聞受

持讀誦精勤修學如理思惟解說書寫廣令流布是善男子善女人等其心不驚不恐不怖心不沉没亦不憂悔所以者何是善男子善女人等不見有法可令驚恐怖畏沉没及憂悔者憍尸迦若善男子善女人輩欲得是等現在無邊功德勝利當於如是甚深般若波羅蜜多至心聽聞受持讀誦精勤修學如理思惟廣爲有情宣說流布或復書寫衆寶嚴飾復以種種上妙華鬘塗散等香衣服瓔珞寶幢旛蓋衆妙珍奇妓樂燈明盡諸所有供養恭敬尊重讚歎復次憍尸迦若善男子善女人等以應一切智智心用無所得爲方便於此般若波羅蜜多至心聽聞受持讀誦精勤修學如理思惟廣爲有情宣說流布或復書寫衆寶嚴飾復以種種上妙華鬘塗散等香衣服瓔珞寶幢旛蓋衆妙珍奇妓樂燈明盡諸所有供養恭敬尊重讚歎是善男子善女人等恒爲父母師長宗親朋友知識國王大臣及諸沙門婆羅門等之所愛敬亦爲十方無邊世界一切如來應正等覺菩薩摩訶薩獨覺阿羅漢不還一來預流果等之所愛念復爲世間諸天魔梵人及非人阿素洛等之所愛護是善男子善女人等成就最勝無斷辯才是善男子善女人等修行布施淨戒安忍精進靜慮般若波羅蜜多恒無斷盡是善男子善女人等安住内空外空内外空空空大空勝義空有爲空無爲空畢竟空無際空散空無變異空本性空自相空共相空一切法空不可得空無性空自性空無性自性空恒無斷盡是善男子善女人等安住真

如法界法性不虚妄性不變異性平等性離生性法定法住實際虚空界不思議界恒無斷盡是善男子善女人等安住苦聖諦集聖諦滅聖諦道聖諦恒無斷盡是善男子善女人等修行四靜慮四無量四無色定恒無斷盡是善男子善女人等修行八解脱八勝處九次第定十遍處恒無斷盡是善男子善女人等修行四念住四正斷四神足五根五力七等覺支八聖道支恒無斷盡是善男子善女人等修行空解脱門無相解脱門無願解脱門恒無斷盡是善男子善女人等修行五眼六神通恒無斷盡是善男子善女人等修行佛十力四無所畏四無礙解大慈大悲大喜大捨十八佛不共法恒無斷盡是善男子善女人等修行無忘失法恒住捨性恒無斷盡是善男子善女人等修行一切智道相智一切相智恒無斷盡是善男子善女人等修行一切陀羅尼門一切三摩地門恒無斷盡是善男子善女人等成熟有情嚴淨佛土恒無斷盡是善男子善女人等成就菩薩殊勝神通遊諸佛土自在無礙是善男子善女人等不爲一切外道異論之所降伏而能降伏外道異論憍尸迦若善男子善女人等欲得如是現在未來無斷無盡功德勝利應於如是甚深般若波羅蜜多至心聽聞受持讀誦精勤修學如理思惟廣爲有情宣說流布復應書寫衆寶嚴飾以無量種上妙華鬘塗散等香衣服瓔珞寶幢幡蓋衆妙珍奇妓樂燈明盡諸所有供養恭敬尊重讚歎復次憍尸迦若善男子善女人等書寫如是甚深般若

波羅蜜多種種莊嚴置清淨處供養恭敬尊重讚歎時此三千大千世界所有四大王衆天三十三天夜摩天覩史多天樂變化天他化自在天已發阿耨多羅三藐三菩提心者恒來是處觀禮讀誦如是般若波羅蜜多供養恭敬尊重讚歎右繞禮拜合掌而去所有梵衆天梵輔天梵會天大梵天光天少光天無量光天極光淨天淨天少淨天無量淨天遍淨天廣天少廣天無量廣天廣果天已發阿耨多羅三藐三菩提心者恒來是處觀禮讀誦如是般若波羅蜜多供養恭敬尊重讚歎右繞禮拜合掌而去所有淨居天謂無煩天無熱天善現天善見天色究竟天亦恒來此觀禮讀誦如是般若波羅蜜多供養恭敬尊重讚歎右繞禮拜合掌而去時此界中有

大威德諸龍藥叉健達縛阿素洛揭路荼緊捺洛莫呼洛伽人非人等亦恒來此觀禮讀誦如是般若波羅蜜多供養恭敬尊重讚歎右繞禮拜合掌而去爾時十方無邊世界所有四大王衆天三十三天夜摩天覩史多天樂變化天他化自在天已發阿耨多羅三藐三菩提心者恒來是處觀禮讀誦如是般若波羅蜜多供養恭敬尊重讚歎右繞禮拜合掌而去所有梵衆天梵輔天梵會天大梵天光天少光天無量光天極光淨天淨天少淨天無量淨天遍淨天廣天少廣天無量廣天廣果天已發阿耨多羅三藐三菩提心者恒來是處觀禮讀誦如是般若波羅蜜多供養恭敬尊重讚歎右繞禮拜合掌而去所有淨居天謂無煩天無熱天善現天善見天色究

竟天亦恒來此觀禮讀誦如是般若波羅蜜多供養恭敬尊重讚歎右繞禮拜合掌而去時彼世界有大威德諸龍藥叉健達縛阿素洛揭路荼緊捺洛莫呼洛伽人非人等亦恒來此觀禮讀誦如是般若波羅蜜多供養恭敬尊重讚歎右繞禮拜合掌而去憍尸迦是善男子善女人等應作是念今此三千大千世界并餘十方無邊世界所有四大王衆天三十三天夜摩天覩史多天樂變化天他化自在天梵衆天梵輔天梵會天大梵天光天少光天無量光天極光淨天淨天少淨天無量淨天遍淨天廣天少廣天無量廣天廣果天無煩天無熱天善現天善見天色究竟天及餘無量有大威德諸龍藥叉健達縛阿素洛揭路荼緊捺洛莫呼洛伽人非人等常來至此觀禮讀誦我所書寫甚深般若波羅蜜多供養恭敬尊重讚歎右繞禮拜合掌而去此我則爲已設法施作是念已歡喜踴躍令所獲福倍復增長憍尸迦是善男子善女人等由此三千大千世界并餘十方無邊世界所有四大王衆天三十三天夜摩天覩史多天樂變化天他化自在天梵衆天梵輔天梵會天大梵天光天少光天無量光天極光淨天淨天少淨天無量淨天遍淨天廣天少廣天無量廣天廣果天無煩天無熱天善現天善見天色究竟天及餘無量有大威德諸龍藥叉健達縛阿素洛揭路荼緊捺洛莫呼洛伽人非人等常來至此隨逐擁護不爲一切人非人等之所惱害唯除宿世定惡業因現在應熟或轉重業現世輕受憍尸迦是善男

子善女人等由此般若波羅蜜多大威神力獲如是等現世種種功德勝利謂諸天等已發無上菩提心者或依佛法已獲殊勝利樂事者敬重法故恒來至此隨逐擁護增其勢力所以者何是善男子善女人等已發無上正等覺心恒為救拔諸有情故恒為成熟諸有情故恒不棄捨諸有情故恒為利樂諸有情故彼諸天等亦復如是由此因緣常隨擁護

大般若波羅蜜多經卷第一百二十六

音釋

鄔波尼殺曇（梵語也此謂數之極鄔安古切曇徒南切）華鬘（鬘莫班切）

大般若波羅蜜多經卷第一百二十七

唐三藏法師玄奘奉　詔譯

初分校量功德品第三十之二十五

時天帝釋復白佛言世尊是善男子善女人等云何覺知於此三千大千世界幷餘十方無邊世界所有四大王衆天三十三天夜摩天覩史多天樂變化天他化自在天梵衆天梵輔天梵會天大梵天光天少光天無量光天極光淨天淨天少淨天無量淨天遍淨天廣天少廣天無量廣天廣果天無煩天無熱天善現天善見天色究竟天及餘無量有大威德諸龍藥叉健達縛阿素洛揭路荼緊捺洛莫呼洛伽人非人等來至其所觀禮讀誦彼所書寫甚深般若波羅蜜多供養恭敬尊重讚歎合掌右繞歡喜護念爾時佛告天帝釋言憍尸迦是善男子善女人等若見如是甚深般若波羅蜜多所安置處有妙光明或聞其處異香芬馥若天樂音當知爾時有大神力威德熾盛諸天龍等來至其所觀禮讀誦彼所書寫甚深般若波羅蜜多供養恭敬尊重讚歎合掌右繞歡喜護念復次憍尸迦是善男子善女人等修淨妙行嚴潔其處至心供養如是般若波羅蜜多當知爾時有大神力威德熾盛諸天龍等來至其所觀禮讀誦彼所書寫甚深般若波羅蜜多供養恭敬尊重讚歎合掌右繞歡喜護念憍尸迦隨其如是具大神力威德熾盛諸天龍等來至其處此中所有邪神惡鬼驚怖退散無敢住者由此因緣是善男子善女人等心便廣大所修善業倍復增長一切所為無有障礙以是

故憍尸迦若此般若波羅蜜多隨所在處周帀除去諸不淨物掃拭塗治香水散灑敷設寶座而安置之燒香散華張施幰蓋寶幢旛鐸間飾其中衣服瓔珞金銀寶器衆妙珍奇伎樂燈明無量雜綵莊嚴其處若能如是供養般若波羅蜜多便有無量具大神力威德熾盛諸天龍等來至其處觀禮讀誦彼所書寫甚深般若波羅蜜多供養恭敬尊重讚歎合掌右繞歡喜護念復次憍尸迦是善男子善女人等若能如是供養般若波羅蜜多身心無倦身樂心樂身輕心輕身調柔心調柔身安隱心安隱繫心般若波羅蜜多夜寢息時無諸惡夢唯得善夢謂見如來應正等覺身真金色具三十二大丈夫相八十隨好圓滿莊嚴放大光明普照一切聲聞菩薩前後

圍繞身處衆中聞佛為說布施波羅蜜多淨戒波羅蜜多安忍波羅蜜多精進波羅蜜多靜慮波羅蜜多般若波羅蜜多相應之法聞佛為說內空外空內外空空空大空勝義空有為空無為空畢竟空無際空散空無變異空本性空自相空共相空一切法空不可得空無性空自性空無性自性空相應之法聞佛為說真如法界法性不虛妄性不變異性平等性離生性法定法住實際虛空界不思議界相應之法聞佛為說苦聖諦集聖諦滅聖諦道聖諦相應之法聞佛為說四靜慮四無量四無色定相應之法聞佛為說八解脫八勝處九次第定十遍處相應之法聞佛為說四念住四正斷四神足五根五力七等覺支八聖道支相應之法聞佛為說空解脫門

無相解脱門無願解脱門相應之法聞佛爲脱五眼六神通相應之法聞佛爲説佛十力四無所畏四無礙解大慈大悲大喜大捨十八佛不共法相應之法聞佛爲説無忘失法恒住捨性相應之法聞佛爲説一切智道相智一切相智相應之法聞佛爲説一切陀羅尼門一切三摩地門相應之法聞佛爲説一切菩薩摩訶薩行相應之法聞佛爲説諸佛無上正等菩提相應之法復聞分別布施波羅蜜多淨戒波羅蜜多安忍波羅蜜多精進波羅蜜多靜慮波羅蜜多般若波羅蜜多相應法義復聞分別内空外空内外空空空大空勝義空有爲空無爲空畢竟空無際空散空無變異空本性空自相空共相空一切法空不可得空無性空自性空無性自性空相

應法義復聞分別真如法界法性不虚妄性不變異性平等性離生性法定法住實際虚空界不思議界相應法義復聞分別苦聖諦集聖諦滅聖諦道聖諦相應法義復聞分別四靜慮四無量四無色定相應法義復聞分別八解脱八勝處九次第定十遍處相應法義復聞分別四念住四正斷四神足五根五力七等覺支八聖道支相應法義復聞分別空解脱門無相解脱門無願解脱門相應法義復聞分別五眼六神通相應法義復聞分別佛十力四無所畏四無礙解大慈大悲大喜大捨十八佛不共法相應法義復聞分別無忘失法恒住捨性相應法義復聞分別一切智道相智一切相智相應法義復聞分別一切陀羅尼門一切三摩地門相應法義復

聞分別一切菩薩摩訶薩行相應法義復聞分別諸佛無上正等菩提相應法義或於夢中見菩提樹其量高廣衆寶莊嚴見大菩薩趣菩提樹結跏趺坐降伏魔怨證得無上正等菩提轉妙法輪度無量衆復見無量百千俱胝那庾多菩薩摩訶薩共集論說種種法義所謂應如是成熟有情應如是嚴淨佛土應如是降伏魔軍應如是修菩薩行應如是攝取一切智智或復夢見東方無量百千俱胝那庾多佛亦聞音聲謂其世界某名如來應正等覺若干百千俱胝那庾多菩薩摩訶薩若干百千俱胝那庾多聲聞弟子恭敬圍繞而為說法南西北方四維上下亦復如是或復夢見東方無量百千俱胝那庾多佛入般涅槃見一一佛般涅槃已各有施主為供養佛設利羅故以妙七寶各起無量百千俱胝那庾多數諸窣堵波復於一一窣堵波所各以無量上妙華鬘塗散等香衣服瓔珞寶幢旛蓋衆妙珍奇妓樂燈明經無量劫供養恭敬尊重讚歎南西北方四維上下亦復如是憍尸迦是善男子善女人等見如是類諸善夢相若睡若覺身心安樂諸天神等益其精氣令彼自覺身體輕便由是因緣不多貪染飲食醫藥衣服卧具於四供養其心輕微如瑜伽師入勝妙定由彼定力滋潤身心從定出已於諸美膳其心輕微此亦如是何以故憍尸迦是善男子善女人等由此三千大千世界幷餘十方無邊世界一切如來應正等覺聲聞菩薩天龍藥义健達縛阿素洛揭路荼緊捺洛莫呼洛伽人非人等具大神力

勝威德者慈悲護念以妙精氣冥注身心令其志勇體充盛故憍尸迦若善男子善女人等欲得如是現世功德應發一切智智心以無所得爲方便於此般若波羅蜜多至心聽聞受持讀誦精勤修學如理思惟解說書寫廣令流布憍尸迦若善男子善女人等雖於般若波羅蜜多不能聽聞受持讀誦精勤修學如理思惟廣爲有情宣說流布而但書寫衆寶嚴飾復以種種上妙華鬘塗散等香衣服瓔珞寶幢旛蓋衆妙珍奇妓樂燈明盡諸所有供養恭敬尊重讃歎亦得如前所說功德何以故憍尸迦是善男子善女人等能廣利益安樂無量諸衆生故復次憍尸迦若善男子善女人等以應一切智智心用無所得爲方便於此般若波羅蜜多至心聽聞受持讀誦精勤修學如理思惟廣爲有情宣說流布或復書寫衆寶嚴飾復以種種上妙華鬘塗散等香衣服瓔珞寶幢旛蓋衆妙珍奇妓樂燈明盡諸所有供養恭敬尊重讃歎是善男子善女人等由此因緣獲無量福盡其形壽以無量種上妙飲食衣服卧具醫藥資緣供養恭敬尊重讃歎十方世界一切如來應正等覺及弟子衆亦勝十方佛及弟子般涅槃後有爲供養設利羅故以妙七寶起窣堵波高廣嚴麗復以無量天妙華鬘塗散等香衣服瓔珞寶幢旛蓋衆妙珍奇妓樂燈明盡其形壽供養恭敬尊重讃歎何以故憍尸迦十方諸佛及弟子衆皆因如是甚深般若波羅蜜多而出生故爾時佛告天帝釋言憍尸迦假使充滿此贍部洲佛設利羅以爲一分

書寫如是甚深般若波羅蜜多復爲一分此二分中汝取何者時天帝釋即白佛言世尊假使充滿此贍部洲佛設利羅以爲一分書寫如是甚深般若波羅蜜多復爲一分於二分中我意寧取如是般若波羅蜜多何以故我於諸佛設利羅所非不信受非不欣樂供養恭敬尊重讚歎然設利羅皆因般若波羅蜜多而出生故皆是般若波羅蜜多功德勢力所熏修故乃爲一切世間天人阿素洛等以無量種上妙華鬘塗散等香衣服瓔珞寶幢幡蓋衆妙珍奇妓樂燈明盡諸所有供養恭敬尊重讚歎爾時舍利子謂天帝釋言憍尸迦如是般若波羅蜜多既不可取無色無見無對一相所謂無相汝云何取所以者何如是般若波羅蜜多無取無捨無增無減無聚無散無益無損無染無淨如是般若波羅蜜多不與諸佛法不捨異生法不與菩薩法不捨異生法不與獨覺法不捨異生法不與聲聞法不捨異生法不與無爲界不捨有爲界如是般若波羅蜜多不與布施波羅蜜多不與淨戒安忍精進靜慮般若波羅蜜多如是般若波羅蜜多不與內空不與外空內外空空空大空勝義空有爲空無爲空畢竟空無際空散空無變異空本性空自相空共相空一切法空不可得空無性空自性空無性自性空如是般若波羅蜜多不與眞如不與法界法性不虛妄性不變異性平等性離生性法定法住實際虛空界不思議界如是般若波羅蜜多不與苦聖諦不與集滅道聖諦如是般若波羅蜜多不與四靜慮不與四無

量四無色定如是般若波羅蜜多不與八解脫不與八勝處九次第定十遍處如是般若波羅蜜多不與四念住不與四正斷四神足五根五力七等覺支八聖道支如是般若波羅蜜多不與空解脫門不與無相無願解脫門如是般若波羅蜜多不與五眼不與六神通如是般若波羅蜜多不與佛十力不與四無所畏四無礙解大慈大悲大喜大捨十八佛不共法如是般若波羅蜜多不與無忘失法不與恒住捨性如是般若波羅蜜多不與一切智不與道相智一切相智如是般若波羅蜜多不與一切陀羅尼門不與一切三摩地門如是般若波羅蜜多不與預流果不與一來不還阿羅漢果如是般若波羅蜜多不與獨覺菩提如是般若波羅蜜多不與菩薩摩訶薩行如是般若波羅蜜多不與無上正等菩提爾時天帝釋報舍利子言如是如是誠如所說大德如是般若波羅蜜多實不可取無色無見無對一相所謂無相大德如是般若波羅蜜多無取無捨無增無減無聚無散無益無損無染無淨大德如是般若波羅蜜多不與諸佛法不捨異生法不與菩薩法不捨異生法不與獨覺法不捨異生法不與聲聞法不捨異生法不與無爲界不捨有爲界大德如是般若波羅蜜多不與布施波羅蜜多不與淨戒安忍精進靜慮般若波羅蜜多大德如是般若波羅蜜多不與內空不與外空內外空空空大空勝義空有爲空無爲空畢竟空無際空散空無變異空本性空自相空共相空一切法空不可得空無性空自

性空無性自性空大德如是般若波羅蜜多不與眞如不與法界法性不虛妄性不變異性平等性離生性法定法住實際虛空界不思議界大德如是般若波羅蜜多不與苦聖諦不與集滅道聖諦大德如是般若波羅蜜多不與四靜慮不與四無量四無色定大德如是般若波羅蜜多不與八解脫不與八勝處九次第定十遍處大德如是般若波羅蜜多不與四念住不與四正斷四神足五根五力七等覺支八聖道支大德如是般若波羅蜜多不與空解脫門不與無相無願解脫門大德如是般若波羅蜜多不與五眼不與六神通大德如是般若波羅蜜多不與佛十力不與四無所畏四無礙解大慈大悲大喜大捨十八佛不共法大德如是般若波羅蜜多不與無忘失法不與恒住捨性大德如是般若波羅蜜多不與一切智不與道相智一切相智大德如是般若波羅蜜多不與一切陀羅尼門不與一切三摩地門大德如是般若波羅蜜多不與預流果不與一來不還阿羅漢果大德如是般若波羅蜜多不與獨覺菩提大德如是般若波羅蜜多不與菩薩摩訶薩行大德如是般若波羅蜜多不與無上正等菩提大德若於般若波羅蜜多能如是知是爲眞取甚深般若波羅蜜多亦眞修行甚深般若波羅蜜多何以故甚深般若波羅蜜多不隨二行無二相故如是靜慮精進安忍淨戒布施波羅蜜多亦不隨二行無二相故

爾時佛讚天帝釋言善哉善哉如汝所說甚深般若波羅蜜多不隨二行何以故甚深般

若波羅蜜多無二相故如是靜慮精進安忍淨戒布施波羅蜜多亦不隨二行何以故如是靜慮精進安忍淨戒布施波羅蜜多亦無二相故憍尸迦諸有欲令甚深般若波羅蜜多有二相者則爲欲令真如亦有二相何以故憍尸迦甚深般若波羅蜜多與真如無二無二分故憍尸迦諸有欲令靜慮精進安忍淨戒布施波羅蜜多有二相者則爲欲令真如亦有二相何以故憍尸迦靜慮精進安忍淨戒布施波羅蜜多與真如無二無二分故憍尸迦諸有欲令甚深般若波羅蜜多有二相者則爲欲令法界亦有二相何以故憍尸迦甚深般若波羅蜜多與法界無二無二分故憍尸迦諸有欲令靜慮精進安忍淨戒布施波羅蜜多有二相者則爲欲令法界亦有二相何以故憍尸迦靜慮精進安忍淨戒布施波羅蜜多與法界無二無二分故憍尸迦諸有欲令甚深般若波羅蜜多有二相者則爲欲令法性亦有二相何以故憍尸迦甚深般若波羅蜜多與法性無二無二分故憍尸迦諸有欲令靜慮精進安忍淨戒布施波羅蜜多有二相者則爲欲令法性亦有二相何以故憍尸迦靜慮精進安忍淨戒布施波羅蜜多與法性無二無二分故憍尸迦諸有欲令甚深般若波羅蜜多有二相者則爲欲令不虛妄性亦有二相何以故憍尸迦甚深般若波羅蜜多與不虛妄性無二無二分故憍尸迦諸有欲令靜慮精進安忍淨戒布施波羅蜜多有二相者則爲欲令不虛妄性亦有二相何以故憍尸迦靜慮精進安忍淨戒布

施波羅蜜多與不虛妄性無二無二分故憍尸迦諸有欲令甚深般若波羅蜜多有二相者則為欲令不變異性亦有二相何以故憍尸迦甚深般若波羅蜜多與不變異性無二無二分故憍尸迦諸有欲令靜慮精進安忍淨戒布施波羅蜜多有二相者則為欲令不變異性亦有二相何以故憍尸迦靜慮精進安忍淨戒布施波羅蜜多與不變異性無二無二分故憍尸迦諸有欲令甚深般若波羅蜜多有二相者則為欲令平等性亦有二相何以故憍尸迦甚深般若波羅蜜多與平等性無二無二分故憍尸迦諸有欲令靜慮精進安忍淨戒布施波羅蜜多有二相者則為欲令平等性亦有二相何以故憍尸迦靜慮精進安忍淨戒布施波羅蜜多與平等性無二無二分故憍尸迦諸有欲令甚深般若波羅蜜多有二相者則為欲令離生性亦有二相何以故憍尸迦甚深般若波羅蜜多與離生性無二無二分故憍尸迦諸有欲令靜慮精進安忍淨戒布施波羅蜜多有二相者則為欲令離生性亦有二相何以故憍尸迦靜慮精進安忍淨戒布施波羅蜜多與離生性無二無二分故憍尸迦諸有欲令甚深般若波羅蜜多有二相者則為欲令法定亦有二相何以故憍尸迦甚深般若波羅蜜多與法定無二無二分故憍尸迦諸有欲令靜慮精進安忍淨戒布施波羅蜜多有二相者則為欲令法定亦有二相何以故憍尸迦靜慮精進安忍淨戒布施波羅蜜多與法定無二無二分故憍尸迦諸有欲令甚深般若波羅蜜

多有二相者則為欲令法住亦有二相何以故憍尸迦甚深般若波羅蜜多與法住無二無二分故憍尸迦諸有欲令靜慮精進安忍淨戒布施波羅蜜多有二相者則為欲令法住亦有二相何以故憍尸迦靜慮精進安忍淨戒布施波羅蜜多與法住無二無二分故憍尸迦諸有欲令甚深般若波羅蜜多有二相者則為欲令實際亦有二相何以故憍尸迦甚深般若波羅蜜多與實際無二無二分故憍尸迦諸有欲令靜慮精進安忍淨戒布施波羅蜜多有二相者則為欲令實際亦有二相何以故憍尸迦靜慮精進安忍淨戒布施波羅蜜多與實際無二無二分故憍尸迦諸有欲令甚深般若波羅蜜多有二相者則為欲令虛空界亦有二相何以故憍尸迦甚深般若波羅蜜多與虛空界無二無二分故憍尸迦諸有欲令靜慮精進安忍淨戒布施波羅蜜多有二相者則為欲令虛空界亦有二相何以故憍尸迦靜慮精進安忍淨戒布施波羅蜜多與虛空界無二無二分故憍尸迦諸有欲令甚深般若波羅蜜多有二相者則為欲令不思議界亦有二相何以故憍尸迦甚深般若波羅蜜多與不思議界無二無二分故憍尸迦諸有欲令靜慮精進安忍淨戒布施波羅蜜多有二相者則為欲令不思議界亦有二相何以故憍尸迦靜慮精進安忍淨戒布施波羅蜜多與不思議界無二無二分故爾時天帝釋白佛言世尊如是般若波羅蜜多世間天人阿素洛等皆應至誠禮拜右繞供養恭敬尊重讚歎所以者何一切

菩薩摩訶薩衆皆依如是甚深般若波羅蜜多精勤修學已得當得現得無上正等菩提世尊如我坐在三十三天善法殿中天帝座上爲諸天衆宣說正法時有無量諸天子等來至我所聽我所說供養恭敬尊重讚歎右繞禮拜合掌而去我不在時諸天子等亦來是處雖不見我如我在時恭敬供養咸言此處是天帝釋爲諸天等說法之座我等皆應如天主在供養右繞禮拜而去世尊如是般若波羅蜜多若有書寫受持讀誦廣爲有情宣說流布當知是處恒有此土幷餘十方無邊世界無量無數天龍藥叉健達縛阿素洛揭路荼緊捺洛莫呼洛伽人非人等皆來集會設無說者敬重法故亦於是處供養恭敬尊重讚歎禮拜而去何以故一切如來應正等覺皆因如是甚深般若波羅蜜多而得生故一切菩薩摩訶薩衆獨覺聲聞及諸有情上妙樂具皆依如是甚深般若波羅蜜多而得起故佛設利羅亦由如是甚深般若波羅蜜多功德熏修得供養故世尊如是般若波羅蜜多與諸菩薩摩訶薩行及所證得一切智智爲因爲緣爲所依止爲能引發世尊由此緣故我作是說假使充滿此贍部洲佛設利羅以爲一分書寫如是甚深般若波羅蜜多復爲一分此二分中我意寧取如是般若波羅蜜多世尊我若於此甚深般若波羅蜜多受持讀誦正憶念時心契法故都不見有諸怖畏相所以者何世尊甚深般若波羅蜜多無相無狀無言無說世尊由此般若波羅蜜多無相無狀無言無說是故靜慮精進安

忍淨戒布施波羅蜜多亦無相無狀無言無說世尊由此般若波羅蜜多無相無狀無言無說是故内空外空内外空空空大空勝義空有爲空無爲空畢竟空無際空散空無變異空本性空自相空共相空一切法空不可得空無性空自性空無性自性空亦無相無狀無言無說世尊由此般若波羅蜜多無相無狀無言無說是故眞如法界法性不虚妄性不變異性平等性離生性法定法住實際虚空界不思議界亦無相無狀無言無說世尊由此般若波羅蜜多無相無狀無言無說是故苦聖諦集聖諦滅聖諦道聖諦亦無相無狀無言無說世尊由此般若波羅蜜多無相無狀無言無說是故四靜慮四無量四無色定亦無相無狀無言無說世尊由此般若

波羅蜜多無相無狀無言無說是故八解脱八勝處九次第定十遍處亦無相無狀無言無說世尊由此般若波羅蜜多無相無狀無言無說是故四念住四正斷四神足五根五力七等覺支八聖道支亦無相無狀無言無說世尊由此般若波羅蜜多無相無狀無言無說是故空解脱門無相解脱門無願解脱門亦無相無狀無言無說世尊由此般若波羅蜜多無相無狀無言無說是故五眼六神通亦無相無狀無言無說世尊由此般若波羅蜜多無相無狀無言無說是故佛十力四無所畏四無礙解大慈大悲大喜大捨十八佛不共法亦無相無狀無言無說世尊由此般若波羅蜜多無相無狀無言無說是故無忘失法恒住捨性亦無相無狀無言無說世

尊由此般若波羅蜜多無相無狀無言無說是故一切智道相智一切相智亦無相無狀無言無說世尊由此般若波羅蜜多無相無狀無言無說是故一切陀羅尼門一切三摩地門亦無相無狀無言無說世尊由此般若波羅蜜多無相無狀無言無說是故菩薩摩訶薩行亦無相無狀無言無說世尊由此般若波羅蜜多無相無狀無言無說是故諸佛無上正等菩提亦無相無狀無言無說世尊由此般若波羅蜜多無相無狀無言無說是故一切法亦無相無狀無言無說世尊若此般若波羅蜜多有相有狀有言有說非無相無狀無言無說者不應如來應正等覺知一切法無相無狀無言無說證得無上正等菩提為諸有情說一切法無相無狀無言無說

世尊由此般若波羅蜜多無相無狀無言無說非有相有狀有言有說是故如來應正等覺知一切法無相無狀無言無說證得無上正等菩提為諸有情說一切法無相無狀無言無說世尊是故般若波羅蜜多應受一切世間天人阿素洛等以無量種上妙華鬘塗散等香衣服瓔珞寶幢旛蓋衆妙珍奇妓樂燈明盡諸所有供養恭敬尊重讃歎世尊若善男子善女人等於此般若波羅蜜多至心聽聞受持讀誦精勤修學如理思惟廣為有情宣說流布或復書寫衆寶嚴飾以無量種上妙華鬘塗散等香衣服瓔珞寶幢旛蓋衆妙珍奇妓樂燈明盡諸所有供養恭敬尊重讃歎是善男子善女人等決定不復墮於地獄傍生鬼界邊鄙達絮蔑戾車中不墮聲聞

及獨覺地必趣無上正等菩提常見諸佛恒聞正法不離善友嚴淨佛土成熟有情從一佛國趣一佛國供養恭敬尊重讚歎諸佛世尊及諸菩薩摩訶薩衆能以無量上妙華鬘塗散等香衣服瓔珞寶幢旛蓋衆妙珍奇妓樂燈明而爲供養世尊假使充滿於此三千大千世界佛設利羅以爲一分書寫如是甚深般若波羅蜜多復爲一分此二分中我意寧取如是般若波羅蜜多何以故一切如來應正等覺及三千界佛設利羅皆從般若波羅蜜多而出生故又三千界佛設利羅皆由般若波羅蜜多功德勢力所熏修故得諸天人阿素洛等供養恭敬尊重讚歎由此因緣諸善男子善女人等供養恭敬尊重讚歎佛設利羅決定不復墮三惡趣常生天人受諸快樂富貴自在隨心所願乘三乘法而趣涅槃世尊若見如來應正等覺若見所寫甚深般若波羅蜜多此二功德平等無異何以故如是般若波羅蜜多與諸如來應正等覺平等無二無二分故世尊若有如來應正等覺住三示導爲諸有情宣說正法所謂契經應頌記別諷頌自說因緣本事本生方廣希法譬喻論義若善男子善女人等於此般若波羅蜜多受持讀誦廣爲他說此二功德平等無異何以故若彼如來應正等覺若三示導若所宣說十二分教皆依般若波羅蜜多而出生故世尊若十方界如殑伽沙一切如來應正等覺住三示導爲諸有情宣說正法所謂契經應頌記別諷頌自說因緣本事本生方廣希法譬喻論義若善男子善女人等於

此般若波羅蜜多受持讀誦廣爲他說此二功德平等無異何以故若十方界如殑伽沙一切如來應正等覺若三示導若所宣說十二分教皆依般若波羅蜜多而出生故世尊若善男子善女人等以無量種上妙華鬘塗散等香衣服瓔珞寶幢旛蓋衆妙珍奇妓樂燈明盡諸所有供養恭敬尊重讚歎十方世界如殑伽沙一切如來應正等覺有善男子善女人等書寫般若波羅蜜多亦以無量上妙華鬘塗散等香衣服瓔珞寶幢旛蓋衆妙珍奇妓樂燈明盡諸所有供養恭敬尊重讚歎此二功德平等無異何以故彼諸如來應正等覺皆依般若波羅蜜多而出生故

大般若波羅蜜多經卷第一百二十七

音釋

芬馥（馥方六切芬馥謂香氣也）拭（音式揩也）幰蓋（幰音顯謂車上張繒曰幰蓋）鐸（達各切鈴屬）窣堵波（梵語也此云方墳又云圓塚窣蘇沒切堵音覩）膳（時戰切食也）邊鄙（鄙蒲靡切謂邊地也）達絜（梵語也謂微信佛法者）蔑戾車（梵語也亦云彌離車此云惡見蔑彌列切戾力霽切）

大般若波羅蜜多經卷第一百二十八

唐三藏法師玄奘奉　詔譯

初分校量功德品第三十之二十六

世尊若善男子善女人等於此般若波羅蜜多至心聽聞受持讀誦精勤修學如理思惟廣爲有情宣説流布是善男子善女人等於當來世不墮地獄傍生鬼界邊鄙達絮蔑戾車中常具諸根聰明端正不墮聲聞及獨覺地何以故是善男子善女人等決定當住菩薩摩訶薩不退地故世尊若善男子善女人等於此般若波羅蜜多至心聽聞受持讀誦精勤修學如理思惟廣爲有情宣説流布或復書寫衆寶嚴飾以無量種上妙華鬘塗散等香衣服瓔珞寶幢旛蓋衆妙珍奇妓樂燈明盡諸所有供養恭敬尊重讚歎是善男子善女人等遠離一切衰惱怖畏世尊如負債人怖畏債主即便奉事親近於王依王勢力得離怖畏世尊譬如有人依附王故王攝受故爲諸世人供養恭敬尊重讚歎佛設利羅亦復如是由此般若波羅蜜多所熏修故爲諸天人阿素洛等供養恭敬尊重讚歎世尊一切智智亦依般若波羅蜜多而得成就世尊由此緣故我作是説假使充滿於此三千大千世界佛設利羅以爲一分書寫如是甚深般若波羅蜜多復爲一分此二分中我意寧取如是般若波羅蜜多何以故世尊由此般若波羅蜜多佛設利羅及佛所得三十二種大丈夫相八十隨好所莊嚴身而得生故世尊由此般若波羅蜜多布施淨戒安忍精進靜慮般若波羅蜜多得圓淨故世尊由此

般若波羅蜜多內空外空內外空空空大空勝義空有爲空無爲空畢竟空無際空散空無變異空本性空自相空共相空一切法空不可得空無性空自性空無性自性空得圓淨故世尊由此般若波羅蜜多真如法界法性不虛妄性不變異性平等性離生性法定法住實際虛空界不思議界得圓淨故世尊由此般若波羅蜜多苦聖諦集聖諦滅聖諦道聖諦得圓淨故世尊由此般若波羅蜜多四靜慮四無量四無色定得圓淨故世尊由此般若波羅蜜多八解脫八勝處九次第定十遍處得圓淨故世尊由此般若波羅蜜多四念住四正斷四神足五根五力七等覺支八聖道支得圓淨故世尊由此般若波羅蜜多空解脫門無相解脫門無願解脫門得圓淨故世尊由此般若波羅蜜多五眼六神通得圓淨故世尊由此般若波羅蜜多佛十力四無所畏四無礙解大慈大悲大喜大捨十八佛不共法得圓淨故世尊由此般若波羅蜜多無忘失法恒住捨性得圓淨故世尊由此般若波羅蜜多一切智道相智一切相智得圓淨故世尊由此般若波羅蜜多一切陀羅尼門一切三摩地門得圓淨故世尊由此般若波羅蜜多一切菩薩摩訶薩行得圓淨故世尊由此般若波羅蜜多諸佛無上正等菩提得圓淨故世尊由此般若波羅蜜多諸佛身心俱不可壞踰於金剛無數倍故世尊由此般若波羅蜜多威神力故布施等五亦得名爲波羅蜜多何以故若無般若波羅蜜多施等不能到彼岸故世尊若此三千大千

世界或餘世界所有王都城邑聚落其中若有受持讀誦書寫解說供養恭敬尊重讚歎如是般若波羅蜜多是處有情不爲一切人非人等之所惱害唯除決定惡業應受漸次修學隨其所願乃至證得三乘涅槃世尊如是般若波羅蜜多具大威力隨所在處與諸有情作大饒益世尊如是般若波羅蜜多有大神用於此三千大千國土作大佛事世尊若世界中流行如是甚深般若波羅蜜多當知是處則爲有佛出現世間利樂一切世尊譬如無價大寶神珠具無量種勝妙威德隨所住處有此神珠人及非人終無惱害設有男子或復女人爲鬼所執身心苦惱若有持此神珠示之由珠威力鬼便捨去諸有熱病或風或痰或熱風痰合集爲病若有繫此神珠著身如是諸病無不除愈此珠在暗能作照明熱時能涼寒時能暖隨地方所有此神珠時節調和不寒不熱若地方處有此神珠蛇蝎等毒無敢停止設有男子或復女人爲毒所中楚痛難忍若有持此神珠令見珠威勢故毒即消滅若諸有情身嬰癩疾惡瘡腫疱目眩瞖等眼病耳病鼻病舌病喉病身病帶此神珠衆病皆愈若諸池沼泉井等中其水濁穢或將枯涸以珠投之水便盈滿香潔澄淨具八功德若以青黃赤白紅紫碧緑雜綺種種色衣裹此神珠投之於水水隨衣綵作種種色如是無價大寶神珠威德無邊說不可盡若置箱篋亦令其器具足成就無邊威德設空箱篋由曾置珠其器仍爲衆人愛重時具壽慶喜問天帝釋言憍尸迦如是神

珠爲天獨有人亦有耶天帝釋言大德人中天上俱有此珠若在人中形小而重若在天上形大而輕又人中者相不具足若在天上其相周圓天上有者威德殊勝比人中珠過無量倍時天帝釋復白佛言世尊甚深般若波羅蜜多亦復如是爲衆德本能滅無量惡不善法隨所在處令諸有情身心苦惱悉皆銷滅人非人等不能爲害世尊所説無價大寶神珠非但喻於甚深般若波羅蜜多亦喻如來一切智智世尊如是般若波羅蜜多具足無量殊勝功德亦能引發世出世間無量清淨殊勝功德世尊甚深般若波羅蜜多功德分限難可稱讚何以故如是般若波羅蜜多功德深廣量無邊故佛設利羅由此般若波羅蜜多而得生故堪受一切世間天人阿素洛等供養恭敬尊重讚歎世尊甚深静慮精進安忍淨戒布施波羅蜜多功德分限難可稱讚何以故如是静慮精進安忍淨戒布施波羅蜜多功德深廣量無邊故佛設利羅由此静慮精進安忍淨戒布施波羅蜜多而得生故堪受一切世間天人阿素洛等供養恭敬尊重讚歎世尊甚深内空功德分限難可稱讚何以故如是内空功德深廣量無邊故佛設利羅由此内空而得生故堪受一切世間天人阿素洛等供養恭敬尊重讚歎世尊甚深外空内外空空空大空勝義空有爲空無爲空畢竟空無際空散空無變異空本性空自相空共相空一切法空不可得空無性空自性空無性自性空功德分限難可稱讚何以故如是外空乃至無性自性空功德

深廣量無邊故佛設利羅由此外空乃至無性自性空而得生故堪受一切世間天人阿素洛等供養恭敬尊重讚歎世尊甚深真如功德分限難可稱讚何以故如是真如功德深廣量無邊故佛設利羅由此真如而得生故堪受一切世間天人阿素洛等供養恭敬尊重讚歎世尊甚深法界法性不虛妄性不變異性平等性離生性法定法住實際虛空界不思議界功德分限難可稱讚何以故如是法界乃至不思議界功德深廣量無邊故佛設利羅由此法界乃至不思議界而得生故堪受一切世間天人阿素洛等供養恭敬尊重讚歎世尊甚深苦聖諦功德分限難可稱讚何以故如是苦聖諦功德深廣量無邊故佛設利羅由此苦聖諦而得生故堪受一切世間天人阿素洛等供養恭敬尊重讚歎世尊甚深集滅道聖諦功德分限難可稱讚何以故如是集滅道聖諦功德深廣量無邊故佛設利羅由此集滅道聖諦而得生故堪受一切世間天人阿素洛等供養恭敬尊重讚歎世尊甚深四靜慮功德分限難可稱讚何以故如是四靜慮功德深廣量無邊故佛設利羅由此四靜慮而得生故堪受一切世間天人阿素洛等供養恭敬尊重讚歎世尊甚深四無量四無色定功德分限難可稱讚何以故如是四無量四無色定功德深廣量無邊故佛設利羅由此四無量四無色定而得生故堪受一切世間天人阿素洛等供養恭敬尊重讚歎世尊甚深八解脫功德分限難可稱讚何以故如是八解脫功德深廣量

無邊故佛設利羅由此八解脫而得生故堪受一切世間天人阿素洛等供養恭敬尊重讚歎世尊甚深八勝處九次第定十遍處功德分限難可稱讚何以故如是八勝處九次第定十遍處功德深廣量無邊故佛設利羅由此八勝處九次第定十遍處而得生故堪受一切世間天人阿素洛等供養恭敬尊重讚歎世尊甚深四念住功德分限難可稱讚何以故如是四念住功德深廣量無邊故佛設利羅由此四念住而得生故堪受一切世間天人阿素洛等供養恭敬尊重讚歎世尊甚深四正斷四神足五根五力七等覺支八聖道支功德分限難可稱讚何以故如是四正斷四神足五根五力七等覺支八聖道支功德深廣量無邊故佛設利羅由此四正斷四神足五根五力七等覺支八聖道支而得生故堪受一切世間天人阿素洛等供養恭敬尊重讚歎世尊甚深空解脫門功德分限難可稱讚何以故如是空解脫門功德深廣量無邊故佛設利羅由此空解脫門而得生故堪受一切世間天人阿素洛等供養恭敬尊重讚歎世尊甚深無相無願解脫門功德分限難可稱讚何以故如是無相無願解脫門功德深廣量無邊故佛設利羅由此無相無願解脫門而得生故堪受一切世間天人阿素洛等供養恭敬尊重讚歎世尊甚深五眼功德分限難可稱讚何以故如是五眼功德深廣量無邊故佛設利羅由此五眼而得生故堪受一切世間天人阿素洛等供養恭敬尊重讚歎世尊甚深六神通功德分限難

可稱讚何以故如是六神通功德深廣量無邊故佛設利羅由此六神通而得生故堪受一切世間天人阿素洛等供養恭敬尊重讚歎世尊甚深佛十力功德分限難可稱讚何以故如是佛十力功德深廣量無邊故佛設利羅由此佛十力而得生故堪受一切世間天人阿素洛等供養恭敬尊重讚歎世尊甚深四無所畏四無礙解大慈大悲大喜大捨十八佛不共法功德分限難可稱讚何以故如是四無所畏四無礙解大慈大悲大喜大捨十八佛不共法功德深廣量無邊故佛設利羅由此四無所畏四無礙解大慈大悲大喜大捨十八佛不共法而得生故堪受一切世間天人阿素洛等供養恭敬尊重讚歎世尊甚深一切陀羅尼門功德分限難可稱讚

何以故如是一切陀羅尼門功德深廣量無邊故佛設利羅由此一切陀羅尼門而得生故堪受一切世間天人阿素洛等供養恭敬尊重讚歎世尊甚深一切三摩地門功德分限難可稱讚何以故如是一切三摩地門功德深廣量無邊故佛設利羅由此一切三摩地門而得生故堪受一切世間天人阿素洛等供養恭敬尊重讚歎世尊甚深一切智功德分限難可稱讚何以故如是一切智功德深廣量無邊故佛設利羅由此一切智而得生故堪受一切世間天人阿素洛等供養恭敬尊重讚歎世尊甚深道相智一切相智功德分限難可稱讚何以故如是道相智一切相智功德深廣量無邊故佛設利羅由此道相智一切相智而得生故堪受一切世間天

人阿素洛等供養恭敬尊重讚歎世尊甚深無忘失法功德分限難可稱讚何以故如是無忘失法功德深廣量無邊故佛設利羅由此無忘失法而得生故堪受一切世間天人阿素洛等供養恭敬尊重讚歎世尊甚深恒住捨性功德分限難可稱讚何以故如是恒住捨性功德深廣量無邊故佛設利羅由此恒住捨性而得生故堪受一切世間天人阿素洛等供養恭敬尊重讚歎世尊甚深永斷一切相續煩惱習氣功德分限難可稱讚何以故如是永斷一切相續煩惱習氣功德深廣量無邊故佛設利羅由此永斷一切相續煩惱習氣而得生故堪受一切世間天人阿素洛等供養恭敬尊重讚歎復次世尊佛設利羅是極圓滿甚深般若波羅蜜多所熏修

故是極清淨甚深般若波羅蜜多所依器故堪受一切世間天人阿素洛等供養恭敬尊重讚歎世尊佛設利羅是極圓滿靜慮精進安忍淨戒布施波羅蜜多所熏修故是極清淨靜慮精進安忍淨戒布施波羅蜜多所依器故堪受一切世間天人阿素洛等供養恭敬尊重讚歎世尊佛設利羅是極圓滿安住內空所熏修故是極清淨安住內空所依器故堪受一切世間天人阿素洛等供養恭敬尊重讚歎世尊佛設利羅是極圓滿安住外空內外空空空大空勝義空有為空無為空畢竟空無際空散空無變異空本性空自相空共相空一切法空不可得空無性空自性空無性自性空所熏修故是極清淨安住外空乃至無性自性空所依器故堪受一切世

間天人阿素洛等供養恭敬尊重讚歎世尊佛設利羅是極圓滿安住真如所熏修故是極清淨安住真如所依器故堪受一切世間天人阿素洛等供養恭敬尊重讚歎世尊佛設利羅是極圓滿安住法界法性不虛妄性不變異性平等性離生性法定法住實際虛空界不思議界所熏修故是極清淨安住法界乃至不思議界所依器故堪受一切世間天人阿素洛等供養恭敬尊重讚歎世尊佛設利羅是極圓滿安住苦聖諦所熏修故是極清淨安住苦聖諦所依器故堪受一切世間天人阿素洛等供養恭敬尊重讚歎世尊佛設利羅是極圓滿安住集滅道聖諦所熏修故是極清淨安住集滅道聖諦所依器故堪受一切世間天人阿素洛等供養恭敬尊

重讚歎世尊佛設利羅是極圓滿四靜慮所熏修故是極清淨四靜慮所依器故堪受一切世間天人阿素洛等供養恭敬尊重讚歎世尊佛設利羅是極圓滿四無量四無色定所熏修故是極清淨四無量四無色定所依器故堪受一切世間天人阿素洛等供養恭敬尊重讚歎世尊佛設利羅是極圓滿八解脫所熏修故是極清淨八解脫所依器故堪受一切世間天人阿素洛等供養恭敬尊重讚歎世尊佛設利羅是極圓滿八勝處九次第定十遍處所熏修故是極清淨八勝處九次第定十遍處所依器故堪受一切世間天人阿素洛等供養恭敬尊重讚歎世尊佛設利羅是極圓滿四念住所熏修故是極清淨四念住所依器故堪受一切世間天人阿素

洛等供養恭敬尊重讚歎世尊佛設利羅是極圓滿四正斷四神足五根五力七等覺支八聖道支所熏修故是極清淨四正斷四神足五根五力七等覺支八聖道支所依器故堪受一切世間天人阿素洛等供養恭敬尊重讚歎世尊佛設利羅是極圓滿空解脫門所熏修故是極清淨空解脫門所依器故堪受一切世間天人阿素洛等供養恭敬尊重讚歎世尊佛設利羅是極圓滿無相無願解脫門所熏修故是極清淨無相無願解脫門所依器故堪受一切世間天人阿素洛等供養恭敬尊重讚歎世尊佛設利羅是極圓滿五眼所熏修故是極清淨五眼所依器故堪受一切世間天人阿素洛等供養恭敬尊重讚歎世尊佛設利羅是極圓滿六神通所熏修故是極清淨六神通所依器故堪受一切世間天人阿素洛等供養恭敬尊重讚歎世尊佛設利羅是極圓滿佛十力所熏修故是極清淨佛十力所依器故堪受一切世間天人阿素洛等供養恭敬尊重讚歎世尊佛設利羅是極圓滿四無所畏四無礙解大慈大悲大喜大捨十八佛不共法所熏修故是極清淨四無所畏四無礙解大慈大悲大喜大捨十八佛不共法所依器故堪受一切世間天人阿素洛等供養恭敬尊重讚歎世尊佛設利羅是極圓滿一切陀羅尼門所熏修故是極清淨一切陀羅尼門所依器故堪受一切世間天人阿素洛等供養恭敬尊重讚歎世尊佛設利羅是極圓滿一切三摩地門所熏修故是極清淨一切三摩地門所依器故

堪受一切世間天人阿素洛等供養恭敬尊重讚歎世尊佛設利羅是極圓滿一切智所熏修故是極清淨一切智所依器故堪受一切世間天人阿素洛等供養恭敬尊重讚歎世尊佛設利羅是極圓滿道相智一切相智所熏修故是極清淨道相智一切相智所依器故堪受一切世間天人阿素洛等供養恭敬尊重讚歎世尊佛設利羅是極圓滿無忘失法所熏修故是極清淨無忘失法所依器故堪受一切世間天人阿素洛等供養恭敬尊重讚歎世尊佛設利羅是極圓滿恒住捨性所熏修故是極清淨恒住捨性所依器故堪受一切世間天人阿素洛等供養恭敬尊重讚歎世尊佛設利羅是極圓滿永斷一切相續煩惱習氣所熏修故是極清淨永斷一切相續煩惱習氣所依器故堪受一切世間天人阿素洛等供養恭敬尊重讚歎世尊佛設利羅是極圓滿功德珍寶波羅蜜多所熏修故是極清淨功德珍寶波羅蜜多所依器故堪受一切世間天人阿素洛等供養恭敬尊重讚歎世尊佛設利羅是極圓滿無染無淨波羅蜜多所熏修故是極清淨無染無淨波羅蜜多所依器故堪受一切世間天人阿素洛等供養恭敬尊重讚歎世尊佛設利羅是極圓滿無生無滅波羅蜜多所熏修故是極清淨無生無滅波羅蜜多所依器故堪受一切世間天人阿素洛等供養恭敬尊重讚歎世尊佛設利羅是極圓滿無入無出波羅蜜多所熏修故是極清淨無入無出波羅蜜多所依器故堪受一切世間天人阿素洛等

供養恭敬尊重讚歎世尊佛設利羅是極圓滿無增無減波羅蜜多所熏修故是極清淨無增無減波羅蜜多所依器故堪受一切世間天人阿素洛等供養恭敬尊重讚歎世尊佛設利羅是極圓滿無來無去波羅蜜多所熏修故是極清淨無來無去波羅蜜多所依器故堪受一切世間天人阿素洛等供養恭敬尊重讚歎世尊佛設利羅是極圓滿無動無止波羅蜜多所熏修故是極清淨無動無止波羅蜜多所依器故堪受一切世間天人阿素洛等供養恭敬尊重讚歎世尊佛設利羅是極圓滿無此無彼波羅蜜多所熏修故是極清淨無此無彼波羅蜜多所依器故堪受一切世間天人阿素洛等供養恭敬尊重讚歎世尊佛設利羅是極圓滿諸法實性波羅蜜多所熏修故是極清淨諸法實性波羅蜜多所依器故堪受一切世間天人阿素洛等供養恭敬尊重讚歎復次世尊置滿三千大千世界佛設利羅假使充滿十方各如殑伽沙等諸佛世界佛設利羅以爲一分書寫如是甚深般若波羅蜜多復爲一分此二分中我意寧取如是般若波羅蜜多何以故一切如來應正等覺諸設利羅皆因如是甚深般若波羅蜜多而得生故一切如來應正等覺諸設利羅皆由如是甚深般若波羅蜜多所熏修故一切如來應正等覺諸設利羅皆爲如是甚深般若波羅蜜多所依器故堪受一切天龍藥叉健達縛阿素洛揭路荼緊捺洛莫呼洛伽人非人等供養恭敬尊重讚歎世尊若善男子善女人等供養恭敬尊重讚

歎佛設利羅是善男子善女人等由此善根於人天中受富貴樂所謂刹帝利大族婆羅門大族長者大族居士大族四大王衆天三十三天夜摩天覩史多天樂變化天他化自在天中受富貴樂即由如是殊勝善根至最後身得盡苦際世尊若善男子善女人等於此般若波羅蜜多至心聽聞受持讀誦書寫解說如理思惟由此般若波羅蜜多便得圓滿如是般若波羅蜜多得圓滿故復令靜慮波羅蜜多而得圓滿如是靜慮波羅蜜多得圓滿故復令精進波羅蜜多而得圓滿如是精進波羅蜜多得圓滿故復令安忍波羅蜜多而得圓滿如是安忍波羅蜜多得圓滿故復令淨戒波羅蜜多而得圓滿如是淨戒波羅蜜多得圓滿故復令布施波羅蜜多而得

圓滿世尊由此復令安住内空外空内外空空空大空勝義空有爲空無爲空畢竟空無際空散空無變異空本性空自相空共相空一切法空不可得空無性空自性空無性自性空而得圓滿世尊由此復令安住眞如法界法性不虛妄性不變異性平等性離生性法定法住實際虛空界不思議界而得圓滿世尊由此復令安住苦聖諦集聖諦滅聖諦道聖諦而得圓滿世尊由此復令修習四靜慮四無量四無色定而得圓滿世尊由此復令修習八解脱八勝處九次第定十遍處而得圓滿世尊由此復令修習四念住四正斷四神足五根五力七等覺支八聖道支而得圓滿世尊由此復令修習空解脱門無相解脱門無願解脱門而得圓滿世尊由此復令

修習五眼六神通而得圓滿世尊由此復令修習佛十力四無所畏四無礙解大慈大悲大喜大捨十八佛不共法而得圓滿世尊由此復令修習一切智道相智一切相智而得圓滿世尊由此復令修習無忘失法恒住捨性而得圓滿世尊由此復令修習一切陀羅尼門一切三摩地門而得圓滿世尊由此復令超聲聞地及獨覺地證入菩薩正性離生既得證入菩薩正性離生位已復得菩薩勝妙神通乘此神通遊諸佛土從一佛國至一佛國供養恭敬尊重讚歎諸佛世尊聽聞正法嚴淨佛土爲欲成熟諸有情故起勝思願受種種身或作大轉輪王或作小轉輪王或作大國王或作小國王或生刹帝利大族或生婆羅門大族或生長者大族或生居士大族或爲天帝釋或爲大梵王或爲毗沙門或爲持國等隨所應現而作饒益漸次乃至證得無上正等菩提是故世尊我於諸佛設利羅所非不信受非不欣樂供養恭敬尊重讚歎然於如是甚深般若波羅蜜多供養恭敬尊重讚歎所獲功德甚多於彼由是因緣我意寧取如是般若波羅蜜多世尊若善男子善女人等供養恭敬尊重讚歎如是般若波羅蜜多則爲增長一切佛法亦爲攝受世出世間一切富貴安樂自在如是已爲供養恭敬尊重讚歎佛設利羅

大般若波羅蜜多經卷第一百二十八

音釋

痰音談病液也　虵蝎蝎許竭切毒虫尾有刺能螫人　癩音賴惡疾也　腫皰腫知隴切脹也氣腫也皰匹貌切腫病也　眩瞖眩熒絹切目無常主曰眩瞖於計切薉也鄣也　枯涸涸曷各切水竭也

大般若波羅蜜多經卷第一百二十九

唐三藏法師玄奘奉　詔譯

初分校量功德品第三十之二十七

復次世尊若善男子善女人等欲得常見十方無數無邊世界現說妙法一切如來應正等覺法身色身智慧身等當於如是甚深般若波羅蜜多供養恭敬尊重讃歎至心聽聞受持讀誦精勤修學如理思惟廣爲有情宣說流布世尊若善男子善女人等欲得常見此佛土中現在如來應正等覺法身色身智慧身等當於如是甚深般若波羅蜜多供養恭敬尊重讃歎至心聽聞受持讀誦精勤修學如理思惟廣爲有情宣說流布世尊若善男子善女人等欲得常見十方三世一切如來應正等覺法身色身智慧身等當於如是甚深般若波羅蜜多供養恭敬尊重讃歎至心聽聞受持讀誦精勤修學如理思惟廣爲有情宣說流布世尊若善男子善女人等修行般若波羅蜜多應以法性於諸如來應正等覺修隨佛念世尊法性有二一者有爲二者無爲云何名爲有爲法性謂如實知我智有情智命者智生者智養者智士夫智補特伽羅智意生智儒童智作者智受者智知者智見者智若色智受智想智行智識智若眼處智耳處智鼻處智舌處智身處智意處智若色處智聲處智香處智味處智觸處智法處智若眼界智色界智眼識界智眼觸智眼觸爲緣所生諸受智若耳界智聲界智耳識界智耳觸智耳觸爲緣所生諸受智若鼻界智香界智鼻識界智鼻觸智鼻觸爲緣所生

諸受智若舌界智味界智舌識界智舌觸智舌觸爲緣所生諸受智若身界智觸界智身識界智身觸智身觸爲緣所生諸受智若意界智法界智意識界智意觸智意觸爲緣所生諸受智若地界智水界智火界智風界智空界智識界智若無明智行智識智名色智六處智觸智受智愛智取智有智生智老死愁歎苦憂惱智若布施波羅蜜多智淨戒波羅蜜多智安忍波羅蜜多智精進波羅蜜多智靜慮波羅蜜多智般若波羅蜜多智若內空智外空智內外空智空空智大空智勝義空智有爲空智無爲空智畢竟空智無際空智散空智無變異空智本性空智自相空智共相空智一切法空智不可得空智無性空智自性空智無性自性空智若眞如智法界智法性智不虛妄性智不變異性智平等性智離生性智法定智法住智實際智虛空界智不思議界智若苦聖諦智集聖諦智滅聖諦智道聖諦智若四靜慮智四無量智四無色定智若八解脫智八勝處智九次第定智十遍處智若四念住智四正斷智四神足智五根智五力智七等覺支智八聖道支智若空解脫門智無相解脫門智無願解脫門智若五眼智六神通智若佛十力智四無所畏智四無礙解智大慈智大悲智大喜智大捨智十八佛不共法智若無忘失法智恒住捨性智若一切智智道相智智一切相智智若一切陀羅尼門智一切三摩地門智若預流智一來智不還智阿羅漢智若預流向預流果智一來向一來果智不還向不還果智阿

羅漢向阿羅漢果智若獨覺智獨覺菩提智若菩薩摩訶薩智菩薩摩訶薩行智若三藐三佛陀智阿耨多羅三藐三菩提智若善法智不善法智無記法智若過去法智未來法智現在法智若欲界繫法智色界繫法智無色界繫法智若學法智無學法智非學非無學法智若見所斷法智修所斷法智非所斷法智若有色法智無色法智若有見法智無見法智若有對法智無對法智若有漏法智無漏法智若有爲法智無爲法智若有罪法智無罪法智若世間法智出世間法智若雜染法智清淨法智諸如是等無量門智皆悉名爲有爲法性云何名爲無爲法性謂一切法無生無滅無住無異無染無淨無增無減無相無爲無性自性云何名爲無性自性謂無我性無有情性無命者性無生者性無養育者性無士夫性無補特伽羅性無意生性無儒童性無作者性無受者性無知者性無見者性若無色性無受想行識性若無眼處性無耳鼻舌身意處性若無色處性無聲香味觸法處性若無眼界性無色界眼識界及眼觸眼觸爲緣所生諸受性若無耳界性無聲界耳識界及耳觸耳觸爲緣所生諸受性若無鼻界性無香界鼻識界及鼻觸鼻觸爲緣所生諸受性若無舌界性無味界舌識界及舌觸舌觸爲緣所生諸受性若無身界性無觸界身識界及身觸身觸爲緣所生諸受性若無意界性無法界意識界及意觸意觸爲緣所生諸受性若無地界性無水火風空識界性若無無明性無行識名色六處觸受

愛取有生老死愁歎苦憂惱性若無布施波羅蜜多性無淨戒安忍精進靜慮般若波羅蜜多性若無內空性無外空內外空空空大空勝義空有爲空無爲空畢竟空無際空散空無變異空本性空自相空共相空一切法空不可得空無性空自性空無性自性空性若無眞如性無法界法性不虛妄性不變異性平等性離生性法定法住實際虛空界不思議界性若無苦聖諦性無集滅道聖諦性若無四靜慮性無四無量四無色定性若無八解脫性無八勝處九次第定十遍處性若無四念住性無四正斷四神足五根五力七等覺支八聖道支性若無空解脫門性無無相解脫門無願解脫門性若無五眼性無六神通性若無佛十力性無四無所畏四無礙解大慈大悲大喜大捨十八佛不共法性若無無忘失法性無恒住捨性性若無一切智性無道相智一切相智性若無一切陀羅尼門性無一切三摩地門性若無預流性無一來不還阿羅漢性若無預流向預流果性無一來向一來果不還向不還果阿羅漢向阿羅漢果性若無獨覺性無獨覺菩提性若無菩薩摩訶薩性無菩薩摩訶薩行性若無三藐三佛陀性無阿耨多羅三藐三菩提性若無善法性無不善無記法性若無過去法性無未來現在法性若無欲界繫法性無色界繫法性無無色界繫法性若無學法性無無學非學非無學法性若無見所斷法性無修所斷非所斷法性若無有色法性無無色法性若無有見法性無無見法性若無有對法

性無無對法性若無有漏法性無無漏法性若無有爲法性無無爲法性若無有罪法性無無罪法性若無世間法性無出世間法性若無雜染法性無清淨法性無如是等無量門性空無所有無相無狀無言無說無覺無知如是名爲無性自性如是諸法無性自性皆悉名爲無爲法性爾時佛告天帝釋言如是如是如汝所說憍尸迦過去如來應正等覺皆因如是甚深般若波羅蜜多已證無上正等菩提未來如來應正等覺皆因如是甚深般若波羅蜜多當證無上正等菩提現在十方無量無數無邊世界一切如來應正等覺皆因如是甚深般若波羅蜜多現證無上正等菩提憍尸迦過去如來應正等覺聲聞弟子亦因如是甚深般若波羅蜜多已得預流果已得一來不還阿羅漢果未來如來應正等覺聲聞弟子亦因如是甚深般若波羅蜜多當得預流果當得一來不還阿羅漢果現在十方無量無數無邊世界一切如來應正等覺聲聞弟子亦因如是甚深般若波羅蜜多現得預流果現得一來不還阿羅漢果憍尸迦過去獨覺亦因如是甚深般若波羅蜜多已證獨覺菩提未來獨覺亦因如是甚深般若波羅蜜多當證獨覺菩提現在獨覺亦因如是甚深般若波羅蜜多現證獨覺菩提何以故憍尸迦如是般若波羅蜜多秘密藏中廣說三乘相應法故然此所說以無所得爲方便故無性無相爲方便故無生無滅爲方便故無染無淨爲方便故無造無作爲方便故無入無出爲方便故無增無滅爲方

便故無取無捨爲方便故如是所說由世俗故非勝義故所以者何如是般若波羅蜜多非般若波羅蜜多非非般若波羅蜜多非此岸非彼岸非中流非陸非水非高非下非平等非不平等非有相非無相非世間非出世間非有漏非無漏非有爲非無爲非有罪非無罪非有色非無色非有見非無見非有對非無對非善非不善非無記非過去非未來非現在非欲界繫非色界繫非無色界繫非學非無學非非學非非無學非見所斷非修所斷非非所斷非有非空非境非智憍尸迦如是般若波羅蜜多不與諸佛法不與菩薩法不與獨覺法不與預流法不與一來法不與不還法不與阿羅漢法不捨異生法時天帝釋復白佛言世尊如是般若波羅蜜多是大波羅蜜多是無上波羅蜜多是無等等波羅蜜多世尊菩薩摩訶薩修行如是甚深般若波羅蜜多雖知一切有情心行境界差別而不得我不得有情命者生者養者士夫數取趣者意生儒童作者受者知者見者是菩薩摩訶薩亦不得色不得受想行識是菩薩摩訶薩亦不得眼處不得耳鼻舌身意處是菩薩摩訶薩亦不得色處不得聲香味觸法處是菩薩摩訶薩亦不得眼界不得色界眼識界及眼觸眼觸爲緣所生諸受是菩薩摩訶薩亦不得耳界不得聲界耳識界及耳觸耳觸爲緣所生諸受是菩薩摩訶薩亦不得鼻界不得香界鼻識界及鼻觸鼻觸爲緣所生諸受是菩薩摩訶薩亦不得舌界不得味界舌識界及舌觸舌觸爲緣所生諸受是菩

薩摩訶薩亦不得身界不得觸界身識界及身觸身觸爲緣所生諸受是菩薩摩訶薩亦不得意界不得法界意識界及意觸意觸爲緣所生諸受是菩薩摩訶薩亦不得地界不得水火風空識界是菩薩摩訶薩亦不得無明不得行識名色六處觸受愛取有生老死愁歎苦憂惱是菩薩摩訶薩亦不得布施波羅蜜多不得淨戒安忍精進靜慮般若波羅蜜多是菩薩摩訶薩亦不得內空不得外空內外空空空大空勝義空有爲空無爲空畢竟空無際空散空無變異空本性空自相空共相空一切法空不可得空無性空自性空無性自性空是菩薩摩訶薩亦不得眞如不得法界法性不虛妄性不變異性平等性離生性法定法住實際虛空界不思議界是菩薩摩訶薩亦不得苦聖諦不得集滅道聖諦是菩薩摩訶薩亦不得四靜慮不得四無量四無色定是菩薩摩訶薩亦不得八解脱不得八勝處九次第定十遍處是菩薩摩訶薩亦不得四念住不得四正斷四神足五根五力七等覺支八聖道支是菩薩摩訶薩亦不得空解脱門不得無相無願解脱門是菩薩摩訶薩亦不得五眼不得六神通是菩薩摩訶薩亦不得佛十力不得四無所畏四無礙解大慈大悲大喜大捨十八佛不共法是菩薩摩訶薩亦不得無忘失法不得恒住捨性是菩薩摩訶薩亦不得一切智不得道相智一切相智是菩薩摩訶薩亦不得一切陀羅尼門不得一切三摩地門是菩薩摩訶薩亦不得預流不得一來不還阿羅漢是菩薩摩

訶薩亦不得預流向預流果不得一來向一來果不還向不還果阿羅漢向阿羅漢果是菩薩摩訶薩亦不得獨覺不得獨覺菩提是菩薩摩訶薩亦不得菩薩摩訶薩不得菩薩摩訶薩法是菩薩摩訶薩亦不得三藐三佛陀不得三藐三佛陀法何以故非此般若波羅蜜多因有所得而現前故所以者何甚深般若波羅蜜多都無自性亦不可得能得所得及二依處性相皆空不可得故爾時佛告天帝釋言如是如是如汝所說何以故憍尸迦菩薩摩訶薩以無所得爲方便長夜修行甚深般若波羅蜜多尚不得菩提及薩埵況得菩薩摩訶薩此菩薩摩訶薩既不可得豈得菩薩摩訶薩法菩薩與法尚不可得況得諸佛及諸佛法時天帝釋復白佛言世尊菩薩摩訶薩爲但行般若波羅蜜多亦行餘五波羅蜜多耶佛言憍尸迦菩薩摩訶薩以無所得爲方便具行六種波羅蜜多行布施時不得施者不得受者不得施及施物行淨戒時不得淨戒不得惡戒不得持淨戒者行安忍時不得安忍不得忿恚不得行安忍者行精進時不得精進不得懈怠不得行精進者行靜慮時不得靜慮不得散亂不得行靜慮者行般若時不得般若不得惡慧不得行般若者復次憍尸迦菩薩摩訶薩甚深般若波羅蜜多爲尊爲導修習一切波羅蜜多令速圓滿是菩薩摩訶薩行布施時甚深般若波羅蜜多爲尊爲導所修布施波羅蜜多無所執著速得圓滿是菩薩摩訶薩行淨戒時甚深般若波羅蜜多爲尊爲導所修淨戒波羅

蜜多無所執著速得圓滿是菩薩摩訶薩行安忍時甚深般若波羅蜜多爲尊爲導所修安忍波羅蜜多無所執著速得圓滿是菩薩摩訶薩行精進時甚深般若波羅蜜多爲尊爲導所修精進波羅蜜多無所執著速得圓滿是菩薩摩訶薩行靜慮時甚深般若波羅蜜多爲尊爲導所修靜慮波羅蜜多無所執著速得圓滿是菩薩摩訶薩行般若時甚深般若波羅蜜多爲尊爲導所修般若波羅蜜多無所執著速得圓滿復次憍尸迦是菩薩摩訶薩於一切法以無所得爲方便修習般若波羅蜜多無所執著令所修習速得圓滿是菩薩摩訶薩於色以無所得爲方便修習般若波羅蜜多於受想行識以無所得爲方便修習般若波羅蜜多由此因緣無所執著令所修習速得圓滿是菩薩摩訶薩於眼處以無所得爲方便修習般若波羅蜜多於耳鼻舌身意處以無所得爲方便修習般若波羅蜜多由此因緣無所執著令所修習速得圓滿是菩薩摩訶薩於色處以無所得爲方便修習般若波羅蜜多於聲香味觸法處以無所得爲方便修習般若波羅蜜多由此因緣無所執著令所修習速得圓滿是菩薩摩訶薩於眼界以無所得爲方便修習般若波羅蜜多於色界眼識界及眼觸眼觸爲緣所生諸受以無所得爲方便修習般若波羅蜜多由此因緣無所執著令所修習速得圓滿是菩薩摩訶薩於耳界以無所得爲方便修習般若波羅蜜多於聲界耳識界及耳觸耳觸爲緣所生諸受以無所得爲方便修習般

若波羅蜜多由此因緣無所執著令所修習速得圓滿是菩薩摩訶薩於鼻界以無所得爲方便修習般若波羅蜜多於香界鼻識界及鼻觸鼻觸爲緣所生諸受以無所得爲方便修習般若波羅蜜多由此因緣無所執著令所修習速得圓滿是菩薩摩訶薩於舌界以無所得爲方便修習般若波羅蜜多於味界舌識界及舌觸舌觸爲緣所生諸受以無所得爲方便修習般若波羅蜜多由此因緣無所執著令所修習速得圓滿是菩薩摩訶薩於身界以無所得爲方便修習般若波羅蜜多於觸界身識界及身觸身觸爲緣所生諸受以無所得爲方便修習般若波羅蜜多由此因緣無所執著令所修習速得圓滿是菩薩摩訶薩於意界以無所得爲方便修習般若波羅蜜多於法界意識界及意觸意觸爲緣所生諸受以無所得爲方便修習般若波羅蜜多由此因緣無所執著令所修習速得圓滿是菩薩摩訶薩於地界以無所得爲方便修習般若波羅蜜多於水火風空識界以無所得爲方便修習般若波羅蜜多由此因緣無所執著令所修習速得圓滿是菩薩摩訶薩於無明以無所得爲方便修習般若波羅蜜多於行識名色六處觸受愛取有生老死愁歎苦憂惱以無所得爲方便修習般若波羅蜜多由此因緣無所執著令所修習速得圓滿是菩薩摩訶薩於內空以無所得爲方便修習般若波羅蜜多於外空內外空空空大空勝義空有爲空無爲空畢竟空無際空散空無變異空本性空自相空共相空

一切法空不可得空無性空自性空無性自性空以無所得爲方便修習般若波羅蜜多由此因緣無所執著令所修習速得圓滿是菩薩摩訶薩於眞如以無所得爲方便修習般若波羅蜜多於法界法性不虛妄性不變異性平等性離生性法定法住實際虛空界不思議界以無所得爲方便修習般若波羅蜜多由此因緣無所執著令所修習速得圓滿是菩薩摩訶薩於苦聖諦以無所得爲方便修習般若波羅蜜多於集滅道聖諦以無所得爲方便修習般若波羅蜜多由此因緣無所執著令所修習速得圓滿是菩薩摩訶薩於布施波羅蜜多以無所得爲方便修習般若波羅蜜多於淨戒安忍精進靜慮般若波羅蜜多以無所得爲方便修習般若波羅蜜多由此因緣無所執著令所修習速得圓滿是菩薩摩訶薩於四靜慮以無所得爲方便修習般若波羅蜜多於四無量四無色定以無所得爲方便修習般若波羅蜜多由此因緣無所執著令所修習速得圓滿是菩薩摩訶薩於八解脫以無所得爲方便修習般若波羅蜜多於八勝處九次第定十遍處以無所得爲方便修習般若波羅蜜多由此因緣無所執著令所修習速得圓滿是菩薩摩訶薩於四念住以無所得爲方便修習般若波羅蜜多於四正斷四神足五根五力七等覺支八聖道支以無所得爲方便修習般若波羅蜜多由此因緣無所執著令所修習速得圓滿是菩薩摩訶薩於空解脫門以無所得爲方便修習般若波羅蜜多於無相無願

解脫門以無所得爲方便修習般若波羅蜜多由此因緣無所執著令所修習速得圓滿是菩薩摩訶薩於五眼以無所得爲方便修習般若波羅蜜多於六神通以無所得爲方便修習般若波羅蜜多由此因緣無所執著令所修習速得圓滿是菩薩摩訶薩於佛十力以無所得爲方便修習般若波羅蜜多於四無所畏四無礙解大慈大悲大喜大捨十八佛不共法以無所得爲方便修習般若波羅蜜多由此因緣無所執著令所修習速得圓滿是菩薩摩訶薩於無忘失法以無所得爲方便修習般若波羅蜜多於恒住捨性以無所得爲方便修習般若波羅蜜多由此因緣無所執著令所修習速得圓滿是菩薩摩訶薩於一切智以無所得爲方便修習般若波羅蜜多於道相智一切相智以無所得爲方便修習般若波羅蜜多由此因緣無所執著令所修習速得圓滿是菩薩摩訶薩於一切陀羅尼門以無所得爲方便修習般若波羅蜜多於一切三摩地門以無所得爲方便修習般若波羅蜜多由此因緣無所執著令所修習速得圓滿是菩薩摩訶薩於預流以無所得爲方便修習般若波羅蜜多於一來不還阿羅漢以無所得爲方便修習般若波羅蜜多由此因緣無所執著令所修習速得圓滿是菩薩摩訶薩於預流向預流果以無所得爲方便修習般若波羅蜜多於一來向一來果不還向不還果阿羅漢向阿羅漢果以無所得爲方便修習般若波羅蜜多由此因緣無所執著令所修習速得圓滿是菩薩

摩訶薩於獨覺以無所得爲方便修習般若波羅蜜多於獨覺菩提以無所得爲方便修習般若波羅蜜多由此因緣無所執著令所修習速得圓滿是菩薩摩訶薩於菩薩摩訶薩以無所得爲方便修習般若波羅蜜多於菩薩摩訶薩行以無所得爲方便修習般若波羅蜜多由此因緣無所執著令所修習速得圓滿是菩薩摩訶薩於三藐三佛陀以無所得爲方便修習般若波羅蜜多於無上正等菩提以無所得爲方便修習般若波羅蜜多由此因緣無所執著令所修習速得圓滿憍尸迦如贍部洲所有諸樹枝條莖榦花葉菓實雖有種種形色不同而其陰影都無差別如是布施淨戒安忍精進靜慮波羅蜜多雖各有異而由般若波羅蜜多攝受迴向一切智智以無所得爲方便故亦無差別爾時天帝釋白佛言世尊如是般若波羅蜜多成就廣大殊勝功德如是般若波羅蜜多成就無一切殊勝功德如是般若波羅蜜多成就圓滿無量殊勝功德如是般若波羅蜜多成就無邊殊勝功德如是般若波羅蜜多成就無對殊勝功德如是般若波羅蜜多成就無盡殊勝功德如是般若波羅蜜多成就無分限殊勝功德如是般若波羅蜜多成就無等等殊勝功德如是般若波羅蜜多成就難思議殊勝功德如是般若波羅蜜多成就不可說殊勝功德世尊若善男子善女人等書寫如是甚深般若波羅蜜多衆寶嚴飾以無量種上妙華鬘塗散等香衣服瓔珞寶幢旛蓋衆妙珍奇

妓樂燈明盡諸所有供養恭敬尊重讚歎依此經說如理思惟有善男子善女人等書寫如是甚深般若波羅蜜多施他受持廣令流布此二福聚何者為多佛言憍尸迦我還問汝隨汝意答若善男子善女人等從他請得佛設利羅以寶函盛置高勝處復持無量上妙華鬘塗散等香衣服瓔珞寶幢旛蓋衆妙珍奇妓樂燈明盡諸所有供養恭敬尊重讚歎有善男子善女人等從他請得佛設利羅分施與他如芥子許令彼敬受如法安置復以無量上妙華鬘塗散等香衣服瓔珞寶幢旛蓋衆妙珍奇妓樂燈明盡諸所有供養恭敬尊重讚歎於意云何如是前後二種福聚何者為多天帝釋言世尊如我解佛所說法義若善男子善女人等從他請得佛設利羅以寶函盛置高勝處復持無量上妙華鬘塗散等香衣服瓔珞寶幢旛蓋衆妙珍奇妓樂燈明盡諸所有供養恭敬尊重讚歎有善男子善女人等從他請得佛設利羅分施與他如芥子許令彼敬受如法安置復以無量上妙華鬘塗散等香衣服瓔珞寶幢旛蓋衆妙珍奇妓樂燈明盡諸所有供養恭敬尊重讚歎此二福聚後者為多何以故一切如來應正等覺本以大悲觀有情類應於諸佛設利羅所歸敬供養而得度者以金剛喻三摩地力碎金剛身令如芥子復以深廣大悲神力加持如是佛設利羅令於如來般涅槃後有得一粒如芥子量種種供養其福無邊於天人中受諸妙樂乃至最後得盡苦際故施他者其福為多

大般若波羅蜜多經卷第一百二十九

大般若波羅蜜多經卷第一百三十

唐三藏法師玄奘奉　詔譯

初分校量功德品第三十之二十八

爾時佛讚天帝釋言善哉善哉如汝所說憍尸迦若善男子善女人等書寫如是甚深般若波羅蜜多衆寶嚴飾以無量種上妙華鬘塗散等香衣服瓔珞寶幢幡蓋衆妙珍奇妓樂燈明盡諸所有供養恭敬尊重讚歎依此經說如理思惟有善男子善女人等書寫如是甚深般若波羅蜜多施他受持廣令流布此二福聚後者爲多何以故由施他者能令無量無邊有情得法喜故復次憍尸迦若善男子善女人等能如般若波羅蜜多所說義趣廣爲有情分別解說令得正解是善男子善女人等所獲福聚復勝施他此經功德多百千倍憍尸迦敬此法師當如敬佛亦如奉事尊梵行者何以故憍尸迦當知般若波羅蜜多即是如來應正等覺當知如來應正等覺即是般若波羅蜜多當知般若波羅蜜多不異如來應正等覺當知如來應正等覺不異般若波羅蜜多何以故憍尸迦過去未來現在諸佛皆依般若波羅蜜多精勤修學證得無上正等菩提憍尸迦尊梵行者當知即是住不退轉地菩薩摩訶薩是菩薩摩訶薩亦依般若波羅蜜多精勤修學證得無上正等菩提憍尸迦聲聞種性補特伽羅亦依如是甚深般若波羅蜜多精勤修學證得預流一來不還阿羅漢果獨覺種性補特伽羅亦依如是甚深般若波羅蜜多精勤修學漸次證得獨覺菩提菩薩種性補特伽羅亦依如

是甚深般若波羅蜜多精勤修學超諸聲聞及獨覺地證入菩薩正性離生復漸修行證得無上正等菩提以是故憍尸迦若善男子善女人等欲以無量上妙華鬘塗散等香衣服瓔珞寶幢旛蓋衆妙珍奇妓樂燈明盡諸所有供養恭敬尊重讚歎現在如來應正等覺當書如是甚深般若波羅蜜多以無量種上妙華鬘塗散等香衣服瓔珞寶幢旛蓋衆妙珍奇妓樂燈明盡諸所有供養恭敬尊重讚歎憍尸迦我觀是義初得無上正等覺時作是思惟我依誰住誰堪受我供養恭敬尊重讚歎作是念時都不見有一切世間若天若魔若梵若沙門若婆羅門人非人等與我等者況當有勝復自思惟我依此法已證無上正等菩提此法微妙甚深寂靜我當還依

此法而住供養恭敬尊重讚歎何謂此法所謂般若波羅蜜多憍尸迦我已成佛尚遵如是甚深般若波羅蜜多依止而住供養恭敬尊重讚歎況善男子善女人等欲求無上正等菩提而不於此甚深般若波羅蜜多至心歸依精勤修學以無量種上妙華鬘塗散等香衣服瓔珞寶幢旛蓋衆妙珍奇妓樂燈明盡諸所有供養恭敬尊重讚歎憍尸迦若善男子善女人等求聲聞乘或獨覺乘亦應於此甚深般若波羅蜜多至心歸依精勤修學以無量種上妙華鬘塗散等香衣服瓔珞寶幢旛蓋衆妙珍奇妓樂燈明盡諸所有供養恭敬尊重讚歎何以故憍尸迦如是般若波羅蜜多能生菩薩摩訶薩衆從此菩薩摩訶薩衆生諸如來應正等覺依諸如來應正等

覺聲聞獨覺而得生故以是故憍尸迦若求大乘求獨覺乘求聲聞乘諸善男子善女人等皆應於此甚深般若波羅蜜多至心歸依精勤修學以無量種上妙華鬘塗散等香衣服瓔珞寶幢旛蓋衆妙珍奇妓樂燈明盡諸所有供養恭敬尊重讚歎所以者何求聲聞者於此般若波羅蜜多精勤修學究竟證得阿羅漢果求獨覺者於此般若波羅蜜多精勤修學究竟證得獨覺菩提求大乘者於此般若波羅蜜多精勤修學究竟證得阿耨多羅三藐三菩提爾時佛告天帝釋言憍尸迦若善男子善女人等教贍部洲諸有情類皆令修學十善業道於意云何是善男子善女人等由此因緣得福多不天帝釋言甚多世尊甚多善逝佛言憍尸迦若善男子善女人等書寫如是甚深般若波羅蜜多施他讀誦若轉書寫廣令流布是善男子善女人等所獲福聚甚多於前何以故憍尸迦如是般若波羅蜜多秘密藏中廣說一切無漏之法聲聞種性補特伽羅修學此法速入聲聞正性離生得預流果得一來果得不還果得阿羅漢果獨覺種性補特伽羅修學此法速入獨覺正性離生漸次證得獨覺菩提菩薩種性補特伽羅修學此法速入菩薩正性離生漸次修行諸菩薩行證得無上正等菩提憍尸迦如是般若波羅蜜多秘密藏中廣說一切無漏法者所謂布施波羅蜜多淨戒波羅蜜多安忍波羅蜜多精進波羅蜜多靜慮波羅蜜多般若波羅蜜多內空外空內外空空空大空勝義空有爲空無爲空畢竟空無際空

散空無變異空本性空自相空共相空一切法空不可得空無性空自性空無性自性空真如法界法性不虛妄性不變異性平等性離生性法定法住實際虛空界不思議界苦聖諦智集聖諦智滅聖諦智道聖諦智無漏四靜慮四無量四無色定八解脫八勝處九次第定十遍處四念住四正斷四神足五根五力七等覺支八聖道支空解脫門無相解脫門無願解脫門五眼六神通佛十力四無所畏四無礙解大慈大悲大喜大捨十八佛不共法無忘失法恒住捨性一切智道相智一切相智一切陀羅尼門一切三摩地門及餘無量無邊佛法皆是此中所說一切無漏之法憍尸迦若善男子善女人等教一有情住預流果所獲福聚猶勝教化一贍部洲諸有情類皆令修學十善業道何以故憍尸迦諸有修行十善業道不免地獄傍生鬼趣若諸有情住預流果便得永脫三惡趣故況教令住一來不還阿羅漢果所獲福聚而不勝彼憍尸迦若善男子善女人等教贍部洲諸有情類皆住預流一來不還阿羅漢果所獲福聚不如有人教一有情令其安住獨覺菩提何以故憍尸迦獨覺菩提所有功德勝預流等百千倍故憍尸迦若善男子善女人等教贍部洲諸有情類皆令安住獨覺菩提所獲福聚不如有人教一有情令趣無上正等菩提何以故憍尸迦若教有情令趣無上正等菩提則令世間佛眼不斷所以者何由有菩薩摩訶薩故便有預流一來不還阿羅漢果獨覺菩提由有菩薩摩訶薩故便有如來

應正等覺證得無上正等菩提由有菩薩摩訶薩故便有佛寶法寶僧寶一切世間歸依供養以是故憍尸迦一切世間若天若魔若梵若沙門若婆羅門及阿素洛人非人等應以無量上妙華鬘塗散等香衣服瓔珞寶幢幡蓋衆妙珍奇妓樂燈明盡諸所有供養恭敬尊重讚歎菩薩摩訶薩憍尸迦由此當知若善男子善女人等書寫如是甚深般若波羅蜜多施他讀誦若轉書寫廣令流布所獲福聚勝前福聚無量無邊何以故如是般若波羅蜜多秘密藏中廣説一切世出世間勝善法故由此般若波羅蜜多秘密藏中所説法故世間便有刹帝利大族婆羅門大族長者大族居士大族施設可得由此般若波羅蜜多秘密藏中所説法故世間便有四大王

衆天三十三天夜摩天覩史多天樂變化天他化自在天施設可得由此般若波羅蜜多秘密藏中所説法故世間便有梵衆天梵輔天梵會天大梵天施設可得由此般若波羅蜜多秘密藏中所説法故世間便有光天少光天無量光天極光淨天施設可得由此般若波羅蜜多秘密藏中所説法故世間便有淨天少淨天無量淨天遍淨天施設可得由此般若波羅蜜多秘密藏中所説法故世間便有廣天少廣天無量廣天廣果天施設可得由此般若波羅蜜多秘密藏中所説法故世間便有無煩天無熱天善現天善見天色究竟天施設可得由此般若波羅蜜多秘密藏中所説法故世間便有空無邊處天識無邊處天無所有處天非想非非想處天施設

可得由此般若波羅蜜多秘密藏中所說法故世間便有布施波羅蜜多淨戒波羅蜜多安忍波羅蜜多精進波羅蜜多靜慮波羅蜜多般若波羅蜜多施設可得由此般若波羅蜜多秘密藏中所說法故世間便有內空外空內外空空空大空勝義空有爲空無爲空畢竟空無際空散空無變異空本性空自相空共相空一切法空不可得空無性空自性空無性自性空施設可得由此般若波羅蜜多秘密藏中所說法故世間便有眞如法界法性不虛妄性不變異性平等性離生性法定法住實際虛空界不思議界施設可得由此般若波羅蜜多秘密藏中所說法故世間便有苦聖諦集聖諦滅聖諦道聖諦施設可得由此般若波羅蜜多秘密藏中所說法故世間便有四靜慮四無量四無色定施設可得由此般若波羅蜜多秘密藏中所說法故世間便有八解脫八勝處九次第定十遍處施設可得由此般若波羅蜜多秘密藏中所說法故世間便有四念住四正斷四神足五根五力七等覺支八聖道支施設可得由此般若波羅蜜多秘密藏中所說法故世間便有空解脫門無相解脫門無願解脫門施設可得由此般若波羅蜜多秘密藏中所說法故世間便有五眼六神通施設可得由此般若波羅蜜多秘密藏中所說法故世間便有佛十力四無所畏四無礙解大慈大悲大喜大捨十八佛不共法施設可得由此般若波羅蜜多秘密藏中所說法故世間便有無忘失法恒住捨性施設可得由此般若波羅蜜

多秘密藏中所説法故世間便有一切智道相智一切相智施設可得由此般若波羅蜜多秘密藏中所説法故世間便有一切陀羅尼門一切三摩地門施設可得由此般若波羅蜜多秘密藏中所説法故世間便有預流一來不還阿羅漢及預流向預流果一來向一來果不還向不還果阿羅漢向阿羅漢果施設可得由此般若波羅蜜多秘密藏中所説法故世間便有獨覺及獨覺菩提施設可得由此般若波羅蜜多秘密藏中所説法故世間便有一切菩薩摩訶薩及諸菩薩摩訶薩行施設可得由此般若波羅蜜多秘密藏中所説法故世間便有一切如來應正等覺及諸佛無上正等菩提施設可得復次憍尸迦置贍部洲諸有情類若善男子善女人等

教贍部洲東勝身洲諸有情類皆令修學十善業道於意云何是善男子善女人等由此因緣得福多不天帝釋言甚多世尊甚多善逝佛言憍尸迦若善男子善女人等書寫如是甚深般若波羅蜜多施他讀誦若轉書寫廣令流布是善男子善女人等所獲福聚甚多於前何以故憍尸迦如是般若波羅蜜多秘密藏中廣説一切無漏之法聲聞種性補特伽羅修學此法速入聲聞正性離生得預流果得一來果得不還果得阿羅漢果獨覺種性補特伽羅修學此法速入獨覺正性離生漸次證得獨覺菩提菩薩種性補特伽羅修學此法速入菩薩正性離生漸次修行諸菩薩行證得無上正等菩提憍尸迦如是般若波羅蜜多秘密藏中廣説一切無漏法者

所謂布施波羅蜜多淨戒波羅蜜多安忍波羅蜜多精進波羅蜜多靜慮波羅蜜多般若波羅蜜多內空外空內外空空空大空勝義空有爲空無爲空畢竟空無際空散空無變異空本性空自相空共相空一切法空不可得空無性空自性空無性自性空眞如法界法性不虛妄性不變異性平等性離生性法定法住實際虛空界不思議界無漏四靜慮四無量四無色定八解脫八勝處九次第定十遍處四念住四正斷四神足五根五力七等覺支八聖道支空解脫門無相解脫門無願解脫門五眼六神通佛十力四無所畏四無礙解大慈大悲大喜大捨十八佛不共法無忘失法恒住捨性一切智道相智一切相智一切陀羅尼門一切三摩地門及餘無量

無邊佛法皆是此中所說一切無漏之法憍尸迦若善男子善女人等教一有情住預流果所獲福聚猶勝教化南贍部洲東勝身洲諸有情類皆令修學十善業道何以故憍尸迦諸有修行十善業道不免地獄傍生鬼趣若諸有情住預流果便得永脫三惡趣故況教令住一來不還阿羅漢果所獲福聚而不勝彼憍尸迦若善男子善女人等教贍部洲東勝身洲諸有情類皆住預流一來不還阿羅漢果所獲福聚不如有人教一有情令其安住獨覺菩提何以故憍尸迦獨覺菩提所有功德勝預流等百千倍故憍尸迦若善男子善女人等教贍部洲東勝身洲諸有情類皆令安住獨覺菩提所獲福聚不如有人教一有情令趣無上正等菩提何以故憍尸迦

若教有情令趣無上正等菩提則令世間佛眼不斷所以者何由有菩薩摩訶薩故便有預流一來不還阿羅漢果獨覺菩提由有菩薩摩訶薩故便有如來應正等覺證得無上正等菩提由有菩薩摩訶薩故便有佛寶法寶僧寶一切世間歸依供養以是故憍尸迦一切世間若天若魔若梵若沙門若婆羅門及阿素洛人非人等應以無量上妙華鬘塗散等香衣服瓔珞寶幢旛蓋衆妙珍奇妓樂燈明盡諸所有供養恭敬尊重讚歎菩薩摩訶薩憍尸迦由此當知若善男子善女人等書寫如是甚深般若波羅蜜多施他讀誦若轉書寫廣令流布所獲福聚勝前福聚無量無邊何以故如是般若波羅蜜多秘密藏中廣說一切世出世間勝善法故由此般若波羅蜜多秘密藏中所說法故世間便有剎帝利大族婆羅門大族長者大族居士大族施設可得由此般若波羅蜜多秘密藏中所說法故世間便有四大王衆天三十三天夜摩天覩史多天樂變化天他化自在天施設可得由此般若波羅蜜多秘密藏中所說法故世間便有梵衆天梵輔天梵會天大梵天施設可得由此般若波羅蜜多秘密藏中所說法故世間便有光天少光天無量光天極光淨天施設可得由此般若波羅蜜多秘密藏中所說法故世間便有淨天少淨天無量淨天遍淨天施設可得由此般若波羅蜜多秘密藏中所說法故世間便有廣天少廣天無量廣天廣果天施設可得由此般若波羅蜜多秘密藏中所說法故世間便有無煩天無

熱天善現天善見天色究竟天施設可得由此般若波羅蜜多秘密藏中所說法故世間便有空無邊處天識無邊處天無所有處天非想非非想處天施設可得由此般若波羅蜜多秘密藏中所說法故世間便有布施波羅蜜多淨戒波羅蜜多安忍波羅蜜多精進波羅蜜多靜慮波羅蜜多般若波羅蜜多施設可得由此般若波羅蜜多秘密藏中所說法故世間便有內空外空內外空空空大空勝義空有爲空無爲空畢竟空無際空散空無變異空本性空自相空共相空一切法空不可得空無性空自性空無性自性空施設可得由此般若波羅蜜多秘密藏中所說法故世間便有真如法界法性不虛妄性不變異性平等性離生性法定法住實際虛空界不思議界施設可得由此般若波羅蜜多秘密藏中所說法故世間便有苦聖諦集聖諦滅聖諦道聖諦施設可得由此般若波羅蜜多秘密藏中所說法故世間便有四靜慮四無量四無色定施設可得由此般若波羅蜜多秘密藏中所說法故世間便有八解脫八勝處九次第定十遍處施設可得由此般若波羅蜜多秘密藏中所說法故世間便有四念住四正斷四神足五根五力七等覺支八聖道支施設可得由此般若波羅蜜多秘密藏中所說法故世間便有空解脫門無相解脫門無願解脫門施設可得由此般若波羅蜜多秘密藏中所說法故世間便有五眼六神通施設可得由此般若波羅蜜多秘密藏中所說法故世間便有佛十力四無所畏四

無礙解大慈大悲大喜大捨十八佛不共法施設可得由此般若波羅蜜多秘密藏中所說法故世間便有無忘失法恒住捨性施設可得由此般若波羅蜜多秘密藏中所說法故世間便有一切智道相智一切相智施設可得由此般若波羅蜜多秘密藏中所說法故世間便有一切陀羅尼門一切三摩地門施設可得由此般若波羅蜜多秘密藏中所說法故世間便有預流一來不還阿羅漢及預流向預流果一來向一來果不還向不還果阿羅漢向阿羅漢果施設可得由此般若波羅蜜多秘密藏中所說法故世間便有獨覺及獨覺菩提施設可得由此般若波羅蜜多秘密藏中所說法故世間便有一切菩薩摩訶薩及諸菩薩摩訶薩行施設可得由此般若波羅蜜多秘密藏中所說法故世間便有一切如來應正等覺及諸佛無上正等菩提施設可得復次憍尸迦置贍部洲東勝身洲諸有情類若善男子善女人等教贍部洲東勝身洲西牛貨洲諸有情類皆令修學十善業道於意云何是善男子善女人等由此因緣得福多不天帝釋言甚多世尊甚多善逝佛言憍尸迦若善男子善女人等書寫如是甚深般若波羅蜜多施他讀誦若轉書寫廣令流布是善男子善女人等所獲福聚甚多於前何以故憍尸迦如是般若波羅蜜多秘密藏中廣說一切無漏之法聲聞種性補特伽羅修學此法速入聲聞正性離生得預流果得一來果得不還果得阿羅漢果獨覺種性補特伽羅修學此法速入獨覺正性離

生漸次證得獨覺菩提菩薩種性補特伽羅修學此法速入菩薩正性離生漸次修行諸菩薩行證得無上正等菩提憍尸迦如是般若波羅蜜多秘密藏中廣説一切無漏法者所謂布施波羅蜜多淨戒波羅蜜多安忍波羅蜜多精進波羅蜜多靜慮波羅蜜多般若波羅蜜多内空外空内外空空空大空勝義空有爲空無爲空畢竟空無際空散空無變異空本性空自相空共相空一切法空不可得空無性空自性空無性自性空真如法界法性不虚妄性不變異性平等性離生性法定法住實際虚空界不思議界無漏四靜慮四無量四無色定八解脱八勝處九次第定十遍處四念住四正斷四神足五根五力七等覺支八聖道支空解脱門無相解脱門無願解脱門五眼六神通佛十力四無所畏四無礙解大慈大悲大喜大捨十八佛不共法無忘失法恒住捨性一切智道相智一切相智一切陀羅尼門一切三摩地門及餘無量無邊佛法皆是此中所説一切無漏之法憍尸迦若善男子善女人等教一有情住預流果所獲福聚猶勝教化南贍部洲東勝身洲西牛貨洲諸有情類皆令修學十善業道何以故憍尸迦諸有修行十善業道不免地獄傍生鬼趣若諸有情住預流果便得永脱三惡趣故況教令住一來不還阿羅漢果所獲福聚而不勝彼憍尸迦若善男子善女人等教贍部洲東勝身洲西牛貨洲諸有情類皆住預流一來不還阿羅漢果所獲福聚不如有人教一有情令其安住獨覺菩提何以故

憍尸迦獨覺菩提所有功德勝預流等百千倍故憍尸迦若善男子善女人等教贍部洲東勝身洲西牛貨洲諸有情類皆令安住獨覺菩提所獲福聚不如有人教一有情令趣無上正等菩提何以故憍尸迦若教有情令趣無上正等菩提則令世間佛眼不斷所以者何由有菩薩摩訶薩故便有預流一來不還阿羅漢果獨覺菩提由有菩薩摩訶薩故便有如來應正等覺證得無上正等菩提由有菩薩摩訶薩故便有佛寶法寶僧寶一切世間歸依供養以是故憍尸迦一切世間若天若魔若梵若沙門若婆羅門及阿素洛人非人等應以無量上妙華鬘塗散等香衣服瓔珞寶幢旛蓋衆妙珍奇妓樂燈明盡諸所有供養恭敬尊重讚歎菩薩摩訶薩憍尸迦由此當知若善男子善女人等書寫如是甚深般若波羅蜜多施他讀誦若轉書寫廣令流布所獲福聚勝前福聚無量無邊何以故如是般若波羅蜜多秘密藏中廣說一切世出世間勝善法故由此般若波羅蜜多秘密藏中所說法故世間便有刹帝利大族婆羅門大族長者大族居士大族施設可得由此般若波羅蜜多秘密藏中所說法故世間便有四大王衆天三十三天夜摩天覩史多天樂變化天他化自在天施設可得由此般若波羅蜜多秘密藏中所說法故世間便有梵衆天梵輔天梵會天大梵天施設可得由此般若波羅蜜多秘密藏中所說法故世間便有光天少光天無量光天極光淨天施設可得由此般若波羅蜜多秘密藏中所說法故

世間便有淨天少淨天無量淨天遍淨天施設可得由此般若波羅蜜多秘密藏中所說法故世間便有廣天少廣天無量廣天廣果天施設可得由此般若波羅蜜多秘密藏中所說法故世間便有無煩天無熱天善現天善見天色究竟天施設可得由此般若波羅蜜多秘密藏中所說法故世間便有空無邊處天識無邊處天無所有處天非想非非想處天施設可得由此般若波羅蜜多秘密藏中所說法故世間便有布施波羅蜜多淨戒波羅蜜多安忍波羅蜜多精進波羅蜜多靜慮波羅蜜多般若波羅蜜多施設可得由此般若波羅蜜多秘密藏中所說法故世間便有內空外空內外空空空大空勝義空有為空無為空畢竟空無際空散空無變異空本性空自相空共相空一切法空不可得空無性空自性空無性自性空施設可得由此般若波羅蜜多秘密藏中所說法故世間便有真如法界法性不虛妄性不變異性平等性離生性法定法住實際虛空界不思議界施設可得由此般若波羅蜜多秘密藏中所說法故世間便有苦聖諦集聖諦滅聖諦道聖諦施設可得由此般若波羅蜜多秘密藏中所說法故世間便有四靜慮四無量四無色定施設可得由此般若波羅蜜多秘密藏中所說法故世間便有八解脫八勝處九次第定十遍處施設可得由此般若波羅蜜多秘密藏中所說法故世間便有四念住四正斷四神足五根五力七等覺支八聖道支施設可得由此般若波羅蜜多秘密藏中所說法

故世間便有空解脱門無相解脱門無願解脱門施設可得由此般若波羅蜜多秘密藏中所說法故世間便有五眼六神通施設可得由此般若波羅蜜多秘密藏中所說法故世間便有佛十力四無所畏四無礙解大慈大悲大喜大捨十八佛不共法施設可得由此般若波羅蜜多秘密藏中所說法故世間便有無忘失法恒住捨性施設可得由此般若波羅蜜多秘密藏中所說法故世間便有一切智道相智一切相智施設可得由此般若波羅蜜多秘密藏中所說法故世間便有一切陀羅尼門一切三摩地門施設可得由此般若波羅蜜多秘密藏中所說法故世間便有預流一來不還阿羅漢及預流向預流果一來向一來果不還向不還果阿羅漢向阿羅漢果施設可得由此般若波羅蜜多秘密藏中所說法故世間便有獨覺及獨覺菩提施設可得由此般若波羅蜜多秘密藏中所說法故世間便有一切菩薩摩訶薩及諸菩薩摩訶薩行施設可得由此般若波羅蜜多秘密藏中所說法故世間便有一切如來應正等覺及諸無上正等菩提施設可得

大般若波羅蜜多經卷第一百三十